第四十六輯

華東師範大學出版社 · 上海

圖書在版編目(CIP)數據

詞學. 第四十六輯/馬興榮等主編. —上海: 華東師範大學出版社,2021

ISBN 978-7-5760-2317-6

Ⅰ. ①詞… Ⅱ. ①馬… Ⅲ. ①詞(文學)—詩詞研究—中國 Ⅳ. ①I207.23

中國版本圖書館 CIP 數據核字(2021)第 251913 號

詞學 第四十六輯

主編 馬興榮 方智範 高建中 朱惠國
特約編輯 王 静
項目編輯 時潤民
審讀編輯 劉 凌
責任校對 劉效禮
裝幀設計 高 山
出版發行 華東師範大學出版社
社址 上海市中山北路 3663 號 郵編 200062
網址 www.ecnupress.com.cn
行政傳真 021-62572105
客服電話 021-62865537
門市(郵購)電話 021-62869887
門市地址 華東師大校内先鋒路口
網店 http://hdsdcbs.tmall.com
印刷 崑山市亭林印刷有限責任公司
開本 890×1240 32 開
印張 14.5
字數 698 千字
插頁 4
版次 2021 年 12 月第 1 版
印次 2021 年 12 月第 1 次
書號 ISBN 978-7-5760-2317-6
定價 58.00 元

出版人 王 焰

吴藻《空山聽雨圖》題辭

吴藻畫（西泠印社拍品）

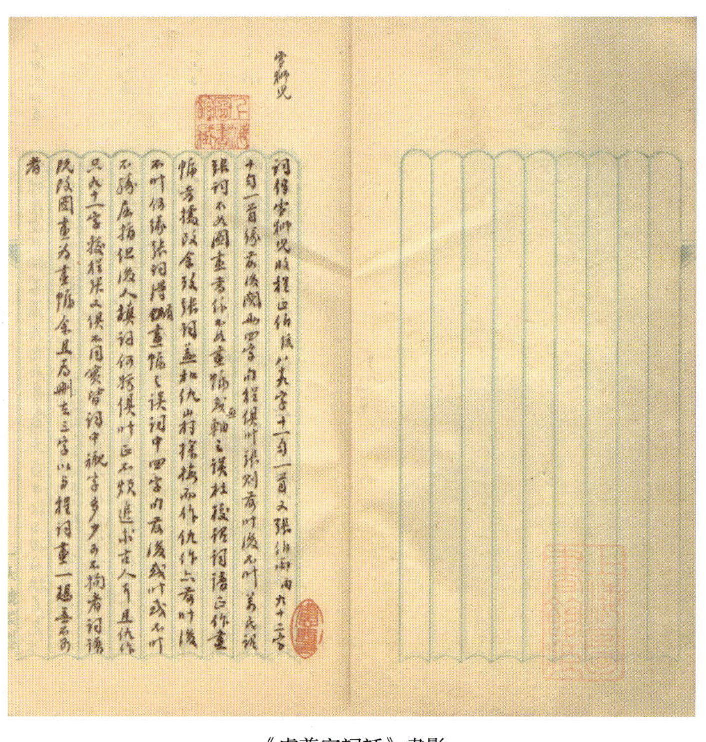

《慮尊室詞話》書影

唐圭璋致葛渭君信札

临江仙

悼念唐圭璋教授

楚尾吴头遥望，十年契阔关情；哪堪一夕竟星沉！霜凝词苑冷，木落学林惊。

长忆论词西子，相逢数接殷勤，劫馀重晤快平生！只今江月白，不见晚峰青。

去冬惊闻唐老逝世时，率成小词未寄。顷承凡人同志询及，录呈教正

宛敏灏

一九九一年春于芜湖安徽师大

宛敏灏先生手蹟

2

之著作，並希不吝检付，舍於此举正在草创之际，各稿文字，皆无"库存"，固多多益善也。

上海师大正在筹设出版社，可望成立。果尔则"词学"有希望由师大中文系古典文学研究室刊行，此刻虽未可肯定，然亦不无把握，故以附闻。

专此即请　著安

施　舍（蛰存）上

上海愚园路1018号（200050）

80年4月12日

施蟄存致宛敏灝書札

《詞學》編輯委員會

顧　問

王水照

主　編

馬興榮　方智範　高建中　朱惠國

編輯部

朱惠國　徐燕婷　倪春軍　韓立平

編　委（以姓氏筆畫爲序）

王兆鵬　方智範　朱惠國　吴　蓓
沈松勤　林玫儀　周聖偉　施議對
馬興榮　徐燕婷　高建中　孫克强
黄坤堯　張宏生　彭玉平　彭國忠
楊海明　劉　石　劉　凌　劉永翔
劉尊明　龐　堅　鍾振振

詞學 第四十六輯篇目

論述

海外詞壇

詞壇漫步

年　譜

文　獻

論詞書札

論知識性詞作自注的演進與特徵

莫崇毅

内容提要　由宋至明，知識性詞作自注數量有限，陳師道、劉克莊及卓人月是其間值得關注的作家。詞學史上首次大規模出現知識性自注的詞集是朱彝尊的《茶煙閣體物集》，這與朱彝尊康熙十八年以後的治學經歷密不可分。浙派後繼群起效法，用數百首詞作及自注的創作實績使詠物詞與知識性自注結合的寫作模式成爲「標準」。但是在知識上的「徵實」却導致了在體物上的「鑿空」，固化的模式需要被賦予新的生命力。焦循賦予了這一模式以考辨性的學術價值，況周頤則在其中探索了知識性自注的情感表達空間。

關鍵詞　朱彝尊　詞作自注　知識　考辨　情感

詞作自注起始于唐五代，受到宋代詩學影響，在南宋時期成熟起來。〔一〕詞作自注内容大體可分爲交代背景信息和説明典故出處兩大類。交代背景信息者，多與私人生活相關，以敘事性爲特點，如無作者自注，讀者較難準確解讀詞作。〔二〕而説明典故出處者，則是基於公共知識對己作内容予以解釋，本文稱之爲

本文爲國家社會科學基金青年項目「清詞自注研究」（項目編號 20CZW022）、上海市哲學社會科學規劃青年課題「《宋詞三百首》及相關文獻彙編、整理與研究」（批准號： 2018EWY002）的階段性成果。

知識性詞作自注。〔三〕

一　清初以前的知識性詞作自注

知識性詞作自注在北宋已經出現，但是數量稀少。陳師道有三首詞作提供了知識性自注，在當時十分罕見。其《南鄉子》（陰重雨垂垂）上下片的第三韻分别作「紅蕊未開花已過，遲遲」和「勤苦著書妨作樂，癡癡」，詞末有自注分别予以説明：「洛人謂牡丹爲花而不名也。向秀注《莊子》，示嵇康曰：妨人作樂爾。」〔四〕「妨人作樂」一事出自《晉書・向秀傳》。〔五〕

《木蘭花減字》（匀紅點翠）歇拍「付與風流幕下兒」有自注：「古詞云：十五年來，從事風流府。」〔六〕《侯鯖録》記載：「東坡在徐州，送鄭彦能還都下，問其所遊，因作詞云：『十五年前我是風流帥，花枝缺處留名字。』記坐中人語，嘗題於壁後。秦少游薄遊京師，見此詞，遂和之，其中有『我曾從事風流府』，公聞而笑之。」〔七〕這裏提到的蘇軾詞作見《能改齋漫録》，詞調是《蝶戀花》，作者蘇軾，但稱爲「東坡在黄時，送潘邠老赴省試作也」，下片第三韻則作：「三十年前，我是風流帥。」〔八〕鄒同慶、王宗堂據《侯鯖録》記載將詞題擬作「送鄭彦能還都下」，「三十年前」也改爲「十五年前」，並斷定爲蘇軾元豐元年（一〇七八）八月的作品，存在一定風險。〔九〕「十五年來」、「從事風流府」兩句若果真分别爲蘇軾、秦觀之作，以蘇、秦、陳的熟悉程度，陳師道不會自注説是「古詞」。

《南鄉子》（風絮落東鄰）歇拍「困倚闌干一欠伸」有自注：「周昉畫美人，有背立欠伸者，最爲妍絶，東坡爲賦續麗人行。」〔一〇〕這則自注與蘇詩《續麗人行》相關，詩前小引稱：「李仲謀家有周昉畫背面欠伸内人，極精，戲作此詩。」〔一一〕可與陳師道自注相印證。此外，陳師道還有一首《南鄉子・詠棣棠菊》的詞末自注也值得關注，云：「菊色微赤而葉單。」〔一二〕這一則自注並非解釋詞中字句，似是對所詠對象的觀察記録。

在陳師道以後，至南宋初年，雖偶有詞人提供了一兩則知識性自注，但並無波瀾，這與當時詞作自注稀少的總體情況是同步的。發展到南宋中後期，知識性自注與其他類型自注一同增多，在自注中説明文獻來源的情況也在增多。如劉克莊的《沁園春》（昔臥龍公）下片第三韻「但綸巾指授，關河震動，靈旗征討，夷漢賓將」有自注：「漢郊祀志：招摇靈旗，九夷賓將。」〔一三〕《漢書・禮樂志》載《郊祀歌》十九章，其七《惟泰元》有句：「招摇靈旗，九夷賓將。」〔一四〕又《沁園春》（安得奇材）歇拍「吾衰矣，雖尚存右臂，不解擎蒼」有自注：「坡詞云：『左牽黄，右擎蒼。』」《沁園春》（帝賜玄圭）歇拍「交遊少，約文房四友，泛浩摩蒼」有自注：「杜牧云：『李杜泛浩浩，韓柳摩蒼蒼。』」〔一五〕兩則自注分别出自蘇軾《江城子・密州出獵》和杜牧《冬至日寄小姪阿宜詩》，可見劉克莊自注在説明文獻來源方面是較爲準確的。劉克莊存世的知識性詞作自注多達十八則，在南宋詞人中已是較多的了。

劉辰翁的詞作自注數量在宋末元初最多，但幾十則自注中僅有不到十則是知識性自注，其他多爲交代背景信息者。而在劉辰翁之後，詞作自注陷入了低谷，其間幾乎没有詞人的自注能超過十則。直到明末清初詞壇中興之際這一情況才發生改變。

沈松勤指出推進此期詞壇中興的有三大群體，一是明萬曆年間入仕或成年的詞人群體；二是明末已有詞名而入清後詞名大盛的詞人群；三是生於明末清初的詞人群。〔一六〕就詞作自注的角度考察，第一批中的王屋、卓人月，第二批中的屈大均，第三批中的朱彝尊尤其值得關注。

王屋有十五首詞作包含自注，自注篇幅最長者逾兩百字，敘事性十分突出，但知識性自注較少。卓人月截然相反，他有十六首詞作包含自注，全部都是知識性自注，而且文獻來源也交代得十分清楚。如《滿江紅・拜鄂王祠》第二、三韻作：「稽謚法、南陽同志，汾陽同烈。恨極冰天啼凍雨，憂來潭水吟寒月。」詞末自注對這兩韻的用典做了詳細説明：「《宋改謚岳忠武文》云：孔明志興漢室，子儀光復唐都。不嫌今古同辭,將與山河並久。淚雨冰天,洪皓祭徽宗句也。潭水寒生月,松風夜帶秋,忠武詩也。」〔一七〕改謚岳忠武文的内容説明了第二韻的出處,「洪皓句」和「忠武詩」則分别説明第三句和第四句的出處。這首作品屬於卓人月與徐士俊的唱和創作。在他們共同編纂的《古今詞統》中,這三條文獻也都收入其中,分别位於卷十二文徵明、王世貞《滿江紅·題宋思陵賜岳忠武手敕》、卷十三宋徽宗《燕山亭·見杏花作》、卷十二岳飛《滿江紅》(怒髮衝冠)詞後的注釋中。〔一八〕可以推測,卓人月知識性詞作自注數量突出的原因與其編纂《古今詞統》的經歷有關。屈大均也有十六首詞作包含知識性自注,但篇幅短小,多不提供文獻來源。

總體來看,從陳師道到屈大均,從北宋到明末清初的漫長歲月中,知識性詞作自注並未興盛過。知識性詞作自注在此期間呈現出零散化的特點,與詞體創作的關係比較鬆散。很快,這一情況被朱彝尊康熙十八年以後的知識性詞作自注所扭轉,並就此發生了歷史性的轉折。

二 朱彝尊的知識性詞作自注

朱彝尊的詞體創作大體以康熙十八年(一六七九)爲節點分爲前後兩個階段,在此前編成的朱彝尊詞集有《静志居琴趣》、《江湖載酒集》和《蕃錦集》,以康熙十八年刻《浙西六家詞》本《江湖載酒集》三卷爲代表〔一九〕; 在此後編成的則有其手定稿本《茶煙閣體物詞》三卷。這些詞集經删訂後都收入了朱稻孫刊刻的《曝書亭集》中,三卷本的《茶煙閣體物詞》改爲兩卷本的《茶煙閣體物集》。

知識性詞作自注在康熙十八年刻《江湖載酒集》中數量並不算突出; 而到了稿本《體物詞》和後來的刻本《體物集》中,不僅數量和篇幅上出現了大幅增長,而且還呈現出新的特徵——與詠物詞建立起聯繫。《江湖載酒集》收詠物詞近六十首,其中十首有知識性自注,集中在兩首《雪獅兒》詠貓組詞和六首《沁園春》詠美人組詞中。

《體物詞》中《雪獅兒》詠貓組詞增加到了四首，每一首都有長篇知識性自注；《體物集》收録了其中三首，《雪獅兒》（楊花霜距）被删削，後由翁之潤收入了《曝書亭詞拾遺》中。〔二〇〕《體物詞》稿本中，《沁園春》詠美人組詞則從六首擴展到了十二首，都有自注。原六首中的額、肩、臂三首還新增了自注内容。從自注的文獻來源情況看，康熙十八年以前的作品集中在注釋前賢詩詞和漢唐雜事方面，雖然已經寫下了「勝曼陀羅，八萬四千，非耶是耶」（《沁園春・臂》）的詞句，但直到《體物詞》才自注這一韻出於《首楞嚴經》。在新擴展的六首作品中，朱彝尊直接徵引了《抱樸子》、《内典》、《針灸經》、《素問》、佛經等子部文獻。也就是説，後期擴展《沁園春》詠美人組詞時，朱彝尊有意使用了更多道、釋、醫家典故並自行注釋説明。朱彝尊反對「詞以香豔爲主」〔二一〕，這十二首《沁園春》詠美人組詞中大量知識性自注突出了博綜趣味，弱化了該題材自南宋劉過、明初邵亨貞、清初董以寧以來的香豔風格，被《體物集》刻本全部收入。

除上述兩個題材外，「擬補題」作品也能體現出知識性自注增多的變化趨勢。康熙十八年刻《江湖載酒集》收「擬補題」作品七首，僅《桂枝香・再賦蟹》（新霜晚渡）有一則自注：「畢卓，鮦陽人。」〔二二〕《浙西六家詞》其他五家的二十七首「擬補題」作品中，也僅有四首包含自注。

而在《體物詞》稿本中，《天香・龍涎香》、《摸魚子・蓴》、《齊天樂・蟬》、《桂枝香・蟹》都有了自注。〔二三〕但新增的《天香・再詠龍涎香》（搗就花房）一首無注，形成了八首詞作五首包含知識性自注的規模。這八首作品又全部收入《體物集》中，《天香》（搗就花房）再次新增了自注〔二四〕，變成了八首「擬補題」作品，六首含有自注的規模。這就和浙西六家中的其他五家形成了鮮明對比。

作爲定本的《茶煙閣體物集》共有三十五首詞作包含知識性自注，絶大多數自注都標明了文獻來源，四部文獻皆有涉獵。下面以《霜葉飛・詠柑，同魏禹平作》一探其詠物詞與知識性自注的關係：

昔遊曾記泥山路，青林纔二三里。枝頭行蟻拂還來，正十分黄膩。須不似、甜桃醋李。樽前别有閑風味。見翠竹擎籃，惹重露新霜，指爪都著香氣。　回憶上日春盤，羅帉輕裹，個個鎔蠟封蒂。歸時笑遺細君看，剔殘燈紅蕊。枉想像、金坡舊事。歲星今謫人間世。判洞庭、全家去，遍插墻陰，恣攜懷裏。

韓彦直《橘録》：温州四邑俱種柑，而出泥山者推第一。山如覆釜，其傍地延衺只二三里許。出此則香味遠不逮。嵇含《南方草木狀》：壺柑窠如薄絮，蟻在其中，並窠而賣。柑樹無蟻，則其實爲蠹所傷。黄山谷《詠柑》詩：「香著樽前指爪間。」《隋書》：文帝好食柑。蜀中摘黄柑，即以蠟封其蒂獻之。蘇詩：「歸來一點殘燈在，猶有傳柑遺細君。」〔二五〕

上片描述作者與好友同遊山中，作者對此游的「場景細節」記憶十分清晰，入山里程爲「二三里」，橘樹枝上有「行蟻」，採橘人「指爪都著香氣」。下片描述了採橘歸來，在「殘燈」下將果子「笑遺細君」等情節。似乎此篇是借「詠柑」爲由，記敘了自己與友人同遊山中、採橘以歸的舊事。然而，讀完自注後會發現詞文中的所有場景皆出於想像，或者説是朱彝尊將書本中的知識組織成一個充滿細節的幻境，而揭曉這一幻境的證據就是自注中摘録的一條條文獻。當韻文給讀者編織出的幻境被知識性的自注所揭曉時，以學爲詞的樂趣和優越感也一同透露出來。

朱彝尊在康熙十八年以後知識性詞作自注激增的原因，與重視知識的時代氛圍，及其個人的讀書經歷密不可分。鄧喬彬、夏令偉指出宋人崇學尚博的精神氣質促使宋詞向才學化發展，決定了詞作自注的出現。〔二六〕而清代士人鑒於明人「束書不觀」的空疏風氣，加之清政權對文教的重視，清人在重學方面不遜于宋人，且自清初便開始了這種徵實的學風。

因爲戰火的侵害，朱彝尊早年家居時無書可讀，《曝書亭著録序》稱：「先太傅賜書，乙酉兵後，罕有存者。予年十七從婦翁避地六遷，而安度先生九遷，乃定居梅會里，家具率一艘，研北蕭然，無書可讀。及游嶺表，歸閲豫章書肆，買得五箱藏之滿一櫝。」〔二七〕舊家藏書被兵火滌蕩，大體要等到順治十五年（一六五八）朱彝尊遊粤東返後才開始有了少量藏書。康熙三年（一六六四）朱彝尊北遊京師、山西以後，與顧炎武、李因篤、傅山等學者結交，粤中舊侣屈大均此時亦北上，形成了一個交往較爲密切的學術圈。根據楊謙記載，此期「（朱彝尊）先生客遊南北，必槖載十三經、二十一史諸書自隨。退谷過旅寓，見插架，謂人曰：『吾見客長安者，務攀援馳逐車塵蓬勃間。不廢著述者，惟秀水朱十一人而已。』」〔二八〕

康熙十八年鴻博試後，朱彝尊得納蘭明珠援手，授翰林待詔。〔二九〕五年翰苑生涯中，朱彝尊讀書日益廣博，以抄撮爲主的治學方法也日益鮮明。馮溥在《日下舊聞序》中説：「竹垞在翰苑，著有《瀛洲道古録》一書。」朱彝尊自述編撰《瀛洲道古録》一事説：「予既爲史官，思别撰一書，自分職以來，訖于明崇禎之季。恒囊書入直，曉夜抄撮，積二十四册，擬删其重複，補其闕遺，題曰《瀛洲道古録》。」〔三〇〕其《鵲華山人詩序》又稱：「中年好鈔書。通籍以後，集史館所儲、京師學士大夫所藏弆，必借録之。有小史能識四體書，間作小詩慢詞，日課其傳寫，坐是爲院長所彈，去官，而私心不悔也。歸田以後，鈔書愈力。」〔三一〕

自康熙二十三年（一六八四）「去官」至康熙三十一年（一六九二）「歸田」之間的八年裏，朱彝尊居京師，編成《日下舊聞》。其自序説：「彝尊謫居無事，捃拾載籍及金石遺文會粹之。……計草創于丙寅之夏，録成於丁卯之秋，開雕於冬，迄戊辰九月而竣。」即於康熙二十五年（一六八六）始編，翌年纂成，康熙二十七年（一六八八）九月刊成。《日下舊聞》的著述方法大體也以抄撮爲主，涉及群書一千多種。尤其值得注意的是書中有大量自注，他在自序中説明：「所抄群書凡千四百餘種。慮觀者莫究其始，必分注於下，非以侈摭采之博也。」〔三二〕從自序中可以看出朱彝尊此時已經擁書百城，不僅無復早年無書可讀的窘境，甚至還要通過大量自注來向讀者揭示知識來源。

根據上文的梳理，可以清晰地看出康熙十八年以後，朱彝尊「借抄於史館者有之，借抄于宛平孫氏、無錫秦氏、昆山徐氏……」的抄書經歷；編纂《瀛洲道古録》、《日下舊聞》過程中「捃拾載籍及金石遺文會粹之」的著書經歷；以及「慮觀者莫究其始，必分注於下」的自注經歷與其知識性詞作自注激增的創作現象是同步的。

大量知識性自注使得《茶煙閣體物集》呈現出炫耀學識的觀感，謝章鋌對這一現象做過精彩的批評，他説：「宋人詠物，高者摹神，次者賦形，而題中有寄託，題外有感慨，雖詞實無愧於六義焉。至國朝小長蘆出，始創爲徵典之作，繼之者樊榭山房。長蘆腹笥浩博，樊榭又熟於説部，無處展布，藉此以抒其叢雜。然實一時游戲，不足爲標準也，乃後人必群然效之。」〔三三〕「宋人詠物」一段話所指大體以《樂府補題》爲代表，特點在於「寄託」與「感慨」。而朱彝尊「始創爲徵典之作」顯然是指《茶煙閣體物集》所開創的另一種詠物風格，特點在於「徵典」和謝章鋌没有明言的詞作自注中。雖然謝氏不認可這種詠物詞風，但他指出厲鶚對這種詞風的鼓蕩，以及「後人必群然效之」的現象却值得關注。

三　詞派的力量：知識性自注成爲一種寫作模式

《茶煙閣體物集》對乾隆年間的詞人産生過重要影響。〔三四〕集中三首《雪獅兒》詠貓詞都有長篇自注，很容易引起讀者的重視，加之附録原倡錢芳標之作亦有自注，浙派繼起者難免感到技癢。在《雪獅兒》詠貓組詞方面，厲鶚創作四首，吴焯創作四首，朱方藹創作兩首，王初桐創作三首，吴錫麒創作四首，五位作家的十五首作品皆有長篇知識性自注，逾半數的自注篇幅都超過了詞文本身，頗有喧賓奪主之勢。張宏生比較了朱彝尊與厲鶚的《雪獅兒》詠貓組詞自注情況，指出二者的區别在於朱彝尊不同作品間自注多寡不一，且自注之典多集中在子部；而厲鶚則都有較大篇幅的自注，徵引文獻以集部爲主，南宋、金元文獻尤多。〔二五〕這大體也與厲鶚編纂《宋詩紀事》、《南宋雜事詩》的著書經歷有關。吴錫麒在自訂詞集時將詠物詞作結集《三影亭寫生譜》，與其他題材的詞作區分開來，能看出有意效法朱彝尊《茶煙閣體物集》的心態。他在《雪獅兒》詠貓詞小序中説：「《曝書亭集》中有《雪獅兒》貓詞三闋，蓋和華亭錢葆馚作也。吾杭樊榭、尺鳧兩先生相繼有詠，其攟摭也富矣。暇日戲仿其體，復成四章，凡諸家所有不引焉。」〔三六〕吴錫麒的小序代表了浙派後繼者對於這一詠物題材創作的認識——徵典要富，又不能重複前人用典，知識性和遊戲性的特質十分顯著。吴錫麒的四首《雪獅兒》詠貓詞也完整地收録在其早期詞集《有正味齋琴言》之中。〔三七〕這部《琴言》結集於乾隆三十九年冬（一七七四），當時他才二十九歲。《琴言》也以詠物詞爲主，所詠諸題大多爲浙派前賢創作過的舊題。由此可以看出，《雪獅兒》詠貓詞及自注在乾隆時期已成爲浙派後繼入門時就有意效法的對象了。

比《雪獅兒》詠貓詞更容易引起讀者重視的是《茶煙閣體物集》中的十二首《沁園春》詠美人組詞。厲鶚較早開拓了這一題材，他有《沁園春》三首分詠美人心、美人聲、美人影。〔三八〕心、聲、影皆爲難以具體把握的無形之象，在體物方面需要突破視覺的局限，對作者挑戰較高。其中《沁園春·心》有自注：「《子華子》：『心狀如覆蓮。』黄庭堅詞：『争知我門裏挑心。』吴文英詞：『何處合成愁？離人心上秋。』顧敻詞：『换我心，爲你心，始知相憶深。』」分别解釋了詞作下片「覆蓮狀未分明」、「門裏輕挑」、「秋來暗合」、「算除非换得」四句的用典出處。厲鶚的創新很快與原本描寫女性身體部位的傳統互爲補充，得到了浙派後繼的進一步響應。

王初桐有《沁園春》詠美人組詞十四首，分詠髮、唇、舌、頸、胸、腰、心、淚、唾、汗、氣、香、聲、影。其中髮、唇、舌、頸等發展了傳統題材，逾越在朱彝尊十二首選題之外，而心、聲、影、氣、香等五題體現出厲鶚的影響。吴錫麒有《沁園春》詠美人組詞十六首，分詠額、鼻、耳、齒、肩、臂、掌、乳、膽、腸、背、膝、愁、夢、立、睡。前十二題與《茶煙閣體物集》完全相同，效法之意明顯；愁、夢兩題發展自厲鶚選題；而立、睡則是美人的動作，稍有新意。比較朱彝尊與吴錫麒的十二首同題作品，可以發現吴錫麒仍在自注用典時儘力回避前輩已用的典故。《雪獅兒》詠貓詞的創作模式也延伸到了其他題材之中。同樣的情況在更晚一些登上浙派舞臺的桐鄉人鄭鑲詞集中也有所體現，他的十二首作品直接稱爲《沁園春・和茶煙閣詠物十二闋》，在自注方面，其篇幅三倍于朱氏自注，且無一與朱氏自注重複，在效法之餘，又有競賽之趣。鄭鑲幾乎把朱彝尊、厲鶚所創作過的詠物題材都效法了一遍，並有意識地擴展了一些新題材，如創作完《雪獅兒》詠貓詞後，他又寫作了《雪獅兒》詠銅獾二首。其詞集以詠物爲特色，於知識性自注的篇幅方面也遠超其浙派前輩。他的《雪獅兒・詠貓》其一自注多達十七則，幾乎每一句都出注[三九]，「坐毯」二字就疊床架屋地注了「寒無氈坐食無魚」和「飯有溪魚眠有毯」兩則。張裔英的《貓》詩還被拆作兩條作注。從這些細節也可以看出，鄭鑲的自注無意于方便讀者，更多地是一場與前輩競賽，同時向讀者炫耀知識的遊戲。

王初桐、吴錫麒和鄭鑲的效法大體仍保持在與朱彝尊相同的規模上，而朱昂則十倍於其規模，創作了驚人的一百首《沁園春》詠美人組詞，結集爲《百緣語業》。這部詞集編成於乾隆三十一年（一七六六）。取支謙譯《撰集百緣經》所述善惡因緣報應之意命名，亦如《百緣經》分十品之例，自分十部：性、相、地、水、火、風、空、有、迷、悟，大體取「四大皆空」之意。每部十首，共一百題，比較傳統的選題如唇、齒、頸、手等收入相部；類似閨中雜事的選題如拂、釧、枕、裙等收入悟部；聲、影、戀、夢等無形之象的選題則收入迷部。此外七部則多爲朱昂新開拓的選題。王鳴盛序體現出當時詞人對這一題材的發展史有清晰認識，他説：「考之《沁園春》慢詞分詠士女，始于宋劉過，繼之者元邵亨貞。本朝朱錫鬯檢討、錢葆馚舍人、厲太鴻孝廉並倚聲焉。」[四〇]從其中六十五首包含知識性自注的驚人規模看來，朱昂延續了《茶煙閣體物集》的寫作模式，激揚「徵典」與自注之風。

朱昂在《百緣語業自序》中説：「若謂溺於色相，滓及光明，便落聲聞辟支果矣。」〔四一〕在浙西詞派的這些詠物詞及知識性自注的作者看來，所詠對象不過是色相而已，是「空」。他們無意於仔細觀察並表現所詠對象的「形」與「神」，他們的創作出發點和重心偏移到了與所詠對象相關的知識之上。他們也許並未意識到這樣一種創作風氣從知識性的「徵實」出發，反而通向了體物方面的「鑿空」。被他們作爲炫耀資本的知識性自注反倒在揭示着這種寫作模式的弊病，所詠對象的「形」與「神」讓位給書本知識，只會導致文學上的重複而非創新。

浙派後繼者對《茶煙閣體物集》的群起效法，導致出現了規模多達數百首，時間跨越百餘年的詠物詞自注現象，徹底改變了此前詞學史上知識性自注較少的局面。一場衆人參與、跨越百年的「遊戲」，其規則也就成爲了「標準」。從正面來説，經過浙派詞人的共同努力，詠物詞及其自注已經成爲一種典型的創作模式存在於清代詞壇了。從負面來説，這數百首詠物詞及其自注大體是效法前賢，陷入了「模式化生産」〔四二〕的窠臼。

袁枚説：「人有滿腔書卷，無處張皇，當爲考據之學，自成一家；其次，則駢體文，盡可鋪排。何必借詩爲賣弄？……余續司空表聖《詩品》，第三首便曰《博習》，言詩之必根於學，所謂『不從糟粕，安得精英』是也。近見作詩者，全仗糟粕，瑣碎零星，如剃僧髮，如拆襪線，句句加注，是將詩當考據作矣。」〔四三〕這段文字爲治清詩者所熟知，過去一般認爲袁枚是在抨擊翁方綱肌理詩派，現在在認識了浙西詞派詠物詞及其自注的寫作模式後再讀袁氏對「句句加注」的批評，則別有一番滋味。但其中引申出的一個問題值得追問——在清詞史上，是否有後繼者能够在浙西詞派奠定的詠物詞及其知識性自注寫作模式中，超越「糟粕」，取得「精英」？答案是肯定的。乾嘉之際，焦循以其《紅薇翠竹詞》將知識性自注的學術價值推進到了新的境界。

厲鶚、吴錫麒等浙派中後期領袖在揚州生活的時間較長，因此揚州詞壇在乾嘉之際受到了浙西詞風影響。然而，焦循却對浙派宗旨不以爲然。他認爲姜、張不足以代表宋詞〔四四〕；同時又對朱彝尊的抄撮之學有所質疑，認爲其未能明辨史料中的問題，批評其「鑿空誣僞」之弊。〔四五〕

四　由「學」入「思」：焦循詞作自注的價值

雖然在詞學思想上不屑於浙派，但在詞體創作模式上焦循仍然受到了《茶煙閣體物集》的影響，這一點就體現在其《紅薇翠竹詞》中。該集共五十六首，絶大多數爲詠物詞，且有長篇自注。詠物詞中又以二十三首詠花詞爲主體，詞題與詞調有對應關係，如《一萼紅》詠紅薇，《一叢花》詠白萍，《蝴蝶兒》詠蝴蝶蘭，《探春令》詠梅等。詞集開卷是《一萼紅》，小序説：「叢竹數畝，中辟一徑，徑盤曲處，構一亭，植紅薇十餘本，六月間盛開。」〔四六〕參考焦循《半九書塾記》：「嘉慶己巳，纂修郡志，得脩脯金五百……其大半於書塾之乙方，起小樓方丈許，四旁置窗，面柳背竹……籬外舊有竹數畝，於竹中辟一徑，隨其勢曲直，以達於後扉，徑東有丘，因丘築小亭，亭外植紅薇十數本。」〔四七〕可推測《一萼紅》作於己巳年。詞集最後一調是《浣溪沙·丁丑六月雜詠四首》，可知詞集所收作品創作于嘉慶十四年己巳（一八〇九）至二十二年丁丑（一八一七）之間。

這段時間焦循鄉居著述，足跡幾乎不入城市，其《注易日記》和《撰孟子正義日課記》對這段時間的生活予以了詳實記録。讀之可知他的時間多用來治學與蒔花，優雅之極。如嘉慶十八年（一八一三）八月初三，記：「改《兑》、《涣》、《節》三條。數月來，四鼓後遂不寐，坐起尋思《易》義，雖雞聲亂啼，窗紙漸白，農人力田，漁人方棹，絮語自近而遠，衆鳥之鳴，或清或濁。是時復少卧，俟日出而起，即以夜來所得者，書之於紙，然後徐步至紅薇翠竹亭。是時雜花含露，神采正生。」〔四八〕焦循清晨將夜中冥思記録下來後，便往園亭間散步，觀賞花木。僅《注易日記》卷一嘉慶十八年二月至嘉慶十九年（一八一四）二月的日記中，就有多達一百零一天的日記裏記載了不同花木的勝敗情形。可見觀賞花木確實是焦循晚年艱苦學術工作之餘的主要調劑方式，其《學圃記》自稱「循，圃人也」〔四九〕，誠也。

焦循稱：「學者多謂詞不可學，以其妨詩古文，尤非説經所宜。余謂非也。人稟陰陽之氣以生者也，性情中必有柔委之氣寓之，有時感發，每不可遏，有詞曲一途分洩之，則使清勁之氣長流存於詩古文。且經學須深思冥會，或至抑塞沉困，機不可轉，詩詞足以移其情，而轉豁其樞機，則有益於經學不淺。」〔五〇〕焦循對填詞的態度與前揭賞花之舉是一致的，都是作爲學術工作的調劑。移其情而豁其樞機，《紅薇翠竹詞》中的二十三首詠花詞作用亦在此。以《碧牡丹》三首其二《纏枝牡丹》爲例：

未學天香染。粉重胭脂淺。數縷青苗，絞作一莖嬌軟。合聚千頭，也綵雲爛炫。梅風偏又吹散。筋根旋。鼓子名非諺。溝西碧衣秋見。恨别經年，太息天彭春遠。看到兒孫，虧此花蕃衍。誰云叢脞宜翦。

《大觀證類本草·草部上品》「旋花」，唐本《注》云：「此即生平澤旋葍花也。其根似筋，故一名筋根。旋，徐兗切。」《圖經》云：「旋，徐願切，俗謂鼓子花也。下品有旋復花，旋，徐元切，與此殊别。」按：旋復花，古稱夏菊，今俗稱六月菊，又名滴滴金者是也。鼓子花，有千葉、單葉兩種。單葉者，俗呼爲打碗花，其狀似牽牛而小；千葉者，則纏枝牡丹也。羅鄴《牡丹》詩：「看到子孫能幾家。」《天彭牡丹譜》：陸游撰。《牡丹榮辱志》以鼓子花爲花叢脞。謝皋羽《晞髮集·鼓子花》詩云：「塵濕西風淚，溝西影見君。碧衣羞遠日，天夢冷秋雲。蔓引山精徑，籬依楚女墳。海邊逢賣藥，采實故應分。」向疑「秋雲」句，以爲非此鼓子花，今春蒔數本引蔓於丁香樹上，四五月開罷，六月葉枯，更生新葉，七月又開，與夏菊相映而旋葍旋復，一時並呈。適有醫者至，余指語之曰：「盍觀此活《本草》圖？」然則

晞髮處士於秋時見之，正此花耳。《淮南》「纏以朱絲」，「纏」讀如戰。今呼此花正作戰音。〔五一〕

焦循從「筋根旋」三字注起。《證類本草》卷七《草部上品》「旋花」條記載：「唐本注云：此即生平澤旋。葍（小字注：音福），是也。其根似筋，故一名筋根。旋，徐兗切。……《圖經》曰：旋，徐願切。……俗謂鼓子花也。」另外，「旋花」條還記載：「（《圖經》）下品有旋（小字注：徐元切）復花，與此殊別。」〔五二〕焦氏在自注中照録了這幾條信息，並下按語分别介紹了旋復花、鼓子花的形態與別名，説明俗稱爲鼓子花的旋花，其千葉種即詞題所詠纏枝牡丹，同時也是對「鼓子名非諺」一句所用典故的説明。自注接下來説明「看到兒孫」句用了羅鄴《牡丹》詩句，「太息天彭春遠」句借用了《天彭牡丹譜》的書名。「誰云叢脞宜翦」句化用了《牡丹榮辱志》中的記載。「溝西碧衣秋見」句則是從謝翱《鼓子花》詩「塵濕西風淚，溝西影見君。碧衣羞遠日，天夢冷秋雲」四句中化出。「向疑」以下，則是依據自己種植旋花的經驗來證實文獻上的記載，「活《本草》圖」的提法，體現出實踐與文獻互參的治學思路。自注最後一句再次體現出對字音的重視，這是其作爲樸學家的學術敏感點。

更特別的是，這一條自注經過小幅刪削後，又出現在了焦循于嘉慶二十四年（一八一九）編成的《易餘籥録》中。〔五三〕據其自序，《易餘籥録》的編纂是因爲「余壬戌自浙歸，遂不復出遊，專心于《易》。讀《易》之暇，泛及他書，始則授徒，近則課孫，偶有所見，書而記之，久久成帙。」〔五四〕這一條自注在其學術札記中的出現，説明其自注的價值已不僅限於解釋詞文了。與之類似，《碧牡丹》其三《秋牡丹》的自注也經小幅刪削後收入《易餘籥録》，變爲另一條學術札記。

除了在自注中徵引群書以外，這二十三首詠花詞自注還透露出鮮明的實踐特色，下面列舉三首自注中直接對所詠對象的觀察與記録：

俗以石竹單葉者爲蘧麥，一名洛陽花，或又以千葉者爲洛陽花，單葉者爲石竹。總之一名，有單

葉、千葉二種，名不必以種分也。史氏所稱，似未見千葉者。（《洛陽春・石竹》）

《本草圖經》：「郁李生高山川谷及丘陵上，木高五六尺，子小若櫻桃，色赤。」按：郁李，田野高處多生之，野人呼爲秧柳，即郁李之轉聲也。郁李又鬱之緩聲。每年五六月子熟，紅赤可愛。秋後率刈爲薪，不知惜也。去年移二本植書塾中，華實並茂，摘其子，弄孫爲嬉，城中人來，且詫以爲含桃之大者也。（《山花子・郁李》自注）

皇侃《論語疏》引一説云：「匏瓜，星名也。言人有才智，宜佐時理務，爲人所用。豈得如匏瓜繫天而不可食耶？」按：匏，瓠也。以匏瓜爲星名，謂瓠瓜星也。余里中人以瓠瓜星爲織女。一稱麻疏塊星。（《雨中花・詠牽牛花》自注）〔五五〕

這三段從詞末自注摘出來的話語，反映出焦循從實踐經驗出發反思了史鑄《菊譜》、《本草圖經》和皇侃《論語疏》中的相關記載。前揭《碧牡丹・纏枝牡丹》和《碧牡丹・秋牡丹》兩首的自注也都結合實踐經驗反思了謝皋羽《鼓子花》詩和史鑄《菊譜》中的内容。用實踐經驗來考核文獻内容，這種思路在王原《日下舊聞》跋語中雖然已經標出〔五六〕，但在朱彝尊的知識性詞作自注中却未曾體現出來。此外，焦循觀察所詠對象的自注内容，還在詞作自注的歷史上接續了前揭陳師道《南鄉子・詠棣棠菊》的自注「菊色微赤而葉單」，讓這一自注方式融入了知識性自注之中。

在焦循的著述中，用實踐經驗來考核文獻内容的思考方式較爲常見，前面已經提到《纏枝牡丹》和《秋牡丹》的自注都收入了《易餘籥録》中。而《易餘籥録》還有較多條目採用了這種考察方式，遍及各部文獻，如卷一討論《詩・王風》「中谷有蓷，暵其乾矣」兩句，焦循説：「水浸宜菸于濕，何得乾燥將死？殊不可解。自壬戌家居，棲遲湖水之間，每歲水溢，凡花草蔬稻之類，水溢滅頂者即爛盡，惟高出於水者，枝葉浮於水外，花而秀，秀而實，隨水而生，不遽爛死。俟水退，踣於泥中，值秋陽暴之，立時枯槁。目驗數年，乃歎詩人之工於詠物如此。嘆其濕，謂其漬于水中也。嘆其脩，謂其隨水而生，其長倍也。嘆其乾，謂水退而槁於日也。」卷十一討論《莊子·讓王篇》「原憲華冠縰履，杖藜而應門」和「曾子曳縰而歌《商頌》」三句，焦循説：「履敝不可納足，因而躡曳之，此貧者之屣也。《吕氏春秋注》直以屣爲敝履。是也。舞者不納履，其履或不爲跟。今倡伎優伶多著此，即謂之撒鞋，此舞者之屣也。」又如卷十七討論秦少游《品令》「天然個品格」一句，焦循説：「此正秦郵土音。用『個』字作語助，今秦郵人皆然也。」〔五七〕瞭解了這一點，便不會對《紅薇翠竹詞》的知識性自注中擁有結合實踐的考辨精神感到奇怪。

《紅薇翠竹詞》和《易餘籥録》的創作時間大體接近，而《紅薇翠竹詞》中大量存在的自注内容也早已超越浙派知識性自注抄撮群書、炫耀知識的層面，進入到了一個基本的學術探討層面。其學術水準可與《易餘籥録》中的學術札記看齊，這在詞體歷史上是罕見的。如果説浙派創作的數百首詞作及自注鮮明地彰顯出「學」在清詞史上的價值，並使詠物詞自注變成一種被普遍接受的寫作模式，那麽焦循的貢獻則在於賦予了這種模式以「思」的價值，使清詞自注具有了學術性的特徵。

五　一組特殊的詞作自注：知識性自注中的情感特徵

朱彝尊《茶煙閣體物集》的寫作模式，不僅引來了浙派後繼者滚雪球式的效仿，也爲焦循賦予知識性自注以學術性特徵提供了基礎。上述過程由「學」而「思」，顯得順理成章。然而歷史的巨變却促使詞人進一步探索了知識性自注中的情感表達空間。《茶煙閣體物集》引領詠物詞走向淡化遺民情感的方向〔五八〕，而兩百年後由其開創的自注傳統却暗中接續了《樂府補題》的遺民精神，文學史的走向總是充滿懸念。

晚清王鵬運受常州詞學「意内言外」説的影響，反對過於直白的詞體表達。在自注用典方面，他也持反對意見。況周頤記載：「曩余詞成，於每句下注所用典。半塘輒曰：『無庸。』余曰：『奈人不知何。』半塘曰：『儻注矣，而人仍不知，又將奈何。矧填詞固以可解不可解，所謂煙水迷離之致，爲無上乘耶。』」〔五九〕然而，况周頤並没有接受王的意見，其詞作自注頗成規模。王娟統計况周頤集中有一百四十多首詞中有自注，佔全部詞作的四分之一，單篇詞作自注有超過十則者，有些自注的篇幅也超過了詞作正文。〔六〇〕

在這些擁有自注的詞作中，有兩組作品鮮明地受到了浙西詞派詠物詞及自注模式的影響，一組是《繪芳詞》中的詠美人詞十三首，分詠令美人足、美人辮髮、美人唇、美人舌、美人頸、美人胸、美人腹兩首、美人臍、美人肉、美人骨兩首、美人色，除了美人辮髮以外皆有自注。〔六一〕與浙派稍有區别的是這十三首選用了十三調，並非僅用《沁園春》一調。

收入《餐櫻詞》的《風入松》詠宋徽宗松風琴四首則受到了浙西詞派《雪獅兒》詠貓組詞及自注模式的影響。詠徽宗琴是朱祖謀主導的春音詞社第三次雅集的選題，創作於一九一五年秋間。〔六二〕是年夏秋以來，袁世凱稱帝的意圖愈加張揚，蟄居在滬上的遺民詞人群體對此不會無動於衷。〔六三〕在這樣的時代背景下，遺民詞人群體題詠眼前的一張宋帝古琴，難免心緒波動。

况周頤的四首《風入松》，其二題注説：「禁前調所用典。」這與浙派《雪獅兒》詠貓組詞的創作方式一致。但是與浙派《雪獅兒》創作中自注用典來源駁雜的情况明顯不同，况周頤的四首詠琴詞自注全部與宋代或亡國之君有關，組成了一個對宋代文化予以追思與悼念的知識性文本方陣，茲描述如下：

（其一自注五則）

宣和四年詔置宣和樓；宋末汪元量被元軍挾持北上途中，聞宫人彈琴，悲痛中創作《水龍吟》；南宋太學生俞國寶填《風入松》描寫西湖春光；徽宗有《燕山亭》杏花詞；宋崇寧四年大晟置府建官。

（其二自注五則）

周邦彦《少年遊》爲徽宗與李師師情事作；李後主填「細雨夢回雞塞遠，小樓吹徹玉笙寒」詞句；徽宗創「瘦金書」；徽宗北行途中賦詩「無家對景倍淒然」；紅白鸚鵡聞徽宗事而悲鳴不已；隋煬帝

時樂工稱「宮爲君」，新翻曲宮聲往而不返。（其二自注六則）

宣和間宮中焚異香；宣和殿百琴堂有琴名「黄鵠秋」；宣和有琴名「春雷」；宋太祖有琴名「靡玉」；徽宗畫鷹以漆點睛；岳飛《小重山》詞恨主和議者多；姜夔作「自胡馬窺江去後」兩韻。（其三自注七則）

徽宗時萬松嶺畔有倚翠樓；徽宗北行填詞提及孟婆風；宋高宗時有宣和宫中鸚鵡飛集行在，大呼「卜尚樂，起方響」，高宗罷膳泣下；宣和間有曲名《黄河清慢》。（其四自注四則）〔六四〕

況周頤在其二中用紅白鸚鵡和宮聲往而不返兩事當是受了朱祖謀影響。朱祖謀在這次雅集中創作的《高山流水・宋徽宗松風琴》歇拍兩句「恨宮聲不返，淒絶隴禽言」〔六五〕就是用的這兩個典故。張岱《夜航船》載：「郭浩按邊至隴，見鸚鵡一紅一白鳴樹間，問：『上皇安否？』浩詰其故，蓋隴州歲貢此鳥，徽宗置之安妃閣。後發還本土，二鳥猶感恩不忘。」〔六六〕況周頤在自注中則徵引了《古今詞統》的版本，説：「郭浩按邊至隴口，見紅白二鸚鵡在樹間，問上皇安否，浩曰：『崩矣。』鸚鵡悲鳴不已。」〔六七〕相對而言，《古今詞統》的版本更爲奇異，却也更能代表遺民對舊秩序消逝的「悲鳴」。

此外，其二下片首句「玉笙雞塞夢重尋」，況周頤自注：「李後主詞『細雨夢回雞塞遠，小樓吹徹玉笙寒。』」這並不符合事實，從中反倒可以窺見其自注有意勾起亡國心緒的策略。這兩句詞當爲中主李璟所作，《詞綜》《詞選》都將這首詞歸入中主名下，一般讀者受其影響不會産生是後主所作的想法。況周頤在其《歷代詞人考略》中下過按語：「南唐中主詞傳於世僅四首。其《浣溪沙》二首，見馬令《南唐書》，合之《應天長》、《望遠行》二首，即《南唐二主詞》卷端之四首也。……《二主詞》除吕刻、侯刻外，尚有沈氏《晨風閣叢書》本。」〔六八〕經查吕遠墨華齋刻本及《晨風閣叢書》本《南唐二主詞》，「卷端四首」皆爲《應天長》、《望遠行》與《浣溪沙》二首，其中第二首《浣溪沙》即「細雨夢回雞塞遠，小樓吹徹玉笙寒」的出處。〔六九〕因此，況周頤明明白白地知道「細雨夢回雞塞遠，小樓吹徹玉笙寒」兩句是中主李璟所作。據秦瑋鴻《況周頤詞集校注》校記，其底本、删定本、琴曲本三種這裏皆作「後主」，也就排除了一時失誤的可能性。況周頤在這則自注中不惜掩蓋事實，可能是爲了引導讀者從「細雨夢回雞塞遠，小樓吹徹玉笙寒」及其自己寫下的「玉笙雞塞夢重尋」詞句中解讀出哀悼故國的意味，也符合這二十二則自注給讀者營造的情感氛圍。

其三歇拍「唯有風煙喬木，黄昏吹角空城」兩句自注：「姜白石《揚州慢》詞：『自胡馬窺江去後，廢池喬木，猶厭言兵。漸黄昏、清角吹寒，都到空城。』」這裏照録姜夔《揚州慢》末兩韻也别有意味。因爲姜夔這首《揚州慢》在清末已爲讀者十分熟悉，《詞綜》、《詞選》也都收録了這首作品，讀者容易看出這兩句的出處。因此，況周頤這裏不厭其煩地照録這兩韻，不太可能是出於方便讀者或炫耀知識的考慮。陳廷焯《詞則》評這兩韻説：「『自胡馬窺江』數語，寫兵燹後，情景逼真，他人累千百言，總無此韻味。『猶厭言兵』四字沉痛，包括無限傷亂語。」〔七〇〕況周頤在這裏應該是看重了當時讀者對這兩韻中悲愴情緒的共鳴，進而使自注内容中對宋代文化受到戰争侵害的悲情表達更爲充沛。

其四「當筵猶自呼方響，紅鸚鵡、心事殘鵑」兩句自注可視爲這二十二則自注所構成的文本中的情感高潮。況周頤注：「《楓窗小牘》：『高廟在建康，有大赤鸚鵡自江北來集行在承塵上。宦者以手承之，鼓翅而下，足有小金牌，有「宣和」二字，因以索架置之，稍不驚怪。比上膳以行在草草無樂，鸚鵡大呼：「卜尚樂，起方響」，久之，曰：「卜娘子不敬萬歲。」蓋道君時掌樂宫人以方響引樂者，故猶以舊例相呼。高廟爲罷膳，泣下。』」〔七一〕高宗面對宣和宫中鸚鵡産生的情感是極爲複雜的，但其中對一個文明時代的認可，與對其逝去的悲哀，在況周頤等遺民群體面對一把宋徽宗古琴時所産生的情感中有所映照。這則自注絶不僅是説明兩句詞文的出處而已，也爲這二十二則自注所組成的文本提供了一個情感宣洩的出口。

綜合看來，況周頤在大量的詞作自注實踐中，選擇這一組《風入松》詠徽宗古琴詞來嘗試在知識性自注中糅合自注文本，並進行情感表達。作爲讀者，如果將這二十二則自注抽離出詞作本身，總體關照下確實也能獲得一定的情感體驗，受到遺民心緒的感染。從這個角度看來，《風入松》詠徽宗松風琴詞，在形式上依託了《茶煙閣體物集》所奠定的創作模式，却承接了《樂府補題》代表的詠物詞情感表達精神。況周頤這一組特殊的詞作自注，在知識性自注内容中實現了對遺民心緒的委婉呈現。

六　結語

翁方綱《志言集序》説："「士生今日，經籍之光盈溢於世宙。」[七二]清人對「學」的重視是知識性詞作自注獲得發展的重要因素。總體來看，知識性詞作自注在清代的大量湧現既與清代重視學識的時代背景緊密相關，又與具有較大影響力的詞壇領袖和詞派後繼們的創作熱情密不可分。而這種創作熱情的背後，可能隱含着清代詞人對超越宋人的期望。

浙派在朱彝尊的《茶煙閣體物集》問世之後逐漸確立了一種將詠物詞與知識性自注相結合的寫作模式。這種寫作模式區别於《樂府補題》所代表的宋人詠物詞，是只屬於清人的全新模式。這就意味着在《樂府補題》寄託遥深的審美趣味以外，清人獲得了以博雅知識爲主要審美對象的另一種詠物詞寫作典範。

這種寫作模式吸引着浙派後學不斷於題材和典故兩方面挑戰前輩，而知識性自注中對各種典故出處「抄書」式的累積與呈現，既契合了清前中期士人重視學識的時代氛圍，又避免了在政局相對安定的康、乾時代去作强爲寄託的無病呻吟。

這種以炫耀知識爲主的寫作模式在文學價值上存在局限性，道、咸以後常遭到批評。潘鍾瑞在爲顧文彬的詠物詞集《蟂巢碎語》撰寫序言時稱："「自宋人有《樂府補題》，而詠物之作濫觴於詞家。近代則《茶煙閣體物》、《三影亭寫生》，皆於詞集中别爲卷帙。良以詞貴清空，詠物易質實。詞貴靈敏，詠物易沾滯。詞貴飛動飄忽，詠物涉飣餖，易落呆相。欲求不脱不黏，惟妙惟肖，筆痕墨蹟，盡化煙雲，尤難之難者。……艮盦丈此卷，淹有其妙，而無其弊。因難見巧，巧不傷雅。直軼乎茶煙閣、三影亭之上，而益恢夫《樂府補題》之大觀矣。」〔七三〕雖未明言，但在潘氏看來，《樂府補題》大體代表了詠物詞「不脱不黏，惟妙惟肖」的正面價值，而擁有大量知識性自注的朱彝尊《茶煙閣體物集》和吴錫麒《三影亭寫生譜》則代表了詠物詞「質實」與「飣餖」的一面。潘鍾瑞是晚清吴中詞壇的領袖人物〔七四〕，他的看法具有代表性。是以，晚清詞壇知識性自注不再像浙派盛行的康、乾時代那麼常見。回歸「樂府補題别有懷抱」〔七五〕的詠物詞寄託傳統以推尊詞體，取代了浙派詞人自出體格的發展方向。

但是，有創造力的作者却可以在固有模式中突破窠臼。焦循在詠物詞自注中將徵引群書的舊例與個人實踐經驗結合，創造出具有考辨精神的詞作自注，其學術價值不遜色於其學術札記《易餘籥録》。《紅薇翠竹詞》中《河傳·波斯雞冠》自注接近一千字，在詞作自注的歷史上很可能篇幅最長。若僅從「以學爲詞」的角度考慮，詞史長河中大約無出其右者。

況周頤存世詞作中共有八十六首包含知識性自注，在清末民初詞壇十分突出，這也體現出他融合浙、常的詞學實踐道路。在《風入松》詠徽宗松風琴組詞的自注中嘗試性地整體塑造了二十一則自注的内容，構成了一個流露出遺民心緒的特殊文本，結合常州詞學提倡的寄託精神，在知識性的自注形式中挖掘出了情感表達的特殊空間，具有很高的創新價值。

〔一〕〔二六〕 鄧喬彬、夏令偉《論宋詞自注》，《暨南學報（哲學社會科學版）》二〇〇八年第一期，第九十四—一〇〇頁。

〔二〕 劉華民《宋詞自注現象探討》，《常熟理工學院學報（哲學社會科學版）》二〇〇七年第一期，第四十一頁。

〔三〕按：在這兩類詞作自注之外，還有一類功能性詞作自注，如集句詞每句後自注原作者，如聯句詞每句後自注該句作者，又如在個別字句後注釋聲調的自注等等。莫崇毅《論朱彝尊的詩詞自注》，《文學研究》二〇二〇年第二輯，南京大學出版社二〇二〇年版，第六十四頁。

〔四〕〔六〕〔一〇〕〔一二〕〔一三〕〔一五〕唐圭璋編《全宋詞》，中華書局一九六五年版，第五八七頁，第五八八頁，第五八九頁，第五九〇頁，第二五九八頁，第二五九九頁。

〔五〕《晉書》卷四十九，中華書局一九七四年版，第一三七四頁。

〔七〕趙令畤撰，孔凡禮點校《侯鯖録》卷一，中華書局二〇〇二年版，第五十頁。

〔八〕吴曾《能改齋漫録》卷十六，上海古籍出版社一九七九年版，第四八三頁。

〔九〕鄒同慶、王宗堂《蘇軾詞編年校注》，中華書局二〇〇二年版，第二三八—二四二頁。按：曹樹銘斷定這首《蝶戀花》並非蘇軾所作，他説：「如依下片『回首長安佳麗地，三十年前，我是風流帥』上溯三十年，時東坡尚在眉山故里，未舉進士。且即東坡一生，無論遲至何年，時、地、官階及在青樓風流四方面，均不能相合。故可斷定此詞非東坡所作。」曹樹銘《東坡詞》，香港萬有圖書公司一九六八年版，第一七八頁。

〔一一〕蘇軾著，馮應榴輯注，黄任軻、朱懷春校點《蘇軾詩集合注》卷十六，上海古籍出版社二〇〇一年版，第七八二頁。

〔一四〕《漢書》卷二十二，中華書局一九六二年版，第一〇五七頁。

〔一六〕沈松勤《從詞的規範體系通觀詞史演進》，《中國社會科學》二〇一九年第九期，第一七五頁。

〔一七〕饒宗頤初纂，張璋總纂《全明詞》，中華書局二〇〇四年版，第二九〇八頁。

〔一八〕卓人月彙選，徐士俊參評，谷輝之校點《古今詞統》，遼寧教育出版社二〇〇〇年版，第四四八頁，第四七七頁，第四四四頁。

〔一九〕按：康熙十八年龔翔麟刻《浙西六家詞》，收入《江湖載酒集》三卷，卷首有李符序，李序稱：「（朱彝尊）乃未幾而徵車北發，旋登史館。繼此而往，倚聲按譜吾知有不暇爲也。於是其友蘅圃慮其稿之散漫而易失，亟授剞氏。」揣摩語意，可知這應該是《江湖載酒集》的首次刊刻。朱彝尊《江湖載酒集》（《浙西六家詞》本）卷一，《四庫全書存目叢書》，齊魯書社一九九七年版，集部第四二五册，第三頁。楊謙《朱竹垞先生年譜》稱康熙十一年「《江湖載酒集》成」，當指初稿編成而未刻。朱彝尊著，王利民校點《曝書亭全集·附録》，吉林文史出版社二〇〇九年版，第一〇四五頁。

〔二〇〕朱彝尊著，翁之潤輯《曝書亭詞拾遺》卷二，清光緒刻本。

〔二一〕〔七三〕馮乾編《清詞序跋彙編》，鳳凰出版社二〇一三年版，第一〇二頁，第一三七七頁。

〔二二〕朱彝尊《江湖載酒集》（《浙西六家詞》本）卷三，《四庫全書存目叢書》，集部第四二五册，第三十頁。

〔二三〕朱彝尊《竹垞太史手定稿本茶煙閣題物詞》卷中、卷下，載張宏生編《清詞珍本叢刊》，鳳凰出版社二〇〇七年版，第三三七、三四〇、三七七、三八一頁。

〔二四〕〔二五〕朱彝尊《茶煙閣體物集》（《曝書亭集》本），《清代詩文集彙編》，上海古籍出版社二〇一二年版，第一一六册，第二四三頁，第二五二頁。

〔二七〕〔三〇〕〔三一〕〔三二〕朱彝尊《曝書亭集》卷三十五、卷四十四、卷三十九、卷三十五，《清代詩文集彙編》第一一六册，第三〇〇頁，第三六三頁，第三二六頁，第二九九頁。

〔二八〕《曝書亭全集·附録》，第一〇四四頁。

〔二九〕朱彝尊《彝尊家信十札》其二：「馮中堂恠我不往認門生，杜中堂極貶我詩，李中堂因而置我及汪於一等末，又對上言説我卷不好。……吏部極其可恨，循資限格，僅擬授我等布衣爲孔目。明中堂不平，乃改議授待詔，把局而頓改，真出意外。」《曝書亭全集》，第一〇一七頁。

〔三三〕謝章鋌《賭棋山莊詞話》卷九，唐圭璋編《詞話叢編》，中華書局一九八六年版，第三四四三頁。

〔三四〕張宏生《詠物：朱彝尊與乾隆詞壇——從〈茶煙閣體物集〉到〈和茶煙閣體物詞〉》，《蘭州大學學報（社會科學版）》二〇一一年第六期，第七頁。

〔三五〕張宏生《重理舊韻與抉發新題——雍乾年間的詠物詞及其與順康的傳承和對話》，《南京大學學報（哲學·人文科學·社會科學）》二〇一八年第四期，第一一八頁。

〔三六〕吴錫麒《有正味齋詞集》卷七《三影亭寫生譜》卷下，《清代詩文集彙編》第四一五册，第五四〇頁。

〔三七〕吴錫麒《有正味齋琴言》不分卷，清乾隆刻本。

〔三八〕厲鶚著，董兆雄注，陳九思標校《樊榭山房集》，上海古籍出版社二〇一二年版，第六七二頁，第一六四九頁。

〔三九〕鄭鏞，《抱山樓詞集》卷三，清抄本。

〔四〇〕〔四一〕朱昂，《百緣語業》卷首，清乾隆刻本。

〔四二〕莫崇毅《衰病與自救：浙西詞派發展中的轉關與進境》，《文學遺産》二〇一七年第二期，第一〇六—一〇九頁。

〔四三〕 袁枚著，王英志校點《隨園詩話》，江蘇古籍出版社二〇〇〇年版，第一一〇頁。

〔四四〕 焦循《易餘籥録》卷十七：「周密《絶妙好詞》所選皆同於己者，一味輕柔潤膩而已。黄玉林《花庵絶妙詞選》不名一家，其中如劉克莊諸作磊落抑塞，真氣百倍，非白石、玉田輩所能到，可知南宋人詞不盡草窗一派也。近世朱彝尊所選《詞綜》，規步草窗，學者不復周覽全集，而宋詞遂爲朱氏之詞矣。」焦循著，劉建臻整理《焦循全集》，廣陵書社二〇一六年版，第五五三九頁。焦循《雕菰集》卷十《時文説三》：「執成、宏之樸質，隆、萬之機局以盡時文，不異執陳子昂、孟襄陽、韋蘇州以盡詩，執姜白石、張玉田以盡詞，亦學究之見而已矣。」《焦循全集》，第五八二四頁。

〔四五〕 焦循《雕菰集》卷十三《上郡守伊公書》：「承委分辨《圖經》一事，所分十門，已滙萃成帙。所採文章可備徵實者，亦得十五册，約二千餘篇。惟所頒體例，僅用纂録，不易一字，而標以出處，此誠取信于古，恐有鑿空誣僞之病也。然鄙意揆之，有未盡然者。近時朱竹垞《日下舊聞》、黄玉圃《南臺舊聞》皆用此體。」《焦循全集》，第五八八一頁。

〔四六〕〔五一〕〔五五〕 焦循《紅薇翠竹詞》，《焦循全集》，第六三八三頁，第六三八九頁，第六三八七—六四一一頁。按：《碧牡丹》（未學天香染）詞文經筆者重新標點。

〔四七〕〔四九〕〔五〇〕 焦循《雕菰集》卷二十、卷二十、卷十，《焦循全集》，第六〇二三頁，第六〇三二頁，第五八二二頁。

〔四八〕 焦循《注易日記》卷一，《焦循全集》，第三九四一頁，第三九五〇頁。

〔五二〕 唐慎微《證類本草》卷七，《四部叢刊》本。

〔五三〕〔五四〕〔五七〕 焦循《易餘籥録》卷十九、序、卷一、卷十一、卷十七，《焦循全集》，第五五六八頁，第五三六五頁，第五三六九頁，第五四七七頁，第五五三八頁。

〔五六〕 王原《日下舊聞》跋語：「先生目不停披，手不絶書。又時時延訪遺老，質問逸事，或摹拓殘碑碣，攀崖附澗，側足重繭不憚困，凡閱書一千三百餘種。」于敏中等編《日下舊聞考》卷一百六十，北京古籍出版社一九八五年版，第二五八二頁。

〔五八〕 張宏生《清代詞學的建構》，江蘇古籍出版社一九九八年版，第三十八頁。

〔五九〕 況周頤《蕙風詞話》卷一，唐圭璋編《詞話叢編》，第四四一三頁。

〔六〇〕 王娟《況周頤自注詞與其對民國初年詞學發展的探索》，《廣西師範大學學報（哲學社會科學版）》二〇一五年第六期，第二十五頁。

〔六一〕〔六四〕 況周頤著，秦瑋鴻校注《況周頤詞集校注》，上海古籍出版社二〇一三年版，第四三六—四四二頁，第三一五—三二一頁。

〔六二〕楊柏嶺《春音詞社考略》，《詞學》第十八輯，華東師範大學出版社二〇〇七年版，第一六三頁。

〔六三〕劉成禺《清道人軼事》：「袁氏稱帝時期，革命黨與反對帝制派，群集上海；而復辟党與清室遺老，亦以上海爲中心地，宴會來往，儼然一家，其反對袁世凱則兩方一致也。梅翁一日作趣語曰：『昔趙江漢與元遺山，相遇於元都，一談紹興、淳熙，一論大定、明昌，皆爲之嗚咽流涕，實則各思故國，所哀故不相侔。吾輩廱集淞滬，復辟排滿，處境不同，其不爲李騫期則同，皆不贊成袁氏帝制自爲也，吾輩其金、宋兩朝人乎。』」劉成禺《世載堂雜憶》，遼寧教育出版社一九九七年版，第一一七頁。

〔六五〕朱孝臧著，白敦仁箋注《彊村語業箋注·附録二》，浙江古籍出版社二〇一六年版，第六二六頁。

〔六六〕張岱撰，劉耀林校注《夜航船》卷十七，浙江古籍出版社一九八七年版，第六一三頁。

〔六七〕卓人月彙選，徐士俊參評，谷輝之校點《古今詞統》卷十三，第四七七頁。

〔六八〕況周頤《歷代詞人考略》卷四，葛渭君編《詞話叢編補編》，中華書局二〇一三年版，第三九一七頁。

〔六九〕李璟、李煜《南唐二主詞》，明萬曆刻本。李璟、李煜《南唐二主詞》，清宣統《晨風閣叢書》本。

〔七〇〕陳廷焯《詞則》大雅集卷三，葛渭君編《詞話叢編補編》，第二一六四頁。

〔七一〕按：這則自注文字仍依秦瑋鴻校注本，但標點據尚成校點本《楓窗小牘》改。況周頤著，秦瑋鴻校注《況周頤詞集校注》，第三二〇頁。袁褧撰，尚成校點《楓窗小牘》卷下，上海古籍出版社二〇一二年版，第二十二頁。

〔七二〕翁方綱《復初齋文集》卷四，《續修四庫全書》第一四五五册，第三九一頁。

〔七四〕沙先一《清代吴中詞派研究》，人民文學出版社二〇〇四年版，第一四一頁。

〔七五〕譚獻輯，羅仲鼎、俞浣萍校點《清詞一千首（篋中詞）》今集卷二，西泠印社出版社二〇〇七年版，第七十一頁。

（作者單位：南京大學藝術學院）

宋詞中的拗句

張一南

内容提要　宋詞中的拗句按使用目的可分爲俚俗與清雅兩種。前者爲音樂文學特點，後者爲詞體雅化、徒詩化的標誌。隨着時代發展，前者自然消亡，而後者日益增加，並在詞牌中固定下來。蘇軾對在填詞時使用拗句有著特殊的興趣，進行過多種嘗試，在宋詞拗調的固定過程中起到了關鍵的作用。宋詞中的拗句適於表現激越的聲情，有利於吸收古體詩與古文的表達特點。宋詞使用拗句，有著接續前代文學經典的動機，是以詩爲詞、以文爲詞的一種表現。宋代詞牌吸納拗句，並加以固化和規範，整合了多種文體的優點，豐富了詞牌的聲情，催生了多首經典之作，促進了南宋清雅詞風的形成。

關鍵詞　拗句　聲情　蘇軾　以詩爲詞　清雅詞風

詞牌以律句爲主，但很多詞牌和作品中，存在著固定或不固定的拗句。平仄格式的排列賦予了每個詞牌一定的聲情[一]，而詞中包含的拗句，則會形成極爲特殊的聲情，或俚俗，或拗怒，與律句温柔敦厚的聲情形成强烈的反差。

那麼，詞牌爲什麼可以容納拗句，甚至需要拗句呢？這些拗句，出現在哪些詞牌、哪些時代，有著怎樣的演化軌跡，是否與一定的内容相關呢？詞中的拗句，以及使用拗句的詞牌、作品，有著怎樣的功能呢？目前，這些問題尚未得到清晰的梳理。

田玉琪編著的《北宋詞譜》[二]爲這項研究提供了極大便利。該書按時間順序，滙總了詞牌各體的最早作品，其中即包含了大量關於拗句的信息，並將其間的時序關係展現得更爲鮮明。該書的成果，特别是其對經典作品時間順序的梳理，已足以支持對宋詞拗句的初步討論。本文的研究，即在《北宋詞譜》的基礎上開展。

與詩不同，詞的平仄規則較爲固定，少有拗救。爲簡化問題，本文依據永明以來的「二四異聲」爲判斷律句的標準[三]，即將第二、四、六字平仄相間的詞句視爲律句，否則視爲拗句，暫不考慮孤平問題。「（仄仄）平平仄平仄」是近體詩可以容納的特殊律句，但其聲情很有特點，故本文亦將其納入研究範圍。

爲論述方便起見，本文將含有拗句的詞牌，或詞牌含有拗句的一體，稱爲「拗調」。

一　聲詩與俚辭

一個最自然的推測是，宋詞中的拗句，是早期體制未備的産物，或是爲了適應合樂演唱的需要。不少含有拗句的作品，也可以印證這一推測。

早在晚唐，温庭筠的詞中就含有拗句。其中，《歸國遥》和《蕃女怨》中有固定的拗句，《河瀆神》和《河傳》有可拗可律的句子。

北宋的宫廷雅樂中經常出現拗句。例如，用於儀式典禮的《六州》、《十二時》、《六州歌頭》中都出現過拗句，但與此同時，也存在完全合律的版本，《宋書・樂志》中所載正體也均爲律句。可以認爲，宋代的宫廷音樂没有要求哪些地方必須用拗句，只是不介意典禮樂歌中出現拗句。在明顯合樂的歌詞中，同一個地方既可以是律句也可以是拗句，這也説明，詞句是否入律，並不影響演唱。

宋仁宗趙禎所作《合宫歌》含有較多的拗句：

纘重明。端拱保凝命。廣大孝休德，永錫四海有慶。觚壇寓禮正典名。幔室雅奏，彩仗崇制定。五位仿古甚盛。蒿宫光符辰星。高秋嘉時款芎靈。文累聖。上下來顧，寅畏歆純誠。三階平。金氣肅，轉和景。翠葆禦雙觀，巽風兑澤布令。脂茶劀蕩墨索清。遠邇向附，動植咸遂性。表裏穆悦，庶政醇醲，熙然胥庭。唐舜華封，祝如南山壽永。願今廣懷寧延，昌基扃。

（加點表示拗句。本文所引詞作，除特别説明者外，文字、斷句均以《北宋詞律》爲準。下同。）今天看來，此詞平仄互押，拗句較多，聲情極爲古樸。配合句意，顯得肅穆典雅，令人不禁想象其作爲雅樂演唱時神聖而闡緩的聲調。

在柳永詞中，也有相當多的拗句。其中一部分内容俚俗，口語化程度很高，顯然是爲了適應民間歌唱的需要。兹舉幾例：

……芳心是事可可。……免使年少，……終日厭厭倦梳裹。……針線閑拈伴伊坐。……（《定風波》）

……表裏都峭。……可惜許老了。……只恁廝好。……（《傳花枝》）

只恁寂寞厭厭地。（《憶帝京》）

致得恩愛成煩惱。（《法曲獻仙音》）

直接提煉運用市井口語，以生動活潑見長，不以形式嚴整見長，往往仄聲多於平聲。習慣了近體詩和雅詞的讀者，初次見到這樣的詞句，都會受到很大震撼。

另有一些拗句，同樣淺近通俗，但很講究形式甚至平仄的對稱，朗朗上口，如：

而今漸行漸遠，漸覺雖悔難追。（《駐馬聽》）

這樣的句子，不僅給讀者以新鮮感，也會讓習慣了律體詩詞的創作者覺得新鮮，産生模擬的衝動。

在柳永以後，士大夫詞人仍然會寫作俚俗淺近的拗句，其中最突出的是歐陽修和黃庭堅。歐陽修善於在小令中融入口語，其中拗句如：

不知不覺上心頭……頓也没處頓。（《怨春郎》）

走向花下立著……姿姿媚媚端正好。（《好女兒》）

都是自然的口語。黃庭堅類似的詞句如：

蟲兒真個忒靈利。（《步蟾宮》）

恰得嘗些香甜底。（《鼓笛令》）

更似有意追求俚俗。黃庭堅的一些拗句較多的詞作，甚至因爲使用口語方言過多，令今人難以讀懂，如其《望遠行》：

自見來，虚過却、好時好日。這訑尿粘膩得處煞是律。據眼前言定，也有十分七八。冤我無心除告佛。管人閑底，且放我快活。便索些别茶祗待，又怎不遇、偎花映月。且與一班半點，只怕你没丁香核。

像這樣的拗句，其實已很難讓人相信，其使用是爲了配合音樂，而應當是出於習慣使用文言的文人對白話的過度追求，是黃庭堅因迷戀語言形式的而做出的一種過於極端的努力。

宋詞中與音樂有關的拗句，涉及到廟堂雅樂與民間俗樂。從這些實例來看，拗句的使用與音樂並無必然的關係。柳永、歐陽修、黃庭堅等人創作或模擬民間俗樂的作品顯示出，其本質的追求在於引入口語。生動活潑的語言風格是這一類拗句的特點，是詞人有意追求的效果，是這一時期白話與詞體結合達到的成就。

詞中的拗句如果僅僅與音樂或口語有關，那麼必然會在詞的雅化過程中消亡，注定無法固定在詞牌中。然而事實遠非如此。在柳永之後，士大夫創作的脱離市井趣味的雅詞中，拗句始終存在，逐漸成爲了詞牌中的固定格式。

二　承接古典的清雅之詞

柳永詞中的拗句，有相當一部分並非用於表現男女情愛、市井生活，而是已呈現出了士人的審美趣味。這部分作品，多爲行旅題材。柳永是市井娛樂的參與者，他的行旅詞却又超脱于市井娛樂之外，透露出詞體雅化的消息。

柳永詞的雙重面貌，與漢末《古詩十九首》存在著遥遠的呼應。《古詩十九首》同樣脱胎于漢樂府的體制，又透露出五言詩雅化的消息，呈現出士人的審美趣味，而從民間樂府到士人趣味之間的橋樑，恰恰也是行旅題材。這不是偶然巧合，而是中國新詩體發生的一條規律，其原理在於，行旅是市井商賈與士子官宦共同的生活經驗，是樂府諸題材中最容易令士人産生共鳴的。柳永與《古詩十九首》的作者一樣，都是經歷過市井生活的文人，他的身份具有雙重性。他筆下的行旅，是混跡於市井商賈之間的行旅，他寫作行旅詞的目的本來是描繪市井生活，以便在市井間傳唱，但他畢竟是文人，總有文人的情懷，在能爲他的聽衆所理解的諸多題材中，行旅是最便於寄寓文人情懷的。

柳永描寫行旅情懷的代表作《雨霖鈴》即含有很多拗句：

寒蟬淒切。對長亭晚，驟雨初歇。都門帳飲無緒，方留戀處，蘭舟催發。執手相看淚眼，竟無語凝噎。念去去，千里煙波，暮靄沉沉楚天闊。　多情自古傷離别，更那堪、冷落清秋節。今宵酒醒何處，楊柳岸、曉風殘月。此去經年，應是良辰好景虛設。便縱有、千種風情，更與何人説。

此詞雖然個別語詞、意象還帶有民間樂府的痕跡，但意境闊大、出語豪邁、趣味清雅，已與艷語俗詞有別。詞中出現的多處拗句，配合入聲韻，營造了「淒切」的聲情。柳永每每在連仄的兩個重讀音節中間插入一個平聲，如在「雨」、「歇」中間插入「初」字，「飲」、「緒」中間插入「無」字，「語」、「噎」中間插入「凝」字，聲音效果回環起伏，真有「無語凝噎」之感。這種做法，每每爲後世長調所借鑒。拗句多用仄聲字的偏好，配合了詞作表達的清冷寂寞的感情。「暮靄」一句，雄渾沉鬱，有別於一般逢場作戲的輕艷唱詞，當是詞人的真實感受，也是整首作品中的精彩之句。這一句，使用了很有特點的「仄仄平平仄平仄」格式，這一格式，在近體詩中，也往往用於表現特別需要强調的情感。這首詞，在內容上，已經開始轉向士人的清雅審美，接續著古體詩的傳統；在聲情設計上，拗句的出現具有一定節律性，且用於感情較爲激烈、試圖引起讀者注意的詞句。

柳永經常用拗句描寫旅途所見，或表現自己的羈旅情懷，如：

……泛畫鷁、翩翩過南浦。望中酒旆閃閃，……漁人鳴榔歸去。……含羞笑相語。……到此因念，……丁寧竟何據。……（《夜半樂》）

……煙消藍光碧。……孤村望處人寂寞。……九疑山畔才雨過，……芙蓉渡頭，……念歲歲間阻，……把光景抛擲，……（《輪台子》）

……楚鄉淮岸迢遞，……驅驅攜書劍。……望處曠野沉沉，……又是急槳投村店。……（《安公子》）……人人奔名競利。……爭覺鄉關轉迢遞。……奈泛泛旅跡。……爭得知我，……（《定風波》）

在與男女相思有關的詞作中，柳永也用拗句表現寂寥清雅的意境，如：

那堪酒醒又聞，空階夜雨頻滴。（《浪淘沙慢》）

燭暗時酒醒，元來又是夢裏。（《十二時》）

值得注意的是，同是柳永的詞，同是一個詞牌，有可能時律時拗，有可能採用不同的拗法。如其《望遠行·繡幃睡起》，在表現行旅内容時，就出現了「煙蕪苒苒永日，畫闌沉吟獨倚」、「對此好景」、「故故解放」、「春殘悄歸騎」等拗句。而其同調的「長空降瑞」一首，却純爲律句。這當然可以解釋爲，當時對詞句是否入律沒有那麼看重，但這更可以説明，詞句入律與否，並非出於樂曲的限制，而是詞人主觀決定的。

很多在柳永手中出現了拗句的詞牌，後來仍然變成了純律體，其中的拗句並沒有成爲詞牌定例，而是被後來的詞人放棄了。

柳詞中的拗句，容易被解釋爲音樂文學中的偶然現象，但仔細體察其用意，不難看出，詞人已存在著意的經營，是在追求某種文學上的效果。這種嘗試，對後來者是有啓示意義的。

在近體詩定型後，唐人仍然會在詩中使用拗句。或在齊梁新體的框架下偶破格律，或有意抛棄聲律體而寫作古體詩。偶破聲律者，往往是爲了表達某種特定的情感；揚棄律體者，則必須與一定的題材和審美趣味相聯繫。與古體相聯繫的，是行旅、贈答等經典題材，也是文人的清雅趣味。從柳永開始，宋詞中也出現了類似的現象。唐詩的這一傳統在宋詞中的重生，是值得充分注意的。

從小學習寫作近體詩，後來逐漸接觸古體詩、古文，進而努力追求「以文爲詩」的宋代文人，在學習填詞時，見到柳詞中的拗句，難免會受到觸動。柳詞拗句頓挫的聲情，配合尖新的語言、淒清的情調，形成了一種並不温柔敦厚的審美。後來的詞人模仿柳詞中的拗句，也有模仿柳詞審美的動機。

歐陽修、張先一輩詞人，也會用拗句表現士人的生活經驗，體現淒清典雅的情調，如：

城上層樓天邊路。……相望恨不相遇。（張先《惜雙雙》）

……對酒高歌玉壺闕。……我有閑愁與君説。……（張先《慶佳節》）

……一派秋聲入寥廓。……可惜風流總閑却。……（王安石《千秋歲引》）

……恨人去寂寂……西風初弄庭菊。那堪更趁涼景，……雲屏去時祝。（歐陽修《摸魚兒》）

一些通常爲純律調的詞牌，也會出現拗句，如張先《卜算子》有「夢短寒夜長」之句。一些詞牌則依這代詞人之例，將拗句固化爲了詞牌定例。如張先《塞垣春》中的「簽動重幔」、「空傳廣陵散」。王安石《桂枝香》中的「天氣初肅」、「悲恨相續」。都爲後來的填詞者所遵循。

清雅一體的拗句，與俚俗一體的拗句不同。從内容上看，清雅一體不以男女情愛爲中心，不顧及市井審美趣味，重在表現士人的生活經驗，特别是行旅或祖餞場面。這實際上是復刻了五言詩從漢樂府變成六朝士人詩的過程。從形式上看，清雅一體的拗句，並非隨意，而要追求形式上的對稱和節律。捨棄律句帶來的文體規範上的模糊，被題材的確定性彌補；打破温柔敦厚的律句聲情帶來的聲韻上的損失，被與拗句關聯的强烈情感彌補；拗句的位置逐漸固定，在後人的仿作中成爲了詞牌的一部分，因而也形成了新的文體規範。

柳永、張先、歐陽修、王安石在清雅之詞中使用拗句的做法，已包含有意爲之的成分，區别於俚俗之詞，初步顯現出一定的文體規範。引入拗句的清雅之詞，與詩體的早期經典存在一定的相似性。這成爲蘇軾在詞中使用拗句的背景。

三　蘇軾詞中的拗句

蘇軾詞使用拗句的現象十分豐富，看得出詞人引入拗句聲情乃至古文句法的有意嘗試。

蘇軾有時候會直接襲用前人使用過的拗調，不加變化。例如，柳永《八聲甘州》有拗句「一番洗清秋」，後人此處多改用律句，蘇軾改爲較爲規整而仍爲拗句。又如張先《好事近》有「多情爲春憶」之句，蘇軾在相應處曾填作「溪風漾流月」。《訴衷情》例有拗句，晏殊填作「東城南陌花下」，歐陽修填作「都緣自有離恨」，蘇軾屢填此調，此處都依前人作拗句。《念奴嬌》中有三處拗句，蘇軾兩填此調，拗句位置均同，而略早於蘇軾的沈唐填此調，拗句位置亦同，可以認爲蘇軾有模仿沈唐的可能性。這些拗調，並非由蘇軾開創，但蘇軾屢次選填這些拗調，也可以看出對拗調的偏好。這些拗調，後來也都成爲常用的詞牌，特別是豪放詞偏好的詞牌。

從蘇軾的時代開始，很多詞人會把柳永等人使用拗句的地方改成律句，這可以視爲這一代詞人爲詞體建立規範的一種努力。蘇軾也有這樣的做法。例如，將柳永《戚氏》中的「當時宋玉悲感，向此臨水與登山。」填作了「當時穆滿巡狩，翠華曾到海西邊。」襲用「當時」二字，顯示出模仿柳永的痕跡。在聲律上，蘇軾保留了規整而有特點的「平平仄仄平仄」，將不規整、聲情不美的「仄仄平仄仄平平」改成了律句。

又如，王詵的《踏青遊》作：

金勒狨鞍，西城嫩寒春曉。路漸入、垂楊芳草。過平堤，穿緑徑，幾聲啼鳥。是處裏，誰家杏花臨水，依約靚妝窺照。極目高原，東風露桃煙島。望十里、紅圍緑繞。更相將，乘酒興，幽情多少。待向晚，從頭記將歸去，説與鳳樓人道。

而蘇軾填《踏青游》作：

改火初晴，緑遍禁池芳草。鬥錦綉、火城馳道。踏青游，拾翠惜，襪羅弓小。蓮步裊。腰支佩蘭經妙。行過上林春好。今困天涯，何限舊情相惱。念摇落、玉京寒早。任劉郎，目斷蓬山難到。仙夢杳。良宵又今過了。樓台萬家清曉。

兩個版本均有四處拗句，均爲「平平仄平平仄」的固定格式，不同的是，經蘇軾改造過的版本更爲規整。蘇軾將原爲拗句的兩處寫作了律句，將原爲律句的兩處寫作了拗句，使得原本相對零散的拗句變成了連續、對舉的拗句，並在對舉的拗句中間加上了一處韻脚。蘇軾將拗句集中在上下闋的結尾處，也加强了拗句的聲情效果。

這些例子説明，蘇軾對前人的拗句並非原封照搬，而是只繼承聲情上有價值的拗句，不規整、缺乏特色的拗句，會被他淘汰。蘇軾對拗句的位置也有自己的規劃，會有意識地讓拗句發揮出最好的聲情效果。《水調歌頭》例有兩處拗句，皆爲蘇軾所保留，即填作了「不知天上宫闕」、「何事長向別時圓」，都是感情激越的經典之句。有趣的是，此調在蘇軾之前並無内韻，蘇軾却加上了「我欲乘風歸去。又恐瓊樓玉宇」、「人有悲歡離合。月有陰晴圓缺」兩處内韻，實際是將原來仄聲收尾而不入韻的兩對六言句利用了起來，加上韻脚，使之更爲規整，更有形式感。後人填《水調歌頭》，多依蘇軾之例，實際上，這一體是蘇軾首創的。

《洞仙歌》是蘇軾偏愛的拗調之一。該詞牌目前可見最早的使用者，就是蘇軾的恩師歐陽修。歐陽修的《洞仙歌》，體式還不太固定，有兩個不同的版本。蘇軾的《洞仙歌》體式已經固定，不同作品的格律完全相同，並淘汰了一些不規則的拗句，只保留了最有特點的拗句。

蘇軾的《洞仙歌》，最有代表性的是「玉骨冰肌」一首。蘇軾自稱，此詞的首句來自童年回憶中的眉山老尼，自己是「暇日尋味」才發現這是《洞仙歌》，因而補完了後面的部分。蘇軾關於創作緣起的自述看起來很隨意，並否認了詞牌是自己選擇的，但仔細分析，仍可發現問題。蘇軾原本是不知道首句屬於哪個詞牌的，那麼可以成立的共有三種可能：

㈠ 蘇軾聽過老尼演唱《洞仙歌》。

這意味著，蘇軾並不知道《洞仙歌》這個詞牌的曲調，所以不能直接根據曲調鎖定詞牌，只能根據詞句的平仄判斷詞牌，蘇軾填寫《洞仙歌》跟今天的我們一樣，是根據前人的字數平仄來填的。《洞仙歌》的曲調在蘇軾長大的過程中已經佚失，或者僅有蜀地的個別人知道。非但蘇軾，連歐陽修也不知道《洞仙歌》

的曲調，所以無法唱給蘇軾。説明歐陽修填《洞仙歌》已經是按照前人的平仄了。倚聲填詞的《洞仙歌》没有流傳下來。這種解釋即使不能完全排除，也令人感到難以接受。

㈡ 老尼是背誦而非演唱《洞仙歌》。

這可以解釋蘇軾在聽到《洞仙歌》曲調的時候，無法想到老尼背誦的歌詞。但如果曲調仍在廣泛傳唱，文化水平並不高的老尼，在轉述一首娱樂性的歌曲時，選擇背誦歌詞而非演唱，這種做法是令人費解的。值得注意的是，蘇軾在此稱老尼「俱能記之」，模糊了老尼究竟是背誦還是演唱，從而截去了我們考據其所言真僞的最有力的線索。

㈢ 首句並非歌詞原文，蘇軾只是記住了歌詞大意，甚至老尼和歌詞都是不存在的。

作者的自述並不一定是真實的。詩詞的自序也是文本的一部分，作者完全有可能出於文學上的考慮，在自序中虚構一個故事。老尼演唱的也許根本不是《洞仙歌》，甚或老尼和花蕊夫人的故事，都可以是作者的僞託。蘇軾只是在自己想要創作這首詞的時候，選擇了《洞仙歌》這個詞牌。蘇軾或是爲了記録一段有些浪漫色彩的童年回憶，精心選擇了這個詞牌；或是敘寫了一次難忘的個人經驗，却限於士大夫的身份，不能寫出真實的本事；又或是怕這首得意之作被當成普通的香艷之詞而埋没，乃至特意爲它編造了一個神異的故事。無論如何，這説明了蘇軾對這首詞的看重。《洞仙歌》這個詞牌不但是蘇軾主動選擇的，更是蘇軾爲自己心愛的一首詞精心選擇的。

蘇軾的《洞仙歌》中，拗句巧妙地營造出了曼妙的聲情：

冰肌玉骨，自清涼無汗。水殿風來暗香滿。繡簾開、一點明月窺人，人未寢，攲枕釵横鬢亂。起來攜素手，庭户無聲，時見疏星渡河漢。試問夜如何，夜已三更，金波淡、玉繩低轉。但屈指、西風幾時來，又不道流年、暗中偷换。

「水殿」、「時見」二句，保留了聲情頓挫的「仄仄平平仄平仄」格式，明寫客觀景物，暗寫主人公細微難名的心理活動，可供讀者反復玩味。「一點」句，連用仄聲，回環起伏，勾畫出「窺人」明月的嬌俏情態。「西風」句，連用平聲，在詞調中是較爲特殊的格式，被蘇軾作爲《洞仙歌》的特點保留下來，實際寫來，聲情較爲古拗難用。蘇軾在這裏舉重若輕，將這五字處理得平易自然，用近乎口語的簡單字面，模擬出主人公的内心獨白。拗句的使用，豐富了詞作的聲情。《洞仙歌》多樣的拗句帶來了傳達不同情緒的可能性，這很可能是吸引蘇軾使用這一詞牌的原因。

這首《洞仙歌》還有歌行體、《玉樓春》的版本，均自稱早於蘇軾，蘇軾詞是檃栝其辭而成，目前學界已對此類説法表示懷疑，傾向于這些版本晚于蘇軾。值得注意的是，無論是歌行體還是《玉樓春》，都是高度規整的、接近律詩的，與《洞仙歌》的複雜聲情形成了强烈反差。如果蘇軾真是檃栝前人的規整之作，則更説明《洞仙歌》的豐富聲情是促使他創作的唯一動機。如果是蘇軾的《洞仙歌》被後人改成了規整之作，則説明《洞仙歌》的複雜聲情實際上給流行傳唱造成了不便。這顯示出《洞仙歌》更符合文人創作的需要，而非樂府傳唱的需要，蘇軾填寫《洞仙歌》，有相當的個人性、實驗性。

很多號稱源於唐代的詞牌，實際上是到歐陽修的時代才首次出現的，《洞仙歌》就是其中之一。我們無法輕易相信，歐陽修、蘇軾填寫的就是唐人歌唱過的曲調，而非只是借用唐代樂曲名稱的新出詞牌。《洞仙歌》與花蕊夫人的關係已無法查考，可以確信的是，歐陽修、蘇軾以極大的興趣嘗試填寫這個詞牌，並將其中的拗句固定下來，與情感的表達建立聯繫。

蘇軾還嘗試在讓詞牌變得規整的同時，向詩靠攏。例如，《滿江紅》在柳永筆下有「無人處思量，幾度垂淚」一處拗句。蘇軾填《滿江紅》時，用自己的方法做了處理，將柳永的典型拗句「平平仄平平」變成了近體詩可以接受的「平平仄平仄」，將後面的四言句變成了律句，却將緊接其後的規整七言句加上了一個襯字，變成了三五式結構，如：

空洲對鸚鵡，葦花蕭瑟。不獨笑、書生争底事，曹公黄祖俱飄忽。

蘇軾還將這裏的三言襯字寫成「君不見」，如：

文君婿知否，笑君卑辱。君不見、周南歌漢廣，天教夫子休喬木。

相將泛曲水，滿城争出。君不見、蘭亭脩禊事，當時座上皆豪逸。

後一例還將「平平仄平仄」調整爲了更律化的「平平仄仄仄」。「君不見」是漢唐歌行的典型詞彙，此前很少出現在詞中。蘇軾在這裏，是有意想將詞寫出歌行的效果。這是一種有趣的創意，見出蘇軾提升詞的文體地位的努力。後來的宋代文人，如吕勝己、侯寘、李嬰、曾寓軒、方岳、吴泳等，都曾模仿蘇軾的做法。

在保留前人拗句的同時，蘇軾也會對前人不固定的體式加以整理，將最有特點的拗句固定下來。例如，柳永的《永遇樂》還帶有樂府歌詞體制未備的特點，其中一體的上闋爲：

薰風解愠，晝景清和，新霽時候。……纘唐虞垂拱，千載應期，萬靈敷佑。

「新霽時候」是很有特點的格式，爲後來的《永遇樂》所繼承。末句可以有兩種點斷方式。以上所示爲《北宋詞譜》中的點斷方式，字數整齊，平仄諧和，但與後來的《永遇樂》有很大差異。此句又可點爲：「纘唐虞，垂拱千載，應期萬靈敷佑。」句意更佳，且與後來的《永遇樂》比較接近，但這樣就出現了拗句。這個例子也可以説明，樂府歌詞的不同點斷方式，是宋詞拗句的來源之一。

柳永另有一首《永遇樂》，上闋末句作：「擁朱幡、喜色歡聲，處處競歌來暮。」點斷之處與本文對前詞的點斷相同，但平仄與之不同，而純爲律句。這個例子也可以説明，柳永詞存在詞牌相同而平仄不同的情況。

蘇軾的《永遇樂・明月如霜》首句入韻處爲「清景無限」，保留了經典的拗句。上闋末句作「夜茫茫、重尋無處，覺來小園行遍」，句意十分清晰，只能有一種斷句，與柳永的斷句，特别是較爲明確的「擁朱轓」一句的斷句方式完全一致。在平仄上，却與兩首柳詞都不同。「夜茫茫」與兩首相同；「重尋無處」爲律句，與兩首均不同，淘汰了不必要的拗句，先平後仄，避免了與後面的連平相連，是合理的安排；「覺來小園行遍」爲拗句，前兩個節奏點連平，與「應期萬靈敷佑」相同，保留了古質有特點的聲情。由此可見，蘇軾對前人詞中有特點的拗句十分敏感，傾向於保留，但會做出合理的調整，不一定以任何一首作品爲準。蘇軾《永遇樂》的體式，爲後人所效仿，就此固定下來，兩處拗句也成爲了詞牌的固定要求。

值得注意的是，除蘇軾以外，北宋後期的詞人傾向於將《永遇樂》律化，並不保留拗句。只有到了南宋初年，李清照、辛棄疾才重拾了蘇軾體的《永遇樂》。對《永遇樂》中的拗句感興趣的，都是詞史上的大家，詞學素養深厚，對詞學的追求不限於樂府傳唱。這也説明，蘇軾及其後的詞家對拗句的追求，不是出於音樂的考慮，而是出於文學的考慮。

蘇軾還會在純粹的律調中加入拗句。例如，《少年遊》在蘇軾以前從未出現拗句，蘇軾的《少年遊》中則有「對酒捲簾邀明月。」「恰似姮娥憐雙燕。」兩次出現拗句。這兩處拗句都是將前人的四言二句合併爲七言句，減弱了樂府特點，趨向於文人徒詩的特點。特别是「對酒」一句，本來完全可以寫作「捲簾對酒邀明月」，很明顯是故作拗句，以追求古質的聲情效果。

類似的例子還有，柳永作純律的《醉蓬萊》，蘇軾有拗句「此會應須爛醉，仍把紫菊茱萸。」還改變了柳永的斷句。柳永作純律、晏殊有律拗兩體的《殢人嬌》，蘇軾多次填寫，均有拗句，並改變原有斷句，寫出了「尋一首好詩，要書裙帶。」出語自然不拘，頗見文人瀟灑氣質。對前人例作純律的《雨中花慢》，蘇軾也加入了數處拗句。

蘇軾在純律調中加入拗句的作品，大多是在書寫文人的生活情趣，筆調輕鬆，有一定的遊戲色彩，以詩爲詞的特點甚爲明顯。

《醉翁操》是典型的例子：

琅然。清圜。誰彈。響空山。無言。惟翁醉中知其天。月明風露娟娟。人未眠。荷蕢過山前。曰有心也哉此賢。醉翁嘯詠，聲和流泉。醉翁去後，空有朝吟夜怨。山有時而童巔。水有時而回川。思翁無歲年。翁今爲飛仙。此意在人間。試聽徽外三兩弦。

前人所作《醉翁操》均爲純律體，蘇軾則大量加入拗句。拗句的使用令文人感到新鮮，激發了後人模仿的慾望，使得蘇軾的拗體反而變成了正體。前六字實際是三押韻脚的六言連平句，有如古琴曲清雅的開頭，令人耳目一新。詞中三個連平的拗句，聲情古直，引入散文句法，頗有八大家古文的風調。末句落入連仄，仿佛琴曲轉調，餘音裊裊。連平與連仄的對比，聲韻鏗鏘，真如高山流水。此詞與此前宋詞的一般風格大相徑庭，書寫文人趣味，突出地體現了蘇軾以詩爲詞，甚至以文爲詞的特點。

又如其檃栝陶淵明《歸去來兮辭》的《哨遍》：

爲米折腰，因酒棄家，口體交相累。歸去來，誰不遣君歸。覺從前、皆非今是。露未晞。征夫指余歸路，門前笑語喧童稚。嗟舊菊都荒，新松暗老，吾年今已如此。但小窗、容膝閉柴扉。策杖看、孤雲暮鴻飛。雲出無心，鳥倦知還，本非有意。　噫。歸去來兮。我今忘我兼忘世。親戚無浪語，琴書中、有真味。步翠麓崎嶇，泛溪窈窕，涓涓暗谷流春水。觀草木欣榮，幽人自感，吾生行且休矣。念寓形、宇内復幾時。不自覺、皇皇欲何之。委吾心、去留誰計。神仙知在何處，富貴非吾志。但知臨水登山嘯詠，自引壺觴自醉。此生天命更何疑。且乘流、遇坎還止。

此詞爲北宋檃栝詞的代表作，論者多强調其對陶淵明原作的聲律化，很少注意到其中的拗句。詞中的拗句，都看得出精心設計的痕跡，或是直録陶淵明的警句，或是蘇軾用自己的話復述他特别欣賞的陶淵明的觀點，大多是哲思或議論。這部分内容，並不律化，或是借用陶淵明原文的口吻，或是蘇軾自己模仿陶淵明的口吻，將古文的特殊聲情引入詞體。而情節敘述和風物描寫，則採用律句。這部分内容，會做有意的修飾，包括將原來不入律的句子修改成入律的句子。長短句特有的固定而豐富的節奏，又帶來了辭賦、古文、古近體詩都不曾有過的閱讀體驗。一首作品中實際結合了古體詩文、律體詩賦、長短句三類文體的長處，因此，這首詞不應被簡單視爲古辭的律化，而應看到蘇軾對不同文體的深刻思考。以長短句櫽栝古辭，同樣是蘇軾以詩爲詞、以文爲詞的嘗試，是兼採不同文體之長的嘗試。

蘇軾是《賀新郎》目前可見的最早的填寫者，他的版本中出現了多處拗句：

乳燕飛華屋。悄無人、桐陰轉午，晚涼新浴。手弄生綃白團扇，扇手一時似玉。漸困倚、孤眠清熟。簾外誰來推繡户，枉教人、夢斷瑶台曲。又却是，風敲竹。　石榴半吐紅巾蹙。待浮花浪蕊都盡，伴君幽獨。穠豔一枝細看取，芳心千重似束。又恐被、秋風驚緑。若待得君來向此，花前對酒不忍觸。共粉淚，兩簌簌。

在蘇軾之後，有人專門效法蘇軾的拗體《賀新郎》，但多數《賀新郎》爲純律體。從其他幾個詞牌的情形來看，詞人們對蘇軾的崇拜似乎從未阻擋他們將蘇軾使用拗句之處律化，因此，後世的《賀新郎》仍有可能是在蘇軾的基礎上律化而成的，而非模仿蘇軾之前的版本。我們不能天然地認爲《賀新郎》在蘇軾前就存在純律體，甚至不能假設在蘇軾前有士大夫填寫這個詞牌。蘇軾的《賀新郎》很可能不是變體，而是原始的體式。

蘇軾體《賀新郎》上闋基本爲律句，僅有「手弄」句一處特殊律句。蘇軾巧妙地運用這一高低抑揚的格式，模擬主人公夏晝入眠前輕輕扇動扇子的情態。上闋聲情相對温柔敦厚，適合敘述，蘇軾用來寫近乎静態的畫面。

下闋出現了三處拗句，聲情破碎，更接近口語，也更適合表達較爲强烈的情感，故蘇軾的下闋以議論爲主，更多地發揮以文爲詞的長處，仿佛在對「君」深情地傾訴。詞人以「浮花浪蕊都盡」的刻盡之語，描述春花落盡的時節，將原本穠艷的石榴花，寫出了「幽獨」的氣質。又用「芳心千重似束」，將石榴花的形態比喻爲重重心事，發語似有感慨，並非再如上闋的客觀描述，而有品評之意。「若待得」一韻，斷句頗有争議，如將「花前」以下七字斷出，則出現了五連仄的典型七古聲情，表達了對酒惜花的强烈情感，也將古體詩的文人雅趣帶入了詞中。這一句的格式，很少被後來填寫《賀新郎》者模仿，這也説明，這種格式並非詞牌的要求，而是蘇軾主動使用的。藉助拗句，蘇軾引入了古體詩文的審美，使這首詞變得不再像是坊間的歌唱，而成爲了文人的點評、低語，蘇軾本人風雅的身影隱約浮現在字裏行間。拗體的《賀新郎》適於議論的特點，也讓這個詞牌爲後世的豪放派詞人所青睞。

蘇軾詞中存在著使用拗句的傾向，使用拗句是出於蘇軾的主動選擇，可分爲襲用前人拗調、增加和固化拗句、自創拗調等不同情況。蘇軾詞中的拗句與内容、情感緊密結合，聲情更加激越，句法散文化，重在表現文人逸士的瀟灑意態。蘇軾在詞中使用拗句，与唐詩中使用拗句的目的遥相呼應，是一種以詩爲詞乃至以文爲詞的努力，接續著唐宋以來古體詩、古文的傳統，意在提升詞的文體地位。由此也可以看出，蘇軾以詩爲詞的嘗試，很大程度上是以古體詩爲詞，而非限於以齊梁以來的近體詩爲詞。經蘇軾使用過的帶有拗句的詞牌，也成爲後世豪放派詞人常用的詞牌。

四　蘇軾之後的拗句

蘇軾之後，宋詞中使用拗句的現象仍然十分普遍，但大體不出蘇軾詞涉及的幾種情況，拗句在詞牌中已基本固定。本文在此擇要介紹一下蘇軾之後宋詞使用拗句的現象。

和蘇軾同時而年輩稍晚的晁補之與蘇軾的嘗試方向基本一致，且在前人基礎上又有增加拗句的現象。

對於柳永填寫的《洞仙歌》，晁補之又做了進一步的改造，寫出了「一望一見，心絶心絶」的拗句，連續四個節奏點均爲仄聲，聲韻淒婉。同首作品中又有連平之句如「頓成淒涼」、「愁人看花」，連仄之句如「此恨難説」，均爲淒楚之句。晁補之在柳永的基礎上增加拗句，使詞牌的聲情特點更加明顯。

晁補之也會在原本純爲律句的詞牌中加入拗句。例如，在《萬年歡》中加入了「依舊風景」、「半天雲正愁凝」；在《離亭燕》中加入了「悲歌楚狂同調」、「人去江山長依舊」、「楓林子規啼曉」。

我們今天無法確定，這些詞牌是由晁補之本人改造，還是有人先於晁補之做了改造。重要的是，蘇軾在詞牌中增加拗句的做法得到了蘇門學士的呼應。

黄庭堅偶爾會呼應蘇軾在文人雅詞中加入拗句的做法。例如，被蘇軾增加了拗句的《好事近》《雨中花慢》，黄庭堅填寫的體式都與蘇軾相同。對於蘇軾的隱栝詞，黄庭堅也有呼應，用《瑞鶴仙》隱栝了歐陽修的《醉翁亭記》，其中出現了「環滁皆山也」「喧嘩衆賓歡也」「太守樂其樂也」三處拗句，襲用了原文中的經典之句，表達了對這位前輩的景仰，顯示出文人詞的趣味。

賀鑄首創或率先使用了若干拗調，如《石州引》、《吴音子》、《金鳳鉤》等，其中最著名的還屬《青玉案》。其中「彩筆新題斷腸句」爲特殊格式，表達了愁腸百轉的複雜感情。晁補之的同調之作此處也作相同格式。《青玉案》也成爲辛棄疾等後世豪放詞人喜愛的詞牌。

周邦彦也有在前人律調中加入拗句的做法，而他更引人注目的創造，則在於創製或率先使用了大量拗調。目前可見由周邦彦首先填寫的拗調共有三十二調，其中包括《齊天樂》、《解連環》、《南浦》、《解語花》、《繞佛閣》、《瑣窗寒》、《華胥引》、《蘭陵王》等著名詞牌。這些詞牌大大豐富了南宋詞人的創作，催生了詞史上的衆多經典。周邦彦和他的後繼者們，往往用這些拗調表現文人清雅的趣味，用拗句做刻盡的描寫，表現激越的感情。周邦彦以下，宋詞越來越多地表現出清氣，這種清氣是與拗句的使用有相關性的。應當考慮到，這些清雅之詞與前代的古體詩存在承繼關係。至此，拗調的體系基本形成了。

兩宋之際，李清照的名作《聲聲慢》實際也是在律調中加入拗句的成果。在李清照之前，《聲聲慢》純爲律調，且例作平韻，聲情平緩，並無哀音。李清照不但將平聲韻改爲入聲韻，還加入了多處悲戚激越的拗句，如：「淒淒慘慘戚戚」，「三杯兩盞淡酒」，「梧桐更兼細雨」，「到黄昏、點點滴滴」，「這次第，怎一個、愁字了得」。這些拗句均爲寫愁警句，寫出了李清照此時的悲愴心情。李清照借鑒蘇軾、周邦彦的做法，將本不悲哀的詞牌改造爲了淒美至極的詞牌。這首詞有明顯的文人趣味，記録了李清照極爲個人化的經驗，也顯示出李清照詞作脱離音樂、注重聲情的一面。

辛棄疾也經常使用拗調，其涉及的詞牌明顯指向蘇軾的影響。蘇軾首創的《哨遍》、《賀新郎》、《祝英臺近》都曾爲辛棄疾所模仿。辛棄疾還填寫過聲情豐富的《摸魚兒》、《蘭陵王》，也顯示出對拗調的特殊愛好。

南宋後期，詞風清雅奇譎的吴文英、姜夔、張炎等人，也偏好使用拗調，並有在前人基礎上增加拗句的傾向。拗調的使用，與南宋詞人尚清尚奇的詞風呈現出密切的聯繫。

蘇軾之後，宋詞拗調的使用仍在繼續，且日益固定。蘇軾是宋詞拗調發展的一個重要節點，其後的拗調寫作幾乎都可視爲模仿蘇軾。後人承襲蘇軾拗調的多種做法，也承襲其中清雅的文人審美，這一點對南宋詞清雅風格的形成大有推動。

根據本文的梳理，宋詞接納拗句的動機分爲兩種：一種是俚俗的，是爲了容納和模擬口語；一種是清雅的，是爲了與古體詩和古文的寫作傳統對接。前一種逐漸走向自然衰亡，後一種却愈演愈烈。北宋後期與南宋的拗句使用，以及最終固定在詞牌中的拗句，大多屬於後一種情況，是宋詞雅化的一種標誌。以拗句爲標誌的宋詞雅化，一方面與五言詩的雅化相似，都是憑藉行旅題材走出樂府，進而轉向文人生活，實現了文體功能的轉型；一方面跟上了宋代詩文復古的步伐，是宋人嘗試以詩爲詞、以文爲詞的表現。蘇軾在其中的貢獻尤爲突出，做出了多種嘗試，對後世多有啓發。拗句非但没有隨着宋詞的徒詩化消亡，反而在詞牌中固定下來，很多重要詞牌和著名詞作都涉及拗句。清雅一派的宋詞拗調，傾向於表現士大夫的個人生活與審美情趣，遠承六朝古詩，近接唐宋古體詩，在新興的文體中接續了古老的文學傳統。

（作者單位：北京大學中文系）

〔一〕本文所論詩詞的聲情特點，均源于龍榆生《詞曲概論》中的相關論述，不再一一出注。參見龍榆生《詞曲概論》，北京出版社二〇一一年版。

〔二〕田玉琪《北宋詞律》，中華書局二〇一八年版。

〔三〕杜曉勤指出，「第二字與第四字四聲相異句（即大同律句）的大幅增加，實際上是在梁代，尤其是天監後期至大同年間，而非齊永明之後即已出現。」「大同律句的出現是五言詩結構韻律變化的結果。」（參見杜曉勤《六朝聲律與唐詩體格》，北京大學出版社二〇一七年版，第一〇九頁）按，齊梁四聲意義上的「二四異聲」與後世近體詩平仄意義上的「二四異聲」尚不相同，但平仄意義上的「二四異聲」，即五言詩的第二字與第四字平仄不得相同，是被廣泛認同的近體詩寫作規則，較其他規則更少變通，實際是律句的最低標準。符合「二四異聲」的詞句，即使有孤平等問題，在拗怒程度上也遠遠不及連平連仄句，故本文以「二四異聲」作爲判斷律句的標準。

賀方回《東山詞》宋刻殘本及毛氏汲古閣本之源流考論

（中國香港）鄭煒明　陳玉瑩

内容提要　賀方回詞集的版本，分《東山詞》和《賀方回詞》兩大系統，而《東山詞》系統皆出自宋刻殘本《東山詞》卷上。歷來學者對此系統的版本源流論述並不清晰。至明末，又有毛氏汲古閣未刻詞本《東山詞》及其所衍生的諸本流傳。而清代乾嘉時期的星鳳閣鈔本《東山詞》乃探索賀氏《東山詞》版本源流的關鍵綫索。此外，通過梳理《東山詞》的版本問題，我們發現了賀方回名諱或不作「鑄」，而作「籌」。

關鍵詞　賀方回　《東山詞》　宋刻殘本　毛氏汲古閣本　星鳳閣鈔本　賀鑄

一　小引

賀方回詞集的版本，現存的所有本子，其實皆出自兩個源頭：㊀《東山詞》系統；㊁《賀方回詞》系統。此點王兆鵬曾經論及。〔一〕

而所謂《東山詞》系統，諸本皆依據宋刻殘本《東山詞》卷上。在這個系統裏，目前已知則以毛氏汲古閣未刻詞本《東山詞》（下亦簡稱毛鈔本）爲較早期利用宋本，再加上從宋以來各種詞籍、筆記中採輯增附所得賀方回詞作而成的一個增輯本。這個系統裏相當一部分後出的本子，其實皆出自毛鈔本。

本文只集中討論《東山詞》系統中的版本源流問題。至於《賀方回詞》系統的問題，將另文處理。

晚清以來，研究賀方回詞的學者，代不乏人，成果頗多。但於賀方回詞集各種版本源流問題方面，論者多承襲朱祖謀的説法。至現當代則有饒師宗頤、鍾振振與王兆鵬等，對賀方回詞集版本有所考論或介紹。饒先生於上世紀六十年代撰有《詞籍考》，於賀方回詞集版本，有提綱挈領之論述，共涉及賀詞主要版本十三種。[二]鍾振振則撰有《賀鑄詞集版本考》，列舉並考證賀方回詞集版本達三十種。[三]而王兆鵬於其《詞學史料學》一書中，亦對賀方回詞集之其中二十六種版本有所簡介。[四]

可惜的是，過往論及賀方回詞集版本問題的專家學者，在版本源流方面，總有這樣那樣語焉不詳的地方，不乏可考證補充之處。我們認爲這對賀方回詞的研究，會是一種桎梏：正因爲版本源流問題還没有弄清楚，才會致使至今仍缺乏一個可信賴的、具文獻價值的賀方回現存全部詞作的滙校本。而汲古閣未刻詞本《東山詞》的源流問題，正是賀方回詞集版本整體研究的核心問題之一。詳見下文。

二　宋刻殘本《東山詞》卷上的著録及其版本傳承

（一）宋刻殘本《東山詞》

宋刻殘本《東山詞》卷上，已是現存可見的賀方回詞集的最早版本，現藏於中國國家圖書館。清嘉慶年間張金吾的《愛日精廬藏書志》卷三十六有載：

東山詞一卷　宋刊本　汲古閣藏書

宋山陰賀鑄方回撰　原上下二卷，今存卷上一卷，凡一百九闋。《直齋書録解題》云：《東山樂府》張文潛序之，當即此本。……是書《六十家詞》未刊，蓋以得書稍遲，故未及梓入耳。毛褒有印記。[五]

今以民國武進陶湘涉園續刊《景刊宋金元明本詞四十種》本《景宋本東山詞上卷》覆檢，知其收詞闋數與

《愛日精廬藏書志》記載相同，亦見有「毛褒之印」朱文方印及「華伯氏」白文方印二枚（按毛褒字華伯），足可證此傳世宋刻殘本曾爲汲古閣毛晉之子毛褒所鑒藏。此外，據陶氏所刊《景宋本東山詞上卷》目録，仍殘存原刻卷下部分詞目，是亦可知宋刻殘本之原書，原有上下二卷。

中國國家圖書館所藏之宋刻殘本《東山詞》，後於二〇〇四年據原書影印出版（見以下第十四條）。

（二）明皮紙鈔本《東山詞》卷上

據鍾振振《賀鑄詞集版本考》，謂另有明鈔本：

明皮紙鈔本《東山詞》卷上。……是本即自殘宋刊本出，有毛扆朱校。後藏蕭山蔡陸士家，輾轉入於書賈之手，一九五三年癸巳爲黄先生所購藏。〔六〕

按黄先生即黄裳。此本現藏於中國國家圖書館。

（三）鮑氏知不足齋鈔校本《東山詞》卷上

又據黄裳《古籍稿鈔本經眼録——來燕榭書跋題記》所載而得知，此宋刻殘本另又有清代鮑廷博知不足齋鈔校本傳世：

……以文手校未終卷。此殘卷係從宋坊刻本出，原本亦殘存一卷，《愛日精廬》著録。有毛華伯、席玉照藏印，見於北京圖書館，此卷缺字處原本亦然。〔七〕

按鮑廷博字以文。從上引文字可知，鮑氏此一鈔校本實亦出自宋刻殘本，故缺字處與原本相同。此本現藏於中國國家圖書館。

（四）勞權傳寫知不足齋鈔校本《東山詞》卷上

其後又有清勞權傳寫上述之知不足齋鈔校本。「是亦傳寫知不足齋本，《彊村叢書·東山詞》上初刊時曾用爲底本，今下落不明。」〔八〕朱祖謀於甲寅（一九一四）閏端陽所撰的《彊村叢書本東山詞上賀方回詞東山詞補跋》有云：

右《東山詞》上一卷、《賀方回詞》二卷，並勞巽卿傳寫知不足齋本。〔九〕

按勞權字巽卿。此本現下落不明。

（五）王氏惠迪吉齋滙輯《東山寓聲樂府》之下卷

道光年間，王迪（生卒年不詳）惠迪吉齋滙輯《東山寓聲樂府》（上中下三卷，附補遺一卷），其中下卷與宋刻殘本大致相同。據王氏於道光戊申年（一八四八）所撰自跋云：

……近獲知不足齋鮑氏鈔校本兩種，一本與侯氏、張氏同，一本分爲二卷，與侯氏、張氏本相較，同者僅八首。此本雖非原書，亦屬罕見，足可寶貴，不知鮑氏何是得之？頃以三家藏本彙而編之……，録成三卷……〔一〇〕

按侯氏指侯亦園刻本，張氏指張金吾藏本。但王迪所言仍有語焉不詳之處：王氏所輯《東山寓聲樂府》三卷之下卷，實即源自宋刻殘本之鮑氏鈔校本。此本現下落不明。

（六）皕宋樓所藏王氏惠迪吉齋滙輯《東山寓聲樂府》傳寫本之下卷

陸心源《皕宋樓藏書志》卷一一九集部詞曲類，謂有王氏惠迪吉齋滙輯《東山寓聲樂府》（上中下三卷，附補遺一卷）之傳鈔本，已注明爲舊鈔本。後陸樹藩於一八九二年爲王鵬運所鈔録之本，應即依據此家藏之本。此本後於光緒三十三年（一九〇七）爲陸樹藩連同其他皕宋樓藏書，售予日本岩崎氏静嘉堂文庫。〔一一〕

（七）八千卷樓藏王氏惠迪吉齋滙輯《東山寓聲樂府》傳鈔本之下卷

據鍾振振《賀鑄詞集版本考》謂錢塘丁氏八千卷樓藏有一册王氏惠迪吉齋滙輯《東山寓聲樂府》（上中下三卷，附補遺一卷）之傳鈔本。此本版心有「眠雲精舍」字樣，但不詳鈔者何人，而扉頁有丁丙（一八三二—一八九九）籤記。清光緒末，端方任兩江總督，命繆荃孫盡收丁氏將散之藏書，納入江南圖書館（南京

圖書館前身）。此本現藏於南京圖書館。鍾振振更謂此本傳寫及校語，皆千瘡百孔，錯訛甚多。〔一二〕

（八）陸樹藩手鈔惠迪吉齋滙輯本《東山寓聲樂府》之下卷

晚清大詞人王鵬運四印齋刊刻《東山寓聲樂府補鈔》一卷，即據其友陸樹藩（歸安陸氏皕宋樓主人陸心源之子，字純伯）手鈔其家藏之惠迪吉齋輯本《東山寓聲樂府》。王氏於光緒壬辰（一八九二）新秋撰跋云：

……前刻汲古閣未刻詞本，……近讀歸安陸氏《皕宋樓藏書志》，知有王氏惠庵輯本，視前刻多百許闋，迺丐純伯舍人鈔得，爲《補鈔》一卷附後。〔一三〕

是以知曾有陸樹藩手鈔之本，現下落不明。王鵬運曾於《四印齋所刻詞》本《東山寓聲樂府補鈔跋》中謂此本「唯屢經傳寫，訛闕至不可句讀，與純伯、夔笙校讎一再，略得十之五六」。

（九）繆氏藝風堂手鈔惠迪吉齋滙輯本《東山寓聲樂府》之下卷

光緒三十三年（一九〇七），繆荃孫奉端方之命，收購丁氏八千卷樓藏書，其中有王氏惠迪吉齋滙輯本《東山寓聲樂府》之眠雲精舍傳鈔本，繆氏於後一年曾鈔録一本，並手校三過，並將此鈔本編入藝風堂鈔本《宋金明人九家詞》內。此本現藏於中國國家圖書館。〔一四〕

（十）適園藏惠迪吉齋滙輯本《東山寓聲樂府》傳鈔本之下卷

張均衡《適園藏書志》卷一六集部詞曲類著録有一種《東山寓聲樂府》三卷、補遺一卷。鍾振振謂「是亦惠迪吉齋滙輯本之傳鈔本，……今所在不詳」。〔一五〕按此本現藏臺北「國家圖書館」，其正文及補遺之後，尚附有張均衡手録賀方回詞三首，計爲《柳色黄》「薄雨催寒」、《清平樂》「小桃初謝」及《望湘人》「厭鶯聲到枕」，謂皆「從周邦彥選詞中録出」。這一點未見有學者提出，特標舉於此。

（十一）吴昌綬手鈔虞山瞿氏藏宋刻殘本《東山詞》卷上

民國時期，朱祖謀刻《彊邨叢書》，有《東山詞》卷上一種。此本與宋刻殘本相較，缺卷下詞目。據朱氏

此本乃據中國國家圖書館所藏之宋刻殘本《東山詞》原書影印線裝二〇〇册，由北京圖書館出版社於

（十四）中華再造善本之《東山詞》

按丁巳即一九一七年，壬戌即一九二二年。此本現收入《續修四庫全書》之集部别集類。

迄工。〔一七〕

杭州吴昌綬校閲，上虞羅振玉署耑，吴縣章鈺題籤，武進董康督印。丁巳春開雕，壬戌夏

仍殘存原刻卷下殘目。陶氏有識語云：

大抵皆與宋刻殘本同。

此本乃民國武進陶湘續刊《景刊宋金元明本詞四十種》之一，乃據傳世宋刻殘本《東山詞》卷上影刊，

（十三）陶氏涉園《景宋本東山詞上卷》

朱孝臧甲寅閏端陽撰於無著庵之跋文。此本除無宋刻殘本原有之卷下殘目外，其張序、卷上目録及正文，

《彊邨叢書》本之《東山詞》卷上，卷首有譙郡張耒文潛序，次爲《東山詞卷上目録》，次爲正文，卷末有

（十二）《彊邨叢書》本《東山詞》卷上

抑朱氏付梓時略去？

落不明。今《彊邨叢書》本之《東山詞》上，並無宋刻殘本原有之卷下目録部分，未知是否吴氏鈔録時省去，

梓所據實爲吴昌綬鈔録宋刻殘本之手寫本。故知傳世宋刻殘本《東山詞》卷上應曾有吴氏鈔本，此本現下

按伯宛即吴昌綬。是以知朱氏《彊邨叢書》本之《東山詞》上一卷亦源自宋刻殘本。朱氏已明確指出，其付

梓。……他日宋本復出，庶乎一晰疑塵。〔一六〕

右《東山詞》上一卷，虞山瞿氏藏殘宋本。……伯宛不欲徒襲故名，手寫三本，各自爲卷，寄屬授

甲寅（一九一四）跋文：

二〇〇四年十月出版，列爲「中華再造善本」之一。此本於學術上之版本價值，實與宋刻殘本相當。

今據此影印本，乃知該宋刻殘本原書，於張耒序、目録首頁、卷上首頁及卷上末頁等處，皆有白文長方印二枚，作「鐵琴銅劍樓」及「古里瞿氏記」，可證原書曾經瞿氏鐵琴銅劍樓收藏。而陶氏涉園之《景宋本東山詞上卷》則未見描摹此二印，未知何故，或陶氏影刻此書時，鐵琴銅劍樓第四代主人瞿啓甲尚未於所藏原書上鈐此二印。瞿氏所藏之宋刻殘本原書，應即爲吴昌綬借閲並手鈔之本（參上文第十一條），亦爲涉園陶氏影刻所據之本（參以上第十三條）。

（十五）其他

另據傅增湘《藏園群書經眼録》集部詩餘類云，曾有明紫芝漫鈔寫本《東山詞》。該本版心下方有「紫芝漫鈔」四字；棉紙，墨格，九行十五字；有毛扆朱校，另有陸貽典校，鈐有毛扆、黄丕烈、劉泩年等人藏印。據傅氏記載，此書後歸唐晏，其後則下落不詳。〔一八〕

又據《北京大學圖書館藏李氏書目集部詞類》一《合集》，著録有所收李氏舊藏明鈔本《東山詞》一卷，有毛扆朱校，唐晏跋。按李氏指李盛鐸，其木犀軒藏書有名於世。〔一九〕

上述兩種皆爲明鈔、毛扆朱校及唐晏舊藏，未知是否爲同一種。又未能考定其與宋刻殘本是否有關，因此本文下附圖表中不予標出。

此外，尚有錢曾也是園藏影寫宋刊本《東山詞》二卷，《也是園藏書目》卷七有著録。此本後歸仁和朱學勤結一廬所藏，《結一廬書目》卷四集部詞曲類記載：

《東山詞》二卷。計一本，……影寫宋刊本，述古堂藏書。

按述古堂亦錢曾之號。既云影寫宋刊本二卷，則其上卷或與宋刻殘本《東山詞》有一定之關連，亦未可知。或即已佚之宋刻《東山詞》二卷本的一個傳寫本。可惜此本現下落不明。〔二〇〕

有關這個小系統内的各種版本傳承，現暫且表列如下：

【表一】《東山詞》宋刻殘本之版本流傳

宋刻《東山詞》卷上下，二卷本。已佚。

→ 也是園藏影寫宋刊本《東山詞》二卷。現下落不明。

→（一）宋刻殘本《東山詞》卷上。卷下已佚，僅存部分目録。汲古閣毛褒原藏本。

→（二）明皮紙鈔本《東山詞》卷上

→ 汲古閣滙輯《東山詞》二卷本之卷上

→ 趙氏星鳳閣鈔校《東山詞》二卷本之卷上

→（三）清代鮑廷博知不足齋鈔校本

→（四）清勞權傳寫知不足齋鈔本

→（五）王氏惠迪吉齋滙輯《東山寓聲樂府》之卷下

→（六）皕宋樓所藏傳寫本之卷下 ＊

→（八）陸樹藩手鈔本之卷下

→（七）八千卷樓所藏眠雲精舍傳鈔本之卷下

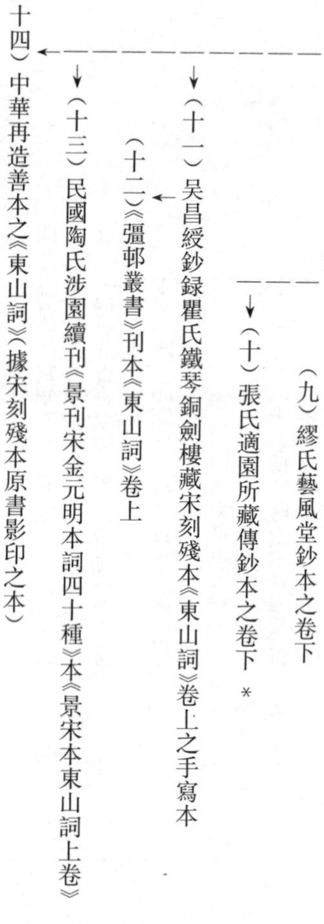

（九）繆氏藝風堂鈔本之卷下

→（十）張氏適園所藏傳鈔本之卷下 *

→（十一）吴昌綬鈔録瞿氏鐵琴銅劍樓藏宋刻殘本《東山詞》卷上之手寫本

（十二）《彊邨叢書》刊本《東山詞》卷上

→（十三）民國陶氏涉園續刊《景刊宋金元明本詞四十種》本《景宋本東山詞上卷》

←（十四）中華再造善本之《東山詞》（據宋刻殘本原書影印之本）

* 未能排除所藏者即前列舊鈔之某一種。

三　毛晉汲古閣未刻詞本《東山詞》的著録及其版本傳承

明末滙集宋人詞集的叢書，以毛晉汲古閣《宋名家詞》六十一種爲最著，其中並無賀方回的詞集。其後毛氏搜集鈔録宋詞遺集，應續有所得，惜未及梓行，惟部分鈔本仍有所流傳，後世藏書家統稱爲「汲古閣未刻詞」。至清康熙年間始有侯文燦刊刻《名家詞集》十種，其中包括賀方回的《東山詞》。而晚清以來詞學家，如王鵬運、朱祖謀等，皆以侯刻《名家詞集》之《東山詞》，實即源自汲古閣未刻詞本《東山詞》。有關版本的著録與傳承，現略述如下：

（一）毛晉汲古閣未刻詞本《東山詞》（以下又稱毛鈔本）

清彭元瑞《知聖道齋書目》卷四「集部」著録有汲古閣未刻詞本《東山詞》。又於《知聖道齋讀書跋》卷二「宋未刻詞」條中提到乃得自謙牧堂(清貴族揆敘的書齋名)藏書,共二十二帙宋元人詞,「題曰『汲古閣未刻詞』,行款字數與已刻《六十家詞》同,每帙皆鈐毛子晉諸印,皆精好」。〔一一〕

按揆敘即清康熙朝大臣納蘭明珠之子納蘭揆敘,詞人納蘭性德之弟。揆敘乃清初大藏書家之一,撰有《謙牧堂藏書總目》二卷。彭元瑞爲清乾隆二十二年進士,後爲《四庫全書》十大副總裁之一,乾隆中主編《天禄琳瑯書目》及續編;所藏宋元本衆多,又曾借抄天一閣、知不足齋等藏本數千卷,爲乾隆朝著名藏書家之一,撰有《知聖道齋書目》四卷及《知聖道齋書目跋尾》二卷,晚年藏書歸朱學勤結一廬。

是以知彭氏知聖道齋所藏的汲古閣未刻詞本《東山詞》,實出自汲古閣毛晉之手,乃清康熙年間揆敘謙牧堂原藏。故此本應爲明末清初毛晉鈔録而未及付梓之本,應可無疑。彭氏之後,此本可能歸朱氏結一廬收藏,但朱學勤《結一廬書目》却並未著録此彭氏所藏本。這個藏本後來下落不明。

現在我們知道,清季王鵬運四印齋校刻賀方回《東山寓聲樂府》一卷時,曾利用汲古閣未刻詞本。王氏於光緒己丑(一八八九)所撰的《東山寓聲樂府跋》中曾説:「此本由毛鈔録出……合百六十九首爲一,題曰《東山詞》。毛氏傳鈔,每變元書體例,不獨此集爲然。兹改從舊名,若分卷則無從臆斷,姑仍毛氏焉。」〔一二〕王氏又在光緒壬辰(一八九二)所撰的《東山寓聲樂府補鈔跋》中説道:「按東山詞傳世者,惟前刻汲古閣未刻詞本,即所謂亦園侯氏本也。」〔一三〕這裏王氏「前刻」一詞,指的是四印齋所刻詞本的《東山寓聲樂府》。後朱祖謀於甲寅(一九一四)所撰《彊村叢書》本《東山詞》上、《賀方回詞》及《東山詞補》的跋文中提到:「半塘翁用汲古本板行,而校以侯刻,兼有增附。」〔一四〕

據上所引,可見王氏確曾見過一份汲古閣未刻詞本《東山詞》(不分卷,收詞一百六十九首),並據以校刻爲四印齋所刻詞本的《東山寓聲樂府》一卷。但他所見的本子是否即彭元瑞知聖道齋所藏之本,則未可確定。

(二) 顧梁汾鈔本《東山詞》(以下又稱顧鈔本)

據清侯文燦（生卒年不詳，康熙年間人）於康熙己巳嘉平（康熙二十八年（一六八九）十二月）所撰《名家詞集序》：

古詞專集，自汲古閣六十家宋詞外，見者絶少，然私心未愜也。近顧梁汾先生從　京師歸，知余有詞癖，出《陽春》、《東山》諸稿見餉。……兹先集十家，正其字句之譌、姓名之混，將以付之梓人。〔二五〕

是以知侯氏亦園刻本之《名家詞集》十種，其中《陽春》、《東山》二集，乃出自顧梁汾所贈的一份鈔本。按今所知，歷來學者皆以侯氏亦園刻本《東山詞》即源自毛氏汲古閣未刻詞本（毛鈔本）。而據上引侯氏自序，謂其所梓實據顧梁汾鈔本，因此可推論顧梁汾鈔本實亦傳自毛鈔本。此本現下落不明。

（三）侯氏亦園所刻《名家詞集》之《東山詞》（以下又稱侯刻本）

侯氏亦園所刻《名家詞集》中的《東山詞》，先後應曾有三種本子。

㊙ 康熙二十八年春一月侯氏序本

此本正文前另有張鳳池、黄蛟起、采山僧宏倫等三人之題詞。晚清金武祥《粟香室叢書》光緒丁亥（一八八七）之《重刻名家詞集》之《東山詞》，即據此本。

按侯序及三首題詞，實本爲《亦園詞選》而撰，不知何故羼入《名家詞集》中。侯文燦所編的《亦園詞選》亦刻於康熙二十八年，序文與此本侯氏自序幾全同，内容主要記其與萬樹因詞而深交，共同編選當朝詞之情誼。其稍有不同處，只在文末落款署年月前增「時皇清」三字，另「春一月」作「春二月」而已，此外亦有張氏、黄氏及僧宏倫三篇題詞〔二六〕，内容與此本全同。從内容可見，序文及題詞本皆爲《亦園詞選》而撰，殆可無疑。此本今於中國國家圖書館藏有一本。

㊀ 康熙己巳嘉平（即康熙二十八年十二月）侯氏序本

據阮元所輯之《宛委别藏》本《東山詞》，乃知别有此本。此本不録上本所見之侯序及三篇題詞，而以侯氏於同一年末别撰一序冠於卷首。此本之序題爲《名家詞集序》，内容謂得顧梁汾、孫星遠兩先生提供唐宋以來詞集，及其自藏「共得四十餘家，擬公當世，兹先集十家，……將以付之梓人」云云。[二七]具見其與上本相異，可判定别是一本。此本現下落不明。

㈥ 顧梁汾爲《名家詞集》撰序之本

黄裳《來燕榭讀書記》「名家詞集」條下有記：「《名家詞集》，……版心下有亦園二字。前有顧貞觀序，康熙己巳侯文燦序，康熙二十八年己巳侯文燦題於于野草堂序。圯石張鳳池、采山僧宏倫題辭。」[二八]是以知此本《名家詞集》，前有顧梁汾序及侯氏兩序，另有張氏及僧宏倫題辭各一篇，具見黄裳於丙申（一九五六）六月初三日所得之此本，實有異於前兩種。至於顧梁汾序，乃顧氏佚文之一，可見於況周頤《蕙風詞話續編》卷一第四四則：「國初錫山侯氏刻《十名家詞》，有顧梁汾序一首，論詞見地絶高。江陰金溎生（武祥）粟香室重刻本，佚去此序。曩移鈔史館本顧集，亦未之載，亟録於此。……」[二九]今此本下落待考。

（四）阮元輯《宛委别藏》本《名家詞集》之《東山詞》（以下又稱宛委别藏本）

《宛委别藏》現有江蘇廣陵古籍刻印社整理、江蘇古籍出版社一九八八年二月影印出版之本。此本《名家詞集》卷首有阮元《研經室外集》卷三之《四庫未收書題要·名家詞十卷題要》，後有侯文燦於康熙己巳嘉平所撰之《名家詞集序》。至《東山詞》卷前有「譙郡張耒文潛序」及「東山詞目録」。據詞目則依次有由《望湘人》至《八六子》等共一百七十三闋作品。

（五）金武祥《粟香室叢書》本《名家詞集》之《東山詞》（以下又稱粟香室本）

此本書名頁題「名家辭集」，落款「光緒丁亥冬日—穀莽書」。次有金武祥光緒丁亥閏月所撰之《重刻名家詞集序》。次録王士禛《居易録》及阮元《研經室外集》記述侯刻本文字各一段。次有張鳳池、黄蛟起、采山僧宏倫之題詞各一。次有侯文燦康熙二十八年春一月題於野草堂之《自敘》。又次爲《名家詞集》之詞人姓氏。

此本之《東山詞》卷首有譙郡張耒文潛序。次有《東山詞目録》。詞作起《望湘人》，迄《八六子》，共一百七十三闋（案目録記《清商怨》二首，失校，正文實有三首）。

此本鍾振振以爲乃「亦園刊本之覆刻。……江陰金武祥刊《粟香室叢書》，以侯氏《十名家詞》已不多見，遂翻版梓入」[三〇]。考金氏於《重刻名家詞集序》中自云：「光緒甲申（一八八四）余於廣州市中購得是書，……顧余所得本刊刻未精，譌字脱文觸目皆是，又别無善本可資校讎，因雜考《樂府雅詞》、《陽春白雪》、《詞綜》、《詞律》……諸書，據以改補。……行篋苦無多書，計竭兩旬之力，所補正者僅十之二三。」是以知此本實爲金武祥依侯刻本爲底本，而作定譌校正後重刊之本，未可遽以爲一般之覆刻翻版。

（六）《四印齋所刻詞》本《東山寓聲樂府》（不分卷）

王鵬運四印齋刻本《東山寓聲樂府》刊於光緒己丑（一八八九），跋文謂乃從汲古閣未刻詞本（即毛鈔本）《東山詞》録出。此本半塘老人名曰《東山寓聲樂府》，跋文謂乃改從古代諸家譜録舊名云云。卷前有「譙郡張耒文潛書序」，次有葉石林《建康集》八之《賀鑄傳》，其後爲正文，起《望湘人》「春思」，迄《新念别》「詠梅花」，以後爲況周頤輯佚所得之四闋補遺。次爲王鵬運光緒己丑夏日跋文及十一月庚申之補記。

此本王鵬運及朱祖謀皆謂出自汲古閣未刻詞本，應可無疑。而王氏所刻此本，曾經王氏、況周頤及陸樹藩（純伯）等，以侯氏亦園刻本、陸氏手鈔之錢塘王迪惠迪吉齋滙輯《東山寓聲樂府》（上中下三卷，附補遺一卷）及其他資料一再校讎訂補。

（七）河朔藝文石印社刊本《東山寓聲樂府》

清宣統三年（一九一一）有河朔藝文石印社以小楷鈔録《四印齋所刻詞》本《東山寓聲樂府》及《東山寓聲樂府補鈔》兩種，並以石印刊行。書後附有勘誤表及校者無名氏識語。[三一]

有關這個小系統内的各種版本傳承，現暫且表列如下：

【表二】 汲古閣未刻詞本《東山詞》之版本流傳

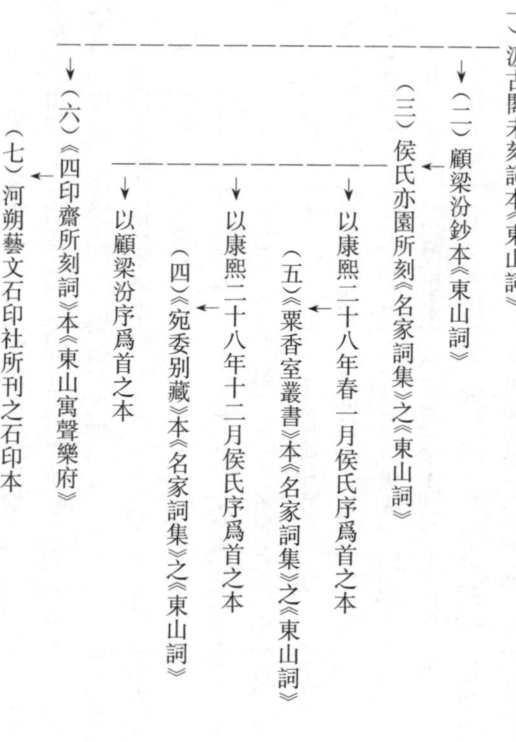

四　星鳳閣鈔本《東山詞》版本溯源

我們認爲，星鳳閣鈔本《東山詞》是探索賀方回《東山詞》版本源流問題的關鍵綫索，可惜過去一直未爲研究者所重視。

此本原藏於原國立北平圖書館，現藏臺北「國家圖書館」。香港大學圖書館有此本之微縮膠卷。

此本爲墨格寫本，所用箋紙板心刻有「星鳳閣正本　趙某泉手鈔」等十字。每半葉十行，每行二十一字。正文卷上葉一第一行由下至上鈐印：白文「趙輯寧印」、朱文「古歡書屋」。

趙輯寧（生卒年不詳；活躍於一七六八—一八〇六），號素門先生，又字典承，清乾嘉時期錢塘著名藏書家，與知不足齋鮑廷博同時同地人，以所藏影宋鈔本詞集甚夥而見稱，古歡書屋即其藏書之所。其子趙之玉，字楳泉，嘉慶年間人，齋號星鳳閣。父子二人皆以藏書校書知名。

這個星鳳閣趙楳泉鈔本有若干個一向爲人所忽略的特點，今列舉如下：

（一）此本與《陽春集》同訂一册。

（二）此本《東山詞》分上下兩卷。前有張耒序，序文下小字注「見柯山集」。序後無目録。

（三）此本正文卷上葉一上第二行，作者署名作「山陰賀鑄方回」，並不作賀鑄。

（四）此本卷上末尾，即葉二十四上第十行，「東山詞卷上」五字之下，有小字雙行朱筆識文：「辛酉正月六日从宋本校於燕臺館舍　毛扆識—校畢漏下二十刻矣」。按：辛酉即康熙二十年（一六八一）。毛扆，毛晉季子，字斧季，别字西河，號汲古後人；能繼承父業，尤精校勘，撰有《汲古閣秘本書目》。

（五）此本貼有趙楳泉朱筆小字箋識十條，卷上九條，卷下一條。其中一些有極重要的版本源流信息，如：

㊙ 卷上葉一上：「賀鑄諸本皆作鑄。今因宋刻改。凡字有用硃筆o者，皆從宋刻補。」

㊁ 卷上葉十二下所貼的箋識提到除了用宋刻本校改外，他還用了一個「旧抄本」作爲参校本。

㊂ 卷上葉十三上：「雨中花令，明抄本作明中花令，因宋刻改。」

㊃ 卷上葉二十四上：「此卷毛扆所校。下卷不書年月姓名，不知何人所校。今因其旧云云。甲戌夏

四月十三日日楳泉灯下記。」按：此箋趙楳泉或衍寫一日字。甲戌即嘉慶十九年（一八一四）。

㊂ 卷下葉一上：「甲戌四月初十日灯下對過。」

（六）以此本卷上對校傳世宋刻殘本《東山詞》卷上的影刻本〔三二〕，發現此本正文中的詞牌名皆從俗，這點是與宋刻殘本不同的。

根據上述特點第（四）條及第（五）丁條，這本由趙楳泉在嘉慶十九年（一八一四）所鈔校的《東山詞》，其所依據的底本，其中卷上肯定就是康熙二十年（一六八一）毛扆據宋刻殘本校勘過的一個本子。

筆者據星鳳閣鈔本推論，毛扆於康熙二十年以朱筆校過卷上的《東山詞》鈔本，原有二卷。此二卷本的卷上與今所見之宋刻殘本同，而卷下或即毛扆前人所增輯賀方回詞作之卷。因此，筆者相信星鳳閣鈔本所依據的原本，或乃毛扆家藏，原爲二卷本，疑即汲古閣未刻詞本《東山詞》定稿前的一份整理過渡之本。本文姑稱此本爲汲古閣滙輯《東山詞》二卷本。此本現下落不明。

筆者曾以相信是源自汲古閣滙輯《東山詞》二卷本的星鳳閣鈔本，與相信是源自汲古閣未刻詞本的《四印齋所刻詞》本對校，發現前者卷下各處特殊處理的地方，後者都已將之吸納入正文之中。本文舉三個例子以作證明：

㊀ 前者卷下正文葉一下《點絳唇》「春暮」之後一首，《浣溪沙》「晚景」有目無詞，跨頁共留空三行，似有待補録。而後者於此處亦只列詞目，標明爲「佚」，並無留空，下接《柳梢青》「春暮」，與前者同。

㊁ 前者卷下正文葉六上，末行有詞目《山花子》，葉六下首三行留空，後接同調「彈箏」一詞。而後者於此處亦列目《山花子》，下注爲佚，不留空行，後亦接同調「彈箏」一詞。

㊂ 前者卷下正文葉九下，《減字浣溪沙》「鸚鵡驚人」詞上書眉處，有小字補録《減字浣溪沙》「夢想西池」一首。而後者於此處，則先刻《減字浣溪沙》「夢想西池」，緊接刻同調「鸚武驚人」。後者於此處

所本，明顯是據前者的補録而刻入。

據此可推知，汲古閣滙輯《東山詞》二卷本必定早於汲古閣未刻詞本（不分卷）；前者乃一編纂工作中的整理過渡本，最終定稿爲後者。

而趙棫泉在鈔校《東山詞》卷上的時候，也曾以一個宋刻本對校。根據上述特點第（三）條，星鳳閣鈔本與目前我們唯一知見的宋刻殘本《東山詞》上卷[三三]，在作者署名部分，是完全相同的，亦作「山陰賀鑄方回」。因此，我們有理由相信，星鳳閣所用的宋刻本，與傳世的宋刻殘本《東山詞》上卷，或乃同一本，又或即使稍有不同，亦當爲一脈相承之本。重要的是，現在所見，只有傳世宋刻殘本和趙棫泉鈔校本，是以賀方回爲賀鑄的；那麼賀方回到底名鑄或鑄，還有待考證，這在詞史上是一個亟需澄清的問題。

此外，我們還需要注意的是，還有一個明皮紙鈔本的《東山詞》卷上的本子（參本文第二節之第二條），也是從宋刻殘本所出，也有毛扆朱校[三四]，亦似與星鳳閣鈔本《東山詞》上卷有着某種關聯，待考。

有關這個小系統内的各種版本傳承，現暫且表列如下：

【表三】　星鳳閣鈔本《東山詞》版本溯源

汲古閣滙輯《東山詞》二卷本
（此本卷上源自宋刻殘本，卷下爲增輯賀方回詞作。卷上有康熙二十年毛扆朱校。）
→ 汲古閣未刻詞本《東山詞》（不分卷）
→ （其下諸本，詳參表二）
←

五　餘論

本文於上述各段以文獻考證推論，得知《東山詞》在詞籍流傳過程中，還有下列幾種版本，一向未爲前人所注意或提及：

（一）汲古閣滙輯《東山詞》二卷本

（二）顧梁汾鈔本《東山詞》

（三）以顧梁汾序爲首之侯氏亦園所刻《名家詞集》之《東山詞》

（四）《宛委别藏》本《名家詞集》之《東山詞》

（五）陸樹藩手鈔王氏惠迪吉齋滙輯《東山寓聲樂府》

（六）吴昌綬鈔録宋刻殘本《東山詞》卷上之手寫本

而一向爲人所熟知的侯刻本，經過我們的考證，發現最少曾有三種不同的本子。以上可視爲本文對饒師宗頤先生和鍾振振教授等先行者著作相關部分的補充。

此外，趙氏星鳳閣鈔校《東山詞》二卷本之卷上，及其所依據之疑經毛氏鈔校增輯之《東山詞》二卷本之卷上，内容除詞調名稱改易爲通行者之外，餘皆與宋刻殘本大同小異。可以相信，星鳳閣所用以鈔校之宋刻本，與傳世之宋刻殘本《東山詞》上卷，應爲同一本或一脈相承之本。星鳳閣鈔本與宋刻殘本所載之賀方回名諱，皆不作鑄而作鑄，此爲僅見之珍貴史料，值得深入研究。

有關賀氏名諱問題，還有一個重要的間接佐證：今存之《永樂大典》卷二千二百七十三第十二葉上、卷二千二百七十四第三葉下，有二處提到《東山詞》的作者，皆只稱「賀方回」。〔三五〕因此，筆者頗疑或早在明初永樂年間，當時編修《永樂大典》的編纂者，可能已經對賀方回的名諱是否作「鑄」有所保留了。

筆者認爲，探索詞人詞集版本之各種問題，最終目的是爲了可滙集其全部可信之作品來加以研讀。因此於考論詞人詞集版本源流之餘，必須根據各版本校勘各詞之各種異同，以期可得一可信賴之滙校本，從而可研究該詞人之詞學及其於詞史上之地位。

本文乃筆者於賀方回詞研究之開端，日後將有一系列涵蓋版本、校勘、詞調等等之研究，以釋一己多年未解之惑。

〔一〕〔四〕　王兆鵬著《詞學史料學》，北京中華書局二〇〇四年版，第一八一頁、第一八一—一八三頁。

〔二〕　饒宗頤著《詞籍考》，香港大學出版社一九六三年版，第六九—七一頁。

〔三〕〔六〕〔八〕〔一一〕〔一二〕〔一四〕〔一五〕〔一七〕〔一八〕〔一九〕〔二〇〕〔二一〕〔三〇〕〔三一〕〔三四〕　賀鑄著，鍾振振校注《東山詞・附録二》，上海古籍出版社一九八九年版，第四八七—五〇六頁、第四九二頁、第五〇〇頁、第五〇〇—五〇一頁、第五〇二—五〇三頁、第五〇四—五〇五頁、第四九一頁、第四九一頁、第四九四頁、第四九三頁、第五〇二頁、第五〇三頁、第四九二頁。

〔五〕　張金吾著《愛日精廬藏書志卅六卷續志四卷》，光緒十三年六月吴縣靈芬閣徐氏用集字版校印本，見《續修四庫全書》第九二五册，上海古籍出版社一九九五年版，第六二六頁。

〔七〕　黄裳著《古籍稿鈔本經眼録——來燕榭書跋題記》「東山詞」條，北京中華書局二〇一三年版，第一八七頁。

〔九〕〔二四〕　《彊村叢書》初刊本。

〔一〇〕　見賀鑄著，王迪滙輯《東山寓聲樂府》三卷附補遺一卷本之王迪跋文，臺北「國家圖書館」藏鈔本。

〔一三〕〔二二〕〔二三〕　見《四印齋所刻詞》，上海古籍出版社一九八九年影印本。

〔一六〕　《彊邨叢書》本，《叢書集成續編》，臺北新文豐出版公司一九九一年版，第二〇六册，第六〇八頁。

〔二五〕〔二七〕　阮元輯《宛委别藏》所收《東山詞》，《宛委别藏》第一二〇册，江蘇古籍出版社一九八八年版。

〔二六〕 參考張耕華《清初梁溪詞人群體探論》，臺北政治大學二〇一一年碩士學位論文，第一五九—一六〇頁。

〔二八〕 黄裳著《來燕榭讀書記》，遼寧教育出版社二〇〇一年版，第二九九頁。

〔二九〕 況周頤著，王幼安校訂《蕙風詞話》，見《蕙風詞話·人間詞話（合訂本）》，人民文學出版社一九八二年版，第一四五—一四六頁。

〔三二〕〔三三〕 參考民國武進陶湘涉園續刊《景刊宋金元明本詞四十種》本《景宋本東山詞上卷》，見《續修四庫全書》第一七二二册，上海古籍出版社一九九五年版，第五二一—五三六頁。

〔三五〕《永樂大典》卷二千二百七十二至二千二百七十四，國家圖書館出版社二〇一四年版。

（第一作者單位：香港大學饒宗頤學術館）

論稼軒詞對「醜」的征服

魏耕原

内容提要　詞是拒絶醜的，而辛詞却使醜「大踏步出來」，這不僅見出辛詞尚奇的一面，更重要的是以醜對比美或襯托美，使美醜更顯明；辛詞又用强力征服醜，使之轉换爲美；再次在美醜對比中，表示對上層的批判或憎惡與鄙夷；又把日常與人生不足的「醜」轉化出美來，顯示豪爽的個性與昂揚的精神。

關鍵詞　詞拒絶醜　醜在辛詞　化醜爲美　美醜對比

醜的東西不能進入詞，因爲詞是純美的，所以始終對醜拒絶，或者説詞對醜具有先天的「免疫力」。辛詞具有「尚奇」的一面，「奇」則包涵醜的一面，辛詞則在所不避，寫了一些醜的事物，用强力去征服它們，使之轉化爲美，或者去陪襯美，雖然够不上他的詞的主流，甚至連次流都談不上。但畢竟在辛詞中出現。他打破約定俗成的規範，越出雷池一步，以他絶有的果毅剛强之力征服醜，使之陪襯美，或者轉化爲美，我們就不得不注意他詞中的醜。

一　醜從辛詞「大踏步出來」〔一〕

現存最早的詞集《雲謡集》，題材比較廣泛，没有寫到醜。到了中晚唐與五代，詞的範圍逐漸縮小，成了香軟的東西，只看它的名稱，無論是《花間集》還是《尊前集》，都拒絶醜。不管是「鏤玉雕瓊」，還是「裁花剪葉」，無論是「綺筵公子」還是「繡幌佳人」，他們在「文抽麗錦」、「拍按香檀」之時，用的是「清麗之詞」，以「助嬌嬈之態」，這樣華美香豔的場合，醜則没有資格進入，是絶對被禁止拒絶的。到了北宋的名公巨卿，醜同樣進入不了「詞爲豔科」的小詞。蘇軾敢畫醜石枯樹，醜在他的詩裏也可以間或見到。他的「微風萬頃靴文細」，就是用靴子皺紋描寫江面微波；看到山嶺的白雲，説是「嶺上晴雲披絮帽」。如果説前者屬於創新，顯示追求新奇的審美趨向；後者則有所本，擴而大之而已〔二〕。諸如此類的「醜喻」，在他爲數不少的詞中似乎未曾一見。蘇軾如此，追蹤的張元幹、張孝祥的詞中也没有發現「醜」的痕跡。范成大詩有《蛇倒退》、《嘲蚊四十韻》，可以寫上三四百字，而在他的八十七首詞裏，就絶不會出現。

詞中言及「醜物」，偶爾可以見到。周邦彦《醉桃源》（冬衣初染）涉筆所及寫過蒼蠅：「情黯黯，悶騰騰。身如秋後蠅。若教隨馬逐郎行。不辭多少程。」不是把蠅描繪出來給人看，而是作爲喻體，以其貪逐食物，持久不去，以喻情愛的難捨難分，不離不棄。這是喻之理而非方之於貌，是用來抒發情思的執著、因之，這寫的是美，而不是描繪醜。以「醜」入詞，是從辛棄疾開始的。辛詞以豪爽雄邁著稱，尚奇的一面也很顯著，而奇則包括他化腐朽爲神奇。他對莊子、陶淵明的詩文賦，以及杜甫、韓孟詩派與蘇軾的詩，都極感興趣。以上諸人都出現過以醜爲美的追求。蘇軾敢於「以詩爲詞」，辛棄疾則進而把先前詩文賦涉及到的醜，也引渡入詞。何況他是有氣力化腐朽爲神奇，把醜轉化爲美，以醜陪襯美就更不在話下。

稼軒詞《鷓鴣天·睡起即事》上片給我們展現了一個醜的廣角性畫面，似乎要把看到的醜的事物都要集中在一起不可：

水荇參差動緑波，一池蛇影噤群蛙。因風野鶴飢猶舞，積雨山梔病不花。

大概午休之後散步於室外，看到的東西不是美的，而都是醜的，甚或醜的森然可怕。蛇是惡物，無論是誰見了都不會有美感；蛇在水中竄動，讓人不免却步，何況是「一池蛇影」，恐怖肯定遽然而生，不寒而慄。

蛙屬善類，聲音喧騰，身子鼓漲起來，「蛙怒」也有些氣勢，然一見蛇，亦爲之一「噤」，不敢出聲。鶴是雅逸之物，然飢餓之鶴就不見得美，餓而臨風尤舞，煩躁不安，甚至臨近了「醜」；梔子開花是很美的，特别是雨中之花更美。韓愈《山石》就説過「升堂坐階新雨足，芭蕉葉大支子肥」，而積雨過多，「病」而「不花」，就不美了。他在《滿庭芳》（急管哀弦）中説過：「誰將春色去，鸞膠難覓，弦斷朱絲。恨牡丹多病，也廢醫治。」牡丹一但「多病」，自然不美，而積雨中不開花的梔子就更不美了，似乎也跡近於「醜」，因與開花的梔子有了絶大的距離。以上這些醜的物象，都是從美的景物中「篩選」出來的。他偌大的莊院有山有水，植被非常豐富，美的景物不可勝收，這在洪适的《稼軒記》裏都有所敘寫，在他的詞中也有不少描寫，爲何此處專意把這些醜物都展現出來，他的目的就在於下片：「名利處，戰争多，門前蠻觸日干戈。不知更有槐安國，夢覺南柯日未斜。」他由「門前」的自然景象中蛇、蛙之争的生態中，聯想到上層社會的「蠻觸」之争，從動物之醜類聯想到了南宋政局「黑白雜糅，賢不肖混淆，佞諛滿前，横恩四出」（黄榦《與稼軒侍郎書》），争權奪利，讒邪得勢，黄鐘毁棄，所以就把政治上的醜，用自然生態中的醜與惡來表現。可以説上片純爲喻體，本體則爲下片。「蠻觸日干戈」與槐安國的南柯一夢，前者即是「細看斜日隙中塵，始覺人間何處不紛紛」（《南歌子·獨坐蔗庵》），對上層社會角逐的醜惡現象的俯視；後者則是對角逐者的諷刺，也包涵對人生的參悟，亦即「無窮天地今古，人在四之中。臭腐神奇俱盡，貴賤賢愚等耳」（《水調歌頭》「頭白齒牙缺」）。此詞中的「醜」，只是用作諷刺的對象，揭露其本質。

對此，蘇軾只是説：「蝸角虚名，蠅頭微利，算來著甚幹忙。事皆前定，誰弱又誰强」，「又何須，抵死説短論長」（《滿庭芳》）。東坡曠達，又有佛家思想的支持，國家尚未到興衰存亡時期，所以只以鄙夷不屑一顧。稼軒則不然，時代已到了「斜陽正在，煙柳斷腸處」，不能没有憤然，不能不對邪惡官場予以狠狠一刺，於是醜在辛詞中就「大踏步出來」，顯示出「意想奇嬌」（梁啓超語）的異樣風貌，這也是其所以被稱爲「詞壇第一開闢手」(陳廷焯《雲韶集》卷五)的原因之一。

二　以强力征服「醜」而轉化爲美

醜便是醜,美即是美,然而「醜」可以轉化爲「美」。化醜爲美,或以醜爲美,這是要有哲學上的反思,透過這一層才能發現。一部《莊子》寫了許多奇形怪狀肢體殘廢的醜人,幾乎成了一種「醜人系列」,但却從形體的殘缺與道德的完美上,看出外醜而内美,這就是「支離其形者,足以養其身,終其天年,又況支離其德乎」(《莊子·人間世》);還有不材之木的樗樹,可以得其天年,有材之木却早被砍伐,前者的醜樹,在莊子眼中即成佳木。這是把醜的事物看成美的。他還從美中看出醜來:「毛嬙麗姬,人之所美也。魚見之深入,鳥見之高飛,麋鹿見之決驟」(《齊物論》),而魚鳥則以美人爲可怕之惡物。杜甫在喪亂中吃盡了苦頭,其所以能活了下來,苦中作樂或者説成以苦爲樂,以醜爲美的人生毅力,起了一定的作用。晚年也寫了許多醜樹,都是以「病」字冠題,也是要在災難與不幸中尋找希望與生存。稼軒詞對《莊子》與陶淵明詩特别看重,而陶淵明也是能在貧窮的田園裏,從醜中看出美來,就是出於對人格完善的追求的毅力。這對稼軒詞的影響是極大的,也是以醜爲美,或者乾脆説以力征服醜,使之轉化爲美。如此的審美趨向,爲稼軒詞開闢了新境界。

《清平樂·獨宿博山王氏庵》就是以力征服醜而轉化爲美的代表。這詞的上下片都寫了醜,尤其以上片最爲集中而刺激:

遶床飢鼠,蝙蝠翻燈舞。屋上松風吹急雨,破紙窗間自語。

杜甫在經過荒廢的行宫,寫到了老鼠。在《玉華宫》中説:「溪回松風長,蒼鼠竄古瓦。不知何王殿,遺構絶壁下。」這還是一個過客而已,而辛棄疾却作爲住客;杜甫遠距離偶爾瞬間一見,辛幾乎是零距離通宵遭此醜物的折騰；杜所見不過一二罷了，辛之身邊則是成群結隊，而且既是「飢鼠」，那麼嘰嘰吱吱的叫聲，則會不絶於耳。與此醜物同處，那是一種多麼難堪，就不言而喻了。還有蝙蝠，這也是個陰森的醜類。韓愈《山石》寫過「黄昏到寺蝙蝠飛」，只不過是寺簷上下飛罷了。而今却要在「獨宿」的破庵中，燈之前後的飛舞，距離當然更切近了。嘰吱的飢鼠亂叫聲，呼哧呼哧的蝙蝠飛舞聲，這兩種「醜物」可謂是聲聲入耳，而且還在身邊耳畔，够讓人心煩不安，難以爲處。還有松風急雨的打屋聲，這種聲音似可揭翻屋頂，也不那麼美妙！另外，驟風急雨還把窗間「破紙」吹動得嗶嗶「自語」，荒涼冷寂甚至森寒的小屋，簡直通宵奏出一支陰冷可怖的「交響樂」。如此處境的荒寂陰冷真是可怖可驚，它的破漏不堪只能屬於「醜」的，讓人極不愉快的。

辛詞向來對景物不做正面詳細地描寫，如此多角度的鋪敘，而且都集中在聽覺上，這在他的詞裏也比較罕見。或許這一宿對他的感覺太深切了，他如實記録了這一遭親身的經歷。然而這是詞，而非詩。詩是窮苦之言易好，富貴之言難工。詞是拒絶貧苦，只需要美而不需要醜，稼軒却有掀天揭地的大力氣，他要把這一宿所咀嚼的醜與苦，一股腦兒寫進詞中，自然爲詞開一新面。如果只寫到如此，醜還是醜，絶對變不出美來。然而還有下片：「平生塞北江南，歸來華髮蒼顔。布被秋宵夢覺，眼前萬里江山。」他在年少時「曾兩隨計吏北抵燕山，此當爲稼軒足跡所至最北之地，亦即此處所指之塞北」〔三〕。自南渡後再没到過「塞北」，終生也以此爲憾。「華髮蒼顔」爲老醜，「布被秋宵」爲處境之醜。加上上片所寫諸醜，真是醜得不可以處，醜得不可言傳。然而當他被冷得「夢覺」以後，却是——「眼前萬里江山」——這當然包括「塞北江南」，然而現實仍是，「南共北，正分裂」(《賀新郎》「細把君詩説」)，而「看試手，補天裂」(同調「老大那堪説」)，就不知要待何時。而對他這樣「華髮蒼顔」的人，恐怕只能屬於失望。

正是悲憤而用在末尾的「眼前萬里江山」，却爲全詞的主意所在，也就是説一篇之題旨全在這一句。

有了這一句主題得以昇華，顯示了作者心懷天下不忘恢復的感人精神。回看上片倒不是中心所在，而是全爲了陪襯末了這一句，客觀上顯示了在如此淒涼不堪的冷境，「南宋第一血性男子」（葉恭綽《遐庵彙稿·讀稼軒集》）的雄心未能泯滅涣散，還是那樣火熱灼人，雖然還帶些悲涼，也有些無奈。冷寂與火熱在這里碰撞出耀眼的光華，一個偉男子無論處於何地，却時刻不忘把國家統一作爲生命境界，却又顯得那麽厚重摯著，沉鬱蒼涼。所以上片的冷寂，不是用來「書憤」，而是陪襯烘托失意英雄的火熱沸騰的心腸。於是上片成了「緑葉」烘托「紅花」的關係，「醜」被强悍之力轉化爲「美」，形成一種淒涼之美。至於美的那麽悲憤，那還在其次。

大約與此詞寫作時間相先後的陸游名作，《十一月四日風雨大作》説：「僵卧孤村不自哀，尚思爲國戍輪臺。夜闌卧聽風吹雨，鐵馬冰河入夢來。」兩位英雄的情懷與處境十分相似，陸詩的「荒村」「風雨聲」同樣起了陪襯作用，但反跌的陪襯力量似乎不及辛詞更爲强烈。其原因大概冷荒之「醜」不多，而且分散處理，而没有辛詞那樣集中，缺乏化醜爲美的强狠之力！所以陳廷焯謂辛此詞「數語寫景逼真，不減昌黎《山石》詩。語奇情至。」又説：「短調中筆勢飛舞，辟易千人。結更悲壯精警，讀稼軒詞勝讀魏武詩也。」〔四〕韓詩以醜爲美，僅在古寺的荒老，辛詞化醜爲美，故「筆勢飛舞」，而且「語奇情至」，這才能使主旨壯烈警動。尤其征服醜的力量確實「辟易千人」，開闢了詞之一大審美境界。劉熙載説：「怪石以醜爲美，醜到極處便是美到極處，一醜字中丘壑未易盡言。」〔五〕辛詞化醜爲美之境界，亦當作如是觀。

三　醜與美的對比

醜就是醜，美即是美，這是就顯而易見的極醜極美而言，如果醜與美的外在形態還不那麽明顯，這就需要醜與美的對比，這才達到醜之更爲醜，美之更爲美，或者説缺乏醜就顯示不出美，少了美也見不出醜。相反相形，便可以相反相成，相得益彰。這就很像以哀景寫樂情與以樂景寫哀情可增一倍之哀樂一樣。

大概作於帶湖退居期間的《杏花天》説：「病來自是於春懶。但別院笙歌一片。蛛絲網遍玻璃盞，更問舞裙歌扇！」前兩句與後兩句都採用了對比，「春懶」就是對春天的麻木，而不去賞春，不像「別院笙歌」那樣熱鬧，這是從對比看出心意闌珊。後兩句是跌一層的再次對比，乍看只是寫春懶而已，細看則別有意味。玻璃盞是精美的酒具，因長時不用，蜘蛛絲把它「網遍」了，閑置冷落、久棄不用的寂寞，當然是不美的，有些「醜」，還非大醜極醜，然與下句「舞裙歌扇」的熱鬧一經對比，上句就顯得更爲冷落枯寂，逼出一個「醜」來，這是美的照耀，對比出來的醜。而且「更問」即豈可問，又用了反問更跌入一層，使對比更加强烈，醜在對比中就更顯眼了。同時也看出意象的選擇，作者是帶有審醜與審美的趨向。

更有趣的是，他的名作《摸魚兒》（更能消）歇拍：「算只有，殷勤畫簷蛛網，盡日惹飛絮」，對其中「蛛網」的説法連同這兩句的意思，却非常分歧。或謂：「部分愛國志士，猶如蜘蛛在畫簷下殷勤結網，企圖粘住幾片飛絮，留住春光，爲挽救危如累卵的國勢，竭盡自己的一份力量。」〔六〕或謂：「作者以蜘蛛自比，蜘蛛是微小的動物，它爲了要挽留春光，施展出它的全部力量，在『畫簷蛛網』句上，加『算只有殷勤』一句，意義更加突出。……也能起『頰上加三毛』的作用，尤其是『殷勤』二字，突出地表達了作者對國家的耿耿忠心。這兩句還説明，辛棄疾雖有殷勤的報國之心，無奈官小權小，不能起重大作用。」〔七〕這是把蛛網看作美的事物，與之相反却認爲：「滿朝奸佞，憑著他們那花言巧語，捏造一些情況來『粉飾太平』，藉以迷亂朝廷視聽。這恰如屋簷間的蛛絲網，粘上一點飄零的柳絮，而漫然説是『好春常在』，這謊話是叫人痛心的。」〔八〕這又把它看成醜的事物。還有與此相近却有區別的看法：「簷畫蛛網：疑指小人詆毀者而言。蘇拯《蜘蛛諭》：映日張網羅，張天亦何別。倘居要地門，害物可堪説。網成難福己，網敗還禍爾。小人與君子，利害一如此。此云『畫簷』即所謂『要地門』也，『惹飛絮』謂肆讒中傷也。」又説這三句：「咒盡當日權奸，只圖偷安半壁，熒惑朝廷，惟知媚敵求和，裝點太平。」〔九〕甚至論者還指出：「是指張俊、秦檜一班人。」又説：「亡國之音，不爲諷刺。」〔一〇〕還有在美醜之外，别出一説：「蛛網罥花，隱喻同官多情，爲置酒少留之意。」〔一一〕這是就詞序所言，「自湖北漕移湖南」，同官置酒送别而爲説。

以上説法分歧，而且美醜對立。觀其下片「准擬佳期又誤，蛾眉曾有人妒」云云，則「詞意殊怨（羅大經《鶴林玉露》語）」，那麼上片就當非一般的「怨春」，其所寓意必然與當時作者處境與政局有關。再説，蜘蛛屬於微物，且其貌不揚，怎麼看也不會覺得美，作者自視「舉頭西北浮雲，倚天萬里須長劍。」如此人物，怎會以蜘蛛自喻，當然也不會指「部分愛國人士」。他把「蛛絲網遍玻璃盞」都看作與「舞裙歌扇」相對立的事物，看來，只能指那些奸佞小人之類。只是「落紅」已經在地，只能構成隱形對比而已，而没有下片宫妃失寵與得寵的對比那樣鮮明，所以有視朱視碧的分歧。梁啓超説：「詞意誠近怨望，『長門事』數語，幾露骨矣。先生兩年來，由江陵帥、隆興帥轉化漕司，雖非左遷，然先生本功名之士，惟專閫庶足展其驥足，碌碌錢穀，當非所樂。此次去湖北任，謂當有新除，然仍移漕湖南，殊乖本望，故曰：『准擬佳期又誤』也。本年《論盗賊劄子》有云：『臣孤危一身久矣，荷陛下保全，事有可爲，殺身不顧。』又云：『但臣生平則剛拙自信，年來不爲衆人所容，顧恐言未脱口而禍不旋踵。』則『蛾眉曾有人妒』，亦是實情。蓋歸正北人，驟躋通顯，已不爲南士所喜，而先生以磊落英拔之姿，好談天下大略，遇事敢負責任，此與南朝士大夫泄遝柔靡之風習，尤不相容。前次兩任帥府，皆不能久於其任，或即緣此。」〔一二〕誠爲知人論世後通達之論。那麼「蛛網」絶非泛寫春景，當指不爲所容之「南士」。稼軒南歸之日，秦檜、張俊已在六七年前相繼死去，則與詞中所指兩不相涉，再則南歸至此全爲地方知守，從未有「專閫」之任，更與畫簷——「宫廷」無涉，那麼蛛網只能指朝内媒孽稼軒之醜類。詞中不能明言，否則即會「賈種豆種桃之禍」（羅大經《鶴林玉露》語）。又因寓意美醜難分，時下注本避而不言寓意，只以泛寫春色待之，而有失作者本意。

正因爲對南宋政局能看得清楚如此，所以在《鷓鴣天》下筆即言：「掩鼻人間臭腐場，古來惟有酒偏香。」這是把角逐的官場視爲好嗜死鼠的醜類集中的「臭腐場」，正如《莊子》言：「是其所美者爲神奇，其所惡者爲臭腐。」[一一]（《知北遊》）而在他只是下片所言：「黄花何處避重陽，要知爛漫開時節，直待西風一夜霜。」這又把淩霜盛對的秋菊與「臭腐場」作一對比，美與醜分屬兩個世界，對於官場那些不通國事、只知排擠善類的醜類，在美與惡的對比之中予以極大的卑視與諷刺。在《賀新郎》（拄杖重來遊）的下片説：「勸君且作横空鶚，便休論人間腥腐，紛紛烏攫。九萬里風斯在下，翻覆雲頭雨。」這裏的「人間腥腐」兩句，同樣包涵《莊子·至樂》的「鴟得腐鼠，鵷鶵過之」而有「今子欲以子之梁國而嚇我」的驚怕，以爲别人搶他的梁國相位，而喻己爲鵷鶵而不足，而喻爲横空之鶚，或者「九萬里風斯在下」的大鵬，鳥類的醜小與翅如垂天之雲的大物的對比，即醜與美的對比，顯示出對渺小丑類的卑視，這種俯視角度，更增加憎愛强烈的力度，使美與醜的對比度更加鮮明。

稼軒終其一生以恢復神州爲念，志切北伐，且以知推當時。而這樣的大事業需要大兵在握，所以「金印如斗大」——在他詞裏成爲反復念叨的話頭。而他偏偏趕上有宋末造，偏居一隅，只求今日之安寧，無論明日之危殆。地方不寧，僅遣從帥府治安差事，一旦平息，調銷小小兵權，或者轉任漕司，亦非久任，從不委以邊疆閫外重任。他便成了揮之即去，而召之即來的可有可無之類，向來置於「歸正北人」的處境。所以多次罷職，長期閑居。「一旦有警」「不以久閑爲念，不以家事爲懷，單車就道，風采凜然，已足以折沖千里之外。」[一二]然而屢小用而久棄，難免多有失望。在福建提點刑獄任上所作《添字浣溪沙》説：「記得瓢泉快活時，長年耽酒更吟詩，驀地捉將來斷送，老頭皮。」把當官説成送死，以見罷職十年而起用的尷尬。宋真宗想讓隱士楊僕做官，點綴升平，楊僕借老妻送行詩暗示婉謝：「更休落魄耽杯酒，切莫倡狂愛詠詩，今日捉將官裏去，這回斷送老頭皮」，以當官爲送死，自然表示拒絶。此詞藉這一故實，説是「既耽酒更吟詩」，還去做官，自然前景不妙。又説這次出任是「驀地捉來」，雖在詞題中表示「戲作」，却爲自己畫了幅「漫畫」。怕「斷送老頭皮」，和先前一旦起用就「風采凛然」，也就形成了醜與美的對比。以自嘲自諷的「醜相」，表示到任爲人副職事事掣肘，難以有爲。而「瓢泉快活」之美，對比當官之醜。以表示於地方上做些事都難以有成，至於收復失地那就更談不上了。這就是下片説的：「閑窗學得鷓鴣啼，却有杜鵑能勸道：不如歸！」

在此前還有一首《江神子・聞蟬蛙戲作》，和蛙開了一次玩笑。説是夏天醉眠，正做好夢，不料：「一枕驚回，水底沸鳴蛙。借問喧天成鼓吹，良自苦，爲官哪」。真讓人忍俊不禁！蛙聲喧天，沸騰不息，就像當官者出門的鼓吹樂隊，赫然震動耳目。也好像傻子皇帝聞蛙聲，而有「此鳴者爲官乎，私乎」的傻問。下片説「心空喧静不争多，病維摩，意云何。掃地焚香，且看散天花。斜日緑陰枝上噪，還又問：是蟬麽？」佛家講心空可容萬物，那麽喧鬧與寂静就相差無幾，聽蛙聲不會覺得喧鬧，聽蟬鳴也不會煩躁。而如果還要問，緑蔭中的雜訊「是蟬麽」，他也會感到蛙喧蟬噪，那麽佛家的心底就不會空静，容不了這醜聲惡叫。這是一首哲理詞，意不在對佛教有什麽敬與不敬，而意在説明蛙之醜鳴與蟬之惡噪，連心底廣大的佛也忍受不了。而對醜聲予以幽默的諷刺，或與社會上層具一定聯繫，作者没有説出來，我們也就不好説清楚了。把群蛙鼓吹作爲諷刺對象，在《滿庭芳》（傾國無謀）中就對比過一次：「看公如月，光彩衆星稀。袖手高山流水，聽群蛙鼓吹荒池。」就把明月與衆星對比，袖手與群蛙亂鳴對比。如果再看首句「簟鋪湘竹帳垂紗」的「醉眠」，與「水底沸鳴蛙」的「喧天鼓吹」，「斜陽緑陰」與「枝上噪」，是否也形成了醜與美的對比，而對醜聲的諷刺不正是基於對比所引起的嗎？

四 日常不足的「醜」酵化引發的美感

人生自少至老都有美好的地方，也有不少缺陷伴隨着人的一生。辛棄疾以他果毅的秉賦與幽默的個性，去發現不可避免的缺陷，把這些「醜」的一面，借助詼諧化成人生一樂，轉化成美而寫進詞中。

在稼軒農村詞中，有首别致的田園風情詞《清平樂》，詞題爲《檢校山園，書所見》，就是巡視莊院的記録。上片説「連雲松竹，萬事從今足。拄杖東家分社肉，白酒床頭初熟。」前兩句展示巡視山莊因松竹連雲的欣喜，這也是爲全詞定下了個快樂調子。後兩句敍鄰居宰分祭神的社肉，又聽到釀熟酒的滴答聲。田園安適的樂趣以及連雲松竹所暗示的高人志趣，融合無間，就是在這種輕鬆愜意中發現了一種别趣。

西風梨棗山園，兒童偷把長竿，莫遣旁人驚去，老夫静處閑看。

一群頑劣調皮的兒童，拿著長長的竹竿偷打他家的梨棗，他怕驚嚇了小娃們，而且就像碰到一場兒童劇的演出，樂滋滋地觀看。兒童貪嘴，偷打别人家的果子，這種惡作劇可能是每一個人童年必不可少的「節目」，果實無論成熟就去偷打，客觀上是「醜」的事情，然而童言無忌，童心無惡，這種「心爲形役」之醜，却是「醜」的可愛，作者如慈祥之老者觀賞人生不可避免之不足，似乎在人生不足的「醜」中回味兒童時同樣的頑劣。所謂「静處閑看」，他自己先躲起來，不要驚擾「童劇」的中斷；「閑看」則更帶喜樂的心意，好像在這場「惡作劇」的醜中，能看出人生天真無邪的美來，這不是「醜到極處」，他却觀賞出「美到極處」來。

人生有少必然有老，老態龍鍾，動作思維遲鈍緩慢，不用和英俊少年相比，總覺得衰老，老而醜是避免不了的。稼軒詞却從衰老的醜中，同樣看出美來。《烏夜啼》是和荅門生范開，上片説：「人言我不如公。酒頻（一作杯）中。更把平生湖海、問兒童。」《三國志・魏書・徐邈傳》説其人好酒，連命都不要了。時禁酒，邈私飲至醉，説是「中聖人」。醉客以清酒爲「聖人」，以濁酒爲「賢人」。這裏説：人説我不如你，但比起喝酒與「平生湖海」之「豪氣」，恐怕連兒童都知道你不如我。這又用了同書《陳登傳》裏的「陳元龍湖海之士，豪氣不除」的話。言外之意，雖老而豪氣不減。下片却説老如衰翁：「千尺蔓，雲葉亂，繫長松，却笑一身纏繞似衰翁。」這是一幅「自畫像」：松樹上長蔓纏身，枝葉淩亂，儼然老蒼。然而蔓有「千尺」，葉入雲中，松高則不言而喻，雖然藤纏葉亂，猶如「衰翁」，然而高挺聳拔，雄姿英氣凜然。猶如趙之謙的《墨松圖》，老杆聳出畫外，松皮斑駁，長藤繞枝飄拂，松葉遒勁，蒼勁豪邁之氣撲人眉宇。辛詞描繪老松，長蔓纏身就好像要人攙扶一樣，却不説我似老松，却言老松似我。這實是從老醜中要人認同自己就是參天的「不老松」。把「衰翁」看成老英雄，老醜也就成了「老美」了。在《賀新郎》（逸氣軒眉宇）就把老松寫得氣勢凜然：「但笑指吾廬何許。門外蒼官（指松）千百輩，盡堂堂、八尺鬚髯古。」即與此詞有異曲同工之妙。《浣溪沙》（未到山前）的「百無是處老形骸，也曾頭上帶花來」，同樣把「老來醜」寫成「老來美」，而且興致淋漓，没有任何彆扭。

人老就要掉牙，這本是無可奈何的遺憾事。口中有了缺口，看了也不很美，他却在《卜算子・齒落》中硬要寫一番老趣。上片説：「剛者不堅牢，柔底難摧挫。不信張開口角看，舌在牙先墮。」劉向《説苑・敬慎》説老子曾言：人老舌在齒亡，是因了柔存剛亡，柔能勝剛。上片借此以言老，以「落齒」證明了哲學上這一道理，暗伏老醜未嘗没有一點美。下片説：「已闕兩邊厢，又豁中間個。説與兒曹莫笑翁，狗竇從君過。」《世説新語・排調》説，張玄之年八歲，掉了門牙，有德行學問的前輩知其聰慧，故意開玩笑問他：「君口中何爲開狗竇（洞）？」張應聲回答：「正使君輩（你這樣的人）從此中出入。」辛詞移少接老，把這故事倒過來用，别增一番風趣。而風趣之中又把齒落變爲「倚老賣老」的本錢。上片説老人牙掉，還能看出一番哲學上的大道理；下片説人老了還能沾上説話的便宜。借老還童式的用典，把老醜翻過兩層，而進入「老來美」的福地。甚至於他把想喝酒與年老睡中打鼾也寫成：「甚長年抱渴，咽如焦釜；於今喜睡，氣似奔雷。」説得豪氣逼人，處處都呈英雄的姿態，亦屬從不美中推出美來。

在山水詞裏，把景色分出美醜也要構成對比。《鷓鴣天》（句裏春風）説在途中見到：「松共竹，翠成堆，要擎殘雪鬥疏梅。亂鴉畢竟無才思，時把瓊瑶蹴下來。」松、竹與梅翠緑中顯出殘雪在枝，這是美；向來不受歡迎的亂鴉，却把瓊瑶般的餘雪從樹上「蹴下來」，很有些煞風景，如此「破壞」，自然爲醜，醜與美構成兩道不同的「風景線」[一四]。韓愈《晚春》的「楊花榆莢無才思，惟解漫天作雪飛。」是以美爲醜，辛詞用之於醜與美的對比。而《山鬼謡》（問何年此山）的「昨夜龍湫風雨，門前石浪掀舞。四更山鬼吹燈嘯，驚倒世間兒女。」超自然界的諸種驚變怪異與「世間兒女」構成對比。怪石起舞，龍潭風雨，山鬼呼嘯，吹燈滅火，極力的誇飾正是詞人心中的怒潮起伏，這裏的惡怪實是美的另一種變形，目的在於「驚倒」屬於丑類的「世間兒女」，也就是説對美與醜的變形處理。《賀新郎》（曾與東山約）的「山頭怪石蹲秋鶚。俯人間塵埃野馬，孤撑高攫。」亦屬化醜爲美，而與醜對比的這一類。《浣溪沙》（寸步人間）的「突兀趁人山石狠，朦朧避路野花羞」，山石突險如追逐行人，山無所謂「狠」而花無所謂「羞」，主觀感覺一旦注入，即成美醜對比。《鵲橋仙・贈鷺鷥》是别有情趣的對比：「溪邊白鷺。來吾告汝：『溪裏魚兒堪數，主人憐汝汝憐魚，要物我欣然一處。白沙遠浦。青泥别渚。剩有蝦跳鰍舞。任君飛去飽時來，看頭上風吹一縷。』」被同情的魚是美的，蝦鰍則是醜的，留下美的吃掉醜的，對比是很鮮明的。

人或自然都有一種「殘缺的美」，也出現在稼軒詞裏。《瑞鷓鴣》（期思溪上）的「人影不隨流水去，醉顔重帶少年來。」由水流而人影不動，前者所蘊涵的時間流逝，而想到後者的少年，老來無味。生命力的消耗的感知却想到「疏蟬響澀林逾静，冷蝶飛輕菊半開」——這種與人同樣的「殘缺的美」。由此再進而推到——「不是長卿終慢世，只緣多病又非才」，如此抑揚伸縮式的表抒，顯示了外在的醜，——既多病又不才，而内心却不改傲世的骨氣，亦即老懷依舊之美，構成美與醜的對比。《永遇樂》（烈日秋霜）是送弟調官赴任的送別詞，叮嚀話別有意味。上片先從辛姓上道盡宦場的坎坷，説細參「辛」字：「艱辛做就，悲辛滋味，總是辛酸辛苦。更十分向人辛辣，椒桂擣殘堪吐。」一系列由「辛」字引出的不幸均非順心的事，這是仕宦中道不盡的悲苦，而後兩句剛直敢於擔當的性格，執政却視爲拋棄的「醜」，所以始終不逢大用。下片説：「世間應有，芳甘濃美，不到吾家門户。比著兒曹，累累却有，金印光垂組。」這又是美醜倒掛、黑白顛倒「美」，美與醜的大幅度的對比，憤慨的强力要把倒掛的翻轉回來，美醜各復其位。末了最後囑弟：「付君此事，從今直上，休憶對床風雨。但贏得靴紋縐面，記余戲語。」前三句點題告别，然而話中有話：你要把握這個世界是倒掛的，不要待以正常的眼光。「但贏得」這句，做官可要陪盡笑臉，哪怕笑成靴子皺紋那樣，也要陪盡小心。題目説是「戲賦」最後還要説是「戲言」，都是諧中寓莊，詼諧中有無盡憤慨，屬於正話反説。官場的醜與本性之美形成絶大的反差，美醜一旦處於對比位置，即能發揮了嬉笑怒駡皆成文章的效果。

《雨中花慢》（馬上三年）則把自己兩個方面做了對比：「停雲老子，有酒盈尊，琴書端可消憂」，這里用了陶淵明的話或謂這是自喻，未嘗不可。但下文「渾未解」就没有著落，且讀下文，便覺得這是就陶而言，以便和自己處境對比。故接言：「渾未解傾身一飽，淅米矛頭。心似傷弓塞雁，身如喘月吴牛。」陶詩《飲酒》其十説過「傾身營一飽，少許便有餘」，還用了陶詩，不過這是用來言己。又用了晉人「危語」的「矛頭淅米，劍頭炊」，原本是説危險而未出現的事，猶如同屬「危語」的「百歲老翁攀枯枝」一樣。詞人生活并非到了這種地步。以上兩句不過説生活并不豐裕。以下兩句言其退居心理。他的幾次罷職都是經人彈劾，所以心有餘悸，猶如驚弓之鳥與吴牛喘月，忐忑不安地喘不過氣來。王安石罷相後曾言：「我亦暮年專一壑，偶逢車馬便驚猜」（《偶書》），這都是敢做大事者常有的處境。回頭看，意在説陶之退居雖有憂還可消解，安居而無危，士人歸宿如此也算是美的；而已生活不足而憂悸有餘，不安而有不測，這當然是醜的，是政治外力形成的負荷。再加上冠以「渾未解」——全然不知，領下四句。這當然是説陶淵明是不會理解他這樣的處境，也是説給和答的朋友的。以古人退隱安居之「美」與己罷職孤苦不安之「醜」的對比，顯示處境並不美好。

美與醜是相對的，然有時并不像黑白那樣分明，正像他自己所説，「賢愚相去，算其間能幾。差以毫釐繆千里。細思量義利，舜蹠之分，孳孳者，等是雞鳴而起。」《孟子·盡心上》曾説同樣是雞鳴而起勤勉以求，然「爲善者，舜之徒也」，「爲利者，蹠之徒也」。然而世上利與善、賢愚義利并不是那麼容易區别，政治宦場猶是如此。此詞即就此感慨而言。就像上詞謂己如驚弓之鳥云云，是美是醜就很難分辨，然一旦置對比之中，陶之安逸與己之苦危，一眼即辨。

總之，稼軒詞使醜「大踏步出來」，爲醜開闢了一大境界。他展示了現實生活中形形色色的醜。對醜用以對比，以顯示美之更美；對醜予以諷刺，以彰示醜之更醜。《卜算子·飲酒敗德》：「盜蹠儻名丘，孔子還名蹠。蹠聖丘愚直至今，美惡無真實。」對看似不醜也不美的「和氣老」，予以辛辣的嘲弄。《千年調》（卮酒向人時）：「和氣先傾倒。最要然然可可，萬事稱好」，「寒與熱，總隨人，甘國老」，實際上就是對「醜態」的諷刺，對比的一面，就是作者对他們的鄙夷。他又批評「俗人」之醜：「俗人如盜泉，照眼都昏濁。高處掛吾瓢，不飲吾寧渴」，這又是把自己置於對立面的對比。憎恨之情更是溢於言表。要批判醜，就得去寫醜，所以老鼠在他的詞裏就多次出現，除了前所言及，還有「野鼠飢翻瓦」（《卜算子》「萬里簫浮雲」），這是居處之醜。「鄭賈正應求死鼠，葉公豈是真好龍」（《鷓鴣天》），這是諷刺執政者是别有用心。而「一餉飛蚊，其響如雷」，讓蚊子成群結隊飛去詞中，而是爲表示對小人奸佞的攻訐而不屑一顧的蔑視。尤其值得注意的是，他以强有力的敢於作爲姿態，能把醜的凶的東西轉化爲美。猛禽鶚的外形顏色并不美，他常以横空一鶚或跱立山頭之鶚自喻，且以喻人，以見英氣雄風之美。《賀新郎》（曾與東山約）：「山頭怪石蹲秋鶵。俯人間、塵埃野馬，孤撑高攫。」這是莊子虚構大鵬的轉化，《水調歌頭》（萬事幾時足）：「記當年，嚇腐鼠，歎冥鴻。衣冠神武門外，驚倒幾兒童。」而山鬼吹燈、飢鼠翻瓦，則顯示除了對陶詩的鍾愛以外，而對莊子與杜詩的興趣，也體現了對醜的揭示與轉化。而對人生與日常殘缺的醜的展示，一方面把宋人爲了開拓唐人所没有的題材寫入詩，他則進入詞中；另一方面則擴而大之，如蛙聲蛇影、蚊雷飢鶴，以及冷蝶病花等。醜在稼軒詞裏絡繹出現，這不僅是「陌生美」，而且爲詞開拓了一大片領域。這就像魯迅先生所説的，第一個敢吃螃蟹的人，一定是個勇敢者，然而辛派以後詞人，并没有注意到醜，一直到今日討論辛詞也没有注意，致使所開拓的領域，成爲洪荒地帶。

〔一〕語出譚獻《復堂詞話》評稼軒《念奴嬌·書東流村壁》（野堂花落）。此詞向來被視爲辛詞之婉約詞，然譚獻却認爲：「大踏步出來，與眉山同工異曲。然東坡是衣冠偉人，稼軒則弓刀遊俠。」《復堂詞話》，人民文學出版社一九八四年版，第二六頁。稼軒之壯詞金刀鐵馬，北伐詞則魚龍飛舞，無論是山水詞，還是送别詞的使典用事，無不以盛氣乃至狂氣噴薄而出，龍騰虎躍，「大踏步出來」。他對醜的征服，更是用屈鐵扭鋼手腕，同樣出以「大踏步」風采。

〔二〕以老靴子的皺折喻波紋，見於《遊金山寺》；以「絮帽」喻嶺頭之雲，見於《新城道中二首》其一。後者取喻見於唐詩：韓愈《晚寄張十八助教，周郎博士》的「晴雲如擘絮」，杜牧《長安雜題六首》其二「晴雲似絮惹低空」，蘇軾擴而大之，以「絮帽」爲喻。

〔三〕鄧廣銘《稼軒詞編年箋注（增訂本）》，上海古籍出版社一九九三年版，第一七二頁。

〔四〕陳氏兩節評語，前者見《雲韶集》卷五，葛渭君編《詞話叢編補編》第三册，中華書局二〇一三年版，第一五二〇頁。後者見《詞則放歌集》卷一，上海古籍出版社一九八四年版，第二五頁。

〔五〕劉熙載《藝概·書概》，上海古籍出版社一九七八年版，第一六八頁。

〔六〕常國武《稼軒詞臆説》第八條，孫崇恩等編《辛棄疾研究論文集》，中國文聯出版社一九九三年版，第二八七頁。

〔七〕夏承燾《肝腸似火　色貌如花》，陸蓓容編《大家國學　夏承燾卷》，天津人民出版社二〇〇八年版，第二〇七—二〇八頁。又見唐圭璋等編《唐宋詞鑒賞辭典·南宋·遼·金》，上海辭書出版社一九八八年版，第一四三七頁。

〔八〕龍榆生《試談辛棄疾詞》,《龍榆生學術論文集》下册,上海古籍出版社二〇一七年版,第六一八頁。

〔九〕吴則虞《辛棄疾詞選集》,上海古籍出版社一九九三年出版,第一六三—一六五頁。

〔一〇〕王闓運之《湘綺樓詞選》唐圭璋編《詞話叢編》(改題《湘綺樓詞評》),中華書局一九八六年版,第五册四二九五頁。

〔一一〕俞陛雲《唐五代兩宋詞選釋》,上海古籍出版社一九八五年版,第三七四頁。

〔一二〕參見吴則虞《辛棄疾詞選集》,上海古籍出版社一九九三年版,第一六四頁。

〔一三〕黄幹《與辛稼軒侍郎書》,《勉齋集》卷四,見鄧廣銘《辛稼軒年譜》,生活·讀書·新知三聯書店二〇〇七年版,第二六七頁。

〔一四〕《賀新郎》(把酒長亭説):「何處飛來林間鵲,蹙踏松梢微雪。」寫的是鵲,且無對比。

(作者單位:西安培華學院人文與國際教育學院)

論白石詞審美觀照的三重維度

劉天禾　黃仁生

内容提要　白石詞的審美觀照根據對象與方式的差異可劃分爲三重維度。首先是對於静態世界，詞人以略帶距離的間隔式形態進行感知，他將色彩作爲人與物的溝通介質來摹寫，以冷覺觸感渲染心象與物象間距之遠，這些筆觸皆似與人有隔。其次是在面對時刻變幻的外部環境時，白石以客體化觀望的方式對時空遷移進行審美建構，客寓意識集中體現於地理及心靈意義上的空間層面，以及時間層面上因心理錯位而似客寓於今的無奈立場。其三是就主體自性而言，詞人時或以局外身份對自我加以審視，當事者姿態與旁觀者視角的割裂、抒情力度與冷静筆觸的碰撞，促進了詞作藝術張力感的建構。這三重維度總體而言都帶有遠距離與陌生化傾向，皆有裨於白石詞清空疏宕、空靈雅致之審美效果的完善。

關鍵詞　白石詞　審美觀照　静態世界　外部變幻　主體自性

姜夔詞向來以清疏淡雅聞名，「鄱陽姜夔出，句琢字煉，歸於醇雅。」〔一〕這種雅正之質與詞人内在的高曠韻致相得益彰，他「氣貌若不勝衣，而筆力足以扛百斛之鼎」，「襟胸灑落如晉宋間人，意到語工，不期高遠而自高遠」〔二〕，神清韻爽，筆下詞作自然風采迥然，清遠峭拔，正如陳廷焯所評：「氣體之超妙，則白石獨有千古。」〔三〕格調的古雅與筆觸的委曲令白石詞飽含藴藉之致，「姜堯章詞，清虚騷雅，每於伊郁中饒藴藉」〔四〕，情思内斂的宛轉脈理依託於詞人對萬象之審美觀照的獨到特質。姜夔對外部及内在世界的觀照大體具有三個特點，一是立場旁置，即脱離當下環境，以不在場視角來審視在場局面。二是情緒冷静，白石詞少有激烈的感情波動，而多將豐富意緒潛藏於克制之筆。三是意識飄渺，疏宕之風填塞詞境，精神意識的流動牽引語意的浮游，「如白雲在空，隨風變滅」〔五〕。前人對於白石詞這種入乎其内又能出乎其外的審美觀照方式有所矚目，張炎在論及清空與質實之審美範疇的差異時便説：「詞要清空，不要質實，清空則古雅峭拔，質實則凝澀晦昧，姜白石詞如野雲孤飛，去留無跡。」〔六〕質實則偏重於只「入」不「出」或「入」多於「出」，姜夔詞正因主體視角出入自如，才能饒存清空之美。其後論者由此美學風範出發，將目光更多放至詞人主體視角的藝術特色上，「他對客觀世界常作審美静觀，下筆寫詞，則『如瘦石孤花，清笙幽磬』，呈現清空曠遠的面目」〔七〕。前學述備，但就全局而觀，少有以審美觀照對象與方式之分異爲切入點的考察，有關這類論題的解構式探賾仍存可以裨補的空間。現從三個方面入手對白石詞審美觀照的維度進行闡析，以期爲白石詞藝術特色的成因解讀乃至整體研究更添新質。

一　静態世界：間隔式感知

静態世界在白石詞審美觀照對象範圍中佔據最大篇幅，心思細膩的詞人在面對世間萬物時，常以調動多重感官的浸入式筆觸來摹繪心象所映照的外部意象。這種以跨越官能體驗之法造境的方式在許多詞人作品中皆有體現，例如吴文英便著力於將視嗅聽觸等多重感覺相融，詞境中多見酸風鑾腥或是膩水腥花，「調動起以視覺和聽覺爲主的全部感覺，並使它們相互映襯、錯綜叠合」〔八〕。但白石詞觀照角度的獨特之處在於其浸入式感知是帶有距離感的，並非完全沉浸，而是始終在聲色之外另辟静觀之隅，這與詞人孤高奇崛的個性不無關係，以冷眼看世界，故縱是摹繪物象，也似有所隔絶。正因此間隔與保留，詞作中以色彩視感與温度觸感爲主導的官能印象，都成爲拉長詞人與静態世界之距的媒介。白石並非以貼近物態本身的方式來觀照外境，他在藉由書寫感官體驗之筆浸入周遭世界的過程中，時刻與所描對象保持著固定的距離，這種觀照距離因感知渠道有異，存在著實現路徑上的區别，在不同程度上對讀者的審美體驗産生影響。

首先是色彩摹寫，白石詞中充溢著由豐富色彩營構出的美境，色彩世界的多元化使詞作具有自然明麗的藝術效果，令人如臨其境。這種真實感本應促進審美觀照的浸入式體驗，但因姜夔對色彩的特殊化處理，反而令感知的間隔程度愈發加重。詞人將色彩作爲人與物的溝通介質來摹寫，本屬物象一部分的色彩與物象本身之間時分時合，詞作中或是以色代物，或是以物襯色，最終目的都是借物色來抒發情感。當色感成爲横絶人與物之間的橋梁時，審美觀照的視角便與真實的静態世界有所分離，間隔式感知由此令白石對外境的構築達致意義層面上的和洽。例如《一萼紅》：

古城陰，有官梅幾許，紅萼未宜簪。池面冰膠，墻腰雪老，雲意還又沉沉。翠藤共、閑穿徑竹，漸笑語、驚起卧沙禽。野老林泉，故王台榭，呼喚登臨。南去北來何事。蕩湘雲楚水，目極傷心。朱户粘雞，金盤簇燕，空嘆時序侵尋。記曾共、西樓雅集，想垂楊、還裊萬絲金。待得歸鞍到時，只怕春深。〔九〕

詞人客居長沙時閑游賞梅，盡抒感懷。他對外境的觀照依託於色彩的豐富度，所築詞境充溢著多樣化的物色，有冬梅初放時的紅，有墻角殘雪未消的白，有閑步竹徑時所見的緑，亦有富貴人家辦造春盤時的金。白石之筆不執著於通過摹色來烘托物象塑造的真實感，而更多在於以意象描寫來襯照詞境色彩之多元化，將色作爲他與静態世界相與聯結的媒介。他在觀照外物時，能以敏鋭感知對色彩之變予以矚目，並以此代替對質實線條的書寫，達致與物之間的間隔體驗。詞前小序中説：「紅破白露，枝影扶疏」，這是以色代物，紅白梅蕾的形象被直觀的色彩映襯盡致托出，詞人的審美觀照由此進入層理豐富的外感化層面。

詞作末尾，白石回溯往昔，想到曾經攜手之日，望見垂楊萬縷舞於裊娜春風中，留下最深印象的最終仍偏重於舊時光景之色，無數金絲組成的畫面佔據了詞人思緒輾轉時的大片記憶。此處在以色代物的基礎之上，達到了以色摹情的層面，楊柳温暖明亮的金色寄寓了詞人對欣悦往事的深切追念，情感攄寫由此推向勃發點，「由回憶而惋惜現在」〔一〇〕，自然啓發了結句對思歸之愁的渲染。

類似詞例還有《鬲溪梅令》：

好花不與殢香人，浪粼粼。又恐春風歸去緑成陰，玉鈿何處尋。木蘭雙槳夢中雲，水横陳。

漫向孤山山下覓盈盈。翠禽啼一春。

此乃姜夔自度之曲，詞牌名便寓意了好花隔溪，美景難至，隱約指嚮了詞意的間隔藴涵。開篇順承其義，將苦心追逐的物象與己之距拉長，給人以難以度越的隔膜之感。接下來藉由色彩摹寫，將這種間隔體驗推至高峰，詞人將色彩與情感融合，以色代物以及摹情。緑色本寓意著生機，白石創設性地爲其染上畏懼情緒，將夏日緑樹成蔭與歲月流逝的自然規律相聯，由此導嚮光陰如梭的遲暮之感，令色彩與感情得到了極致交糅。此處的間隔感體現於詞人對内在心理的點化，他爲隱約抗拒的未來之境綴上色彩，色彩便也被此情緒侵襲，並反過來烘襯了詞作的情感世界。末句用趙師雄典，以翠禽鳴聲寓示了好夢終將醒來，「不著邊際，含情無限，如趙師雄之羅浮夢醒，但聞翠羽飛鳴耳」〔一一〕，所求皆有所隔，間隔感在詞意步入終端時得到了最後的渾融展現。又如《惜紅衣　簟枕邀凉》：「虹梁水陌，魚浪吹香，紅衣半狼藉。維舟試望，故國眇天北」，「西風消息」到來之際，荷花漸至凋殘，紅衣脱盡是以色代物的描寫。由眼前狼藉之紅延展至寥遠故國，將視線無限拉長，這是以色摹情的渲染，零落之芳對歲暮景色的寓指，令白石與花之間仿若有隔，無從親近；舊鄉似在天際，更與詞人遠隔遥迢之距，難以抵達。外部静態世界中的物象無論地理距離上的遠近，都錯落融滙成與詞人有所隔離的紛繁圖景之一部分，當這種間隔被用以摹物時，色彩的介質作用便有所體現，並成爲詞作筆觸之所以與物有隔的重要元素。王國維在談及「白石寫景之作」時説：「雖格韻高絶，然如霧裏看花，終隔一層」〔一二〕，這種間隔雖使其詞略乏質樸直出的清新感，但却爲蘊藉情緒的蓄積與抒發提供了宛轉迂迴的路徑，令情感洪流一再沉潛之後静默淌出，達致引人深思、餘味無窮的審美效果。因而白石詞的色彩描寫，看似對所構詞境的浸入型體驗有所裨補，實則反成爲詞人與物之隔的抽象依託，從以色代物到以色摹情，静態世界的意象群被置於間隔式感知的客體位，成爲抒情理脈之波折的觸發者，共同促進了詞作藝術水準的完善與提高。

姜夔對静態世界的審美觀照還體現於對温度觸感的摹寫，並以冷覺渲染爲主要表現形式。劉熙載有言：「姜白石詞幽韻冷香，令人挹之無盡」〔一三〕，便對其幽冷特質有所矚目。外界之冷不但勾連生理感受，在詞境中更多體現爲物與人心理間隔之遠的象徵，冷感令人不自禁退却避讓，從而在形上層面與意象拉開距離。例如《慶宫春》：

雙槳蓴波，一蓑松雨，暮愁漸滿空闊。呼我盟鷗，翩翩欲下，背人還過木末。那回歸去，蕩雲雪，孤舟夜發。傷心重見，依約眉山，黛痕低壓。　採香徑里春寒，老子婆娑，自歌誰答。垂虹西望，飄然引去，此興平生難遏。酒醒波遠，正凝想、明璫素襪。如今安在，惟有闌干，伴人一霎。

詞作以連綴鋪排意象與遷移方位視角的方式對空闊外境進行摹繪，白石重過垂虹，「又值隆冬之夜，寒山黛色，仍如愁眉」〔一四〕，冷感從多個方面得到了極致渲染。淒風苦雨、雲雪堆積的自然天氣是第一層寓指；回首前遊，歲值「紹熙辛亥除夕」，正逢一年中最冷之日，夜幕降臨又隱含了當天至寒之時，這便是詞境之冷的第二層面；下闋直書「春寒」，又通過對藉酒却寒之行與寥遠距離之實的描寫，間接表露出寒意之盛，此乃第三層面。静態世界之冷爲表，内里裹蓄了精神空間的悲涼，寒冷感知令人與物象環境只能遠隔，無法盡融，這種由間隔感觸發的游離意緒伴隨着摹冷之筆，爲詞作對孤寂哀傷之情的書寫更添豐富層理。

又如《小重山令　賦潭州紅梅》上闋：「人繞湘皋月墜時。斜横花樹小，浸愁漪。一春幽事有誰知，東風冷，香遠茜裙歸。」月墜之夜，東風吹冷，寒感浸透詞境，觸發了内心憂思。「梅苑人歸，蘅皋月冷，感懷吊古，愁並毫端」〔一五〕，官能所察之冷將詞人與所詠之物的間距拉長，紅香漸遠寓意了梅枝凋零，更加重了這種與物之盛時難以並存的隔膜體驗，迷離悵惘之情得以盡致彰顯。再看《踏莎行　燕燕輕盈》下闋：「别後書辭，别時針線。離魂暗逐郎行遠。淮南皓月冷千山，冥冥歸去無人管。」末兩句被王國維認爲是白石詞中「余所最愛者」〔一六〕，其筆觸由對冷覺的描寫上昇至對形上情思無所寄託之愁的揮發，雖無重筆渲染，却感人至深。明月千山之寒凉加深了作者因與伊人間距之遠而難以紓解的幽怨，詞人無法融入寒意充斥的外部世界，只能任夢魂遠行，無可奈何。這種間隔體驗成爲詞人感知静態物象時的鮮明特質，對冷覺的烘襯增添了這種觸感的沉重程度，使審美觀照的視角相較於中心意象而言愈顯游離，詞作由此飽含清遠疏宕、空靈幽寂的藝術效果。

除却色彩摹寫與觸覺渲染，白石還擅長在詞境中融滙多重感官，以達致對意象世界的全景展現。但這種極盡貼切真實的官能性體驗却未能將人與物之間的距離感縮短，反因客體物象之遼遠或虚幻而擴充了間隔式感知的深化程度，帶有隔膜性質的審美觀照維度愈發突顯。例如《翠樓吟》：

月冷龍沙，塵清虎落，今年漢酺初賜。新翻胡部曲，聽氈幕、元戎歌吹。層樓高峙，看檻曲縈紅，檐牙飛翠。人姝麗，粉香吹下，夜寒風細。　此地，宜有詞仙，擁素雲黄鶴，與君遊戲。玉梯凝望久，嘆芳草、萋萋千里。天涯情味，仗酒祓清愁，花銷英氣。西山外，晚來還卷，一簾秋霽。

此乃姜夔對於安遠樓落成一事的抒懷之作，陳廷焯對此詞上天入地之闊大境界的構築致以高度評價，「一縱一操，筆如游龍，意味深厚，是白石最高之作」〔一七〕，可見其超妙卓絶的藝術價值。詞作從對紅翠粉白黄等色的視覺摹寫，到月冷夜寒的知覺烘托，再到胡曲新翻的聽覺點染，多重感官交糅融滙，共同促成了詞境的延展與豐富。但這些貼近觀者的細膩之筆未能消解人與外部世界間潛藏的距離感，主要有兩個原因，其一是意象之遠，層樓聳峙高處，香氣隨風飄逝，「『素雲』二句有奇氣青霞之想，其下接以望遠生愁」〔一八〕，紛雜紅翠都似無法靠近，只能静觀凝望，以間隔式遠距離感知的方式描摹宏闊意境。其二是意象之幻，詞人任想象馳騁，看詞仙與白雲黄鶴同遊，化用「昔人已乘黄鶴去」的名篇佳句，延續了「日暮鄉關何處是，煙波江上使人愁」的羈旅之思。幻境世界縱被細緻描摹，也終究與人世有隔，只能以形上線條加以繪制，難以真正靠近，詞人的寂寞情緒便在這間隔式觀照體驗的過程中，得到了宛轉却充分的書寫。

此類詞例還有許多，例如《琵琶仙　雙槳來時》：「春漸遠、汀洲自緑，更添了幾聲啼鴂」，融合了視聽描寫，將春光漸逝之愁貫入汀洲漫生的緑草與杜鵑悲鳴之聲；「爲玉尊、起舞回雪。想見西出陽關，故人初別」，運用比喻手法以色代物，柳絮潔白似雪，强烈色彩所寓藴旨烘托了別離幽思。張炎評道：「離情當如此作，全在情景交煉，得言外意。」〔一九〕詞人以色摹情，融情入景，令詞作韻味悠長，餘音繚繞。再如《念奴嬌　鬧紅一舸》，「鬧紅」、「翠葉」、「青蓋」等色彩紛至呈現，「吹涼」、「冷香」、「寒易落」等觸覺嗅感盡相雜糅。雖極盡物態摹寫，却仍有所間隔，這主要與白石多落筆於空寂之處的寫法有關，「通首如仙人行空，足不履地」〔二〇〕。詞人寫荷，只從形態上輕微掃過，最終視點或落於周遭，或走向懸想，色彩與觸感皆只略作點染，便將荷花推至寒涼縹緲之境，花似與人有情，却難度越阻隔，情感抒發由此達致深切雋永之境。又如《醉吟商小品》，「細柳暗黄千縷」與「夢逐金鞍去」分別從實與虚兩層面摹繪静態世界的色相，「暗黄」所寓陰沉景象烘托了情境之傷感，擴展了人對物的心理距離，夢中的追逐又暗指與所思之人間距的寥遠，加强了對愁緒的渲染。「暮鴉啼處」與「琵琶解語」從聽覺入手，前者是對質實境象的反映，後者是對懸擬之情的沉湎，視聽結合之筆將詞境的重叠層理盡致托出，由真入幻，情感漸次推進，詞人對外部世界的審美觀照也由這種遠距離感知得以圓融呈現。可見在白石詞中，無論是色感還是冷覺摹寫，亦或更多感官體驗的叠加式渲染，都傳遞著間隔式的感知信息，都是審美觀照之於静態世界維度的重要環節。這種帶有距離感的觀照視角爲幽約意境的構築奠定了基礎，情緒脈理得到了委曲隱晦、層疊漸進的展露，最終達致清空疏宕的藝術表現效果。

二　外部變幻：客體化觀望

姜夔對於外部世界時刻處在變幻狀態的物象群，常以客體視角加以審美静觀，筆觸勾勒間蘊蓄了蓬勃的客寓意識。詞人對世間變化保持著客體位置的冷静態度，他有意淡化自身的主體色彩，而以置身事外的游離眼光觀望外物，這種客寓感與寡合心緒相互勾連，所構築的意象世界皆與現實有所隔膜，爲讀者帶來陌生化的審美體驗。考察外部變幻，可從空間與時間兩方面入手，前者主要指地理空間的遷移，白石作爲是時的寒士清客，一生輾轉流離，漂泊各地，「客途今倦矣，漫贏得一襟詩思」（《徵招》「潮回却過西陵浦」），他將所見環境之變付諸筆端，對這種變幻的審美觀照由此與其形下經歷與形上心路緊密相聯。而在地理空間之外，更有從心靈空間出發的考察，這種語境下的客寓感更具意識流的風味，不受外在條件的制約，只關注客位心態本身。從時間變幻角度看，便是將詞人所處時間作爲原點，由此出發探討時間所寓指的環境錯位對白石客體意識之産生和勃發帶來的影響，並對其情感世界的複雜脈理進行探掘。

首先來看白石詞中地理空間之變所藴涵的客寓意識。詞人明確地將地理位置的更移信息融於詞意，並始終令自身處於當下環境的客體位置，觀望外界的整體變化，從而爲詞境增添幽約難辨的朦朧美感。例如《清波引》：

冷雲迷浦，倩誰唤、玉妃起舞。歲華如許，野梅弄眉嫵。屐齒印蒼蘚，漸爲尋花來去。自隨秋雁南來，望江國，渺何處。新詩漫與，好風景，長是暗度。故人知否，抱幽恨難語。何時共漁艇，莫負滄浪煙雨。況有清夜啼猿，怨人良苦。

詞前小序交代了詞作背景，詞人「久客古沔」，所見煙雨草木「無一日不在心目間」，而今客居湖南，流落湘浦，歲暮閑游，時序流轉牽動鄉關之思。從漢水到湘江，詞人皆爲客居身份，但先前的客寓之所却牽繫著此刻情緒，他遠眺江國，惟餘渺茫景象，可見這種客寓感不止針對故鄉而言，而是始終繚繞詞境之間。這與白石的個性特質相關，他對所處環境時常葆有一種排斥感，既是自我對外境的抗拒，也包涵了精神層面所反映的外部世界對主體的自覺分隔，這種隔絶脱胎於其客體化位置，因而觀望視角便也飽含深厚的疏離感。野梅姿態嫵媚，却偏生於冷雲迷浦之間，伴以清夜猿啼，更加重了詞人的羈旅之怨，客位的疏隔哀戚由此得以盡致彰顯。又如《探春慢》：

衰草愁煙，亂鴉送日，風沙迴旋平野。拂雪金鞭，欺寒茸帽，還記章臺走馬。誰念漂零久，漫贏得、幽懷難寫。故人清沔相逢，小窗閒共情話。長恨離多會少，重訪問竹西，珠淚盈把。雁磧波平，漁汀人散，老去不堪游冶。無奈苕溪月，又照我、扁舟東下。甚日歸來，梅花零亂春夜。

該詞極富鑒賞價值，「通首序事録别，筆氣高爽，自是白石本色」〔二一〕。詞人將赴浙江，正值衰草連天、愁煙漫地之時，他回首自己飄零日久的往事，流露出倦怠無奈的心緒。親友聚少離多，常年的奔波生涯，令他所駐每處皆爲客所，從揚州、洞庭再到湖州，無論地理空間如何遷移，詞人皆展露出自己作爲客寓之人的疏隔之感，時刻訴説著格格不入的幽約愁緒。這種排異心理令詞境中的意象盡染哀戚，群鴉零亂，溪月無奈，更添客位之怨。還未離開便殷切盼歸的心態描寫，豐富了詞作的情緒層理，令情感波瀾在起伏間得到盡致的抒發。再看《杏花天影》：「滿汀芳草不成歸，日暮，更移舟向甚處。」書寫羈旅漂泊之思，天涯芳草皆非歸處，詞人日暮移舟，却無處可去，强烈的客寓意識在這惝恍迷離之筆的渲染下，更添感人肺腑之質。

詞意雖暫終結，却因前路無定而綴補了可供發揮的無窮意緒，「有『曲終人不見，江上數峰青』之妙」[二二]，引人反復回味。可見地理空間之變化引發的客寓意識，在白石詞中時刻浮現，這種立足於流離經歷的客位感，令詞人對外在環境遷移的審美觀照，時刻保持著適當距離。距離感帶來視點的徬徨與游逸，自身之於環境難以真正融入的心理體驗，令情思層叠蓄積，再宛轉釋出，詞作由此富於清疏空靈、雋永蘊藉的藝術效果。

白石的客寓意識不但集中體現於摹寫地理空間變幻之作，在位置移動並不如何明顯的詞作中，空間變幻所引發的客位感便主要積澱於心靈層面。心靈空間不受地理條件的制約，存在時刻變幻的可能性，這種無論何時何地皆感陌生的情緒體驗，根植於詞人不合時宜的個性特質，並常以油然生發的自如形式呈現。心緒或歸於昔日，或步入幻境，終究難融於當下環境，由此帶來客體化的觀望視角，增强了情緒的表現力。例如《湘月》：

五湖舊約，問經年底事，長負清景。暝入西山，漸喚我、一葉夷猶乘興。倦網都收，歸禽時度，月上汀洲冷。中流容與，畫橈不點清鏡。　誰解喚起湘靈，煙鬟霧鬢，理哀弦鴻陣。玉麈談玄，嘆坐客、多少風流名勝。暗柳蕭蕭，飛星冉冉，夜久知秋信。鱸魚應好，舊家樂事誰省。

詞人乘船遊覽湘江，只見日暮雀鳥歸巢，汀洲月色幽涼，以清淡筆觸摹繪出一幅秋日光景圖，「點綴之工，意味之永，他手亦不能到」[二三]。上闋本將悠閑興致點明，令人遐想後文會否繼續延展補充此類正向情緒；但因白石向來難容於世的心理特徵，詞作中仍流露出强烈的游離感，即對當下環境隱約抗拒的客體意識。下闋由真入幻，地理空間未變，仍處湘江之上；但詞人的心靈空間却已因客體化觀望的視角，從名士談玄論道之實境，度越至湘靈鼓瑟的虛境，最終歸於對舊家樂事的懷念之情。白石心緒正因客寓於實境，才會藉由虛境尋找精神寄託，不論眼前圖景何如，所逢是否樂事，他都會在某些時刻油然生發一種從當下脱離而去的陌生感，或許去嚮往昔，或許沉湎於幻想中的仙境，這種感受可能不合時宜，但却是詞作空靈渺茫之藝術效果的重要來源。

再如《長亭怨慢》：

漸吹盡、枝頭香絮，是處人家，緑深門户。遠浦縈迴，暮帆零亂向何許。閲人多矣，誰得似長亭樹。樹若有情時，不會得青青如此。　日暮，望高城不見，只見亂山無數。韋郎去也，怎忘得、玉環分付。第一是早早歸來，怕紅萼無人爲主。算空有并刀，難剪離愁千縷。

全篇書寫客寓離愁，以柳起興，烘托寂寥思歸的衷情。「閲人」句暗示了詞人輾轉流離的過往經歷，他將自己與長亭柳作比，渲染了長期居於客位的深切哀愁，「白石諸詞，惟此數語最沉痛迫烈」〔二四〕。不論經歷怎樣，遇見之人何如，他都會有一種置身事外的陌生感，這種陌生化體驗脱離了地域限制，只與心靈空間對外界的感知相關。柳樹無情，故雖見證萬千離别，都不改茂盛之姿，它不會有因客居此地而生發的離愁别緒；但人有情，漂泊之地與所見之人日益增多，别離之感漸趨蓬勃，却無處紓解，只能化作無奈思緒，盡付筆端。下闋用韋皋典，並藉情人之口，再度渲染歸意，爲詞作的情感抒發更添連綿餘味，「轉折拗怒，尤爲奇作」〔二五〕。又如《水龍吟》（夜深客子移舟處），上闋點明客寓四方的疲憊心態，「況茂陵遊倦，長干望久，芳心事、蕭聲裏」，這種漂泊心緒依託於詞人的長期經歷，「白石數十年間浪遊江、浙、皖、鄂各地，故藉此和詞，抒發其飄零之感」〔二六〕。對於外界之變，詞人的觀照視角始終根植於其客體身份，因再難忍受現實，只能由實入幻，「畫闌桂子，留香小待，提攜影底」，藉懸想以慰懷。詞作筆觸情真意切，將主人公始終難以融入外部變幻之境的無可奈何摹繪盡致，也令情感脈絡得以完滿構築。可見白石詞對於外部變幻的審美觀照，體現出以客體位視角爲主的特質，這種視角依託於詞人交糅陌生感的客寓意識，令詞作富於清幽疏隔之美。心靈空間的客寓區别於其地理意義層面，彰顯出不受外部條件制約的形上藴涵，只與詞人意圖逃離當下的心理趨向相聯，實現方式爲以回溯往昔或漫遊幻境爲代表的意識流路線，這是詞作得以積蓄縹緲美感的重要成因。

從時間角度考察白石詞對於外部變幻的審美觀照，重點在於以時間脈絡爲線索的心理錯位現象，即不論周遭空間如何，詞人皆以客體身份參與當下此刻的時間建構，心靈趨向與身體歸宿之間時常存在偏移錯位之憾。此類審美觀照受時間變化規律的影響，在詞作中主要有兩種表達路徑，其一是展現今昔對比，抒發追念往昔之情；其二是通過渲染客寓於今之感懷，强調主體身份的客位立場。這兩條路徑相輔相成，共同促進了白石詞清空幽邃之美學特徵的形成與發展。例如名篇《揚州慢》：

淮左名都，竹西佳處，解鞍少駐初程。過春風十里，盡薺麥青青。自胡馬、窺江去後，廢池喬木，猶厭言兵。漸黄昏、清角吹寒，都在空城。　杜郎俊賞，算而今、重到須驚。縱豆蔻詞工，青樓夢好，難賦深情。二十四橋仍在，波心蕩、冷月無聲。念橋邊紅藥，年年知爲誰生。

該詞具有高妙的藝術價值，「不惟清空，又且騷雅，讀之使人神觀飛越」〔二七〕。詞人開篇便自述只是暫時停留，表明了客位身份，接下來的所見及興感皆由此立場統攝。他看到往昔春風十里的繁盛長街，皆呈荒涼之態，暮色降臨，凜冽寒風伴隨軍號之聲擾亂人心。著有豆蔻名句的杜牧而今重過揚州，也必會爲這衰頽景象所驚，縱有經營綺麗生活之願，却也無閑情逸致來作賦表意。二十四橋和橋邊芍藥仍在，但物是人非，更添哀思。可見詞中具有兩層對比，其一是將此名都佳處的過往身份與而今薺麥蔓延的蕭條景色作比，極寫金軍入侵後觸目驚心的破敗，便連廢池喬木都厭惡言兵。其二是將前人詩境點化入詞，並與荒蕪實況相對，自然妥帖，渾化如一，以心境的不同突出現實之淒涼。白石的客體身份不但體現於他解鞍少駐之行，他對於地理空間意義之揚州的客體意識並不濃烈，令他最爲陌生的實是此處遭劫敗落後的荒涼，是特殊時間節點上的揚州。詞人彷彿客寓於今朝，他對於當下所歷之境並無任何歸屬感，這種時間脈理層面的客體式觀照主要通過兩個層面達成，第一是站在往昔立場，姜夔雖與杜牧不同時代，却能想象從他的角度觀望眼前之景，詞人對於從未親歷之明麗舊日的親切感甚至强於他真正體驗過的一切，這不但源於現實之禍，還與根植白石内心並時常浮現的客寓感有很大關聯。第二層面是尋覓往昔剪影，詞人不厭其煩地爲詞境添綴昔時意象，二十四橋構成了杜牧詩中景，紅藥亦是不受時移世遷影響的自然物象，白石將這些凝結流變光陰的剪影置於境中，不但抒發了人世滄桑之感，也暗寓了他對於過去光景的懷念。這種對從前的追憶，甚至不必來源於真實經歷，實出自詞人不容於現境的客體意識。以客體化視角對外物進行觀照，詞作哀惋憂戚的情感書寫便更具藴藉之致，渲染了悲如幽咽的表達效果。

類似詞例還有《淡黄柳　空城曉角》「看盡鵝黄嫩緑，都是江南舊相識」，柳枝令人倍感親切，但「楊柳雖如舊識，而地異情殊」〔二八〕，詞人將江南往昔之景與現況交融，突出對過去的追念。這種只能通過尋覓熟悉剪影以宣洩無歸屬感的方式，展現出白石客寓於今的寂寥現狀。下闋接續這種情緒，懸擬未來，便連唯一能與往日有所勾連的物象也將消逝，「問春何在，唯有池塘自碧」，時移境遷，只剩空寂碧波，更加重了詞人對外境的陌生感與抗拒心理，烘襯了沉慟深切的飄零之悲。又如《淒涼犯　緑楊巷陌秋風起》，白石是時客居合肥，「來往江淮，緣情觸緒，百端交集，托意哀思」〔二九〕，追憶西湖上小舫攜歌的樂事，表現出對於當下而言的强烈客位態度，他排斥「情懷正惡，更衰草寒煙淡薄」的晦暗現實，只能藉回溯往昔以慰懷。再看《角招　爲春瘦》：「記得與君，湖上攜手。君歸未久。早亂落、香紅千畝。」極寫追思往事、寂寞難紓之愁，「獨客傷春之際，花落人遥，舊歡回首，誰能遣此」〔三〇〕，今與昔的强烈對比，深切刻畫了詞人當下此時的客位立場，表現出他亟欲回溯時光、排解幽怨的沉重心緒。由上可見，因形上心理層面之時間錯位帶來的陌生感與疏離感，詞人對於外部變幻常保持一種客體化觀望的視角，通過今昔之比抒發對過往的迫切追念，藉此突出不容於現世的客寓於今之感，詞作由此更富由情思之深與詞意之隔帶來的空靈含蓄之美。

三　主體自性：局外型審視

姜夔不僅在詞中對外部世界的静景與動態進行審美觀照，還將内在的主體自性作爲觀照對象，其詞的獨特之處便在於時常對自我採取局外人立場的審視態度。詞意脈絡在舒展延伸的過程中，主體不但跳出具體人事框架的拘囿，還更進一步轉换視角，由外向内凝望自性，從而達致藴意層理的豐富以及意指效應的增强。在這種局外型審視作用下，詞作從具體與抽象兩個層面積蓄起蓬勃的文學張力，令詞境飽含沉鬱雋永的韻致。

從具體層面看，白石在詞境中的當事人身份與他作爲旁觀者的視角有時相互割裂，這種分離會造成詞意脈絡上的波折與跌宕，帶來陌生化的審美效果，從而有裨於張力感的提升。例如《暗香》：

舊時月色，算幾番照我，梅邊吹笛。喚起玉人，不管清寒與攀摘。何遜而今漸老，都忘却、春風詞筆。但怪得、竹外疏花，香冷入瑶席。　江國，正寂寂。嘆寄與路遥，夜雪初積。翠尊易泣，紅萼無言耿相憶。長記曾攜手處，千樹壓、西湖寒碧。又片片、吹盡也，幾時見得。

開篇便摹繪出一幅賞梅吹笛的月夜圖景，「落筆得『舊時月色』四字，便欲使千古作者皆出其下」〔三一〕。竹外疏花，眼前此景將抒情主人公的視線落點帶回過去，静佇凝望曾經攜手佳人的自己，寥寥數語便使舊時月色映照下的「我」與此刻旁觀的「我」發生割裂，詞意空間得到大幅擴充。詞人安静審視著廣袤時空另一端的自己，心中有萬千追念思緒，落筆却只清淡閑雅，仿若與己無關。接著以何遜自比，説何遜年事愈長，才情漸消，實則是對自我的審察，更將主體推向被觀照的對象位置。下片由寂寥江國之境起筆，再自然折回過去，回溯與卿相伴的美好往事，花期之短暗喻了聚少離多的悲劇結局，抒發了深沉的哀戚情緒。詞人以旁觀身份審視並觀望自我，從往昔到現今，他皆有意弱化對主體性的渲染程度，從而令情感書寫含蓄宛轉，引人回味。這種藝術效果主要與他將局外視角融入對所詠對象的敘寫有關，「以身世之感貫穿於詠梅之中，似詠梅而實非詠梅，非詠梅又句句與梅有關，用意空靈」[三二]，詞人既在觀梅，也是觀己，今昔盛衰的多重景象滙入境中，白石以詩人之眼盡皆攬括，再將曲折迴環的内在心緒舒徐道來，促進了「筆致騷雅」、「清虛婉約」之美學特質的發展完融[三三]。

類似詞例還有《浣溪沙》：

雁怯重雲不肯啼，畫船愁過石塘西，打頭風浪惡禁持。　春浦漸生迎棹緑，小梅應長亞門枝，一年燈火要人歸。

歲暮天寒，詞人流離在外，「浪遊武康、無錫各地」[三四]，亟欲返歸。他對南飛群雁的審美觀照，正似對自己的構擬，大雁憂慮重雲阻礙前路，在陰沉環境的壓迫之下，連啼鳴都不肯，倍覺窒息。便如白石自己，在洶湧風浪間漂流，無從紓解羈旅愁怨，他對外在物象之觀照的深層蘊旨，實是對主體自性的敘寫，是跳脱出當事身份的情感建構。詞人思歸心切，末句却並未著力於渲染心情的急迫程度，而言燈火要人歸去，這是將自我置於觀照對象的位置，以翻轉的筆觸烘托繁複沉摯的情緒積澱，可謂感人至深。再如《點絳唇　丁未冬過吴松作》，開篇即以雁自況，「燕雁無心」，南北漂流，正如詞人自己，隱晦表露出身世之愁。接下來筆觸從燕雁行雲寫至數峰，再從陸龜蒙到殘柳，皆未直書自我，但因這些被觀照的物象無一不是自性的投射，主體作爲被審視的對象便無處不在，深沉之情亦得到了充分傳達，「用筆輕靈，而令人吊古傷今，不能自止」[三五]。還有一些詞作以鋪展圖景畫面、刻畫行跡細節的方式，將主體自我的被審視感體現得更爲明顯。如《摸魚兒　嚮秋來漸疏班扇》末句：「無人與問。但濁酒相呼，疏簾自卷，微月照清飲。」詞作以細緻筆觸摹繪出一幅黯淡清冷的景象，置身其中的抒情主人公成爲畫面的中心焦點，他對月獨酌，孤苦無依，通過對自我狀態的摹寫，將含蓄的哀怨之愁抒發盡致。又如《玲瓏四犯》（叠鼓夜寒）：「萬里乾坤，百年身世，唯有此情苦」「文章信美知何用，漫贏得、天涯羈旅。」皆是對主體的解構式摹寫，只有站在局外視角對自我加以徹底的審視，才會得出如此透徹且悲涼的人生結論。而視線之出發點與落足點的差異，會令詞作充溢著由情感落差帶來的强大張力，富於清幽深沉的審美效果。可見白石詞常以局外型審視的方式對主體自性加以審美觀照，並經由當事者姿態與旁觀者視角之間的分化與抵牾，爲詞作的情緒張力營構出廣闊豐富的表達空間，極大提升了藝術感染力。

從抽象形上層面探討白石在詞中對主體自性的局外型審視，是對旁觀視角之具體性考察的進一步深化，主要可從抒情力度與冷靜筆觸之間的碰撞入手。姜夔善於以克制之筆統攝繁複多樣的情緒層理，將內心蓄積的洶湧情感一再沉潛，任其以輕靈之姿流淌而出，從而達致收放自如、曲盡其妙的表現效果。抒情力度與克制筆觸之間的落差，令詞作充滿內涵張力，引人入勝。例如《霓裳中序第一》：

亭皋正望極，亂落江蓮歸未得。多病却無氣力。況紈扇漸疏，羅衣初索。流光過隙。嘆杏梁、雙燕如客。人何在，一簾淡月，彷佛照顔色。　幽寂。亂蛩吟壁。動庾信、清愁似織。沉思年少浪跡。笛裏關山，柳下坊陌。墜紅無信息。漫暗水、涓涓溜碧。漂零久，而今何意，醉卧酒壚側。

詞人羈旅在外，思歸心切，滿懷深摯的離怨衷情，這種洶湧情思無處紓解，只能借曲筆以宛轉表達。主要可分爲兩個實現環節，其一即通過化用杜詩以及庾信阮籍等事典，表達出客寓他鄉、光景空逝之愁，將主體的濃烈情感隱於渾化無跡的他者形象背後，不直言情緒的熾盛，却更添無可奈何的蒼涼色彩。其二是在抒情脈理漸至高峰時宕開一筆，轉而摹景，將豐富情思盡皆付於墜紅隨水流逝的景象，「舊夢重重，逐暗水流花而去，贏得飄零詞客，一醉埋愁」[三六]，幽咽式的情感表達，爲詞作增添了蘊藉之美。蓬勃蓄積的抒情力度在克制筆觸的收束作用下，未能盡傾而出，却因有所斂藏，而更顯深沉雋永。這種獨特的情感表達與詞人心性中時常對自我加以審察的觀照態度有關，他對於主體世界，既能入乎其内，以當事者身份參與詞境建構，又能出乎其外，對主體施以局外型的觀望。正因如此，白石在經歷情感的大幅波動時，仍能維繫静觀姿態，以清冷之筆寫沉重之情，詞作由此生發出綿延無盡的悠長餘緒。

又如《疏影》：

苔枝綴玉，有翠禽小小，枝上同宿。客里相逢，籬角黄昏，無言自倚修竹。昭君不慣胡沙遠，但暗憶、江南江北。想佩環、月夜歸來，化作此花幽獨。　猶記深宫舊事，那人正睡裏，飛近蛾緑。莫似春風，不管盈盈，早與安排金屋。還教一片隨波去，又却怨、玉龍哀曲。等恁時、重覓幽香，已入小窗横幅。

該詞用典尤多，却能不落窠臼，自然妥帖。歷來論者都對「昭君」句的興寄藴意有所矚目，「前人多謂乃指靖康之禍，徽、欽二帝及後宫北徙」〔三七〕，言之成理，但若一味追求將抽象感懷落實，則難免有所拘泥，影響對藝術性的鑒賞。從主體視角加以考察，便會發現該詞對掌故的涵攝，皆出現於抒情力度無從揮發而不得已付諸外向型視角的意脈波折處，從花神、王昭君、壽陽公主及陳阿嬌的故事，到對李杜詩篇的化用，無一不浸潤著白石潛藏於心、幽怨難言的强烈哀戚。詞人視點由真入幻，從此刻到過去，最終以幽香難覓的憾恨情緒作結，既是對梅花凋零命運的憐惜，也是對自我多舛之途的慨嘆。這種沉鬱的身世感喟因被清淡空靈之筆加以制約，在詞境中未能全盤托出，而以含蓄幽渺的口吻娓娓道來，引人回味之餘，更添哀思。類似例證還有《齊天樂》（庾郎先自吟愁賦），沉重悲切的人世之恨，借「哀音似訴」的促織鳴聲委婉托出，「豳詩漫與。笑籬落呼燈，世間兒女。寫入琴絲，一聲聲更苦」，筆觸清淺疏朗，却涵蓋了廣闊範圍内的時代哀音，「舉凡騷人失意、思歸念遠、遷客懷鄉、乃至帝王蒙塵，如許憾恨，無不借秋蟲宣發」〔三八〕。白石站在光景流變的旁觀位置，縱覽人間哀愁，「所詠瞭然在目，且不留滯於物」〔三九〕，他不但觀照外部，亦對自我命途加以省察，從而得以通過平淡率意却斂藏悲劇内核的語言，對如此沉重繁複的情感脈絡進行審美架構，達致高妙的藝術水準。再如《鷓鴣天　正月十一日觀燈》下闋：「花滿市，月侵衣。少年情事老來悲。沙河塘上春寒淺，看了遊人緩緩歸。」自傷身世的紛雜情緒未待蓄積勃發，便被「淺」、「緩緩」等表意疏淡的摹狀詞語稀釋，抒情力度與克制筆觸之間的對衝碰撞，令蘊意空間滿富情緒張力。在《浣溪沙》（著酒行行滿袂風）中，詞人以旁觀視角對身處境中的主體加以奉告「當時何似莫匆匆」，此乃壓抑内心百轉千迴之情的痛切哀語，「蓋低徊往復之情，不欲明言也」〔四〇〕，便借看似冷静的局外人口吻無奈道出，「情愈深而愈苦，逼出結句」〔四一〕，情感書寫由此飽含深沉雋永之美。可見白石常在詞中令情緒力度與克制筆觸相融，在意脈空間的收放中達致張力感的提升，爲情感表達增添蘊藉之質。這種抽象意義上的美感建基於詞人對主體自性的觀照，具體而言得益於當事者姿態與旁觀者視角之割裂所引發的局外型審視作用，增添了作品的陌生化色彩，促進了白石詞清空峭拔之藝術品格的形成與完善。

白石詞的藝術風範向來爲歷代論者所推重，黄昇曾言：「白石道人，中興詩家名流，詞極精妙，不減清真樂府，其間高處，有美成所不能及。」〔四二〕清人更有「詞家之有姜石帚，猶詩家之有杜少陵」〔四三〕、「詞中之有白石，猶文中之有昌黎」〔四四〕等高度評價，可見其詞富有獨特超妙的美學品格，此乃歷代學人的廣泛共識。這種品格立足於姜夔在詞境中對意象世界的審美觀照，對於不同的觀照對象，詞人採取的方式略有差異。他以帶有距離的間隔式樣態感知静態世界，不論是色彩描寫、觸感渲染還是融滙多重感官的物態摹繪，皆似與人有隔。面對時刻變幻的外部環境，他以客體化觀望的方式對時空遷移進行審美建構，客寓意識不但體現於地理及心靈意義上的空間層面，還彰顯於因時間錯位而客寓於今的立場。此外，白石還創造性地對主體自性加以局外型審視，當事者姿態與旁觀視角的割裂、抒情力度與克制筆觸的碰撞，皆爲詞作的内涵張力積蓄了廣闊的表現空間。這三重維度的審美觀照各有特點，總體而言都帶有遠距離與陌生化的傾向，皆是白石詞清空疏宕、空靈幽雅、包藴無窮之藝術特質的重要成因。

〔一〕朱彝尊、汪森編《詞綜》，上海古籍出版社一九七八年版，第一頁。

〔二〕陳郁《藏一話腴》，載夏承燾《姜白石詞編年箋校》，上海古籍出版社一九八一年版，第三二七頁。

〔三〕〔四〕〔五〕〔一七〕〔二二〕陳廷焯《白雨齋詞話》，上海古籍出版社二〇〇九年版，第三〇頁，第二九頁，第三十頁，第三二頁，第三一頁。

〔六〕〔一九〕〔二七〕〔三九〕張炎撰，夏承燾校注《詞源注》，人民文學出版社一九六三年版，第十六頁，第二四頁，第十六頁，第二一頁。

〔七〕鄧喬彬《論姜夔詞的清空——姜詞藝術析論之一》，《文學遺産》一九八二年第一期，第三三頁。

〔八〕陶文鵬、阮愛東《論夢窗詞氣味描寫的藝術》，《文學評論》二〇〇六年第五期，第一三四頁。

〔九〕姜夔《姜夔詞集》，上海古籍出版社二〇一〇年版，第五頁。下文如有未標出處者，皆引自此。

〔一〇〕〔二八〕〔三七〕〔四一〕沈祖棻《宋詞賞析》，北京出版社二〇一三年版，第二〇二頁，第二一〇頁，第二一三頁，第一九八頁。

〔一一〕〔一五〕〔一八〕〔二〇〕〔二一〕〔三〇〕〔三六〕俞陛雲《唐五代兩宋詞選釋》，上海古籍出版社二〇一一年版，第三〇八頁，第三〇九頁，第三〇一頁，第三〇〇頁，第三〇四頁，第三〇五頁，第三〇二頁。

〔一二〕〔一六〕王國維《人間詞話》，中華書局二〇一〇年版，第六二頁，第一〇五頁。

〔一三〕劉熙載《藝概》，上海古籍出版社一九八〇年版，第三二四頁。

〔一四〕〔二三〕〔二五〕〔二六〕〔三四〕〔四〇〕夏承燾校，吴無聞注《姜白石詞校注》，廣東人民出版社一九八三年版，第一一六頁，第三五頁，第七〇頁，第九七頁，第一二八頁，第二五頁。

〔二四〕夏承燾《姜白石詞編年箋校》，上海古籍出版社一九八一年版，第一五一頁。

〔二九〕鄧廷楨《雙硯齋詞話》，載劉乃昌編《姜夔詞新釋輯評》，中國書店出版社二〇〇一年版，第八六頁。

〔三一〕先著、程洪《詞潔輯評》，載劉乃昌編《姜夔詞新釋輯評》，中國書店出版社二〇〇一年版，第九九頁。

〔三二〕劉永濟《唐五代兩宋詞簡析》，上海古籍出版社一九八一年版，第七一頁。

〔三三〕李佳《左庵詞話》，載劉乃昌編《姜夔詞新釋輯評》，中國書店出版社二〇〇一年版，第一〇〇頁。

〔三五〕唐圭璋《唐宋詞簡釋》，人民文學出版社二〇一〇年版，第一九九頁。

〔三八〕劉乃昌編《姜夔詞新釋輯評》，中國書店出版社二〇〇一年版，第一二九—一三〇頁。

〔四二〕黄昇《花庵詞選》，中華書局一九五八年版，第二七九頁。

〔四三〕宋翔鳳《樂府餘論》，載唐圭璋編《詞話叢編》，中華書局一九八六年版，第二五〇三頁。

〔四四〕許昂霄《詞綜偶評》，載唐圭璋編《詞話叢編》，中華書局一九八六年版，第一五五八頁。

（作者單位：復旦大學中國古代文學研究中心）

王沂孫生卒、行實新考

朱志遠

内容提要　二十世紀以來，圍繞王沂孫生平軌跡、入元出仕等問題，學界漸有一定共識。然胡雲翼、胡適二先生則徑目之爲「失節詞人」，一時毀譽參半，褒貶難平。王沂孫以宋遺民自居，篤尚氣節，實未嘗負師友期許。又因碧山詞寄託深婉，章法縝密，堪與夢窗、清真頡頏。清人論詞法者，遂有「問塗碧山」之説。一代詞宗唐圭璋先生在論及宋季詞人時，亦稱許碧山與草窗、玉田三人爲「詞壇翹楚者」，足見其詞藝成就。兹在前人考證基礎上，並藉助官方文檔以及王沂孫與友人周密、張炎之間交往資料，考稽真相，以王沂孫生卒年时间：約生於（一二三二—一二四八）年之間，卒於（一三〇六—一三二一）年之間視之，享年七十餘歲。宋亡之後，江南遺民多以出任學正糊口爲生。王沂孫亦未倖免，時間当以至元二十八年（一二九一）出仕慶元路學正爲是；約三年後，旋又隱居，直至亡殁。詞人在悔恨出仕與懷念故國的痛苦心境裏，走完了人生最後一程。

關鍵詞　王沂孫　碧山　生卒　出仕　遺民

王沂孫，字聖與，號碧山、中仙，又號玉笥山人，會稽人（今浙江紹興）。碧山詞在當時聲名不顯，却在

本文係二〇一七年鍾振振主持國家社會科學基金重大項目（《全宋詞人年譜、行實考》（17ZDA255））階段性研究成果。

清代詞壇引起共鳴，備受推崇，論詞學取徑竟有「問塗碧山」之説〔一〕。二十世紀以來，圍繞其入元出仕問題，尤其胡雲翼、胡適二先生又徑目之爲「失節詞人」〔二〕，一時毀譽參半，褒貶難平。然碧山詞寄託深婉，章法縝密，堪與夢窗、清真頡頏。一代詞宗唐圭璋先生在論及宋季詞人時，亦稱許碧山與草窗、玉田三人爲「詞壇翹楚者」〔三〕。詞見《花外集》。惟其生平寥落，文獻匱乏，若欲明晰其行跡線索，惟藉助其與友人周密、張炎之間交往推測之。截止目前，關於碧山生平仕履的考證，結論大致有如下幾種：

㈠ 約生於一二五一年左右，卒於一二九一年。此説由夏承燾首先提出〔四〕，陸侃如〔五〕、葉嘉瑩〔六〕採信此説。

㈡ 約生於一二四八年左右，卒於一二九一年，於一二八〇—一二八四年五年間出爲元朝學官，吴則虞提出此觀點〔七〕。

㈢ 約生於一二三一年以前，卒於一二九一年秋冬之交，並約於一二九一年出爲元朝學官，常國武提出此觀點〔八〕。

㈣ 約生於（一二三二—一二四八）年之間，卒於（一三〇六—一三二一）年之間，楊海明首次對碧山卒年一二九一説提出異議，力證其僞，論成此新説〔九〕。葉嘉瑩後又贊同其説〔一〇〕。本文採信此説，但對楊先生所認定的碧山出仕時間（一二九一或稍後幾年），則未敢苟同。

㈤ 碧山約於（一二九三—一二九七）年間出爲元學官，王筱芸提出此觀點〔一一〕。

㈥ 碧山出仕學官的時間約爲一二九〇年上半年至一二九一年秋，蔡一鵬提出此觀點〔一二〕。

㈦ 碧山於一二七八年（與第一任教授的時間同，至元十五年）出爲元學官，李修生提出此觀點〔一三〕。

㈧ 碧山入元未仕，以遺民終老。新加坡學者嚴壽澂引汪兆鏞（憬吾）觀點而採信之〔一四〕。

綜上，關於王沂孫生卒年問題、出仕與否及時間問題等史實，意見不一，本文在前人的基礎上，進一步稍作申説。

一　關於王沂孫的生卒年

夏承燾先生在《唐宋詞人年譜》中根據周密《志雅堂雜抄》中一段記載：「辛卯（一二九一年）十二月初六日，天放降仙，江寧王大圭至……又問：『王中仙今何在？』云：『在冥司，幽滯未化』。」認定王沂孫卒于一二九一年（至元二十八年）。吴則虞《王沂孫事蹟考略》和常國武《王沂孫出仕及生卒年歲問題的探索》二先生在各自文章中雖對王氏生年提出異議，于王沂孫卒年則俱引此説而採信之。惟楊海明撰《王沂孫生、卒年考》一文指出，周密《志雅堂雜抄》版本駁雜，即便夏先生所據伍崇曜《粤雅堂叢書》本，其中所載亦並無「王中仙」云云，而是「王中企」；别如清代《筆記小説大觀》本，也作「王中企」而非「王中仙」；王士禛《學海類編》本更作「後王今何在」，二者皆無載。文中所云詩句如「天上人間只寸心，煙花雨意亦何深」「中年何事早拘攣」，疑是李後主詞意及生平，文本似以「後王」爲是。故而，楊海明道，「王中仙在冥司幽滯未化」云云，缺乏文本上的根據，恐是夏先生粗心所至。要之，楊海明在勘校原詞的基礎上，理通詞意，辨清齟齬，其説堪是。

但問題是若作「中企」，該怎麼理解呢？相比來説，作「王中仙」反而比較好理解。察文意爲降仙事，則此三字所指正當作「詞中之王」「王中之仙」解——指李後主，與王士禛本「後王」意同。總之，這段記載是在説李後主，可以確定。既然辛卯年（一二九一）並非王沂孫卒年，作爲王沂孫卒年唯一堅實證據的文獻依據隨之失效，碧山生卒年須重新勘定。

結合相關詞作來看，王沂孫《一萼紅》詞前小序「丙午春赤城山中題《花光卷》」[一五]，此「丙午」若非一二四六年就是一三〇六年，須知一二四六年正是宋理宗淳祐年間，當時王沂孫大約十五六歲，自然不能自稱

「東南倦客」，以及當時尚未亡國，自然又不能用「鉛淚」「故國」這等字眼。則此「丙午」只能是宋亡後的一三〇六年（元成宗大德十年），與其卒年在一二九一年後相合。楊海明抽絲剥繭，遂據此認定，王氏的卒年乃在一三〇六年之後，而下限則在張炎死前（張炎有《瑣窗寒》碧山悼詞，詞序云：「余悼之玉笥山，所謂長歌之哀，過於痛哭」）。張炎於一三一五年猶在世，約於至治（一三二一—一三二三）年間之前逝世，則王沂孫的卒年當在一三〇六—一三二一年之間。同時，楊先生指出，王沂孫年歲介於周密生年與張炎生年之間（一二三二—一二四八），假設王沂孫生於一二四〇年，卒於一三一〇年，則他大約活到七十歲，而其出仕慶元路學正的時間在一二九一年後，其時正是五十歲左右的「老成」之時。王沂孫《淡黄柳》詞序云：「甲戌冬，别周公瑾丈於孤山中。次冬，公瑾遊會稽，相會一月。又次冬，公自剡還，執手聚别，且復别去。悵然於懷，敬賦此解。」可知，王沂孫甲戌（一二七四年）初識周密於西湖孤山時，周密四十三歲，他才三十五歲左右，自然可以稱周密爲「丈」。梳理至此，關於王沂孫卒年的問題，自當以楊海明之考證爲宜，故而，後來葉嘉瑩撰《王沂孫其人及其詞》亦多採其立論。

結論：王沂孫約生於（一二三二—一二四八）年之間，卒於（一三〇六—一三二一）年之間，活到七十餘歲。這一結論相對有堅實證據作爲依撑，本文從其説。

二　關於王沂孫是否出仕及出仕時間

蒙元統一中國之後，爲了緩解民族矛盾，治理新生政權，從至元十六年（一二七九）到延祐七年（一三二〇）四十多年的時間裏，有幾次大規模的征召遺民出仕之舉。在元廷的强征之下，王沂孫、仇遠、戴表元、陳允平、白珽等人不得不出仕學官。

元人袁桷《延祐四明志》卷二「職官考」（上）載王沂孫曾任慶元路學正，却未云何時出仕[一六]。清人查爲仁、厲鶚《絶妙好詞箋》卷七引此並道：「至元中，王沂孫慶元路學正。」〔一七〕却並未提及出處。至民國陳思《白石道人年譜》（《遼海叢書》本）引録《延祐四明志》時，人云亦云，已有「至元中」字樣〔一八〕。但不論如何，結合王沂孫《醉蓬萊・歸故山》詞中所云「賦歸來何晚」、《齊天樂・四明别友》詞中「政恐黄花，笑人歸較晚」句及周密《憶舊遊・寄王聖與》詞「天涯未歸客，……歎菊荒薇老，負故人猿鶴，舊隱誰招」來看，王沂孫出仕慶元路學正自應是毫無疑問的。有懷疑者，惟見新加坡學者嚴壽澂《白玉齋詞話「沉鬱」説述論》文中注引汪兆鏞之論〔一九〕，當是誤解。學界所争執問題只在於其出仕時間，截止目前，仍尚未有定論。

常國武《王沂孫出仕及生卒年歲問題的探索》文中推測，王沂孫出任此職的具體時間大概在他去世的那年（辛卯，一二九一），或「西元一二八九年（至元二十六年）到一二九一年（至元二十八年）他去世前的三年之間了」。證據是《元史》卷八十一《選舉志》云：「（至元）二十八年（一二九一），令江南諸路學及各縣學内設立小學，選老成之士教之……路設教授、學正、學録各一員。」〔二〇〕據此，王沂孫出任慶元路學正的具體時間以至元二十八年可能性最大。同時，常文又據王沂孫與周密的詞中交往線索，最終認爲王沂孫應略長於周密，至少活了六十歲以上。在此基礎上，楊海明繼續考索，根據前所引《元史》文獻認定王沂孫任職學正之時是「老成之士」，既然自至元二十八年（一二九一）年始，元朝才于各路創立學正等職，則王沂孫出仕慶元路學正至早在本年甚或之後，因爲本年剛設立學正一職，未必就由王沂孫出任第一任。亦即，王沂孫出仕的時間肯定遲於至元二十八年（一二九一）年。楊先生的看法從上世紀八十年代以來影響至今，在没有新證據出現之前，亦幾成定論。

至今爲止，唯一提出質疑的是在二〇一四年李修生撰《詞人王沂孫出仕時間與生卒年考述》一文，文章認爲早在至元十五年（一二七八）元朝初定江南，即設立學正一職。文章指出，據《四明志》卷二「職官考」所載王沂孫曾任慶元路學正，雖無標明時間，但「學正」前一條的「教授」任職時間大都標明，依次按時間順序是至元二十三年（一二八六）、二十五年（一二八八）、二十八年（一二九一），可知是按時間排列〔三二〕。而「學正」下列第一位就是王沂孫，則王沂孫理當是第一任學正。其論當是。然則，李修生在文中根據「元代史料叢書」王頲點校《廟學典禮》所收官方檔指出，關於學官學職人數、升轉格例，至元十三年（一二七六）以後官府歷年均有公文出臺，言外之意遂指向了早在至元十五年（一二七八）已有學正之設立。因此，慶元路既然是從至元十五年（一二七八）開始設立「教授」一職，那麼學正、學録自應是同年設立。至元十五年（一二七八），慶元路第一任教授潘夢桂十月十五日到任，而王沂孫任職的時間自當在同年。

綜上，以常國武、楊海明兩位先生所代表的一説仍然有市場，以李修生爲代表的懷疑一説雖將研究推進，但其結論却存在明顯的訛誤，前後矛盾，亟需得到糾正。蓋因失之臆測，至今爲止，以上有代表性的二説皆不能令人信服。

質疑一：先來看常國武、楊海明等人的論證，其證據即是自常國武以來便屢被徵引的《元史》中《選舉志》的相關記載。揆諸原書，可知由於斷章取義，諸多學者從一開始就對文獻産生了嚴重誤解，後來者不察，遂掉彀中。爲避免表述不清，這裏儘量引録此段文字前後原文，見《元史》卷八十一《選舉志》曰：

國初，燕京始平，宣撫王檝請以金樞密院爲宣聖廟。太宗六年，設國子總教及提舉官，命貴臣子弟入學受業。憲宗六年，世祖在潛邸，特命修理殿廷，及即位，賜以玉斝，俾永爲祭器。至元十三年，授提舉學校官六品印，遂改爲大都路學，署曰提舉學校所。二十四年，既遷都北城，立國子學于國城之東，迺以南城國子學爲大都路學，自提舉以下，設官有差。……

太宗始定中原，即議建學，設科取士。世祖中統二年（一二六一），始命置諸路學校官，凡諸生進修者，嚴加訓誨，務使成材，以備選用。至元十九年（一二八二）夏四月，命雲南諸路皆建學以祀先聖。

二十三年（一二八六）二月，帝禦德興府行宫，詔江南學校舊有學田，復給之以養士。二十八年（一二九一），令江南諸路學及各縣學内，設立小學，選老成之士教之，或自願招師，或自受家學於父兄者，亦從其便。其他先儒過化之地，名賢經行之所，與好事之家出錢粟贍學者，並立爲書院。凡師儒之命於朝廷者，曰教授，路府上中州置之。命於禮部及行省及宣慰司者，曰學正、山長、學録、教諭，路州縣及書院置之。路設教授、學正、學録各一員，散府上中州設教授一員，下州設學正一員，縣設教諭一員，書院設山長一員。[二二]

亦即，前之論者所引證據：「（至元）二十八年（一二九一），令江南諸路學及各縣學内設立小學，選老成之士教之……路設教授、學正、學録各一員」云云，其在引文中間省略的部分，至少略去了上引這麽多文字訊息。在省去之後，文意似即變爲徵引者所理解的三層涵義：

㊀ 至元二十八年（一二九一），江南才有路學（小學）；

㊁ 至元二十八年（一二九一），路學裹才設有教授、學正等人員；

㊂ 出任教授、學正、學録者爲「老成之士」。

據此，既然至元二十八年（一二九一）才有路學「教授」「學正」的設立，則王沂孫出仕「慶元路學正」的時間自然也就不可能早於至元二十八年（一二九一）。

正是這一「公認」的結論，實際上却犯了將上下文語義雜糅、斷章取義的嚴重錯誤。

要之，路，是元朝行政區劃，路下有府、州、縣。元代儒學教育制度主要分三個層級：㊀中央國子學；㊁地方官學與書院；㊂社學、義塾和私塾。路學，即地方層級的官學。按上引《選舉志》的記載，正確的解讀當爲：

（一）所謂路學（地方官學），世祖中統二年（一二六一）已設置學校官，至元十三年（一二七六），忽必烈初定江南，已下旨恢復重建。

元世祖忽必烈崇尚漢文化，有諸多文獻可徵。至元六年（一二六九），世祖忽必烈下詔，要求提刑按察司「勉勵學校，宣明教化」，同時規定「如遇朔望日，長次以下正官同首領官，率領僚屬、吏員，俱詣文廟燒香，禮畢，從學官主善詣講堂，同諸生並民家子弟願從學者，講議經史，更相授受」[一三]。至元十三年（一二七六），不忽木上書，建議忽必烈興舉學校，遂有此令旨下。

因此，《選舉志》這段文字已明確指出元世祖忽必烈重視儒學，至元十三年（一二七六）滅南宋統一南北，當年立刻就已下旨恢復建學。

（二）至元十三年（一二七六）的時候，還過問到江南學校的「學田」養士問題。這也説明江南學校一直存在，只是偶有荒廢。

又據《廟學典禮》記載，至元十三年（一二七六），元政府下令江南各地儒學照舊例供給錢糧——即執行宋朝以來學田政策，允許學校自行支配學田收入。至元十九年（一二八二），政府内部並因江南學田政策發生激烈争執，最後朝廷依然下旨將學田歸還儒學[一四]。這不但説明元世祖優待儒學的態度，同時也説明雖然經歷戰亂和改朝换代，江南儒學承宋統緒而一直存在，並一直靠「學田」自給生存。元初的問題只不過在於全國範圍的「重建」「恢復」而已。

（三）所謂二十八年（一二九一）「令江南諸路學及各縣學内設立小學，選老成之士教之」，其所針對的主語是路學「小學」，是説此年設立了「小學」（與之相對的是「大學」）。而路學的設立早在元初至元十三年（一二七六），忽必烈已下旨恢復興建，與此並不衝突。

宋時儒學教育有小學、大學之分，生員八歲入小學，十五歲入大學。這裏是説，元代江南地方儒學中「小學」的普遍設立，即在至元二十八年（一二九一）以後。比如慶元路小學，在至元二十八年（一二九一）

教授吴宗彦「奉上司明文，設立小學，相副教授史復伯率族人，以本族五鄉硤序拜亭，撥入本學建立，扁曰：養蒙堂」[二五]。不過，根據學者研究指出，在此之前，很多儒學已經建立了小學，如江浙行省的嘉興路在至元二十一年（一二八四）就「以小學爲缺，典請於郡，增置一齋，曰蒙正，以教鄉人少俊者」[二六]。真實的情況應該是在宋末元初，各地儒學内小學因戰爭而荒廢，元承宋制，在定鼎江南之後即着手慢慢恢復，只是各地建立時間有先後之分而已。而元代地方路學學科分有儒學、醫學及蒙字學，小學只不過是儒學的其中一支。易言之，小學並不等於路學。

（四）路學學官種類如教授、學正、學録等的設置時間，早在元初定江南後已恢復設立，亦即，學正一職在元初江南即已存在。

弄清一個術語名稱，即何爲學正？考學正一職，最早設立于宋代的太學，一般以上舍生爲之，職責是協助教授進行教學和教育管理工作。後來宋朝各州縣學也設立學正，協助地方儒學教授進行教學和管理。可知學正一職早在宋朝已有。

再據《廟學典禮》卷一《設提舉學校官》載，元世祖中統二年（一二六一）八月，元政府鑒於北方「諸路學久廢」不能培養人才，規定選「博學洽聞」之士爲諸路提舉學校官，「仍選高業儒生教授」，可知這時的北方儒學除了提舉學校官以外，還有教授以及其他一般教學人員[二七]。至元六年（一二六九），元朝又規定除各路提舉學校官以外，散府、上中州各儒學設立教授一員[二八]。這就明確規定，州以上儒學學官有提舉學校官和教授各一員。元統一江南後，江南學官制度承襲南宋，學官種類漸多。除了原先南宋時已有的教授、學正、學録以及錢糧等執事人員以外，各路也設立提舉學校官。《廟學典禮》卷一《郡縣學院官職員數》載，至元十九年（一二八二），江浙行省根據南宋時期的學官設置情況，在得到中書省批准後，公佈了江南學官設置員數：

總管府設教授二員，錢糧官二員，學録、學正各二員，齋長諭各一員；散府教授二員，錢糧官一員，學録、學正各一員，齋長諭各一員；書院山長二員，錢糧官一員，學録、學正各一員，齋長諭各一員；縣學教諭二員。〔二九〕

意即，教授這一職官在蒙元時期就已設立，而學正一職則是到了統一南方之後不久，即效仿南宋江南學官制度而重新設立。隨後，到至元二十一年（一二八四），元中書省才將此學官制度推廣到北方。至元二十四年（一二八七）、二十五年（一二八八）、二十六年（一二八九）三年裏，政府相繼頒佈《儒職升轉保舉後進例》《學官格例》《差設學官學職》等文件，標誌着元代學官制度的逐步完備。至元二十七年（一二九〇）尚書省、吏部、集賢院聯合議定《江淮擬設學官員數及升轉格例》，規定江南「散府、諸州並各處書院擬設教授、學正、學録、直學各一員」〔三〇〕。這一規定大大削減了江南儒學學官、學職的人數。總之，學官種類如教授、學正的設置，在宋末及蒙元北方以及元初一直都有設立，元初以後，政府於各地方開設學官——教授、學正、山長、學録、教諭和直學等，逐漸形成一套完整而系統的教育制度。

綜而論之，江南儒學經戰爭荒廢未久，在元初定江南即至元十三年（一二七六）後即得到了儘快恢復〔三一〕，關於元初「教授」、「學正」的設立，亦是如此；並非論者所臆測的「至元二十八年方有教授、學正之設立」説。路學是地方官學，小學只是其中一個學科，學正的設立並不是只用來教授小學。出現諸如此類的誤解，一是緣於對元代學官制度的不瞭解，二即是對原始文獻的斷章取義、主觀臆測。

質疑二：李修生在二〇一四年撰《詞人王沂孫出仕時間與生卒年考述》一文對「至元二十八年説」提出異議，文章認爲，據《四明志》卷二「職官考」所載王沂孫曾任慶元路學正，雖無標明時間，但「學正」前一條的「教授」任職時間大都標明，依次按時間順序是至元二十三年（一二八六）、二十五年（一二八八）、二十八年（一二九一），可知是按時間排列〔三二〕。則出仕學正者的時間應和教授一職相同。而「學正」下列第一位就是王沂孫，則王沂孫理當是第一任學正，出仕時間即在至元十五年（一二七八）。然則，這一結論只能算説對了一半。

據《延祐四明志》記載，「學正」下列第一位就是王沂孫，則王沂孫理當是第一任學正，在没有新證據出現之前，自然不能否認這一事實。李修生指出了這一點，這也推翻了楊海明等認爲的「未必就由王沂孫出任第一任」的説法。李修生根據「元代史料叢書」王頲點校《廟學典禮》所收官方檔指出，關於學官學職人數、升轉格例，至元十三年（一二七六）以後官府歷年均有公文出臺，言外之意遂指向了早在元政府初定江南已有學正之設立。然後才有一個「假設」：既然至元十五年（一二七八），慶元路第一任教授潘夢桂十月十五日到任，而王沂孫任職學正的時間自當在同年。不得不説，這一由教授如何再到學正必如何中間毫無邏輯、因果關係之「假設」實在失之盲目，並不符合王沂孫生平經歷。

元代初年，在至元十六年（一二七九）到延祐七年的四十多年間，元廷屢次征召遺民。遺民志士們一方面承受元廷的强征硬聘，一方面也是因爲生活的窘迫被逼無奈。對於至元十五年（一二七八）的王沂孫來説，剛經歷了宋朝滅亡還不到兩年，尚處在四處浪遊之中。有一個明顯的師友交往證據表明，至少在至元二十三年（一二八六，丙戌）之前，王沂孫還在杭州，其時當以授徒爲業。見戴表元《剡源集》中《楊氏池塘燕集詩序》云：

丙戌之春，山陰徐天佑斯萬、王沂孫聖與、鄞戴表元帥初、台陳方申夫、番洪師中中行皆客于杭……公瑾（周密）以三月五日將修蘭亭故事，合居遊之士凡十有四人，共燕於曲水，客皆諾如約。而大雷雨作，自朝達晝不止，官途水尺，行者病涉，十四人之中其六不至。……遷酒與肴近集于臨池之堂……大出所蓄古器物享客爲好，或膝琴而弦，或手矢而壺，或目圖與書而口歌以呼，醉醒莊諧，駢嘩競狎，各不知人世之遊盛衰今古，而窮達壯老之曆乎其身也。酒半，有作而歎曰：「兹遊樂哉，其有思乎？」……於是，坐中之壯者茫然以思，長者愀然以悲，向之歎者欲幡然以辭。既而歡曰：「事適有所寄也，今日之事，知飲酒而已，非歎所也，且我何用遠知故人？」盍各爲辭以達其志[三三]。

杭州爲江浙行中書省治所，文人薈萃之地。至元二十三年（一二八六，丙戌）三月，周密仿蘭亭故事，招在杭名士燕集于楊氏臨池之堂。當時所招儒士，身份盡皆相同，諸如鄞縣人戴表元、山陰人徐天佑（字斯萬）、台州人陳方（字申夫）、鄱陽人洪師中（字中行）等，當時都在杭州授徒謀生[三四]。其中，仇遠在大德五年（一三〇一）出任鎮江學正[三五]，戴表元直到大德八年（一三〇四）才出任出信州教授。正如戴表元所説，包括王沂孫在内的這些人皆爲「居遊之士」，所謂「居遊」，亦絶非閑遊，而是爲謀生計。從這段記載可以看出，周密、戴表元、王沂孫等人遊居杭州，還没有從亡國之痛中解脱出來，同時又因生活困窘，無甚出路，朋輩相聚，對酒當歌，不免「愀然以悲」，對自身的局促難言，對現實的憤懣不滿，夾雜着故國之思一併溢於紙端。由此可知，至少在本年即至元二十三年（一二八六）之前，包括王沂孫在内的諸人尚未出仕。

要之，王沂孫出仕于至元十五年（一二七八）之説亦無法成立，關於其切實的出仕時間，必須結合碧山與周密、張炎等友人交往詞作内證來看。

三　王沂孫出仕的具體時間新考：至元二十八年（一二九一）

宋亡之後，江南諸遺民多以出任學正糊口爲生。戴表元《剡源佚詩》卷四曾有贈詩送别諸友，詩題即《錢塘數友皆不免以學正之禄糊口，鄧善之得杭，屠存博得婺，白湛得太平，仇山村得鎮江，張仲實得江陰，一時皆有遠别，因善之有詩，次韻各藉之》，道出其中甘苦。詩云：

夢裏相尋路已漫，故人談笑碧雲端。一官禄隱元非達，萬卷兒嬉只自歡。

江樹繫舟城郭老，春風吹酒鬢毛寒。看詩感慨增豪舉，吴語從來不解歎。[三六]

前文已述，根據戴表元《楊氏池塘燕集詩序》可知，至元二十三年（一二八六）之前，王沂孫尚未出仕。又如，碧山好友周密（一二三二—一二九八），入元後移家杭州，一生未出仕，曾作《憶舊游·寄王聖與》詞，詞意明顯是在勸王沂孫辭官歸隱，保持遺民氣節。因知王沂孫在此之前已經出仕，若考知此詞作於何年，則可推知碧山出仕時間。《憶舊游·寄王聖與》詞云：

記移燈翦雨，換火篝香，去歲今朝。乍見翻疑夢，向梅邊攜手，笑挽吟橈。依依故人情味，歌舞試春嬌。對婉娩年芳，漂零身世，酒趁愁消。天涯未歸客，望錦羽沈沈，翠水迢迢。歎菊荒薇老，負故人猿鶴，舊隱誰招。疏花温撩愁思，無句到寒梢。但夢繞西泠，空江冷月，魂斷隨潮。[三七]

詞中「歎菊荒薇老，負故人猿鶴，舊隱誰招」句，勸隱意味顯豁。根據詞開篇「記移燈翦雨，換火篝香，去歲今朝」句，可知前此一年，周密、王沂孫二人曾有會面。再根據詞中云「乍見翻疑夢，向梅邊攜手」「疏花温撩愁思，無句到寒梢」，則時間在冬季[三八]。至於具體在哪一年？這裏需要注意一個十分重要的文本意象，即這首詞所詠之物——「梅」，實爲詞作繫年之重要線索。

檢張炎《山中白雲詞》，張炎在辛卯年（一二九一）曾北上大都，作《憶舊遊·看方壺擁翠》，詞前小序云：「大都長春宫，即舊之太極宫也。」楊海明《張炎年表》考證，並根據詞中有「看花開花落，何處無春」句，認定作於至元二十八年（一二九一，辛卯）春[三九]。除此，今可見張炎《山中白雲詞》中有《疏影》詞，詞前小序不但明確提到辛卯年事，還明確提到詠題「憶舊遊」之緣起，見《疏影》詞序曰：「余于辛卯北歸，與西湖諸友夜酌，因有感于舊遊，寄周草窗。」全詞曰：

柳黄未結。放嫩晴消盡，斷橋殘雪。隔水人家，渾是花陰，曾醉好春時節。輕車幾度新堤曉，想如今、燕鶯猶說。縱豔遊、得似當年，早是舊情都別。重到翻疑夢醒，弄泉試照影，驚見華髮。却

笑歸來，石老雲荒，身世飄然一葉。閉門約住青山色，自容與、吟窗清絶。怕夜寒、吹到梅花，休卷半簾明月。〔四〇〕

在這裏，張炎辛卯年（一二九一）《疏影》詞和詞中内容「自容與、吟窗清絶。怕夜寒、吹到梅花」，也都提到一個重要的詠物物象：「梅」。應該明瞭，張炎北上謀官失敗，歸後懷念故友，再次有感於年初在大都時之「憶舊遊」詞牌及歸後本意（「憶舊遊」詞調風格恰如調名，多寫緬懷故友之情），一語雙關，頗有寄希望于故友能以其爲戒，切莫輕易出仕的意味，——梅花本就是象徵歸隱、以氣節自許的意象。如此，周密《憶舊游》詠梅與張炎《疏影》詠梅，《憶舊游》本意，三者必然是同一時期作品。還原一下時間軌跡即：

一、辛卯年（至元二十八年）春，張炎在大都作《憶舊游·看方壺擁翠》，懷念越中故友；

二、辛卯年（至元二十八年）冬，張炎北歸，作《疏影》詞，寄給周密，借詠梅「憶舊遊」；

三、周密在收到張炎《疏影》詞後必有和詞，遂作《憶舊遊·寄王聖與》，借詠梅「憶舊遊」「勸歸隱」。考諸三人作詞時間、内容皆合榫。

因此，周密作《憶舊遊·寄王聖與》詞的時間即至元二十八年（一二九一）冬。王沂孫出仕的時間即在本年冬之前。

回到原來的問題，周密此詞寫到去年曾與王沂孫在杭州相聚，如今可知，「去年」自然是至元二十七年（一二九〇）冬，王沂孫旋即別去。則王沂孫出仕的時間即在至元二十七年（一二九〇）冬——至元二十八年（一二九一）秋之間。復根據前引《廟學典禮》所載官方明令，至元二十七年（一二九〇）尚書省、吏部、集賢院聯合議定《江淮擬設學官員數及升轉格例》條，規定江南「散府、諸州並各處書院擬設教授、學正、學録、直學各一員」〔四一〕，可知此慣例及教授、學正等員數于此時方有官方正式作規範。則王沂孫出仕慶元路學正的時間幾乎可以確定，就在至元二十八年（一二九一）春。而去年冬，王沂孫離開杭州或反越，或不久即赴任慶元路學正而去。准此，這也與有文獻記載「至元中出仕慶元路學正」的説法相吻合。

事實上，當時王沂孫朋輩出仕的時間相對來説都比較晚，諸如仇遠在大德五年（一三〇一）出任鎮江學正，大德九年（一三〇五）改任溧陽教授；戴表元出任信州教授，在大德八年（一三〇四）；張楧任江陰學正，白珽爲太平路學正，也都比較晚。

那麽，王沂孫又是何時歸隱的呢？可根據當時出仕教授、學正等學官的慣例來看，比如戴表元出任教授一職即爲四年，仇遠出任鎮江學正亦爲四年，則王沂孫出仕的時間大約是三到四年，旋又歸隱。有證據表明，大德三年（己亥，一二九九），王沂孙已過着歸隱歲月，此年曾與張炎泛舟西湖。見張炎《山中白雲詞》有《聲聲慢・己亥歲自台回杭》詞[四一]，此詞下又有同調《西湖》一首，别本作《與王碧山泛舟鑒曲》云云，可知兩詞賦於同時。由是可知，己亥年（大德三年，一二九九）碧山時已卸職。除此，王沂孫生平行跡最後的線索，見其《一萼紅》詞「丙午春赤城山中題《花光卷》」。即元成宗大德十年丙午（一三〇六），王沂孫作《一萼紅》詞，序云「丙午春赤城山中題《花光卷》」，全詞爲：

玉嬋娟。甚春餘雪盡，猶未跨青鸞。疎萼無香，柔條獨秀，應恨流落人間。記曾照、黄昏淡月，漸瘦影、移上小闌干。一點清魂，半枝空色，芳意班班。　重省嫩寒清曉，過斷橋流水，問信孤山。冰粟微銷，塵衣不浣，相見還誤輕攀。未須訝、東南倦客，掩鉛淚、看了又重看。故國吴天樹老，雨過風殘。[四二]

碧山此詞，同又是詠梅花，但字字兼我，以物擬人，抒寫一己的亡國之恨，夾雜身世之痛。諸如「流落人間」「問信孤山」「重省」「過斷橋」，可知是歸隱後所作，詞作表達了痛苦的亡國之悲；而「塵衣不浣，相見還誤輕攀」等句又夾雜著對出仕的悔恨。

綜上，排比文獻，尋繹歷史人物之真相，以碧山生卒年时间：約生於一二三二—一二四八年之間（以一二四〇年計之)——卒於一三〇六—一三二一年之間來看,當以至元二十八年(一二九一)出仕慶元路學正爲是。是時,王沂孫五十餘歲。經過了約三年的仕歷,旋又隱居,直至亡歿。詞人在悔恨出仕與懷念故國的痛苦心境裏走完了人生最後一程,終年七十餘歲。要之,與衆多入元之後初未出仕後又最終出仕的南宋文人一樣,由於時代的悲劇,作爲詞人個體的王沂孫注定是時代浪潮中悲情人物之一。人世飄零,渺漠難尋,透過行跡線索,大約能知道其生平概略。最后,關於碧山詞學造詣,生前逝後,都不乏稱許者。好友張炎在《瑣窗寒》序裏稱之「能文工詞,琢語峭拔,有白石意度」。至清代,碧山詞漸被推重。周濟《介存齋論詞雜著》云:「詠物最爭托意,隸事處以意貫串,渾化無痕,碧山勝場也。」陳廷焯《白雨齋詞話》卷二云:「詞法之密,無過清真。詞格之高,無過白石。詞味之厚,無過碧山。詞壇三絶也。」評價之高,隱然清雅詞派一巨擘。讀碧山詞,千載之下,猶令人感喟不已。

〔一〕周濟《宋四家詞選目録序論》中並推許他爲宋詞四家之一,與清真、稼軒、夢窗「領袖一代」,唐圭璋編《詞話叢編》,北京:中華書局一九八六年版,第一六四三頁。

〔二〕胡雲翼《宋詞選》,北新書局一九三四年版。胡適《詞選》,臺灣商務印書館,第三五七—三六八頁。

〔三〕王筱芸《碧山詞研究》唐圭璋序,南京出版社一九九一年版,第一頁。

〔四〕夏承燾《唐宋詞人年譜·周草窗年譜》,上海古籍出版社一九九七年版,第三五九頁。

〔五〕陸侃如、馮沅君《中國詩史》,天津:百花文藝出版社一九九九年版,第五八〇頁。

〔六〕葉嘉瑩《迦陵詞論稿·碧山詞析論》,上海古籍出版社一九八〇年版,第二〇九—二四九頁。

〔七〕吴則虞《詞人王沂孫事蹟考略》,載《詞學研究論文集》(一九四九—一九七九),上海古籍出版社一九八二年版,第四四二—四四九頁。

〔八〕常國武《王沂孫出仕及生卒年歲問題的探索》,載《文學遺産增刊十一輯》,中華書局一九六二年版,第一五九—一六五頁。

〔九〕楊海明《王沂孫生卒年考》,《社會科學戰線》一九八四年第三期,第三一九—三二一頁。

〔一〇〕葉嘉瑩《迦陵文集四·王沂孫其人及其詞》,河北教育出版社一九九七年版。

〔一一〕王筱芸《碧山詞研究·王沂孫生卒仕曆補辨》,南京出版社一九九一年版,第二六九—二七四頁。

〔一二〕〔三一〕〔三八〕蔡一鵬《王沂孫出仕年月考》,《文史哲》一九八六年第二期,第二七—二九頁。

〔一三〕李修生《詞人王沂孫出仕時間與生卒年考述》,《國學研究》第三十三卷第一期,北京大學出版社二〇一四年版。

〔一四〕〔一九〕見新加坡學者嚴壽澂《白玉齋詞話「沉鬱」説述論》文中注,載四川大學歷史文學院編《魏晉南北朝史論文集》,巴蜀書社二〇〇六年版,第二八七頁。

〔一五〕王沂孫撰,楊天遒箋釋《花外集箋釋》,上海大學出版社二〇一二年版。

〔一六〕〔二一〕〔二五〕〔三一〕〔三二〕袁桷《延祐四明志》(一),見《中國方志叢書·華中地方·577號》,臺北成文出版社有限公司一九八三年版,第一五九、一五六頁,卷十三。

〔一七〕查爲仁、厲鶚箋,徐文武、劉崇德校點《絶妙好詞箋》,河北大學出版社二〇〇六年版,第二二七頁。

〔一八〕陳思《白石道人年譜》,見《民國詩詞學文獻珍本整理與研究·陳思詞學文集》,河南文藝出版社二〇一六年版。

〔一九〕見新加坡學者嚴壽澂《白玉齋詞話「沉鬱」説述論》文中注,載四川大學歷史文學院編《魏晉南北朝史論文集》,巴蜀書社二〇〇六年版,第二八七頁。

〔二〇〕〔二二〕《元史》卷八十一「選舉」,中華書局一九七六年版,第二〇三二—二〇三三頁。

〔二三〕《元典章》卷三十一「禮部四·朔望講經史例」,中國書店一九九〇年版。

〔二四〕〔二七〕〔二八〕〔二九〕〔三〇〕〔四一〕王頲點校《廟學典禮》卷一、一、卷三,浙江古籍出版社一九九二年版,第二八、一二、一三、一七、五〇、五〇頁。

〔二六〕《至元嘉禾志》卷七「學校」,引見申萬里《元代教育研究》,武漢大學出版社二〇〇七年版,第二四九頁。

〔三三〕陳曉冬、黄天美點校《戴表元集》上册《剡源集》卷一〇,浙江古籍出版社二〇一四年版,第二二一頁。

〔三四〕參申萬里《元代教育研究》,武漢大學出版社二〇〇七年版,第五四三頁。

〔三五〕曾廉《元書·文苑列傳》,中華書局一九七六年點校本。論見張學松等《唐宋文學探微》,吉林人民出版社二〇〇七年版,第二三四頁。

〔三六〕陳曉冬、黄天美點校《戴表元集》下册《剡源佚詩》卷四,浙江古籍出版社二〇一四年版,第七五六頁。

〔三七〕周密《蘋洲漁笛譜·集外詞》，上海古籍出版社一九八八年版，第八六頁。

〔三九〕楊海明《張炎詞研究》附《張炎年表》，齊魯書社一九八九年版，第二五五頁。

〔四〇〕〔四二〕張炎撰，吴則虞校輯《山中白雲詞》，中華書局一九八三年版，第一四、六六頁。

〔四三〕王沂孫撰，吴則虞箋注《花外集》，上海古籍出版社一九八八年版，第五八頁。

（作者單位：河南大學文學院）

劉壎詞校理芻議

趙昱

内容提要 劉壎是宋末元初的詩文名家，不以詞作見稱。劉壎詞今存三十首，最早見於清康熙時劉凝所編十一卷本《水雲村吟稿箋注》；道光十年，劉斯嵋愛餘堂重刻《水雲村吟稿箋注》十二卷。民國初期，朱孝臧《彊村叢書》本《水雲村詩餘》實即《水雲村吟稿箋注》卷一二「詩餘」之單行别出，此後《全宋詞·劉壎詞》又以《彊村叢書》本爲底本編録。然而《彊村叢書》本《水雲村詩餘》和《全宋詞·劉壎詞》在校刊過程中皆有不遵從底本的文字改動情況，今天閲讀、利用時當予特别注意。

關鍵詞 劉壎詞 《水雲村吟稿箋注》 《彊村叢書》 《全宋詞》 校勘

一 劉壎詞作的編録流傳

劉壎（一二四〇—一三一九），字起潛，號水雲村，南豐（今屬江西）人。元世祖至元三十一年（一二九四），薦爲建昌路學正。武宗至大二年（一三〇九），遷延平路儒學教授。任滿，「諸生不容其去，復留授業者，三年乃歸」[一]。仁宗延祐六年卒，年八十。事見元吴澄《吴文正集》卷七一《故延平路儒學教授南豐劉

基金項目：本文爲武漢大學自主科研項目（人文社會科學）「劉壎詩集整理與研究」成果，得到「中央高校基本科研業務費專項資金」資助。

君墓表》。

劉壎生平以詩文鳴世，不以詞作見稱。劉壎詞，今日僅存三十首，隨劉氏裔孫編刻、注釋之《水雲村吟稿箋注》而流傳。《水雲村吟稿》是劉壎的詩集，在他生前就已初步編成，並由曾子良作序。明天啓元年（一六二一）趙師聖刻本《水雲村泯稿》卷一七《曾平山序水雲村詩》即稱：「金谿曾仲材子良，自號平山，南豐族裔也。以能賦擢咸淳戊辰第，累仕至建德府淳安令。甫三月，國事變，歸隱山中，鬻文以自給。辛卯秋，予訪之，年六十有八矣。蓋別二十年而復會，欣然道舊。明年以予所作《水雲村吟稿》往請教焉，辱爲序曰……」[一]曾仲材（一二二四—？），字子良，號平山，宋度宗咸淳四年（一二六八）進士；「辛卯」爲元世祖至元二十八年（一二九一），是歲劉壎謁訪曾仲材，而作序事又在次年，則《水雲村吟稿》的初編當不晚於公元一二九二年。這部《水雲村吟稿》的編次面貌，現已不得而知，但可以肯定，元世祖至元二十八、二十九年，劉壎年止五十一二三，因而在此之後二十多年的作品自然不會收録其間[二]。及至清康熙三十五年（一六九六），劉氏裔孫劉凝以其父劉冠寰所編《水雲村吟稿》爲基礎，「參考訂正，詳爲注釋」（劉凝《水雲村吟稿箋注序》），成《水雲村吟稿箋注》十一卷，分體編排；其中，卷一一爲「詩餘」，按照小令、中調、長調的順序，共計三十首。這也是劉壎詞編録、流傳至今的最早源頭。臺北「國家圖書館」藏舊抄本《水雲村吟稿箋注》一部（以下簡稱「舊抄本」），爲海内孤帙，可惜就詞作部分而言，訛誤較多（説詳下文）。清道光十年（一八三〇），劉氏裔孫劉斯嵋愛餘堂重刻《水雲村吟稿箋注》十二卷（分原卷二「五言律詩」爲兩卷，以下簡稱「道光本」），「又以各家序爲卷首，年譜爲卷末，刊成全帙」、「另爲考證數條，附於每卷之後」（《新刻水雲村吟稿條例》），是爲劉壎詩詞合集的現存唯一刊本。[四]

晚清、民國間，朱孝臧輯編《彊村叢書》二百六十卷，囊括唐宋金元詞總集五種、唐宋金元詞別集一百六十八種，成爲與明毛晉《宋六十名家詞》、清王鵬運《四印齋所刻詞》、吴昌綬和陶湘輯刻《景刊宋金元明本詞》並稱的詞籍四大叢刊之一。《彊村叢書》初刻於民國六年(一九一七),而以民國十一年十月第三次校補印行本影響最大、影印最廣。據卷首《彊村叢書總目》,「劉壎《水雲村詩餘》一卷」正在其列,小字注「南豐劉氏家刻《水雲村稿》本」[五]。這裏所謂「劉氏家刻《水雲村稿》本」,其實就是道光十年劉斯嵋愛餘堂重刻的《水雲村吟稿箋注》。

《四庫全書總目》卷一六六《水雲村稿》提要稱:

《水雲村稿》十五卷,元劉壎撰。……其文集舊有二本:一曰《水雲村泯稿》,乃明洪武間,其孫瑛所手鈔,篇目無多,而多雜採《隱居通議》中語,綴輯成帙,不爲完本。一即此本,乃其裔孫凝收拾遺佚,別加排次,搜求較爲賅備。惟原目二十卷,而所存止十五卷,自十六卷以下,有録無書,當由傳寫者失之。然此五卷所載,皆青詞祝文,無關體要之作,其存佚無足爲輕重,則雖闕猶不闕矣。[六]

「一即此本,乃其裔孫凝收拾遺佚,別加排次」「惟原目二十卷,而所存止十五卷」數語,説明劉凝不僅完成《水雲村吟稿箋注》十一卷,還重新編刻了一部二十卷本的劉壎別集,實即《水雲村泯稿》,只是因爲後五卷殘缺,所以《四庫全書》所收爲十五卷本,並將書名改題《水雲村稿》。《水雲村吟稿》與《水雲村泯稿》的内容差異,主要在於:前者爲詩詞別集,後者爲文章別集,各自流傳。劉凝的這一操作,確實使得劉壎的詩集、文集乃至個人筆記《隱居通議》,較之天啓刻本《水雲村泯稿》三十八卷的混雜形式[七],各自作爲獨立之書相互分離,「在劉壎著述的編集成書上,是個不小的革新」[八]。但是另一方面,由於劉壎著作本來就傳世極少,在並不熟悉刊刻流傳經過的情況下,「水雲村泯稿」「水雲村吟稿」「水雲村稿」等不同名目又極易讓人混淆。清道光十年,劉斯嵋愛餘堂重刻《水雲村吟稿箋注》十二卷;十七年,又刻《水雲村泯稿》二十卷附劉冠寰《恐庵遺稿》一卷、劉凝《爾齋文集》一卷。等到朱氏後來輯刻《彊村叢書》時,既得《水雲村吟稿箋注》,見其各卷卷端題署「十三世孫冠寰尚之編輯,十四世孫凝二至箋注,二十世孫斯嵋眉生校刊」,再聯繫《四庫全書總目》的「乃其裔孫凝收拾遺佚」，或徑題輯録出處爲《水雲村稿》了。

除了版本流傳方面的依據之外，《彊村叢書》本《水雲村詩餘》的用字、特別是某些異體字，也和《水雲村吟稿箋注》保持著較高的一致性，或可視作源出關係的又一重證據。例如，《水雲村吟稿箋注》「映」多作「暎」、「村」多作「邨」——《洞仙歌・大德壬寅秋送劉春谷學正》「繡錦暎宫花」、《西湖明月引・用白雲翁韻送客游行都》「江邨煙雨暗蕭蕭」、《買陂塘・兵後過舊游》「煙邨水國」之類皆是，而《彊村叢書》本《水雲村詩餘》都完全襲用。

較之道光十年重刻本《水雲村吟稿箋注》卷一二「詩餘」，《彊村叢書》本《水雲村詩餘》最大的改動是删省了原本的類目和箋注文字。例如，《湘靈瑟》之前的「小令」、《臨江仙》之前的「中調」、《意難忘》之前的「長調」這些類目，以及《菩薩蠻》題下的「二調」、《菩薩蠻・和詹天游》全篇之後的「此鼎革之際，感慨時事而作」、《太常引・送丁使君》題下的「時公年六十有六」、《洞仙歌・大德壬寅秋送劉春谷學正》全篇之後的「春谷，贛州人，贛州有空同山」等提示作品數量、創作背景、作者行年和注釋人物、地理、本事的豐富信息，到了《彊村叢書》本《水雲村詩餘》，一概消失殆盡。而這種删省，也是《彊村叢書》這樣的大型詞叢編統一體式的必然要求。

二十世紀六十年代，唐圭璋先生對三十年代的舊版《全宋詞》進行重編和訂補，以期全面、完整地滙聚趙宋一朝的傳世詞作。其中，劉壎詞出自《彊村叢書》本《水雲村詩餘》〔九〕，又據最前的「引用書目」，「《彊村叢書》二百六十卷，近人朱祖謀編，一九二二年第三次校補本」〔一〇〕，版本來源尤其明確。那麼，既然《水雲村吟稿箋注》流傳不廣，人所罕知，《全宋詞》作爲宋詞總集的集大成整理本，順理成章地就成爲了今人閲讀、研究劉壎詞作的最重要文本。

二　四種版本的異文校勘

劉壎詞，前有舊抄本《水雲村吟稿箋注》卷一一「詩餘」、道光十年重刻本《水雲村吟稿箋注》卷一一「詩餘」，屬於單列一卷、附入詩集之末的别集本形式，後有《彊村叢書》本《水雲村詩餘》、《全宋詞·劉壎詞》，屬於詞叢編、詞總集的形式。四者同出一源，收録的作品數量、編排次序悉同，它們的關係也清晰而簡單，似乎没有更多校勘方面的問題可以探討。然而通校之後不難發現，各本之間的異文幾乎比比皆是，並且呈現出規律性的分佈：

第一，舊抄本的較大多數異文，實爲手民之訛：《湘靈瑟·故伎周懿葬橋南》「泣瑶英」，「瑶」誤作「摇」；《醉思仙·黄南山縣寄所寓》「午風摇曳屏山」，「曳」誤作「拽」；《浣溪沙·道情》「尋時煩惱不如心」，「不」誤作「大」；《謁金門·慶彭教任滿》「休笑吾儂行色緩」，「儂」誤作「農」；《戀繡衾·城南浄涼亭賦》「萬頃凄涼」，「凄」誤作「浄」；《洞仙歌·大德壬寅秋送劉春谷學正》「應占先春」，「應」誤作「映」；《意難忘·咸淳癸酉用清真韻》「任更駐何妨」，「駐」誤作「住」；《燭影摇紅·月下牡丹》「生怕化、彩雲飛去」，「化」誤作「花」；《買陂塘·與沈潤予鄧元實同賦》「但暗憶娉婷」，「憶」誤作「億」；《買陂塘·兵後過舊游「十載雲沈雨隔」、「欲閑却琴心」，「十」誤作「千」、「琴」誤作「瑟」；《賀新郎》（醉裏江南路）「春浮江浦」，「江」誤作「汪」。當然，由於所據原本今已不存，現在無法判斷它們究竟是底本的錯誤還是抄寫的錯誤。至於《謁金門·題建昌城樓》「新愁沾一握」，舊抄本「沾」作「添」，《燭影摇紅·月下牡丹》「嫦娥跨影下人間」，舊抄本作「姮娥」，或可斟酌出校。

不過，還有一些異文以及小注，却具有獨特的文本價值。例如，舊抄本《滿庭芳·春日過城東舊游》「又負三眠」，道光本始作「眠三」，「三眠」爲怪柳之别稱，與上文「長恨江樓柳老，女郎腰」語義契合；《選冠子・贈歌者入閩用月巢韻》「忍向東風拋擲」，「拋擲」，道光本作「飄折」，《彊村叢書》本、《全宋詞・劉壎詞》則作「飄折」，而這裏「擲」與「急」、「臆」、「跡」、「力」、「夕」、「濕」、「日」俱爲韻脚，「折」、「拆」失韻，蓋後出誤改，舊抄本是；《賀新郎・答趙清遠見寄韻》「衮衣茸纛」，道光本作「茸闐」，與「老」、「抱」、「帽」、「曉」、「少」、「到」、「道」、「照」、「倒」、「了」、「草」等韻脚不協，顯誤（《彊村叢書》本、《全宋詞・劉壎詞》改爲「茸帽」，雖然表面上解決了押韻問題，其實似是而非），加之時代更早的孫惟信，在《失調名・四十九歲自壽》中已有「更不要、衮衣茸纛」之語，因此劉壎作爲中年自況，纔有「聊且問天添百歲，看乾坤、此事如何了」的遥想，道光本此句「添」作「占」，亦可酌校。又如，《燭影摇紅・月下牡丹》題下小注「有引」，次行起即爲小引：「曾園夜賞牡丹，時春雨新晴，更深，雲翳俱浄，燭光月色，交映花面，覺姚魏倍有精神。同席索賦，因紀勝賞。」而這些文字並不見於道光本，遑論《彊村叢書》本《水雲村詩餘》和《全宋詞・劉壎詞》。又如，《買陂塘・兵後過舊游》，詞牌「買陂塘」下有小注：「此即《摸魚兒》調。晁無咎《摸魚兒・退居》，調首有『買陂塘』三字。」《乳燕飛・催花呈趙雲舍》，詞牌「乳燕飛」下有小注：「此即《賀新郎》調。蘇東坡《賀新郎・夏景》，調首有『乳燕飛』三字。」這至少揭示出，舊抄本所據原本裏，詞牌名是作「買陂塘」和「乳燕飛」的，所以需要注明前者「即《摸魚兒》調」、後者「即《賀新郎》調」。到了道光本中，將第一首《摸魚兒》的詞牌改爲「買陂塘」、《乳燕飛》的詞牌改爲「賀新郎」，原來的小注所傳遞出的信息也就隨之失效了。

第二，道光本《水雲村吟稿箋注》是劉壎詩詞别集的唯一刻本，無論清人陶樑《詞綜補遺》卷一八的劉壎詞二十四首〔一一〕，還是朱孝臧《彊村叢書》本《水雲村詩餘》，俱從其出。換言之，這一版本對於劉壎詞作傳存的數量、次序、內容面貌等至關重要，起著決定性的作用。劉壎詞作的校勘整理，無疑應當以此爲底本。儘管其間不可避免地增加了新的訛錯（如上文所舉「三眠」、「拋擲」、「茸纛」諸例以及《天香・次韻賦牡丹》「檀心暈粉」句中「暈」誤作「運」），但與舊抄本相較，畢竟瑕不掩瑜，更稱精善。

第三,《彊村叢書》本《水雲村詩餘》的文字改動,被《全宋詞·劉壎詞》直接承襲,造成了與别集本的顯見差異。此類情形包括:《湘靈瑟·故伎周懿葬橋南》「酸風冷冷」(道光本文字,以下各例同),《彊村叢書》本作「泠泠」;《謁金門·題建昌城樓》「人静梅黄院落」,《彊村叢書》本作「黄梅」;《太常引·送丁使君》「太守」、「人與易俱東」,《彊村叢書》本作「文章太守」、「俱」作「居」;《戀繡衾·城南浄涼亭賦》「記舊日」,《彊村叢書》本「日」作「月」;《洞仙歌·大德壬寅秋送劉春谷學正》「醉眠水邊林下」,《彊村叢書》本「眠」作「卧」;《六幺令·雲舍趙使君同賦》「臙脂曾印素袂」,《彊村叢書》本作「燕支」;《滿庭芳·春日過城東舊游》「乘雲何處去」,《彊村叢書》本「何」作「行」;《客中》詞牌「長相思慢」及正文「飛渡處」,《彊村叢書》本無「慢」字,「渡」作「度」;《選冠子·贈歌者入閩用月巢韻》「箏雁沈聲」,《彊村叢書》本「沈」作「成」;《買陂塘·兵後過舊游》「紅蠟杏箋」,《彊村叢書》本「杏」作「香」;《賀新郎·答趙清逸見寄韻》小題、「縱中年」,《彊村叢書》本「逸」作「遠」、「中」作「今」;《賀新郎》(醉裏江南路)「晴香萬斛」,《彊村叢書》本「晴」作「暗」。這些異文,没有一處説明來源依據,除了明顯的形近而誤(如「冷冷」誤作「泠泠」)和異形詞(「臙脂」與「燕支」)之外,大多令人費解,於心未安。

第四,僅見於《全宋詞·劉壎詞》的文字改動,亦復不少——《點絳唇》(風捲游雲)「梨花夢冷人何處」,「夢」作「雲」,「遮斷垂楊渡」「渡」作「路」;《謁金門》(眉月小)小序「……笑謂予曰:『古曲兒今日恰好使得。』予因以此意作小調題壁」,前一「予」作「余」、「兒」作「名」、「調」作「詞」;《清平樂·贈教坊樂師》「聲華到處俱知」,「到」作「都」;《柳梢青·哀二歌者鄧元實共賦》,「共」作「同」;《西湖明月引·用白雲翁韻送客游行都》「送輕橈」,「輕」作「春」;《選冠子·贈歌者入閩用月巢韻》,「贈」作「送」;《惜餘春慢·春雨》「紅印香泥」,「泥」作「印」;《買陂塘·與沈潤予鄧元實同賦》「苦雨酸風僝僽」,小題「予」作「宇」、「酸風」作「酸雨」;《買陂塘·兵後過舊游》「碧桃影下驂鸞夢,十載雲沈雨隔」,「影」作「花」、「雲沈雨隔」作「雨沈雲隔」。據《全宋詞・凡例》:「詞集底本有訛奪者,盡可能以他本校改校補,並一一注明自出。其臆改者,所改之字以[　]號、原文以(　)號識之。」〔一二〕文字校改採用隨文符號的形式,並注明出處。而劉壎詞作中的這些異文,顯然未能遵循凡例的要求。究其緣由,或爲形近而誤(如「調」誤作「詞」),或爲音近而誤(如「予」誤作「宇」、「渡」誤作「路」、「到」誤作「都」),或爲義近而誤(如「共」誤作「同」、「贈」誤作「送」),或爲音義俱近而誤(如「予」誤作「余」),或爲涉上文而誤(如「梨花夢冷」涉上句「風捲游雲」而誤作「梨雲」〔一三〕、「紅印香泥」誤作「紅印香印」、「苦雨酸風」誤作「苦雨酸雨」),等等〔一四〕。

三　本校法與理校法的利用

古籍校勘的方法,長期以來最具權威性、最爲人們所公認的,首推陳垣《校勘學釋例》提出的「校法四例」——對校法、本校法、他校法、理校法。劉壎詞的校勘也不例外。具體言之,如前所述,舊抄本、道光本、《彊村叢書》本實爲同一系統,作爲他書文獻的《詞綜補遺》也是源自道光本,因而對校法和他校法在這裏的主要作用就是列出異文,至於確定正誤,則頗受局限。但是通觀劉壎的詩、文、詞,所涉人、事時有關聯,可資相互印證。加之詞作爲一種特殊的文體,調有定格、句有定數、字有定聲,各個詞牌的對應格律也能幫助解決問題。于是在這種情況下,本校法和理校法對於異文的是非考辨,就更爲有用。兹就道光本與《彊村叢書》本之間的異文,括舉數例:

㈠《太常引》爲小令詞牌,上下闋四十九字或五十字。道光本所録僅四十八字,《水雲村吟稿箋注》卷一二「考證」即稱「此調四十九字或五十字,此首四十八字,又一體」,已經發現字數問題。而題中「送丁使君」即丁耐軒,劉壎詩中屢屢言及——道光本《水雲村吟稿箋注》卷三《學宫次使君韻》、《病中寄使君》、《奉呈耐軒使君》、《和丁使君九日韻》,卷七《耐軒使君雨中移竹》、《耐軒丁使君惠米》、《寄丁使君》、《丁使君致祭南豐先生墓下病不及陪》、《寄耐軒丁使君》、《送丁使君美仕》，卷八《客中謝耐軒丁使君下訪》等。尤其《送丁使君美仕》，殆與此首《太常引·送丁使君》作於同時。詩前小序讚譽「循良使君，文章太守，侯也其兼之矣」，此詞又稱其「文章太守，詞華哲匠」，所指一致。故「文章」二字，既合於詞牌字數，又與詩人的讚許相符，《彊村叢書》本、《全宋詞·劉壎詞》當是〔一五〕。

詞中「人與易俱東」一句，宋元詩亦見類似表達：蘇洞《泠然齋詩集》卷八《次友人韻》（其二）首句「先生休恨易俱東」，劉克莊《後村集》卷一七《梅花十絶答石塘二林》（其八）首句「丁寛與易俱東去」，鄧文原《郭公敏行録》引宋堯輔詩首聯下句「分符嘉與易俱東」。故而劉壎詞亦當作「俱」，《彊村叢書》本改爲「居」，非是。

㈡《長相思慢》爲長調詞牌，上下闋共一百零四字。「考證」云：「此首一百四字，與袁去華詞同。秦觀詞一百四字，惟後段九句五平韻。」而《長相思》爲小令詞牌，上下闋共三十六字。《彊村叢書》本、《全宋詞·劉壎詞》脱「慢」字。

此首之後又有劉凝箋注：「景定壬戌，水村與傅幼安自得，同客於建昌太守錢侯應孫郡齋，必此時也。水村有母在堂，故云『目極黄雲，飛度處，臨流自嗟』。吴草廬作公《墓表》云：『起潛幼孤，事母篤孝。』其言信矣。」則作「度」無疑。《彊村叢書》本、《全宋詞·劉壎詞》作「渡」，雖然意義相同，終究改動了底本用字。

㈢《選冠子·贈歌者入閩用月巢韻》中，「箏雁」喻箏柱排列成雁陣之行，「沈聲」指聲響斷而不續，「箏雁沈聲，頓成孤臆」謂歌者離開後樂聲不再，瞬間只剩下自己一個人心中懷想。按詞意，「沈」字義長，且有早期版本依據，當從；「成」字晚出，未詳何據。

㈣劉壎《水雲村稿》卷八《建寧推官鄧公墓誌銘》：「君所厚，如月崖曾教友龍、正心彭倅履道、清逸趙使君孟瀠躬吊，皆悲吒失聲。」〔一六〕「鄧公」即鄧德秀，字元實，劉壎詞有《柳梢青·哀二歌者鄧元實共賦》、

《買陂塘·與沈潤予鄧元實同賦》。「清逸趙使君孟瀠」，又與劉壎、鄧德秀皆有交。《彊村叢書》本「逸」作「遠」，蓋形近而誤。而據詞中所述「莫笑劉郎老」、「歎幾度，荒雞誤曉」、「賴有可人堪話舊，時共掀髯絶倒」諸語，以及與同句「意氣猶年少」相對爲文，「中年」於義更勝。

㊄《賀新郎》(醉裏江南路)，全篇寫梅花。「流水村中清淺處，稱横斜疏影相容與」，由林逋《山園小梅》(其一)中的名句「疏影横斜水清淺」倒置而來，「雲寒木落山城暮。忽飄來，暗香萬斛，春浮江浦」又脱胎於「暗香浮動月黄昏」。結合「雲寒木落山城暮」的時令特徵，似不當爲「晴香」，「暗」字義優。但即便如此，道光本既作「晴」，《彊村叢書》本在没有别本可據、僅憑理校的時候就不宜徑改，應當保持底本用字，同時注明「疑當作暗」。

各例之外，尚有「梅黄」與「黄梅」、「舊日」與「舊月」、「醉眠」與「醉卧」、「何處」與「行處」、「杏箋」與「香箋」，雖然義可兩存，但必須指出的是，《彊村叢書》本既然晚出，又未説明改字的理據，不可俱信。

四　結語

劉壎詞作，凡一卷三十首，隨清代劉氏後人重新編刻的《水雲村吟稿箋注》得以存世。晚清、民國時，朱孝臧輯刻《彊村叢書》，《水雲村詩餘》一卷又從别集當中析出單行，之後更成爲斷代宋元詞總集據以收録的唯一來源。然而通過各本文字的全面比勘可以發現，無論是《彊村叢書》本《水雲村詩餘》還是《全宋詞·劉壎詞》，都不同程度地存在著改動底本文字却不出校記的現象，儘管其中不乏近乎正確的處理，但也在操作層面上違背了校勘的原則和要求。今日閲讀、研究劉壎詞，《全宋詞》作爲首選之本，最爲通行便利；可惜對於這一隱蔽的問題，以古籍整理的角度視之，確實缺少細緻地審察、批判地繼承。

〔一〕吴澄《吴文正集》卷七一，《景印文淵閣四庫全書》第一一九七册，臺灣商務印書館一九八六年版，第六八八頁。

〔二〕劉壎《水雲村泯稿》卷二七，《元史研究資料彙編》第七册，影印明天啓元年刻本，中華書局二〇一四年版，第二〇一頁。

〔三〕例如，劉壎《洞仙歌》題云：「大德壬寅秋送劉春谷學正。」「大德壬寅」爲元成宗大德六年（一三〇二），劉壎時年已經六十三歲。

〔四〕關於劉壎《水雲村吟稿》及劉氏後人在清代重新校刻《水雲村吟稿箋注》的詳細情況，杜春雷《宋遺民劉壎集版本考略》（《古典文獻學術論叢（第三輯）》，黄山書社二〇一三年版）和筆者《〈水雲村吟稿箋注〉文獻價值試論——以劉壎詩輯補爲中心》（《中國典籍與文化論叢（第二十輯）》，鳳凰出版社二〇一八年版）兩篇文章已有梳理，可參。

〔五〕朱孝臧輯校編撰《彊村叢書　附遺書》第一册，上海古籍出版社一九八九年版，第十一頁。

〔六〕《四庫全書總目》卷一六六，中華書局一九六五年版，第一四二六頁。

〔七〕明天啓元年趙師聖刻本《水雲村泯稿》的卷次編排爲：賦（卷一）、五言律詩（卷二、三）、七言律詩及七言絶句（卷四、五）、序（卷六）、記（卷七、八）、傳（卷九）、題跋（卷一〇至一二）、碑（卷一三）、墓表及誌銘（卷一四、一五）、贊銘（卷一六）、啓（卷一七、一八）、書翰（卷一九、二〇）、評理（卷二一至二三）、地理（卷二四）、評文（卷二五至二九）、評賦（卷三〇）、評詩（卷三一）、莊列（卷三二）、駢儷（卷三三至三五）、鬼神（卷三六）、雜録（卷三七）、折獄龜鑑（卷三八）。「評理」、「地理」、「評文」、「評賦」、「評詩」、「莊列」、「駢儷」、「鬼神」、「雜録」、「折獄龜鑑」等内容又見《隱居通議》。

〔八〕杜春雷《宋遺民劉壎集版本考略》，《古典文獻學術論叢（第三輯）》，第二一〇頁。

〔九〕唐圭璋《全宋詞》第五册，中華書局一九六五年版，第三三三一—三三三七頁。

〔一〇〕唐圭璋《全宋詞》第一册，第十七頁。

〔一一〕陶樑《詞綜補遺》，《續修四庫全書》第一七三〇册，影印清道光十四年陶氏紅豆樹館刻本，上海古籍出版社二〇〇二年版，第五九一—五九五頁。

道光十年，劉斯嵋愛餘堂重刻《水雲村吟稿箋注》，道光十四年，陶樑紅豆樹館刊刻《詞綜補遺》二十卷，恰好別集在前，總集繼之，時間先後接續。而且，《詞綜補遺》雖然收録劉壎詞作只有二十四首，但是不僅基本次序一致，甚至連誤字都一併沿襲。綜合這兩方面因素，我們可以確信，《詞綜補遺》卷一八的劉壎詞，源自道光本《水雲村吟稿箋注》卷一二「詩餘」。

〔一二〕唐圭璋《全宋詞》第一册,第十四頁。

〔一三〕《全宋詞評注》注釋此句典故「本《東坡樂府》卷上《西江月》『高情已逐曉雲空,不與梨花同夢』」,作「梨花」是。見周篤文、馬興榮主編《全宋詞評注》第九册,學苑出版社二〇一一年版,第五一一頁。

〔一四〕《全宋詞》之外,最新出版的《全元詞》同樣收録了劉壎的這三十首作品,出處亦爲「清朱孝臧輯刊《彊村叢書》本劉壎《水雲村詩餘》」,《全宋詞・劉壎詞》出現的這些誤字,部分已經避免;但是,《點絳唇》(風捲游雲)仍作「梨雲夢冷」、《謁金門》(眉月小)小序仍作「小詞」、《清平樂・贈教坊樂師》仍作「都處」、《西湖明月引・用白雲翁韻送客游行都》仍作「送春檖」、《選冠子・贈歌者入閩用月巢韻》仍作「送歌者入閩」、《買陂塘・與沈潤予鄧元實同賦》仍作「苦雨酸雨」,未詳何故,疑將《全宋詞》作爲工作底本而間或漏校。楊鐮主編《全元詞》,中華書局二〇一九年版,第五〇九—五一七頁。

〔一五〕《全宋詞評注》認爲「文章太守」一語「本歐陽脩《朝中措》『文章太守,揮毫萬字,一飲千鍾』」,雖有語典出處,但似不如《送丁使君美仕》詩序與此詞的關聯更爲緊密。周篤文、馬興榮主編《全宋詞評注》第九册,第五一五頁。

〔一六〕劉壎《水雲村稿》,《景印文淵閣四庫全書》第一一九五册,第四一六頁。

(作者單位:武漢大學文學院)

「詞以意爲主」或「詞以意趣爲主」之别

——由《詞源》版本差異説起

黄澄華

内容提要　張炎《詞源》關於「意趣」有三則論述，不同版本中表達稍有差異，尤其是「意趣」篇首句差異最大，主要在「詞以意爲主」或「詞以意趣爲主」之間徘徊。雖然宋本已佚，無法考證張炎的本意是哪一種。但從詞的發展角度看，「詞以意爲主」與「文以意爲主」、「詩以意爲主」一脈相承，符合中國文論的表達特點。若從對詞人的胸襟嗜好和作品的句法要求看，《娱園叢刻》等版本中「詞以意趣爲主」的説法也同樣具有合理性，既體現了兩宋作詞新的審美標準，似乎也更符合張炎詞論的原本主張。

關鍵詞　張炎　《詞源》　意趣　以意爲主

夏承燾《詞源注・前言》有云：「張炎論詞的最高標準是『意趣高遠』、『雅正』和『清空』。」[一]「意趣」作爲張炎詞論一個重要内容，它與「清空」「騷雅」均是學者們積極研究的對象。如朱偉强《試探張炎「意趣」理論》（《上海交通大學學報（社會科學版）》一九九四年第二期），胡建次《中國古代文論中的「意趣」論》（《内蒙古社會科學（漢文版）》二〇〇四年第三期），吕麗紅《淺析張炎的「意趣」説》（《山東教育學院學報》二〇〇五年第五期），徐文武《〈詞源〉「意趣」簡論》（《内蒙古民族大學學報（社會科學版）》二〇一〇年第九期），尚慧萍《詞學範疇「意趣」的内涵研究》（《社科縱横》二〇一四年第十期）等論文，均從不同角度分析了張炎「意趣」觀的内涵及意義，有自身的學術價值。在這些研究成果中，關於「意趣」原文引述最多的是夏承燾《詞源注》和唐圭璋《詞話叢編》。只是似乎從未有學者注意到這兩個版本對「意趣」的三處論述都有明顯的差異，而這種差異可能會造成我們對張炎詞學觀理解上的偏差，實在不容忽視。

以《詞源注》本爲例，三則「意趣」的原文論述分别是「意趣」篇中「詞以意爲主，不要蹈襲前人語意」〔二〕、「此數詞皆清空中有意趣，無筆力者未易到」〔三〕，及「雜論」篇中「美成詞只當看他渾成處，於軟媚中有氣魄，采唐詩融化如自己者，乃其所長；惜乎意趣却不高遠。所以出奇之語，以白石騷雅句法潤色之，真天機雲錦也」〔四〕。與唐圭璋《詞話叢編》本相比，三則「意趣」論述中版本差異最大的是第一句，後者是「詞以意趣爲主，要不蹈襲前人語意」〔五〕。雖然「詞以意爲主」還是「詞以意趣爲主」只有一字之差，内涵粗看也相近，是否就可以混著使用呢？解決這個問題是我們科學使用《詞源》參考文獻的正確依據，也是進一步瞭解張炎詞學觀的途徑之一。

一 版本上「詞以意爲主」與「詞以意趣爲主」之辨

《詞源》歷來版本複雜，除了前文提及《詞源注》和《詞話叢編》兩種外，目前仍有陳繼儒《寶顔堂秘笈・樂府指迷》、秦恩復《詞學叢書》、許增《娱園叢刻》、錢熙祚《守山閣叢書》、伍崇曜《粤雅堂叢書》和《四部備要》等五種不同的原文版本，以及鄭文焯《詞源斠律》、錢侗《詞源校正》、蔡楨《詞源疏證》及鄭孟津、吴平山《詞源解箋》等近人校注本。仔細比對不同版本對於「意趣」篇首句的論述，除去鄭文焯《詞源斠律》和鄭孟津、吴平山《詞源解箋》兩本（因其只述詞樂部分，故忽略），據出版先後可列表如下（見下頁）。

綜上，不同版本文字表達差異體現在張炎原意是認爲「詞」是「以意爲主」還是「以意趣爲主」，及「不要蹈襲前人語意」「要不蹈襲前人語意」和「要不蹈襲前人語」之間。「不要」和「要不」兩種説法語義相同，僅存在語氣上的差别。前者爲直接否定句，語氣强，容不得商量；而後者爲帶有否定内容的肯定句，語氣相對平淡些，更多是陳述事實。但總體上看兩者區别不大，可以忽略。不過「詞」是「以意爲主」還是「以意趣爲主」的表達，差異較明顯，頗值得我們考證一番。

版本	「意趣」首句原文表達	初刻時間
陳繼儒《寶顔堂秘笈・樂府指迷》本	詞以意爲主，要不蹈襲前人語。	初刻於元洪武元年（一三六八），一九二二年上海文明書局石印本採用此本。
秦恩復《詞學叢書》本	詞以意爲主，不要蹈襲前人語意。	清嘉慶十五年（一八一〇）
秦恩復《詞原（源）》本	詞以意趣爲主，要不蹈襲前人語。	清道光八年（一八二八）重刻本
伍崇曜《粤雅堂叢書》本	詞以意爲主，不要蹈襲前人語意。	清咸豐三年（一八五三）
許增《娱園叢刻》本	詞以意趣爲主，要不蹈襲前人語。	元善起齋鈔本，光緒八年（一八八二）
《四部備要》本	詞以意趣爲主，要不蹈襲前人語。	一九三六年，中華書局據許增《娱園叢刻》本校刊。
錢熙祚《補守山閣叢書》本	詞以意爲主，不要蹈襲前人語意。	清光緒十五年（一八八九），一九三七年王雲五主編的《萬有文庫》採用此本。
蔡楨《詞源疏證》	詞以意趣爲主，要不蹈襲前人語。	一九三〇年
唐圭璋《詞話叢編》本	詞以意趣爲主，要不蹈襲前人語意。	一九三四年
夏承燾《詞源注》	詞以意爲主，不要蹈襲前人語意。	一九五九年

首先，《詞源》多數版本首句都採用「詞以意爲主，不要蹈襲前人語意」的表達，如秦恩復《詞學叢書》、錢熙祚《補守山閣叢書》、伍崇曜《粤雅堂叢書》和夏承燾《詞源注》等，説明這種表達具有普遍性，但其正確性却遭人質疑。

許增《山中白雲詞許氏綴言》中云：「叔夏所著《詞源》二卷，窮聲律之窅妙，啓來學之準範，爲填詞家不可少之書。陳眉公《續秘笈》僅載下卷，以《樂府指迷》標題。《四庫存目》仍其名，中間帝虎陶陰，指不勝屈。曹南巢附刻於《白雲詞》之後，復加删乙，所存才什之二三。阮文達采進《四庫未收古書》，始著録焉。敦甫刻江都秦敦甫（恩復），從元人舊鈔足本刊行，近亦僅有存者。兹照秦本重刊，以公同好，或庶幾焉。兹從敦甫道光《詞源》，在嘉慶庚午。閲十九年，得吴縣戈順卿（載）校定本，知前刻謬譌尚多，復加釐刻。兹從敦甫道光戊子重刻本，益無遺憾矣。」〔六〕説明秦氏嘉慶庚午本源自元人舊鈔，後來因謬僞尚多而重刻，但其影響仍是最大的。錢熙祚《補守山閣叢書》本、伍崇曜《粤雅堂叢書》本、《萬有文庫》本都屬這一系統，「意趣」篇首句均作「詞以意爲主，不要蹈襲前人語意」〔七〕講。而這種表達在道光戊子秦刻戈校本《詞原（源）》中被改爲「詞以意趣爲主，要不蹈襲前人語」〔八〕，或許就是將謬僞之處更正之後的結果，正確性較强。

其次，唐圭璋《詞話叢編》本中「詞以意趣爲主，要不蹈襲前人語意」〔九〕的表達雖然和蔡楨《詞源疏證》本中「詞以意趣爲主，要不蹈襲前人語」〔一〇〕僅有一字之差，沒有内涵差别，但從版本上看，其實有很大的不同。

《詞源疏證》完成於民國十九年（一九三〇），《詞話叢編》初刊於民國二十三年（一九三四）。兩書結構體例相同，均分上下二卷，上卷論詞樂十四則，下卷前有原序，後録音譜、拍眼等連同楊守齋作詞五要共十六則。據蔡楨在《詞源疏證述例》中云：「《詞源》版本，以南海伍氏、仁和許氏二刻爲最通行，二本俱根據秦刻戈校本重録。本編則以上列諸刻對勘，並參以盋山圖書館善本室所藏之精鈔元善起齋本，凡稿有訛誤之處，均一一訂正。」〔一一〕雖然參考的版本較多，但從「意趣」篇首句看，它和秦刻戈校本《詞原（源）》、許增《娱園叢刻》本均屬於同一版本體系，都是「詞以意趣爲主，要不蹈襲前人語」。而上海中華書局《四部備要》本《詞源》在扉頁上已經注明，是據《娱園叢刻》本校刊而成，其中「意趣」篇首句採用的正是「詞以意趣爲主，要不蹈襲前人語」〔一二〕。

《詞話叢編》本採用「詞以意趣爲主」的表達，大約是受蔡楨本影響。據《天風閣學詞日記》可知，一九三一年十月十九日夏承燾完成《白石歌曲考證》後經一個多月準備，開始著手《詞源》箋注。但十二月十四日突然接到唐圭璋的信，「謂南京蔡松筠亦有《詞源疏證》……蔡嵩雲《詞源疏證》亦多歷年所得」〔一三〕，到十二月三十一日「接唐圭璋信。附來蔡嵩雲《詞源疏證導言》，甚詳備。餘書可以輟筆矣」〔一四〕。從語氣來看，唐圭璋對蔡楨的疏證是相當肯定的。而且除了「意趣」篇首句略有不同外，《詞話叢編》本的其他内容及所有注解都與蔡本相同。應該説，唐圭璋「意趣」篇首句選擇「詞以意趣爲主」，既受蔡楨本的影響，對讀者而言又更爲切合主題；而將後一句改爲「要不蹈襲前人語意」，則是綜合了《詞學叢書》本等其他版本中「詞以意爲主，不要蹈襲前人語意」〔一五〕修訂而成。將「前人語」增爲「前人語意」，語句更爲通順些；「不要」改爲「要不」，則與蔡本保持一致。

再次，陳繼儒《寶顔堂續秘笈》本和《詞源》其他版本存在差異最大，這是大家所共識的。該書第二十一册稱《詞源》爲《樂府指迷》，作者爲張炎，分上、下二卷。上卷收録原明抄本《詞源》下卷中有關作詞之法的内容，並且略去「音譜」和「拍眼」兩則，增加「詞源」一則，共留十五則；而下卷則全文引録元代陸輔之的《詞旨》，不曾增删。同時秘笈本還存在許多錯誤，如將《作詞五要》的作者楊守齋當成楊誠齋等。但它畢竟是明刻本，有很高的研究價值。清代陳致彌輯、樓儼補訂的《詞鵠初編》本《詞源》十五卷，刻於清康熙四十四年（一七〇五），名《樂府指迷》，題爲張炎撰。此本亦無上卷，僅存下卷論詞作法部分，自「詞源」至「雜論」，有獨立小標題，共十五節，足見其受陳繼儒秘笈本影響之深。

秘笈本「意趣」篇首句爲「詞以意爲主，要不蹈襲前人語」〔一六〕，後面「雜論」篇還少了「美成詞只當看他渾成處」這則有關意趣非常重要的論述。前半句「詞以意爲主」與秦恩復庚午本相同，後半句「要不蹈襲前人語」則與許增本、蔡楨本相同，按時間先後看，後者都應是參照秘笈本而成。

最後，夏承燾《詞源注》的版本最爲特殊，全書框架體例與陳繼儒《寶顔堂續秘笈》本相同，只收詞論部分，删去上卷詞樂和下卷的「音譜」、「拍眼」兩則。其原因夏承燾在《詞源注・前言》中已有説明：「因爲本書選録限於有關詞的理論批評。」〔一七〕但全書内容和注解與秘笈本差别很大，反而較多參考了秦恩復《詞學叢書》本，除了「意趣」篇首句表達相同外，我們還可從其他三處注解説明它和秦本的相同之處：

第一處是「虚字」篇中「若能盡用虚字，句語自活，必不質實，觀者無掩卷之誚」句，夏承燾有注曰：「『若能盡用虚字』以下四句，許氏娱園（即榆園）刊本作『若使盡用虚字，句語入（他本作『又』）俗，雖不質實，恐不無掩卷之誚。』」〔一八〕查閲許增《娱園叢刻》本内容，確如夏注所説爲「句語入俗」云。唐圭璋《詞話叢編》本和蔡楨《詞源疏證》本一樣，均爲：「若使盡用虚字，句語又俗，雖不質實，恐不無掩卷之誚」〔一九〕。陳繼儒《寶顔堂續秘笈》本則作：「若用虚字，自語自話，必不質實，觀者無掩卷之誚。」〔二〇〕只有秦恩復《詞學叢書》本是：「若能盡用虚字，句語自活，必不質實，觀者無掩卷之誚。」〔二一〕錢熙祚《補守山閣叢書》、伍崇曜《粤雅堂叢書》和民國二十六年（一九三七）王雲五主編的《萬有文庫》本均採用秦説。

第二處是「雜論」篇中「詞之語句」則「約莫寬易」後，夏注曰：「『約莫』，宋人方言，大略估計的意思。明陳繼儒《秘笈》載此文，『約莫』下多一『太』字。」〔二二〕對照秘笈本，確是作「約莫太寬易」講。而秦恩復《詞學叢書》本、錢熙祚《補守山閣叢書》本、伍崇曜《粤雅堂叢書》本、《詞話叢編》本、《詞源疏證》本及《萬有文庫》本均採用「約莫寬易」。錢熙祚《補守山閣叢書》本也同樣有注曰：「《秘笈》寬易上有『太』字」〔二三〕。

第三處是「雜論」篇中「美成詞只當看他渾成處」關於意趣的關鍵一則，張炎對清真詞「惜乎意趣却不高遠……所以出奇之語，以白石騷雅句法潤色之，真天機雲錦也」的評價後，夏注曰：「『所以』二字，許氏娱園本作『致乏』。按文意是説姜夔能以騷雅句法潤色其出奇之語，故意趣比周詞高遠。作『所以』是。」〔二四〕對照《娱園叢刻》本，確是「致乏」〔二五〕二字。這一處秘笈本没有收録，其他版本均作「所以」講。

綜上，大多數《詞源》版本「意趣」篇首句表述不同，主要源自早期三個不同版本所致，爲了更清楚它們之間關係，可將前表重新調整如下：

三大版本	承繼版本	内　容
陳繼儒《寶顔堂秘笈》本	陳致彌輯、樓儼補訂《詞鵠初編》本	詞以意爲主，不要蹈襲前人語（意）。
	錢熙祚《補守山閣叢書》本	
秦恩復《詞學叢書》本（嘉慶）	伍崇曜《粵雅堂叢書》本	詞以意爲主，不要蹈襲前人語（意）。
	王雲五《萬有文庫》本	
	夏承燾《詞源注》	
	秦恩復《詞原（源）》本（道光）	
許增《娱園叢刻》本	《四部備要》本	詞以意趣爲主，不要蹈襲前人語（意）。
	蔡楨《詞源疏證》本	
	唐圭璋《詞話叢編》本	

二 從詞的發展角度看，「詞以意爲主」説法符合中國文論特點

由於宋本《詞源》已佚，我們無法確定到底「詞以意爲主」和「詞以意趣爲主」哪種説法是張炎的本意，但從詞的發展角度看，「詞以意爲主」説法更符合中國文論變化特點。

首先，「詞以意爲主」觀點可能由「文以意爲主」或「詩以意爲主」演化而來。

我國古人很早便思考「意」與「言」之關係，從《周易》的「言不盡意」到《莊子》的「得意而忘言」，從孔子的「辭達而已矣」到張惠言的「意内言外」等，都從不同角度强調「意」的重要性，而落實在文學創作上，就表現爲「文以意爲主」或「詩以意爲主」了。較早提出「文以意爲主」觀點的是劉宋范曄，他在《獄中與諸甥侄書》中確提出「文患其事盡於形……情志所託，故當以意爲主，以文傳意」的主張，並認爲「以意爲主，則其旨必見；以文傳意，則其詞不流。然後抽其芬芳，振其金石耳。此中情性旨趣，千條百品，屈曲有成理。」〔二六〕這裏的「情性旨趣」已點出「意趣」的内涵。

唐宋以來，「文以意爲主」或「詩以意爲主」的觀點爲大多數人所接受，成爲當時爲文作詩的重要法則。晚唐杜牧《答莊充書》中明確提出：「凡爲文以意爲主，以氣爲輔，以辭彩章句爲之兵衛，未有主强盛而輔不飄逸者，兵衛不華赫而莊整者……苟意不先立，止以文彩辭句，繞前捧後，是言愈多而理愈亂，如入圜圚，紛然莫知其誰，暮散而已。是以意全勝者，辭愈樸而文愈高；意不勝者，辭愈華而文愈鄙。是意能遣辭，辭不能成意，大抵爲文之旨如此。」〔二七〕提出詩文創作中「意」大於「辭」的觀點，甚至强調辭彩章句就是爲内容服務的，若意能全勝，幾乎可以不要辭彩。陳師道更借用魏文帝曹丕《典論・論文》中的著名論斷，强調「文以意爲主」的觀點。他在《後山詩話》中云：「魏文帝曰：文以意爲主，以氣爲輔，以詞爲衛。子桓不足以及此，其能有所傳乎？」〔二八〕事實上，曹丕提出的觀點是「文以氣爲主」而非「文以意爲主」，宋代人對

之進行篡改，恰好説明「文意論」已經取代「文氣論」成爲當時詩文創作主導思想的事實。《清波雜誌》還記載了蘇軾教諸子作文的故事：「東坡教諸子作文，或辭多而意寡，或虚字少、實字少，皆批諭之。又有問作文之法，坡云：『譬如城市間，種種物有之，欲致而爲我用。有一物焉，曰錢，得錢則物皆爲我用。作文先有意，則經史皆爲我用。』大抵論文以意爲主，今視《坡集》，誠然。」〔二九〕這個故事也充分説明，以蘇軾爲代表的北宋文學家普遍認爲文學創作的立意要清晰，圍繞「意」則萬物皆爲我所用，文章内涵自然豐滿起來了。可見唐宋時期「以意爲主」已是一個較成熟的詩文創作觀念，人們對作品好壞的關注點也由創作者個人單一的「氣」轉變爲融合作家才性、旨趣的「意」上來，看其能否藉藝術化語言得以審美展示。在此基礎上我們大膽推測，在宋詞的創作發展相對成熟之後，張炎完全有可能從文體的角度將詩、文、詞聯繫起來，由「文以意爲主」、「詩以意爲主」的觀念延伸出「詞以意爲主」的主張。

其次，「詞以意爲主」中的「詞」常伴隨着「言辭」、「文詞」出現，它關注的可能是圍繞作品的主旨如何恰當地運用語言文字的問題。

在張炎之前，人們常常「詞」、「辭」不分，將與「意」相對應的「言」。段玉裁《説文解字・司部》云：「詞，意内而言外也。從司言。」〔三〇〕《説文解字・辛部》：「辭，訟也。」段玉裁注：「辭，説也」〔三一〕。由於「詞」和「辭」均有「言辭」、「文詞」之義，古人多呈混用狀態。南朝鍾嶸《詩品序》云：「詞不貴奇，競須新事，爾來作者，浸以成俗。遂乃句無虚語，語無虚字；拘攣補衲，蠹文已甚。」〔三二〕他批評大明、泰始時期文章殆同書抄，言詞缺乏才情和創新的不足等不良風氣，這裏的「詞」指言辭。唐代皎然《詩式序》中云：「邑中詞人吴季德，即梁散騎常侍均之後，其文有家風，予器重之。」〔三三〕宋代吴子良《林下偶談》中「詞人懷古思舊」一則云：「詞人即事睹景，懷古思舊，感慨悲吟，情不能已。今舉其最工者，如劉禹錫《金陵詩》。」〔三四〕這兩處「詞人」實際上指辭人、詩人。也就是説，即使「詞以意爲主，不要蹈襲前人語意」這一表述確切，張炎所説的

「詞」也既可指一種文體，又可指「文辭」、「言辭」。若是指文詞的話，它完全可以表述爲「辭以意爲主」了，而是否「蹈襲前人語意」恰好是評價言語修辭好壞的一個重要方面。

其實「辭以意爲主」這一表達方式，宋代陳騤《文則》中也有出現過。《文則》是我國第一部關於修辭的專著，其中有「辭以意爲主，故辭有緩有急，有輕有重，皆生乎意也」〔三五〕之語，這裏「辭」與「詞」同義，認爲言辭表達的緩急輕重要根據内容的需要來確定，將「意」與言辭的錘煉結合起來，才算好的作品。這一論述被元人陶宗儀收録在其編集大型叢書《説郛》中，作爲史料文獻留傳下來。張炎《詞源序》中提到曾受到《説郛》的影響，還指出它訛誤較多的不足，可見他是有可能接受「辭以意爲主」觀點的。陸文圭《詞源跋》中云：「詞與辭字通用，釋文云：意内而言外也。意生言，言生聲，聲生律，律生調，故曲生焉。」〔三六〕仔細對比「意趣」篇列舉的五篇作品：蘇軾《水調歌・中秋》是中秋懷人，《洞仙歌・夏夜》是感慨帝王後妃的宫中佚事，王安石《桂枝香・金陵懷古》是懷古傷今，姜白石《暗香》、《疏影》是詠梅懷人之作，詞意均爲常情，而能成爲佳作者，主要還在於作者非凡的筆力，能道常人所不能之言，且極爲精煉準確。正如劉熙載所云：「古樂府中至語，本只是常語。一經道出，便成獨得。詞得此意，則極煉如不煉，出色而本色，人籟悉歸天籟矣。」〔三七〕從這個角度看，「詞以意爲主」的表述，便是張炎重在對言語傳情達意之功能的張顯，和對詞中用語的高要求，這樣的説法同樣符合中國文論兩宋階段的演變特點。

三　從詞學觀上看，「詞以意趣爲主」更符合張炎詞論的原本主張

張炎論詞獨創「清空」標準，認爲「詞要清空，不要質實」，而「意趣高遠」無疑是形成清空風格屬辭疏快的一種内在條件。他在《詞源》中單列「意趣」篇與「清空」篇相對，而且以「意趣」二字作爲該篇標題，更加明確了他有自己獨立的「意趣」觀。

目前學界對「意趣」的理解，大都從作品的整體審美範疇來談。如朱偉强《試探張炎「意趣」理念》認爲：「原文偏重的顯然是通過語言反映出的思想内容，不單純指語言。」〔三八〕吕麗紅《淺析張炎的「意趣」説》認爲：「『意趣』是張炎『清空』詞論中重點論述的一個審美範疇，其實質當與司空圖的『韻味』、嚴羽的『興趣』内涵相近。……張炎所論『意趣』，是從『清空』中而來，所以只有具有上述特點的作品才可稱爲有『意趣』。」〔三九〕尚慧萍《詞學範疇「意趣」的内涵研究》認爲：「《詞源》主張所謂的『清空中有意趣』，『意趣』所指當爲不同凡響的奇情逸思，著眼在詞作立意的清新脱俗、宏遠澹宕，是詞人獨特的襟胸懷抱的體現。……『意趣』範疇引入詞論是詞詩化的理念表現。」〔四〇〕胡建次、塗序堂《中國古代文論中的「意趣」論》中則重在追文論中「意趣」觀的發展脈絡，認爲：「張炎在論詞中力主作詞境界要『清空』，同時又要表現出獨到的『意趣』。」〔四一〕只是這些觀點似乎都忽視了張炎「意趣」觀的獨立内涵，僅將之歸於「清空」下一種審美傾向而已。

事實上以「意趣」評價作品，它應該更關心作家的情性旨趣，而不僅是作品表現出來的意義。「趣」原是佛家用語，佛教有「三界五趣九地」之分。「五趣」又名五惡道，或五道，由六道簡化而來，即天、人、畜生、餓鬼、地獄。漢代《妙法蓮華經》中稱，佛法是「隨宜所説，意趣難解」〔四二〕，指佛主用聲音傳法，一切衆生皆聽得，却未必都能明瞭佛之旨趣。王弼《老子注》十七章對「悠兮其貴言，功成事遂，百姓皆謂我自然」句注曰：「自然，其端兆不可得而見也，其意趣不可得而覩也，無物可以易其言，言必有應，故曰：悠兮其貴言也。」〔四三〕唐代釋法藏《大方廣佛華嚴經探玄記》也提到「四種意趣」者，即平等意趣、别時意趣、别義意趣和衆生意樂意趣。這裏「意趣」同是心意、趣向之意，直指人心趨向。

自漢魏以來，「意趣」一詞便在品評人物時頻頻出現，它與「志趣」「情趣」「奇趣」相通，用來描繪人物的品性氣度和個性追求。但「意趣」更多强調行爲的與衆不同、越俗反常之處，即蘇軾後來説的「詩以奇趣爲宗，反常合道爲趣」[四四]。如《梁書・張纘傳》中記載：「初纘與參掌何敬容意趣不協，就常怒目相對」。[四五]《南史・蕭惠開傳》：「初爲秘書郎著作，並名家年少，惠開意趣多與人不同，比肩或三年不共語。」[四六]段成式《遊長安諸寺聯句・道政訪寶應寺序》提及唐代著名畫馬大家韓幹時曰：「少時常爲酒家送酒，王右丞兄弟未遇，每貰酒漫遊。幹嘗征債於王家，乃戲畫地爲人馬。右丞精思丹青，奇其意趣，乃歲與錢二萬，令學書十餘年。」[四七]顔師古在《漢書》卷五十六「夫帝王之道豈異指哉」句後，注曰：「言意趣不同。」[四八]總之，以「意趣」品評人物，多强調性情嗜好。正如北宋惠洪《冷齋夜話》所云：「人意趣所至，多見於嗜好。」[四九]《杜詩言志》也云：「蓋凡有意趣人，雖一吟一眺、一出一處非苟焉，而已若使舉動無名，可居則寧静處不出馬蹄，固不可以輕遥也。」[五〇]阮籍的哭笑、陶淵明的真古、歐陽修的好客、範仲淹的清嚴而喜論兵、蘇軾的友愛，黄庭堅的寄傲士林等，因有各式不同「意趣」之人，才會有各式獨特之作。

大約從宋代開始，「意趣」一詞大量出現在詩歌評論中，是作者融合自身品性修養和個性追求的一種審美表現。蘇軾《答李廌書》中稱讚李廌詩曰：「惠示古賦近詩，詞氣卓越，意趣不凡，甚可喜也。」[五一]劉辰翁《王孟詩評》：「韋應物居官自愧，閔閔有恤人之心，其詩如深山采藥，飲泉坐石，日晏忘歸。孟浩然如訪梅問柳，偏入幽寺。二人意趣相似，然入處不同。韋詩潤者如石；孟詩如雪，裏淡無彩色，不免有輕盈之意。誦韋蘇州一二語，高處有山泉極品之味。」[五二]蔡絛《西清詩話》：「陶淵明意趣真古，清淡之宗，詩家視淵明，猶孔門視伯夷也。」[五三]蔡正孫《詩林廣記》引《苕溪漁隱叢話前集》對顧況《山中》詩評曰：「胡苕溪云：唐人此絶有杜子美意趣，其句雖拙，亦不失爲倔奇也。」[五四]胡仔《苕溪漁隱叢話後集》卷十四評價王建和魏野曰「二人之詩，巧欲摹寫山居意趣，第理有當否？如建所言二物，何馴狎如許，理必無之；如野所言，雖未必皆然，理或有之。」[五五]可見「意趣」作爲一種審美風格廣泛運用於宋代詩評，它首先要體現的也是志趣高遠的人格魅力，其次才指向清疏磊落、鮮活靈動又藴含不盡事理的詩歌言語。

但在張炎之前，僅有少量的宋詞序跋出現「意趣」二字，像范成大《步虛詞跋》中「自玉階及紅雲法駕之後以至六小樓，意趣超絶，形容高妙，必夢遊帝所者仿佛得之，非世間俗吏意匠可到」[五六]等，並未形成系統的意趣觀。張炎在前人詩文評論的基礎上將「意趣」引入詞評、詞論中，他在《山中白雲詞》中對《漁歌子》十首自注云：「張志和與餘同姓，而意趣亦不相遠。」[五七]又《瑣窗寒·絶響矣》詞前自序云：「其詩清峭，其詞閑雅，有姜白石意趣，今絶響矣，因此以此悼之。」[五八]而《詞源》更系統地提出「詞以意趣爲主」，先論人再論詞，樹立作詞新的審美標準，這些在文論史上均有首創之功，對後世詞論影響深遠。

此外，張炎深味詞的音律、章法之道，也從這個角度談及之與「意趣」的關係。他推崇姜夔詞，認爲「詞之賦梅，惟姜白石《暗香》、《疏影》二曲，前無古人，後無來者，自立新意，真爲絶唱」[五九]，而這兩篇「不惟清空，又且騷雅」[六〇]，恰是「有意趣」典範。詞中好的「意趣」是古雅峭拔、不凝不澀之類的，而這尤與作家的閑雅品性、筆力深淺密切相關，須做到「不爲情所役」、「不失其雅正之音」。在張炎看來，「句法」、「語言」、「筆力」是促成詞是否「有意趣」的重要方面，但其是否「雅正」又與作者品性密切相關。正如夏承燾《月輪山詞論集》中《讀張炎〈詞源〉》一文所説：「這段話開頭『詞以意趣爲主』，似乎涉及作品的思想情感了。但他接下去的解釋是：『要不蹈襲前人語。』《雜論》節裏論周邦彦詞説：『……惜乎意趣却不高遠，致乏出奇之語，以白石騷雅句法潤色之，真天機雲錦也。』要求他『以騷雅句法潤色之』，也是著眼於語言、句法一邊。」[六一]

這種將句法與意趣聯繫起來評論做法在詩論中也有，如仇兆鼇在《杜詩詳注》卷一《李監宅》（其二）有注曰：「魏滄詩：『出簾飛小燕，映户落殘花。』杜云：『雜花分户映，嬌燕入簾回。』句法互换，而意趣更佳。陸放翁云：『楊花穿户入，燕子避簾低。』本於杜句，而姿致不減。」[六二]不過，在張炎看來，詞之句法與詩有很大不同，「詞之句語，有二字、三字、四字，至六字、七、八字者」[六三]，「句法中有字面，蓋詞中一個生硬字用不得。須是深加鍛煉，字字敲打得響，歌誦妥溜，方爲本色語」[六四]。句法强調語言的錘煉，要做到平妥精粹是極要用功的，這正好是發揮筆力之處。況周頤《蕙風詞話》中也有相似觀點：「趙愚軒《行香子》云：『綠陰何處，旋旋移床。』昔人詩句『月移花影上闌干』，此言移床就綠陰，意趣尤生動可喜。即此是詞與詩不同處，可悟用筆之法。」[六五]可見能使「意趣高遠」的所謂「騷雅句法」，即指雅正的語言，又能俱特立清新之意，而意趣好的作品，往往又與作者融合自身的品性修養和個性審美的獨特言辭相關。

因此，張炎用「意趣」代替前人貫用且内涵寬泛之「意」，説明他更看重詞人的胸襟嗜好和作品的言辭句法在作品裏的表現力，這更符合詞體本身展露性情的特點。從這個角度看，《娱園叢刻》本、《四部備要》本、秦恩復《詞原（源）》道光本和《詞源疏證》本「意趣」篇首句採用「詞以意趣爲主，要不蹈襲前人語」的表達，相比其他版本「詞以意爲主，不要蹈襲前人語意」的表達更具有合理性，既體現了兩宋作詞新的審美標準，應該也更符合張炎詞論的原本主張。

〔一〕張炎著，夏承燾校注《詞源注》，人民文學出版社一九六三年版，第五頁。
〔二〕張炎著，夏承燾校注《詞源注》，第一八頁。
〔三〕張炎著，夏承燾校注《詞源注》，第一九頁。
〔四〕張炎著，夏承燾校注《詞源注》，第三〇頁。
〔五〕唐圭璋編《詞話叢編》，中華書局一九八六年版，第二六〇頁。
〔六〕張炎《山中白雲詞》，許增輯《娱園叢刻》，清光緒十六年（一八九〇）刻本，第七頁。
〔七〕張炎《詞源》，錢熙祚《補守山閣叢書》，清光緒十五年（一八八九）石印本，第一三一頁。
〔八〕張炎《詞源》，許增輯《娱園叢刻》，第四四頁。
〔九〕唐圭璋編《詞話叢編》，第二六〇頁。

〔一〇〕蔡楨《詞源疏證》，中國書店一九八五年版，第三二頁。

〔一一〕蔡楨《詞源疏證》，第十三頁。

〔一二〕張炎《詞源》，《四部備要》（集部第一〇〇册），中華書局一九三六年影印本，第一四二頁。

〔一三〕夏承燾《天風閣學詞日記》，《夏承燾集》，浙江古籍出版社一九九七年版，第二五三頁。

〔一四〕夏承燾《天風閣學詞日記》，《夏承燾集》，第二五五頁。

〔一五〕秦恩複《詞學叢書》，《享帚精舍鈔本》，清嘉慶十五年（一八一〇）刻本，第四二頁。

〔一六〕張炎《樂府指迷》，陳繼儒《寶顔堂秘笈》，上海文明書局一九二二年影印本，第四八頁。

〔一七〕張炎著，夏承燾校注《詞源注》，第八頁。

〔一八〕張炎著，夏承燾校注《詞源注》，第十六頁。

〔一九〕蔡楨《詞源疏證》，第一二九頁。

〔二〇〕張炎《樂府指迷》，陳繼儒《寶顔堂秘笈》，上海文明書局一九二二年影印本，第四八頁。

〔二一〕秦恩復《詞學叢書》，《享帚精舍鈔本》，第四二頁。

〔二二〕張炎著，夏承燾校注《詞源注》，第二七頁。

〔二三〕張炎《詞源》，錢熙祚《補守山閣叢書》，第一四三頁。

〔二四〕張炎著，夏承燾校注《詞源注》，第三〇頁。

〔二五〕張炎《山中白雲詞》，許增輯《娱園叢刻》，第一四五頁。

〔二六〕《宋書》卷六九《范曄傳》，武英殿本，第二一三〇頁。

〔二七〕杜牧撰，陳允吉校《樊川文集》卷一三，上海古籍出版社一九七八年版，第一九四頁。

〔二八〕何文焕《歷代詩話》，中華書局二〇〇四年版，第三一一頁。

〔二九〕周輝《清波雜誌》卷七，《四部叢刊續編》，中華書局一九八五年版，第六二頁。

〔三〇〕許慎撰，段玉裁注《説文解字》，上海古籍出版社一九八一年版，第四二九頁。

〔三一〕許慎撰，段玉裁注《説文解字》，第七四二頁。

〔三二〕鍾嶸《詩品序》，周振甫譯注《詩品譯注》，江蘇教育出版社二〇〇五年版，第一五頁。

〔三三〕皎然著,李壯鷹校注《詩式校注》,人民文學出版社二〇〇三年版,第二頁。
〔三四〕吴子良《林下偶談》卷三,中華書局一九八五年版,第二八頁。
〔三五〕陳騤《文則》卷上,中華書局一九八五年版,第六頁。
〔三六〕張炎《詞源》,錢熙祚《補守山閣叢書》,第一四五頁。
〔三七〕劉熙載《藝概・詞曲概》,上海古籍出版社一九七八年版,第一〇五頁。
〔三八〕朱偉强《試探張炎「意趣」理論》,《上海交通大學學報(社會科學版)》一九九四年第二期。
〔三九〕吕麗紅《淺析張炎的「意趣」説》,《山東教育學院學報》二〇〇五年第五期。
〔四〇〕尚慧萍《詞學範疇「意趣」的内涵研究》,《社科縱横》二〇一四年第十期。
〔四一〕胡建次、塗序堂《中國古代文論中的「意趣」論》,《内蒙古社會科學(漢文版)》二〇〇四年第二期。
〔四二〕黄寶生譯注《梵漢對勘妙法蓮華經》,中國社會科學出版社二〇一八年版,第六頁。
〔四三〕河上公注,嚴遵指歸,劉思禾校點,王弼注《老子》,上海古籍出版社二〇一三年版,第三七頁。
〔四四〕魏慶之編《詩人玉屑》卷一〇,上海古籍出版社一九七八年版,第二一一頁。
〔四五〕《梁書》卷三四《張纘傳》,中華書局一九七三年版,第四九三頁。
〔四六〕《南史》卷一八《蕭惠開傳》,中華書局一九七五年版,第四九六頁。
〔四七〕周振甫編《唐詩宋詞元曲全集》第一四册,黄山書社一九九九年版,第五七六三頁。
〔四八〕《漢書》顔師古注,《二十六史》卷五六,吉林人民出版社一九九八年版,第一七二九頁。
〔四九〕歐陽修、釋惠洪《六一詩話、冷齋夜話》,鳳凰出版社二〇〇九年版,第一一六頁。
〔五〇〕佚名撰《杜詩言志》卷二,廣陵古籍刻印社校刻本一九八三年版,第一一頁。
〔五一〕高志忠《〈全宋詩〉補闕: 補詩人、補詩事、補詩評》,商務印書館二〇一八年版,第一三八頁。
〔五二〕陳伯海主編《唐詩滙評(增訂本)》,上海古籍出版社二〇一五年版,第一一二四頁。
〔五三〕《陶淵明研究資料彙編》,中華書局一九六二年版,第五三頁。
〔五四〕蔡正孫輯《精選古今名賢叢話詩林廣記》前集卷二,明弘治十年(一四九七)張鼐刻本,第二八頁。
〔五五〕胡仔纂,廖德明校點《苕溪漁隱叢話》(後集)卷十四,人民文學出版社一九六二年版,第一〇七頁。

〔五六〕金啓華等編《唐宋詞集序跋彙編》，江蘇教育出版社一九九〇年版，第一五八頁。

〔五七〕張炎撰，吴則虞校輯《山中白雲詞》卷八，中華書局一九八三年版，第一四五頁。

〔五八〕張炎撰，吴則虞校輯《山中白雲詞》卷一，第一一頁。

〔五九〕張炎著，夏承燾校注《詞源注》，第二九頁。

〔六〇〕張炎著，夏承燾校注《詞源注》，第十六頁。

〔六一〕夏承燾著，陸蓓容編《大家國學·夏承燾》，天津人民出版社二〇〇七年版，第六九頁。

〔六二〕杜甫著，仇兆鼇注《杜詩詳注》，中華書局一九七九年版，第三二頁。

〔六三〕張炎著，夏承燾校注《詞源注》，第十四頁。

〔六四〕張炎著，夏承燾校注《詞源注》，第十五頁。

〔六五〕況周頤，俞潤生箋注《蕙風詞話蕙風詞箋注》，巴蜀書社二〇〇六年版，第二一七頁。

（作者單位：華東師範大學中文系）

論宋金遺民詞人的文化記憶及其文學表達

王曉驪

内容提要 對故國及其故國生活的回憶是宋金遺民詞的重要内容，詞人的故國記憶不僅是個人經歷和情感體驗的記録，也凝聚著他們以詞存志、以詞存史的深遠用心。在經歷了個人記憶的泛化、集體記憶的文學化以及文學交往行爲的强化之後，宋金遺民的個人記憶以詞爲文學載體進入到文化心理層面，成爲文化記憶。從文學的角度，一方面，遺民心態與歷史意識的融合，突破了個人表達的局限性，承載著個體面對時間和命運的深刻反思；另一方面，詞人對元宵節序的「紀念碑化」又彌補了個人記憶同化帶來的扁平化傾向，而群體性唱和與雅集也不斷給予這些記憶以活化可能，從而以鮮明活躍的文學性構成了宋金遺民詞的審美價值。

關鍵詞 宋金遺民詞　文化記憶　文學表達

所謂「遺民」，「惟在廢興之際，以爲此前朝之所遺也」〔一〕。在遺民的自我認同中，他們承載的不僅是個體生命的價值和意義，更是一個王朝存在的最後證明，可以説，正是後者成就了前者。然而，身處廢興之際，物理空間和文化空間的雙重改變，又造成了遺民自我體認的巨大困難。與殉國的烈士不同，遺民所選擇的隱居不仕的生活方式，決定了他們不爲新朝官方文獻所記載，極有可能在時間的流逝中逐漸被後人甚至時人所遺忘，「遺民爲時間所剥蝕，或許是其作爲現象的最悲愴的一面」〔二〕。遺民身份既無法得到官方承認，那麼只有靠彼此之間的認同，正所謂「同明相照，同類相求」〔三〕。而這種身份確認，依靠的是群體的共同文化記憶，即「通過創造一個共用的過去，再次確證擁有集體身份的社會成員，在時間和空間方面向他們提供一種整體意識和歷史意識」〔四〕。一方面，群體的存在是遺民身份確認的前提；另一方面，由共同記憶所創造的共用過去，是遺民身份認同的文化基礎。從這兩者來看，宋金元之際正是遺民「作爲完整的、較大規模的社會階層和文人群體而出現」〔五〕的肇始，也是遺民文化得以形成並固化的關鍵時期，因此對宋金遺民的文化記憶及其作爲催化劑和載體的文學表達的關注，理應是遺民文化和文學研究的重要課題。本文即擬以宋金遺民詞人爲对象，勾畫個人記憶整合爲集體記憶，集體記憶通過文學行爲不斷被激活，最終上升爲文化記憶的過程。

一　記憶疊加：個體記憶的泛化和歷史化

隨着新王朝統治的不斷加强和穩固，前朝的集體記憶往往會被遺忘甚至篡改，這種遺忘和篡改是新王朝獲得政治合法性和文化正當性的重要手段，幾乎是新的統治秩序建立過程中不可避免的環節。因此對於遺民而言，爲前朝「存史」就成爲他們自覺擔負的重要職責。這種「存史」的自我意識，不僅體現在以不同於新朝評價體系的方式私修史書，如元好問：

> 晚年尤以著作自任，以金源氏有天下，典章法度幾及漢、唐，國亡史作，己所當任。時金國實録在順天張萬户家，乃言于張，願爲撰述，既而爲樂夔所沮而止。好問曰：「不可令一代之跡泯而不傳。」乃構亭於家，著述其上，因名曰「野史」。凡金源君臣遺言往行，采摭所聞，有所得輒以寸紙細字爲記録，至百余萬言。〔六〕

這種「國亡史存」的責任擔當也體現在其他文化行爲中，正如清人所總結的那樣：「商亡而首陽《采薇》之歌不亡，則商亦不亡；漢亡而武侯《出師》之表不亡，則漢亦不亡；宋亡而《零丁》、《正氣》諸篇什不亡，則宋亦不亡」〔七〕。而遺民的個人記憶，往往充當了「提醒者」的角色，「把過去時代的悲傷和讎恨帶到故事裏新的當下；並因此成爲一個不願消失的過去的活生生的體現」〔八〕。遺民語境中的「存史」、「存志」和「存心」都是這種提醒者身份的體現。因此，作爲遺民整體所鑄造的集體性文化記憶是以彙集個體記憶的方式存在，而不是官方的正史記載。這使遺民的集體性記憶呈現出細節化、生活化和個人化的特點，而非全知全能型的宏觀敘事。當這種記憶與詞長於抒情的文體特徵結合在一起時，細節化、生活化和個人化傾向就越發鮮明。

對於個體生命而言，改朝換代帶來的最切身的感受是原有生活環境的巨大變化，社會地位的隕落，財富的失去，家庭的離散幾乎都在一夜之間發生。因此，對亡國最深刻的體驗不僅是戰亂時期的流離失所，也包括了如同夢幻般的不復存在的故國印象。這種印象最初具有比較鮮明的個人化色彩，往往與個體生活和體驗有直接關係。如元好問《太常引》：

渚蓮寂寞倚秋煙。發幽思、入哀弦。高樹記離筵，似昨日、郵亭道旁。白頭青鬢，舊遊新夢，相對兩淒然。驕馬弄金鞭。也曾是、長安少年。

據詞前小序，這首詞是詞人二十多歲時經過絳陽，見道旁「少年有與紅袖泣别者」，二十五年後，與當時少年崔振之再次相遇，「語及舊遊，恍如隔世，感念今昔，殆無以爲懷，因爲賦此」〔九〕。詞中所謂「驕馬弄金鞭。也曾是、長安少年」，既指崔振之，也暗指自己的青春年華。元好問二十歲因秋試留長安〔一〇〕，與當年於道旁惜别的崔振之一樣，也曾是多情少年。他的兩首詠物抒情名作《摸魚兒》一詠殉情的大雁，一詠赴水而死的癡情兒女，都是深情之作，均創作于金亡以前，可見所謂「長安少年」的回憶，是伴隨着活躍的生活場景的。再以劉辰翁《戀繡衾》爲例：

當年三五舞太平。醉歸來、花影滿庭。辦永夜、重開宴，笑姑蘇、萬眼未明。萬眼羅最精最貴，然最暗。　而今繞市歌兒馬，客黄昏、細雨滿城。十年事、去如水，想家人、村廟看燈。（劉辰翁《戀繡衾·己卯燈夕，留城中獨坐，憶當塗買燈，姑蘇夜舞，再集賦此》）

這首詞作於一二七九年（己卯），臨安陷落已經三年之久。元夕夜詞人回想十年前「當塗買燈，蘇州夜舞」舊事，不管是花影滿庭的滿眼繁華，還是永夜開宴的歡聲笑語，都活生生如在目前。這些個人記憶因其真實性而具有鮮活生動的特點。此外，像張炎《國香》「鶯柳煙堤。記未吟青子，曾比紅兒。嫻嬌弄春微透，鬟翠雙垂」；《臺城路》「歡游曾步翠窈。……舞扇招香，歌橈喚玉，猶憶錢塘蘇小」；《疏影》「柳黄未結。放嫩晴消盡，斷橋殘雪。隔水人家，渾是花陰，曾醉好春時節」等，都是亡國後的憶舊之作，這些回憶由於有特定的人物：《國香》爲杭妓沈梅嬌作，《臺城路》爲汪菊坡作；《疏影》爲周密作；也有明確的地點：臨安故都，因此具有明確的指向性和個人性。詞人回憶的故國生活場景，甚至具有很强的私密性，如蔣捷《賀新郎》上闋：「深閣簾垂繡。記家人、軟語燈邊，笑渦紅透。萬叠城頭哀怨角，吹落霜花滿袖。影廝伴、東奔西走。望斷鄉關知何處，羨寒鴉、到著黄昏後。一點點，歸楊柳。」流亡中的詞人對故國的回憶是對家的回憶，留在他記憶深處的故國印象，是簾幕低垂的繡閣，燈下家人的軟語笑靨，温暖安全而又私密的家居生活，成爲亡國後流亡途中的珍貴記憶。

必須承認，這些建立在個人經歷和私人記憶基礎上的故國印象，使遺民詞具有了不可複製的生動性，從而獲得了文學個性和感染力。但是，我們發現，並不是所有的故國印象都基於詞人特定的生活經歷，事實上遺民詞對故國的描寫有著明顯的趨同傾向。就金遺民詞而言，「在情緒的表達上，所謂『銅駝荆棘之傷』遠比直接的『神州陸沉之痛』的成分要濃厚得多」[一二]。所謂「荆棘銅駝之傷」，是滄桑陵夷的歷史感慨，固然來自於具有特指性的「神州陸沉之痛」，更來自於不斷出現的朝代更替。這在南宋遺民詞中也廣泛存在，當詞人將自己的經歷與古往今來的盛衰興亡聯繫在一起時，自己的黍離之悲、亡國之痛似乎不再那麽特殊，故國記憶開始脱離自我經歷和情感體驗，泛化成所有遺民的共有印象：

煙花故國五雲鄉。只知心事在，争知鬢毛蒼。千古西陵歌舞地，興來忘却悲涼。（元好問《臨江仙》）

故國荒城，斜陽古道，可奈花狼藉。（張炎《壺中天》）

故國吴天樹老，雨過風殘。（王沂孫《一萼紅》）

故國樓臺，斜陽巷陌，回首白雲何處。（陳允平《齊天樂》）

抽離了個人特殊人生體驗的故國記憶，成爲具有共性的、可以脱離具體時間和空間的抽象化印象。這種具有普適性的印象，一方面固然具有扁平化的特點，另一方面，當它與歷史記憶相疊加時，就會進一步深化和内化成遺民群體的文化記憶。以劉辰翁《寶鼎現》「春月」爲例：

紅妝春騎。踏月影、竿旗穿市。望不盡、樓臺歌舞，習習香塵蓮步底。簫聲斷、約彩鸞歸去，未怕金吾呵醉。甚輦路、喧闐且止。聽得念奴歌起。　父老猶記宣和事。抱銅仙、清淚如水。還轉盼、沙河多麗。滉漾明光連邸第。簾影動、散紅光成綺。月浸葡萄十裏。看往來、神仙才子。肯把菱花撲碎。　腸斷竹馬兒童，空見説、三千樂指。等多時春不歸來，到春時欲睡。又説向、燈前擁髻。暗滴鮫珠墜。便當日、親見霓裳，天上人間夢裏。

南宋末年、北宋宣和、盛唐開元，都曾經有過猝然而亡之前的虛假繁榮，詞人所懷念的南宋繁華與宣和遺事、開元盛世摻雜在一起，分不清哪些是詞人自己的故國記憶，哪些是基於文獻記載的歷史記憶，哪些又是詞人在亡國之後的想像和虛構，從而泛化成具有同化可能性的集體印象。有意思的是，這種疊加在宋金遺民詞中頗爲常見，如：

舊家八月池臺，露華涼冷金波漲。寧王玉笛，霓裳仙譜，涼州新釀。一枕開元，夢況猶記，華清天上。對昆明火冷，蓬萊水淺，新亭淚，空相向。（元好問《水龍吟》）

銅駝故老。説著宣和似天寶。五百年前。曾向杭州看上元。（劉辰翁《減字木蘭花》）

彩扇紅牙今都在，恨無人、解聽開元曲。空掩袖，倚寒竹。（蔣捷《賀新郎》）

流水斷橋，畫壁春風，一曲韋娘。記宰相開元，弄權瘡痏，全家駱谷，追騎倉皇。（劉將孫《沁園春》）

對「開元盛世」的追念，廣泛存在于宋金遺民詞中，他們所描繪的故國記憶，其實是對繁華盛世的共同追念，因此關於故國的集體記憶，最終與懷古悼今的歷史感慨融爲一體，從而體現爲個體面對時間和命運的歷史意識。

二　「紀念碑化」：集體記憶的演繹與活化

德國文化學家阿莱達·阿斯曼曾就文化記憶的形成，提出了「紀念碑化」的概念：「歷史的紀念碑化是指這些戲劇把難以忘懷的人物和場景展示在人們的面前。激情澎湃的東西是令人難以忘懷的。紀念碑化就是指把事件進行美學的提煉和提升，使其成爲對回憶起作用的畫面。」〔一二〕故國集體記憶的同化不可避免地帶來扁平化效果，具有差異性的個人經歷的抽離，使集體記憶成爲一種印象，而不是帶著深刻情感烙印的鮮活場景，必須承認，這種印象是很容易褪色的，這無疑不能滿足遺民們爲故國存史、爲自己存心的目的。在文學創作中營造共同的、但同時又是具有情感性的具體場景，借此增加集體記憶的生動性和情境化，是文化記憶保留並傳播的重要環節。能够承擔這一功能的場景必須滿足以下四個條件：第一，真實性，非虛構場景是記憶存在的前提；第二，情緒化，場景記憶伴隨着相似的情緒，回憶這一場景本身會喚起不同個體相似的情感體驗；第三，大衆化，參與人數的衆多，能够保證個人記憶轉化爲集體記憶的可靠性；第四，象徵性，這一場景具有約定俗成的故國繁華的象徵性。對於宋金遺民而言，元宵狂歡無疑是最符合上述要求的場景。

宋人最重元宵，自北宋建國之始，宋太祖就下詔將上元張燈從三夜擴展至五夜，以慶年穀之豐登，縱士民之行樂[一三]。這個金吾不禁、全民狂歡的節日在宋代文人詞中多有表現，符合真實性、情緒性（狂歡）、大衆性的要求，同時，元宵節張燈結綵、歌舞昇平的景象，又是繁華盛世最直接的表現，從而成爲戰亂之後和平繁盛的象徵。正因如此，早在南宋之初，南渡詞人就有以元宵節爲支點作今昔對比的，除了李清照的《永遇樂》外，有無名氏所作十五首《鷓鴣天》詠上元，表達「如今一把傷心淚，猶恨江南過此生」的痛悼之情。對於遺民詞人而言，對元宵節的「紀念碑化」無疑可以賦予集體記憶以鮮活的生動性和生命力，用以對抗新政權的文化重構和文化霸權，從而使關於前朝的集體記憶長久地存活在歷史文化之中。

據學者統計，《全宋詞》收節序詞二〇五八首，涉及節日三十三個，最爲集中的是重陽詞三八六首、元宵（含上元）詞三六六首和中秋詞三〇二首[一四]。而在遺民詞中，作爲記憶載體的節日，却更多集中於元宵節。以劉辰翁爲例，元宵詞二十五首[一五]，在數量上均超過了中秋詞（二十二首）、重陽詞（十五首）。整體而言，這些節序詞都寄託了詞人沉痛深重的滄桑黍離之悲，但其表現方式還是有很大不同，聊舉兩例：

雪銷未盡殘梅樹。又風送，黄昏雨。長記小紅樓畔路。杵歌串串，鼓聲叠叠，預賞元宵舞。天涯客鬢愁成縷。海上傳柑夢中去。今夜上元何處度。亂山茅屋，寒爐敗壁，漁火青熒處。（《青玉案》「用辛稼軒元夕詞」）

舊遊山路。落在秋陰最深處。風雨重陽。無蝶無花更斷腸。天知老矣。莫累門生與兒子。不用登高。高處風吹帽不牢。（《減字木蘭花》「甲午九日午山作」）

這兩首詞的創作背景和情感有一定的相似性，就背景而言，都作於亡國之後避居山中，風雨相催；就情感而言，或「天涯客鬢愁成縷」，或「無蝶無花更斷腸」，都有深重的亡國愁思。但元宵詞以元宵場面的記憶爲重心：「長記小紅樓畔路。杵歌串串，鼓聲叠叠，預賞元宵舞」，而重陽詞則重寫當下，只「舊遊」二字，並不涉及故國記憶。也就是説，劉辰翁元宵詞具有較强的在場性，其故國之思是通過「杵歌串串，鼓聲叠叠」和「亂山茅屋，寒爐敗壁，漁火青熒處」的場景對比傳達出來的。事實上，劉辰翁元宵詞中的場景回憶非常多，除了前文所引《戀繡衾》《寶鼎現》外，其餘如：

收燈節，霖鈴又似鼇山雪。（《憶秦娥》）

長笑兒童忙踏舞，何曾見、宣德棚，不夜城。（《江城梅花引》）

黄簾緑幕窗垂霧。表立如承露。夕郎偷看御街燈。歸奔河邊殘點、亂如星。（《虞美人》）

當年三五舞太平。醉歸來、花影滿庭。辦永夜，重開宴，笑姑蘇、萬眼未明。（《戀繡衾》）

碧月初晴，黛雲遠淡，春事誰主。禁苑嬌寒，湖堤倦暖，前度遽如許。香塵暗陌，華燈明畫，長是懶攜手處。（《永遇樂》）

記上元時節，千門立馬，望金坡殘雪。素娥推下團欒轍。（《六醜》）

這些生動而具體的元宵狂歡場面，既有基於自我經歷的個人記憶，也有群體參與的場景記憶。這種生動鮮活的場景記憶，在整個兩宋的元宵詞中普遍存在，同時又具有高度的相似性。就遺民而言，他們關於元宵狂歡的記憶來自個人經歷和文獻記録兩方面，同時又增添了作者的美化和想象。金遺民段克己、段成己亡國後也有元宵詞，段克己詞前序云：「癸卯元宵，與諸君各賦詞以爲樂。寂寞山村，無可道者，因述昔年京華所見，以《望月婆羅門引》歌之。酒酣擊節，將有墮開元之淚者。」詞云：

暮雲收盡，柳梢華月轉銀盤。東風輕扇春寒。玉輦通宵遊幸，彩仗駕雙鸞。間鳴弦脆管，鼎沸鼇山。

漏聲未殘。人半醉、尚追歡。是處燈圍繡轂，花簇雕鞍。繁華夢斷，醉幾度、春風雙鬢斑。

回首處，不見長安。

鳳城春好，玉簫金管恣遊盤。梅妝猶怯春寒。一曲清平妙舞，掌上看回鸞。漸霓裳欲遍，翠斂春山。良宵易殘。歌别鶴、惜餘歡。眼底浮華自滿，塵涴吟鞍。瘦羊私酒，若真是、京東夫子班。身幸健、敢復求安。（《望月婆羅門引》）

詞中極力鋪陳元宵夜的歡快熱鬧場面，並自述爲「昔年京華所見」，但從文獻記載來看，金好像並没有元宵節張燈狂歡的習俗。此外，由於地域、文化和歷史的諸多不同，金宋遺民的文化記憶應該有很大區别，但就元宵詞來看，兩者的場景要素却非常相似。僅以二段元宵詞與南宋遺民元宵詞爲例，對元宵場景元素作對比：

詞人詞作 / 場景要素	金遺民		南宋遺民		
	段克己《望月婆羅門引》	段成己《木蘭花慢》	袁易《憶舊遊》	蔣捷《齊天樂》	劉辰翁《寶鼎現》
音樂	鳴弦脆管	放簫鼓	笙歌茂苑 畫管催更		簫聲斷 念奴歌起
人聲	鼎沸鼇山			沸一簇人聲，道隨竿媚	
遊人	玉輦通宵遊幸， 彩仗駕雙鸞			侍女迎鑾，燕嬌鶯姹炫 珠翠	紅妝春騎。踏月影、 竿旗穿市。
花燈	燈圍繡轂 花簇雕鞍	華燭紅搖醉勒， 瑞煙翠惹吟袍	籠紗競陌 翠蓬閬府移下， 花影一天浮。	電紫鞘輕，雲紅簉曲， 雕玉輿穿燈底。	滉漾明光連邸第。 簾影動、散紅光 成綺。

極爲相似的元宵詞固然有可能是因爲場景的相似性，但更有可能是由於相關文學和文獻的傳播，形成了對個體記憶的潛在引導。其中孟元老的《東京夢華録》所描繪的元宵場景，是遺民詞元宵節「紀念碑化」的重要媒介。詞人蔣捷就不止一次地提到這部文人筆記：

翠幰夜遊車。不到山邊與水涯。隨分紙燈三四盞，鄰家。便作元宵好景誇。　誰解倚梅花。思想燈毬墜絳紗。舊説夢華猶未了，堪嗟。才百餘年又夢華。（《南鄉子》「塘門元宵」）

銀蟾飛到觚棱外。娟娟下窺龍尾。電紫鞘輕，雲紅筊曲，雕玉輿穿燈底。峰繒岫綺。沸一簇人聲，道隨竿媚。侍女迎鑾，燕嬌鶯姹炫珠翠。　華胥仙夢未了，被天公澒洞，吹換塵世。淡柳湖山，濃花巷陌，惟説錢塘而已。回頭汴水。望當日宸遊，萬□□□。但有寒蕪，夜深青磷起。（《齊天樂》「元夜閲《夢話録》」）

以回憶和再現爲中心，遺民節序詞展開了爲故國保存文化記憶，同時又是否定新朝文化秩序的工作。有的通過今昔對比，創造像鮑照《蕪城賦》那樣的效果，如劉辰翁作於至元十八年（一二八一）年洪都上元的《江城梅花引》「幾年城中無看燈。夜三更。月空明。野廟殘梅，村鼓自春聲。長笑兒童忙踏舞，何曾見，宣德棚，不夜城」；有的因今而思故，以旁觀者的眼光，再次確認自己局外人的身份，如張炎作於至元二十八年（一二九一）大都寒食的《慶宮春》：

波蕩蘭觴，鄰分杏酪，晝輝冉冉烘晴。罥索飛仙，戲移船景，薄遊也自忺人。短橋虚市，聽隔柳、誰家賣餳。月題争系，油碧相連，笑語逢迎。　池亭小對秦箏。就地圍香，臨水湔裙。冶態飄雲，醉妝扶玉，未應閑了芳情。旅懷無限，忍不住、低低問春。梨花落盡，一點新愁，曾到西泠。

不管是今非昔是的褒貶，還是冷眼旁觀的姿態，其意圖都是在與現有文化秩序劃清界限的基礎上，參與勾勒一個與新朝不同的原有王朝的文化記憶。

三　雅集與唱和：文化記憶的强化和文學載體的形成

如果説集體記憶提供了遺民身份認同的文化心理基礎，那麽以「隱逸」爲主的生活方式更爲他們提供了身份認同的群體歸屬。不過與一般隱逸者的離群索居不同，遺民隱逸者之間存在著大量以雅集和唱和爲主的交往行爲，這種交往行爲從一開始是基於共同的文化記憶，而最終則通過記憶的强化和集體活動的參與，達到相互勉勵和彼此認可的目的。借用西方學者的話，「集體記憶的力量和持久性來自于全體成員，那麽個體則是作爲集體的成員在進行回憶」〔一六〕，也就是説，遺民文人的文化交往行爲，實際上是一種認同性參與：共同記憶是認同的前提，認同的動機引發了參與行爲，參與行爲反過來加强了集體記憶，並在此基礎上形成承載這些記憶的文學載體，從而上升爲文化記憶，得到突破個體和群體生命限制的長久留存。

首先，對亡國前生活的共同記憶是遺民雅集、唱和行爲發生的前提。元大德二年（一二九八）三月，南宋文人張鎡「諸孫之賢而文者國器甫復尋墜典，自天目山致名本牡丹百餘歸第中，以三月九日大享客」，這次牡丹會是以宋亡之前張鎡玉照堂牡丹會爲藍本，參與之人多爲南宋遺民，他們的共同感受「自多事以來，所未易有是樂也」，即建立在對亡國前盛事的追憶和懷念之上的。這次雅集的參與者「各探韻賦詩，通得古律若干篇」，應該形成了唱和之作。雖然這些作品没有留存，但這樣的唱和必然以他們對當年玉照堂牡丹會的回憶爲基礎，也正因如此，應邀爲詩集作序的戴表元以「前進士」自稱（戴表元《牡丹讌席詩序》）〔一七〕。可以想像，在對當年場景的再現和模仿中，與會的遺民通過將共同記憶的實景化，得以重獲隨着故國淪喪而失去的文化身份，從而獲得虚幻的滿足感。再比如周密、仇遠、張炎、李彭老等人的《探芳訊》（《探芳信》）唱和詞，也是建立在宋亡之前的共同回憶：

正香雪隨波，淺煙迷岫。（周密《探芳訊》）

正冶思縈花，餘醒倦酒。（張炎《探芳信》）

記步幄行春，短亭呼酒。（仇遠《探芳信》）

記草色熏晴，波光摇岫。（李彭老《探芳訊》）

不難發現，這些詞對西湖春景的描寫是極爲相似的，春煙草色，遠岫波光，與其説是西湖的典型風光，不如説是他們相互印證的共同記憶，與亡國前「步幄行春，短亭呼酒」的冶思餘醒融合在一起，成爲故國存在的明證。更貼切地説，是通過對亡國前共同生活的不斷印證和補充，來加强他們的共同記憶，以獲得自己作爲遺民存在于新朝的身份確認。

其次，雅集和唱和包含著遺民自勉互勉的重要内容。不難想像，隨着舊王朝的徹底隕落和新政權的不斷加强，遺民要麼獨抱清高而被遺忘，要麼和光同塵而被招安，隱居中的氣節自持需要有群體的支援和回應。因此，對於想要在異己環境中堅持自我的遺民而言，雅集和唱和不僅是承襲文人傳統的文化行爲，而且也成爲他們在易代之時相互勉勵的精神支持。至元二十三年（一二八六），周密與王沂孫、戴表元、仇遠、徐天祐等十四人集會「將修蘭亭故事」，於「坐中之壯者茫然以思，長者愀然以悲」之際，借詩以抒懷，亦借詩以自勵：「晉之既遷，名士大夫僑居而露宿，愁苦而嗟諮，有願爲盛時故都之氓，不可得也。……今吾人之集於斯也，宜又不得視晉人而樂於晉人」（戴表元《楊氏池堂讌集序》）〔一八〕。無獨有偶，金遺民段克己、段成己兄弟隱居不仕，但其集中多有與當時文人的唱和之作，從其内容而言，也大多是對居貧樂道精神的讚揚。如段克己《最高樓》「壽衛生行之」，其序云：

衛生行之，少流寓兵革中。既長，始知讀書，其立志剛，通道篤，而家苦貧。年饑，諸幼滿前，雖並日而食不恤也。暇日，與賓友飲酒賦詩爲樂。余既嘉其有守，喜爲稱道。於其始生之日，作樂府以歌詠之，俾觀者知吾行之之爲人也。〔一九〕衛行之貧而不改其樂，段克己稱他是志剛通道有守之人，在遺民詞人的隱居生活中，對「道」的堅守成爲人生價值之所在，詞人對衛行之的肯定，實際上也是一種自我人格的堅持。在另一首《大江東去》「和衛生襲之」中，詞人再次重申了報道而居、以道自律的人生原則：「聖道不遠于人，步趨進退，誰復能違此。好把藩籬都剖却，看取成蹊桃李。篤敬忠誠，尚行蠻貊，豈不行州里」。在這種相互勉勵之中，遺民群體獲得了精神認同和價值一致。

而最值得重視的是，雅集以及雅集所産生的文學藝術作品提供了遺民群體共同記憶上升爲文化記憶的有效途徑。作爲中國傳統文人最重要的文化交往行爲，以東晉「蘭亭雅集」和北宋「西園雅集」代表的文人雅集，不僅誕生了傳頌後世的書畫詩文傑作，而且其本身也借助於這些文藝作品，成爲文人文化的活化記憶，不斷出現在後代的文學、藝術和文化活動中。不管是記載再現或者仿效致敬，都賦予這些文化行爲以超越生命和時代的不朽意義。這意味著借助于文學作品和藝術作品，雅集本身可以將個人記憶或群體記憶轉化爲民族的文化記憶，這無疑與遺民「存史」、「存心」的目標相一致。也就是説，歷史上的雅集傳統，讓他們看到了個人記憶進入文化記憶的路徑。當然，並非所有的文人雅集都能够沉澱成爲文化記憶，不但要有相當的文化影響力，同時還必須依靠一定的載體，如詩文書畫作品。文化影響力多來自名人，如王羲之之于「蘭亭雅集」、蘇軾之於「西園雅集」；文化載體則需如《蘭亭集序》、《西園雅集圖》這樣的傳世名作。然而，對於元初遺民來説，經歷了戰火兵燹之後，這兩者都有所不足，不管是北方「二段」還是江浙的謝翺、周密、吴渭等人都無法與王羲之、蘇軾相提並論。因此，要提升雅集的影響力，必須依靠其他途徑。從當時最有影響力的「月泉吟社」來看，詩社組織者有效地借用了已經廢止的科舉制度，依託文人對科舉的共同記憶，獲得了文人們的廣泛認同和熱烈參與。月泉吟社由吴溪人吴渭約請方鳳、謝翺、吴思齊在至元二十三年(一二八六)發起,短短三個月時間,收到詩作二千七百三十五卷〔二〇〕,參與人員當在兩三千人間,之所以能有如此規模,楊鐮先生分析得好:

實際,這就是科舉的一種「補償」或説「另類科舉」。事實上月泉吟社的徵詩,是對新朝取消科舉,無視江南詩人傳統情緒的反彈。這一同題集詠活動的特别之處在於,當時已經没有了行之久遠的科舉制度,「詩社」主動負擔起比試文人的藝技的任務。競賽,對標,是文人一生追求的目標。而能够主持這樣的活動,其「滿足感」難於替代;能參加這樣的活動,對詩人的存在也具有特殊意義。正是這樣的背景之下,月泉吟社和它的集詠「春日田園」才成了江南社會生活中的頭等大事,才有一個空前絶後的規模。〔二一〕

民間文化行爲與曾經的制度行爲合二爲一,促使雅集以及雅集所承載的故國之思以文化記憶的形式存續下去。同時,雅集所産生的文化成果詩集和詞集,前者如浦陽月泉吟社之《月泉吟社詩》,後者如越中吟社之《樂府補題》,雖然没有《蘭亭集序》、《西園雅集圖》這樣的成就,但無疑是遺民存志存心的最佳載體。從主題來看,《月泉吟社詩》「春日田園雜詠」這樣的隱逸題材是對元朝的徵召江南文士政治舉措的對抗;《樂府補題》的詠物詞針對元僧楊璉真迦發掘宋帝陵寢事,以比興手法寄託故國之思,都具有典型的遺民色彩。這些不被新的國家文獻所採納的事件和情感很容易被歷史所遺忘,但是借助於這些結集並鏤板的詩詞,就有可能實現在後世的傳播,也就成爲文化記憶的一部分,被歷史所牢記。

結語

作爲最早的遺民,伯夷、叔齊最終餓死于首陽山的悲劇,引發的不僅是史學家「怨邪非邪」的争論,更是遺民湮没無名的焦慮:「君子疾没世而名不稱焉。……伯夷、叔齊雖賢,得夫子而名益彰;顔淵雖篤學，附驥尾而行益顯。岩穴之士，趨舍有時若此，類名堙滅而不稱，悲夫！」〔一二〕不過，值得慶倖的是金宋遺民的堅守並没有就此隨風而逝，當歷史發展呈現出相似性時，他們凝鑄于文學吟唱中的故國悲情，最終以文化記憶的方式被後人所繼承。清初遺民就屢稱宋遺民，如黄宗羲云：「宋之亡也，文、陸身殉社稷，而謝翱、方鳳、龔開、鄭思肖，徬徨草澤之間，卒與文、陸並垂千古。」〔一三〕將宋遺民與殉國之文天祥、陸秀夫相提並論，這完全可以看做明遺民群體的自我激勵和自我定位。這意味著，他們的身份確認不僅可以借助同時代的群體交往，而且也可以從前代遺民的壯懷激烈、哀苦吟唱中獲得支持。從這一角度而言，宋金遺民詞人留存于文學之中的文化記憶，就已經超越了爲故國存史、爲自我存志的意義。

〔一〕歸莊《歷代遺民録序》，《歸莊集》卷三，中華書局一九六二年版，第一七〇頁。
〔二〕趙園《明清之際士大夫研究——作爲一種現象的遺民》，北京師範大學出版社二〇一四年版，第一五六頁。
〔三〕〔一二〕《史記》卷六十一，中華書局一九五九年版，第二一二七頁。
〔四〕趙静蓉《文化記憶與身份認同》，生活·讀書·新知三聯書店，二〇一五年版，第一二頁。
〔五〕張兵《遺民與遺民詩之流變》，《西北師大學報》一九九八年第四期，第九頁。
〔六〕《金史》卷一二六，中華書局一九七五年版，第二七四二—二七四三頁。
〔七〕全祖望《明禮部尚書仍兼通政使武進吴公事狀》，朱鑄禹滙校集注《全祖望集滙校集注》中册，上海古籍出版社二〇〇八年版，第九一二頁。
〔八〕〔一二〕阿萊達·阿斯曼著，潘璐譯《回憶空間：文化記憶的形式和變遷》，北京大學出版社二〇一六年版，第六九頁，第八二頁。
〔九〕〔一九〕唐圭璋編《全金元詞》，中華書局一九七九年版，第一〇一頁，第一四六頁。
〔一〇〕翁方綱編《金元遺山先生（好問）年譜》，臺灣商務印書館一九七八年版，第一二頁。
〔一一〕陶然《金元詞通論》，上海古籍出版社二〇〇一年版，第八四頁。
〔一三〕王栐撰，誠剛點校《燕翼詒謀録》：「太祖乾德五年正月甲辰，詔曰：『上元張燈，舊止三夜，今朝廷無事，區宇乂安，方當年穀之豐登，宜縱士民之行樂，其令開封府更放十七、十八兩夜燈。』後遂爲例。」中華書局一九八一年版，第二五頁。

〔一四〕賀闈《宋代節日詞研究》，華東師範大學二〇一四年博士學位論文，第二五—二六頁。

〔一五〕據《全宋詞》統計，其中《意難忘》「角動寒譙」疑非劉辰翁作（參見《全宋詞》第五册，中華書局一九六五年版，第三二五三頁），故不統計在内。

〔一六〕莫里斯·哈布瓦赫著，丁佳寧譯，曾祺明校《集體記憶與個體記憶》，載阿斯特裏特·埃爾、馮亞琳主編《文化記憶理論讀本》，北京大學出版社二〇〇三年版，第六五頁。

〔一七〕〔一八〕李修生主編《全元文》第一二册卷四一九，江蘇古籍出版社一九九九年版，第一四八頁，第一四七頁。

〔二〇〕參見方勇《南宋遺民詩人群體研究》，人民出版社二〇〇〇年版，第七九頁。

〔二一〕楊鐮《元詩史》，人民文學出版社二〇〇三年，第六三〇—六三一頁。

〔二三〕黄宗羲《余恭人傳》，《黄宗羲全集》第十册，浙江古籍出版社一九九三年版，第五九八頁。

（作者單位：華東政法大學文伯書院）

晚明詞人魏浣初之生卒年及生平事迹考

周明初 黄一玫

内容提要 晚明詞人魏浣初的生卒年，近年來的出版物雖有揭示，但不够準確。本文通過黎遂球代葛徵奇所作的祭文，確定魏浣初卒於崇禎十一年，并對方志中所記魏浣初在崇禎十一年後的活動情況，在史源上一一作了辨析，説明這些記載均不可靠，從而維護魏浣初卒於崇禎十一年的考證結果。對魏浣初的生平經歷，結合其存世的兩種文集，作了較爲詳細的梳理。

關鍵詞 魏浣初 生卒年 生平經歷

魏浣初，字仲雪，南直隸常熟（今屬江蘇）人。原有詩文集十二卷，今已佚。現僅存《蹢庵集》和《四留堂雜著》，均收文而無詩詞之作。其詞作，現僅存《望江南》二首，見於《倚聲初集》卷一，現爲《全明詞》第三册所收録。因爲重編《全明詞》，在修訂該詞人小傳時，發現問題較多，因此對他的生卒年及生平事迹作了較爲詳細的考證。現依次呈現出來，供大家批評指正。

國家社科基金重大招標項目「《全明詞》重編及文獻研究」（12&ZD158）的中期成果。

一　魏浣初生卒年考

魏浣初，《全明詞》（第三册）小傳不載生卒年[一]；《中國曲學大辭典》也有收，謂「生卒年不詳」[二]；《中國文學家大辭典·明代卷》於生卒年標注爲「一五八〇—一六三六」，小傳也最詳，今録之：「字仲初，一字仲雪。南直蘇州府常熟（今屬江蘇）人。萬曆四十三年（一六一五）舉人，明年進士，授嘉興府學教授。遷南户部主事，差榷蕪湖，遷禮部員外郎，晉吏部郎中，出爲廣東僉事，分巡嶺南。崇禎八年遷廣東右參政，次年卒於官，年五十……生平見陳濟生《天啓崇禎兩朝遺詩·小傳》、《（康熙）蘇州府志》卷六六、《（康熙）常熟縣志》卷一八。」[三]

案：查《中國文學家大辭典·明代卷》所載三種生平材料及康熙後諸種府、縣志，還有馮舒《懷舊集》等，均僅記魏浣初「卒於任」、「卒於官」之類，並未記其具體卒於何年，也未記卒時幾歲，故大辭典所載魏浣初之生卒年，實來歷不明，有再考之必要。

魏浣初原有詩文集十二卷，今不見傳；現存明抄本《蹋庵集》不分卷，又有清抄本《四留堂雜著》，兩書均僅收文而不收詩，所收文互有出入，且後者所收較前者爲少。兩書均藏國家圖書館。查《蹋庵集》，有《墨妙前序》云：「不佞萬曆間人也，生於明則功令宜以詩爲文……而惟庚辰吾以降，去癸酉其未遠，故得竊取十四科之詩之文，僭删焉而其佺次之也。」[四]此處已明確自己生於萬曆八年（一五八〇）庚辰。又南京博物院藏有魏浣初肖像，上有題詞稱：「崇禎五年壬申三月，永豐羅虚白爲余寫。時余年五十有三，致政林居已三年矣。」並有「仲雪」印章。可知此爲魏浣初親筆所題。崇禎五年（一六三二）五十三歲，亦可推知其生於萬曆八年（一五八〇），則《中國文學家大辭典·明代卷》所載魏浣初生年是確切的。

《中國文學家大辭典·明代卷》所載魏浣初生年可靠，並不代表其所載卒年也一定可靠。其所載卒生卒年，還有待進一步加以檢驗。因爲目前所能看到的有關魏浣初的傳記資料，都没有確切地記載他的生卒年及享年，故考證其卒年，還得通過别的途徑。查黎遂球《蓮鬚閣集》卷二十五有祭文《祭督學魏公仲雪先生文》，題下有注：「代直指葛公。」〔五〕只要能够確定此篇祭文所作之時間，則魏浣初卒於何時，也就可以確定了。

黎文爲代「直指葛公」所作。此「直指葛公」是誰呢？漢代時侍御史出使，稱「直指繡衣使者」，在明代時，稱巡按各地的監察御史爲「直指」或「繡衣使者」，可知葛公其時正擔任巡按御史。《蓮鬚閣集》卷一有《三大忠祠賦並序》，序中云廣州南園原爲明初時趙介、孫蕡等五先生結詩社之地，後爲當事者辟爲「三大忠祠」，以奉祀南宋末抗元的文天祥、陸秀夫、張世傑三人，「崇禎戊寅，直指葛公奉命巡按東粵，遂出俸鍰，率僚屬諸公，庀材募工修之」，「因又舉五先生所爲詩，重授剞劂，於以采風激俗」〔六〕。卷十七又有《奉賀直指葛公巡歷南韶策畫剿寇蕩平四省序》，雖未記何年，然文中言「直指葛公」巡按廣東時，「會楚寇流至粵境，連延匿伏，自衡嶽以至庾關，動可千萬計」，「藉令今日，可幸無事，報命以去，如粵民何？於是爲疏入請。皇帝特下公奏，趣督撫諸公，會兵剿之。公且按治省會，以固根本。然遥執白簡，制勝於千里之外」〔七〕，至八月間，徹底蕩平。參之該集卷十五《平湖南山寇紀功碑》，「會楚寇滋發，以十一年三月突入」，「皇帝亟聞，方馳諭四省督撫臣，合兵剿之」，「自三月以訖八月，爲時半載，而趣期奏功，不過數日」，「四御史巡按，楚爲林公銘球，江右爲邢公紹德，粵東爲葛公徵奇，西爲陳公昺虞，皆綢繆指畫」〔八〕，兩文對照，可知所記爲同一事，而「直指葛公」是崇禎十一年戊寅（一六三八）巡按廣東的御史葛徵奇，這也正與《三大忠祠賦並序》中所説的「崇禎戊寅，直指葛公奉命巡按東粵」相合。又查《南園前五先生詩》，正有「崇禎十一年戊寅長至日按粵使者虎林葛徵奇漫書」之序，序云：「會余代匱於役，時黎孝廉遂球詩名籍甚，得古本而進之，讀未竟，不禁擊節三歎……舊刻漫滅不可識，復手訂而命諸梨棗，以付南海蔣令棻。」〔九〕此序正可以與黎遂球之《三大忠祠賦並序》相參證，説明崇禎十一年巡按廣東的御史正是葛徵奇。

明代的巡按御史，從都察院十三道監察御史中挑選，分省巡視，一般情況下，一年一更换（萬曆年間，因皇帝怠政，各種政治制度廢弛，巡按御史也有留滯二三年而得不到更换者）。葛徵奇既在崇禎十一年任廣東巡按，則黎遂球代他所作的《祭督學魏公仲雪先生文》自然也作於該年。此祭文中説：「矧在予之夙契兮，來采風而銜命。深鮑子之前知兮，傷鍾期之絶聽……謂黽勉以共事兮，俄永辭而洟迸。」〔一〇〕從這幾句中可知葛徵奇與魏浣初很早就有了深厚的友情，這次來廣東任巡按，原指望着能與魏浣初努力共事，未想到魏浣初突然之間過世了，因而只有涕淚交加了。從這幾句話的語氣來看，魏浣初正是卒於當年。搜索網上，「博雅文化旅遊網」上「常熟清代人物專題」中有「魏浣初」之條目，標其生卒年也是「一五八〇—一六三八」，來源於「常熟市人民政府」，雖不知其文獻依據，但這個標注是確切的。

二　魏浣初卒年之不利證據及其排除

將魏浣初之卒年定爲崇禎十一年，也有不利之證據。《（道光）新會縣志》卷十《列女傳》：「何氏，小欖人，大學士吾騶從妹；謝氏，儒士惟仰女。謝早侍監生陶應棕。及妻何氏歸後，勸夫立妾，乃迎謝氏。二室相睦如姊妹。何生二子熼、爕。棕卒，遺腹又生燭，令謝子之。謝乃毀容佐何持闔户，雜諸婢操作，矢志同守。何卒於崇禎十二年，年六十七；謝亦於是年同月卒，年六十四。督學魏浣初賜額曰『雙節』。」〔一一〕據此條，則崇禎十二年魏浣初在世。又《（道光）廣東通志》卷二八四《朱實蓮傳》：「朱實蓮，字子潔，南海人。七歲能文，慷慨有大志。未冠，舉天啓辛酉鄉試第三人。崇正庚辰，督學魏浣初舉薦境内人才，授德清知縣。」〔一二〕據此條，則魏浣初於崇禎十三年庚辰在世。又該通志卷三一三《列女傳八》：「何氏，貢生羅光庭母也。年二十五，爲未亡人。撫八齡子，奉六旬姑，恭謹有加。未嘗一履户外。崇正壬午，督學魏浣初旌之。」[一三]據此條，則崇禎十五年壬午魏浣初仍在世。這就啓人疑竇：魏浣初究竟卒於崇禎十一年還是崇禎十五年後？這是需要辨析的。好在這幾條材料，都是可以找到其文獻來源或者原始史料並加以檢驗。先看《（道光）廣東通志》所載的兩條材料。《朱實蓮傳》條後注明材料來源爲「南海舊志」。道光之前之《南海縣志》，有明萬曆、崇禎及清康熙、乾隆諸朝所修之志。《朱實蓮傳》中記載其南明時抗清之經歷，故「南海舊志」應當是指清康熙或乾隆年間所修之志。查《（康熙）南海縣志》卷一二《人物傳·節烈》，所載與《（道光）廣東通志》全同，可見《（道光）廣東通志》是承襲了《（康熙）南海縣志》的。不過，有關朱實蓮的事迹，有更原始的史料來源：屈大均《皇明四朝成仁録》卷十《南海起義大臣傳》有傳：「朱實蓮，字子潔，號微龕，南海人。祖讓，夔州知府。實蓮性聰穎，七歲能屬文。總角，舉鄉試第三。提學魏浣初薦舉，授德清知縣。」[一四]此傳並不言魏浣初何時薦舉朱實蓮。又朱次琦《朱九江先生集》卷九有《皇朝賜謚烈湣明贈嘉議大夫兵部左侍郎原任户部郎中奉敕團練水陸義師朱公神道碑》，文中稱：「謹按譜牒：公南海九江朱氏，諱實蓮，字子潔，號微龕……七歲能屬文，與姑子陳文忠公子壯並有聖童之目。未冠，舉天啓元年辛酉鄉試第三人。分考江陰李忠毅公應昇奇其文，拔冠一經。久在公車，時望益隆。巡按劉呈瑞、提學魏浣初，疏舉境内人才，皆第一。崇禎十三年庚辰，授浙江德清知縣。」[一五]據此，朱實蓮授德清知縣在崇禎十三年當屬實，但提督學政的魏浣初等疏舉其爲境内人才，是在何時，並没有明確。《（道光）廣東通志》及所依據的《（康熙）南海縣志》之類舊志，與《皇明四朝成仁録》、神道碑所依據的譜狀，所記載的朱實蓮早年事迹，雖有詳略不同，但基本一致，可説是同出一源。或許《成仁録》、譜狀，正是志書材料的直接來源。其實，魏浣初等人薦舉人才，到所薦舉之人出任官職，應當有個過程，不一定是在當年。顯然，志書誤以爲魏浣初疏舉人才與朱實蓮擔任知縣事是在同一年，對所依據的史料作了改造，遂造成了現在這種狀況。因此，《（道光）廣東通志》所記朱實蓮條中魏浣初薦舉人才之時間，看似言之鑿鑿，其實並無確切依據。

《（道光）廣東通志》中所記何氏條，注明材料來源爲「郝志」。所謂「郝志」，是指郝玉麟所監修的《（雍正）廣東通志》。查雍正志，卷四九《列女志》有《何氏傳》，可知道光志該傳與之基本一致。唯一不同處是雍正志最後作「學使魏浣初採訪旌之」而不記何年〔一六〕，道光志則加了「崇正壬午」，不知據何而來。可知督學使者魏浣初確實曾經表旌過何氏，但具體時間則存疑。

再看《（道光）新會縣志》中所記何氏、謝氏條，注明材料來源爲「參賈、王二志並陶三廣宗譜」。所謂賈志是指賈雒英所修的《（康熙）新會縣志》，王志是王植所纂修的《（乾隆）新會縣志》。查《（康熙）新會縣志》卷一五《列女傳・節孝》、《（乾隆）新會縣志》卷十《人物志下・節孝》，也均有何氏、謝氏之合傳，也均僅記「何年六十有七，謝六十四，是年同月卒」，而不記卒於何年，康熙志最後作「時督學魏賜扁額曰『雙節』褒之」〔一七〕，乾隆志則作「時督學魏浣初賜扁曰『雙節』」〔一八〕。又《（道光）廣東通志》卷三一一《列女傳六》也有傳，最後僅記：「何年六十七，謝六十四，同月卒。督學魏浣初旌之。」〔一九〕也不記兩人卒於何年。文末注明材料來源也是「郝志」。查《（雍正）廣東通志》卷四九《列女志》有《謝氏傳》，所記謝氏、何氏之事迹，與道光志基本相同，也不記兩氏具體卒年。〔二〇〕可知最後出之《（道光）新會縣志》謂何、謝兩氏卒於崇禎十二年，或是來自陶三廣所修宗譜，並未足采信。

綜上，《（道光）新會縣志》所記載魏浣初在崇禎十二年至十五年仍然在世，並以提督學政的身份旌表節烈，在時間上沒一條有堅實的史料來源可作資證，有關說法來歷可疑，並不足於推翻據黎遂球《蓮鬚閣集》中代巡按御史葛徵奇所作《祭督學魏公仲雪先生文》而考證得出的魏浣初卒年。

相反，魏浣初卒於崇禎十一年，還有一條旁證。范景文《范文忠初集》卷七有《奠魏仲雪》：「前初聞之，中心惚恍。及靈輀江畔，蕭瑟秋風，如聞慨歎。會余病告，不獲挽江水一勺，酹而哭之。腸斷鄰笛，徒深夜臺知己之痛。」〔二一〕此文謂魏浣初的靈車到達長江邊是在秋天，則魏浣初應當死在前此幾個月内。《明史》卷二六五《范景文傳》稱：「七年冬，起南京右都御史。未幾，就拜兵部尚書，參贊機務。屢遣兵戍池河、浦口，援廬州，扼滁陽。有警輒發，節制精明。嘗與南京户部尚書錢春以軍食相訐奏，坐鐫秩視事。已，敘援勦功，復故秩。十一年冬，京師戒嚴，遣兵入衛。楊嗣昌奪情輔政，廷臣力争多被謫。景文倡同列合詞論救，帝不悦，詰首謀，則自引罪，且以衆論僉同爲言。帝益怒，削籍爲民。十五年秋，用薦召拜刑部尚書。未上，改工部。入對，帝迎勞曰：『不見卿久，何癯也？』景文謝。十七年二月，命以本官兼東閣大學士，入參機務。」〔三二〕由此傳可知，范景文在崇禎十一年冬至十五年秋這段時間裏削籍家居，這段時間自然不能稱爲「病告」，而且范景文是直隸吴橋(今屬河北)人，他遭削籍後回到了家鄉，遠離了長江邊，本來就談不上「挽江水一勺，酹而哭之」，所以魏浣初死在這段時間裏的可能性可以排除；而在萬曆十五年秋後，范景文在北京任職，直到崇禎十七年李自成軍隊攻進京城而范景文投井自殺、以身殉國，在這段時間裏，無論范景文是否有過「病告」，他都不可能有長江邊祭奠魏浣初的機會，故魏浣初死於崇禎十五年後的可能性也可以排除。范景文在崇禎七年冬任南京兵部尚書，直到十一年冬因争楊嗣昌奪情事而遭削籍。在這段時間裏，范景文任職於南京，魏浣初的靈車經過江邊時，如果不是因爲「病告」，他確實是可以臨江祭奠的。上文由黎遂球代葛徵奇所作的《祭督學魏公仲雪先生文》已知魏浣初卒於崇禎十一年，而范景文《奠魏仲雪》當作於這一年秋天，正是范景文遭削籍前幾個月。

綜上，仍應當維持魏浣初卒於崇禎十一年的考證結論。

三　魏浣初生平事迹考

《中國文學家大辭典·明代卷》所述魏浣初生平，雖較《全明詞》作者小傳、《中國文學大辭典》等爲詳細，但仍有不少遺漏，並有一些錯失，有必要作進一步的考訂。

首先，魏浣初之别號缺失。李應昇《落落齋遺集》卷四《渡江别魏仲雪》詩云：「憭慄在遠行，蕭瑟悲秋氣。問誰連袂飛，超超阿龍魏。」末句下有注：「先號龍超。」〔二三〕可知魏浣初起先用過别號「龍超」。現存明抄本魏浣初有文集稱《踽庵集》，可知「踽庵」是其後來所用的號。又此集中收有《書茅山顯靈紀事》，文末署「天啓六年丙寅清和之十日四留居士題」，清陸心源所輯《穰梨館過眼録》卷二十三《尤鳳洲臨睢陽五老圖册》條下有《展五老圖恭題於幀末示汝梅賢倩》詩，末署「天啓癸亥嘉平月四留居士魏浣初」〔二四〕，可知「四留居士」也是魏浣初别號。又現存清抄本魏浣初有文集稱《四留堂雜著》，可知「四留居士」由「四留堂」書齋名而來。此文集收有《高林庵記》，文末署「崇禎壬申孟夏誰垢居士魏浣初題石」，可知「誰垢居士」也是其别號。

其次，是魏浣初之履歷缺失。祁彪佳《宜焚全稿》卷十六中收録了時任巡按蘇松等處監察御史，在崇禎七年九月初二日具題的「題爲循例薦舉地方人材以備擢用事」的疏章，在薦舉魏浣初時稱：「魏浣初，蘇州府常熟縣人。繇丙辰進士，任教授。轉國子監助教，升南京工部主事。調吏部，歷員郎中。陞廣東副使、參政。庚午請告回籍。」〔二五〕這與《中國文學家大辭典·明代卷》「魏浣初」條所依據的材料上的記載有較大的不同。如《（康熙）蘇州府志》卷七十《人物志·文學傳下》本傳稱：「魏浣初，字仲雪。萬曆丙辰進士，謁選當作縣，自念爲諸生時苦志文藝，欲秉鐸課士，以發其胸之所儲，遂改嘉興府教授。執經者恒滿，浣初悉爲講論德藝，一如家塾之課子弟者。署海南、桐鄉二縣，有惠政。遷南京户部主事，差榷蕪湖，商民有清水之頌。遷禮部員外，晉吏部郎中。革弊興利，不以南爲冷曹自委。升廣東僉事，分巡嶺南。擒巨盜李魁奇、鍾國讓等。陞參政，提學廣東。」〔二六〕《（康熙）常熟縣志》卷十八《人物志》本傳同。

通過對照，可以發現兩種文獻對於魏浣初任職經歷的記載存在着明顯的差異。首先，可以肯定作爲巡按御史的祁彪佳在薦舉人材時，對被薦舉人的經歷是作過調查的，奏達皇帝的疏章是很慎重的，因此祁彪佳所開列的魏浣初在崇禎三年庚午請告回籍前的履歷應當是真實的，當然不排除有所省略。而且，從時間上來説，這一文獻比康熙年間所修的方志更爲接近原貌。那麼，《（康熙）蘇州府志》的記載是否一定錯了呢，也不能這樣説。因爲方志纂修也是有着較爲可靠的史料來源的。兩相參照，並通過魏浣初本人著述中的相關材料進行檢驗，可以得到較爲完整的經歷。

現存的魏浣初《蹋庵集》、《四留堂雜著》（又稱《四留堂文》）兩種著作，均爲文章結集，所收文章互有異同，雖然均不完整，但可以相互補充。據這兩種現存文集，對魏浣初的生平經歷及時間可作進一步的疏理。

魏浣初是萬曆四十四年（一六一六）丙辰科三甲進士，由於各種原因，直到四十六年戊午才得授嘉興府學教授。明代的新科進士，除一甲進士及入選翰林院庶吉士的外，先要經過在六部及中央其他部門實習的階段，才能正式授予官職。這一實習的階段稱爲「觀政」，觀政的時間長短不一，有短至不到三個月的，有長至半年甚至一年以上的，要看中央及地方各部門有無空缺的情況。魏浣初在中進士當年，未能選授官職，在第二年又因請假回鄉，九月回京時錯過了正選機會。其後的候選則經歷了各種挫折。《蹋庵集》所收之《李仲達年兄詩序》中説「丁巳乞假還里」，《四留堂雜著》所收之《改教始末》中則記述自己謁選嘉興府學教授的曲折經歷：「萬曆丁巳之九月十三日抵京，去正選期，踰五月矣。時開化、永豐二縣方缺，相知者力勸且作令，而余志堅不欲令。二十一日，即疏改教。二十八日命下矣，而吏垣無人。十二月終覆，又無選郎。戊午二月二日，張逢玄進司，首揭余名座右。不三日而逢玄論去，又久無冢宰。候至四月，李桂亭署銓，始謁選。時揚州、紹興、寧國争欲得余，復爲有力者先之。而嘉興以衝故，人争棄。余曰：『天定之矣。』……六月冒暑抵任。」

他不願作知縣而寧願改授教官，除府志上所説的「以發其胸之所儲」之外，其實還應當不無私心的。

因爲擔任知縣，除了日後考選爲科道官，可以有機會回到京城外，一般來説，很少有機會調回京城的；而擔任教官，則是可以很快調回京城任職的。可惜不巧，在魏浣初任嘉興府學教授一年多，有機會轉入六部時，遇到了意外的阻礙，不僅延遲了入京的時間，而且使他不得不先在國子監任職作過渡。《改教始末》中接着説：「己未九月，冀得一轉，脱此塵勞，不啻望歲矣。而陸霽澤適疏廣文一途，明走捷徑，太討便宜，自今通内外四載，方許轉部。雖范老師在部，亦以功令初申，直至庚申六月稍疏通，始得國學。余一意請南，又不獲請而得北。蓋淹留嘉興者足兩年。」

在任嘉興府學教授的兩年裏，魏浣初先後代理了海寧、桐鄉兩縣的知縣。《改教始末》中説：「檄校録遺，坐校士館者月餘，出而署海寧篆。簿領之債，仍償四閲月。無何，又檄署桐鄉，余乃以將行，才一抵邑而返。」又收入《蹢庵集》之《遊鶯窠山記》中説：「鶯窠山在鹽官界。己未視篆海昌，即有慫余竣事爲兹遊者。」文中鹽官、海昌均爲海寧之别稱。可知魏浣初先後代理海寧、桐鄉知縣是在四十七年己未，也可知《（康熙）蘇州府志》「署海南、桐鄉二縣」中「海南」爲海寧之誤。而其代理知縣之經歷，在祁彪佳的疏章中並没有提及。

魏浣初在泰昌元年（一六二〇）八月初一日離開嘉興後，因爲各種意外，至天啓元年（一六二一）四月十一日才抵任國子監。《改教始末》中説：「八月初一離嘉興時，國喪頻仍。試事奔走，歲逋剥啄，鬱鬱里居凡六月。而今上辛酉又二月之十二日，攜家北上。行之涿州，聞遼沈之報，舉家驚恐，去住倉皇。冒險入都，以四月十一日抵任。」那麼魏浣初在國子監所任何職呢？《蹢庵集》中《重修韓文公讀書臺記》説：「歲在辛酉，君入太學，至京師。余時爲四門博士，蓋亦昌黎之官，愧無其學之緒餘。」而嘉興人李培《水西全集》卷六有詩《送魏仲雪轉國博》[二七]，可知魏浣初所任爲國子監博士。又《改教始末》中稱：「國子例不及考滿，幸逢先帝登極，贈吾父助教。」可知魏浣初在國子監先任博士，後轉任助教，故其已故父親得以獲贈與其子同樣的助教之官銜。可知祁彪佳之疏章中説魏浣初「轉國子監助教」，只是就他後來的官職而言的。

魏浣初在國子監任職後，原以爲可以稍稍安定，不久又遇到了麻煩，使得他下定決心往南京任職。《改教始末》中稱：「長夏稍稍定居，始知有父子論文之樂。而李葵孺條陳銓政，復申前議。前此國學，不過六七月，累累遷去。忽有是疏，若又爲我畸人而發者。耽延至壬戌三月，余歎如此濡滯，又如此亂離，不如終辦吏隱，遂決前年請南之意。當事爲周蓼洲，尚欲以禮、兵相待，而倉卒無缺。適缺工曹，周爰日留以待我。二十五日得旨，遂南還。總計通籍以來，蹉跎七載。」據文末所署，此文正作於天啓二年壬戌三月。

魏浣初在天啓二年三月所任爲南京工部主事，這從程嘉燧《松圓浪淘集》卷十七「易水卷」《清和十二日走筆送魏仲雪之南京虞部兼柬莆田宋比玉》詩中也得到體現〔二八〕，而從詩題「南京虞部」中更可以具體得知魏浣初是任南京工部虞衡司主事，可知祁彪佳疏章中所言「升南京工部主事」是準確的。

魏浣初在《蹁庵集》之《重五日記》中説「今日在甘露寺北裝少憩，自進蒲觴」，文末署「天啓二年之五日」，又同集之《祭惠庵吳翁文》中説：「維吾婦翁蕙庵吳公，以天啓元年七夕前一日卒。浣初聞訃於京邸，哀而爲志其生平……越二年五月端陽之次日，浣初南還渡江，解裝甘露寺。」兩文正可對照起來看，可知後一文中「越二年」之「越」爲衍字，應當是傳抄之誤。甘露寺在鎮江北固山，可知在天啓二年五月端午節剛過，魏浣初已上任於南京。

在任南京工部主事後，魏浣初還先後在南京禮、户、吏部任過主事。《四留堂雜著》上册之末有《省懷殷公暨配陶孺人墓志銘》殘篇，共兩叶，所抄字體手迹與上册、下册之手迹迥異，此文也不見於《四留堂雜著》卷首之目録中，也不見於《蹁庵集》，顯然是別人從其他文獻中抄録補入的。此文開頭稱「賜同進士出身中大夫廣東布政使司右參政兼按察司僉事奉敕管理通省清軍驛傳道兼整飭嶺南兵巡道事務前南京吏部文選清吏司郎中禮部儀制清吏司主事魏浣初撰文」，觀此署銜及在文章開頭之體例，此文應當是直接從墓志銘石碑上過録下來的。此署銜中對於所任之官職，雖列舉不全，但出現了「禮部儀制清吏司主事」，可知他任過南京禮部主事一職。又《蹈庵集》中《考功署記》云：「始余爲小儀，儆舍以居耳。入考功署，而有廳事以延賓客。」唐代時稱禮部郎中爲大儀、員外郎爲中儀、主事爲小儀。《萬曆野獲編》卷一「御制文集」條稱：「今世唯禮部儀制一司，亦有大儀、中儀、小儀之稱，蓋昉於此。」〔二九〕可知魏文中「小儀」正是指南京禮部儀制司主事。這應當是魏浣初在抵任南京工部主事之後不久，即轉入禮部了。

又《(康熙)蘇州府志》稱他「遷南京户部主事，差権蕪湖，商民有清水之頌」，這一經歷在祁彪佳之疏章中也没有提及，但魏浣初《蹈庵集》之《遊荆山記》中説：「蕪之環江，磊磊有山。其近而易陟者，爲荆山……権算稍閑，乃邀同年錢銘韜、湯唯一、(申)青門爲兹遊。」文末署「天啓癸亥三月八日記」，可知在天啓三年，他確實曾擔任過南京户部主事一職並権税於蕪湖。

祁彪佳的疏章中説魏浣初「陞南京工部主事，調吏部，歷員郎中」，可知他調入南京吏部時仍是主事，之後才升爲郎中的。此文中「歷員郎中」，「員」應當是衍字。明代南京吏部各司，通常情況下，只設郎中、主事各一人而不設員外郎，故「員」並非「員外」或「員外郎」之省文。祁彪佳的《宜焚全稿》爲明代抄本，可能是抄寫時致誤。瞿式耜《瞿忠宣公集》卷一《特表忠清疏》中稱：「(魏大中)逮之日，微臣與南京吏部主事魏浣初往送之，見闔邑哭聲震天。」〔三〇〕因得罪魏忠賢而遭削籍之原吏科都給事中魏大中，於天啓五年六月在浙江嘉善縣家中被逮，當時「往送之」之魏浣初已轉任南京吏部主事。又魏浣初《考功署記》：「入考功署，而有廳事以延賓客。」據文末所署「天啓乙丑八月望日記」，可知此文作於天啓五年八月。該年六月，他仍是南京吏部某司主事，八月轉入該部考功司，應當此時已陞郎中，故相關的待遇也提高了。又《蹋庵集》有《公祭袁小修文》，題下有注：「時銓部諸同寅，余爲之首。」銓部即吏部，因負責官吏銓選之事，故稱。明代吏部設文選、驗封、稽勛、考功四清吏司，而以文選爲首司，而吏部諸司同僚，以魏浣初爲首，可知其時他的身份已是南京吏部文選司郎中。這也正與上文所提及《省懷殷公暨配陶孺人墓志銘》上署款中「前南京吏部文選清吏司郎中」相合。「袁小修」即袁中道，天啓四年任南京吏部文選司郎中，不久以病告退，六年八月卒於南京。可知魏浣初所作公祭文是在該年八月。由以上所考，可見魏浣初在南京吏部的經歷，由主事升郎中，正與祁彪佳疏章中的説法相同。而《(康熙)蘇州府志》稱其「遷禮部員外，晉吏部郎中」，顯誤。魏浣初確實有南京禮部的經歷，但所任是儀制司主事，而非員外郎(南京禮部也與南京吏部一樣，通常情況下不設員外郎)，已見上文所考。

明代的六部官員，在陞至員外郎、郎中後，大多會外轉任布政司、按察司的官員或擔任知府等職。魏浣初也是這樣，他在任吏部郎中之後，被外放爲地方官員。按祁彪佳疏章中所言是「陞廣東副使、參政」，按《(康熙)蘇州府志》的説法是「陞廣東僉事、分巡嶺南……陞參政、提學廣東」。他外放所任究竟是廣東按察司之副使還是僉事？明代六部郎中爲正五品，員外郎爲從五品；按察司僉事爲正五品，副使爲正四品；布政司參議爲從四品，參政爲從三品。六部郎中或員外郎外放爲布政、按察兩司官員，按其年資，一般員外郎會授予僉事或參議之職，而郎中會授予參議或副使之職。魏浣初以正五品之郎中而外放爲地方官，不可能仍然擔任正五品的按察司僉事，所以擔任正四品的按察司副使的可能性比較大。可以作爲對照的是魏浣初的同年好友姜一洪的任職情況。毛奇齡《西河集》卷八四《故明户部尚書原任廣東布政使司左布政使姜公墓碑銘》中説：「公姜氏，諱一洪，字開初……公二十三歲，登萬曆丙辰進士。越三年，辛酉謁選，請就教職，因以武學教授，遷南國子監博士。陞南禮部主事，調南吏部考功司郎中，皆閑曹。與同官魏仲雪、申青門爲文酒會三君。皆丙辰釋褐，且同以學博起家，今又同部好之，自稱曰『南銓三友』。已而，改江西副使、分守九江道，駐節饒陽。」〔三一〕姜一洪不僅與魏浣初爲同年進士，後來的仕歷也非常相近，最後也是在吏部郎中任上外放。姜一洪所任爲按察司副使，依此例，魏浣初所任也應當是按察司副使。又據《蹻庵集》所收崇禎三年四月朔日所作《重修韓文公讀書臺記》：「王君，諱明選，四川巴縣人，以恩貢除陽山令。時余爲嶺南治兵使者，實同時云。」可知魏浣初所任應當爲廣東按察司副使、備兵嶺南，也即廣東嶺南兵備副使。又據《（道光）廣東通志》卷二十《職官表十一》，魏浣初任廣東副使是在崇禎元年（一六二八）〔三二〕。

祁彪佳在疏章中稱魏浣初「陞廣東副使、參政。庚午請告回籍」，可知魏浣初在崇禎三年庚午請告回籍前已由廣東按察司副使陞爲本省布政司參政，具體陞職時間應當就是該年。這之後他一直過着家居生活，《蹻庵集》之《壽鮑存叔敘》中稱：「余林居五載，好與里中故舊追話疇昔。」則此文當作於崇禎七年。正是在該年九月蘇松巡按祁彪佳在薦舉地方人材的疏章中薦舉了他。於是，在第二年他以廣東布政司右參政起原官並兼按察司僉事。《（道光）廣東通志》卷十九《職官表十》載魏浣初於崇禎八年任布政司右參政〔三三〕，又該志卷二十《職官表十一》載他於同一年任按察司僉事〔三四〕，正是他同時兼任了布政司、按察司官職之故。

《（康熙）蘇州府志》上稱魏浣初「陞廣東僉事、分巡嶺南……陞參政、提學廣東」。顯然是不了解魏浣初在崇禎元年已陞廣東按察使副使，並在三年已陞布政司右參政，在告歸多年後，於崇禎八年起廣東布政司右參政原官並兼按察司僉事、提督學政，誤以爲他在吏部郎中任上外轉爲廣東按察司僉事，不久陞本省布政司參政並提督學政。

「提學」是「提督學政」或「提督學校」的簡稱，是按察司系統的官職，並非布政司系統的官職。明代之按察司，除以副使或僉事分巡各道外，或整飭兵備道，或分司提學道、清軍道、驛傳道。一般情況下，每一按察司下有副使或僉事一員各分司提學道、清軍道、驛傳道。《省懷殷公暨配陶孺人墓志銘》之署款「廣東布政使司右參政兼按察司僉事奉敕管理通省清軍驛傳道兼整飭嶺南兵巡道事務」，可知魏浣初以一人而身兼數職，除廣東布政司右參政外，他還兼任廣東按察司僉事，并以按察司僉事的身份，兼任了嶺南兵巡道及全省之清軍道、驛傳道，而在通常情況下，這是需要由三名副使或僉事分任的。明末官員像這樣一人而身兼數職，應當是崇禎時期財政緊缺情況下的非常舉措。這個署款中，其實還遺漏了魏浣初以按察司僉事身份所擔任的另一個更重要的職務——提督學政。孫永祚《雪屋二集》卷一有《送魏仲雪先生較士東粵》〔三五〕，此爲編年詩，正是崇禎八年乙亥所作，「較士東粵」所稱正是指魏浣初廣東提學的身份而言的。可知魏浣初確實是以廣東按察司僉事的身份而任提督學政的。

至此，魏浣初之小傳可以概括如下：

魏浣初，字仲雪，一字仲初，先號龍超，後改號蹢庵，又號四留居士、誰垢居士，南直隸常熟（今屬江蘇）人。生於萬曆八年（一五八〇），卒於崇禎十一年（一六三八）。萬曆四十四年（一六一六）進士，四十六年授嘉興府學教授。四十八年，遷國子監博士。天啓元年（一六二一），改助教。二年，升南京工部主事，尋改禮部。三年，改户部，榷税蕪湖。四年，改吏部。五年，遷考功司郎中。尋改文選司郎中。俱在南京。崇禎元年（一六二八）出爲廣東按察司副使、備兵嶺南。三年，升廣東布政司右參政，告歸。八年，起廣東布政司右參政，兼按察司僉事、提督學政兼清軍、驛傳等事務。十一年，卒於官。原有詩文集，今未見。現存《蹢庵集》《四留堂雜著》等。

〔一一〕饒宗頤初纂，張璋總纂《全明詞》第三册，中華書局二〇〇四年版，第一四〇二頁。

〔二〕齊森華等編《中國曲學大辭典》，浙江教育出版社一九九七年版，第一三七頁。

〔三〕李時人編著《中國文學家大辭典・明代卷》，中華書局二〇一八年版，第一五五一—一五五二頁。

〔四〕《蹁庵集》和《四留堂雜著》兩抄本，均不分卷，且無頁碼。没法進行卷次及頁碼之標注。下文凡有引文，俱不出注。特作説明。

〔五〕〔六〕〔七〕〔八〕〔一〇〕黎遂球《蓮鬚閣集》，《四庫禁燬書叢刊》集部第一八三册，北京出版社一九九九年版，第二九八頁，第四三頁，第二二五—二二六頁，第一八九—一九〇頁，第二九九頁。

〔九〕葛徵奇《南園前五先生詩序》，《南園前五先生詩》，《四庫全書存目叢書》集部第三七五册，齊魯書社一九五七年版，第二一一三頁。

〔一一〕《（道光）新會縣志》，《中國地方志集成・廣東府縣志輯》第三三册，上海書店出版社二〇〇三年版，第三五〇頁。

〔一二〕〔一三〕〔一九〕〔二二〕〔三三〕〔三四〕《（道光）廣東通志》，《續修四庫全書》第六七五册，上海古籍出版社二〇〇二年版，第一六一七頁，第四五二頁，第四三四頁，第三六二頁，第三四八頁，第三六二頁。

〔一四〕屈大均《皇明四朝成仁録》，《四庫禁毁書叢刊》史部第五〇册，第六六一頁。

〔一五〕朱次琦《朱九江先生集》，《續修四庫全書》第一五三五册，第八八頁。

〔一六〕〔二〇〕《（雍正）廣東通志》，《景印文淵閣四庫全書》第五六四册，臺灣商務印書館一九八六年版，第三三五頁，第三三二頁。

〔一七〕《（康熙）新會縣志》，清康熙二十九年（一六九〇）刻本，卷十五第四一葉 a 面。

〔一八〕《（乾隆）新會縣志》，清乾隆六年（一七四一）刻本，卷十第七六葉 a 面。

〔二一〕范景文《范文忠初集》，《明别集叢刊》第五輯第五二册，黄山書社二〇一五年版，第一三二頁。

〔二二〕《明史》第二二册，中華書局一九七四年版，第六八三四—六八三五頁。

〔二三〕李應昇《落落齋遺集》，《四庫禁毁書叢刊》集部第五〇册，第一四八頁。

〔二四〕陸心源輯《穰梨館過眼録》，《續修四庫全書》第一〇八七册，第二四八頁。

〔二五〕祁彪佳《宜焚全稿》，《續修四庫全書》第四九二册，第七四九頁。

〔二六〕《（康熙）蘇州府志》，清康熙三十年（一六九一）刻本，卷七十第六四葉。

〔二七〕李培《水西全集》，《四庫未收書輯刊》第六輯第二四册，北京出版社二〇〇〇年版，第一三一頁。

〔二八〕程嘉燧《松圓浪淘集》，《續修四庫全書》第一三八五册，第七二〇頁。

〔二九〕沈德符《萬曆野獲編》，中華書局一九五九年版，第三頁。

〔三〇〕瞿式耜《瞿忠宣公集》,《續修四庫全書》第一三七五册,第一七七頁。

〔三一〕毛奇齡《西河集》,《景印文淵閣四庫全書》第一三二一册,第三頁。

〔三五〕孫永祚《雪屋二集》,《四庫禁毁書叢刊》集部第一一〇册,第四九七頁。

（作者單位:浙江大學文學院）

錢塘閨秀吴藻生平與著作考辨

趙厚均

内容提要　吴藻的家世和生平都有不少疑團需要釐清。其生年聚訟紛紜，今人多根據陸萼庭的推斷，認爲在清嘉慶四年（一七九九），今據金繩武、魏謙升等人的材料，可將吴藻的生年確定在嘉慶二年（一七九七）五月前。卒年則據張應昌兩首詞的長題，進一步確證了陸萼庭的推測。梁紹壬「蘋香父夫俱業賈，兩家無一讀書者」的説法，《（民國）黟縣四志》中適許振清的記載，皆不可靠。根據一些新材料，其中年移家南湖奉道和晚年重回文壇與沈善寶、魏謙升等人賦詩填詞度曲等活動也得以再現。經過詳細的版本調查，發現了多種前人未曾留意的刻本和抄本，並對之進行考訂，梳理清版本的源流和各本之間的關係，有助於我們更加全面地認識吴藻的創作。

關鍵詞　吴藻　家世　生平　文學活動　版本

吴藻，字蘋香，號玉岑子。浙江錢塘（一説爲仁和）人。作品有雜劇《喬影》、詩集《花簾書屋詩》、詞集《花簾詞》《香南雪北詞》、詩詞合集《香南雪北廬集》等。她在《喬影》中塑造了閨秀謝絮才女扮男裝飲酒讀騷，抒發内心的鬱勃不平之氣，被劇班搬演而名噪大江南北；曾爲陳文述女弟子，與其時錢塘文壇有廣泛的交往，詞的創作尤爲突出，時人擬之李清照，故梁紹壬題《喬影》推舉爲「南朝幕府黄崇嘏，北宋詞家李易安」。關於其生平與著作，前人每有討論，因所見未備，尚存不足，故不揣冒昧，再爲讀論。

一　吴藻生卒年及家世考論

關於吴藻的生年，今人多根據陸蕚庭的推斷，確定在嘉慶四年己未（一七九九）[一]，恐有誤。《十家詞彙》本《香南雪北詞》有金繩武跋語云：「今春因魏丈滋伯，得續刻《香南雪北廬詞》一卷、未刊詞一卷。時女士年逾六十。」[二]該集刊刻于咸豐六年（一八五六），時蘋香「年逾六十」，則至遲應生於嘉慶二年（一七九七）。又，魏謙升有《減字木蘭花・蘋香女兄至小園看秋色今第三年矣賦此代閨人贈》[三]，另《香銷酒醒詞序》云：「（趙秋舲）哲嗣子循茂才將梓遺稿以傳，謂蘋香女兄及余皆曩時與君論詞學者，屬爲商訂。」[四]《倩影樓遺稿序》云：「今年首夏，内子周暖姝招芝仙及里中閨秀吴蘋香女兄同過小園，清尊絲竹，長日如年。」[五]皆稱蘋香爲女兄，且吴藻在詩詞中多次提到魏謙升都徑稱「滋伯」，或稱「魏君滋伯」[六]，則蘋香應比魏年長。汪遠孫《清尊集》卷首謂魏謙升「嘉慶庚申年五月十八日生」[七]，其實有誤。魏謙升《翠浮閣遺詩》中有《余生丁巳今年太歲在乙卯……》詩[八]，丁巳爲嘉慶二年（一七九七），庚申爲嘉慶五年（一八〇〇）。自以作者自述更爲可信。二者相差三年，可能是魏謙升因爲科考的需要而改動，《清尊集》所述魏的生日則應是可靠的。因此，可以進一步推測吴藻出生在嘉慶二年五月十八日之前。馮沅君先生在《古劇説滙》中根據《喬影》的創作和流傳而定吴藻生年「或在一七九五年左右」[九]，與我們的推測較爲接近。

吴藻的卒年，陸蕚庭推斷在同治元年（一八六二）前後，則大體可信。《杭州府志》卷八十五載：「（咸豐）十一年冬十二月，大雪兼旬。平地高五六尺，山中幾數丈。居民避寇山中，無處覓食，餓斃無算。」吴藻的好友魏謙升、周琴夫婦即於此際罹難。張應昌有詞《南歌子・偶存吴蘋香女史舊贈詞箋，追憶昔年香雪廬館雅集，未幾皆罹劫難，女史兄弟並亡，感次元韻》，另《長亭怨慢》下有長題云：「昔年偕魏滋伯、楊絅士、趙笛樓、許芷卿、家韻梅、女史吳芷香、蘋香、趙君蘭在香雪廬填詞度曲，洵足樂也。未幾遇劫，魏、楊、趙、許、兩吳皆亡，余遠遊六載，乃得歸，故侶惟韻梅、君蘭暨余而已。韻梅在杭，而君蘭客江北，今始返吳閶，余來吳，乃得晤。相見欷歔，寫懷誌感。」兩詞長題皆稱吳蘋香罹劫難而亡，此劫難即指咸豐十一年冬十二月杭州城再次被太平軍攻破。若按西曆，則已是公元一八六二年一月。吳藻卒於此際，享年六十六左右。

關於吳藻的家世，《（民國）黟縣四志・人物・才女》云：「父葆真，字輔吾，向在浙江杭州典業生理，遂僑於浙。」〔一〇〕她父親的情況未見別處記載。梁紹壬《兩般秋雨盦隨筆》卷二云：「蘋香父夫俱業賈，兩家無一讀書者，而獨呈翹秀，真夙世書仙也。」〔一一〕吳藻「父夫俱業賈」，應是事實，「兩家無一讀書者」則係道聽塗說。據吳藻自述，她有「蘅香大姐、茝香二姐、夢蕉三兄」〔一二〕。蘅香是否能詩，不得而知；茝香則是多才多藝，沈善寶《秋日感懷》其九「領略宣文白雪詩，幸隨月姊侍西池」句小注云：「同社諸彥咸集雲林姊宅中，梁楚生太夫人首倡夜來香鸚鵡詩命和。」「同岑更喜同聲應，愧我尖叉步韻遲」句小注云：「項緗卿、吳茝香兩夫人兼善詞畫。」〔一三〕茝香參與詩社雅集，且「兼善詞畫」，則必能詩。沈善寶《名媛詩話》卷六保留了芷香聯句「林下襟懷望若仙」〔一四〕，亦可佐證。又張應昌《南歌子》詞小注云：「蘋香、芷香兄弟並工度曲制譜，以宋人詞譜歌之絕妙，余與滋伯詞並付歌板。」《長亭怨慢》題云：「昔年偕魏滋伯、楊絅士、趙笛樓、許芷卿、家韻梅、女史吳芷香、蘋香、趙君蘭在香雪廬填詞度曲，洵足樂也。」芷香即是蘋香二姊茝香。吳藻也有詞《蘇幕遮・聽茝香姊彈琵琶》，可知吳茝香能度曲，善彈琵琶，兼通詩詞畫。三兄夢蕉或亦非俗人。葛慶曾《喬影序》云：「此吾杭女士吳蘋香自製《飲酒讀騷圖曲》。女士少工詩，既喜作詞，清微婉妙，慧心獨出，兹以侘傺懊咿之情，一發之於歌，不知其涕之何從也。余與其兄夢蕉游，得讀此本。」又《喬影題辭》云：「早識大家矜絕調，每從小謝讀清詞。謂夢蕉。」趙慶熺也有《疏影・秋分日偕吳夢蕉、汪子雨、石芷卿、筱珊叔祖買舟由古蕩至留下，秋水空明，樹陰合匝，意甚閒適，因賦此解《臺城路·三月中旬吴夢蕉約同人作皋亭之遊》[一五]，夢蕉與葛慶曾、趙慶熺等文人往來，且被譽爲「小謝」，又被視爲「同人」，則亦應能詩文。故梁紹壬之説不可信從。

吴藻的婚姻狀況也撲朔迷離，她本人的作品中從未言及。一説爲同邑黄某室，始見於黄燮清《國朝詞綜續編》卷二十四。黄燮清曾選吴藻詞十九首入《詞綜續編》，且「嘗與研訂詞學」[一六]，故其説爲多數人所採信；在民國間，却另有一説，《（民國）黟縣四志·人物·才女》云：

女，吴氏，名藻，字蘋香，葉里人。父葆真，字輔吾，向在浙江杭州典業生理，遂僑於浙。故字女於錢塘縣望平村許振清爲妻，年十九而寡，矢志守節，才名噪于京師。記其題《名妹（按，應爲姝）百詠詞》一首《調寄喝火令》，詞云：「蘭氣吹煙細，檀心運想靈。名花傾國詠雙成。定向茜紗窗底，細膩寫吴綾。百種風華擅，千秋月旦評。花仙歷劫下蓉城。累我低吟。吟到月高升，累我月高升處，懷想對紅燈。」[一七]

光鐵夫《安徽名媛詩詞征略》從之。該説晚出，不知其材料來源，並且曾爲吴藻詞合集《香雪廬詞》作序的張景祁稱謀刻該集者乃吴藻「從孫黄君質文」，可以佐證吴藻所適應爲黄某。吴藻作品中也並無關涉其子女的隻言片語，或許她本來就没有養育。

二　吴藻中晚年事蹟論略

吴藻的交遊與生平行事，略備於鍾慧玲《吴藻及其相關文學活動研究》和江民繁《吴藻詞傳——讀騷飲酒舊生涯》二書，但因有新材料發現，故詳論其中年奉道和晚年交遊之事。

吴藻的生活在中年時經歷了大的變故。作于道光甲辰（一八四四）春的《香南雪北詞自記》云：「丁酉移家南湖，古城野水，地多梅花，取梵夾語，顔其室曰香南雪北廬，樊榭老人昔嘗卜宅于此，文采風流今尚存，不獨王孫桂隱遺跡未湮也。」〔一八〕南湖在杭州城北艮山門以南、鳳起路以北〔一九〕，爲南宋張鎡玉照堂舊址，後爲厲鶚所卜居。丁酉爲道光十七年（一八三七），吴藻此次移家的原因並未明言，《自記》稱「十年來憂患餘生，人事有不可言者」，張景祁《香雪廬詞敘》亦云「中更離憂，幽篁獨處」，吴藻在後來所作的《金縷曲·送秋舲入都謁選》中也云：「算往事、不堪回首。閲盡滄桑多少恨，古今人、有我傷心否？」所云「人事」，或是丈夫黄某辭世，或是二人離異，對吴藻而言均影響極大。於是她向宗教尋求解脱之道，棲心禪悦，寫經參偈。移家南湖後，築小樓三楹，顔曰虚白樓。其室名「香南雪北廬」，又稱「香雪廬」。蘋香居此從陳文述問道，汪端旋里時亦相與禮懺。因崇奉林和靖，陳文述乃贈蘋香字「來鶴」〔二〇〕。吴藻的奉道頗有成就。陳文述贈詩稱「畢竟嬋媛有靈性，閉門長日禮金經……讀騷飲酒呼名士，過眼雲煙夢已醒」〔二一〕，還曾多次予以揄揚：

蘋香工填詞，精音律，書法亦古媚。近更長齋事佛，於女仙丹經亦極研究，余女弟子三十餘人無其匹也。（《唐玉真公主楷書靈飛經拓本跋》）

余中年以後，閨媛中亦多問字者，近年眷屬奉道，因亦勸其學道。若長洲家靈簫、金壇吴飛卿、青浦許定生，皆誠心禮誦，參悟真如，尤以錢塘吴蘋香爲巨擘，此則隨園女弟子所無也。（《隨園女弟子湖樓請業圖跋》）

女弟子錢塘吴蘋香才筆與晨蘭相勒，性情亦複相似，余嘗爲作序，謂在漱玉、生香之間，故非虚語……近更潛心味道，終日禮誦，於二氏頗能悟徹。余依龍門派，名以「來鶴」，學道之功惟吴門陳靈簫差堪步式。（《梯仙閣藏吴蘋香楷書花簾書屋未刻詞稿後》）〔二二〕

凡此皆可見吴藻奉道之精誠，在碧城女弟子中出類拔萃。連遠在京城的沈善寳也聽聞她「奉道甚虔，懺除綺語」[二三]。在南湖新居，吴藻度過了一段較爲平静的奉道生活，「自今以往，掃除文字，潛心奉道，香山南，雪山北，皈依浄土，幾生修得到梅花乎？」（《香南雪北廬詞自記》）這在她的詞作中也曾言及，《金縷曲・送秋舲入都謁選》云：「浮漚幻泡都參透。萬緣空、堅持半偈，懸厓撒手。」《金縷曲・滋伯以五言古詩見贈倚聲奉酬》云：「静夜向、金仙懺悔。却怪火中蓮不死，上乘禪、悟到虚空碎。戒生定，定生慧。」奉道參禪是對不堪承受的人生變故的最好安慰。

隨着汪端和陳文述的相繼亡故，以及時光流逝對傷心往事的淘洗，吴藻奉道的熱情也逐漸冷却，重新回到文壇，沈善寶在其中可能起了很大的作用。吴藻與沈善寶相識於道光十五年（一八三五）梁德繩主持的夏氏園看盆梅[二四]，並於次年多次相伴出遊。道光十七年丁酉（一八三七）移居南湖後，秋仲，沈善寶北行入京，吴藻約周琴、鮑靚在香南雪北廬爲其餞行。此後，吴藻的創作的確較爲沉寂。道光二十九年己酉（一八四九）春暮，沈善寶自京返杭，吴藻、沈善寶、鮑靚等多次聚飲賦詩；道光三十年庚戌（一八五〇）冬，沈善寶自滁州來杭，嘗居香雪廬，並一同度歲。其間多有唱酬，吴藻名其詩曰《香雪聯吟稿》；咸豐元年辛亥試燈後十日，吴藻、周琴、沈善寶及其繼女武友愉往皋亭山崇光寺探梅並賦詩。故友在三年間頻繁往來，徹底激發了吴藻的創作。沈善寶北歸後，吴藻詩詞唱和的重心則集中在當地的男性文人。咸豐丙辰（一八五六）初夏，吴藻與魏謙升、許蘭身、張應昌等集于朱氏湖莊。吴藻先有《探芳信・用草窗韻。滋伯、芷卿各填一解見示，因和此以訂翼日湖上之游，時丙辰二月八日也》詞，「湖上之游」應即初夏的朱氏湖莊雅集。張應昌也有《探芳信・丙辰春遊用草窗韻和同人》，詞牌和用韻均與吴藻之作相同，應作於同時。據吴藻詩《初夏同人集朱氏湖莊滋伯以詩見示用楊鐵厓花游曲韻賦此奉答》以及詞作《翠樓吟・五月二十一日詞壇諸君見招重集朱氏湖莊迭前韻》，本年的朱氏湖莊雅集至少進行了兩次。張應昌《翠樓吟・滋伯招集朱氏湖莊，聽小鷗波館主人歌滋翁西溪漁唱詞》、《丙辰初夏集朱氏湖莊聽歌香雪廬春山堂兩主人新詞》套曲、許蘭身《香雪廬主人招集朱氏湖莊譜此紀事》套曲，皆是朱氏湖莊雅集的産物。

吴藻也多次召集友人在香雪廬填詞度曲，許蘭身《洞仙歌・戊午花朝，余偕姬人者華會曲於香雪廬，適魏滋伯丈在座，越日以詞寄示，即譜原調答之》，戊午爲咸豐八年（一八五八），魏謙升與許蘭身參加了此次曲會；次年花朝，許蘭身又作《洞仙歌・花朝不晴，餘寒如水忽憶去年此日香雪盧會曲，滋翁有詞紀事，彈指匝年未能重敘，雨牕枯坐，次韻成吟》，追憶戊午花朝的曲會。該詞後附録魏謙升《洞仙歌・花朝後二日芷卿書來，附詞一闋，次余昨歲花朝紀事韻，是夕香雪廬玩月，率爾次答》、吴藻《洞仙歌・滋伯過香雪廬玩月，以和芷卿所寄詞見示，憶去歲花朝，芷卿姬人者華過敝廬度曲，今擬招其重集，因亦繼聲》，所云亦是戊午花朝的曲會。己未（一八五九）花朝吴藻還想再次宴集，可惜已不見有關作品。吴藻該詞也是目前可知的創作時間最晚的作品。又張應昌有《南歌子・偶存吴蘋香女史舊贈詞箋，追憶昔年香雪廬館雅集，未幾皆罹劫難，女史兄弟並亡，感次元韻》，詞後附録吴藻的作品，見於《香南雪北詞》，題爲《南歌子・春杪會曲和張仲甫》；許蘭身有《摸魚子・穀雨日，仲甫張姻丈訂同人會曲於香雪廬，譜此以贈》，穀雨往往被視爲春季的最後一個節氣，與吴藻詞題的「春杪」相合，故該詞也應作於此時。此次會曲的年份不詳。又張應昌《長亭怨慢・昔年偕魏滋伯、楊絅士、趙笛樓、許芷卿、家韻梅、女史吴芷香、蘋香、趙君蘭在香雪廬填詞度曲，洵足樂也。未幾遇劫，魏、楊、趙、許、兩吴皆亡，余遠遊六載，乃得歸，故侶惟韻梅、君蘭暨余而已。韻梅在杭，而君蘭客江北，今始返吴閶，余來吴，乃得晤。相見欷歔，寫懷志感》，由此詞可知，當年參加香雪廬曲會的人更多。張應昌、魏謙升、許蘭身、吴藻之外，尚有楊錦雯、趙銘、張景祁、吴芷香和趙我佩。可見一時香雪廬曲會之盛，以致石鶴笙視之爲「曲龍門」[一二五]。

可惜盛會難長久，無情的戰爭將諸人抛入時空之流中，魏滋伯、楊絅士、趙笛樓、許芷卿、吴芷香、吴蘋香等曲會同人皆於杭州城破後罹難，徒留文字長存於天壤之間，令人浩歎。

三　吴藻著作版本略述

吴藻具有多方面的藝術才能，善書法，能度曲，擅鼓琴。在文學創作上，詩詞曲兼擅，其中最有成就的是詞，讓其名聲大噪的却是雜劇《喬影》，詩作數量不多，也曾結集刊刻。諸集問世後多有重刻或鈔寫，呈現出較爲複雜的面貌，故略述其源流如下：

㈠《喬影》

《喬影》的版本比較複雜，主要是兩個系統，一是清道光五年（一八二五）吴載功初刻本及衍生出的幾種版本。初刻本開篇即正文，卷後有葛慶曾、吴載功跋語，葛慶曾跋云：「此吾杭女士吴蘋香自製《飲酒讀騷圖曲》。」故後出版本多有沿用此名者。吴載功跋謂「乙酉秋，余客滬上，友人出視此册……爰付梓人，播諸樂府，以代鈔胥云爾。」判定此本爲道光五年，即根據吴跋。跋後另有許乃穀等九人題辭和汪端等五位閨秀題辭；另有鄭振鐸「清人雜劇二集」本，扉頁題作《飲酒讀離圖》，許乃穀等九人題辭在前，正文和兩跋居後。牌記署「據道光乙酉（一八二五）萊山吴載功刊本影印」，實與上述吴載功刻本不同。此集之題名及牌記皆出同一人之手，與《北平箋譜》前魏建功序一致，似爲鄭振鐸倩其書寫。「飲酒讀離圖」之名未見於其他文獻，或系誤書。又有《續修四庫全書》本，《提要》謂：「此劇有道光六年吴載功刊本，鄭振鐸編《清人雜劇二集》嘗據原刊本影印。此本亦據鄭氏舊藏原清道光刻本影印。」〔二六〕但該集無諸人題辭，只有《喬影》正文和葛慶曾、吴載功跋語，首頁鈐「鄭振鐸印」、「西諦藏書」二印，與「清人雜劇二集」本相同，頗疑乃割接「清人雜劇二集」本而成。國家圖書館藏有吴梅舊藏的「上海陳璜題簽」本，題名「□□□□□□傳奇曲本」，亦無題辭，曲文首句爲「疎花掩映讀書巢」，與他本「疎花一樹護書巢」不同。另有鄭振鐸舊藏的「上海陳璜題簽」本，題名「飲酒讀騷圖傳奇曲本」，又與常見的初刻本一致。吴梅藏本與其他刻本的字跡均相同，唯墨色較濃，字略粗，頗疑是初刻初印本，其他刻本則是挖改首句、增加題辭後的重印本。又，鄭藏「傳奇曲本」的徐玉題辭「愧我多情豪氣少」句，「多」字用墨筆改爲「奇」字，又用朱筆旁改爲「多」，「清人雜劇二集」本與之相同，應即用該本爲底本影印的。又，浙江圖書館藏姚燮抄本《復莊今樂府選》亦收録《喬影》，題作《飲酒讀騷》，無題跋，有姚燮「壬子年四月廿三日校」題署。

二是道光六年丙戌（一八二六）再刻本，卷前新增螺峰女士顧韶繪《飲酒讀騷圖》和鍾績辰像贊，卷後增加沈希轍等二十人題辭。臺灣「國家圖書館」藏有抄本，封面署「泉唐女士吴蘋香喬影傳奇」，卷前無顧韶所繪畫像，直接從鍾績辰《像贊》開始，在《像贊》前添加標題「題泉唐女士吴蘋香飲酒讀騷圖小影」，乃是根據再版重抄。鈐「適園藏書」朱文長印，乃張鈞衡舊藏。

㈡《花簾書屋詩》

《花簾書屋詩》是吴藻詩作的最早刊佈，收録于陳文述《碧城仙館女弟子詩》。《女弟子詩》常見的是清道光六年丙戌（一八二六）和民國四年（一九一五）西泠印社聚珍版，共收吴藻詩九首。蔡殿齊《國朝閨閣詩鈔》所收《花簾書屋詩》亦據此本。

又有清道光二十二年（一八四二）刻《碧城仙館女弟子詩》，向未見人言及。此集除收録詩人數量較上述版本多出十二家之外，另一重大的不同是吴藻《花簾書屋詩》後附詞六十五闋、院本一篇。中有詞十六闋不見於《花簾詞》和《香南雪北詞》，而見於浙江圖書館藏抄本《華簾詞鈔》。院本見於重刻本《香南雪北詞》後所附曲。

㈢《花簾詞》

《花簾詞》是吴藻詞集的第一個刻本。有道光九年己丑（一八二九）陳文述、魏謙升序和道光十年庚寅（一八三〇）趙慶熺序。内封上款題「道光十年鐫」，正中爲「花簾詞」篆字，下款題「徐楙篆」。共收詞一百六十八闋。又有多家圖書館所藏的《花簾詞》，卷前有張景祁《香雪廬詞敘》，實系張景祁合刻《花簾詞》與《香南雪北廬詞》爲《香雪廬詞》時所加。後來兩集分析，《花簾詞》前就多了張序。前文言及張景祁曾參與過吳藻的曲會，但在《花簾詞》初刻時，張僅三歲，自然是無法爲其作序的。

又有《花簾書屋詞》抄本，爲滇南楊文斌舊藏，鈐「香海閣」、「稚虹」二印。後爲松江封文權所得，另鈐「華亭封氏簣進齋藏書印」，終入藏上海圖書館。陳文述在《花簾詞序》和《高陽臺・題女弟子吳蘋香花簾書屋詞》中及許乃穀在《喬影》題辭中均稱吳藻詞集爲《花簾書屋詞》，則《花簾詞》應初名《花簾書屋詞》，與《花簾書屋詩》相應，後乃改今名。誠如此，則此本應爲刻印前的清稿本或抄本，還保留了初始的集名。

㈣《香南雪北詞》

《香南雪北詞》初刻於道光二十四年甲辰（一八四四），内封的篆體書名爲道咸名臣錢塘沈兆霖所題，卷前有吳藻甲辰春暇自記，共收詞一百二十四闋。國家圖書館藏；另有一本，卷後新增散曲五套和小令一篇，曲前有吳藻庚戌秋日自識。版式與初刻一致，半葉十一行，行十九字，字畫却有差異，並非出自同一版刻。國内多家圖書館藏有此本，均根據吳藻自識，將其著録爲道光三十年庚戌（一八五〇）重刻本，但經過細核，實皆下文所言《香雪廬詞》中的《香南雪北詞》部分。

另有「十家詞彙」本《香南雪北詞》，半頁九行，行二十五字。共收録詞一百十二闋，其中六十五闋見於《花簾詞》，四十闋見於《香南雪北詞》，另有七闋不見於兩集，而見於同爲金繩武所刊印的《香南雪北廬詞》中。金繩武序云：「憶髫年讀頤道先生《碧城仙館女弟子集》，心折辛瑟嬋、吳蘋香兩家。瑟嬋長於詩，蘋香特以詞名。道光歲丙午，得《花簾詞》刊本，始覽全稿。其音韻諧暢，風致娟楚，不亞易安。今歲因魏丈滋伯，得續刻《香南雪北廬詞》一卷、未刊詞一卷。時女士年逾六十，筆墨頗自矜惜，不復多所吟詠，至是而篇什愈足珍矣。録之爲《十家詞彙》之九。」可略知刻集之梗概。《十家詞彙》共收録湯貽汾《畫眉樓詞》、趙慶禧《香銷酒醒詞》、楊尚觀《曲池小圃詞》、金泰《怡雲詞》、許謹身《虚竹軒詞》、魏謙升《翠浮閣詞》、吴承勳《影曇館詞》、蔣坦《百合詞》、吴藻《香南雪北詞》、陸蒨《倩影樓詞》十種，清咸豐六年（一八五六）評花仙館刻本，天津圖書館僅存湯貽汾、趙慶禧和楊尚觀的三種，寧波天一閣博物館存全帙。

㈤《香南雪北廬集》

清咸豐六年金繩武評花仙館刊本，南京圖書館、浙江圖書館藏。這是吴藻的詩詞合集，含《香南雪北廬詩》一卷，收詩七十五首；《香南雪北廬詞》一卷，收詞十七闋。金繩武跋云：「余既選同里吴蘋香女史詞入《十家詞彙》，複得其古近體詩七十五首，爲女史手抄存本。……因排字印百册，並附其未刻詞十七闋於後。印既成，質之香雪廬主人，當不以財奴謀利詈予也。柔兆執徐辜月，錢塘金繩武識。」「柔兆執徐辜月」爲咸豐六年丙辰（一八五六）十一月。該集刊刻於《十家詞彙》之後，故《十家詞彙》中的未刊詞作皆得以收録於此。

㈥《香雪廬詞》

是集爲《花簾詞》和《香南雪北詞》的合刻本。《花簾詞》前除了初刻本的三序之外，新增張景祁序，徑稱《香雪廬詞敘》。中云：「從孫黄君質文，搜蘭畹之賸枝，揚荃橈之餘馥。靈芬未沫，奇璝益珍，緝彼蕙纕，揳同梓瑟。」可知此集乃吴藻從孫黄質文在其身後重刻，並倩張景祁作序。冒俊編《林下雅音集》、徐乃昌《小檀欒室滙刻閨秀詞》收録《花簾詞》和《香南雪北詞》，雖未沿用「香雪廬詞」之名，但由其卷前有張景祁序，可知皆據此合刻本。張序未署時間，通常稱該本爲同治刻本，近來新發現王詒壽日記中的記載，乃可佐證。《縵雅堂日記》同治十一年十一月二十五日云：「爲質文校其嬸母吴蘋香女士《花簾詞》。」同治十二年二月十六日云：「午後爲質文校其嬸母吴蘋香女士《香南雪北詞》。」[二七] 基本可以確定在同治十二年（一八七四）刊刻成《香雪廬詞》。

此本版式爲半葉十一行，行十九字。冒俊編本乃重排，半葉十一行，行二十二字。徐乃昌編本則改爲半葉十一行,行二十一字。冒俊本於《花簾詞》前增加了一頁摘自《國朝正雅集》的内容,徐乃昌本則删去序跋,諸集的詞作數量均一致。重刻的個別誤字,諸集也相沿未改。

㈦《華簾詞鈔》

清抄本,浙江圖書館藏。封面署「高龔甫先生手鈔華簾詞」,卷尾有希逸居士(楊志濂)跋。高龔甫,名保康,字龔甫,仁和(今浙江杭州)人。清光緒十一年(一八八五)副貢生,候選訓導。曾任職於詁經精舍,與修《杭州府志》。工書法。楊志濂(一八五二—一九三四),江蘇無錫人。字筱荔,號評蓮,晚號希逸,室名寒翠居,光緒元年(一八七五)舉人。曾問學于高保康。歷任湖州、嚴州、寧波知府。著有《寒翠居吟草》一卷、《續鈔》一卷、《文草》一卷,輯有《辟疆園詩文滙鈔》三卷、《中國財政史輯》等。高保康曾教授楊志濂讀書,迺以此集相贈。楊志濂之子懷白後將此册售與浙江圖書館。册後附有一九六三年楊懷白給浙江圖書館的手書,可略知其中原委。此册在楊府時,南開大學朱鑄禹(署名「朱鼎榮」)曾借閲,與所藏《花簾詞》刻本校核,並抄録未收詞作於後,且作跋語云:「庚辰(一九四〇)春暮,於舊肆獲《花簾詞》刻本,憶懷白楊丈藏有舊鈔本,借校一過。刻本缺卅一闋,採如上。或謂刊時有删擇,或謂女士别有《香雪詞集》,皆具見解。第珠遺滄海,人所同憾,姑存此采,冀獲全璧。……惜《飲酒讀騷曲》並圖,今不知流落何所。而值此干戈遍地之時,或已不獲存於天壤間矣。山陽朱鼎榮記。」此册在朱氏身後,亦流落於民間,近現於孔夫子舊書網。

是集收録詞作一百六十九題共一百八十四闋,其中共有三十四闋未見於《花簾詞》刻本,而《花簾詞》刻本最後的十七闋詞也未見於該抄本。集中個别詞題有異文,順序也與《花簾詞》有不一致之處。其來源今已不得而知。按道理説,前述《花簾書屋詩》後所附的詞全見於此集,其鈔成應晚於《碧城仙館女弟子詩》道光二十二年(一八四二)重刻的時間。是集也不見後來收録于《香南雪北集》詞作,故應早于道光二十四年(一八四四)首次刊刻《香南雪北集》的時間。可是,刊刻于道光十年的(一八三〇)《花簾詞》又有詞作不見於此集中，則此集鈔成的時間殊難確定。

㈧《吴蘋香女史詞選》

抄本。上海圖書館藏。封面左上署「吴蘋香女史詞選」，右下署「同里姚體明潛夫氏手鈔」。内封右上爲「山南雪北詞合鈔」，中爲「花簾詞」，左下署「桐塢山樵選訂」。姚氏生平不詳，由上述資訊可知其字潛夫，號桐塢山樵，錢塘人。在《香南雪北詞》之吴藻自記後，有姚體明的題識：「《香南雪北詞》計選長短調凡四十九闋，遺去不及其半。連《花簾詞》八十四闋，共一百三十三闋。朝夕熟讀，可以助我之深思矣。桐塢山樵呵凍鈔於研慮齋。」則此集乃姚氏選鈔供自娱。該集後另有詞作七首，或系姚氏從他處所得吴藻之作，姑存疑。

總合各集，可以厘清吴藻現存作品的情況，大致如下：（一）戲曲：雜劇《喬影》、散曲五套和小令一篇；（二）詩歌：《花簾書屋詩》收詩九首、《香南雪北廬集》收詩七十五首；（三）詞：《花簾詞》收詞一百六十八首、《香南雪北詞》收詞一百二十四首、《香南雪北廬集》收未刻詞十七首、《華簾詞鈔》有三十四首詞爲諸集所未見。在諸集之外，還有部分吴藻的作品傳世。《香南雪北詞》有吴藻詞、曲自記各一，淩祉媛《翠螺閣詩詞稿》與汪蘅《紅豆軒詩詞》各有吴藻序言一篇，許蘭身《蕉石軒詞》封面有吴藻手書題辭，沈善寶《鴻雪樓詞》後有識語一則，北京匡時國際拍賣有限公司二〇一七年春季拍賣會拍品有其與魏謙升書劄一篇，共計文七篇；李淑儀《疏影樓名姝百詠》與阮恩灤《慈暉館詩詞草》各有題集的詞作一首，許蘭身《蕉石軒詞》附録有吴藻佚詞一首，姚體明《吴蘋香女史詞選》抄本後有存疑詞作七首，共計集外詞三首，存疑七首；許秋垞《聞見異辭》有吴藻題詩一首。合計以上諸項，共得吴藻作品：詞三百四十六首、存疑七首，詩八十五首，文七篇，雜劇一篇、曲六篇。這是目前所能見到的吴藻作品的全部數量，期待還能有新的發現。

〔一〕陸蓴庭《喬影〉作者吴藻事輯》,《清代戲曲家叢考》,學林出版社一九九五年版。諸家對吴藻生卒年的討論可以參看陳志平、程明華《吴藻生卒年和著作辨誤》(《黄岡師範學院學報》二〇〇七年第一期)、吴永萍《清代女作家吴藻生平考述》(《新世紀圖書館》二〇〇九年第一期)、江帆《吴藻生平研究新發現》(《古今談》二〇一二年第四期)。三文對百年來多家論及吴藻生平的觀點都有論及,且試圖去解決生年問題,因所見材料有限,並無新的見解。

〔二〕金繩武《十家詞彙》,清咸豐六年(一八五六)評花仙館刻本。

〔三〕魏謙升《翠浮閣詞二集》,清咸豐四年(一八五四)刻本。

〔四〕趙慶熺《香銷酒醒詞》,清道光二十八年(一八四八)刻本。

〔五〕陸蒨《倩影樓遺稿》,清同治二年(一八六三)刻本。

〔六〕吴藻《序》,汪蘅《紅豆軒詩詞》,清咸豐元年(一八五一)刻本。

〔七〕汪遠孫《清尊集》,清道光十九年(一八三九)振綺堂刻本。

〔八〕魏謙升《翠浮閣遺詩》,抄本。

〔九〕馮沅君《古劇説滙》,商務印書館一九四七年版,第三百八十一頁。

〔一〇〕吴克俊、程壽保纂修《(民國)黟縣四志》卷八,民國十一年(一九二二)刻本。

〔一一〕梁紹壬《兩般秋雨盦隨筆》卷二,上海古籍出版社一九八二年版,第六二頁。

〔一二〕吴藻《洞仙歌·二月初九日,偕蘅香大姐、茝香二姐、夢蕉三兄超山探梅,寒葩未坼,遊屐不喧,風雨篷窗,悶人殊甚,賦此解嘲》,《香南雪北詞》。

〔一三〕沈善寶《鴻雪樓詩選初集》卷四,清道光刻本。

〔一四〕沈善寶《名媛詩話》卷六,清光緒刻本。

〔一五〕趙慶熺《香銷酒醒詞》,清道光二十八年(一八四八)刻本。

〔一六〕黄燮清《國朝詞綜續編》卷二十四,《續修四庫全書》影印清同治十二年(一八七三)刻本。

〔一七〕吴克俊、程壽保纂修《(民國)黟縣四志》卷八,民國十一年(一九二二)刻本。

（作者單位：華東師範大學中文系）

〔一八〕吴藻《香南雪北詞自記》，清道光二十四年（一八四四）刻本。

〔一九〕參見周祝偉《宋代杭州南湖及其變遷考》（《浙江學刊》二〇〇七年第二期）和曾維剛、鐵愛花《園林別業與宋人休閒雅集和文學活動》（《浙江學刊》二〇一二年第五期）。又，《四庫全書總目》卷七十六《南湖紀略稿提要》云：『南湖一名白洋池，在杭州城北隅。宋張俊賜第，四世孫鎡別業，據湖之上。湖在宅南，因名南湖。』

〔二〇〕按，陳文述《頤道堂戒後詩存》卷十有詩《女弟子吴蘋香移家南湖，是南宋張功甫玉照堂舊址。小樓三楹，顏曰虚白，清齋禮誦，從余問道，並乞命名，因其崇奉和靖先生，名以來鶴，侑之以詩》，又，汪端《自然好學齋詩鈔》卷十有《蘋香姊移居南湖，宋張功甫玉照堂遺址也。修竹古梅，清曠殊絶。近乃潛心玄學，禮誦精勤，余旋里過之，論道甚契。值呂祖誕辰，相與禮懺于虚白樓，賦詩記事》，詩中小注云：『家翁贈字曰來鶴，龍門第十三輩也。』

〔二一〕陳文述《聞女弟子吴蘋香屏謝詞華棲心禪悦寫經參偈頗究上乘賦此奉寄》，《頤道堂戒後詩存》卷九。

〔二二〕陳文述《碧城題跋》卷二，清道光二十三年（一八四三）刻本。

〔二三〕沈善寶《名媛詩話》卷六，清光緒刻本。

〔二四〕沈善寶《鴻雪樓詩選初集》卷四有《春分前一日，梁楚生太夫人暨許雲林、鮑玉士女史偕看盆梅，兼聽吴蘋香、黄穎卿兩夫人鼓琴，即席口占》，作于道光十五年乙未（一八三五）。吴藻《送湘佩入都即和留別元韻》其一『寒梅高格出風塵，一笑相逢見性真』句自注云：『余于夏園看梅，乃識湘佩。』沈善寶《名媛詩話》卷六引此詩自注更爲詳細：『余晤君于夏氏園看盆梅，一見傾心，遂成莫逆。』亦可參證。

〔二五〕參見許蘭身《洞仙歌·戊午花朝，余偕姬人者華會曲於香雪廬，適魏滋伯丈在座，越日以詞寄示，即譜原調答之》小注，《蕉石軒詞》，稿本。

〔二六〕《續修四庫全書總目提要·集部》，上海古籍出版社二〇一四年版，第四百七十三頁。

〔二七〕《緦雅堂日記》，《上海圖書館藏稿鈔本日記叢刊》第二十六册，國家圖書館出版社二〇一七年版。按，黄質文（一八二九—一八八二），錢塘人，曾入左宗棠幕，後供職浙江書局，司會計。譚獻、李慈銘、王詒壽日記中均略有其行跡之記載。另與陳豪、高保康等有往來，但未見到黄質文直接與張景祁交往的材料。黄質文與王詒壽同在浙江書局共事，王稱吴藻爲黄質文嬸母，或許比張景祁稱黄質文爲吴藻從孫更為可信。資料缺乏，姑存疑備考。

論清代咸同之際的詞壇變局

劉　深

内容提要　咸同詞壇，詞人以詞爲史，以詞言志，發爲悲慨之音。浙派詞風依然高漲，然在戰争的歷史背景中，常派的詞學理念漸爲詞壇所普遍接受并予以實踐，由浙入常乃至浙常融通成爲時代的一大趨勢。就咸同詞人而言，其審美情趣體現爲對「既清且厚」或者説「意趣」的追求。這也導致他們在反映戰争時，往往曲筆填詞，寄託感慨，情事隱晦。值得注意的是，咸同時期，浙派詞人輩出，傑作頻仍，然其詞學主張却漸趨衰落，其師説統序却獲得詞壇的共同體認。而常派却呈現了「師説雖具，統系未明」的狀態。尤其是常派的清代統序，譚獻等常派詞人尚未廓清。

關鍵詞　咸同詞壇　變局　戰争　以詞爲史

晚清詞人蔣兆蘭《詞説》云：「有清一代，詞學屢變而益上。」〔一〕從某種意義上説，這一論斷指出了清詞發展的特徵和價值所在。然「屢變」的具體情形如何？則值得考察。從學界研究來看，對於順康、雍乾、嘉道、光宣詞壇風氣的變化，均有不少重要論述。而對於咸同詞壇的變化，相關的論述則顯得有些薄弱，故值得重視。從社會狀況來看，自鴉片戰争以來，中國社會遭遇數千年未有之變局。而從清詞發展來看，

本文爲「廣西高等學校千名中青年骨幹教師培育計劃」科研項目「清代咸同詞壇研究」階段性成果。

嘉道詞壇整體上仍是延續雍乾的路數，至咸同年間，清詞發展亦可謂步入百年未有之變局。推動這一變局形成的重要力量是太平天國運動等戰爭。衆所周知，戰爭對於文學創作的影響很大，往往會導致創作主題、題材、風格、文壇風氣等等多方面的變化。太平軍與清軍長期在江南作戰，使得詞壇中心即江南一地遭受重創。這就使得咸同詞壇呈現出某種變局的狀態，詞風也發生了重大變化。那麼，咸同時期的詞壇詞風具體呈現出什麼狀態呢？本文擬對此進行探討。

一　戰争主題與悲慨之音

咸豐、同治的二十四年，厄運不斷，兵事時起，尤以太平軍爲劇。梁啓超説：「洪楊之亂，痛毒全國。……政治上生計上所生的變動不用説了，學術上也受非常壞的影響。因爲文化中心在江、皖、浙，而江、皖、浙糜爛最甚。公私藏書，蕩然無存。未刻的著述稿本，散亡的更不少，許多耆宿學者，遭難凋零，後輩在教育年齡，也多半失學。」〔二〕如此，清詞的發展亦受到很大的影響。僅咸豐一朝，「以詞人計，就有數以百計或殉難，或破家逃生。」〔三〕

面對新的社會現實，咸同詞人也開始直面戰争，戰争書寫成爲詞中的主題。如吴縣詞人吴棠作《賀新涼・次集中韻》詠太平軍事云：

> 華髮催人急。瞥十年、胥江一棹，荻風楓瑟。憶到莎聽勤課讀，回首已非疇昔。喜到眼、花騰五色。二陸雙丁争炫映，譜雲和、羨説江郎筆。休惆悵，桓伊笛。　飄零我是無家客。問故巢、而今安在，劫灰悽惻。猿鶴蟲沙成幻夢，填海冤禽何益。歎窈渺、天心莫必。起舞中宵雞膈膊，拔銅琶、嗚咽江聲濇。緘秋思，素書尺。〔四〕

「劫灰悽惻」下自注曰：「秋杪遭粵匪之難，萬卷蕩然。」偌大的江南竟然放不下一張平静的書桌，詞人内心之悲痛可想而知。由此，可窺其詞旨。圍繞這一主題，作者描寫了疇昔「課讀」時的繁華景象與今之「劫灰」時的飄零慘象，這種强烈的今昔對比，更襯托出戰火對詞人及詞學事業的摧殘。

值得注意的是，咸同詞人也有意接續姜夔《揚州慢》的傳統，在詞中亦喜歡書寫「蕪城」。如丁至和《萍緑詞》卷一《揚州慢》：

歌扇香雲，畫橋春月，可憐送斷瓊簫。記珠簾十里，有小燕斜飄。歎如此情天未補，草心愁醒，吹緑裙腰。近清明，留得餘寒，分上林梢。　絳仙唤起，算相如、才思應消。便淚涴燕支，花緘豆蔻，魂倩誰招。柳外玉驄嘶盡，殘陽恨、説與空潮。但凝成淒碧，年年螢火涼宵。〔五〕

詞中浸透著一種深沉的麥秀之感、黍離之悲。詞前有小序云：「夕陽在樹，群鴉亂飛，偶過玉句斜畔，聞流水潺潺，作嗚咽聲，淒然感矣，因譜石帚自製中吕宫弔之。」這表明，詞人所見所感與南宋姜夔甚爲相似。而其「頻年迫饑驅疏」的遭遇〔六〕，又與姜夔的寒士生涯有相似之處。當然，丁至和詞學姜夔，詞中更蓄積了很多政治内容。此詞與姜夔的《揚州慢》相比，在情感抒發、意境營造等方面似乎更落到實處，雖不如姜詞清空，但更直面現實。

咸同詞人對「蕪城」的書寫，並不局限揚州城，而是將視角擴展至整個江南的城市，詞調亦不限於《揚州慢》，而是自由選擇詞調。如張炳堃《抱山樓詞録》卷一《滿庭芳·舟次無錫，望惠山傷今悼往，情何以堪》：

草暗連城，苔荒斷甃，厭聽人説滄桑。廿年身世，贏得一思量。除却名山似舊，更何處、認取江鄉。添多少，雲愁海思，都付與斜陽。　淒涼。尋舊雨，而今絲鬢，前度紅香。算只有桃花，曾共離觴。指點孤帆天際。天際處、煙靄茫茫。休輕唤，揚州夢醒，杜牧易神傷。〔七〕

該詞作於同治乙丑年（一八六五），太平天國運動剛被平息不久，時作者途經無錫，寫戰亂後慘像，感傷國事，寄託遥深，注入了複雜的内涵。陳元鼎（字實庵，號芰裳，錢塘人）在詞後有評曰：「令威重來，城郭猶是，今則城郭亦非矣。俯仰江山，安得不效新亭之哭。」

又有《臺城路・乙丑春寓滬，喜吴門潘玉泉觀察曾瑋將至，寄此速之，兼述别後情事並柬吴平齋觀察》：

悲笳吹冷鶯花海，懽雲散成愁霧。鄰壁灰飛，前軍瓦解，援絶孤城一旅。倉皇夜渡。問誰整偏師，繡旗行部（辛酉冬，浦東諸邑盡陷，賊薄滬城，壬戌春，君由海道入都，定會防之議）。見説而今，緑沈槍已卧苔礎。　英雄心事最苦（君方任吴門善後之役），江山如訴。别金粉塵土。茂苑螢飛，叢臺鹿走，何況鶯簾燕户。前遊記否。記紫桂樓深，蹲蹲夜舞。爲約延陵，儻來尋夢雨。〔八〕

此詞真實敘述了一場發生在上海的戰争過程，堪稱實録，極爲動人。陳元鼎詞後有評云：「豪情苦語入行雲，讀之聲淚俱下。」吴雲讀後亦評曰：「稿中《臺城路》一闋，懷玉洤而及鄙人，有句云『英雄心事最苦，江山如訴，别金粉塵土。』讀之，尤令人增身世滄桑之感，至其格調之高，置之髯蘇集中幾莫能辨。」值得注意的是，張炳堃的《抱山樓詞録》真實地反映了太平天國運動時期的社會狀況，或悱惻纏綿，或激昂慷慨，顯示了清詞在内涵、題材、境界等方面都得到了進一步的發展。因此，夏元鼎稱讚道：「小令慢調皆有南宋遺軌，芬芳悱惻能移我情。」潘曾瑩亦嘆服云：「煉字精深，抒詞諧暢，足爲倚聲家之榘矱，至其寄託遥深，情韻兼至，洵足接武君家《山中白雲詞》。」〔九〕

當然，在詞中「寄託遥深」並不是張炳堃的專利，衆多咸同詞人均有此特點。由此可見，咸、同時期的詞人對政治現實的表現要比嘉、道及以前的詞人深刻直接得多。社會政治的劇烈變化既推動了詞人走進社會現實，也使得詞人以戰争爲主要題材，以詞爲史，抒發悲慨之音。

二　由浙入常的趨勢

清詞發展至嘉道以後，常派崛起，而浙派逐漸式微，而在這一過程中，浙、常兩派亦呈現出融通滙合的趨勢。然而，這一趨勢具體如何表現，則值得考察。考咸同詞壇，浙派詞風依然高熾。如蔣敦復於咸豐八年作《香隱盦詞跋語》云：「邇年詞學大盛，俱墨守秀水朱氏之説，專宗姜張，域於南渡諸家，罕及《花庵詞選》者，況《花間》乎？」〔一〇〕《香隱盦詞》即爲潘遵璈所著，潘氏填詞，尊姜張，重格律，與戈載、孫麟趾、仲湘等吴中詞人遊，爲浙派後期重要詞人，死於咸豐十年（一八六〇）太平天國攻入蘇州時。有趣的是，潘氏詞集却基本没有反映戰争的詞作。然而，太平天國導致的戰亂使得詞人不能再只局限在個人的小世界中，必須將視野投入到廣闊的社會現實當中。因此，以潘遵璈爲代表的浙派詞人遂遭到强烈的批評。如劉禧延《香隱盦詞跋語》即云：「近來攻長短句者，動曰姜、張，曰二窗，不知姜、張諸人各有真藴，徒仿佛於字句間，等之摹聲揣影而已。」〔一一〕如此，常派的詞學理念得到了一個理論聯繫實際的機會，不僅常派詞人將之落到實處，也漸爲浙派詞人所接受並予以實踐。因此，在咸同詞壇的創作實踐層面，由浙入常進而浙常融通成爲時代的一大趨勢。以蔣春霖、杜文瀾、丁至和、李肇增、郭夔等等爲代表的淮海詞人群體以詞敘寫個人遭際和社會動亂，即充分代表了這一清詞發展趨勢。

蔣春霖「憂生念亂之懷，牢落坎壈之遇，而一以倚聲出之」〔一二〕，爲淮海詞人中成就最高者之一。咸豐十一年（一八六一），李肇增《水雲樓詞序》云：「君嘗謂：『詞祖樂府，與詩同源。偎薄破瑣，失風、雅之旨。情至韻會，溯寫風流，極温深怨慕之意，亦未知其同與異否也。』故以此悉力於詞，登山臨川，傷離悼亂，每有感慨，於是乎寄。」〔一三〕又同治十二年（一八七三），宗原翰《水雲樓詞續序》云：「而鹿潭慨然自謂：『欲以騷經爲骨，類情指事，意内言外，造詞人之極致。』譬以南唐兩宋，意弗滿也。」〔一四〕蔣春霖在詞中著力寫戰争帶來的荒蕪景象，亦喜歡寫「蕪城」，如《揚州慢》：

野幕巢烏，旗門噪鵲，譙樓吹斷笳聲。過滄桑一霎，又舊日蕪城。怕雙雁、歸來恨晚，斜陽頹閣，不忍重登。但紅橋風雨，梅花開落空營。　劫灰到處，便司空、見慣都驚。問障扇遮塵，圍棋賭墅，可奈蒼生。月黑流螢何處，西風黯、鬼火星星。更傷心南望，隔江無數峰青。[一五]

詞前有小序云：「癸丑十一月二十七日，賊趨京口，報官軍收揚州。」癸丑即咸豐三年（一八五三），是年三四月太平軍相繼攻下南京、鎮江、揚州等地，與清軍陷入拉鋸戰，十一月清軍與太平軍進行了一場大戰，收復了揚州。該詞敘寫揚州殘破蕭條，到處劫灰，星星鬼火，令人心驚，傷心不已。此詞與姜夔的《揚州慢》相比，在情感抒發、意境營造等方面似乎更落到實處，雖不如姜詞清空，但更直面現實。故譚獻《復堂詞話》譽之爲「咸豐兵事，天挺此才，爲倚聲家杜老」[一六]。

有學者認爲，以蔣春霖爲代表的淮海詞人群「從創作實踐所體現上的審美情趣看，基本上宗南宋，奉格律派爲圭臬，言必稱白石、夢窗或玉田、草窗，實際還沿襲浙派老路，雕章琢句，歸於醇雅」，而「真正跳出浙派的路子」，「集常、浙兩派之大成」只有蔣春霖等少數人。[一七]這一論斷有其道理，但未盡客觀。從淮海詞人群體的詞作來看，他們作爲浙派詞人，開始將常派的詞學理論付諸實踐，體現出由浙入常的發展趨勢，而少數詞人如蔣春霖則達到了浙常融通的境界。這一特點，亦從淮海詞人群體中的其他成員的詞作上表現出來。如吴熙載《揚州慢》云：

道是還家，尋疑重夢，黄埃繞遍歸程。認荒園獨樹，剩幾點餘青。自歌吹、繁華日久，干戈兒戲，民不知兵。念蒼生、誰問空教，重做蕪城。　鮑照去後，有坐飛、沙石還驚。想鬼伯吹燈，磷青閃壁，都是冤情。骨肉舊歡安在，無人哭、哭也無聲。歎飄零身世，何堪重卜他生。[一八]

詞前有詞題云：「咸豐三年十二月入揚州郡城作。」吴熙載原名廷揚，字讓之，別號晚學居士，江蘇儀征人。

生於嘉慶四年(一七九九),卒於同治九年(一八七〇)。與姜夔、蔣春霖等詞人一樣,吴熙載亦重點刻畫揚州「蕪城」的狀態,以及戰争帶來的痛苦和悲傷。此詞既體現出浙派的風格,又應該是常派理念的産物。

以淮海詞人群體爲代表的咸同詞人對太平天國戰争極爲關注,他們以詞爲史,以詞言志,詞中充斥著詞人的時代感慨與焦慮心緒。可見,太平天國戰争給咸同詞人帶來了一個機會,他們有意識地將「意内言外」、「比興寄託」的理念付諸填詞實踐,創作了大量與戰争有關的詞作,而這些詞作,正是由浙入常及浙常融通的表現。

值得注意的是,由浙入常的趨勢更突顯在晚清詞家蔣敦復身上。蔣敦復即是一個證明,因爲他早年「從事南宋,以空靈婉約爲主」,後又「力追南唐北宋諸家」〔一九〕。如蔣敦復曾云:「時彦詑於人,輒云姜張朱厲,其實於玉田、樊榭僅得皮毛,竹垞已不可及,若白石之一往痛峭,非貌爲清空者,可襲而取蒙。嘗欲以北宋諸名家救其弊,上之可接跡唐賢,下之不至流爲空滑。」〔二〇〕在蔣敦復看來,浙派存在弊端,故需入常派以救弊。咸豐二年,蔣敦復在《芬陀利室詞話》中提出了「有厚入無間」的觀點,兹録之如下:

澹園喜填詞,余舉意内言外及有厚入無間之説告之。四篁復舉仇山村「言順律舛,律協言繆」俱非詞家本色語。澹園怳然悟曰:「填詞三十年,今始得正法眼藏也。」〔二一〕

因以有厚入無間之説進之,同叔詞之境詣可見〔二二〕。

具此才調,倘從余今日之持論,力追南唐北宋諸家,所謂有厚入無間者,庶幾得之〔二三〕。

可見,蔣敦復教人填詞,勸以「有厚入無間」之説。那麽「有厚入無間」具體有什麽内涵呢?考其論述,可知包括以下幾個方面的内容。首先是意内言外,即蔣敦復有云:「詞之合於意内言外,與鄙人有厚入無間之旨相符者,近來諸名家指不多屈。」顯然,這是常派比興寄託理論的闡述。其次,「有厚入無間」是唐、五代、北宋詞人所能達到的詞境,故學詞須從北宋著手,上溯唐五代。再次,南宋詞人能達到「有厚入無間」

境界的詞人極少，即「有厚入無間者，南宋自稼軒、夢窗外，石帚間能之，碧山時有此境，其他即無能爲役矣。」〔二四〕因此，蔣敦復《寒松閣詞跋》又云：「餘何以益玉珊，必進而上之，試取有厚入無間之説，由北宋以上溯唐人三昧，即風騷漢魏，其微旨亦不難窺測也。於姜、張、朱、厲乎何有？」

那麼，如何實現「有厚入無間」呢？蔣敦復提出了途徑：「猶憶往時，小梅欲學詞，余以告以從玉田入手，即和余紅香緑影詠紅緑梅及花陰柳影諸詞，清雋諧婉，咄咄逼人。余謂君詞可大成，第勿專學玉田，流於空滑，當以夢窗救其弊。」〔二五〕可見，蔣敦復認爲由張炎入手，俟詞成，再學吴文英，以吴文英之「質實」補張炎之「清空」。這顯然是針對浙西詞派而言。因浙派發展到後期，弊病已生，而蔣敦復初由浙派轉入常派，嘗試救浙派之詞弊。可見，蔣敦復的「有厚入無間」亦强調意內言外，比興寄託，是將常派之「寄託」與浙派之「清空」相融合。這種做法實質是「由浙入常」進而達到「浙常融通」境界的一種追求。

三　既清且厚的詞學追求

值得指出的是，蔣敦復的「有厚入無間」不僅是針對浙派弊端而提出的，也是針對常派「欲反其弊」所造成的弊端而提出的。對於這一點，王韜認識的很清楚，如《芬陀利室詞話序》有云：「劍人作詞，欲上追南唐北宋，而舉有厚入無間一語，以爲獨得不傳之秘。余亦謂詞之一道，易流於纖麗空滑，欲反其弊，往往變爲質木，或過作謹嚴，味同嚼蠟矣。故煉意、煉辭，斷不可少。煉意，所謂添幾層意思也；煉辭，所謂多幾分渲染也。」〔二六〕

考王韜的觀點，源自蔣敦復的論述，兹録之如下：

然石帚、夢窗尚須加一層渲染，淮海、清真則更添幾層意思。加渲染，添意思，正欲其厚也。若入李氏、晏氏父子手中，則不期厚而自厚，此種當於神味別之〔二七〕。

「纖麗空滑」自是浙派發展到後期的弊端，而常派詞人則「往往變爲質木，或過作謹嚴，味同嚼蠟」，亦是一弊，故浙派須「煉辭（加渲染）」，常派須「煉意（添意思）」，所針對的是浙、常二派的弊端，而解決這些弊端，關鍵在於達到「厚」的境界。在蔣敦復看來，詞之最高境界是南唐二主及晏殊父子，達到「不期厚而自厚」的境界。可見，蔣敦復是將「厚」作爲最高的審美理想和詞學追求。

學界通常認爲，「厚」是屬於常州詞派的觀點。然而，考察詞史却發現事實並非如此簡單。常派的鼻祖張惠言實際上没有提及「厚」的觀點。嘉慶十七年（一八一二），由浙入常的周濟撰《介存齋論詞雜著》，始注意到「《花間》極有渾厚氣象」〔二八〕、「清真愈鉤勒，愈渾厚」〔二九〕；道光十二年（一八三二），周濟在《宋四家詞選目録論》中又重提「清真愈鉤勒，愈渾厚」之説〔三〇〕。可見，是周濟先注意到周邦彦等詞人具有「厚」之特點。周濟《介存齋論詞雜著》云：

初學詞求空，空則靈氣往來。既成格調求實，實則精力彌滿。初學詞求有寄託，有寄託則表裏相宜，斐然成章。既成格調，求無寄託，無寄託，則指事類情，仁者見仁，知者見知。北宋詞，下者在南宋下，以其不能空，且不知寄託也；高者在南宋上，以其能實，且能無寄託也。南宋詞，下不犯北宋拙率之病，高不到北宋渾涵之詣〔三一〕。

這段話既考察了北宋詞與南宋詞的區别，然重點是對學詞途徑予以辨析。周濟認爲，若從浙派入手，詞求清空，既成格調後須求實，然又不能落於實處，即不求寄託而自有寄託在；若從常派入手，求比興寄託，則既成格調後，須求無寄託，即「非寄託不入，專寄託不出」。前者做法其實是「由清入厚」，後者做法是「融厚入清」，最終達到的境界是「既清且厚」。考周濟是由浙入常的詞人，他所提出的學詞途徑當是其自身經驗的總結和概括。

此外，考清人詞論，明確提出「厚」之觀點的還有由浙入常的譚獻、況周頤等人。如譚獻《詞辨跋》云：

「大抵周氏所謂變，亦予所謂正也，而折衷柔厚則同。」〔三一〕又況周頤《蕙風詞話》卷二云：「詞有穆之一境，静而兼厚、重、大也。」〔三二〕值得注意的是，在理論上對「厚」進行較爲詳細的概括並予以闡發的是陳廷焯的《白雨齋詞話》，陳廷焯對「厚」推衍出多種意蘊，如「沉厚」、「忠厚」、「深厚」、「温厚」、「和厚」、「渾厚」，等等。然而，《白雨齋詞話》著於光緒十七年（一八九一），陳廷焯亦是由浙入常的詞人。

有意思的是，以上提倡「厚」的詞人，他們皆屬於由浙轉常的詞人。由此，我們得出一個基本認識，由浙入常及浙、常融通的關係及過程是非常複雜的，而並非是通常所認爲的是浙派向常派學習並融入到常派當中。這應該也體現在常派對「清空」理論的接受，那些由浙入常的常派詞人，應該如周濟那般，堅持「既清且厚」的審美理想。當然，這種由浙入常的過程，即是由「清（清空）」入「厚（渾厚）」的過程，亦是將「比興寄託」融入「清空騷雅」。如劉熙載《詞概》云：「清空中有沉厚，才見本領」〔三四〕。又云：「詞之大要，不外厚而清。厚，包諸所有，清，空諸所有」〔三五〕。

對於這種「清空」與「渾厚」的融合，浙派詞人孫麟趾謂之「氣味」，如《詞逕》云：「學問到至高之境，無可言説。詞之高妙在氣味，不在字句也。」〔三六〕陳水雲指出：「這『氣味』就是《詞逕》中提出的『十六字訣』：清、輕、新、雅、靈、脆、婉、轉、留、托、淡、空、皺、韻、超、渾。」〔三七〕由劉履芬《詞逕跋》可知，「作詞十六訣」是孫麟趾在同治九年（一八七〇）以前提出。考其内涵，「清」、「輕」、「雅」、「靈」、「脆」、「淡」、「超」等當是「清空醇雅」的具體而微的表現，可用「清」來概括；而「留」、「托」、「皺」、「渾」則是「比興寄託」的另一種闡釋，可用「厚」來代表。作爲浙派詞人，孫麟趾提出「清」的審美主張自不出奇，如「天之氣清，人之品格高者，出筆必清。五采陸離，不知命意所在者，氣未清也。清則眉目顯，如水之鑒物無遁影，故貴清」〔三八〕，而他亦提出了「渾厚」之説，「何謂渾，如『淚眼問花花不語，亂紅飛過秋千去』，『江上柳如煙，雁飛殘月天』，『西風殘照，漢家陵闕』，皆以渾厚見長者也。詞至渾，功候十分矣。」〔三九〕由此可見，在咸同時期，浙派詞人的審美情趣亦是既清且厚。

對於這種字句之外的「氣味」，宋志沂謂之「詞趣」，「遊孫氏之宇，可以暢詞趣。」〔四〇〕考「詞趣」之説，當源自張炎的「意趣」。張炎《詞源》云：「詞以意趣爲主，要不蹈襲前人語意。」〔四一〕此處似指立意而言。又評蘇軾的《水調歌頭・中秋》和《洞仙歌・夏夜》、王安石的《桂枝香・金陵懷古》、姜夔的《暗香》和《疏影》云：「此數詞皆清空中有意趣，無筆力者未易到。」〔四二〕又評周邦彦詞云：「惜乎意趣却不高遠。」〔四三〕似又指詞境而言。這説明，「意趣」對張炎而言，是一個寬泛的概念。大概也正因爲如此，自張炎以後，「意趣」説長期以來没有受到特别的重視，幾乎沉潛於詞史中。

「意趣」的重提是到咸同詞人的手裏才得以實現。如李佳《左庵詞話》卷上云：「詞以意趣爲主，意趣不高不雅，雖字句工穎，無足尚也。意能迥不猶人最佳。東坡詞最有新意，白石詞最有雅意。」〔四四〕又沈祥龍《論詞隨筆》云：「詞得屈子之纏綿悱惻，又須得莊子之超曠空靈。蓋莊子之文，純是寄言，詞能寄言，則如鏡中花，如水中月，有神無跡，色相俱空，此惟在妙悟而已。嚴滄浪云：『惟悟乃爲當行，乃爲本色。』」〔四五〕所謂的高雅、寄言、屈子、莊子、蘇軾、姜夔、妙悟等，皆是由「既清且厚」的闡釋，有神無跡則有深趣，色相俱空自有氣味。又如黄燮清亦云：「蓋一著跡，便無深趣也。其中大有禪味，非淺人能解。」〔四六〕上述詞家，各自提出了自己對「意趣」的認識。雖然所論多有不同，但其立足點仍是清且厚。這也説明，「清空」與「渾厚」的融合即爲「意趣」，這已成爲咸同詞人最重要審美理想。

那麽，由「既清且厚」到底應該是怎樣一種狀態？又該如何實現這種狀態呢？黄燮清爲其弟子張鳴珂《寒松閣詞》所作的題評有所闡述，兹録之如下：

嗣後每作一調，必先定其命意之所在，或言外感慨，或借端寄託，則此中有膽，凡似是而非，描頭畫角之語，自無從繞其筆端，且須音在弦外，不可意盡句中。收處尤宜縹緲無跡，其線索關合，須在有意無意之間，方能不著跡相。蓋一著跡，便無深趣也。〔四七〕黄燮清追求的「深趣」，即是張炎所説的「意趣」，它的要求主要有二：一是重視「命意」，主張比興寄託，言外之慨，這自是「厚」的要求；二是「音在弦外，不可意盡」、「縹緲無跡」、「不著跡相」等，這自是「清」的要求。從「意趣」身上，我們可以看到王士禛「神韻」説的影子。這當然是正常的，因爲詞學理論一直是從詩歌理論中汲取養分來發展的。

當然，就咸同詞人而言，對「既清且厚」或者説「意趣」的追求，導致他們在反映戰争時，往往曲筆填詞，寄託感慨，情事隱晦。試舉張熙兩闋詞以作説明，先看《鷓鴣天·邗江道中》：

小隊灣頭試玉鞭，東風回首十三年。清時破寺仍鐘鼓，野寺春燈自管弦。　寒似水，夢如煙。緑楊依舊畫橋邊。宵來一枕孤篷雨，不是江南一惘然。〔四八〕

再看《琵琶仙·趙竺薌招同七星岩探梅》：

一卧滄江，早閑了、舊日尋詩雙屐。多難偏約登臨，層雲蕩胸臆。煙樹外、斜陽一點，漸紅破、亂山愁碧。斷壑流澌，疏花隱岫，塵夢無迹。　甚贏得、身外浮鷗，況都是、江南倦遊客。回首石橋横處，黯湖天春色。重唤起、清歌對酒，話小園、雪後消息。好共明月梅邊，夜寒吹笛。〔四九〕

杜文瀾《憩園詞話》卷四云：「《鷓鴣天》即追詠揚州軍中事，『清時』一聯，神來之筆，不可多得。……《琵琶仙》以老杜詩情寫白石詞旨，尋味無窮，皆卓然可傳。」〔五〇〕顯然，二詞並没有將政治背景與詞人自己的感慨明確地寫出來，而是通過景物的描寫，「來傳達詞人在此特定時空背景中，那種幽微難言却又極爲複雜的精神世界」〔五一〕。這是南宋詞人傳下的手法，被咸同詞人重新繼承下來。晚清詞家沈祥龍總結説：「感時之作，必借景以形之。如稼軒云：『算只有殷勤，畫簷蛛網，盡日惹飛絮。』同甫云：『恨芳菲世界，遊人未賞，都付與鶯和燕。』不言正意，而言外有無窮感慨。」〔五二〕

四　詞風盛行與詞學轉衰

晚清詞人蔣敦復與黄燮清曾對咸同詞壇有過一簡單論斷，該觀點見於《寒松閣詞序》中：「咸豐十又一年，冬十一月，海鹽黄韻甫大令自杭省出山，將之楚，道出滬城，訪予於沈香閣修志局。彼此神交二十餘年矣，至是始得一合并。握手論詞，相與歎今日詞風盛行，詞學轉衰。」〔五三〕就浙派而言，「詞風盛行，詞學轉衰」這一論斷符合其在咸同詞壇的發展實際。

同治十二年，黄燮清編輯成《國朝詞綜續編》。潘曾瑩作序云：「取乾嘉以來《詞綜》未及登者，蔚成巨編，其規式悉依竹垞、蘭泉兩先生選本，故名之曰《詞綜續編》。集中詞人幾及六百家。……是編所録，悉以雅麗蘊藉爲准，求合乎無邪之旨，庶使工於詞者知我朝文治蒸蒸，經術詩賦而外，詩餘一家，亦實能超軼曩軌，津逮來學，鼓吹揄揚，體莫大焉。豈直發潛闡幽，其苦心爲不可及哉。」〔五四〕可見，黄氏此選，雖是繼朱彝尊、王昶編《詞綜》之事業，然其主要目的已不是張揚姜張之風，而是「存人、存史」的宗旨。從某種意義上説，《國朝詞綜續編》並無「開宗」、「尊體」、「便歌」的宗旨，只爲「傳人」，遂失去編詞選以傳達詞學理念的作用。

因此，咸同詞壇，浙派填詞風氣依然很盛，然在詞學理論上却没有什麽突破和創新，故表現在《詞選》方面基本是以存人存詞爲目標的歷史文獻性質了。這一點，陳廷焯的《雲韶集》亦可作爲證據。

陳廷焯編選的《雲韶集》雖然宣稱在編選宗旨上與浙派宗主朱彝尊的《詞綜》前後呼應，如《雲韶集》卷十五中云：「余選此集，自唐迄今，悉本先生《詞綜》，略爲增減，大旨以雅正爲宗，所以成先生之志也。」〔五五〕然其編纂實以保存文獻爲主要目標，如陳氏將元人小曲、山歌童謡（雜體詞）、《桃花扇》（哀江南）、詞人瑣事、方外閨秀之作、古人評語等皆收入集中，足見其選政之廣，其保持文獻之旨無疑。

考《雲韶集(正編)》選唐代十七人,五代二十三人,宋代兩百七十七人(其中北宋一百零二人,南宋一百六十五人),金代二十四人,元代五十八人,明代一百三十六人,清代三百六十八人。可見,兩宋以及清代所選詞人的數量明顯要多。由此,可以得出以下幾個認識:首先,陳廷焯意圖跨越元明,直接兩宋,故「是集所選,以兩宋爲宗,而國朝諸公,實足與兩宋相埒,故所選獨多」[五六]。縱觀詞選,入選詞作數量超過三十首的,兩宋有五人,即辛棄疾(四十三)、周密(三十六)、張炎(三十三)、吴文英(三十二)、周邦彦(三十),清代有六人,即朱彝尊(五十)、陳維崧(三十五)、趙文哲(三十五)、鄭燮(三十四)、厲鶚(三十二)、王策(三十),基本相當,這更説明了陳廷焯的態度。其次,對於南北兩宋的詞人,陳廷焯也明顯持融通中和的態度。按兩宋詞人入選詞作數量排名,前十名依次是:辛棄疾(四十三)、周密(三十六)、張炎(三十三)、吴文英(三十二)、周邦彦(三十)、王沂孫(二十四)、姜夔(二十二)、蔣捷(十九)、陳允平(十八)、賀鑄(十八)。顯然,除辛棄疾外,南宋詞人依然佔據主體位置,這似乎能説明陳廷焯依然遵守浙派詞風。然王沂孫、吴文英、周邦彦、辛棄疾的地位也很卓越,這似乎又説明他也接受了周濟所宣導的「問途碧山,歷夢窗、稼軒,以返清真之渾化」的觀點。再次,陳廷焯還關注了唐五代以及金元明的一些重要詞人,然根據入選詞作的數量來看,陳廷焯顯然對歷代詞史的發展是有其體認的,即兩宋與清代頡頏,其次是唐五代,再次是金元,最次是明。復次,周邦彦與姜夔雖然處於入選詞作的前十名,但未進入前三名,前三名依次是辛棄疾、周密、張炎。考其身份,皆爲遺民詞人,考其詞作,皆蘊易代之慨。這當與陳廷焯的心態有關,因其編選《雲韶集》時,恰逢太平天國戰爭等戰亂,這也説明文學與世道人心有這密切關係。

此外,同治十三年(一八七四),陳廷焯著成《詞壇叢話》。考其詞論可知,此時作爲浙派詞人的陳廷焯,却並未專尊南宋,而是融通兩宋。試舉數例如下:

詞至於宋,聲色大開,八音俱備,論詞者以北宋爲最。竹垞獨推南宋,洵獨得之境,後人往往宗其

説。然平心而論，風格之高，斷推北宋。〔五七〕

北宋間有俚詞，間有伉語。南宋則一歸純正，此北宋不及南宋處。〔五八〕

北宋詞，詩中之風也。南宋詞，詩中之雅也。不可偏廢，世人亦何必妄爲軒輊。〔五九〕

這恰與《雲韶集》的選詞情況形成照應。可見，陳廷焯宗南宋，同時深追北宋諸家。這可視爲是咸同詞壇發展過程的一個縮影。然而，對於浙派而言，這恰是其失去生命力的一種象徵，説明其詞學已經漸趨衰落，日益受到常派理論的影響。有意思的是，常派的詞學主張漸被浙派詞人所接受，甚至融入浙派，咸同詞人的詞作亦取得很高的成就。如譚獻即指出「近代諸家，類能祧南宋而規北宋，若孫氏與予所舉二十餘人，皆樂府中高境，三百年所未有也」。〔六〇〕這大概是浙派詞家蔣敦復與黄燮清感慨「詞風盛行，詞學轉衰」的主要原因吧。

五　師法雖具與統系未明

民國詞人陳洵在《海綃説詞》中指出：「周止庵立周、辛、吴、王四家，善矣。惟師説雖具，而統系未明。疑於傳授家法，或未洽也……周氏之言曰：『清真，集大成者也。稼軒斂雄心，抗高調，變温婉，成悲涼。碧山切理饜心，言近指遠，聲容調度，一一可循。夢窗奇思壯采，騰天潛淵，返南宋之清泚，爲北宋之穠摯，是爲四家，領袖一代。』所謂師説具者也。又曰：『問塗碧山，歷夢窗、稼軒，以還清真之渾化。』所謂統系未明者也。」〔六一〕在此，陳洵認爲常州派詞評家在傳授家法時並不十分明確，即「師説雖具」而「統系未明」，當然這個「統系」指的是南宋統系。這説明，在陳洵看來，由王沂孫——吴文英——辛棄疾——周邦彦之間的統系是值得懷疑的。這一論述，自然值得探討。但是，如果將「師説雖具，統系未明」放在咸同詞壇的背景下，特指常州詞派自身的統序（即清代統序）而言，則顯然有其道理。

咸同詞壇，不少詞人試圖將清詞置於批評的系列中，從而體現出一種師法統序意識。可以説，浙、常兩派的統序意識在咸同詞壇表現得較爲顯著，其代表分别是陳廷焯與譚獻。他們分别在其詞學論述中，構建了各自的清代統序。

在《詞壇叢話》，陳廷焯爲浙西詞派構建了一個統系。兹將其重要言論録之如下：

國初諸老之詞，論不勝論。而最著者，除吴、王、朱、陳之外，莫如棠邨。秋嶽、南溪、珂雪、蓺香、華峰、飲水、羨門、秋水、符曾、分虎、晉賢、覃九、蘅圃、松坪、西堂、莘野、紫綸、奕山諸家，分道揚鑣，各樹一幟。而飲水、羨門、符曾、分虎，尤爲傑出〔六二〕。

朱、陳之後有太鴻，太鴻之後有位存，位存之後有璞函，璞函之後有穀人。穀人之後，數十年來，如蓉裳、伊促、次促、頻伽、米樓、荔裳、秋舲、吉暉、竹所諸君，後先繼起，非不精妙，然無有越穀人之範圍者。穀人真詞中絶調也〔六三〕。

從清初至嘉道時期，陳廷焯將浙派詞人的重要詞人予以梳理，使得浙派的師法統序得以廓清，而對常州詞派則没有涉及。

值得注意的是，譚獻對於浙派的師法統序也給予了相當的關注，兹録之：

南宋詞敝，瑣屑飣餖。朱、厲二家，學之者流爲寒乞。枚庵高朗，頻伽清疏，浙派爲之一變。而郭詞則疏俊少年尤喜之。予初事倚聲，頗以頻伽名雋，樂於風詠。繼而微窺柔厚之旨，乃覺頻伽之薄。又以詞尚深澀，而頻伽滑矣，後來辨之〔六四〕。

嘉慶以來五六十年，南國才人，雅詞日出。不僅常州流派，大都取材南宋，婉約清超，拍肩挹袖。王侍郎《詞綜》成，膚語未濯，而名手以隱秀相尚者，不爲所掩。吴人孫麟趾月坡，掉鞅詞壇，往往有汐社遺風。分題唱和，不欲爲箏琶俗響。嘗舉樊榭、蠡槎、枚庵、穀人、頻伽、小竹、稚圭爲七家詞選五十五篇，以示揭櫫。

復輯詞綜以後作者，撰《絶妙近詞》。去取矜愼，殆可繼踵草窗，沖澹幽微，如讀中唐七言詩〔六五〕。

可見，譚獻具有宏通的眼光，他對浙派有不少精到評價。然而，在這種評價中，既没有由此突顯常州詞派的地位，也没有廓清常派的清代統序。顯然，在清代咸同時期，詞人對於浙派師法統序是有共同的體認，對於浙派而言，可謂師法已具而統序亦明。

那麽常派詞人譚獻在其詞論中，有無涉及常州詞派的師法統序呢？考《復堂詞話》，檢其評論常派的言論列之如下：

近擬撰《篋中詞》，上自飲水，下至水雲。中間陳、朱、厲、郭、皋文、翰風、枚庵、稚圭、蓮生諸家，千金一冶，殊呻共吟，以表填詞正變，無取刻畫二窗，皮傅姜、張也。（復堂日記戊辰）〔六六〕

近時頗有人講南唐、北宋，清真、夢窗，中仙之緒既昌，玉田、石帚漸爲已陳之芻狗。周介存有「從有寄託入，以無寄託出」之論，然後體益尊，學益大。（復堂日記丙子）〔六七〕

嘉慶時，孫月坡選七家詞，爲厲樊榭、林蠡槎、吴枚庵、吴穀人、郭頻伽、汪小竹、周稚圭，去取精審。予欲廣之爲前七家，則蘀文、葆馚、羨門、漁洋、梁汾、容若、遹聲，又附舒章、去矜、其年爲十家。後七家則皋文、保緒、定庵、蓮生、海秋、鹿潭、劍人，又附翰風、梅伯、少鶴爲十家。（復堂日記壬申）〔六八〕

如上所述，譚獻是將常派置於整個清詞發展史中予以評論其詞人，從而確立其詞史地位。然而，值得注意的是，其對常州詞派的統系則勾勒不够。

由此可知，常派的師法顯然是清楚的，那爲何統序未明呢？考清詞發展過程，其原因當有三：一是常州詞派在咸同詞壇雖獲得迅速發展，逐漸佔據詞壇的主體地位，然此時的常派仍是在與浙派糾結中發展，其自身的發展亦未至可以確立統序（即清代統序）的階段。二是常州詞派的南宋統序本來就顯得較爲混亂，王沂孫、吴文英、辛棄疾、周邦彦之間詞風相差較大，很難説清楚四者之間的統系關係，因此，常派的清代統序自然也不好梳理。三是咸同時期，常派未能出現創作方面成就傑出的詞人，這也爲常派的統序形成造成了障礙。如張宏生《時代變局與詞史書寫》一文中指出：「太平天國這麽一個戰亂的時代，正是文學家可以大展身手的好時光，可是，這一時期流傳下來的作品，在清詞發展中，除了蔣春霖等少數人外，還是缺少大家，顯得不够突出，除了傳統成見的束縛外，也和藝術上的不足有關係。」〔六九〕這也説明，對於常派而言，其在咸同詞壇的詞學成就更多的是指思想内容，而不是詞作風格。

值得注意的是，陳廷焯、譚獻爲代表的咸同詞人試圖將清代詞派「置於批評的系列中，從而體現出一種將自己經典化的意識」〔七〇〕。這自然是清詞的自我經典化的一種表現。當然，咸同詞壇的「自我經典化是建立在當時高度的詞學自信的基礎之上的，是從一個特定角度對清詞創作成就的體認」。這種自我經典化是自覺進行的，「是在整個對清詞的經典化過程中發展出來的，這一方面體現了清人對自己創作的自信」，另一方面，「可以向後學充分展示門徑，因而具有現實的意義」。〔七一〕

六 總結

咸同時期，對於詞人而言，是一個頗爲糟糕的時代。然而，在兵燹亂離當中，咸同詞人的創作也促使清詞進入了一個新的發展階段。這個發展階段的明顯特徵是世事日亟，而詞格日高。詞人以戰争爲主題，書寫時代的悲憤。

與世情不變相照應，咸同詞壇亦出現重大變局。此時，浙西詞派雖遭到猛烈批評，然衰而不敗，呈現詞風盛行，詞學轉衰的狀態，其師法統序已得到詞壇的確認。常州詞派經過張惠言、周濟等人的大力提倡，影響日深，然自身的統序尚未形成。而蔣春霖、杜文瀾、丁至和、李肇增、郭夔等爲代表的淮海詞人群體適應時代的機遇，擺脱浙、常兩派的羈絆，以詞叙寫個人遭際和社會動亂，以詞爲史，以詞言志。值得注意的是，咸同詞人的審美情趣是既追求「清」，又重視「厚」，可謂「既清且厚」，這也爲浙、常融通之重要體現。

〔一〕〔一六〕〔一九〕〔二一〕〔二二〕〔二三〕〔二四〕〔二五〕〔二六〕〔二七〕〔二八〕〔二九〕〔三〇〕〔三一〕〔三二〕〔三三〕〔三四〕〔三五〕〔三六〕〔三八〕〔三九〕〔四〇〕〔四一〕〔四二〕〔四三〕〔四四〕〔四五〕〔四八〕〔四九〕〔五〇〕〔五二〕〔五六〕〔五七〕〔五八〕〔五九〕〔六〇〕〔六一〕〔六二〕〔六三〕〔六四〕〔六五〕〔六六〕〔六七〕〔六八〕　唐圭璋編《詞話叢編》，中華書局二〇〇五年版，第四六二五頁；第四〇一三頁；第三六七三至三六七四頁；第三六四四頁；第三六六六頁；第三六七三頁；第三六七一頁；第三六七一頁；第三六二七頁；第三六七一頁；第一六三一頁；第一六三二頁；第一六四三頁；第一六三〇頁；第三九八八頁；四四二二頁；第三七〇六頁；第三七〇七頁；第二五五四頁；第二五五五頁；第二五五六頁；第二八五七頁；第二六〇頁；第二六〇頁；第二六六頁；第三一〇四頁；四〇四八頁；第二九三〇頁至二九三一頁；第二九三〇頁至二九三一頁；第二九三一頁；第四〇五七頁；第三七三九頁；第三七二〇頁；第三七二〇頁；第三七二〇頁；第三九九八頁；第四八三八頁至四八三九頁；第三七三二頁；第三七三五頁；第四〇〇八頁；第四〇一八頁；第三九九六頁；第三九九六頁；第三九九九頁；第三九九八頁。

〔二〕　梁啓超《中國近三百年學術史》，山西古籍出版社二〇〇六年版，第二六頁。

〔三〕　嚴迪昌《清詞史》，江蘇古籍出版社二〇〇一年版，第五二四頁。

〔四〕　劉觀藻《紫藤花館詩餘・題詞》，同治八年刻本。

〔五〕〔六〕　丁至和《萍緑詞》，咸豐十一年曼陀羅花閣刻本。

〔七〕〔八〕〔九〕　張炳堃《抱山樓詞録》，光緒十五年刻本。

〔一〇〕〔一一〕　潘遵璈《香隱盦詞》，光緒十一年香禪精舍刻本。

〔一二〕〔五三〕　施蟄存《詞籍序跋粹編》，中國社會科學出版社一九九四年版，第五八六頁；第五九七頁。

〔一三〕〔一四〕〔一五〕　蔣春霖《水雲樓詞》，光緒三十二年刻本。

〔一七〕　劉永剛《水雲樓詞研究》，遼寧師範大學出版社二〇〇八年版，第二〇六頁。

〔一八〕李肇增《淮海秋笳集》，咸豐十年刻本。

〔二〇〕張鳴珂《寒松閣詞》，光緒十年刻本。

〔三七〕陳水雲《清代詞學發展史論》，學苑出版社二〇〇五年版，第二九六頁。

〔四六〕〔四七〕張鳴珂《寒松閣詞·題評》，光緒十年甲申刻本。

〔五一〕遲寶東《常州詞派與晚清詞風》，南開大學出版社二〇〇八年版，第二五四頁。

〔五四〕黄燮清《國朝詞綜續編》，同治十二年刻本。

〔五五〕孫克强、楊傳慶《〈雲韶集〉輯評（之三）》，《中國韻文學刊》二〇一一年第一期。

〔六九〕張宏生《時代變局與詞史書寫》，《蘇州大學學報（哲學社會科學版）》二〇一八年第三期。

〔七〇〕〔七一〕張宏生《晚清詞壇的自我經典化》，《文藝研究》二〇一二年第一期。

（作者單位：廣西大學行健文理學院）

陳廷焯詞學中的「風」、「騷」離合

吴昊

内容提要　詞選《雲韶集》與詞話《詞壇叢話》是陳廷焯前期詞學的主要載體。與後期論詞推重「風騷之旨」不同，前期的陳廷焯對「風」、「騷」的理論定位存在差異，其分别以「風人之旨」與「楚騷之遺」評詞，二者各自獨立，各成體系。「風人之旨」側重以儒家詩教原則規範詞體，將詞納入「温厚和平」的雅正軌道；「楚騷之遺」傾向於在文學審美層面建立楚辭與詞的互通，重視楚辭在詞采、詞風等方面對詞的影響。至後期，陳廷焯對楚辭詞學意義的認知發生了由「貌」到「骨」的轉變，楚辭遂回歸並重塑詩教傳統，「風人之旨」與「楚騷之遺」也凝鑄爲「風騷之旨」。辨析「風」、「騷」之離合，對把握陳氏詞學由前期向後期演進的動態進程，觀照其「沉鬱」詞説由萌芽到成熟的建構路徑，具有不容忽視的積極意義。

關鍵詞　陳廷焯　《雲韶集》　《白雨齋詞話》　楚辭　「風」、「騷」離合

晚清詞論家陳廷焯（一八五三——一八九二）因《白雨齋詞話》得享盛名，該書提出，「沉鬱」爲詞之本原，且必須上溯「風騷」以求之。「風騷」一詞遂在陳氏語境中成爲一個被賦予特定詞學内涵的術語，變得難以拆分。《白雨齋詞話》固然高舉「風騷」大纛，但其僅代表陳氏後期詞學主張。追本溯源，在前期詞選《雲韶集》中，「風」與「騷」作爲論詞話語各自有其獨立語境，極少並稱。因學界對陳氏前期詞學研究較少，這種「風」與「騷」相互疏離的現象尚未得到剖析。職是之故，本文擬對陳廷焯詞學中「風」與「騷」的離合關係詳

加梳理，略明其詞學發展之軌跡。

一　陳廷焯詞學研究的不平衡狀態

清光緒十八年（一八九二）八月，「潛心醫理」、「精研歧黃」的陳廷焯爲救治白喉病人不幸感染病毒，遽歸道山，年才不惑[一]。其一生鋭志向學，著述頗富，特於詞學一道用心最深。現有詞選《雲韶集》、《詞則》、詞話《詞壇叢話》、《白雨齋詞話》完整傳世，爲晚清詞學放一異彩。不過，這四部書雖同樣流傳至今，但傳播度與影響力却相距懸殊，客觀上導致了陳廷焯詞學研究中的不平衡狀態，從而影響到學界對其詞學思想的認識進程。

《白雨齋詞話》爲陳廷焯心血之作，其離世後，在陳父鐵峰老人主持下，門生許正詩、王宗炎等以十卷手稿爲底本，删削掉「陳廷焯自評己詞的内容」以及「語涉纖艷而宗旨略背其沉鬱頓挫之説者」[二]，合爲八卷，並附以《白雨齋詩鈔》、《白雨齋詞存》各一卷，於光緒二十年（一八九四）刻版行世。因理論精深且獨具體系，該書問世後不脛而走，享譽詞林。

《白雨齋詞話》雖行銷於世，陳氏其他著作却並未隨之刊行，僅以稿本或抄本形式孤存天壤，黯然無聞。二十世紀八十年代以前，八卷本《白雨齋詞話》幾乎是學界研究陳廷焯詞學的僅有材料。因書中對張惠言《詞選》推崇備至，對莊棫、譚獻等尊奉常州派家法的詞人亦極口揄揚，立論一以常派宗旨爲依歸，陳廷焯自然被視爲常派後勁[三]。八十年代初，屈興國於南京圖書館覓得《雲韶集》稿本[四]，又在陳氏後人處見到《詞則》與十卷本《白雨齋詞話》兩部手稿。他以這些新材料爲基礎，於一九八三年出版《白雨齋詞話足本校注》，在註文中引録《雲韶集》評語五百三十四則，《詞則》評語四百二十則，又將刻於《雲韶集》書前的《詞壇叢話》收爲附録。《雲韶集》評語與《詞壇叢話》的公諸於世，從根本上改變了學界對陳廷焯詞學的整體認知。原來，追隨常州詞派僅代表其後期詞論，而在早年初涉詞壇之際，其私淑所在，竟是浙西詞派朱彝尊。論詞趨向的轉變，將陳廷焯詞學劃分爲界綫相對清晰的前後兩期。前期的《雲韶集》與《詞壇叢話》，後期的《詞則》與《白雨齋詞話》，皆是詞選與詞話兩兩相輔，互爲表裏，構成統一的詞學理論載體。

一九八四年，《詞則》與十卷本《白雨齋詞話》兩部手稿由上海古籍出版社影印出版，承載着陳廷焯後期詞學思想的兩部著作至此皆化身千萬，人手可得。與此相反，《雲韶集》稿本却仍舊深藏於南京圖書館，未以整體形式對外發行。學界雖已知《雲韶集》仍然存世，但苦於檢讀不易，研究仍稀少。直至二〇一三年，葛渭君編《詞話叢編補編》（含《雲韶集輯評》）與孫克强主編《白雨齋詞話全編》（含《雲韶集輯評》）先後出版，陳廷焯存世的前期詞學文獻才總算刊行齊備〔五〕。文獻整理與出版的滯後，客觀上造成了陳廷焯前期詞學研究的相對冷落。迄今爲止，發表問世的陳廷焯研究論文超過百篇，而完全聚焦其前期詞學者，却僅有五篇左右〔六〕，其餘絶大部分文章都集中於後期詞學，特别是《白雨齋詞話》的闡釋。

《白雨齋詞話》卷一曰：「作詞之法，首貴沉鬱，沉則不浮，鬱則不薄。顧沉鬱未易强求，不根柢於風騷，烏能沉鬱？」〔七〕在突出「沉鬱」的首要地位之時，陳廷焯將上溯「風騷」視爲達致「沉鬱」的必經之途，予以反復强調。「風騷」遂成爲一個被陳氏賦予了獨特詞學涵義的專用術語，輕易不可拆分。可是，《雲韶集》全部評語問世之後，我們發現，在該書中，「風」與「騷」作爲論詞話語，各自有其獨立的使用語境，極少並稱。「風」出現的基本語境是「風人之旨」，而「騷」出現的基本語境則是「楚騷之遺」，二者各成體系，各有側重。前期的陳廷焯，對「風」、「騷」二者的學術定位存在著明顯不同的判斷。

作爲中國古典詩歌的兩大源頭，《詩經》與楚辭都誕生於先秦文學榛莽初辟之際，天然的先期優勢使得其藝術範式對後世而言具備無可替代的典型意義，再加上二者皆以言志抒情爲長，且善藉花木鳥獸作譬以寓諷諫，也都重視比興寄託手法的運用，遂共同奠定了秦漢以後文學史上流衍不衰的「風騷傳統」。

但《詩經》與楚辭畢竟還存在諸多差異，特别是西漢以降，《詩經》成爲官方欽定的「五經」之一，升格爲統治階級意識形態的載體，背負起「經夫婦，成孝敬，厚人倫，美教化，移風俗」〔八〕的政教重擔，與楚辭「經」、「集」分鑣。楚辭作爲集部之首，在創作手法與藝術風格諸方面給予歷代騷人墨客無窮啓發，而《詩經》的背後却多了儒家詩教的沉重包袱，對後世文學的影響也多了一層道德教化的意味。

《詩經》儒家經典的正統地位使其常常以「經學」的身份介入文學批評，這種現象也滲透到詞學領域，並對青年陳廷焯産生影響。如果説後期的陳廷焯主要看到了《詩經》與楚辭之間的共性，那麽，前期的陳廷焯則更多地看到了二者之間的差異。這種不同的態度映射到其詞選與詞話之中，便呈現爲後期詞學中的「風騷」一體以及前期詞學中的「風」、「騷」疏離。只不過，由於前期詞學長期處於陳廷焯研究的邊緣位置，「風」與「騷」的疏離狀態便甚少爲人注意。

二　儒家詩教與《雲韶集》中的「風人之旨」

清同治十三年（一八七四）八月，二十二歲的陳廷焯於天台客舍完成通代詞選《雲韶集》二十六卷的編選，並以書中自撰評語爲藍本，精選、修訂之後寫成詞話《詞壇叢話》。二書相繼而成，理路一貫，是陳氏構建詞學理論框架的初步嘗試。與後期詞學竭盡全力鼓吹「風騷」不同，在《雲韶集》中，「風」與「騷」作爲評詞尺度，往往以獨立的姿態出場，二者各自有其使用語境與理論傾向，並稱爲「風騷」的次數寥寥。其中，以「風」論詞的基本語境是「風人之旨」。如卷四万俟詠《春草碧》（又隨芳緒生）下闋眉批曰：「未嘗不淒惻，妙在哀而不傷，深得風人之旨。」〔九〕卷六評陸游詞曰：「讀先生詞，不當觀其奔放横逸之處，當觀其一片流離顛沛之思，哀而不傷，深得風人大旨。」〔一〇〕顯然，「哀而不傷」便是陳廷焯所謂「風人之旨」的内在意藴。《論語·八佾》載孔子之言曰：「《關雎》，樂而不淫，哀而不傷。」〔一一〕朱熹釋曰：「淫者，樂之過而失其正者也。傷者，哀之過而害於和者也……蓋其憂雖深而不害於和，其樂雖盛而不失其正，故夫子稱之如此。」[一二] 孔子欣賞《關雎》之處，在其「樂不失正」與「哀不害和」，即樂與哀之表達都適中節制，不失尺度。「樂而不淫，哀而不傷」强調的是一種情感上的「中和」狀態，主張以理節情，中正和諧，其本質是儒家「中庸」思想在文藝審美原則上的體現。陳廷焯以「哀而不傷」評價万俟詠詞，便是因爲看到了詞中展現出的中和之美。作爲大晟詞人代表，万俟詠詞在宋代評價頗高，黄昇曰：「雅言之詞，詞之聖者也……平而工，和而雅」[一三]，指出其詞之優長在於協律可歌、平正和雅。《春草碧》正是展現其和雅風格的典型之作，詞藉詠春草抒發傷春念遠之愁懷，下闋云：「王孫遠，柳外共殘照，斷雲無語。池塘夢生，謝公後、還能繼否。獨上畫樓，春山暝、雁飛去。」[一四] 措語淡遠清微，於殘照、斷雲、山暝、雁飛的景象變换中反襯出登樓女子望斷黄昏的哀怨落寞，不言情而情自生，不言悲而悲自湧。不論内心如何哀苦，於字面之上仍竭力克制，只將無窮思念藏於言外，與以理節情的中和之旨可説契若針芥。

陳廷焯又以「哀而不傷」作爲陸游詞的整體風格趨向。陸游詩多雄渾悲壯、慷慨激越之作，與詩相較，詞中的斧鉞殺伐之氣有所減弱，更側重抒寫壯志蹉跎之後的傷感與幽恨。陳氏認爲陸游詞與辛棄疾詞不同：「稼翁詞悲而壯，如驚雷怒濤，雄視千古；放翁詞悲而鬱，如秋風夜雨，萬籟呼號。」[一五] 辛詞高處，在其「壯」，而陸詞高處，在其「鬱」。陸游也有壯詞，即所謂「奔放横逸」者，陳氏以爲「不當觀」，其傾心所在，是陸游表現「一片流離顛沛之思」者，如《鵲橋仙》云：「故山猶自不堪聽，況半世、飄然羈旅。」《沁園春》云：「許國雖堅，朝天無路，萬里淒涼誰寄音。」[一六] 以上選入《雲韶集》諸作，或抒寫羈旅客愁，或表達衰鬢無爲，讀來悵觸萬端，欲語難言。十五首入選之作，風格皆相類。陳廷焯贊賞陸詞，看重的便是其能够以沉鬱蘊藉之筆抒「流離顛沛」之悲，雖悲却又不至於愴痛過甚，深得填詞高境。

陳廷焯常以「怨而不怒」與「哀而不傷」配合運用，《雲韶集》卷二評蘇軾《賀新郎》（乳燕飛華屋）曰：

「此中大有怨情，但怨而不怒，哀而不傷，詞骨詞品，高絶卓絶。」〔一七〕並明確將「怨而不怒」也劃定爲「風人之旨」的内在意藴，卷二十六評歌謡《狼歌》（官人騎馬到林池）便直接説：「怨而不怒，亦不露，深得風人之旨。」〔一八〕「怨而不怒」〔一九〕是朱熹對孔子所言《詩》「可以怨」的註解，若追源溯流，其與「哀而不傷」都可看作儒家詩教的不同歷史發展階段。《禮記·經解》中的「温柔敦厚」是詩教首次形諸文字，但孔子論《詩》所説的「樂而不淫，哀而不傷」無疑是詩教觀念之濫觴，朱熹的「怨而不怒」則是在情感角度上對詩教的固有内涵進行補充。「樂」、「哀」、「怨」代表人類情感的不同側面，「不淫」、「不傷」、「不怒」則是詩教原則限制情感的方式。換言之，「樂而不淫」、「哀而不傷」與「怨而不怒」都是「温柔敦厚」這一精神内核的外顯形式，在陳氏詞學語境中，其涵義並無實質區别，都指向相同的「風人之旨」，即傳情達意須藴藉有度，適中節制。蘇軾《賀新郎》詞於元祐五年（一〇九〇）作於杭州知州任上，此前因朝廷洛蜀朔黨争日亟，政敵攻訐不息，蘇軾不安於朝，遂自請外放，以避訟端，詞中所寫榴花孤傲堅貞之姿態，正是自身心境寫照。榴花不與「浮花浪蕊」同開，自己亦不與碌碌群小同流。因政争而遭讒，難免有幽憤怨艾流露於字裏行間，而蘇詞境界高處，便在於寫憂寫怨一點即收，絶不反復申恨，情緒的宣洩始終有理有節。詞中的佳人與榴花，最終物我爲一，渾融無間，而高潔自持之襟懷則因之而歷歷可見。

除了提出「怨而不怒」，朱熹對詩教傳統的發展還體現在將術語「温柔敦厚」演進爲「温厚和平」。《論語集注》曰：「《詩》本人情，該物理，可以驗風俗之盛衰，見政治之得失，其言温厚和平，長於風諭。」〔二〇〕崔海峰認爲：「温厚是温柔敦厚的縮寫，和平可謂中和、平易，中和即中庸，不偏不倚，無過不及……與温柔敦厚相比，温厚和平並未附加多少政治方面的影響，不過是强化了作者心氣平易、藝術表現方式的中和。」〔二一〕可見，「温厚和平」雖然仍舊是儒家道德禮教的産物，却比「温柔敦厚」更貼近文學藝術。宋以後，「温厚和平」成爲「詩教」的正式表述並被廣泛運用於詩學批評話語之中。明崇禎八年（一六三五），王象晉

《秦張兩先生詩餘合璧序》又將「温厚和平」引入詞論，其言曰：「詩之一派，流爲詩餘，其情郅，其詞婉……不離温厚和平之旨者近是，故曰詩之餘也。此少游先生所獨擅也。」〔二二〕王象晉以情意深致、措辭婉雅作爲詞體「温厚和平」之要素，並樹立秦觀詞爲典範。陳廷焯同樣將「温厚和平」懸爲評詞標準，並納入「風人之旨」的旗幟之下。《雲韶集》卷十七評查慎行《臨江仙》（兩岸孤蒲聞笑語）曰：「離鄉遠出，情亦苦矣，偏寫得隨遇而安，絶無怨懟詞，雖小道可以觀志。他手非淒苦即豪邁，此獨温厚和平，深得風人之旨。」〔二三〕康熙十八年（一六七九），查慎行海寧同鄉楊雍建除貴州巡撫，招查慎行入幕輔佐，《臨江仙》即作於前往貴陽赴任的行船之上。詞中云：「屈指郵亭剛第一，眼中長路三千。南風吹夢到江天。故鄉桑苧外，無此好山川。」〔二四〕離鄉一去數千里，不知歸期何日，自然觸動詞人桑梓濃愁，其言故鄉山川最好，留戀之心可見，陳廷焯所言「情亦苦」即指此。離鄉雖苦，但三十歲的查慎行亦將由此展開新的人生征程，「南風吹夢到江天」，隱隱流露出對光明前途的期盼與追求奮進的赤子熱忱。離愁別緒與未來憧憬交織胸臆，凝結爲此闋《臨江仙》，寫離情却不沉湎，抒豪情亦不張揚，將淒苦與豪邁調和爲一，融入平波無痕的筆觸之中，對情緒的把控可謂恰如其分，讀來給人以中正和平之感。

《雲韶集》詞評運用詩教話語相當高頻，全書多達五十餘條，且所評諸詞題材取徑不同，時代背景各異，風格豪婉兼備。在陳廷焯看來，只要能够做到情理相協，哀樂合宜，以禮義尺度爲規範節制情感，體現出詞體中和雅正、雍容不迫之風度，便可視作「風人之旨」的詞壇嗣響。

以「風人之旨」爲總綱，陳廷焯將「温厚和平」、「哀而不傷」、「怨而不怒」等直接胎生自儒家詩教傳統的範疇取以論詞，其目的顯然在於藉詩教爲詞尊體，將詞體納入詩歌道德軌範之中。這一論詞理路實際上發軔於宋代黄裳等人，歷代詞學家亦多有補充。可以説，陳廷焯在《雲韶集》中繼承了前人豐厚的詞學遺產。作爲一個二十二歲的詞壇新人，此時的陳廷焯尚未能爲儒家詩教賦予更深邃的詞學内涵。他以詩教評詞，更多體現在量的積累，却還未形成質的改變。《雲韶集》編纂完成之後的兩年，陳廷焯與常州派詞人莊棫結識，受其影響，陳氏論詞觀念大變，由宗尚浙派轉向宗尚常派，且將舊日詞作一概付火，堅定地開始了全新的詞學探索之路。經過十餘年沉潛思考，陳廷焯在後期的《白雨齋詞話》中爲「温厚和平」這一舊範疇融入新義理，使之由最初的詩教術語徹底蜕變爲含藴豐厚的詞學術語，並以之爲基石構建起自己獨具特色又精深圓通的詞論體系。

三　「楚騷之遺」的審美傾向

《雲韶集》中的「風人之旨」，究其實質，近似於「詩教之旨」。陳廷焯雖以「風」評詞，在其理論中佔據主導地位的却並非「風」詩文本内藴的藝術成就，反而是外部賦予的儒家詩教傳統及其「中庸」哲學精神。與此不同，楚辭在《雲韶集》中的運用則充分體現出文本自身的意義。

《雲韶集》卷一評孫光憲《河瀆神》曰：「『裊裊兮秋風，洞庭波兮木葉下』，起筆仿佛似之。」〔二五〕《河瀆神》起首曰：「汾水碧依依。黄雲落葉初飛。」〔二六〕寫秋風衰颯之際水面上葉落飄飛的淒清景象，與《九歌・湘夫人》中「裊裊兮秋風」二句所描摹的場面如出一軌，只不過洞庭之波換成了汾水之碧。陳廷焯所言「仿佛似之」並没有更深邃的托寓，僅是就場景描寫進行類比，是單純在字面意義上將二者相關聯。從此即可看出，陳廷焯對楚辭的詞采鋪排以及意象描繪是相當重視的。這一點在《雲韶集》其他涉及楚辭的評語中亦充分突顯出來。

《雲韶集》卷七評汪莘《乳燕飛》云：「運用楚詞，精絶工絶。先生之情不亞屈子，發而爲詞，真乃《離騷》嗣響。」〔二七〕録《乳燕飛》詞如下：

去郢頻回首。正横江、蓀橈容與，蘭旌悠久。悵望龍門都不見，似把長楸孤負。念往日、佳人爲偶。獨向芳洲相思處，采蘋花、杜若空盈手。乘赤豹，誰來後。雲中眼界窮高厚。覽山川、冀州還在，陶唐何有。木葉紛紛秋風晚，縹緲瀟湘左右。見帝子、冰魂厮守。應記薰弦相對日，酹一杯、太乙東皇酒。問此意，君知否。〔二八〕

起句「去郢頻回首」先揭出屈原《哀郢》所表達的被讒遠放却仍眷懷家國之心志，隨後便開始了對屈騷詞句的靈活拆解與重組。上闋「正横江、蓀橈容與，蘭旌悠久」出自《湘君》「薜荔拍兮蕙綢，蓀橈兮蘭旌。望涔陽兮極浦，横大江兮揚靈」以及末句「聊逍遥兮容與」；「悵望龍門都不見，似把長楸孤負」出自《哀郢》「望長楸而太息兮，涕淫淫其若霰。過夏首而西浮兮，顧龍門而不見」；「念往日、佳人爲偶」繼承屈原以美人喻君之傳統，從而與《惜往日》首句「惜往日之曾信兮，受命詔以昭詩」旨意暗合；「獨向芳洲相思處，采蘋花、杜若空盈手」抽取了《湘君》「采芳洲兮杜若」句中之詞；「乘赤豹，誰來後」則是裁切《山鬼》「乘赤豹兮從文狸」一句而來。下闋諸句則分别點化《雲中君》「靈皇皇兮既降，猋遠舉兮雲中。覽冀州兮有餘，横四海兮焉窮」，《湘夫人》「帝子降兮北渚，目眇眇兮愁余。嫋嫋兮秋風，洞庭波兮木葉下」，並凝合了《東皇太一》中蒸蕙肴、奠桂酒之意〔二九〕。汪莘運用楚辭，或藉其詞，或裁其句，或煉其意，層層翻用，多重整合，以屈原所創造的鮮明辭采營造出别有意味的嶄新詞境。陳廷焯認爲《乳燕飛》嗣響《離騷》，最直接的原因顯然便是其字面上對屈騷語彙的繫統承襲。若深入一層，陳廷焯更在汪詞與屈騷之中看到了同樣忠君戀闕却不得其志的惓惓熱忱，汪莘乃是藉屈騷之言發抒其對國事多舛、聖君難逢的憂慮。《乳燕飛》詞作於嘉定元年（一二〇八）秋，上年末，因北伐新敗，朝野驚慌，史彌遠計殺主戰派權相韓侂胄，繼而獨攬大權，並將韓侂胄梟首函送金國，以求罷戰議和。韓、史二人先後擅國，和戰操於一己，寧宗却昏懦無斷，聽之任之。汪莘有感於朝政日非，國無明主，從而寫下「龍門不見」、「陶唐何有」的詞句，其心志在在可表。

《雲韶集》卷八評陳允平《明月引・和白雲趙宗簿自度曲》曰：「低徊曲折，詞極淒艷，意極婉雅，真楚騷之遺也。」〔三〇〕詞曰：

雨餘芳草碧蕭蕭。暗春潮。蕩雙橈。紫鳳青鸞，舊夢帶文簫。綽約佩環風不定，雲欲墮，六銖香，天外飄。　相思爲誰蘭恨銷。渺湘魂、無處招。素紈猶在，真真意、還倩誰描。舞鏡空圓，羞對月明宵。鏡裏心心心裏月，君去矣，舊東風，新畫橋。〔三一〕

卷十二評倪瓚《憑欄人・贈吴國良》曰：「寥寥數語，盡有遠神，《楚騷》之遺也。」〔三二〕録原作如下：

客有吴郎吹洞簫，明月沉江春霧曉。湘靈不可招，水雲中，環珮摇。〔三三〕

《明月引》似是一首悼亡傷逝之作，惟所懷者誰，今已難考，君去我留，幽明兩隔，情哀而思深。《憑欄人》則是贈友之作，在虚實相間的描繪中傳達出作者聽簫的感受以稱頌吴國良簫聲之美，語煉而韻長。二作主旨相異，而陳廷焯皆以「楚騷之遺」爲評，必然另有依據。《明月引》言及「文簫」、「佩環」、「湘魂」，《憑欄人》則言及「洞簫」、「環佩」、「湘靈」，這些意象高度重合且都與楚辭尤其是《九歌》之《湘君》、《湘夫人》密切相關。借助這些屈騷意象，兩首作品形成了極爲相似的綿邈曠遠之意境，令人讀來有神思惝恍之感。

上述諸作被陳廷焯以楚辭評價與字面、意象之傳承相關，但楚辭在陳廷焯詞學批評體系中的作用並非如此單一。《雲韶集》卷六評劉過《醉太平》曰：「神致綽約，是從楚騷變化來。」〔三四〕詞曰：

情深意真。眉長鬢青。小樓明月調箏。寫春風數聲。　思君憶君。魂牽夢縈。翠銷香暖雲屏。更那堪酒醒。〔三五〕

卷十五又評錢芳標《憶少年》云：「字字仙艷，真楚騷之遺。」〔三六〕詞曰：

小屏殘燭，小窗殘雨，小樓殘夢。銖衣已煙散，只蘅蕪香重。　錦瑟華年愁裏送。便淒涼，也無人共。傷心白團扇，畫秦娥簫鳳。〔三七〕

此二詞，僅錢芳標《憶少年》中的「蘅蕪香重」與楚辭中出現的香草杜蘅、蘼蕪稍有關聯，在字面上並未過多采擷楚辭語彙，却同樣被陳廷焯視爲「楚騷」遺響。劉過《醉太平》之所以是變化楚騷而來，因爲其「神致綽約」，錢芳標《憶少年》則是措辭「仙艷」。細味之可以發現，陳廷焯評詞之語，亦可移評楚辭。所謂「神致綽約」，意謂神情韻致柔美輕靈。《九歌》諸篇之遺詞運筆皆充滿飄逸飛動之神采，並刻畫出諸多變幻多姿的巫神巫女形象，可説是「神致綽約」。至於「仙艷」之字面，在屈原諸作中俯拾即是，語言繁富瑰麗、辭采鋪張艷發本就是楚辭最鮮明的特徵之一。陳廷焯運用「楚騷」作爲評詞尺度並非無的放矢，而是有著明確的意義指向。除了直接承襲楚辭之字面與意象，在文辭風格上與楚辭相近，或是神韻格調能够繼承楚辭的部分特點，都可以成爲陳廷焯「以騷評詞」的根據。

與《白雨齋詞話》中頻繁出現的「風騷」不同，前期的陳廷焯更傾向於將楚辭與杜詩、樂府並用。《詞壇叢話》曰：「方回詞，筆墨之妙，真乃一片化工。《離騷》耶？《七發》耶？樂府耶？杜詩耶？吾烏乎測其所至。」〔三八〕陳水雲解讀此句，認爲陳廷焯之意是説「賀鑄融滙《離騷》、《七發》、漢樂府及杜甫詩的語句，又不著痕跡」〔三九〕。賀鑄詞向以善用語典著稱，尤其擅長摘取前人成句，翻新出奇，用他人之語如自己出，直似水中著鹽，融合無間，可謂神乎其技，而《離騷》、《七發》、漢樂府與杜甫詩都是賀鑄重要的取材對象〔四〇〕。陳廷焯所言「筆墨之妙，一片化工」，稱贊的便是賀詞化用成句之工穩入妙。

楚辭、杜詩、樂府的並用，在《雲韶集》詞評中亦存在多例。對於杜詩與樂府，陳廷焯同樣關注到了字面以外的内容。卷九評張炎《浪淘沙·作墨水仙寄張伯雨》曰：「此詞命意若隱若露，而詞極淒怨，每讀一過，不知是《離騷》？是樂府？是杜詩？小令云乎哉？」〔四一〕《浪淘沙》詞曰：

香霧濕雲鬟。蕊佩珊珊。酒醒微步晚波寒。金鼎尚存丹已化，雪冷虚壇。　遊冶未知還。鶴怨空山。瀟湘無夢繞叢蘭。碧海茫茫歸不去，却在人間。〔四二〕

詞乃寄贈元代道士張雨（一二八三—一三五〇），創作時張炎已是暮年衰翁。國破家亡之後，曾經的貴介公子落拓江湖，以設肆賣卜謀生，時常掙扎於困窘邊緣，但境遇愈艱難，志節愈堅定。水仙因其遇水即活、「脱去埃滓」[四三]的超然脱俗之品性成爲張炎砥礪品行與磨煉操守的物質象徵。《山中白雲詞》中詠水仙之作多達七首，《西江月・題墨水仙》一首曰：「獨將蘭蕙入離騷。不識山中瑶草……猶疑顔色尚清高」[四四]，不滿屈原只識蘭蕙却不識清幽高潔之水仙。張炎作墨水仙之圖並附詞寄贈張雨，在其中凝鑄了内心深處孤高耿介的一綫家國情結，只是没有明白説破，因此，陳廷焯認爲其「命意若隱若露」。「香霧濕雲鬟」一句雖是對杜甫《月夜》「香霧雲鬟濕」[四五]的翻用，但字面並不是陳廷焯將此詞與杜詩對舉的唯一原因，因爲詞中並没有直接承襲自《離騷》與樂府的字面，「瀟湘無夢繞叢蘭」一句在意象上或許能令人聯想到楚辭，但關聯度已不是十分緊密。在字面之外，陳廷焯必定看到了張詞與《離騷》、杜詩、樂府三者在精神内涵上更深刻的契合。無論是遭讒遠放的屈原，還是迭經喪亂的杜甫，抑或寫下《戰城南》、《東門行》等悲歌慷慨的漢樂府名作的無名詩人，都有著文人墨客不管身處何境都無法泯没的憂國恤民之精神，以及不平則鳴的憤懣怨艾，必須藉助筆端造化一澆胸中塊壘。而張炎，也同樣將這種精神曲折藏入詞中。「小令云乎哉」，無疑是贊揚張詞用本是歡唱於酒筵歌席的小令之體，承載了與詩歌同樣深沉的道義與情志。

如果説陳廷焯在對張炎《浪淘沙》的評價中引入離騷、杜詩，與字面的承襲多少還存在一些相關性，那麽，其評價孔尚任《鷓鴣天》一詞也使用了同樣的話語，則完全是站在思想内藴的角度上了。《雲韶集》卷十四評孔尚任《鷓鴣天》曰：「此詞無限感慨，如讀楚騷，如讀漢樂府，如讀杜詩，其妙令人不可思議。」[四六]《鷓鴣天》詞曰：

院静厨寒睡起遲。秣陵人老看花時。城連曉雨枯陵樹，江帶春潮壞殿基。　傷往事，寫新詞。客愁鄉夢亂如絲。不知煙水西村舍，燕子今年宿傍誰。[四七]

該詞雖是孔尚任所作，却是通過《桃花扇》中的遺民侯方域之口吟出，南京皇陵樹木枯槁，宫殿基石傾圮，有春歸之燕在破碎的山河中已無處棲身，充滿了對故明王朝社稷傾塌的傷痛情緒，確如陳廷焯所言，詞中有「無限感慨」。該詞字面上幾乎没有使用任何與楚辭、杜詩、樂府相關的語典，却仍然被陳廷焯視爲三者之後身，則陳廷焯重視的，必然是詞中體現出的家國興亡之嘆恨。

若將《鷓鴣天》視作孔尚任爲侯方域代言而作，則此處被陳廷焯用「楚辭、杜詩、樂府」評價的兩首詞都可以算作「遺民詞」。二詞的相通之處，或者説，在陳廷焯的批評視野之中，二詞與楚辭、杜詩、樂府的共通之處，應當是作品中流露出的淑世情懷。屈原爲諫君拯民而行吟澤畔彷徨自傷，杜甫詩歌中刻畫生民疾苦連篇累章，漢樂府寫及孤兒病婦又寫及少年戰士白頭還鄉〔四八〕，張炎以衰朽殘身流落新朝却耿耿不忘水仙風操之高尚，孔尚任藉遺民侯方域之口沉痛哀悼神州淪喪，凡此種種，其内在本質，無不植根於有負荷擔道之心的仁人志士對國家民族命運的天然使命感。當這種使命感因現實因素無法得到施展之時，詩詞就成爲最佳的傾瀉渠道。陳廷焯將張、孔二詞視爲楚辭、杜詩、樂府之異代嗣響，正是因爲看到了上述諸作在各異的表象之下流淌著相似的精神血脈。陳廷焯從不以艷科小道視詞，其《雲韶集序》曰：「詞也者，所以補詩之闕，而非詩之餘也。」〔四九〕青年時的陳廷焯就已經充分認識到了詞在抒情言志上與詩歌各有雄長，二者互補並行，無有尊卑。故此，其頻繁將楚辭、杜詩、樂府，以及李白、王維、李商隱等詩人及其詩作引入詞評〔五〇〕，在詩詞對比之中彰顯詞作意旨。

經上文分析可知，陳廷焯運用楚辭作爲評詞尺度，主要有三重審美傾向。其一，是對楚辭字面的化用以及對楚辭意象的翻用，這種情況爲數最多，最能表明陳廷焯對楚辭文采的欣賞與重視；其二，亦是側重文筆風調，雖然没有直接使用楚辭語句或意象，却借鑒了楚辭的行文特色，因而在整體風貌或神致氣韻上與楚辭近似；其三，跳脱出文字表層的局限，去發掘詞作與楚辭在思想主題和精神内核上的深度互通。這三種情況，都是陳廷焯「以騷評詞」的重要立論依據。不論哪一重傾向，陳廷焯的著眼點始終都没有離開楚辭作品本身所藴蓄的審美特質，楚辭的文本價值得到充分展現，並且從字面到神韻再到意旨，陳廷焯通過對不同詞作的評價在詞評體系中由淺入深地貫通了楚辭獨具特性的多項文學要素。而在構建這個以楚辭爲主要評詞尺度的體系之時，被陳廷焯視爲楚辭同類並用作輔助尺度的是杜詩，是樂府詩，《詩經》並未參與其中。同樣，在構建另外一個以「風人之旨」爲主要評詞尺度的體系之時，楚辭也是缺位的。這已經足够充分地説明，在青年陳廷焯初步建立自己的詞學批評框架這一過程中，《詩經》與楚辭發揮的作用並不相同，「風人之旨」與「楚騷之遺」各自獨立、各成體系，共同豐富了其對詞學理論的最初思考。

四　從「雅正」到「沉鬱」：楚辭的地位變遷

《雲韶集》卷十五曰：「竹垞輯《詞綜》一書，洗《花間》、《草堂》之陋，一以雅正爲宗……余選此集，自唐迄元，悉本先生《詞綜》略爲增減，大旨以雅正爲宗，所以成先生之志也。」〔五一〕青年陳廷焯視朱彝尊《詞綜》爲金科玉律，惜該書收詞僅至元代，朱氏曾計畫續編明詞爲二集，又遷延未成。爲賡續朱氏未竟之志，陳廷焯大致依照《詞綜》體例選編《雲韶集》，補足明、清兩代之作，以見詞史發展全貌。其選詞標準亦與《詞綜》一脈相承，以「雅正」爲旨歸。

陳廷焯的「雅正」之論承襲自朱彝尊，朱彝尊的「雅正」之論則可溯源至南宋。朱氏《群雅集序》曰：「蓋昔賢論詞，必出於雅正，是故曾慥録《雅詞》，鮦陽居士輯《復雅》也。」〔五二〕不止曾慥與鮦陽居士，崇重「雅正」是南宋詞壇的普遍風尚，而「雅正」説的淵源正是儒家詩教傳統。南宋詹效之《燕喜詞敘》（一一八七）評曹冠詞曰：

旨趣純深，中含法度，使人一唱而三嘆，蓋其得於六義之遺意，純乎雅正者也……足以感發人之善心，將有采詩者播而颺之，以補樂府之闕，其有助於教化，豈淺淺哉？〔五三〕

詹效之認爲，詞若能與「詩經六義」同旨，便是雅正之作，上可推明教化，下亦足感發人心，明確了雅正之詞亦能擔負「詩教」的責任。張炎《詞源》曰：「詞欲雅而正，志之所之，一爲情所役，則失其雅正之音。」〔五四〕張炎之「雅正」，要求言情寫志且不能爲情所役，其實質就是對情感的節制，要求抒情合度中節，做到「屏去浮艷，樂而不淫」〔五五〕，回歸詩教之正。朱彝尊在創作上「不師秦七，不師黄九，倚新聲，玉田差近」〔五六〕，在理論上同樣與張炎隔代呼應，其《静惕堂詞序》曰：「念倚聲雖小道，當其爲之，必崇爾雅，斥淫哇，極其能事，則亦足以宣昭六義，鼓吹元音。」〔五七〕朱彝尊「崇爾雅」，追求雅正詞風的目的便是爲了使詞能够承載「詩經六義」之大旨，成爲春容大雅的盛世元音，仍然延續了宋人藉助儒家詩教爲詞尊體的思路。從詹效之的「深得於六義之遺意，純乎雅正」，到張炎的「屏去浮艷，樂而不淫」，再到朱彝尊的「崇爾雅、斥淫哇……宣昭六義」，我們可以看到，《詩經》影響詞學的主要方式之一，便是藉助經典的權威地位與儒家詩教的道德軌範去匡糾胎帶艷質的詞體，使之去俗向雅，歸於醇正，與詩歌一樣承擔起言志教化的使命，而這一宗旨在《雲韶集》中同樣得到了陳廷焯的大力響應。青年陳廷焯以《詞綜》爲選詞最高準則，立「雅正」爲根基，以「風人之旨」承載詩教傳統，並由此開始了一位學者漫漫修遠的詞學體系建構之路。

陳廷焯的詞學探索之路並不平坦，中間經過了一次由浙轉常的巨大變更。但是，這種轉變並不意味著前後期詞學的徹底割裂，也不代表其在後期完全否定了前期的理論成果，比如，對儒家詩教的重視，就貫穿其詞論之始終。孫維城指出，陳廷焯的「詞學觀念可進一步進入常派的基礎」，便是「儒家的詩教」〔五八〕。

《雲韶集》中的「風人之旨」，除上文提及的「温厚和平」、「哀而不傷」、「怨而不怒」以外，還包含其他範疇，如卷十二評傅按察《鴨頭緑》（静中看）曰：「凡作詩詞以忠厚爲主，方不外風人之旨。」〔五九〕卷十七沈岸登《永遇樂》（何事飄零）下闋眉批曰：「其意擊碎唾壺，而其詞温厚絶不激迫，深得風人大旨。」〔六〇〕其中的

「忠厚」「温厚」也都是「温柔敦厚」詩教的次生範疇，與「温厚和平」旨趣相近，故上文從略。在《白雨齋詞話》中，「温厚」與「忠厚」仍然頻繁出現。《白雨齋詞話自序》曰：「蕭齋岑寂，撰詞話十卷，本諸風騷，正其情性，温厚以爲體，沉鬱以爲用，引以千端，衷諸壹是。」〔六一〕這是全書的理論濃縮，表明陳廷焯建構起以「風騷」「温厚」「沉鬱」爲三大支點的穩固詞學體系，其中，「風騷」是詞體的根源與基石，「温厚」是詞作的整體風格特徵，「沉鬱」則代表具體的創作原則與手法，三者依託共存，缺一不可。在此處，與「温厚」相對應的，不再是《雲韶集》中的「風人大旨」，而變成了「本諸風騷」。《白雨齋詞話》卷六又曰：「自丙子年與希祖先生遇後，舊作一概付丙，所存不過己卯後數十闋，大旨歸於忠厚，不敢有背風騷之旨。」〔六二〕這是陳廷焯轉換門庭的自我宣言，歷來被當做分隔其前後期詞學的界碑。同樣，與「忠厚」相對應的，也不再是《雲韶集》中的「風人之旨」，而替换爲「風騷之旨」。從「風人之旨」到「風騷之旨」的演進，一來説明楚辭被正式納入了詩教傳統的涵攝之中；二來，更説明楚辭將對詩教的固有内涵進行充實並爲之賦予新義。字面上仍是「温厚」「忠厚」，但前後期的詞學内蘊却不再完全一致。

《白雨齋詞話》卷九曰：「温厚和平，詩教之正，亦詞之根本也。」〔六三〕前期，陳廷焯還只是將「温厚和平」用作詞評術語，未明確其地位，後期却將之推尊爲「詞之根本」。究其原因，便是《雲韶集》以「雅正」爲論詞核心，詩教與「風人之旨」相關聯，《白雨齋詞話》則以「沉鬱」爲論詞核心，詩教與「風騷之旨」相關聯。從這一角度來看，所謂由浙至常的前後期詞學轉向，以及從「雅正」到「沉鬱」的詞論核心變遷，其間關鍵，便落脚在了楚辭身上。具體而言，對於楚辭在詞學批評中的作用，陳廷焯前後期的觀念發生了較爲明顯的轉變。

其對厲鶚詞的評價，最直觀地將這種轉變呈現在我們面前。《詞壇叢話》曰：「樊榭詞之妙，窈曲幽深，脱盡凡艷，如空山流泉，清夜鐘聲，沁人醉夢。詞中有此妙品，真乃空絶古今。」〔六四〕「窈曲幽深」是陳廷焯總結出的厲鶚詞之精髓。《雲韶集》卷十四評董元愷《如夢令》曰：「幽深窈曲，楚騷之遺。」〔六五〕既然「幽深窈曲」被陳廷焯看作「楚騷之遺」的特有内涵，而厲鶚詞恰好具備這一特色，則厲鶚詞自然也屬於楚辭遺響。到了後期，陳廷焯却態度大改，《白雨齋詞話》卷四曰：「樊榭詞，拔幟於陳、朱之外，窈曲幽深，自是高境。然其幽深處，在貌而不在骨，絶非從楚騷來，故色澤甚饒，而沉厚之味，終不足也。」〔六六〕陳廷焯仍然認可「窈曲幽深」是厲鶚詞之特色，也仍然認可「窈曲幽深」是詞中之高境，却獨獨將楚辭從中摘出，否定了厲鶚詞與楚辭之間的淵源關係。也因此，厲鶚詞成爲只有色澤而缺乏沉厚的「别調」〔六七〕。在這裏，陳廷焯給出了兩組對立的概念，即「貌」與「骨」，「色澤」與「沉厚」，這兩組概念其實是同一意涵的不同呈現方式。所謂「貌」與「色澤」，即指詞的字面、語言，所謂「骨」與「沉厚」，即指詞的内質、意旨。《雲韶集》卷十八評厲鶚詞曰：「每讀諸名家詞雜以樊榭詞，正如萬花谷中雜以幽蘭，有不争采其芳者乎？」〔六八〕陳廷焯重視厲鶚詞之「芳」，再配合《詞壇叢話》中的「脱盡凡艷」、「空山流泉」等形容，可以確定，「窈曲幽深」這一評價，著眼點在於厲鶚詞的辭采風格與風神韻致，也就是「貌」與「色澤」。只不過，「貌」與「色澤」與楚辭相近，在前期的陳廷焯眼中已經足够得到「楚騷之遺」的評價了。可是，後期的陳廷焯却説「窈曲幽深」的厲鶚詞「絶非從楚騷來」，不再認爲辭采、神韻的近似可以被稱爲「楚騷之遺」了。

《白雨齋詞話》卷九曰：「幽深窈曲，瑰瑋奇肆，楚詞之末也。沉鬱頓挫，忠厚纏綿，楚詞之本也。舍其本而求其末，遂托名於靈均，吾所不取。」〔六九〕此言便是陳廷焯前後期對楚辭態度改觀的直接聲明。「幽深窈曲，瑰瑋奇肆」，正是前期陳廷焯所重視的楚辭特色，陳廷焯以之爲鑒賞標杆，將諸多詞作認證爲楚辭的異代嗣響。但後期的陳廷焯却説這是「楚詞之末」，「吾所不取」。前期的陳廷焯對楚辭之「貌」也是重視的，而後期陳廷焯却只重視楚辭之「骨」了。在後期陳廷焯的詞學視野之中，楚辭施加於詞的影響不能只停留在字面辭采的表層，而必須深入到詞的内在本質。詞應「沉鬱頓挫，忠厚纏綿」，有意内言外之旨、比興寄託之思，且發意需「若隱若現，欲露不露……不許一語道破」〔七〇〕，才是真正的楚辭遺響。

我們只要對前後期被陳廷焯以楚辭評價的詞人詞作稍作對比，即可知其觀念變更之軌跡。《雲韶集》中，劉過《醉太平》因「神致綽約」、錢芳標《憶少年》因「字字仙艷」而得到楚辭遺響的評價，汪莘《乳燕飛》、陳允平《明月引》、倪瓚《憑欄人》等則因化用了楚辭字面或襲用了楚辭意象而得到與楚辭相關的評價。《白雨齋詞話》中涉及楚辭的評語則與之完全不同，卷一曰：「飛卿《菩薩蠻》十四章，全是楚騷變相，古今之極軌也。徒賞其芊麗，誤矣。」〔七一〕温庭筠詞的「楚騷變相」，是陳廷焯在張惠言《詞選》所言「《離騷》初服之意」〔七二〕的基礎上衍生而來，强調《菩薩蠻》亦如《離騷》一般寄寓了温庭筠曲折難言的身世之感，其詞旨淵深，意藴温厚，「芊麗」之字面非其優勝之處。卷九又曰：「千古得騷之妙者，惟陳王之詩，飛卿之詞。爲能得其神，不襲其貌。近世則蒿庵詞，可與風騷相表裏。此外鮮有合者。」〔七三〕再次强調温庭筠詞深得楚辭沉鬱忠厚之神髓，而非空自承襲楚辭之文辭面貌。能繼軌温庭筠「楚騷變相」之真義者，則首推莊棫。《白雨齋詞話》卷六曰：「蒿庵《菩薩蠻》諸詞，全祖飛卿，而去其穠麗之態，略帶本色，境地甚高。」並認爲莊棫諸詞「和平温厚，感人自深」〔七四〕。温庭筠詞「全祖《離騷》」〔七五〕，而莊棫詞「全祖飛卿」且「和平温厚」，在「《離騷》——温庭筠詞——莊棫詞」這一傳承譜系中，「温厚和平」成爲勾聯諸家作品的關鍵要素。並且，温庭筠詞是「得騷之妙」，而莊棫詞則是「與風騷相表裏」，在這裏，陳廷焯已經將「騷」與「風騷」同等看待。不論是否與「風」結合，「騷」都已被看作「温厚和平」的理論載體，「風」與「騷」的論詞主旨趨向統一。

前期的陳廷焯，認可楚辭在辭采神韻上對詞體的影響，在詞中化用楚辭語句、襲用楚辭意象乃至借鑒楚辭之風神格調，都可能被其評爲「楚騷之遺」。後期的陳廷焯則態度翻轉，詞作對楚辭必須「得其神，不襲其貌」，才是「楚騷變相」。可是，楚辭之「神」，也就是楚辭之「本」，即「沉鬱頓挫，忠厚纏綿」，並非楚辭專屬，而是同時隸屬「風」、「騷」，《白雨齋詞話》卷一便曰：「十三國變風、二十五篇楚詞，忠厚之至，亦沉鬱之至，詞之源也。」〔七六〕因此，陳廷焯後期詞論中涉及的楚辭，在絕大多數語境中已經不再具備獨立的詞學意義，而是作爲「風騷」的組成部分實現其理論價值。楚辭在前期詞選《雲韶集》中往往以「楚騷之遺」的形式單獨出現，而在後期詞選《詞則》中則多以「風騷」並稱的形式出現，如《詞則·大雅集》卷六評史承謙《謁金門》（涼滿院）曰：「風騷嗣響。非中有怨情，不能如此沉至也。」同卷評張惠言《水調歌頭》（珠簾卷春曉）曰：「熱腸鬱思，全是風騷變相。」〔七七〕等等。後期的陳廷焯重新審視了楚辭在詞學批評中的真正價值，從重視其辭藻韻致轉向重視其沉鬱忠厚之内質，並在沉鬱忠厚這一内在層面上尋得了楚辭與《詩經》的一致性，「風」、「騷」也因此由疏離走向結合。

當然，如前文所言，陳廷焯前後期詞學觀念雖有轉換，但並非完全割裂，而仍然保持著遞嬗傳承的清晰脈絡。《雲韶集》詞評已經注意到楚辭意旨與詞作的相通，但青年陳廷焯只是將之作爲與字面、神韻平等的楚辭特徵之一，没有給予特别關注。《白雨齋詞話》卷九曰：「風詩只可取其意，楚詞則並可擷其華。」〔七八〕也同樣保留了對楚辭字面的一定認可。只不過，楚辭之「華」在後期地位下降，成爲影響詞體的次要因素，在保證「意」的前提之下兼顧即可。前期地位相對平等的意旨與字面，在後期却有了本末之别，如厲鶚詞一般捨本逐末，只繼承楚辭表面風華却不具備沉鬱温厚之内質者，被摒斥於楚辭遺響的範圍之外。

前期「風」與「騷」相互疏離，因爲「風人之旨」著眼於詩教傳統對詞體的規範，而「楚騷之遺」著眼於楚辭文本對詞體的影響，「温厚和平」的詩教原則只與「風人之旨」相關，與彼時側重字面、意境的「楚騷之遺」未發生聯繫。後期「風騷」合一，則是因爲楚辭在陳廷焯詞學視野中的地位産生了變遷。《雲韶集》中，楚辭作爲評詞尺度，或獨自出現，或與杜詩、樂府並用，同樣，杜詩、樂府也常常被單獨用作評詞尺度。《雲韶集》涉及的評詞尺度極多，還包括歷代賦作、諸家唐詩甚至《西厢記》、《牡丹亭》等戲劇。在諸多評詞尺度之中，楚辭並没有任何超然地位，陳廷焯只是將之視爲文學體裁之一，與樂府、賦、詩、戲劇等其他體裁一樣，作爲藝術參照系在字面、意境或者體式等方面與詞作相對比，以彰明詞體特色。到了後期，隨着陳廷焯對楚辭的關注點從「貌」轉向「骨」，楚辭便從諸多評詞尺度中脱穎而出，地位節節攀升，與《詩經》合組爲「風騷」成爲學詞的最高標準。與此同時，重組後的「風騷之旨」也代替前期的「風人之旨」深化了「温厚和平」的詞學内涵，使其不再僅僅作爲詩教原則在道德禮義層面規範詞體，而是與沉鬱頓挫相結合，從而在創作手法、風格特徵、精神内質諸層面都對詞體産生至關重要的審美影響，如同《白雨齋詞話》卷十所言，詞「以温厚和平爲本，而措語即以沉鬱頓挫爲正」〔七九〕。「温厚和平」與「沉鬱頓挫」互補互通，一道樹立起陳廷焯詞論體系的核心砥柱。

概而言之，陳廷焯詞學由前期向後期演進的過程，表面來看，是「雅正」向「沉鬱」的轉化，而本質則是楚辭向詩教傳統回歸同時對詩教的固有内涵進行重塑。彭玉平師認爲，陳廷焯是「詞學史上第一個真正能自出理論並持以爲評説詞史標準的人」，但是，陳廷焯詞學體系的建構，「經歷了一個從散點理論到聚合成説的過程」〔八〇〕。誠然如此。從前期以不同視角分論「風」、「騷」，到後期以沉鬱温厚爲基石將「風」、「騷」聚合爲一，陳廷焯終於尋回了文學史上已經傳承千載的「風騷傳統」，並使其詞學理論獲得了最終的圓融滙通，繼而在晚清詞壇放射出新穎奪目的異彩。

〔一〕《民國續丹徒縣誌》卷十三載：「陳廷焯……中年潛心醫理，頗能濟人。」見張玉藻、翁有成修，高覲昌等纂《民國續丹徒縣誌》，《中國地方誌集成·江蘇府縣誌輯》第三十册，鳳凰出版社二〇〇八年版，第六五九頁。趙而昌《談陳廷焯——兼及他的〈詞則〉和〈白雨齋詞話〉》云：「……（陳廷焯）復精研岐黄，懸壺問世。一八九二光緒十八年當地（泰州）白喉流行，死者日以百計，由於接觸病者，感染病毒，於是年八月十一日……猝故。」見《中國文學研究（臺港及海外中文報刊資料專輯）》一九八六年第九期，第三五頁。

〔二〕彭玉平《詩文評的體性》，北京大學出版社二〇一二年版，第二八六頁。

〔三〕一九三二年，《微音月刊》發表署名爲「春痕」的《讀白雨齋詞話》一文，是目前能够見到的第一篇陳廷焯研究專論，該文已明確指出，陳廷焯論詞「實在是淵源於常州派」。見春痕《讀白雨齋詞話》，《微音月刊》一九三二年第四期，第一一九頁。題目原作《讀白雨齋詩話》，「詩」字顯爲「詞」字之誤。一九五九年，杜維沫在八卷本《白雨齋詞話》的《校點後記》中亦如此定論：「陳廷焯論詞主要是發揚常州詞派的説法。」見陳廷焯著，杜維沫校點《白雨齋詞話》，人民文學出版社一九五九年版，第二二七頁。

〔四〕該書原爲陳氏後人家藏，一九三〇年前後，陳廷焯次子陳兆瑜受聘於南京國學圖書館（今南京圖書館前身）時，將之捐贈館藏。屈興國《記陳廷焯〈雲韶集〉稿本》云：「據唐圭璋先生説：一九三〇年前後，柳詒徵先生主持南京國學圖書館，陳廷焯長子陳兆瑜應聘到館工作，於時即將陳氏《雲韶集》稿本捐贈。」見屈興國校注《白雨齋詞話足本校注》，齊魯書社一九八三年版，第八五五頁。文中言陳兆瑜爲陳廷焯長子。二〇一〇年春節，彭玉平師與陳廷焯嫡孫陳昌在廣州晤面，並用相機攝録了陳昌保存的陳廷焯早年詩歌選本《騷壇精選録》殘本，同時攝録了陳昌提供的部分陳氏家族成員留影，以及一份陳氏家族譜系圖。據此圖，陳廷焯共育有五子三女，長子陳兆琛（一八八〇—一九四三）、次子陳兆瑜（一八八四—一九四六）、三子陳兆鵬（一八八八—一九七二）、四子陳兆鼎（一八九〇—一九七〇）、幼子陳兆馨（一八九二—一九六四），長女陳伯衡（一八七二—一九五三），次女、幼女名不詳。陳昌即陳廷焯幼子陳兆馨之子。由此知，捐贈《雲韶集》給南京圖書館的陳兆瑜實爲陳廷焯次子。

〔五〕此前，在二〇一〇年至二〇一一年，《中國韻文學刊》已經分四期刊發了孫克强、楊傳慶輯校的《雲韶集輯評》，但此本《輯評》只保留了陳廷焯自撰評語，删去了陳氏引録的前人評語。《詞話叢編補編》本《雲韶集輯評》由張若蘭輯録，保留了自撰評語與引録評語，却删除了卷二十六「雜體」部分的大量評語。嚴格來説，二者均非完璧。但綜合觀之，則《雲韶集》全貌可見。本文所引《雲韶集》評語，視存録情況綜合運用孫克强、張若蘭兩個版本。

〔六〕據筆者所見，完全討論陳廷焯前期詞學的文章，有屈興國《記陳廷焯〈雲韶集〉稿本》，見屈興國校注《白雨齋詞話足本校注》，齊魯書社一九八三年版，第八五四—八六八頁；彭玉平師《陳廷焯前期詞學思想論》，見彭玉平著《中國古典詩學研究》，中國文聯出版社，二〇〇〇年版，第二四五—二五五頁；陳水雲、張清河《〈雲韶集〉與陳廷焯初期的詞學思想》，《湖北大學學報（哲學社會科學版）》二〇〇二年第六期，第六五—六八頁；顧寶林《規模前輩，益以才思——由〈雲韶集〉、〈詞壇叢話〉看陳廷焯前期對晏歐詞的研究與批評》，《文學評論》二〇一四年第六期，第八五—九四頁；林楓竹《陳廷焯〈雲韶集〉研究》，南京大學二〇一三年碩士學位論文。

〔七〕〔六一〕〔六二〕〔六三〕〔六六〕〔六九〕〔七〇〕〔七一〕〔七三〕〔七四〕〔七五〕〔七六〕〔七八〕〔七九〕　陳廷焯《白雨齋詞話》，上海古籍出版社一九八四年版，第七頁，第三頁，第一九七—一九八頁，第三一四頁，第一三〇—一三一頁，第三一四頁，第九—一〇頁，第一一頁，第三一四頁，第一九〇—一九一頁，第九頁，第七頁，第三一四頁，第三六一頁。

〔八〕毛亨傳，鄭玄箋，陸德明音義，孔祥軍點校《毛詩傳箋》，中華書局二〇一八年版，第一頁。

〔九〕〔一〇〕〔一五〕〔一七〕〔二三〕〔二五〕〔二七〕〔三〇〕〔三二〕〔三四〕〔四一〕〔四六〕〔五一〕〔五九〕〔六〇〕〔六八〕陳廷焯選評，張若蘭輯録《雲韶集輯評》，葛渭君編《詞話叢編補編》第三冊，中華書局二〇一三年版，第一四八二頁，第一五四一頁，第一五四一頁，第一四四六頁，第一八四五頁，第一四一五頁，第一五六五頁，第一五八六頁，第一六七九頁，第一五四六頁，第一六〇六頁，第一七五六頁，第一七八六頁，第一六八二頁，第一八二四頁，第一八五二頁。

〔一一〕何晏集解，陸德明音義，邢昺疏《宋蜀刻本論語注疏》，廣西師範大學出版社二〇一九年版，第八九頁。

〔一二〕〔一九〕〔二〇〕朱熹《四書章句集注》，中華書局二〇一二年版，第六六頁，第一七九頁，第一四四頁。

〔一三〕黃昇選編，楊萬里點校集評《花庵詞選》，上海古籍出版社二〇一九年版，第一七二頁。

〔一四〕〔一六〕〔一八〕〔三一〕〔四二〕〔四四〕唐圭璋編纂，王仲聞參訂，孔凡禮補輯《全宋詞（簡體增訂本）》，中華書局一九九九年版，第一〇四七頁，第二〇六四、二〇五三頁，第二八一八頁，第三九二九頁，第四四四六頁，第四四四六頁。

〔一八〕〔三六〕〔三八〕〔四九〕〔六四〕〔六五〕陳廷焯撰，孫克强主編《白雨齋詞話全編》，中華書局二〇一三年版，第六七三頁，第三六三頁，第五頁，第二〇頁，第一二頁，第三五〇頁。

〔二一〕崔海峰《從王夫之看「温柔敦厚」的詩教觀》，《船山學刊》二〇〇八年第三期，第二六頁。

〔二二〕王象晉《秦張兩先生詩餘合璧》，《四庫全書存目叢書》集部第四二五冊，齊魯書社一九九七年版，第二六二頁。

〔二四〕查慎行著，周劭標點《敬業堂詩集》，上海古籍出版社二〇一五年版，第一四〇〇頁。

〔二六〕趙崇祚編，楊景龍校注《花間集校注》，中華書局二〇一四年版，第一一三〇頁。

〔二九〕以上所引楚辭文句見王逸撰，黃靈庚點校《楚辭章句》，上海古籍出版社二〇一七年版，第四六、一〇三、一二九、四六、六一、四四、四三頁。

〔三三〕倪瓚《清閟閣全集》，康熙五十二年（一七一三）曹培廉刻本，《無錫文庫》第四輯第一二冊，鳳凰出版社二〇一二年版，第一〇三頁。《憑欄人》乃是散曲小令，屬「越調」，非詞。康熙五十二年（一七一三）曹培廉刻本《清閟閣全集》中，《憑欄人》與《踏莎行》、《鷓鴣天》、《江城子》等詞作共同被編於卷九「樂府」部分，《詞綜》亦將之選入，陳廷焯當是以《詞綜》爲據將之録入《雲韶集》，這是清代詞曲分體尚不明晰的表現。今該作收入隋樹森編《全元散曲》，中華書局一九六四年版，第一四一九頁，「欄」作「闌」。唐圭璋編《全金元詞》不録。

〔三五〕唐圭璋編纂，王仲聞參訂，孔凡禮補輯《全宋詞（簡體增訂本）》第三冊，中華書局一九九九年版，第二七七〇頁。《全宋詞》詞牌作《四字令》，陳廷焯依《詞綜》作《醉太平》。

〔三七〕王昶《國朝詞綜》卷五，清嘉慶七年（一八〇二）王氏三泖漁莊刻增修本。

〔三九〕陳水雲《清代詞學發展史論》，學苑出版社二〇〇五年版，第一九四頁。

〔四〇〕例如，賀鑄《鳳求凰》「待紉蘭、擷菊相將」用《離騷》「紉秋蘭以爲佩」，《半死桐》「梧桐半死清霜後」用《七發》「龍門之桐……其根半死半生……」，《攤破木蘭花》「月墮參横」用樂府《善哉行》「月没參横」，《憶秦娥》「燈前細雨檐花落」直接用杜甫《醉時歌》原句等。此處所引賀鑄詞作見唐圭璋編纂，王仲聞參訂，孔凡禮補輯《全宋詞（簡體增訂本）》第一册，中華書局一九九九年版，第六六一、六四五、六八二、六八三頁。所引《離騷》見王逸撰、黄靈庚點校《楚辭章句》，上海古籍出版社二〇一七年版，第二頁；《七發》見蕭統編、李善注《文選》第四册，上海古籍出版社二〇一九年版，第一五九〇頁；樂府《善哉行》見郭茂倩《樂府詩集》第二册，中華書局一九七九年版，第五三六頁；杜甫《醉時歌》見杜甫著、錢謙益箋注《錢注杜詩》，上海古籍出版社一九七九年版，第一五頁。

〔四三〕高似孫《水仙花前賦》，高似孫著，王群栗點校《高似孫集》，浙江古籍出版社二〇一七年版，第九七六頁。

〔四五〕杜甫著，錢謙益箋注《錢注杜詩》，上海古籍出版社一九七九年版，第三一三頁。

〔四七〕徐振貴主編《孔尚任全集輯校注評》第四册，齊魯書社二〇〇四年版，第一八六五頁。

〔四八〕漢樂府有《孤兒行》、《婦病行》。又有《十五從軍征》曰：「十五從軍征，八十始得歸。」見郭茂倩《樂府詩集》，中華書局一九七九年版，第三六五頁。

〔五〇〕《雲韶集》中單獨運用杜詩評詞有三十餘處，單獨運用樂府評詞亦有二十餘處。運用李白、王維、李商隱等其他詩人詩作評詞之處亦極多。「以詩評詞」，是《雲韶集》詞學批評的重要方式。

〔五二〕〔五六〕〔五七〕朱彝尊著，屈興國、袁李來點校《朱彝尊詞集》，浙江古籍出版社二〇一七年版，第四一一頁，第一〇一頁，第四二三頁。

〔五三〕王鵬運輯《四印齋滙刻宋元三十一家詞》，王鵬運輯《四印齋所刻詞》，上海古籍出版社二〇一二年版，第七四九頁。

〔五四〕〔五五〕張炎著，夏承燾校注《詞源注》，人民文學出版社二〇一八年版，第三一頁，第二五頁。

〔五八〕孫維城《陳廷焯詞學思想前後期不同的共同基礎》，《安慶師範學院學報（社會科學版）》二〇〇九年第四期，第七〇頁。

〔六七〕《白雨齋詞話》卷四曰：「其年、錫鬯、太鴻三人，負其才力，皆欲於宋賢外，別開天地，而不知宋賢範圍，必不可越。陳朱固非正聲，樊榭亦屬別調。」見陳廷焯撰《白雨齋詞話》，上海古籍出版社一九八四年版，第一三〇頁。

〔七二〕張惠言《詞選》，清道光十年（一八三〇）宛鄰書屋刻本。

〔七七〕陳廷焯《詞則》，上海古籍出版社一九八四年版，第二三三二、二五〇頁。

〔八〇〕彭玉平《詞學批評學的現代發生與「三大體系」建設》，《文學遺産》二〇二一年第一期，第二九頁。

（作者單位：中山大學中文系）

西方文論與詞的美感特質

（加拿大）葉嘉瑩 講授　蔡 雯　宋宇航 整理

内容提要　我認爲我一生學術最得力處在於利用一系列西方理論闡釋小詞的美感特質。這種特質已被前代大量作家和學者感知，如王國維的「境界」説，張惠言的「比興寄託」説都試圖解釋這種特質，但是都没有闡釋清楚。由於小詞是用男性的視角來寫女性和愛情，男性常常藉助棄婦意象來表達自己政治上的失意，所以具有「雙性人格」。一首優秀詞作微妙之處常常在於以文本爲中心具有一種潛能，具備巨大的闡釋空間。

關鍵詞　詞　潛能　雙性人格　女性主義　結構主義　接受美學

詞跟詩是完全不一樣的。我們知道最早的詞就是「敦煌曲子詞」。中國的文化經過多次的進展和轉化，一定是有外來文化的刺激。如果没有外來文化的刺激，陳陳相因，這個文化的生命就會越來越衰老。如隋朝的《藝文誌》所説，文學的發展也是如此的，它没有外來的刺激陳陳相因，結果就会越來越衰微。所以中國的文化，是有待于外來文化的刺激。

敦煌的曲子，是因爲西域的胡樂傳到中國來的，所以才有了「曲子詞」。這個曲子的音樂是外來的音

本文據二〇一七年三月五日葉嘉瑩先生講課録音整理。

樂，是中國所没有的。敦煌是個交通的要道，所以傳到敦煌，敦煌那裏的新傳進來的曲子，當然它也不是完全是新來的。我們以前講過詞的起源，它是把西域的音樂胡樂跟中國宗教的法曲，與唐朝原有的清樂結合起來的一個新的音樂。它是因爲有外來的音源，所以我們才有了敦煌的曲子。敦煌的曲子是新的音樂，它有很多新的調子很好聽，所以就給這些新調子填詞。可是當時敦煌來往的這些商人，文化水準不是很高，所以敦煌的曲子文字都不够典雅，都比較俗，而且還有錯字、别字。我們有敦煌曲子的一些照片，安老師也曾經搜集過，是我請方光洛老師從哈佛大學的饒宗頤先生編的一個敦煌曲裏邊印出來的，就是那些敦煌的曲子。敦煌的曲子虽然音樂很好，可是歌詞不够典雅，曲子很好聽，所以有些文人聽到這個曲子，就按新的調子的格律來寫歌詞。像早期白居易寫過的《憶江南》：

江南好，風景舊曾諳。日出江花紅勝火，春來江水緑如藍。能不憶江南。

有詩人就給這些新興的曲調填寫歌詞了。慢慢填寫歌詞的詩人多了，到了後蜀，趙崇祚就編訂了《花間集》，歐陽炯給他寫了序文。他説編《花間集》的目的、動機是什麽？是「庶使西園英哲，用資羽蓋之歡。南國嬋娟，休唱蓮舟之引。」他説我編輯進來的詩客曲子詞，就是那些美麗的歌兒酒女唱一些文人寫的美麗的歌詞，不要只唱那些俗曲的曲調了。所以《花間集》本來就是在歌筵酒席之間，搜集了一些詩人作的比較文雅的曲子，是給那些歌兒酒女去歌唱的，所以他叫《花間集》。

我們看《花間集》就是一本書，其實他的名字「The Collection of Songs among the Flowers」，都是非常美麗的歌詞。我曾經説過，有時候世界上一個偶然的事件會對後來産生極大的影響。我們説西方管它叫做 butterfly affect 或者是 butterfly influence，就是蝴蝶的效應，就説非洲的森林裏的一個蝴蝶一煽翅膀，導致大洋彼岸引起一個風暴，這當然是誇張的説法。就是有時候一個小事情，結果在世界上，有的時候是在政治上發生了大影響，或者是在我們文學詩歌上發生了重大的影響。因爲《花間集》的出現，使我們中國的文學除了詩以外有了一種新興的一種體式。而這個體式要比直接言志的詩微妙得多，真的是非常微妙。

後來的讀者就從《花間集》中出現的小詞裏邊看到很多的意思。總而言之，他表面上都是寫美女跟愛情，可是引起讀者很豐富的聯想。那它到底是爲什麼會引起這些聯想？這些聯想又是何所指向呢？反正你讀它就覺得它裏邊有很多東西。我們舉了例證，像温飛卿的《菩薩蠻》：「懶起畫蛾眉，弄妝梳洗時」温庭筠寫的本來就是歌詞。温庭筠這首詞表面寫的是什麼呢？温庭筠所寫的就是一個女子早晨起床化妝、換衣服這樣的事情，這是他表面上所寫的。但是如果從内涵説起來，用中國比較傳統的説法，就是閨怨之詞，寫一個孤獨的女子，是「小山重叠金明滅」，太陽出來了，照在屏風上；「鬢雲欲度香腮雪」，這個女子一轉頭，頭髮從臉上遮過來了，然後她起來了，「懶起畫蛾眉」，畫娥眉就畫娥眉，爲什麼説「懶起畫蛾眉」呢？有一個傳統説什麼呢？《離騷》中説：「衆女嫉余之蛾眉兮，謡諑謂余以善淫。」「懶起」出自杜荀鶴的詩：「早被嬋娟誤，欲妝臨鏡慵。承恩不在貌，教妾若爲容。」唐朝杜荀鶴的這首詩的題目是什麼？是《春宫怨》。

所以在中國的傳統詩歌裏，寫女子的都「宫怨」和「閨怨」。所以一般中國的女子都是怨婦。這就是我引了西方的作者劳伦斯・利普金(Lawrence Lipking)説的「弃妇」(Abandoned Women)。而在中國詩歌裏爲什麼都是怨婦，都是思婦呢？從《古詩十九首》裏就説：「思君令人老，歲月忽已晚」，這是中國的社會倫理的家庭制度所形成的必然結果。好男兒志在四方，豈能株守家园，效小兒女之態？男人是一定要出去的，不管你是在文治武功上建功立業，還是你行商坐賈，你要做買賣，「前月浮梁買茶去」。男人爲了謀生，他必須出去；女人是一定不可以出去，女人一定要閉守在家門之中，女人是不可以出去的，你怎麼能够抛頭露面呢？不可以。所以這就註定了中國詩裏面的女人都是思婦，這是整個歷史的社會的背景所決定的。

男人出去了，女子在家中，那當然就是「思婦」，一天到晚相思懷念，丈夫不知道哪天才回來。「門前遲行跡，一一生綠苔」，「八月蝴蝶來，雙飛西園草。感此傷妾心，坐愁紅顔老。」這個男子没有回來，就是「行行重行行」，「思君令人老」，這是「思婦」。

如果這個男子在外邊另外跟别的女子好了，甚至於結了婚，這個女子就從「思婦」變成了「怨婦」。所以中國舊傳統的女子的形象，就註定是如此的。所以先不管張惠言的理解。這首詞「小山重叠金明滅，鬢雲欲度香腮雪。懶起畫蛾眉，弄妝梳洗遲。照花前後鏡，花面交相映。」就是寫一個女子化妝，愛美，要好。最後「新帖繡羅襦」，衣服上最近貼繡的這個羅襦的短襖，繡的是「雙雙金鷓鴣」，就跟一對一對的鴛鴦的這個象徵的寓托是一樣的，它是用我衣服上的鳥來反襯我自己。所以這一首詞你先不要受張惠言的影響，説這就一定是屈原離騷的意思，這首先就是思婦之詞。所以《花間集》裏邊的 collection 就是這些文人寫給女子去唱的寫閨怨的小詞。

詞的美感特質其實就是最早受到《花間集》的影響，不管是温庭筠、韋莊、馮延巳、李後主，都從《花間集》裏面寫美女跟愛情的歌詞，發展出很多新的意境。其實我現在講的這個系列，就是西方文論與中國詞學。因爲我這一生，雖然寫了很多批評欣賞的文字，但是我自己覺得我最重要的一篇作品，是把詞的美感的特質：它的緣由、它的作用、它的理論説出來了。大家都覺得詞裏面除了表面所寫的這個美女愛情以外，好像你讀了還有一些内心其他的聯想和感動。爲什麼會這樣子呢？那麼你這些聯想和感動應該指向什麼呢？寫一個早起化妝的女子，孤獨寂寞，這是個思婦。那麼引起了讀者的聯想，就説到《楚辭》。爲什麼會引起讀者的聯想，以及聯想要指向什麼？那麼王國維讀詞也有聯想，他説：「古今成大事業，大學問者必經過三種之境界」：

昨夜西風凋碧樹，獨上高樓，望盡天涯路，此第一境也；衣帶漸寬終不悔，爲伊消得人憔悴，此第二境也；衆裏尋他千百度，驀然回首，那人却在燈火闌珊處，此第三境也。

這是他説的三種境界，這是王國維的聯想，這已經不見得是作者的本來的意思。張惠言所説的温庭筠有什麼屈原《離騷》的意思，也不見得就是屈原的意思。那麼至少張惠言所説的還是與這個思婦孤獨寂寞的女子有關，而王國維所説的三種境界，與原來的詞已經脱離了，没有關係了。你對於詞的批評和理解，可以有這麼寬的尺度，隨你胡説八道嗎？可是詞就是很妙，它就有引起讀者胡思亂想的一個作用。詞給一種聯想，那麼你就可以胡説八道嗎？這是一種很微妙的作用，這種奇妙的作用由何而來呢？於是張惠言説，這裏邊有比興寄託，但是誰相信他的比興寄託呢？他除了説温庭筠的「懶起畫蛾眉」因爲「蛾眉」兩個字，説是《離騷》的意思。張惠言還舉了一些例子，張惠言還曾經説歐陽修的一首《蝶戀花》（庭院深深深幾許）：

庭院深深深幾許。楊柳堆煙，簾幕無重數。玉勒雕鞍遊冶處。樓高不見章台路。雨横風狂三月暮。門掩黄昏，無計留春住。淚眼問花花不語。亂紅飛過秋千去。

所以這還是一首怨婦、思婦傷春怨别的一首詞。可是張惠言説它是什麼？「庭院深深」是「閨中既已遂遠」，「樓高不見」是「哲王又不寤」。反正大意就是因爲屈原的《離騷》中的美女也是一種寓托，所以張惠言就把這個詞裏面的美女相思怨别都解成有寓托的意思。但是這是很明顯的牽强附會。那王國維覺得這個張惠言這個人太牽强附會了，可是王國維也覺得那詞裏面是有個東西，除了表面所寫的女子的傷春怨别，他還可以引起讀者很豐富的聯想，他甚至於説成是成大事業大學問的三種境界。那小詞，很妙的一件事情就是他爲什麼會引起讀者這麼多的聯想？那種可以引起聯想的作用是什麼呢？他所引起的你的聯想，你用什麼話來説的呢？所以王國維不同意這個比興寄託，它太牽强附會。所以王國維説它是什麽？那是「境界」。那「境界」是什麽，王國維説明白了嗎？王國維一整本的《人間詞話》也没把境界説明白，而且他自己把他的理論都打亂了：

詞以境界爲最上，有境界則自成高格，自有明句。

境界有大小，不以是而分優劣。細雨魚兒出，微風燕子斜，何遽不若「落日照大旗，馬鳴風蕭蕭」？

有有我之境，有無我之境。「寒波澹澹起，白鳥悠悠下」，無我之境也。

他舉的例證都是什麽？通通是詩，你説詞裏面是境界最好，但他舉的例子都是詩的例證啊。王國維説張惠言没有什麽説明白，他更是荒謬。説是「境界」，根本就没有説清楚，還不如張惠言説得清楚。而他的境界舉的例證都是詩的例證。這個怎麽可以呢？這完全不對。

所以關於中國詞的真正的那種微妙的所在，大家都覺得詞很微妙，可以給讀者很多胡思亂想的可能性。可是你説它是什麽，你説它是比興寄託？這個太狹窄了。你説這是境界？又太廣泛了，都没有掌握到。我從初中一年級，我母親給我買了《詞學小叢書》，我就讀了詞，也讀了王國維的《人間詞話》。我覺得《人間詞話》裏有幾段寫得好，就是它評温、韋、馮、李的四家詞。可是他説什麽是境界，我從小就没看明白。

所以這是一個中國文學史上從來没有回答，從來没有解決，從來没有一個人真正説出來，那小詞裏面有一個可以引起讀者非常豐富的，而没有一定的專指的，種種的聯想的作用。一個是這個東西應該叫什麽呢？一個是説這種作用是從何而來的？這是我一直在想的一個問題。我直到很久以後，在西方看了很多西方的理論，我才慢慢能够説明。不是説西方的理論就比中國的理論好，所以我也引了我的老師的一封信，我的老師的那封信怎麽説的？

「假使不佞有法可傳，則截至今日，凡所有法，足下已盡得之，此語在不佞爲非誇，而對足下亦非過譽。」很多人引用我老師的話，就到這裏停止了。這是老師讚美學生，説「願成爲南嶽下之馬祖，而不願足下成爲孔門之曾參也。」你不但要做曾參，還有超過曾參，做南嶽下的馬祖，可是大家都不注意老師下邊那一句，「然而欲達到此目的，除取徑於楔形文字外無他途也」。就是你一定要學英文，爲什麼？我想我來講中國的詩詞，我憑什麼，爲什麼我要去學英文？我當然是從大學畢業以後歷盡了艱難，幾乎活不下去，落到了無家可歸的境地，我學什麼英文？所以我也從來没有想過我真的能够完成我老師的希望，可是天下事情就很難説。我的不幸的生活給我逼上了這條路。因爲我先生從被關了以後出來就没有工作了，没有工作我當然就教書，我只要出去一教，大家就都找你來講課，我在北京教了一個中學，最後就來了三個中學。學校跟你講條件，你可以不改作文，我們找人來改作文，你只要來講課就好了。北京那時候這些中學來找我去，不只是因爲我講課講得讓學生喜歡聽，是我講了課，我的學生會考聯考得成績好。所以就是你不只是講得讓他愛聽，是讓他對能够對於課本裏面的所有字句，典故都有徹底的瞭解。這是所以我教了一個中學就變了三個中學。

後來我遭遇了白色恐怖，没有學校可教，就找了個私立中學，我這個人是不教書則已，我如果是教書，我絶不會欺人自欺。我一定要把我所知道的，不管學生的程度如何，我要把我所知道的告訴他。私立中學校長説，我們要給學生加一點課外的課程，他説葉先生你開兩個課，開什麼課？我説一個開《論語》，一個開《人間詞話》。我就給那個最壞的學生，我一樣要把最好的給他們。

可是我那個時候不需要學英文。等我在臺灣大學教書，教了一個大學就變成了三個大學，還加上兩個電臺，把我壓得一天不遑喘息，早晨三小時一個大學，下午三小時一個大學，每天這樣趕，而且晚上還有兩個小時的夜間部，周末還有大學的國文廣播。這一方面是我們生活的需要，因爲我們家裏只有我一個人工作；再一方面是情面難却，輔仁大學復校了，系主任戴君仁先生是我的老師，他説你過來教吧。許世瑛先生，淡江的主任，也是我的老師一輩還不説，他是我在中學讀書的時候，在我們家外院住的鄰居。所以許先生過世以後，我在温哥華寫了一首挽詩，我説是「書聲曾動南鄰客」。我對於大學老師很害羞、很膽怯，從來不敢跟他説話，就見面給他鞠一個躬，可是他對我的印象深刻，爲什麽呢？因爲他住在我們家外院，他就聽見我在裏面，不是吟唱詩歌，就是大聲地朗讀古文。所以我一直要跟你們説，吟誦和朗讀是非常重要的。韓退之説的：「氣之與言猶是也，氣盛則言之長短，與聲之高下者皆宜。」我們今天也不講吟誦，但是我實在要説，吟誦，或者拿一個調子把它大聲地讀出來，是非常重要的。讀誦了有一種感動，有一種力量，你的詩可以寫得很好，所以我慢慢就寫七言律詩，而且不止寫一首，一下筆寫五首。可是没有理論，那個時候我對於《人間詞話》也喜歡，但是我説不出它一個道理來，可是我因爲我教書教了這麽多，西方的學者不能到大陸來，因爲我們跟資本主義没有往來，所以就把我約到美國去教書，本來是密歇根，結果海陶偉先生（Hightower）面試我，就把我搶走了，約到了哈佛大學去了。

天下事情我不是説都有命，命中註定，我本來也没想要學英文，可是我被海陶偉先生（Hightower）約過去了，他跟我討論，他是學東亞的中國的文學，他不跟我説中文，他非要逼得我跟他講英文。然後我教了兩年，我的交換期滿，我回臺灣。海陶偉先生（Hightower）一定不讓我走，他説你把先生接出來了，女兒也接出來了，你爲什麽不留下來？主要是我先生不肯回去，他被關了很久，可是我一定要回去。我先生跟我女兒可以不回去，但是我一定要回去，因爲我不能對不起我的老師，我是三個大學的老師，九月要開學了，你有這麽多課，你忽然一撒手就説我不回來了，這是不應該這樣做的事情。所以我一定要守信用，我一定要回去，而且我要接我父親出來，説明白這件事情。可是我接我父親出來以後，美國就不給我簽證了，他説你不能拿這個 visitor 的 visa，你要移民，可是移民不知道哪年才能辦成功，而我的先生和兩個女兒，我要養活他們，没有辦法。海陶偉先生（Hightower）很熱心，就介紹我到了 UBC。到了 UBC 大學，因爲他們那一年恰好收了兩個博士生研究生，一個研究韓退之，一個研究孟浩然，没有找到導師，所以説你來很好，就帶這兩個學生。可是我們要請你做專任教師，你不能只教兩個研究生，所以你教大班的課，所以我就從此就被迫要用英文講課。我的博士生雖然跟我用中文討論，但論文都是英文的，所以我就一天到晚查英文生字。我這個人真是也愛學習，所以我就看了很多英文的理論的書。

我去的那個時代，我是一九六六年出去的，然後一九六七、六八年在美國，回到臺灣一年，一九六九年來到了 UBC 大學。那個時候是西方的文學理論最盛行的一個時候，很多新的理論那個時候出現，而且是非常好的理論。現在的後現代理論，其實已經没有那麽精彩了，已經不是那個最最精華的，最扼要的理論，已經走入了一條，駁雜，不是很正常的道路去了。可是我是趕上了那個時代，所以我看了很多西方理論的書，而我要用英文教書。你那「境界」和「興趣」説不明白，所以我就嘗試運用了西方的理論。

《花間集》的小詞都寫美女跟愛情，王國維的境界没有説明白，張惠言的比興也非常牽强。那麽那個是什麽？所以我就看了很多西方的論著。而最重要的：第一，《花間集》是之所以微妙，因爲他寫的什麽，他寫的是美女和愛情，一定要重視這一點，寫美女跟愛情的主題，爲什麽有了這樣的微妙的作用？那時候也正是西方的女性主義盛行的時候，我就看了一大堆女性主義的理論，所以我後邊所引的就是西方的文學理論。因爲《花間集》寫的都是美女跟愛情，它能够引起讀者這麽豐富的聯想，我們一定要正面面對《花間詞》的女性敘寫，這才是解決問題的辦法。所以我認爲這是我一生最重要的，没有人説過的，我的一個根本的對於詞的特質的一個回答。大家都不重視這一篇，因爲都是理論，很多人都只看欣賞，不看理論。而這是最重要的一點。

所以我認爲，我們一定要從《花間集》的女性敘寫，我曾經寫過一篇很長的文章，在參考的篇目上有，

《花間詞之女性敘寫》女性敘寫，所以我們要從女性主義來談起。最早的女性主義興起是爲了男女平權，是法國的西蒙・德・波瓦(Simone de Beauvoir)的《第二性》(*The Second Sex*)，所以女人是第二性，在男人的眼中，是他者(the other)。在男人的眼中，女人是觀賞的對象(Being looked at)，男人看女人，女人就是也要給男人看。所以你看所有的這些女性，都是她梳妝打扮，就爲了給男人看，而男人就是看女人，他就是要看女人。就對看女人感興趣，他就是being looked at，他就是Simone de Beauvoir(說的)，女性是男性眼中的他者，是被他所觀賞的，而且她説男性看女性，是一種帶著性的趣味的這樣的一種凝視。這是最早的西蒙・德・波瓦(Simone de Beauvoir)站在男女平權的這種思想上所提出來的。

那麼我們回到中國，中國的詞裏邊所寫的女性的形象，第一種就是西蒙・德・波瓦(Simone de Beauvoir)説的being looked at，就是被男人觀賞的女性。像歐陽炯的《南鄉子》：「二八花鈿，胸前如雪臉如蓮。耳墜金鐶穿瑟瑟，霞衣窄，笑倚江頭招遠客。」是Being looked at，男人眼中看的女人，就是像這個「二八花鈿」；第二個《花間集》裏面的女性的形象，就是愛的對象，sex object。歐陽炯的《浣溪沙》：「相見休言有淚珠。酒闌重得敘歡娛。鳳屏鴛枕宿金鋪。蘭麝細香聞喘息，綺羅纖縷見肌膚。此時還恨薄情無。」這完全是sex，是性的描述。這是《花間集》裏面寫女性，有這樣兩類的女性。就是男人對待女性的態度，從男人的眼光來寫女性。

可是《花間集》因爲是讓歌兒酒女去唱的，所以他有時候也用女性的口吻來寫。那寫女性是什麼呢？女性就是相思和期待。這是剛才我們説的思婦，這是中國舊傳統裏邊的一個重要的形象，男兒志在四方，一定要出去，女人一定要留下來，女人就是那個相思等待的那個人，永遠是如此的。「小山重疊金明滅」，你不要一下子就被張惠言綁架了去，説「懶起畫蛾眉」，屈原説的「衆女嫉余之蛾眉」，這就是用的屈原《離騷》的意思，你不要輕易地被張惠言、被屈原的《離騷》把你綁架過去。客觀地來説這首詞寫什麼？寫一個獨處的寂寞的女性，早晨從她驚醒，被日光驚醒，到起來描眉、化妝、穿衣、照鏡，這樣一個女性。穿上衣服，是「新帖繡羅襦，雙雙金鷓鴣」。我的新的貼繡的熨燙得很平的衣服上，繡的一對一對的鷓鴣鳥，一對一對的鳥代表成雙作對，而就是寫這個女子思婦的孤獨寂寞的感情。「懶起畫蛾眉」，我們剛才也講了這個唐朝的杜荀鶴的《春宮怨》：「早被嬋娟誤，欲妝臨鏡慵」，「欲妝臨鏡慵」，爲什麼？因爲「承恩不在貌，教妾若爲容」。所以是一個思婦怨婦的形象。說到根本，温庭筠所寫的那一系列的《菩薩蠻》，主要都是思婦、怨婦的形象。至於你因爲他說蛾眉，女子總是畫蛾眉的嘛，「懶起畫蛾眉」，你由蛾眉想到屈原，那是你張惠言的聯想，温庭筠這一系列是寫的思婦、怨婦的形象。那麼《花間集》寫這個思婦和怨婦，爲什麼就會引起張惠言或者是王國維這麼豐富的聯想，總覺得它裏邊有些東西，爲什麼會如此？

那我們就講到後邊，所謂「雙性人格」，雙性人格本來是卡洛琳・郝貝蘭（Carolyn G. Heilbrun）提出的。卡洛琳・郝貝蘭（Carolyn G. Heilbrun）也是西方的女性主義的一個理論家。郝氏講了各種女性。前面我也舉了，the wife，the mother，women on a Pedestel，是在一個高臺上的崇拜的偶像，the sex object 是性的對象。還有就是思婦，是沒有男人的女性，Women without men，這是西方的女性主義歸納出來的西方的作品（瑪麗・安・佛格森《文學中之女性形象》）。西方沒有詞，所以歸納這些形象的根據是西方的小說。

卡洛琳・郝貝蘭（Carolyn G. Heilbrun）就提出來女性不只是這樣的形象，有的女性的作者是雙性人格的，或者有的男性作者是雙性人格的。雙性人格，這個本來在醫學上是說雌雄同體。所以卡洛琳・郝貝蘭（Carolyn G. Heilbrun）本來說的「朝向雌雄同體的認識」（Towards Recognition of Androgyny）。Androgyny 是醫學的名詞，是雙性同體，這是醫學上有這樣的現象，或者是本身的身體上，就是雙性同體；或者是內心的心理上，是雙性同體。所以西方的女性主義論者，Towards Recognition of Androgyny 這就是雙性同體的認識。所以我們不要管他醫學上的雙性同體，我們也不管他現實上的這種性別的雙性同體，我們是要講文學裏面的雙性同體。

當時，我在哈佛教書，他在西北大學教書，就是勞倫斯·利普金（Lawrence Lipking），他説「Abandoned Women and Poetic Tradition」，就是《棄婦與詩歌傳統》。我這裏邊也都有它的出版書的年月出版社的名字。勞倫斯·利普金(Lawrence Lipking)我覺得他講得很好，「Abandoned women」是被拋棄的女子，「political tradition」是詩歌的傳統。他説古今東西都是如此的，寫一個棄婦，被拋棄的女子，而這個女子在文學中成爲一個傳統的，大家都喜歡去描寫，而被大家所用的一個形象(image)。因爲勞倫斯·利普金(Lawrence Lipking)説的，因爲不只是女子有 being abandoned 這種被棄的感覺，男子也同樣有 being abandoned 的被棄的感覺。在一個機關裏面，你不被重視；在一個男性的群體裏邊，你不被人欣賞。他説，男人同樣有 being abandoned 的這樣感覺，所以作品裏邊需要一個 being abandoned 的這樣一個 image，這是文學傳統裏邊，一直需要這樣 image。不只是女性 being abandoned，是男性更需要這樣的一個 image，因爲男性同樣有 being abandoned 這種感覺。

所以中國的小詞就很微妙了。中國的小詞表面所寫的是一個棄婦，是一個 be abandoned women，可是很多 being abandoned 這些男性，就把自己套進去了。於是就從這 be abandoned women 的 image 裏面就引起男性作者的很豐富的聯想和感受。而且他不但是讀別人的 abandoned women 有很深切的感受，他自己也寫 be abandoned women，也許表面上他的 consciously(顯意識)裏面他寫的是棄婦，可是它的 subconscious 裏邊，他的潛意識之中，其實是表達了他自己失意的感覺，所以小詞就被大家看出來這麼多的可能性，這是當初編《花間集》的人，當初給《花間集》寫序的那些人，從來没有想到過的。所以我説西方講這個 butterfly influence(蝴蝶效應)，你没有想到，蝴蝶振振翅膀，大洋的彼岸起了一陣暴風。他就是 *The*

Collection of Songs among the Flowers(《花間集》),集就是一個 collection,collection of song words。詞的意思本來不像詩是言志的,文是載道的,沒有這種深刻的意思,詞(song words)就是歌詞的意思。所以《花間集》就是 song words among the flowers,就是寫女性的,可是這個女性是形象(image)就很妙,就可以引起男子這麼豐富的聯想,不管他是把這個女子作爲他的愛情所投注的對象,或者是把那些相思怨别的女子作爲他自己在仕宦上不得志的一個 subconscious、unconsciously,代入進去的一種 possibilities,就有了這樣一種可能性,這是我們説從基本的理論説小詞爲什麽有這樣的可能性。這一套理論不是我抄襲的,這些零零碎碎的理論都是我多年來,我自己一步一步思考、看書、讀書建立起來的。

可是還不止如此。這個小詞的這些個 image of women,既然他給讀者這麽豐富的聯想,而且有這種雙重性别的作用。Then,the next step(下一步)。下一步怎麽樣解釋它?所以我們就從女性主義的文學理論的要過渡到詮釋學的理論。就是解析符號學(semanalyze)。我們説了爲什麽詞的女性敍寫給人這麽豐富的聯想,我們用女性主義説明了這個問題。給你這麽多聯想,你對這些聯想怎麽樣去解釋?你怎麽樣來説明?下一步我們就要講到詮釋學,這個是我真正這一輩子下的功夫,可是這篇文章從來不被别人所重視,因爲大家只是欣賞欣賞《唐宋詞十七講》就好了,沒有人肯用頭腦、肯用思想去追究、研究一個問題。所以我認爲其實我平生最重要的,我所完成的,是張惠言、王國維等人一直都沒有完成的,就是你知道他爲什麽有這麽豐富的聯想,對這些豐富的聯想,你怎麽樣去詮釋,你怎麽樣去 interpret,所以下面就牽涉到詮釋學。

詮釋學其實我講西方文論講了很多。我們一個是説詮釋的循環。詮釋學,Hermeneutic circle(詮釋的循環)。詮釋是我們最需要的。一首詩你要詮釋,一個文章你要詮釋,一首詞你更要詮釋。但是如果按照詮釋學的理論(Hermeneutic theory)來説,Never 你永遠找不到那個主體的 the subject,那個意思 original meaning(作者的原意)是什麼? 我們每個人都給他解釋,你的解釋就是作者的原意嗎? 他説每個詮釋的人,the interpreter,每一個詮釋的人其實都是帶著他主觀的背景,他的性情,他的愛好,他的學識,他的經歷。所以你看這首小詞,你看出這麼多意思來,他看這首小詞也看到那麼多意思來。你説是這個意思,他説是那個意思,你要找到作者原來的意思是什麼,他説那是不可能的,所以 Hermeneutic(詮釋學),就是一個循環(Hermeneutic circle)。詩比較容易解決,因爲詩是顯意識的言語。你看杜甫説的什麼?《至德二載,甫自京金光門出間道歸鳳翔,乾元初從左拾遺移華州掾,與親故别,因出此門,有悲往事》。詩人主要説什麼,人家杜甫説得清清楚楚,那是顯意識的言語。可是小詞都是寫的美女跟愛情,你説這個作者寫這個美女和愛情的時候,他的 consciousness,他的 subconscious 裏邊,他是怎麼構思的? 我們同時説同樣寫水邊的女人,歐陽炯説「二八花鈿,胸前如雪臉如蓮」; 還有薛昭藴寫的《浣溪沙》「越女淘金春水上,步摇雲鬟佩鳴璫,渚風江草又清香。」他寫的什麼? 歐陽修寫的「越女採蓮秋水畔。窄袖輕羅,暗露雙金釧。照影摘花花似面。芳心只共絲争亂。」同樣寫水邊的女子,同樣是美麗的女子,同樣是穿著美麗的衣服,爲什麼不一樣呢? 那歐陽修到底要説什麼呢? 歐陽炯的容易懂,「二八花鈿,胸前如雪臉如蓮」容易懂。它「照影摘花花似面,芳心」就爲什麼「只共絲争亂」呢? 他的心亂爲的什麼? 什麼使他心亂? 歐陽修到底要説什麼? 所以小詞有的時候就在寫美女之中,他有一種很微妙的東西,他可以引起讀者很豐富的聯想。而他不是一個顯意識的,像杜甫説的「至德二載,甫自京金光門出」,他是隱意識(subconscious,unconscious)的,不知不覺地流露出來。

後邊我們又補充了穆卡洛夫斯基,就是作为捷克的結構主義批評家提出來的。我們説文學批評,不管是中國的文學家、西方的文學批評,最初都是説作者。我們説杜甫因爲他纏綿忠愛,因爲他淪陷在長安,因爲他後來逃到鳳翔,所以考證作者的生平,就成爲一門重要的讀詩的學問。不只是中國的詩,西方同樣考證這個作者寫作這首詩的時候，他是在什麼地方，他有什麼遇合呢？當時留下了一些什麼文字呢？西方跟東方的文學批評的最初的原始，都是以作者爲主。

可是後來隨着時代的演進，這個重點轉移了，就從作者轉到作品了。我們説杜甫纏綿忠愛，不是因爲杜甫這個人纏綿忠愛，是因爲他的作品，使我們感到他的纏綿忠愛，使我們感動了。所以一首好詩，你不能説因爲他是好人就寫好詩，他是因爲他的詩的語言文字使他成爲好詩的。所以批評的重點，就從作者轉到了作品，就是新批評（new criticism），就有新批評的出現。所以你看一首詩，你不能説因爲這個作者好，這個詩就好，這没有道理，詩的好壞在作品不在作者。所以他們就提出來 new criticism，脱離作者來到作品，就是所謂「新批評」。所以新批評就從作者脱離來到作品，他們注重的是什麼？是 close reading（細讀），你要一個字一個字去讀，這個字的意思給你什麼樣的 suggestion，給你什麼樣的 association，這兩個字的結合有什麼 function，有什麼樣的作用。細讀（close reading）就是你要下的功夫。

所以西方的文學批評就轉移了，就從作者來到了作品。作品剛才我們已經説了，就來到了讀者，所以我們就有了詮釋學。你怎麼樣解釋這首詞，所以這就是讀者的作用了。可是他説讀者的這種詮釋不是固定的，不同的讀者就讀出不同的作用來，同一個作者在今天讀、在明天讀，他讀出不同的作用來。所以詮釋學是不固定的，不是指向一個固定的意思的，他是一個 circle。所以 Hermeneutic circle 它不固定在這個作品上，是你讀出來的。所以這個重點是回到了讀者，讀者是重要的。

所以西方的文學批評有幾種演變：從作者到作品，從考證到詮釋。詮釋怎麼樣呢？你詮釋的依據是什麼？是符號。他爲什麼説「美女」，他爲什麼不説「佳人」呢？他爲什麼説「紅粉」，不説「紅妝」呢？符號是重要的，所以你要 close reading，你要重視它每一個符號的作用。所以有 semiotics，所以是 semanalyze，所以西方文論還説了，所以你要以作品爲主，你要以符號爲主。你説因爲杜甫是忠愛纏綿就好，他說他是 intentional fallacy。因爲他纏綿忠愛就是好詩，這是 intentional fallacy，這是意圖的謬誤說。他意圖好，他不見得寫出好的作品來。所以要重視的是作品本身的符號的表現，這個符號的作用給了你什麼樣的感受，你說他的 intention 是什麼，intentional fallacy 那是錯誤。很多人說我給你寫這個詩真是內心感動得不得了，我說你寫的詩不好，你的意圖再好也白搭，意圖謬誤説 intentional fallacy。

還有就是感應謬誤説。有人說這個詩寫得太好了，我一邊看一邊流淚，這個電影太好了，我看這個電影哭濕了三條手帕，這就代表了電影就是好的電影嗎？這個電影有他藝術的價值，不是說他讓你哭了就是好電影，所以他就有了感應謬誤説（Affective fallacy）。Affective 同樣是 fallacy，同樣是一種錯誤，所以就有接受美學的出現，Aesthetics of reception，就是一篇作品，你怎麼樣去接受它。一篇作品，如果單獨的只是一個作品的話，那是一個美的成品（Artifact）。Artifact 就是你畫了一幅畫，或者你說杜甫的這首詩它很好，那是一個 artifact，《秋興八首》，artifact，那是一個藝術成品，你給不懂詩的人，他絲毫不起作用。所以詩是什麼呢？詩是當作品被讀者讀到的時候，他才成爲一個 Aesthetics object，他才是一個美學的課題，他才有了美學的作用。所以真正的把這個作品的價值完成的是讀者，如果沒有經過讀者的閱讀，杜甫的詩擺在那裏再好，他只是一個藝術的成品，不是一個美學的課題。

所以這個重點從作者到文本，the text（文本）到 the reader（讀者），讀者的接受。談到讀者的接受，德國的沃爾夫岡・伊賽爾有一篇很重要的文章，《閱讀活動：審美反應理論》（*The Act of Reading: A Theory of Aesthetic Reception*），這都是我多年來在美國一本一本地看，一本一本地歸納出來，現在整理出來的。所以就來到接受美學。於是接受美學將 Hopkins University 印的就是伊賽爾這本書，他就提到兩個極點（two poles）：一方面是作者，一方面是讀者。中間是什麼呢？中間是 the text（文本）。沒有經過閱讀的，我說只是一個藝術的成品，閱讀以後，他才是一個 Aesthetic object，他才是一個美學的課題。所以真正把這作品完成，使它有價值、使它有意義的，使它成爲一本美學的課題的，是閱讀，是讀者把它完成的。所以我們就講了，這是一個關鍵字，就是潛能，就是文本（the text），提供給作者一種潛在的、可能的潛力。你爲什麼覺得這個作品好，你爲什麼覺得這個作品給你這麼豐富的聯想？是因爲他的 text，它的文字本身給你這麼多的潛藏的力量的作用，這種 affection，是因爲作品的本身包含這麼多的作用，所以作品裏面有 potential effect，他可能性的那種作用。

所以我現在要説，我很想把詞的特色，你不要説那詞裏而都是屈原離騷的意思，這是不可靠的。你説這詞是境界，什麼是境界，王國維根本就没説明白。境界是什麼呢？好的小詞裏邊，包含著很豐富的 potential effect，所以你可以從裏邊看出很多東西來，因爲詞的 text 的作品的本身，它包含了這麼多的 potential effect。就是文本（text）給作者一種潛在的可能的潛力。所以我現在很想説，我努力了這麼多年，要把這種小詞的微妙的作用説明而找尋出來。好的詞裏邊包含了豐富的潛能，你不要説這那是境界，不要説那是比興寄託。我們是説好的詞，包含了豐富的潛能，境界是没有理論的，不能説明的。談了這麼多潛能，而這個作用就要讀者來完成，是王國維才讀出來有成大事業、大學問的三種境界，是張惠言説「蛾眉」有屈原《離騷》的意義，那都是讀者在接受的時候提出來的。而作品的本身提供給你的是一個 potential effect。

可是現在我要提出來，我認爲是更進一步的理論，我很欣賞一個意大利的接受美學家，Franco Meregalli（弗兰哥・墨尔加利）《論文學接受》。這位意大利的接受美學家，我認爲他提的是很妙的一個詞語，是 creative betrayal，creative 帶有創造性的，betrayal 是背叛，帶有創造性的背離，這就很妙了，這就給這個作品的内涵更多、更豐富的可能性。你讀它的時候，你也可以讀的不是作者的原意，你在接受美學的時候，你可以有這種 creative betrayal（創造性的背離）。

我讀古人的詩，比如最近中國要出一本書，其實這本書是原來在温哥華早就出過的，是陶永强，從温哥華來的，你們都知道陶永强律師。陶律師選了我的一些詩，他把它翻譯了，然後出了一本書，完全是陶永强先生自己翻譯、自己出版的，所以與我完全無關，他只是找了我一些詩他去翻譯，然後就出版了。但是他把這本書起了一個名字，叫《獨陪明月看荷花》。我想陶永强先生選這個名字是因爲他知道我的小名叫小荷，我是荷月出生的，所以他把這個書叫做《獨陪明月看荷花》。「獨陪明月看荷花」從哪兒來的呢，這是我的《夢中得句》，孔子説「久矣吾不復夢見周公」，就是老去了，我久矣吾不復夢中得句，我也老去了。我以前曾經夢裏邊就出現一些詩，我現在每天這些個瑣雜的事情太多，從來也夢不到詩了，所以像孔子一樣，「久矣吾不復夢見周公」了。我那個時候真的夢裏就會出現一些詩，有的時候是兩句，有的時候是一句，有的時候是一個聯，就是夢裏面出現的。我覺得夢裏出現的那個很有意思。「獨陪明月看荷花」，是我夢到了這麽一句，我醒了以後就想把它湊成一首詩。但是我怎麽湊都湊不成功，因爲人的顯意時的活動，跟你那個潛意識（subconscious）的活動，是不一致的。我怎麽説都覺得被拘束了，都覺得被限制了，你一説明，它就死了，它本來是個活的，你一説明，這麽給它套圈子，它就死了。那我自己湊不成功，因爲我平常很喜歡李商隱的詩，我就忽然想到，就拿李商隱的詩，給他拼湊了一個七言絶句：

一春夢雨常飄瓦，萬古貞魂倚暮霞。昨夜西池涼露滿，獨陪明月看荷花。

第一句是李商隱的詩，出自《重過聖女祠》，原句是「一春夢雨常飄瓦，盡日靈風不滿旗」；第二句「萬古貞魂倚暮霞」也是出自李商隱的一首七絶《青陵臺》，「莫訝韓憑爲蛺蝶，等閒飛上别枝花」是説一對夫婦，他的妻子被人奪去，然後男子殉情死了，這個女子不知道用什麽手段把她的衣服弄得很腐爛，所以她從那個青陵臺跳下來的時候，大家要拉住她，可是衣服一撕就都破碎了，所以她就從青陵臺上就殉節了。所以是「萬古貞魂倚暮霞」，是寫一個不肯屈服的一個女子。這是一個故事，這是李商隱的《青陵臺》的一句詩。

而且我把它對上了，我完全脱離了李商隱原詩的意思。

我覺得李商隱的《重過聖女祠》他是要寫一個傳説中的一個神仙一樣的女子，她所住的地方「一春夢雨常飄瓦」，他寫的是一個景象，寫一個女子飄忽不定的形象。我把它斷章取義拿來了，「一春夢雨常飄瓦」而對的是《青陵臺》，「萬古貞魂倚暮霞」。所以我就借用了李商隱的詩，就是説你如果有一種夢一樣的情思，「一春夢雨常飄瓦」那種輕忽的，那種柔細的，「自在飛花輕似夢，無邊絲雨細如愁」，一種抽象的静寂，是「一春夢雨常飄瓦」一種情思的流淌；「萬古貞魂倚暮霞」，你的持守，你的品節，像《青陵臺》所引「萬古貞魂倚暮霞」。這兩句都是抽象的景象，第一句如果代表一種情思，第二句代表一種持守，「一春夢雨常飄瓦，萬古貞魂倚暮霞」。

「昨夜西池涼露滿」，這也是李商隱的詩《昨夜》：「不辭鶗鴂妒年芳，但惜流塵暗燭房。昨夜西池涼露滿，桂花吹斷月中香。」第一句「不辭鶗鴂妒年芳」，所以我找李商隱的詩，李商隱全是那種莫名其妙的話，「不辭鶗鴂妒年芳」這是出於《楚辭》，「恐鶗鴂之先鳴兮，使夫百草爲之不芳。」説當鶗鴂鳥一叫的時候，春天就過去了。所以你看李商隱是進一步來説的，本來我們都害怕這個鶗鴂一叫春天就走了，李商隱説「不辭」，對於這種春天的消逝，我不避免，我不逃避，我不推辭，我「不辭鶗鴂妒年芳」。我的悲哀不在春天的不能挽留，我的悲哀在什麽，我所惋惜的是什麽？「但惜流塵暗燭房」，「但」是只是，我只是覺得可惋惜的，是「流塵暗燭房」。蠟燭的燭心應該是最光明的，代表一個人心頭的光焰的閃爍。可是你這點内心的光明，「流塵暗」，被塵土遮住了，這是李商隱，「不辭鶗鴂妒年芳，但惜流塵暗燭房。昨夜西池涼露滿，桂花吹斷月中香。」本來我們常説東西南北，西，歐陽修的《秋聲賦》，西方是金，是肅殺的，所以是「西池」，那麽寒冷的，那麽淒涼的，那麽肅殺的「西池」。而且是「涼露滿」，滿天的寒露，滿池的寒露。在這樣的心斷望絶的寒冷的環境之下，「桂花吹斷月中香」。人説天上的月亮裏邊有一棵桂花樹，桂花樹就算我不能上到月亮，古人傳説八月十五的月圓之日，天上的月亮上的桂花會有桂子落在地上，這是神話的傳説。所以「桂花吹斷月中香」，我那個美好的希望和想像已經完全斷絶了。

我説「一春夢雨常飄瓦」，這是你的情思的綿渺；「萬古貞魂倚暮霞」，你的持守的堅定；「昨夜西池涼露滿」，在這樣寒冷的環境，我把我的那句加上去了，「獨陪明月看荷花」。寒風冷露，這個荷花，天上的一輪明月，你説我用的是李商隱的意思嗎？不是。所以我們用古人的句子，我們的接受，剛才我們是講到論文學的接受，有創造性的背離（creative betrayal），你可以違背他的原意，把你自己創造的情思放上去。創造性的背離，我之引用李商隱的詩，搬到我這裏來那是創造性的背離。王國維用成大事業、大學問，説什麽晏殊、歐陽修的小詞，它也是一種創造性的背離。

所以詞是很微妙的，從作者到作品到接受到詮釋，甚至你接受和詮釋的時候，可以不是作者的意思。這是小詞的微妙的作用。我認爲中國的本來是歌筵酒席之間一個偶然的給歌女編的一個 collection of songs among the flowers，可是它爲什麽在我們後來的文學的歷史上，發揮、達成了這麽豐富，這麽微妙的啓示和作用。而我們中國歷代的傳統，我們曾經努力過，我們曾經嘗試過，given it explanation 要給它一個解釋。王國維説境界，張惠言説比興寄託，都完全不成功，完全不能够使人信服。我既然喜歡詞，我一輩子都要教詞，我就要把這個問題解決。所以我引了中國的詞學，我引了西方的各種文學理論，我現在要給中國小詞的微妙的作用一個説法、一個詞語。我不能限制在比興，我也不能够漫無邊際地説那就是境界，我説是小詞之中有一種 potential effect，有一種潛能。而這個潛能之所以形成，有我上面所説的這麽多的原因。所以我一直認爲我一生之中，真正努力完成的，我的老師所説的「欲達到此目的，非取徑於楔形文字」，這是我真正獨立完成的，對於詞的一個根本的詮釋和説明。

我這篇文章從來不被人所重視，因爲大家只是看一看，吟風弄月，風花雪月，把一首一百字的小詞寫成五千字的這種欣賞。而這是我幾十年的研討所得的一個結論，只是大家不重視。大家不但不重視我這樣的研究，而且大家讀顧先生這封信也只讀一半兒，「假使苦水有法可傳，則截至今日，凡所有法，足下已盡得之」，「成爲南嶽下之馬祖，而不願足下成爲孔門之曾參也」他們認爲老師讚美得已經很高了，就念到這兒。「然而欲達到此目的，除取徑於楔形文字外，無他途也」，大家都不讀，大家也都不説。但是我認爲是有原因的，本來我還引了王國維的一段話，不但一個時代有一個時代的文學，一個時代有一個時代的文學批評。王國維説我們中國的文化進步，是有賴於外來文化進入，給我們的刺激和覺醒。所以當年佛教的侵入是一個大的變化給我們，然後就是西方的文化的侵入。王國維那個時候他感到了西方文化的進入，可是他那個時候，還没有我所看過的西方的這麼多進步的理論。他没有看見，他没有找到一個字來説明詞是什麼，他是感受到應該接受西方的理論，我的老師也是感受到了，可是我的老師也没有能够説明爲什麼要用西方的理論，西方的理論對我們中國的詩詞的欣賞，究竟起了什麼作用？給了我們在詮釋上什麼樣的發揮的能力？所以老師説你要去做這件事情，這是我這一生所致力完成，而不是去承繼模仿前人的。

（整理者單位：首都師範大學文學院）

《增續陸放翁詩選》所收「詞十九首」與村瀨栲亭

（日本）萩原正樹 撰　靳春雨 譯

内容提要　文化八年（一八一一）刊行的《增續陸放翁詩選》是由詩僧六如與村賴栲亭合編的。該選卷七收録陸游詞十九首爲栲亭所增補，皆施加訓點，據此可知當時日本人是如何讀詞的。這十九首詞是日本人對陸游詞進行篩選的結果，可視爲日本最早的詞選。詞十九首大多數都是「飄逸高妙者」，反映了村瀨栲亭的人生感悟與個人喜好。栲亭對詞的認知雖然不能與其門生田能村竹田相比，但他對詞也是相當瞭解的。

關鍵詞　《增續陸放翁詩選》　村賴栲亭　詞十九首

一

日本文化八年（一八一一）刊行的《增續陸放翁詩選》七卷，前附元大德辛丑（一三〇一）原序。此本是大幅增補羅椅、劉辰翁選《精選陸放翁詩集》而成的選集。[一] 增補人是京都的儒者村瀨栲亭（名之熙，字君績。一七四四—一八一八）。[二] 他在序文中寫道：

國家社科基金重大項目「東亞詞學文獻整理與研究」（20&ZD275）階段性成果。

放翁詩選，舊刻毀已久。六如師嘗欲《唐宋詩醇》補之，未果而下世。頃者，書肆請余增訂之。蓋舊本澗谷所撰，與須溪續集別爲一集，今合爲一。古詩舊併五七言爲一，今離爲二，以便覽者。更就《劍南詩稿》補數十百首，以附各體之後與之。

「舊刻」指承應二年（一六五三）刊刻的《名公妙選陸放翁詩集》（前集十卷、後集八卷，爲羅椅、劉辰翁選《精選陸放翁詩集》的翻刻本），因其板木燒毀，由著名的詩僧六如（釋慈周，一七三四—一八〇一）據《唐宋詩醇》進行增補，但書未完成六如便去世了。幾乎同時代的菊池五山（一七六九—一八四九）曾評價六如云：「六如禪師，詩名籠罩一世，人以鉢盂中陸務觀稱之。」（《五山詩話》卷一）可知六如因學習陸游的詩風並與之接近而爲人所稱道。[三]

享保（一七一六—一七三五）、元文（一七三六—一七四〇）年間，風靡一時的蘐園學派（古文辭學派）日漸式微，而當時宋詩受容的熱潮高漲。借用六如的話「方兹時，宋元名家集，賣買以權衡稱之輕重，一準故紙價。……價比舊什倍，……約爲豪有力者所有，貧士斜睨垂涎爾」。[四] 注意到此種情況的書肆，便將編集《增續陸放翁詩選》[五] 委託給號稱當時最理解陸游的六如。遺憾的是，六如在脱稿前去世[六]，承其遺志的是他的朋友村瀨栲亭。因此，《增續陸放翁詩選》也可説是六如與村瀨栲亭合編的。不過，村瀨栲亭並未採用選集《唐宋詩醇》，而是用《劍南詩稿》進行了全面增補。擔當校正的石川竹厓（名之褧，字士尚，一七九三—一八四三）曾説：「先生乃就《劍南詩稿》，新增數百首以與之。」由此可知村瀨栲亭增補作品數目之多。

值得注意的是《增續陸放翁詩選》卷七收録有詞十九首。《增續陸放翁詩選》中所有作品均施訓點，其中也包括這十九首詞。江户以前的詞的和刻本，管見所及，此本之外僅有陳與義的《須溪先生評點簡齋詩集》[七]，因此顯得彌足珍貴。通過訓點可知當時的日本人是如何訓讀詞作的。此十九首詞不見《唐宋詩醇》收録，應是村瀨栲亭重新補選的。〔八〕也即卷七所收詞十九首並不是中國人録入的，而是日本人自己對陸游詞進行篩選的結果。某種意義上也可以説是日本人最早的詞選。這點在日本詞學史上也值得注意。本文就詞十九首進行考察，同時就神田喜一郎博士對村瀨栲亭詞的論説進行一些補充。

二

首先按卷七收録順序例舉詞十九首。

（一）《浣溪沙・和无咎韵》：「嬾向沙頭醉玉瓶。喚君同賞小膍明。夕陽吹角最關情。　忙日苦多閑日少、新愁常續舊愁生。客中無伴怕君行。」

（二）《浪淘沙・丹陽浮玉亭席上作》：「緑樹諳長亭。幾把離尊。陽關常恨不堪聞。何況今朝秋色裏、身是行人。　清淚浥羅巾。各自消魂。一江離恨恰平分。安得千尋横鐵鏁、截斷烟津。」

（三）《感皇恩》：「小閣倚秋空、下臨江渚。漠漠孤雲未成雨。數聲新雁、回首杜陵何處。壯心空萬里、人誰許。　黄閣紫樞、築壇開府。莫怕功名缺人做。如今熟計、只有故鄉歸路。石帆山脚下、菱三畝。」

（四）《好事近》：「歲晚喜東歸、掃盡市朝陳迹。揀得亂山環處、釣一潭澄碧。　賣魚沽酒醉還醒、心事付横笛。家在萬里雲外、有沙鷗相識。」

（五）《鷓鴣天・葭萌驛作》：「看盡巴山看蜀山。子規江上過春殘。慣眠古驛常安枕、熟聽陽關不慘顔。　慵服氣、嬾燒丹。不妨青鬢戲人間。秘傳一字神仙訣、説與君知只是頑。」

（六）又：「家住蒼煙落照間。絲毫塵事不相關。斟殘玉瀣行穿竹、卷罷黄庭卧看山。　貪嘯傲、任衰殘。不妨隨處一開顔。元知造物心腸别、老却英雄似等閑。」

（七）又：「插脚紅塵已是顛。更求平地上青天。新來有個生涯別，買斷煙波不用錢。　沽酒市，采菱船。醉聽風雨擁簑眠。三山老子真堪笑，見事遲來四十年。」

（八）《烏夜啼》：「世事從來慣見，吾生更欲何之。鏡湖西畔秋千頃，鷗鷺共忘機。　一枕蘋風午醉，二升菰米晨炊。故人莫訝音書絶，釣侶是新知。」

（九）又：「素意幽棲物外，塵緣浪走天涯。歸來猶幸身强健，隨分作山家。　已趁餘寒泥酒，還乘小雨移花。柴門盡日無人到，一徑傍谿斜。」

（一〇）《齊天樂》：「客中隨處閑消悶，來尋嘯臺龍岫。路斂春泥，山開翠霧，行樂年年依舊。天工妙手。放輕緑萱牙，淡黄楊柳。笑問東君，爲人能染鬢絲否。　西州催去近也，帽檐風軟，且看市樓沽酒。宛轉巴歌，淒涼塞管，攜客何妨頻奏。征塵諳袖。漫禁得梅花，伴人疎瘦。幾日東歸，畫船平放溜。」

（一一）《桃源憶故人》：「城南載酒行歌路。冶葉倡條無數。一朶鞓紅凝露。最是關心處。　鶯聲無賴催春去。那更兼旬風雨。試問歲華何許。芳草連天暮。」

（一二）《豆葉黄》：「春常是雨和風。風雨晴時春已空。誰惜泥沙萬點紅。恨難窮。恰似衰翁一世中。」

（一三）《醉落魄》：「江湖醉客。投杯起舞遺烏幘。三更冷翠霑衣溼。嫋嫋菱歌，催落半川月。　空花昨夢休尋覓。雲臺麟閣俱陳跡。元來只有閑難得。青史功名，天却無心惜。」

（一四）《鵲橋仙》：「一竿風月，一簑煙雨，家在釣臺西住。賣魚生怕近城門，況肯到，紅塵深處。　潮生理櫂，潮平繫纜，潮落浩歌歸去。時人錯把比嚴光，我自是，無名漁父。」

（一五）《長相志》：「雲千重。水千重。身在千重雲水中。月明收釣筒。　頭未童。耳未聾。得酒猶能雙臉紅。一尊誰與同。」

（一六）又：「橋如虹。水如空。一葉飄然煙雨中。天教稱放翁。　側船蓬。使江風。蟹舍參差漁市東。到時聞暮鍾。」

（一七）又：「悟浮生。厭浮名。回視千鍾一髮輕。從今心太平。　愛松聲。愛泉聲。寫向孤桐誰解聽。空江秋月明。」

（一八）《破陣子》：「至千鍾良易，年七十常稀。眼底榮華元是夢，身後聲名不自知。營營端爲誰。　幸有旗亭沽酒，何妨繭紙題詩。幽谷雲蘿朝採藥，静院軒牕夕對棊。不歸真個癡。」

（一九）《一落索》：「識破浮生虛妄。從人譏謗。此身恰是弄潮兒，曾過了、千重浪。　且喜歸來無恙。一壺春釀。雨蓑煙笠傍漁磯，應不是、封侯相。」

如前文所述，村瀨栲亭是據《劍南詩稿》來增補《增續陸放翁詩選》的，但是《劍南詩稿》中並未録詞，因此，詞十九首應是據他書補入。所謂的他書，很可能就是《渭南文集》。詞十九首的排列順序和《渭南文集》卷四十九、五十（此處指五十卷本。五十二卷本則是卷五十二）的收録順序完全一致，因此可以推定録自《渭南文集》。

栲亭具体依據的是何種版本的《渭南文集》，因存在未見版本所以不能輕易論斷，但從文字的異同來看，可能是汲古閣本。汲古閣本中除「閑」、「閒」，「簑」、「蓑」等異體字外，其他文字基本一致。不過，第四首《好事近》後闋第三句「萬里」和第七首《鷓鴣天》後闋第四句「堪咲」，包括汲古閣本在内的諸本則作「萬重」、「堪笑」，所以也不能排除依據其他文本的可能性。但是《好事近》後闋第三句第四字通例填平聲，仄聲「里」則不合韻律。文化三年（一八〇六）刊行的田能村竹田（一七七七—一八三五）的《填詞圖譜》，時間上早於《增續陸放翁詩選》，而《填詞圖譜》卷上所舉北宋鄭獬的詞例，後闋第三句第四字的圖譜標以平聲「〇」。[九]田能村竹田于文化二年（一八〇五）上京入村瀨栲亭門下，栲亭曾爲竹田作《填詞圖譜小引》（《栲亭三稿》卷六），由此可推測梤亭應通覽了《填詞圖譜》。《好事近》後闋第三句作「萬里」，有可能是被梤亭或擔當校正的石川竹厓忽略的錯字。另外，第十八首《破陣子》前闋第二句，諸本均作「年過七十常稀」，而《增續陸放翁詩選》中缺一字作五字句「年七十常稀」。《破陣子》詞體前後闋均作「六、六。七、七。五。」句式，前闋第二句作五字句的，未見有其他例子。〔一〇〕也許是《增續陸放翁詩選》的謬誤，但也不能排除有未見版本作五字句的可能性。姑且將此列爲存疑。

陸游的詞，早在南宋时劉克莊就曾評價道：

其激昂感慨者，稼軒不能過。飄逸高妙者，與陳簡齋、朱希真相頡頏。流麗綿密者，欲出晏叔原、賀方回之上。而世歌之者絶少。〔一一〕

可見陸游的詞多被分爲「激昂感慨者」（抒發愛國之情的作品）、「飄逸高妙者」（詠閑適之情的作品）、「流麗綿密者」（描寫男女間豔冶之情的作品）三類進行論述。

按上述三類對《增續陸放翁詩選》所收詞十九首進行分類的話，没有一首詞是描寫男女之情的「流麗綿密者」，另外也没有所謂「激昂感慨者」。〔一二〕而描寫愛國抗戰之思的作品，僅有《鷓鴣天・葭萌驛作》。乾道八年（一一七二）春，陸游夔州通判任期將滿，應駐南鄭四川宣撫使王炎之邀成其幕僚。《鷓鴣天》前闋的「看盡巴山看蜀山。子規江上過春殘。慣眠古驛常安枕、熟聽陽關不慘顔」，是在赴任之際住宿葭萌驛而發出的感慨。南鄭距離金的統治地區較近，爲前線地區。從「慣眠古驛常安枕、熟聽陽關不慘顔」句表現出陸遊想要奔赴前線的志向。另外，《感皇恩》前闋云「數聲新雁、回首杜陵何處。壯心空萬里、人誰許」〔一三〕，亦可説是「激昂感慨者」。「杜陵」（長安）當時被金支配，想要收復失地却又無法實現的憂慮都寫進了「壯心空萬里」句中。不過後闋「如今熟計、只有故鄉歸路。石帆山脚下、菱三畝」則是望鄉之思，這首詞整體的印象與「激昂感慨者」相差較遠。

詞十九首中還包含送别詞(《浣溪沙》《浪淘沙》),但多數在描寫漁村的隱士般的生活,即劉克莊所説的「飄逸高妙」的作品。例如《烏夜啼》(世事從來慣見)描寫鏡湖畔的愜意生活。另有《鵲橋仙》,詞中自比漁父,描寫遠離人群、平静地生活在湖畔的喜悦之情。像這樣自比漁父的詞作還有《好事近》、《長相思》[一四]二首、《一落索》,都表現出一種充實閑適的處境。

《烏夜啼》(素意幽棲物外)中雖然没有跟漁父相關的詞句,但同樣在描寫隱居之士的安穩心態。類似的作品還有《长相思》(悟浮生)一首,在深刻洞察自己的過往和經歷人生的沉浮後,年邁時安享小幸福的這類作品也别具一格,《破陣子》也可以説是這樣的作品。

陸游既有如上描寫達觀境界的作品,同時也有抒發懷才不遇的苦悶心情的作品。這點值得注意。如《豆葉黄》,此詞表面上是一首惜春之作,但結句「恰似衰翁一世中」不由得令讀者想起陸游生涯中的不平之事。衆所周知,陸游年輕時解試第一,但省試落第。由於當時的權臣秦檜的介入,欲將第二的孫子秦壎列爲第一,陸游因此被黜。此詞中陸游寄託了何種情感,具體不得而知,但經風吹雨打凋落在泥濘之地的花瓣,正如被權力的風雨所裹挾在科舉中落第的陸游。讀者可從「恨難窮」三字中讀得陸游的萬般感慨。

陸游晚年的閑適和飄逸的背后,是他經歷過的無數挫折和一種稱之爲幽恨的複雜情懷。他將這些悉數接納後又從中超脱,也因此創作出沉鬱雄渾、深遠多義的作品。

三

以上可知,《增續陸放翁詩選》所收詞十九首中,較多收録的是劉克莊言及的「飄逸高妙」的作品。如前所述,詞十九首應該是村瀨栲亭選録的,接下來將探討一下栲亭選定這些作品的緣由。

一般來説,編纂的選集會反映出編者的文學觀和嗜好。其中也會出現兩極的態度,一種是盡可能客觀地選録作者的代表作，另一種是擺脱歷代評價的拘泥，依據自己的見解來選録作品。根據兩極中的態度傾向，選集的性質、編纂者對原作者以及其作品寄予的情感也會産生較大的差異。那麼，詞十九首可否説是陸游詞中的代表作呢？爲了明確此問題，首先有必要瞭解一下詞十九首歷來所受的評價。

爲了盡可能客觀地統計歷來作品的評價，近年來提倡一種「定量分析」法，並取得一些成績。〔一五〕詞十九首歷來所受的評價，也有必要使用「定量分析」法進行嚴密的分析。爲方便起見，通過分析宋代以後的代表性詞選中的收録狀況，以此來考察詞十九首所受到的評價。

調查所用到詞選如下（按時代順序）：

宋　闕名《增修箋註妙選群英草堂詩餘》（元至正刊本、京都大學漢籍善本叢書《群英詩餘》所收本）

宋　闕名《增修箋註妙選群英草堂詩餘》（明洪武刊本，《景刊宋金元明本詞》所收本）

宋　黄昇《中興以來絶妙詞選》

宋　趙聞禮《陽春白雪》

宋　周密《絶妙好詞》

明　楊慎《詞林萬選》

明　（傳）程敏政《天機餘錦》

明　陳耀文《花草粹編》

明　卓人月・徐士俊《古今詞統》

明　潘游龍《古今詩餘醉》

清　朱彝尊《詞綜》

清 周濟《宋七家詞選》

近人 胡适《詞選》

近人 龍榆生《唐宋名家詞選》（開明書店，民國二十三年版）

近人 龍榆生《唐宋名家詞選》（古典文學出版社，一九五六年版）

以上十五種詞選中，至正本《增修箋註妙選群英草堂詩餘》（陸詞一首），洪武本《增修箋註妙選群英草堂詩餘》（陸詞一首），《陽春白雪》（陸詞六首），《絶妙好詞》（陸詞三首），《詞林萬選》（陸詞四首），《天機餘錦》（陸詞一首），《宋七家詞選》（陸詞三首）。這七部書中無一收録詞十九首中的作品。其餘八部詞選中的收録情況如下：

《中興以來絶妙詞選》卷二收録《浪淘沙》、《感皇恩》、《破陣子》。《花草萃編》卷二收録《浣溪沙》、卷五收録《浪淘沙》、卷七收録《破陣子》。《古今詞統》卷三收録《長相思》（雲千重）、《長相思》（橋如虹），卷五收録《好事近》，卷七收録《浪淘沙》、《鷓鴣天》三首，卷十四收録《齊天樂》。《古今詩餘醉》卷七收録《浣溪沙》、卷八收録《浪淘沙》。《詞綜》卷十五收録《感皇恩》。胡適《詞選》收録《好事近》、《醉落魄》、《鵲橋仙》。開明書店版《唐宋名家詞選》收録《鷓鴣天》（家住蒼煙落照間），古典文學出版社出版社時又增選了《鵲橋仙》。

統計以上八種詞選中所採録陸游十九首詞的情況，其結果如下：

四種詞選選録《浪淘沙》；三種詞選選録《鷓鴣天》（家住蒼煙落照間）；《浣沙溪》《感皇恩》《好事近》《鵲橋仙》《破陣子》分别由兩種詞選所選録；《鷓鴣天》（看盡巴山看蜀山）、《鷓鴣天》（插脚紅塵已是顛）、《齊天樂》、《醉落魄》、《長相思》（雲千重）、《長相思》（橋如虹）分别由一種詞選選録。剩餘六首《烏夜啼》（世事從來慣見）、《烏夜啼》（素意幽棲物外）、《桃源憶故人》、《豆葉黄》、《長相思》（悟浮生）、《一落索》，八種詞選均未收録。

八種詞選中四種都收録的是《浪淘沙》，接下來是被其中三種收録的《鷓鴣天》（家住蒼煙落照間）。[一六] 這兩首詞，可以説是在中國評價比較高的作品，而其他詞似乎並未受到很高的評價。八種詞選中僅收一首或未收録的詞共十二首，佔全體的百分之六十以上。而就十九首整體來看，這些詞也屬于陸游詞作中並不出彩的作品。

就所舉詞選而言，《古今詞統》收録十九首中的八首，表面看似乎對這些詞的評價頗高，但《古今詞統》所收的陸游詞總共有四十六首，這八首所佔比還不到百分之二十，並不算多。從佔比來看，佔比最高的應是古典文學出版社本《唐宋名家詞選》，所收陸游詞共有九首，其中收録詞十九首中的兩首。即便如此，也只佔到百分之二十多。因此很難從上述八種詞選中看到對詞十九首的高度評價。

由此可見詞十九首並不是陸游詞中具有代表性的作品。村瀨栲亭從《渭南文集》的一百三十首詞中摘得上述十九首，可見他並未拘泥於歷代中國的選詞標準，而是按自己對陸游詞的喜好來進行的選録。

陸游詞中有像《釵頭鳳》（紅酥手）這類以男女戀情爲主題的作品，但如前文所述，詞十九首中並未收録此類詞作。究其原因，可能和儒者栲亭的見解有關。如後文所述，村瀨栲亭也有自己的詞作傳世，和傳統的頑固的儒者相比，他擁有不同的一面。即便如此，收録豔冶之詞，栲亭應該還是有所顧慮的，這點也和他對陸游詞的評價相關聯。

另外，詞中的所謂「激昂感慨者」也未收録，由此也反映出村瀨栲亭的喜好。栲亭編纂《增續陸放翁詩選》是在六如去世後的享和元年（一八〇一）至文化五年（一八〇八）左右[一七]，是時年齡在五十八歲到六十五歲。

村瀨栲亭，延享元年（一七四四）出生於京都，是儒醫村瀨周節（太郎左衛門，一六九五—一七七一）的兒子。栲亭年少時學習儒學和醫學，但後來棄醫、立志於學問，在三條烏丸的家中開設私塾。作爲一介儒學者的栲亭，本以爲會如此度過一生，但在天明三年（一七八三）四十歲時迎來了人生的轉機。此年夏天，栲亭被招爲秋田藩佐竹義敦之子義和的指導老師。此後八年出仕秋田藩，直至寬政四年（一七九二）才返回京都過上隱居生活。到文政元年（一八一八）七十五歲去世爲止，栲亭都在精進學問和作詩中度過。《增續陸放翁詩選》的編纂也是在平穩的晚年中進行的。其實也不能算平穩，妻子和親朋好友、兒子和孫子都先他而去，心中悲傷可想而知。即便有如此遭遇，但和陸游的愛國、收復失地的「激昂感慨」還是有很大不同。因爲日本四周環海，沒有接壤的鄰國，況且當時很長時間都處於「德川和平」期，下距嘉永六年（一八五三）受黑船事件的刺激後急速國際化也不過四十餘年的歲月。

另外，以栲亭自身的性格，也不喜「激昂感慨」。優秀評傳《村瀨栲亭》的著者妹尾和夫曾如此評價栲亭的學問：

栲亭學術方面的本領，在於博覽考證、追根溯源。……沒有警世憂國主義的主張，也沒有理論的展開。有的只是文人的閑雅韻事和儒士的捨身爲學。文人的本質不正是這樣嗎？學問就是學問，藝術就是藝術。當時處於田沼時代。無論將他置於黑船事件還是幕府末期的動亂中，結果都是一樣的。栲亭所關心的，除了韻事和學藝外別無他物。〔一八〕

對這樣的栲亭來說，描寫隱逸和閑適之情的陸游詞中的「飄逸高妙者」，才是他所喜好的。因此，詞十九首中較多採録這類作品也在情理之中。

另一方面，栲亭也並不是安穩平静地過完一生的。他雖是出仕秋田藩的藩儒，但當時秋田藩面臨著改革財政的壓力，栲亭和藩政並非毫無關係。他曾多次帶著藩命奔赴各地。如五言律詩《從江都赴秋田途中過小阪嶺作二首》（《栲亭二稿》卷二）第一首後四句：「郵童識我面，驛吏怪鬢華。自笑栖栖者，年年轎作家。」栲亭往復于秋田、江户、京都、大阪等地，每日東奔西走。尤其是赴大阪是因爲調度御用金。上田秋成《膽大小心録》(《上田秋成全集》卷九)中載：「村瀨栲亭這位智者，涉獵面甚狹窄，故不通風雅。曾在大阪名聲掃地，故無人想要他寫的東西。」[一九]「曾在大阪名聲掃地」，關於這點，妹尾和夫做了説明：「所指應是爲秋田藩借錢而惹怒大阪商人的事情。」據妹尾所言，當時秋田藩的家老匹田柳塘(一七五一—一八〇〇)「聲稱佐竹破産而讓人燒毁大阪商人的契約」。[二〇]

對捲入政治的栲亭來説，前文所引陸游詞《豆葉黄》《一落索》更能觸及内心深處。陸游和村瀨栲亭都曾飽受他人譏謗，如弄潮兒般經歷千重浪，劫後餘生，最終回歸故里。歸來後，身體無恙，還有一壺春釀，也深切感覺到自己不是封侯之相。此詞將兩人的感情表達得淋漓盡致。

《增續陸放翁詩選》所收詞十九首反映出了村瀨栲亭的喜好和特點，即大多數作品都是「飄逸高妙者」。另一方面，關於《增續陸放翁詩選》中收録的詩，「清楚地捕捉到陸游的兩面性」[二一]，即憂國和閑適。既然如此，爲何詞更偏向于「飄逸高妙者」？原因還是在於詩和詞的風格不同。詞跟詩相比，一般更傾向於抒情和刻畫感情，因此讀詞時更能純粹、無條件地沉浸在詞所表達的情感當中。大概村瀨栲亭正是熟知詞的這種風格特點，所以才選録出强烈觸動内心的作品。

另外還有一位跨時空跨國家和陸游産生强烈共鳴的日本人河上肇。河上肇在《放翁鑑賞之五》[二二]中共録陸游詞四十首，《增續陸放翁詩選》的詞十九首中選了十四首[二三]。四十首中的十四首，佔比百分之三十五，與前文所述的中國諸詞選相比，選録比例非常高。出獄後的河上肇潛心于陸游的作品，他在文學方面是如何與陸游産生共鳴的，一海知義的研究中已經很明確。[二四]例如前表所列無詞選採録的《豆葉黄》，河上肇有如下論述：

人，最難逢時。如恰好風雲際會、時運齊來，無論大小都能得到施展自己才華的機會，這樣的人是最幸福的。人生在世，在本打算大展宏圖的二、三十歲時，迫于時勢，壯志難酬，徒有滿腹經綸而歲月漸老，這樣的人也不在少數。變革期尤其如此，僅四、五年之差，在盛開之際遭遇風吹雨打的人摩肩接踵。當這些人年邁體衰而又逢時運好轉時，若讀此詞，恐怕只有無限唏嘘。……

河上肇作此長文解説，應該是《豆葉黄》詞强烈地打動了他的内心。

河上肇和村瀨栲亭，無論在時代、環境還是學問上都完全不同。當然，雖然無法單純進行比較，但兩人都崇尚陸游的作品，大概是因爲他們都有類似的人生經歷。即在壯年時遭遇動盪和挫折，晚年時迎來相對安穩的生活。正因爲經歷、超越了這些體驗後才迎來看似風平浪静的人，可能更會被陸游的作品所吸引。在選録陸游詞時，河上肇和村瀨栲亭有著共同傾向〔二五〕，並且兩人通過同一媒介陸游而産生共鳴，這點值得探究。

四

最後，就神田喜一郎博士對村瀨栲亭詞的相關論述，在此稍加補正。

村瀨栲亭有詞作十一首，神田博士在《日本的中國文學Ⅰ》（《神田喜一郎全集》第六卷）中曾有介紹。神田博士在書中説：「以上十一闋中，最初兩闋出自《栲亭初稿》卷四，次三闋出自《栲亭三稿》卷四，再次六首出自《栲亭三稿》卷六，均以『新樂府』爲題登載的。」〔二六〕但是其中有誤記，「次三闋出自《栲亭三稿》卷四」應改爲「《栲亭二稿》」。「再次六首出自《栲亭三稿》卷六」也有誤，查閲《栲亭三稿》，「新樂府」收於同書卷三。〔二七〕

神田博士引用栲亭的詞《一剪梅・抱膝看雲圖》：「一長一短檜楓横。紅染峥嶸。儸耶鎮日坐茅亭。唤不爲聲。招不爲聲。　膝前活計没人争。秋弄澄清。那邊抹得片雲輕。彼也無情。我也無情。」神田博士説：「以上所舉出的詞中有二、三處失調的地方。例如《一剪梅》一闋的前後兩段，在第二句和第三句之間，均缺少了一個四字句，平仄也不對」。查閲《栲亭二稿》卷四，第二句和第三句之間，前闋有「翠染峥嶸」，後闋有「山弄澄清」四字句。因此，神田博士的非難有失偏頗。大概是梳理資料時的混亂引起的。「平仄也不對」指的是，前後闋第一個七字句中的第二字，栲亭均用平聲字。清萬樹《詞律》卷九中關於《一剪梅》的七字句，曾如是説：「其七字句有四。須記前後第一句之第二字俱是仄，第四句之第二字俱用平。不可誤也」。神田博士的指摘是有道理的。但要爲栲亭辯解的話，比如栲亭的詞作，前後闋第二三句和五六句都用同一個韻字，後闋第一句第二字作平聲的例子也是存在的〔二八〕。例如明代王世貞的《一剪梅》：

小籃輿踏衜場山。坐裏青山。望裏青山。漸看紅日欲銜山。湖上青山。湖底青山。　一彎斜抹是何山。衜是何山。又問何山。姓何高士住何山。除却何山。更有何山。〔二九〕

所舉詞中，前後闋第一句第二字分别爲「藍」「彎」，均作平聲。〔三〇〕也許栲亭參考的是王世貞的詞。〔三一〕村瀨栲亭和門生田能村竹田相比有所不足，這是事實，但從栲亭的十一首詞作和對陸游詞十九首的選録和訓讀來看，栲亭於詞還是相當瞭解的。

〔一〕《增續陸放翁詩選》，羅椅録二九八首，劉辰翁録一八七首，又增補五〇二首，共收九八七首。《增續陸放翁詩選》，長則規矩也編《和刻本漢詩集成》第十六輯（宋詩篇第六輯，汲古書院，一九六七年）録影印本。其解題在佐藤保《渭南文集・劍南詩稿版本考》（《中國文學研究》第二號所收，一九六一年）中有介紹和言及。甲斐雄一《日本人が讀んだ陸游—〈增續陸放翁詩選〉所收の絶句について》（《アジア游學》第一五二號《東アジアの短詩形文學》所收，勉誠出版，二〇一二年）中詳細論述所收絶句。

〔二〕村瀨栲亭的生卒年依據妹尾和夫《村瀨栲亭》（潮流社，一九八七年）。

〔三〕六如和陸游的關係，參照中島貴奈《六如と陸游》（長崎大學《國語と教育》第三十號所收，二〇〇五年）。

〔四〕六如在《增續陸放翁詩選》序中云：「曩者，享保元文之際，世方尚嘉隆七子詩體也。……輒則揚言曰，秦以後，宋元無詩。斯言一出、同氣相應、魚爛河決、莫之能禁、遂泛濫天下。而其所由寔萱園諸子構煽鼓繫、以成斯風也。方茲時、宋元名家集、賣買以權衡稱之輕重、一准故紙價。爾來五六十年、詩體大變、人情頓渝。……若陸放翁、乃南宋一大家、名聲赫赫。雖五尺童、能知而銜之。然其集坊刻、僅有羅澗谷劉辰翁選者數卷、而板燬既久。近日擧世購求、苦乏見本。若舶載劍南集、價比舊什倍、未出崎嶴。索者競進、餓狗争骨、約爲豪有力者所有、貧士斜睨垂涎爾。」

〔五〕六如《增續陸放翁詩選》序：「間有一書行、欲急增刻數百首、以給其須也。來詢之余。余乃就宋詩醇中、鈔十之六七、編次與之。」

〔六〕石川竹厓識語云：「嚮者、六如上人抄宋詩醇以補之、而未脱藁。書肆重請栲亭先生補之。先生乃就《劍南詩藁》、新增數百首以與之、使之裝校之。」

〔七〕關於《須溪先生評點簡齋詩集》，長則規矩也編《和刻本漢詩集成》第十五輯（宋詩篇第五輯，汲古書院，一九六七年）收録明嘉靖二十三年，以朝鮮刊本爲底本的江户前期刊本的影印本。卷十五《無住詞》十八首附訓點。另外，明治以後，雜誌所載作品也見附有訓點，大部的作品如近藤元粹評點《中州集》附録《中州樂府》（青木嵩山堂，一九〇八年）所收一一七首作品均附訓點。

〔八〕陸游詞不見《劍南詩稿》收録，録于《渭南文集》。如後文所述，《增續陸放翁詩選》所收陸游詞十九首出自《渭南文集》，通讀《劍南詩稿》並對陸游詩進行全面增補的栲亭應該也讀過《渭南文集》。

〔九〕竹田依據清萬樹《詞律》卷四所擧鄭獬詞。

〔一〇〕曾昭岷等編《全唐五代詞》（中華書局，一九九九年）下册所收《雲謡集雜曲子》《破陣子》四首爲「六、五。七、七。五。六、六。七、七。五。」句式。

〔一一〕宋　劉克莊：《後村詩話》，中華書局一九八三年版，第一三九頁。

〔一二〕「流麗綿密者」，比如「金鴨餘香尚暖，緑窗斜日偏明。蘭膏香染雲鬟膩，釵墜滑無聲。冷落秋千伴侣，闌珊打馬心情。繡屏驚斷瀟湘夢，花外一聲鶯」（陸游《烏夜啼》，《全宋詞》第三册，一五八八頁）。「激昂感・者」，比如「雪曉清笳亂起。夢游處，不知何地。鐵騎無聲望似水。想關河，雁門西，青・際。睡覺寒燈裏。漏聲斷，月斜窗紙。自許封侯在萬里。有誰知，鬢雖殘，心未死」（陸游《夜游宫》（記夢寄師伯渾），《全宋詞》第三册，第一五九〇頁）等作品。

〔一三〕張相《詩詞曲語詞滙釋》引此詞，作「誰許，猶云何許也」。從之。

〔一四〕《增續陸放翁詩選》原文爲《長相誌》，是《長相思》之誤，文中按《長相思》。

〔一五〕代表性的研究如劉尊明、王兆鵬著《唐宋詞的定量分析》（北京大學出版社，二〇一二年）。

〔一六〕雖説是三種詞選，但其中兩種詞選都是龍榆生《唐宋名家詞選》，所以實際上是兩種。

〔一七〕村瀨栲亭《增續陸放翁詩選》序文日期爲「文化五年龍集戊辰三月上澣」。

〔一八〕「博覽考證、追根溯源」指的是栲亭的名作《藝苑日涉》十二卷。另外，有人指出村瀨栲亭也曾關注社會現實。參照鷲原具仁子《村瀨栲亭の詩における「閑」と「世情」について》（《國語國文》第七十五卷第十一號所收，二〇〇六年）。

〔一九〕村瀨栲亭和上田秋成的交游，除有妹尾和夫的《村瀨栲亭》外，还有德田武的《上田秋成と村瀨栲亭—〈上田秋成全集〉訂正》（《江戸風雅》第二號所收，二〇一〇年），德田武、宍戸衢子《〈清風瑣言〉序・〈毎月集〉序注解と補説—栲亭の秋成評二種》（同上所收）。

〔二〇〕据妹尾和夫所引《秋田人名大事典》（秋田魁新報社，一九七四年）。

〔二一〕註〔一〕所引甲斐雄一《日本人が讀んだ陸游—〈增續陸放翁詩選〉所收の絶句について》中云：「通覧《增續陸放翁詩選》所收絶句，江戸文人也可清楚地捕捉到陸游的兩面性」，「無論是『作爲憂國志士的陸游』，还是『作爲孤高隱士的陸游』，既然是他日常生活中用詩歌表現出來的自畫像，雖然看似矛盾，但那就是『陸游的日常』。江戸文人所選的絶句中也充分發揮着這種兩面性，他們通過詩歌切實捕捉到了『陸游的日常』」。

〔二二〕一海知義校訂《陸放翁鑑賞》（岩波書店，二〇〇四年）。

〔二三〕《浣沙溪》，《感皇恩》，《好事近》，《鷓鴣天》（家住蒼煙落照間），《烏夜啼》（世事從來慣見），《烏夜啼》（素意幽棲物外），《豆葉黄》，《醉落魄》，《鵲橋仙》，《長相思》（雲千重），《長相思》（橋如虹），《長相思》（悟浮生），《破陣子》，《一落索》十四首。

〔二四〕參照一海知義著《河上肇そして中國》（岩波書店，一九八二年）中諸論。

〔二五〕雖然不能完全排除河上肇曾閲覽過《增續陸放翁詩選》的可能性，但京都大學經濟學部編《河上肇文庫目録》（京都大學經濟學部編，一九七九年）中未收《增續陸放翁詩選》，並且《鵲橋仙》前闋第四句《增續陸放翁詩選》訓讀爲「魚を賣りて生怕す城門に近づくを」，而河上肇誤讀爲「魚を賣りて生とし門に近づくを怕る」；《破陣子》後闋末句《增續陸放翁詩選》正確訓讀爲「歸せざるは真個に癡」，河上肇讀「真個の癡に歸せず」。從訓讀上的差異可以判定河上肇讀放翁詩選的可能性較低。

〔二六〕程郁綴，高野雪譯《日本填詞史話》，北京大學出版社，二〇〇〇年，第一〇〇頁。

〔二七〕一九六五年二玄社刊初版亦誤。另外中譯本《日本填詞史話》也沿襲同一錯誤。

〔二八〕南宋　劉克莊《一剪梅》詞：「束緼宵行十里强。挑得詩囊。抛了衣囊。天寒路滑馬蹄僵。元是王郎。來送劉郎。　酒酣耳熱説文章。驚倒鄰牆。推倒胡牀。旁觀拍手笑疏狂。疏又何妨。狂又何妨。」（《全宋詞》第四册二六三九頁），「酣」字是平聲。

〔二九〕饒宗頤初纂、張璋總纂：《全明詞》第三册，中華書局二〇〇四年版，第一〇九二頁。

〔三〇〕王世貞此詞，萬樹《詞律》卷九云：「至鳳洲四七字句、第二字俱用平，尤誤。」

〔三一〕㮊亭的《蘇幕遮》詞後闋開頭「月如鐮、波似砥」，有可能是參照王世貞《蘇幕遮》詞後闋開頭的「酒如油、花似霧」（《全明詞》第三册，第一〇九一頁）。王世貞的《一剪梅》和《蘇幕遮》兩詞明代卓人月、徐士俊編《古今詞統》均有收録。神田博士在《日本における中国文学Ⅰ》（《十二 市河寬齋と磯谷滄洲》）中已明确指出磯谷滄洲曾參照此书，也即《古今詞統》已舶來日本，如此一來村瀨㮊亭也应見過此書。

（校譯説明：此係作者手稿，原文第二部分有詞十九首的各版本校記，譯載時删除了校記。原文有各詞選選録詞十九首的表格，現改爲文字説明。）

（作者及譯者單位：日本立命館大學）

家國・傳道・治學

——唐圭璋先生學術精神大家談

高　峰　主持　王兆鵬　等　對談

二〇二一年四月十二日下午，在南京師範大學隨園校區中大樓一一七會議室，在南京師範大學文學院高峰院長主持的學術論壇上，一代詞學大家唐圭璋先生的高足楊海明、王兆鵬、鍾振振、肖鵬、王筱芸等五位先生深情回憶了唐老的爲人與治學精神，在當時引起了熱烈反響。爲與學界同仁分享這次大家談的訊息，特將本次談話記録整理稿予以刊發。特別感謝《詞學》刊物對本次論壇的關注和厚愛！

記録整理：葛恒剛、周嘉玥、胡鎮蕾、陳悦

開場語

高峰教授：

各位老師、同學，大家好！

不忘師恩的感人情懷，就是對文化精神和師道傳承的繼承與弘揚，值得我們用一生去踐行。今天，我們舉辦這場「唐圭璋先生學術精神大家談」，就是要通過這些老師講述往事，進一步宣傳和弘揚唐先生純粹的學術品格、高尚的道德情操、嚴謹的治學風範，以及仁者愛人的精神魅力。

今天的報告會題名爲「大家談」，一方面表明不是一個人談，另一方面表明談的都是大家。下面請允

許我隆重介紹五位大家：

楊海明老師，蘇州大學文學院教授，唐圭璋先生的首届碩士生。

王筱芸老師，中國社會科學院文學研究所研究員，唐圭璋先生的第一届博士生。

鍾振振老師，南京師範大學文學院教授、中國韻文學會會長，唐先生的首届博士生。

肖鵬老師，曾任南京師範大學文學院教師，唐先生的第二届博士生。

王兆鵬老師，中南民族大學文學與新聞傳播學院教授、中國詞學研究會會長，唐先生的第二届博士生。

以上五位老師，先後在唐老身邊學習和工作，時間或長或短，與唐老朝夕相處，耳濡目染，能不能和我們先分享一些唐老生活中的故事？

一　人生道路與家國情懷

楊海明教授：

我先講一些具體的事跡，透過這些事跡我們可以看到唐老的人生軌跡與學術精神，思考我們該如何去傳承與學習。我於一九七八年考入唐老門下，時已三十七歲，畢業四十歲，於今已過去四十年。今日掃墓，内心十分感慨，於此簡單地講述我記憶中的唐老。

唐老是於艱難苦恨中堅韌不拔地獻身於學術的。唐老身世悲慘，七歲喪母，十一歲喪父，由祖母帶大。辛亥革命時期滿、漢矛盾尖鋭，因爲唐先生是滿族人，所以只得在親戚家尋求庇護。祖母過世後，唐老寄人籬下過著日子，是城南小學校長培養其讀書。中年時他曾有一段美滿的婚姻，育有三女，但命運不放過他——夫人在一個大年夜過世，才三十幾歲。抗戰時期，唐老隨所在大學遷往四川，因而對杜甫的詩頗能感同身受。唐老曾在國民黨當局做過空軍文職，解放後被重新分配到東北吉林，身體每況愈下，心情極端苦悶。後來孫望先生請其來南師大才得以回到江南。晚年兩個女兒相繼過世後，唐老還要接濟外孫們。真是在「艱難苦恨繁霜鬢」中，把學術作爲自己生命的支撑，堅韌不拔地完成如此之多的著作。

王兆鵬教授：

讲到唐老的经历，不得不提他在一九五一年到蘇州參加華東革命軍政大學，而最後被「發配」到東北去。當時參加政治學習，其實是對舊知識分子的一種思想改造，但在學習期間，唐老去聽了一次老朋友講的佛學課，没想到這件事情被人舉報，認爲唐老在學習馬列思想的同時，不該去聽佛學講座。被舉報後，唐老就被「分配」到了東北，先開始不是到東北師大，而是在東北一個會計學校裏教語文。後來一個很偶然的機會改變了唐老的命運：在教學生寫作時，班裏有位女生的詞寫得非常好，這位女生拿着唐老批改的詞作回去向哥哥炫耀。他的哥哥是當時東北師範大學校長成仿吾的秘書。哥哥深知唐老的名聲，就把唐老聘任到東北師範大學教書了。當時的唐老十分瘦弱，體重僅七十斤，實在不堪忍受東北的嚴寒天氣，於是向成仿吾先生提出申請，想要回南京。成仿吾先生亦非常理解唐老，通過聯繫劉開榮先生，將唐老調到了南京師範大學。

在唐老艱苦的一生中，他的夫人給予了他很大的支持，然而却早早天人兩隔。唐老三十六歲以後，每年清明節都要到夫人的墳前去吹簫——唐先生當時跟隨吴梅先生學習了京劇、昆曲，他不僅會唱，還會吹——帶著兩個燒餅，一吹就是一整天，以此來表達他對妻子的懷念。這是最讓我們感動的事情。我們知道，從唐宋時期起，蘇軾、賀鑄、陸游等名家都會寫悼亡詩來懷念亡妻，而唐先生是以整整五十四年的鰥居生活，來表達他對夫人無盡的愛，這種精神是非常令人感動的。

楊海明教授：

除了對家人的感情，唐老對他的老師也是十分尊敬和感激。我到蘇州去工作時，唐老跟我説吴梅先生的房子在蘇州蒲林巷，「文革」的時候被人家侵佔了。「文革」以後落實政策，要讓他們搬走，結果人家不肯搬。後來唐老給我寫了四封信，叫我帶到蘇州，給相關的領導。我就一個個把信給領導送去。後來他寫信詢問事情到底有没有落實。我只能説事情很困難，因爲房子的問題很複雜，有關方面也是心有餘而力不足，唐老聽後氣得不得了。從這件事情上可以深刻地體會到，唐老對老師家裏的事情也是非常關心的，因爲尊敬老師，也長期關注着老師身後家中的狀況。晚年唐老也曾寫信給蘇州市政府，倡議建立吴梅先生紀念館，並且一直惦記著這件事情。這種尊師重道的精神，是我們的楷模和榜樣。

王兆鵬教授：

確實如此，唐老對吴先生是非常尊敬的，每年吴先生的忌日這天，唐先生是吃齋的，也非常讓人感動。

除了懷妻、尊師，唐老的愛，更是博大的愛國情懷。一九四五年毛澤東主席赴重慶談判，寫了一首舉世聞名的《沁園春・雪》詞。此作一經發表，國民黨高層便召集人馬來寫文章批判。唐老因出版《詞話叢編》《全宋詞》和在《詞學季刊》上發表系列詞學論文，早已是有相當影響的詞學專家，故當時任國民黨圖書雜誌審查委員會審查專員、《時事與政治》雜誌社社長的易君左，兩次邀約唐老寫文章參與回應。唐老不便斷然拒絶，於是用拖字訣。唐老曾就此事徵詢過他的老師汪辟疆先生的意見，汪先生也説不寫，更堅定了唐老的決心。事情過了一個多月後，唐老才策略地回信給易君左。原信保存在一九四九年萬象圖書館出版的《名家書簡》上。易君左是奉國民黨中央宣傳部的旨意，唐老的拒絶，得罪的不止是易君左，而是國國民黨當局。所以，一九四六年回到南京後，他就被中央大學解聘。因爲當時中央大學中文系的主任，是國民黨政府教育部長朱家驊的連襟，不動聲色地按照上峰的意圖將唐師解職。

他的愛國情懷與他愛妻、尊師一樣，對他來説是一種本能，在民族大義的問題上，他毫不含糊，而這也是值得我們學習的。

王筱芸研究員：

作爲一個普通人，唐老有着兩位老師所説的金子般的品質；而作爲一名學者，他的學風、學德也是崇高的。唐老的詞學研究，特别是他開始進行《全宋詞》、《全金元詞》輯録研究的時候，並不是當時的顯學，但唐老却並不是因爲追逐潮流才開始這個研究的。唐宋詞誕生雖已有一千餘年，但詞學中興到清代才開始。此前，詞體一直被認爲是小道，不可與詩同尊。民國初年，唐老的恩師吴梅先生率先在北京大學教授詞曲的時候，還被同仁視爲不登大雅之堂的小道。當時還是中學老師的唐圭璋先生，就是在這樣的情況下，以一己之力，開始了《全宋詞》的輯佚工作，其難度之大可以想見。這種精神，是作爲一名學者必不可缺的品質。

鍾振振教授：

除此之外，唐老也從不掠人之美、沽名釣譽。他的書從不收和别人一起署名的文章，只收自己親筆寫的文章。唐老的詩集，出版社給他出版的時候是没有序言的，想請唐先生加一個序言，請别人做一個序，但唐老認爲請别人作序，實際上就是請别人誇自己，這會讓寫序的人很不好辦，所以唐老從不主動請同時代的名家作序。那一年剛好江蘇社科院《江海學刊》的年輕編輯、南大許結教授的哥哥許總，他是位奇才，没有學歷，自學成才的，學問很好，寫過一篇論唐先生詞的創作的文章，我那時在做兼職編輯，投到我這裏，我幫他做了一些調整和修改後發表，唐老很滿意，就想用之做序，但出版社覺得許總年紀輕，學歷又不高，雖然唐先生認爲許先生的序是發自内心自願寫的，寫得也很中肯，但是出版社最後還是没有採用，比較遺憾。

肖鵬先生：

對於我來説，唐老是以什麽樣的形象留在我心目中的呢？一是堅持，一個人的堅持。唐老年輕時候就開始做宋詞的搜集整理，而且是一個人平静地堅持，没有那麽多資金，没有那麽多學生、助理的幫助，是一個人完成的，是充滿激情的；二是挑戰，要有難度。做學術時，我們很容易進入一個舒適圈，而唐老憑一人就移動了一座巨大的山，他不是和别人挑戰，而是挑戰自我。三是包容，唐老非常平和，聽取各方意見，學生的不同選題，其他人的不同風格，只要能做出一番成就，他都能接受，做人做學問都如此。四是内修，「紛吾既有此内美」，淡化外在，深化内質，内心的自我婆娑，自信是非常重要的。雖貌不驚人，一出手就是頂級學問。

高峰教授：

幾位老師講的，有唐老艱苦的人生事跡、對亡妻的深愛、對自己老師吴梅先生的尊敬，以及作爲一名學者的高尚品德。除此之外，我也聽聞唐老和同門之間經常以學術相切磋，對自己的同門非常愛護和關心。他與師兄任二北先生之間關係非常密切。唐老經常把《全宋詞》相關的一些東西拿給任二北先生看，任二北先生也經常直言不諱地對有些問題提出批評，他們既是同門，也是學術諍友。當年任二北先生從中國社科院調到揚州師範學院的時候，不方便直接到揚州，於是他就先到南京，住在一個小招待所裏面，唐老師雖七十多歲的高齡，行動不便，但還是由楊海明老師陪著，趕到小招待所裏去見他的師兄，可是很遺憾，未能見到任二北先生，因爲任先生已經背著行李坐長途汽車到揚州去了。這都是很多年的事情了，但想到唐老這種看重友情的精神，也是能深深地打動我們的。

二　傳道授業與教書育人

楊海明教授：

唐老生活中三句不離本行，開口只談宋詞，對學術專注且執著，爲學生做出了很好的榜樣。唐老做學術，每每引用材料都要註明出處，同時也以此嚴格要求我們這些學生們。唐老的《宋詞三百首箋注》曾引用沈雄《古今詞話》中評價岳飛的一條材料，沈雄這句話又引自宋人陳郁的《藏一話腴》，書裏記載岳飛創作了《滿江紅》。但有一學生翻閱《藏一話腴》後，並未在該書中發現這句話。他來請教唐老，唐老方知是自己疏忽，未核對材料最原始出處，所以出了差錯。因爲這件事情，唐老特别對我們强調寫考證文章一定要找原始資料，要做到言必有據；特别是引用第二手材料時，必須去核對第一手材料，要養成嚴謹的學風，一絲不苟，有錯就改。

王兆鵬教授：

我也有兩件印象很深的事情。第一件事是，一九八九年，《文學遺産》發表了一篇文章，批評《全金元詞》的校勘錯誤，語言很不客氣，不是一個晚輩對前輩應有的語氣，簡直就是訓斥。唐先生看到這篇文章後他不僅不生氣，還對我説：「批評得好啊！　我當時怎麼會犯這樣的錯誤呢？」唐老認爲後人本應該比前人高明。他的謙虚精神，幾乎是與生俱來。在唐老修訂《全宋詞》的時候，王仲聞先生作爲中華書局特聘的編輯，參與校勘增訂，他經常寫信批評唐老的錯誤，唐老都虚心接受。前幾年中華書局出版的《全宋詞審稿筆記》，就記録了唐老和王仲聞先生書信往來討論的意見。一等的學問，要有一等的胸襟氣度。唐老能成爲公認的詞學大師，與他虚懷若谷的精神分不開。這種精神，不光是對同輩學者，對晚輩、對自己的學生，都是一樣。

第二件事是唐老對我的教導。我的碩士論文是《張元幹年譜》，寫了十來萬字，考上博士後，第一個學期主要是修訂《張元幹年譜》。唐老告訴我：「研究一個人，要瞭解一群人；研究一群人，需要瞭解一代人。」使我豁然開朗。於是我在搜集張元幹資料的同時，也收集與他同時的南渡詞人的有關資料。那個時候没有電腦，没有電子檢索系統，都是手工做資料卡片。我修訂完《張元幹年譜》，又寫了十多家宋南渡詞人的年譜稿。畢業以後，加以整理，花了兩年時間就寫成三十多萬字的《兩宋詞人年譜》。因爲我在做《張元幹年譜》時，一并搜集其他詞人的材料，也熟悉了史料來源。這樣我後面做《兩宋詞人年譜》時，材料就能够信手拈來。

唐先生還善於做系列性選題，事半功倍。這對我們初入門的學生是有啓發的。因爲我們收集材料的時候，一次注意幾家的材料，總比注意一家的材料要有收获。比如箋注《宋詞三百首》，熟悉了有關詞的語詞、典故和評點資料來源，再做南唐二主詞箋注時，就更得心應手，能節省很多時間。後來唐老就把這個方法教給了我，讓我終生受益。

鍾振振教授：

是的，面對學生，在學術問題上他有錯就改，非常坦蕩，這對我的影響也是十分深刻的。我在碩士生階段解決了一個前人没有解決的問題，自認爲是正確的，我就想去唐先生那裏得到印證。那是我在研究賀鑄時，在賀鑄詞裏碰到一個典故，叫「雷顛」，這個典故到現在我查所有的檢索系統都找不到第二個例子，我也看到過夏承燾先生注本上的一個例子，説這個「雷顛」是效仿雷大使，因爲跳舞跳的很快，近於癲狂，所以稱爲「雷顛」，翻譯成現代漢語就是雷瘋子，但我總覺得這個解釋不能説服我。後來我就去查書，由於方法比較正確很快就解決了。我去問唐先生，唐先生説老一輩已經解決了，可見他們都是承老一輩的定論。後來我把我的不同意見表達了一下，認爲「雷顛」是指後漢的雷義，我把《後漢書·雷義傳》拿給唐先生看，唐先生看過以後當場表態我是正確的，他是錯的，非常坦蕩。

對於年輕學者的學術之路唐老也十分支持，比如年輕學者投稿可以自己發，不用掛上唐老的名字。南京師範大學曾經接受了一個非常光榮的任務。當時的中國社會科學院文學研究所要組織編一部多卷本的《中國文學史》，其中的宋代卷因考慮到宋詞的成就最高，就把宋代卷編纂的任務交給了南師大，楊海明老師研究張炎非常好，就由楊老師做張炎這一部分，賀鑄就由我做。但當時的領導想掛上唐老的名字，唐老非常相信自己學生的能力，同時又不願意侵佔學生的功勞，所以嚴肅地拒絶了。

王筱芸研究員：

當年我和鍾振振老師被録取的時候，唐老已經八十五歲了，第一次看到唐老，感覺特别親切。唐老爲人非常和善，對學生也没有什麼架子，對我們的生活學習各方面都非常關心。在學術研究方面，唐老是以清人治經方法治詞的，主要體現在版本考證和輯佚集成的標準和體例建立方面，我在學習他的這種治學方法的過程中，爲自己的學術道路打下了堅固扎實的基礎。

肖鵬先生：

是啊，唐老是真正的大師！唐老上課，有時會親切地拉着學生的手，有時會邊吹笛邊唱歌，有時情到深處會哽咽落淚。唐老的風度讓我常常回憶和感慨：那是什麽樣的一個大師的年代。我們非常幸運，經歷了大師的時代，很想把這文學大師的精神也傳遞給大家。

高峰教授：

我記得唐老誕辰一百周年詞學研討會上，王水照先生來參會，給我們分享了一個唐老的故事：唐老曾有一個關於蘇軾詞的問題寫信給王水照先生。在通過學校校門口的郵箱要寄出的時候，他又想到了一個問題，然後便在信封上面又寫。後來這封信就寄給了王水照先生，王水照先生也一直珍藏着這封信。唐老可以在信封上謙虚地與後起的學者探討學術問題，這從一個側面説明他是一個純粹的學者，同時也是一個高尚的前輩與老師。

三　治學方法與學術精神

楊海明教授：

在治學上，唐老是用自己的人生經驗，用自己的生命感悟擁抱宋詞。唐先生最喜歡婉約詞，他最推崇三個人：一是李後主，著有《李後主評傳》，特别喜歡這句詞：「人生愁恨何能免，銷魂獨我情何限！」人生的愁苦無人能免，如何叫我一人獨受衆苦！第二是李清照，李清照在國破家亡、獨自飄零之際所創作的詞情調哀傷愁苦，也契合唐老的身世之感。唐先生對亡妻之情甚篤，在李清照是否改嫁的問題上始終堅持李清照終未改嫁的觀點。第三就是是納蘭性德。納蘭性德是用情甚深的詞人，對妻子、對友人的感情都有著無比深厚的情感，這個和唐老也是極爲相似的，在唐老的身上，也能看出納蘭性德的影響。

鍾振振教授：

唐先生之所以能成爲大家，是他的治學態度非常樸實。唐先生有個非常大的優點就是知之爲知之，不知爲不知，不恥下問，實事求是，謙虛謹慎，從不掠人之美。在讀書時，碰到問題唐老會隨時問，當時他的老師輩都已經不在了，在的是他的同學輩，還有一些稍微晚一點的學者，他在讀一本書的時候，有一個典故不知道，他會去問程千帆先生、錢仲聯先生、徐復先生等等有名的學者，有時對這些答案仍覺不滿意，便會問問學生。有一天看见我，就说到哪一本書，哪一個問題，問了哪些先生，先生們給他的答案是什麼，然後問我讀書有没有讀到這個典故。当然這是個學術問題，我们不講典故，就講這個事情本身，作爲一流的學者，唐老不僅會問大師，還會問到學生輩，這是很難做到的，不恥下問，這一品質是很寶貴的。他在學術問題上非常光明磊落、非常實事求是、非常謙虛、非常謹慎的精神，是我們作爲年輕學者應該繼承發揚的優良傳統。

王兆鵬教授：

我最近兩年編了兩本有關唐老的書，一本是商務印書館委託的《詞學探微》，另外一本是三聯書店委託的《宋詞的真僞與高下》，在編寫過程中搜集了一些資料，也想起了一些往事。結合前面幾位老師所説，唐先生的治學精神有「五心」：

第一是雄心——要有雄心壯志，要做大學問。唐老在三十一歲的時候，就開始編《全宋詞》。當時的他只是南京一家女中的中學教師，雖然身份普通，却有要以一己之力編成《全宋詞》的雄心壯志。在當時那樣無文獻、無團隊的刻苦條件下，唐老有這樣的一顆雄心是非常可貴的。

第二是決心。在編《全宋詞》的過程中，唐先生的生活是很困頓的。當時正逢夫人重病在床，他一方面要照顧夫人，另一方面還堅持着到南京圖書館去讀書，丁丙善本書室傳藏的八千卷藏書，他都看過。即便在這樣艱苦的環境下，唐老編《全宋詞》的決心依舊不改。

最後是信心、虛心和恒心。恒心是至關重要的，確定人生的目標比較容易，堅持一天兩天也容易，但堅持一輩子却很不容易，而唐先生一輩子都沉浸在他的詞學事業裏，快到九十歲的時候，他還在讀書，這種恒心是成就事業的最基本的心理素質。我覺得我也傳承了我老師的這種精神——對於我認定的事情，我就會堅持不懈。

王筱芸研究員：

唐老站在古今交滙、近代學術向現代學術範式轉型的關鍵點上，既開風氣亦爲師，不僅繼承傳統，更開闢、奠定了現代詞學學科基本架構。現代學術分類是基於現代西方科學發展趨勢而爲。詞學作爲繼古承今、集現代研究之大成的新學科範式，唐老無論是在詞起源、詞樂、詞格律、詞集版本、詞鑒賞、詞創作、詞學批評、詞學理論、詞人年譜、詞人傳記等現代學科建構上，都有巨大貢獻，所以説唐老不僅是繼承清人、以朴學方法治詞的詞學文獻學意義上的詞學大師，更是作爲由古代到近代、向現代詞學學科建構意義上的詞學大師。

王兆鵬教授：

誠如王老師所説，唐老之所以能成爲二十世紀的詞學大師，我覺得除了有剛才我提到的「五心」，還有

「四氣」。

第一是鋭氣。做學問要有鋭氣,特别是年輕的時候,要有一種開拓精神。唐老寫的第一篇文章是二十六歲時寫的《温韋詞比較》,發表在《東南論衡》裏。當時的唐先生只是東南大學的一個本科生。有人開玩笑説,大師是活出來的,不是做出來的,活到八、九十歲,自然就是大師了。真正的大師,其實是做出來的,而且是年輕的時候做出來的。唐先生最有代表性的成果都是四十歲以前做的。他的《全宋詞》是從三十一歲開始編纂的,三十四歲編好了《詞話叢編》,三十七歲編就了《全宋詞》,同時又編好了《全金元詞》。唐老的一些著名論文也都是三十多歲寫成的。我同時也考察了夏承燾先生和龍榆生先生,他們最優秀的成果基本上都是在三十多歲寫成的。所以説三十多歲是做學問的最佳時間。現在你們還是打基礎,畢業以後要趁著思想最活躍的時候,做出一番學問。我們希望二三十年後,在座的各位都能超越我們。你們超過了我們,學術才能够發展進步。

第二個是大氣,大氣跟雄心有關係。大氣,是指做學問要有宏觀遠略,要有規劃。比如,選題要有延展性,不是做一個小小的課題,做完了就完了。做一個題目的時候,要考慮到周邊的研究和産出系列性成果。早年的唐先生,是一個文弱書生,但做學問很大氣。他編《全宋詞》的時候,就在考慮《全金元詞》;又想到編《詞話叢編》,而且《詞話叢編》先編了出來。

他後來做《宋詞三百首箋注》的同時,又做《南唐二主詞彙箋》。《宋詞三百首》之所以能成爲二十世紀最流行的宋詞選本,能够跟《唐詩三百首》並駕齊驅,主要得益于唐先生的箋注。朱彊村原編手稿,現在還藏在浙江圖書館。一九二四年出版的初版是白文本,没有什麽反響。到一九三四年唐老爲之箋注,在神州國光出版社出版,又不斷重印再版,這樣才出名。上世紀五十年代以後,上海古籍出版社不斷重印,臺灣也有六七家出版社翻印。《宋詞三百首》能成爲流行的著名選本,跟唐先生的箋注有着莫大的關係。程千帆先生在他的回憶文章當中講過一個故事，説神州國光出版社將唐老的《宋詞三百首箋注》重印了好幾次，居然忘記給版税。抗日戰爭爆發後，神州國光社倒閉，唐先生分文未得。在重慶與程千帆先生等朋友説起此事，一笑了之，足見唐先生的雅量大氣。

第三是傻氣。夏承燾先生説做學問要笨，意思就是下笨功夫。讀書，要有悟性，要聰明，但是更要下苦功夫。尤其是我們當下，有很多電子文獻，現在能全文檢索的文獻要比我們當年多得多。但我們回過頭來看看今天的學術，是不是比以前更高明了？未必。現在的檢索手段比以前更快捷了。如果説，以前我們寫一篇論文，要用百分之九十的時間來收集資料、百分之十的時間是來寫作的話，今天可能只是一半對一半，收集材料效率是大大提高了的。可爲什麽我們的學術水準並没有提高多少呢？是因爲我們過分依賴檢索，而不去讀文本。有些文本是要細讀的。這方面，我們要向在座的鍾振振老師學習。《東山詞校注》是他的代表作。他做《東山詞校注》時，是先把賀鑄的詞全部背誦下來，然後從先秦典籍一部部細讀下來，所以他知道這個語源從哪裏來，哪個典故出自哪本書。現代人都在追求查詢資料的快捷方便，我們做學問有時要反其道而行之。人們都不大細讀文獻的時候，我們去細讀文獻，這才會發現别人發現不了的問題，注意到别人注意不到的材料。

有些文獻資料，不是檢索就能檢索出來的。雖然我注重使用電子文獻資料，但我在觀念上是力主細讀文本的。熟悉紙本文獻，再用電子文獻的檢索，就是如虎添翼。如果不讀文獻，不沉潛到文獻中去，那只能做天馬行空、不著邊際的學問。好多文獻是讀出來的，不是檢索出來的。舉一個例子，范仲淹到西北戍守邊疆，是爲國分憂，根本不考慮個人功名。我在讀《續資治通鑑長編》時發現，范仲淹負責修築大順城，因爲大順城具有特别的戰略意義，城修好後，朝廷大力獎賞有關將士，唯獨没有范仲淹和他兒子范純佑的名字。而修建大順城，范仲淹是總指揮，他兒子范純佑是先鋒。但朝廷獎賞的名單中没有他父子倆的名字，爲什麼？是因爲范仲淹没有把他自己和兒子的名字報上去，他把功勞全部記在部下頭上。像這樣的事情根本檢索不到。只有將文獻上下文全部細讀以後，才能發現事件的原委，體會到范仲淹的偉大。范仲淹到邊塞，是爲天下蒼生謀利益，而不是爲個人謀利益。

夏承燾先生説做學問要笨，是説要下真功夫。説唐先生做學問有傻氣，是指要有超越功利的精神。當下社會，人們都追求功利。但做學問，要有超越功利的精神，不能考慮我做學問，寫這篇論文能得多少錢、能拿到什麼好處。有學術興趣，有學術志向，選擇了學術之路，就要甘於寂寞。到了一定的程度，才會有回報。在求學、治學過程中，不能有太多的功利目的。否則的話，學術很難做得精深。夏先生、唐先生的治學經歷，表明他倆都有傻氣。唐先生傻到什麼程度？一個三十一歲的中學老師，要編《全宋詞》；他自費印《詞話叢編》的時候，正值失業，他花錢印《詞話叢編》，只是爲他心愛的學術。如果唐先生當時考慮實際利益的話，就不會編纂、也不會印製《詞話叢編》，也不可能有《全宋詞》。因爲當時這些成果，不可能給他帶來任何物質功利的回報。所以説做學問，要有一些傻氣。

還有一個是和氣。人文科學，需要個體的堅持，個人的獨立思考，但是也需要團隊的協作。做大學問，更要有相互協作的精神。唐老編《全宋詞》，固然是一個人的堅持、一個人的事業，但他也得到了很多學者的幫助：他的同學趙萬里，版本學家，郵寄給他很多版本資料；夏承燾先生知道他要編《全宋詞》，就把自己做的《宋詞長編》給他參考。而五十年代夏承燾先生要編詞譜、詞調史的時候，找唐先生借閲《全金元詞》的稿子，唐先生便把全部的底稿給了夏先生。「文革」期間，夏老被抄家，《全金元詞》的底稿也就没了。唐老毫無怨言，又重新去輯録。唐老那輩學人，都能相互支持。我們這代人，也要有一種協作的精神。

總之，我們做學問，要成就大事業，要有鋭氣、大氣、傻氣、和氣。這四點不一定能够概括唐老的治學精神，只是我對唐老治學精神的一點體認。

結語

高峰教授：

剛才五位老師都分享了一些唐老的事情，給大家提出了一些希望，特别是幾位老師都是娓娓道來，講了很多故事。這些故事對同學們這一代人來説都恍如隔世。座談的幾位老師都是尊師重道的典範，這個清明節，他們都是特地從外地趕來給唐老掃墓的，體現了中華文化裏的尊師美德，值得我們學習。他們師兄弟之間也是非常融洽的，在學術上相互切磋，共同進步，生活上也相互關心，傳承了老師的衣鉢，真正在踐行著唐老的治學和爲人的精神，是可謂薪火相繼。我們在詞學界開會的時候，能跟王兆鵬老師分到一組，往往感到很榮幸。王老師開會時經常串會，他會把所有的論文都點評一遍，非常精彩，實際上也是給我們上一次課。同樣的還有彭玉平教授，他是我們文學院八三級校友。雖然彭老師未列唐老門下，但是他親口説過，也受到了唐老治學精神的影響。彭玉平教授在大會閉幕時的點評，也往往是將參會論文全部點評一下，概括性很强，很精彩。唐老一生培養了很多弟子，讓南師大成爲詞學研究的重鎮。唐老之後的南師學者也都取得了很多突出的成就，包括郁賢皓先生的李白研究，陳美林先生的《儒林外史》研究，鍾老師的宋詞研究，陳書録老師的民歌研究，以及程傑老師的花卉瓜果研究，這些老師奠定了我們南師古代文學作爲江南文樞的地位。我們剛才開會前還在一起討論，該怎樣紀念唐先生，該怎樣來闡釋挖掘唐先生在世界文學之都——南京這座文學之城中的地位？我們希望能搭建一些重要的學術交流的平臺，能够借助平臺開展更加豐富多彩的詩詞學方面的一些活動，讓唐先生奠定的學術精神和傳統能够生生不息，培養出一批又一批古代文學的學術英才。

最後，讓我們再一次對五位老師表示衷心的感謝。

曹爾堪年譜（上）

陳昌强

傳略

曹爾堪，一名堪，字子顧，號顧庵，浙江嘉善人。生於萬曆四十五年（一六一七）。勳長子。早年同王屋、吴熙、錢繼振以詞唱酬。復與魏學濂、錢繼振等稱「柳洲八子」。順治二年（一六四五）舉人。順治九年進士。授翰林院庶吉士，累升侍讀、侍講學士。順治十八年以奏銷案謫歸。居鄉復坐事徙關外，贖免，未出關，然自是放廢。遂漫遊寰中，行跡遍蘇皖楚晉豫冀魯，以詩詞與才士切磋唱酬。賓主江村、廣陵、秋水軒三大倡和，詞一變婉轉柔豔而爲慷慨傲嘯。詩亦知名，爲海内八家之一。工書善畫，然不輕示人。卒於康熙十八年（一六七九）。

國家社科基金一般項目「清代詞學編年研究」（17BZW112）階段成果。

世譜

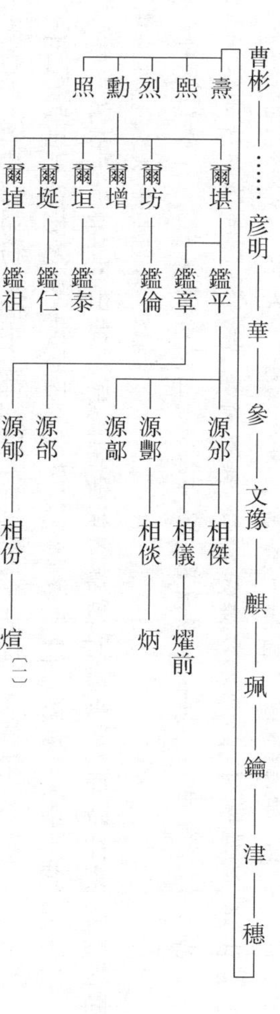

明神宗萬曆四十五年(一六一七)丁巳　一歲

七月二日丑時，先生生。(《曹爾堪墓銘》〔二〕、《族譜》卷四)

妻吴氏(一六一六—一六六七)，太學生吴志遂女，翰林院孔目吴志遠姪女。(《族譜》卷四)〔三〕

父勷(一五八九—一六五六)，字允大，號峨雪，晚號東干釣叟。著有《曹宗伯全集》。時年二十九歲。

母徐氏(一五九四—一六三〇)。時年二十四歲。

祖穗(一五五二—一六二三)，字大有，號泰宇。著有《易通》、《詩義》、《尚書解》、《性理雜説》等。時年六十七歲。(《先君行略》〔四〕)

祖母顧氏(一五五六—一六四五)。時年六十二歲。

曾祖津，號吳塘。諸生，官廣文，著《周禮集傳》。

二弟爾坊（一六二〇—一六五四），字子閑，號閑庵。廩生。（《族譜》卷四）

三弟爾增（一六二二—一六二七），早殤。（《徐孺人墓銘》）

四弟爾垣（一六三七—一六七八），字彦師，號中郎。嘉善庠生。（《族譜》卷四）

五弟爾埏（一六三九—一六六七），字彦博，號博庵。華亭庠生。（《族譜》卷四）

六弟爾埴（一六四一—一七一〇），字彦範，一字季子，號範庵。順治華亭庠生、康熙廩生。康熙十五年，選淮安府桃源縣教諭。（《族譜》卷四）

長姐某，後適庠生沈廷綸，藩幕沈至道子。（《徐孺人墓銘》[五]）

二姐某（一六一三—一六二九），時年五歲。後許庠生蔣睿（字玉衡），憲副蔣英子。（《徐孺人墓銘》）

三妹某，後適錢士貴，舉人錢繼章子。（《族譜》卷四）

四妹某，後適李豫，禮部司務李恂子，都察院左都御史李沾孫。（《族譜》卷四）

先世爲宋濟陽武惠王曹彬之後，世居南直隸松江府華亭縣之干溪鎮（又稱干巷、東干、干將里，今屬上海市金山區吕巷鎮），至先生五世祖曹鑰始遷居浙江省嘉興府嘉善縣，而時往來於兩地間。（《先君行略》；《曹勳墓銘》[六]；《干巷誌》[七]卷一）

案《干巷誌》卷一：「干溪即今市河，東接沈涇，西流過太平寺，入掘撻。據父老云：『鎮之初起，在溪南。溪迺市之後河也。』溪之北，古塚累累，自曹氏數公發科後，次第建房，溪北始盛。」先生似常居干溪，其詩文詞屢及之。其文集《南溪文略》、詞集《南溪詞》，命名當皆源此。

明神宗萬曆四十六年（一六一八）戊午　二歲

先生隨其親鄉居。

明神宗萬曆四十七年(一六一九)己未　　三歲

先生隨其親鄉居。

十二月三日戌時,二弟爾坊生。(《族譜》卷四、《今世説》卷五)

明神宗萬曆四十八年、明光宗泰昌元年(一六二〇)庚申　　四歲

先生隨其親鄉居。

明熹宗天啓元年(一六二一)辛酉　　五歲

先生隨其親鄉居。

六月,先生父曹勳以業《詩經》舉浙江辛酉科鄉試第八名,是科主考爲翰林院編修錢謙益(字受之,號牧齋,江南常熟人)、刑部右給事中景謙,房師爲主司姚鈿。(《曹勳墓銘》)

明熹宗天啓二年(一六二二)壬戌　　六歲

先生隨其親鄉居。

春,先生父曹勳應會試於京師,下第歸。(《徐孺人墓銘》)

三弟爾增生。(《徐孺人墓銘》)

明熹宗天啓三年(一六二三)癸亥　　七歲

先生隨其親鄉居。

十一月十三日,先生祖曹穗卒,年七十三。(《先君行略》)

明熹宗天啓四年(一六二四)甲子　　八歲

先生隨親鄉居。　約是歲或更早,先生已發蒙,且穎悟異常兒。

二月十一日,族弟曹偉謨(字次典,號南陔)生。(《族譜》卷四)

明熹宗天啓五年(一六二五)乙丑　九歲

七月二十六日,魏大中(字孔時,嘉善人)爲閹黨所戕,死於京師獄中,同死者,楊漣(字文孺,湖廣應山人)、左光斗(字遺直,南直隸桐城人)。(《明史》卷二四四)

明熹宗天啓六年(一六二六)丙寅　十歲

先生是歲即能屬文。(《曹爾堪墓銘》)

明熹宗天啓七年(一六二七)丁卯　十一歲

三弟爾增殤。時先生父曹勳方應會試抵京師。(《徐孺人墓銘》)

明思宗崇禎元年(一六二八)戊辰　十二歲

春,先生父曹勳與會試,榜發,舉戊辰科會試會元。是科考官爲大學士施鳳來(字羽王,浙江平湖人)、張瑞圖(字二水,又字長公,福建晉江人)。殿試,曹勳以極口爲魏大中等辯冤,迕當政意,抑爲二甲第二名。館選,改庶吉士。(《明代職官年表》;《曹勳墓銘》)

先生是歲始善詩詞,時人以「聖童」擬之。(《曹爾堪墓銘》)

明思宗崇禎二年(一六二九)己巳　十三歲

夏,先生父曹勳乞假歸里。時閩室僦其同年一屋居之,有如露處。當風雨之夕,移席數回尚不得寢。(《徐孺人墓銘》)

二姐卒,年十七。時先生父方自京師抵里。(《徐孺人墓銘》)

明思宗崇禎三年(一六三〇)庚午　十四歲

本年及明年,魏廷薦(字友莊,嘉善人)設教於先生家塾,先生及弟曹爾坊師之,以習舉業。廷薦子魏學渠(字子存,嘉善人)亦從學於是,與先生兄弟同學。課暇,廷薦教先生等爲詩,並使讀《花間集》、《草堂

詩餘》等，先生等遂多有所作。（魏學渠《青堂詞・自序》）〔八〕

二月初一日，母徐氏卒，年三十七。時先生父曹勳仍請假在里，傷悼良儷，遂自爲妻作墓志銘，誓不再娶。（《徐孺人墓銘》）

初夏，先生有《阮郎歸》寫景。（《未有居詞箋》〔九〕）

秋，先生有《浪淘沙》即景詞。（《未有居詞箋》）

明思宗崇禎四年（一六三一）辛未　十五歲

冬，先生有《鷓鴣天》遣懷。（《未有居詞箋》）

明思宗崇禎五年（一六三二）壬申　十六歲

冬暮，先生坐荻秋觀易亭，賦《減字木蘭花》志感。（《未有居詞箋》）

冬暮，戴汝揆、沈贊王、朱軫（字子殷，浙江平湖人）皆解館散去，先生獨居松閣，静坐自得，忘索居之戚，並忘歲月之逝，賦《南鄉子》志感。（《未有居詞箋》）

明思宗崇禎六年（一六三三）癸酉　十七歲

春，先生父曹勳入都，授編修。崇禎帝御講筵，以曹勳爲展書官。是年，曹勳兼值起居注纂修。（《曹勳墓銘》）

秋杪，先生在杭州，同魏學濂（字子一，嘉善人）遊西湖，步行至靈隱寺，賦《菩薩蠻》二首紀之。亦曾與同人集會於西湖，畫舫妓女出扇索書，先生爲賦《西江月》題之。（《未有居詞箋》）

先生鄉居時，常同王屋（字孝峙，初名畹，字蘭九，嘉善人）、錢繼章（字爾斐，嘉善人）、吴熙（改名亮中，字止仲，一字寅仲，嘉善人）等往來唱酬，多作小詞以紀之。（《草賢堂詞箋》）

是年，先生入嘉善縣庠。（《族譜》卷四）

約是年或更早，先生娶妻吴氏。（《族譜》卷四）

明思宗崇禎七年（一六三四）甲戌　十八歲

二月，甲戌科會試，大學士温體仁（字長卿，浙江烏程人）等爲主考官。先生父曹勳充分校官，閱《禮記》文，拔士二十一人，皆知名士。（《明代職官年表》；《曹勳墓銘》）

三月，先生在杭州，復於西湖遇去秋出扇索書之妓，因叠去秋所賦《西江月》韻爲詞贈之。（《未有居詞箋》）

暮春，先生過訪陳繼儒（字仲醇，一字梅公，江南華亭人），留集於頑仙廬，先生有詩。（《干溪曹氏家集》〔一〇〕卷二〇）

六月二十四日，先生長子鑑平（字掌公，號桐暘）生。（《族譜》卷五）

七月七日前後，酷暑難耐，先生避居水閣，假寐夢中有所作，醒後賦《水調歌頭》紀之。（《未有居詞箋》）

深秋，先生有《點絳唇》二首次蘇軾重九杭州詞韻，寄弟曹爾坊於京邸。（《未有居詞箋》）

暮冬，先生僑居遠村，寂寥無歡，孑然傷離，因寄情於小詞，撫時攄思，妍媸雜陳，愉慼雜感俱發之於小詞。一月之間，凡賦《鷓鴣天》三十闋。（《未有居詞箋》）

十二月二十九日，除夕，弟曹爾坊隨侍父在京邸，先生里居，賦《滿庭芳》思之。（《未有居詞箋》）

明思宗崇禎八年（一六三五）乙亥　十九歲

三月十九日，族弟曹重（初名爾陔，字十經）生。（《族譜》卷四）

五月，先生父曹勳奉旨册封魯藩。禮成，於七月便道歸里，以母年高，請告終養，蒙允。（《曹勳墓銘》）

五月，先生詞集《未有居詞箋》五卷始刻，同時刻者，王屋《草賢堂詞箋》十卷、《蘗絃齋詞箋》一卷、《雜

箋》一卷、錢繼章《雪堂詞箋》一卷、吴熙《非水居詞箋》三卷。(《草賢堂詞箋・考約》)

七月,王屋病起,先生與魏學濂同往看顧,並贈酒,王屋賦《鷓鴣天》二首謝之。(《草賢堂詞箋》庚集)

秋,先生有《乙亥城南秋日》六首。(《家集》卷九)

祖母顧氏八十壽辰,先生父曹勳遍徵壽序,錢棻(字仲芳,嘉善人)因代某公爲作《曹太君八袠序》,王屋且爲賦《謁金門・曹太夫人八袠》二首。(《蕭林初集》卷四;《檗絃齋詞箋》枝集)

暮冬,先生曉行即景,有《搗練子》詞志感。(《南溪詞》)

明思宗崇禎九年(一六三六)丙子　二十歲

三月七日,先生過顧園賞牡丹,有詩。(《家集》卷一〇)

四月,吴熙、魏學洙(字子聞)、白茜水讀書於魏氏忠孝祠,先生有詩一首寄勉。(《家集》卷九)

五月,先生詞集《未有居詞箋》並王屋、錢繼章、吴熙詞集皆刻成。(王屋《草賢堂詞箋・考約》)

夏,先生於村墅有《點絳唇》即景抒懷。(《南溪詞》)

十二月十七日辰時,四弟爾垣生,庶母陳氏所出。(《族譜》卷四)

明思宗崇禎十年(一六三七)丁丑　二十一歲

八月,社友邀先生同魏學濂、吴熙集鴛湖,魏學濂作畫贈某姬,先生有詩。嗣後,先生憶及某姬,復叠韻作詩。(《家集》卷一〇)

十月,先生過智月禪院,賦《滿庭芳》詠懷。(《南溪詞》)

十二月三十日,除夕,先生與弟曹爾坊及同里魏學濂、魏學渠、魏學洙、蔣玉立(字亭彦)、錢繼章、潘炳孚(字大文)同過康范生(字小范,江西安福人)寓廬,歡飲竟夜,先生有詩紀之。時范生以謁祖祠寓嘉善。(《里音》;《家集》卷一〇)

是年及明年，先生與同里魏學濂、魏學渠、魏學洙、錢繼振（字爾玉）、郁之章（字光伯，一字衷恒）、蔣玉立、吳熙同會文於嘉善縣城北門外柳洲亭，詩文酬唱不絶，稱「柳洲八子」，又稱「魏里八子」。吳熙主其會飲之酒脯筆札。（《光緒重修嘉善縣誌》卷三三、卷三二；《晚晴簃詩滙》卷二五）

案此據李陳玉《魏里八子序》（《光緒重修嘉善縣誌》卷三二）所記名，然李序未載八子聚會時間。而先生《河梁行送郁子光伯謫遼左》：「柳洲夙推八子狂，錢吴蔣與三魏郎。焚膏濡墨見朝陽，馬公橋畔鳴漁榔。丑寅之間事茫茫，二十年前春夢長。」（《八家詩選》卷二）魏學渠《柳洲詩集序》：「歲丁丑、戊寅間，余兄弟盟八人於柳洲，講經藝治事之學，以其暇爲詩古文辭。朝夕砥礪，務成一家。」（《柳洲詩集》）

明思宗崇禎十一年（一六三八）戊寅　二十二歲

春，先生偕董升（字晝人，嘉善人）、潘炳孚過訪程雪林看花，不遇，先生有詩紀之。（《家集》卷九）

先生有詩送康范生歸江西安福。（《家集》卷一〇）

四月，先生即景賦《望江南》。（《南溪詞》）

十二月二日，先生過智月禪院，晤西瞻上人，時爲暖冬，紅梅已開，有《浪淘沙》紀事。（《南溪詞》）

三十日，除夕，鄰人失火，險殃及先生家，賴救得免，先生有詩紀之。（《家集》卷九）

是年，梁雲構（原名治麟，字匠先、振趾，號眉居，謚康僖，河南蘭陽人）任兩浙巡鹽御史，先生以年家子，登堂拜謁。（《南溪文略》；《重修兩浙鹽法誌》卷二一）

約於是年，李陳玉（字謙庵，江西吉水人）哀柳洲八子詩文成卷，自爲《魏里八子序》冠首。（《光緒重修嘉善縣誌》卷三二）〔二二〕

明思宗崇禎十二年（一六三九）己卯　二十三歲

二月，周斯羽兄弟招先生與魏學濂等集舟中，觀演家劇。學濂於雨中爲先生繪扇，先生賦《昭君怨》題

之。（《南溪詞》）

三月二十八日卯時，五弟爾埏生，庶母陳氏所出。（《族譜》卷四）

春，先生同郁之章掩關於茜溪，先生有詩紀之。（《家集》卷九）

冬，先生同魏學濂、魏學渠、蔣玉立兄弟、弟曹爾坊舟宿蘇州，有《漢宫春》紀之。（《南溪詞》）

冬，先生於所寓寒齋中，賦《沁園春》志感。（《南溪詞》）

是年，先生補廩膳生員。（《族譜》卷四）

明思宗崇禎十三年（一六四〇）庚辰　　二十四歲

二月八日，先生同魏學渠及弟曹爾坊曉渡太湖，先生有詩二首紀之。（《家集》卷九）

七月，康范生復至嘉善，先生喜而有詩。（《家集》卷一〇）

十一月十一日，先生次子鑑章生。（《族譜》卷五）

魏學洙卒，先生有詩哭之。（《家集》卷一〇）

明思宗崇禎十四年（一六四一）辛巳　　二十五歲

春，冒襄（字辟疆，江南如皋人）來杭州，與先生相識於西湖，旋别去。（《廣陵倡和詞》）

二月二日，六弟爾埴生。庶母袁氏所出。（《族譜》卷四）

明思宗崇禎十五年（一六四二）壬午　　二十六歲

先生父曹勳即家升左諭德，未赴。（《曹勳墓銘》）

明思宗崇禎十六年（一六四三）癸未　　二十七歲

先生父曹勳即家晉左春坊左庶子，兼翰林院侍讀，以侍母，未赴任。（《曹勳墓銘》）

錢棅（字仲馭，嘉善人）請終養歸，錢澄之（初名秉鐙，字幼光，改名澄之，字飲光，江南桐城人）與之同回嘉

善，因與先生、錢繼振、錢繼章、錢栴（字彦林，嘉善人）、錢棻、魏學濂、魏學渠等相識。（《錢澄之年譜》）

秋，孟登（字誕先，湖廣武昌人）移居南京桃葉渡，與梁雲構相見，雲構賦詩三首贈之。先生讀其詩，賦二首，雲構見之，亦和二首。（《豹林集》卷五上）

冬，曾文饒（字堯臣）自武塘歸江西泰和，寓書康范生，甚稱先生之詩。（《里音》）

冬，錢澄之自嘉善歸南京，錢繼章、錢棅皆有詞祖送，先生和錢棅韻作《念奴嬌》二首送之。（《南溪詞》）

是年，先生有南京之行，與林古度（字茂之，福建福清人）、邢昉（字孟貞，江南高淳人）、顧夢游（字與治，江南江寧人）等定交。（《八家詩選》卷二）〔一二〕

先生在南京時，與梁雲構、梁羽明（字芝山，一作芝三）父子促膝一堂，賦詩賡和。（《南溪文略》）

先生遊揚州瓜步鎮于園。（《客裝》）

明思宗崇禎十七年、清世祖順治元年（一六四四）甲申　二十八歲

春，先生同蔣薰（字聞大，號丹崖，浙江海寧人）登蓮溪閣，蔣氏弟侄在庵、澹餘、文琢、耦萬等亦同登此閣。蔣薰有詩紀之。（蔣薰《留素堂詩删·廓吟》）

三月十八日，李自成進佔京師。十九日，明崇禎帝於京師萬歲山自縊。（《明史》卷二四）

四月三十日，魏學濂自作《絶命辭》七律四首，自縊於京邸。（《明季北略》卷二二；《光緒重修嘉善縣誌》卷二三）

五月十五日，明臣於南都擁立弘光帝。敦召先生父曹勳赴闕，即起復原官。（《曹勳墓銘》）

六月十一日，清睿親王多爾衮及諸王大臣定議建都京師（今北京），隨遣使奉迎清帝福臨車駕於盛京（今沈陽）。（《清史稿》卷四）

八月，南明弘光帝於南京登極，覃恩詔天下貢士。嘉善縣凡貢三人：沈煌（字火文）、支隆求（字武侯）、先生。（《武塘野史》；《族譜》卷四）

九月，先生以父蔭入南京國子監讀書。（《武塘野史》）

清世祖順治二年（一六四五）乙酉　二十九歲

春，先生父曹勳升禮部右侍郎，兼翰林院侍讀學士，掌翰林院事，加從二品服俸。（《曹勳墓銘》）

二月中，祖母顧氏卒於鄉，年九十。（《曹勳墓銘》）

三月初四日，祖母顧氏訃至南京。先生父曹勳遂丁憂歸里，自是屏跡城郭，卜居松江縣東干祖居，爲遺民矣。（《曹勳墓銘》；《族譜》卷二）

五月，清人入明南京，弘光帝潛遁，旋被執，解至北京，被害。（《南明史》）

八月十七日，錢棅於盛澤猝遇清兵，戰死。（《錢澄之年譜》）

清世祖順治三年（一六四六）丙戌　三十歲

清廷詔本年八月再行鄉試，浙江鄉試考官爲編修劉正宗（字憲石，山東安丘人）、杜立德（字純一，直隸寶坻人），試題爲《多聞擇其（二句）》、《唯天下至（其性）》、《耕者九一（四句）》。先生應試，時嘉善知縣劉肅之（字欽中，河南安陽人）任分校，得士七人，首即先生。先生遂舉浙江鄉試。捷書至，父曹勳訓之曰：「父爲謝皋羽，兒爲許魯齋，亦各行其義。」謝皋羽即宋末遺民謝翺，許魯齋即元代名臣許衡。先生同鄉孫籕（字頡初）亦舉是科鄉試。（《清史稿》卷四；《國朝貢舉考略》卷一；《曹勳墓銘》；《光緒重修嘉善縣誌》卷一五、一六；《武塘野史》）

清世祖順治四年（一六四七）丁亥　三十一歲

正月，先生北上應會試，阻雪於盱眙。遂南返，初七日，先生夜泊於無錫，有詩。後於蘇州虎丘竹亭晤

錢棻，聚首唱酬者旬日。錢棻並作畫見貽，滿紙雲煙，先生喜而藏之。（馮金伯《國朝畫識》卷一、《家集》卷九）

二月四日，清廷舉丁亥科會試，以大學士范文程、馮銓、剛林、寧完我等爲主考官。先生以道阻，實未與此科會試。（《清代職官年表》）

春，尤侗（字展成，號悔庵，江蘇吴縣人）偕范驤（字文白，浙江海寧人）至西湖，同先生、范熾（字赤生，江南人）等同社諸子觴詠於君子亭。尤侗舉杯問西湖亂後風景，慨然久之。時先生方與顧大申（字震雉，號見山，江南華亭人）謀聯十郡社盟於西湖。（《西堂雜俎一集》卷四）

七月七日，陳舒（字原舒，又字鳴遷，嘉善人）置酒天寧寺，先生與錢繼章、郁之章、沈延祚等並晚集於此，先生有詩。（《家集》卷一〇）

本年會試，嘉興籍諸公多以兵阻，相約不赴試。是秋，同集於府城天寧寺，爲七邑振紘大集，先生亦與之。諸公日討論古今，益以文章相切磋，汰浮言，標神理，以開一代之風氣。（懷應聘《冰齋文集》卷一）

清世祖順治五年（一六四八）戊子　三十二歲

九月，戊子科浙江鄉試榜發，同里陳增新（字子更，號除庵）、魏學渠、魏允枚（字卜臣，號功父）、張我僕、周宸藻（字端臣，號質庵）等皆舉是科。（《光緒重修嘉善縣誌》卷一六）

十月，先生自里中啓程，赴京應會試。朱一是（字近修，浙江海寧人）賦《贈曹孝廉爾堪北上》贈先生。二十六日，過蘇州吴江之鶯脰湖，即景賦詩紀之。（《客裝》；《爲可堂詩集》卷一二）

早發丹陽吕城鎮，有詩。（《客裝》）

十一月初一日，先生在鎮江府京口驛，與友人諸陶叟、柯昭九聯舟夜泊，有詩。（《客裝》）

過鎮江、揚州，各有懷古詩二首。經高郵，舟中有詩。經高郵西北甓社湖，有詩。（《客裝》）

初六日，夜泊寶應，有詩。在寶應時，同趙如瑾（字卧齋，直隸雄縣人）登寶應碧霞宫晚眺，有詩紀之。（《客裝》）

過淮安，有詩。過宿州靈璧縣東虞姬墓，同劉芳聲（字何實，江南山陽人）各有詩賦之。過宿州，有詩。過祠堂湖，有詩。過河南歸德府永城縣東漢太丘令陳寔廢祠，有詩。夜宿歸德府，趙如瑾以雞黍相贈，酬之以詩。在河南，感漢梁孝王故事，有《宋中懷古》。（《客裝》）

十九日，過歸德府寧陵縣，道中遇雨，是日爲先生父六十生辰，因有詩紀之。（《客裝》）

夜中冒雪宿歸德府野雞崗，有詩。小憩於開封府儀封廳，有詩。蘭陽縣道中，即景有詩。渡黄河，至陳橋驛，有詩懷古。薄暮抵衛輝府封丘縣，投宿荒廟中，有詩紀之。早發延津縣，有詩。沙門鎮道中，遇傅維霖（字掌雷，直隸靈壽人），各有詩即景。（《客裝》）

二十四日，晚宿於衛輝府客店中，有詩。（《客裝》）

過淇縣，同年柴望（字秩于，號雲巖，浙江仁和人）爲縣令，贈先生以川資，先生有詩報之。過彰德府安陽縣北豐樂鎮，睹壁間詩，次其韻作《鄴中懷古》。入直隸。於廣平府磁州道中，有詩。過邯鄲縣，有《邯鄲覽古》。過黄粱祠，有詩。過臨洺驛，有懷里中友人沈煌、蔣玉立、支隆求、孫鏕（字長清），有詩；夜宿驛中，有《蝶戀花》詞志感。過順德府沙河縣，有詩。途中過唐玄宗時名相廣平郡公宋璟墓，有詩。於趙州柏鄉縣早發，有詩。趙州道中，即景有詩。過真定府，喜晤友人陶鑄（字子固）、蔣介行，有詩。過真定新樂縣，有詩。過定州，有詩。過保定府望都縣（舊稱慶都），有詩。過保定，憶及崇禎十七年闖軍破城，縣令以下諸公皆死之，愴然有詩。宿順天府涿州客店，睹壁上許宸（字竹谿，河南内鄉人）詩，次其韻題壁。過涿州樓桑村，是爲蜀漢昭烈帝劉備故里，有詩賦之。過涿州酈亭，是爲酈道元故居，有詩賦之。過順天府良鄉縣，有詩。抵京。（《客裝》；《南溪詞》）

周再勛（字仲賜，號雷澤，山西長治人）將赴任浙江金華知府，先生有詩送之。過訪梁羽明，梁留先生及沙澄（字會清，山東萊陽人）午飲，先生有詩。梁雲構招飲於其園亭，先生同閻廷謨（字嵩嶽，河南孟津人）、劉山逋各有詩。（《客裝》）

先生在京師，曾過訪陳名夏（字百史，江南溧陽人），名夏有五律一首贈之。（《石雲居詩集》卷一）

十二月二十一日，夕，先生先赴胡世安（字處静，別號菊潭，四川井研人）、成克鞏（字青壇，直隸大名人）招飲；後赴宋徵輿（字轅文，江南華亭人）招飲，於徵輿席上有詩酬之，時王崇簡（字敬哉，直隸宛平人）、宋琬（字玉叔，號荔裳，山東萊陽人）、陳焯（字默公，江南桐城人）在座。（《客裝》）

本年，嘉興籍諸公紛紛北上應會試，先生亦與之。懷應聘（字莘皋，浙江秀水人）因序諸公去秋振紘之會所得詩古文。（《冰齋文集》卷一）

清世祖順治六年（一六四九）己丑　三十三歲

正月初二日，丁耀亢（字西生，號野鶴，山東諸城人）招同先生、匡蘭馨（字九畹，一字石江，山東膠州人）、宋可發（字艾石，山東膠州人）、傅上生晚酌，張縉彦（字坦公，河南新鄉人）適至，遂同集，分韻賦詩，先生詩先成，耀亢有詩紀之。（《客裝》；丁耀亢《陸舫詩草》卷一）

初十日，傅上生招先生、程象三、周子羽、黏本盛（字道恒，一字質公，福建晉江人）、俞二銘、鄭子亨、鍾子霏集天慶僧舍，先生有詩。（《客裝》）

郭濬（字彦深，浙江海寧人）有詩贈先生，先生答之。（《客裝》）

二月五日，先生與己丑科會試，是科主考大學士范文程、寧完我、剛林、宋權、洪承疇等。試題：《湯之盤銘（章）》、《天下歸仁焉》、《存其心養（節）》。榜發，未登第。嗣後登第者殿試，郁之章舉二甲第四十四名進士，同里孫籀、丁彦（字文博）、沈燾、柯聳（字素培）、陳舒（字原舒，號道山）俱舉進士，吴亮中舉會試，未

與殿試而歸。（《清代職官年表》；《國朝貢舉考略》卷一；《清朝進士題名録》；《光緒重修嘉善縣誌》卷一六）

三月初，先生與同年范光文（字潞公，浙江鄞縣人）集高珩（字蔥佩，號念東，山東淄川人）宅，有詩紀之。（《客裝》）

月初出都，行前有詩留别戴明説（字道默，號巖犖，直隸滄洲人）、梁羽明。過京郊瀰縣鎮，道中有詩，留别米壽都（字吉士，直隸宛平人）、梁析木。（《客裝》）

三日，先生在河西務鎮，與同鄉錢菜、虞相堯（字在欽）、孫在鎬（字西自）、孫龢（字古喤）及鄒待聞、張今異泊舟水次修禊。（《客裝》）

六日，先生舟宿於楊村務鎮，同錢菜、虞相堯各賦詩紀事。（《客裝》）

舟泊天津府丁字沽鎮，恰遇晚晴，先生有詩紀之。在天津，先生曉景即事，有詩寄卓朗彝、宋徵輿。舟泊静海縣，先生有詩，與陳賡斯、李載亨、皇甫五石、楊行玉同賦。阻風青縣，有詩。舟泊滄州，有詩寄懷張天植（字次先，浙江秀水人）、錢江（字珥信，浙江秀水人）。晚宿滄州南皮縣馮家口鎮，有詩。過河間府交河縣，道中有懷方孝標（本名玄成，以字行，號樓岡，安徽桐城人）、蔡祖庚（字蓮西，江南上元人）。新橋驛早發，有詩紀行。過東光縣，即景有詩。（《客裝》）

入山東。過濟南府德州桑園鎮，與李縉明（字康侯，山東章丘人）對弈釀酒，有詩。德州道中，有詩柬朱嘉徵（字岷左，浙江海寧人）、陳東來、朱昇（字方庵，浙江海寧人）、徐石弦諸友人。迂道直隸，曉發河間府故城縣，有詩。舟泊故城縣鄭家口鎮，同詹惟聖（字乃庸，浙江建德人）、胡林玉、商和伯賦詩。（《客裝》）

二十四日，立夏，先生同魏學渠行山東臨清州夾馬營鎮（一作「甲馬營」）道中，學渠有詩，先生次韻和之。（《客裝》）

二十五日，晚泊武城縣，先生同陳增新（字子更，號除庵，嘉善人）聞鄰舟度曲之聲，各賦詩三首紀之。（《客裝》）

泊舟臨清縣，有詩依韻酬友人朱嘉徵、朱昇、錢菉。魏允枚爲李姓子作詩贈其婦凡二首，先生次韻和之。早發東昌府聊城縣，有詩。途中偶有所見，即景賦《偶見》詩。有詩別友，即《贈別楚黄南長人》。有詩詠泰安府萊蕪縣之望夫山。自濟寧州抵南陽鎮，有詩。在南陽鎮，同范礽（字祖生，號熊巖，浙江山陰人）、朱嘉徵、陳東來過梁氏圃，有詩二首。舟行昭陽湖，有詩。（《客裝》）

入江南。行徐州府沛縣道中，有懷古詩二首。過夏鎮，該鎮客歲被盜焚掠，瘡痍滿目，先生有詩紀之。過銅山縣迦溝鎮，道中有詩。晚泊宿遷縣，與同里黯忠（姓名未詳）、陸翔華（字季沖）、周宸藻、周振瑗（字轔聲）各有詩。泊舟淮安府桃源縣（即泗陽縣），與友人李縉明、陳賡斯入城閑步，有詩。泊舟射陽湖，有詩送范礽、徐石弦先歸。行揚州府寶應道中，有詩寄懷嵇宗孟（字叔子，江南淮安人）、胡抑兮。過高郵城南露筋祠，有詩。阻雨邵伯驛鎮，有詩。經瓜步，遊于園，有感於七年前曾舊遊，有詩。（《客裝》）

三月十九日亥時，曹鑑倫（字彝士，號蓼懷）生，先生二弟曹爾坊子。（《族譜》卷五）

五月五日，抵家。是月中旬，赴鎮江，有詩。（《里音》）

二十二日，雨中過甘露寺，即宿於是，有詩。（《里音》）

六月四日，先生同張文烶（字湛生）、鄭先庚、張孟弢及道士吴若無遊金山，有詩二首。嗣後，文烶繪金山爲圖贈先生，先生有詩謝之。（《里音》）

二十九日，立秋，午後小雨，先生有詩志感。（《里音》）

七月七日，先生侍父過東干，同馮天垂、魏學渠、王匪翁集族弟曹詩（字起郊，號德園）家，即席分賦詩，先生得詩二首。（《里音》）

八日，族弟曹偉謨復招同先生並諸子宴集，分韻賦詩。（《里音》）賦《古意》。清晨過南溪灌花，有詩。與同里朱輅、陸翔華、周珽（字上衡）登屏山閣秋眺，先生有詩紀事。賦《邯鄲少年行》。先生偕高公路過褚廷琯（字硯耘）晤顧知（字爾昭，號野漁，浙江錢塘人），有詩。（《里音》）

八月十四日，嘉善知縣劉肅之招先生、李仰鳴、項聖謨（字孔彰，號易庵）、夏緇（字雪子）、陳胤之同集縣衙觴月，先生有詩。（《里音》）

十五日，先生有《中秋寫懷》。（《里音》）

十七日，日晡時，先生散步城南蔬圃，有詩即景紀事。（《里音》）

九月七日，先生有詩寄懷同年李縉明。（《里音》）

秋日晴，先生同元孺泛舟南郊，過智證寺、九華寺、普陀寺，茶話，有詩紀事。（《里音》）

周宸藻、周珽、飛仲、來宣等同先生攜尊友仙樓，聚飲賞桂，酒間，先生爲賦《老桂行》遣懷。（《里音》）

柯聳有子聰慧可愛，惜十歲而殤，先生賦詩悼之。（《里音》）

二十九日，得宋徵輿京師來書，有詩志之。（《里音》）

十月初七日，先生訪菊於西郊，過靈塔庵，有詩紀事。（《里音》）

有詩贈何爾胤，並柬吴百朋（字錦雯，浙江錢塘人）、陸圻（字麗京，一字景宣，浙江錢塘人）。王光魯（字漢恭，江南江都人）有詩來寄，先生步原韻答之。（《里音》）

十一月，沈延祚（字遠猷，人稱季子）將備兵廣東肇慶府，先生有詩送之。（《里音》）

清世祖順治七年（一六五〇）庚寅　三十四歲

初春，先生過南麗村莊，有詩。柯聳將赴任湖廣棗陽縣令，先生有詩送之。有《柳》、《江村》諸詩遣興。

（《里音》）

三月五日，同年沈令將招同先生、顧西及、翁祖望（字渭公，浙江錢塘人）、張之棫（字侣嘉，號屺雲，浙江餘姚人）、吴輅（字幼輿）、郁之章晚集，先生有詩紀之。（《里音》）

春，先生長子鑑平入嘉善縣庠。（《族譜》卷五）

賦《鄰城引》懷古。賦《南溪感舊》。初夏，弟曹爾坊有《初夏江村》詩，先生和之。（《里音》）

四月，慎交、同聲二社復會於嘉興南湖，連舟數百艘，共舉十郡大社。太倉吴偉業（字駿公，號梅村），長洲宋德宜（字右之）、宋實穎（字既庭），吴縣沈世英、彭瓏（字雲客）、尤侗，華亭徐致遠（字武静），吴江計東（字甫草），武進黄永（字雲孫，號艾庵），鄒祇謨（字訏士），無錫顧宸（字修遠），昆山徐乾學（字原一，號憺園），嘉興朱茂晭（字子容）、朱彝尊（字錫鬯，號竹垞），德清章金牧（字雲李）、章金范，杭州陸圻，蕭山毛奇齡（字大可），山陰駱復旦（字叔夜），會稽姜承烈（字武孫，號追庵）、徐允定（字克家，號更齋）等皆赴之，先生亦與之。越三日，歃血定盟而去。（馮其庸、葉君遠《吴梅村年譜》）

五月五日，同年李縉明約汎蒲於研露堂，日暮，復攜一妓過先生客舍，先生爲作詩二首。（《里音》）

吴元夫索詩，先生賦贈之。虚徹和尚出楊曰補畫竹索題，先生賦題之。小憩短簿祠，有詩。（《里音》）

七月二十八日，先生在蘇州，乘小艇由虎丘山後至鴨脚浜，訪道公精舍，有詩。（《里音》）

八月十日，宋德宜、宋德宏（字疇三，江南長洲人）攜尊虎丘山房，邀同先生、張培君、懷應聘、彭瓏、尤侗、宋實穎、吴愉（字敬生，江南長洲人）、汪琬（字苕文，江南長洲人）、黄日華（字堯旦，江南吴縣人）、繆彤（字歌起，江南長洲人）、顧埴（字徐赤，江南吴縣人）、汪寶文晚集，先生有詩紀之。（《里音》）

十五日，尤侗於滸墅關舟次爲先生《客裝》作序，讚其詩得老成之境。是日，蔣之綋（字赤臣，江南蘇州人，徐州籍）邀同先生、朱陵（字望子）、丁訒庵、魏學渠、曹爾坊等同集虎丘觴月，值雨，先生有詩紀之。

《客裝》;《里音》)

十七日,曹溶(字秋岳,一字潔躬,號倦圃,浙江秀水人)招同先生、齊維藩(字价人,江南桐城人)、張培君、葉襄(字聖野,江南長洲人)、申繹芳(字維思,一字霖臣,江南吳縣人)、沈碩庵、江石鳴、曹璣(字子玉,一字蘭皋,江南江陰人)晚集。(《里音》)

十八日,楊京燕、顧尼備招同先生、戴鎬(原名之仍,字雲葉,號俟庵,江南長洲人)、魏學渠泛舟於蘇州石湖,學渠有長詩紀之,先生亦同作。(《里音》)

先生同魏學渠於虎丘訪真娘墓,未得,學渠有詩,先生和之。(《里音》)

先生在蘇州喜晤余懷(字澹心,一字無懷,號曼翁、鬘持老人,福建莆田人,僑居江寧),有詩。葉襄贈《紅藥堂詩》,先生有詩報之。過徐杲若園亭,有詩。秋暮,先生有詩遣興。同年黄嚮先邀約小酌,先生至醉,嚮先有詩,先生依韻答之。稍後嚮先將赴福建,先生有詩送之。(《里音》)

十一月初六日,先生晚泊於蕭山縣東郭,有詩懷同年任淡生。(《里音》)

十一日,同年顧予咸(字松交,江南長洲人)招同先生、姚孫棐(字戊生,安徽桐城人)、唐九經(字豫公,直隸宛平籍,浙江會稽人)、潘同春(字皆生,浙江餘姚人)、繆慧遠(字子長,江南吳縣人)、宋實穎、顧大申、李德音、申繹芳、徐杲若、金玉節、曹溶遊紹興禹陵,觴詠流連,暢敘竟夕,即席分限二冬十四寒韻賦詩,先生有詩四首。(《里音》)

申紹芳(字維烈,號青門,江南吳縣人)將慶六十生辰,先生賦詩爲壽。(《里音》)

二十二日,祁鴻孫(字奕遠,浙江山陰人)招同先生、顧大申、宋實穎、許漢章、查蜚英(字巢阿,浙江海寧人)、范礽、劉世鯤(字北漁,浙江山陰人)過其梅市村居觀演家劇,徐緘(字伯調,浙江山陰人)、姜英甫、祁豸佳(字止祥,浙江山陰人)已先在座,即席分賦,限五微韻,先生有詩。(《里音》)

二十三日，祁班孫（字奕喜，浙江山陰人）招同先生等遊其寓園，分賦再用五微韻，先生有詩。約稍後，先生賦《柯山》詩。（《里音》）

先生過柯園，訪祁豸佳不值，有詩代柬。（《里音》）

三十日，同年范礽招同先生、許漢章、徐一鳴（字文孺，浙江嵊縣人）、沈羲輪、張之楙、胡沖之、吕五瑞晚集，先生有詩。（《里音》）

有詩二首詠史。（《里音》）

十二月二十九日，除夕，是日寒甚，先生有詩度歲。（《里音》）

清世祖順治八年（一六五一）辛卯　三十五歲

正月初一日，先生有詩賀歲。（《里音》）

七日，先生自東干舊居還南溪，舟行雪霽，喜而有詩。（《里音》）

八日，先生得章在兹（字素文，江南吴縣人）、錢中諧（字宫聲，江南吴縣人）、王髮（字其長）寄柬，賦詩報之。（《里音》）

自春至夏，先生里居有數詩：有詩贈陳稷（字簡庵，河南夏邑人）。朱龍普善形家者言，年六十，生一子，先生有詩賀之。舟行江上，有詩柬陳增新、周宸藻。同彭賓（字燕又，一字穆如，江南華亭人）、蔣玉立賦《楚州酒人歌》贈偕六（姓名未詳）。有詩送馬耀曾（字耿民，浙江平湖人）赴直隸應鄉試，並柬其兄馬紹曾（字覲揚）。賦擬謝混《遊覽》、陶潛《田居》詩各一首。戴撲百將遊粵東，有詩送之。（《里音》）

五月十五日，伯父曹燾（字允晦）卒，年七十七。（《族譜》卷四）

六月十四日，先生同彭賓、沈碩庵、錢繼振、錢繼章、孫棨（字曙東，嘉善人）、曹爾坊晚集客園，彭賓賦詩四首，先生次韻和之。（《里音》）

李應昇（字仲達，江南江陰人）將爲母慶八十壽辰，先生賦長詩爲賀。（《里音》）

九月二十五日，立冬，康范生爲先生《里音》作序。（《里音》）

秋冬間，余懷遊嘉善，與先生倡和。十月，余懷于鶴湖旅次爲先生《里音》作序。（《里音》）

冬，先生復北上入京，應明年會試。途中過河南蘭陽，嘗謁梁羽明。（《南溪文略》）

清世祖順治九年（一六五二）壬辰　三十六歲

正月初七日，丁耀亢招先生、魏學渠、陳增新、鄧漢儀等集於陸舫，分韻賦詩，耀亢有詩二首。（《陸舫詩草》卷四）

二月六日，壬辰科會試舉行，先生與之，中式。是科主考官弘文館大學士希福、國史館大學士額色黑、禮部尚書陳泰、弘文館學士劉清泰、秘書館學士胡統虞、弘文館學士成克鞏。本年會試分南、北、中卷，先生以浙江籍，當爲南卷，試題：《君子有大道必忠信以得之》、《子曰參乎吾道（章）》、《經正則庶民興》。（《清代職官年表》；《敬恕堂文集紀年》卷一；《國朝貢舉考略》卷一；商衍鎏《清代科舉考試述録及有關著作》）

三月十五日，順治帝策問壬辰科滿洲、漢軍、漢人貢士三百九十七人，先生與試。（《世祖章皇帝實録》卷六三）

二十八日，順治帝定壬辰科進士榜，狀元爲江南常州府無錫縣鄒忠倚（字于度）。是榜一甲三人，二甲七十七人，三甲三百一十七人。吴亮中與先生，並舉二甲第十四、十五名。同里張茁、張我樸、孫棨皆舉進士。錢棨舉會試，以磨勘試卷，復落爲舉人。（《世祖章皇帝實録》卷六三；《清朝進士題名録》；《光緒重修嘉善縣誌》卷一六；《武塘野史》）

釋褐日，先生與同科進士四百餘人同謁國子祭酒王崇簡。（《家集》卷二）

先生及第後，與同年周而淳（字黎同，一字若公，號古村，江南江寧人）等肄政御史臺。（《八家詩選》卷二）

七月，清廷以《順治九年七月二十二日上親出郊外遣諭定遠大將軍及諸將南征應制》五言排律八韻爲題，考校本科進士爲庶吉士。（《敬恕堂文集紀年》卷一）

二十三日，清廷選授進士白乃貞（字蕊淵，陝西清澗人）、方猶（字壯其，浙江遂安人）、程邑（字幼洪，一字翼蒼，江南上元籍，休寧人）、楊紹先（湖廣安陸人）、湯斌（字荆峴，河南睢州人）、郭棻（字芝仙，直隸清苑人）、俞鐸（字天木，江南泰州人）、熊儕鶴（字緱仙，江西豐城人）、王勰（字晉劉，江南吴江人）、崔之英（名一作之瑛，字修庵，直隸霸州人）、龔必第（福建晉江人）、盧高（湖廣興國人）、耿介（初名沖璧，字介石，號逸庵，河南登封人）、韓庭芑（字燕翼，山東青城人）、金鋐（字冶公，直隸宛平人）、余恂（字孺子，號岫雲，又號還庵，浙江龍游人）、吴弘安（字備三，號定辭，安徽桐城人）、史彪古（字焕章，江西鄱陽人）、張應桂（字玄林，山東膠州人）、王紀（山西沁水人）等二十人爲清書庶吉士；選授周季琬（字文夏，江南宜興人）並先生等二十人爲漢書庶吉士，餘十八位漢書庶吉士爲張瑞徵（字華平，山東萊陽人）、楊士烒（字琢庵，直隸通州人）、薛澐（福建侯官人）、趙曰冕（江西新建人）、楊永寧（字地一，號起齊，山西聞喜人）、王元曦（山東掖縣人）、錢開宗（又名安侯，字亢子，别號繩庵，浙江仁和人）、葉先登（福建長泰人）、吕祖望（字培祉，直隸滄洲人）、李昌祚（字文孫，一字來園，號過廬，湖廣漢陽人）、張溍（字上若，直隸磁州人）、周奕封（字茹公，江南宜興人）、陳彩（字美公，廣東南海人）、饒宇栻（字型萬，江西進賢人）、汪煉南（湖廣黄岡人）、陳子達（福建閩縣人）、李文煌（字包闇，江南潁州人）、侯于唐（字賡明，陝西三原人）。（《世祖章皇帝實録》卷六六；《詞林典故》卷八）

是科庶吉士館開，館師爲劉正宗、薛所藴（字子展，號行隖，河南孟縣人），先生嘗作《開館公請學士劉

館師教習啓》。(《家集》卷三)

翰林院館師劉正宗、薛所藴等恒傾心下之。定例,庶吉士仍親筆墨,月恒以試卷考校優劣,朔望有閣試,每旬有館課。先生每試輒列高等,諸翰林以爲不及。〔一三〕(《大清會典》卷八四;《今世説》卷三;《萬曆野獲編》卷一五)

先生爲庶吉士時,與王崇簡、王熙父子遊從頗密。(《家集》卷三)

先生既爲庶吉士,與李文煌居同室,文煌於先生父爲舉人同年,於先生爲進士同年,朝夕相倚,親厚無間。(《南溪文略》)

冬,某日大雪,先生於雪後入署,有詩,劉正宗和之。(劉正宗《逋齋詩》二集卷四)

清世祖順治十年(一六五三)癸巳　三十七歲

正月初一日,先生有詩紀之。(《槐憩集》)

初七日,順治帝親祀太廟,先生賦詩紀之。(《槐憩集》)

周文夏請假歸宜興,先生有詩送之。(《槐憩集》)

俞鐸以雙親年老乞假南歸,先生並同館李昌祚等皆有詩送之。(《槐憩集》;《八家詩選》卷二;《真山人後集》詩卷上)

十五日,夜,先生同友人吴穎(字見末,江南溧陽人)、楊兆魯(字泗生,一字青巖,江南武進人)、程邑小集,酒罷步月燈市,先生有詩紀之。(《槐憩集》)

十六日,同館錢開宗,招同先生並侯于唐、張應桂、吴弘安、余恂等晚集,月夜並訪燈市,丙夜方散,先生有詩紀之。(《槐憩集》)

程邑請假赴漢中,扶櫬歸葬江寧,先生有詩送之。(《槐憩集》)

三月三日，先生與同館錢開宗、侯于唐、余恂、金鋐、方猶等修禊於金魚池，方猶有詩，先生次韻和之。（《槐憇集》）

二十五日，早朝退後，先生同錢開宗、余恂、方猶同過慈仁寺看海棠花，先生有詩。（《槐憇集》）

友人馬耀曾、陳漢蜚南還，先生送之以詩，並柬過銘簠（字叔寅，浙江平湖人）、彭孫貽（字仲謀，浙江海鹽人）。（《槐憇集》）

五月四日，孫籀外放山西學政。行前，先生有詩送之。（《清代職官年表》；《槐憇集》）

二十五日，清廷命洪承疇經略湖廣、兩廣、雲貴，將行，先生有《送洪相國經略全楚兩粵滇黔》四首送之。（《世祖章皇帝實録》卷七五；《八家詩選》卷二；《槐憇集》）

先生賦有《夏日史館即事》二首、《朝退》；有詩柬同館史彪古、湯斌；某日，雨中入署，有詩柬鄒忠倚、張永祺（字爾成，順天大興人）。（《槐憇集》）

六月二十九日，同館沈荃（字繹堂，江南華亭人）、侯子睿（字蓮岳，陝西三原人）、周奕封、吴弘安同日得假，先生有詞賀並送之。（《槐憇集》）

先生有詩詠署中白燕堂；並有《擬古》。（《槐憇集》）

七月二日，李憬（字素心，江南華亭人）外放河南學政，諸舜發（字陶叟，江南青浦人）外放山西學政，郜焕元（字凌玉，直隸長垣人）外放湖廣學政。行前，先生各有詩送之。（《清代職官年表》；《槐憇集》）

七日，先生與同館李文煌、錢開宗、吕祖望、張永祺、金鋐、余恂、張瑞徵、王䰖、方猶等並集金魚池，先生有詩。（《槐憇集》）

吴亮中赴漢中理餉，唐德亮（字采臣，江南無錫人）赴寧夏籌餉，先生各有詩送之。（《八家詩選》卷二；《乾隆江南通誌》卷一六六）

王廣心（字伊人，號農山，江南華亭人）請假歸省，先生有詩送之。梁析木外放江西饒州知府，先生有詩送之。（《槐憩集》）

顧大申招同先生、熊僎鶴、饒宇栻、耿介、顧贇（字蒨來，江南吴縣人）晚集，先生有詩。（《槐憩集》）

唐賡堯（字載歌，浙江會稽人）外放南旺泉閘提督，先生有詩送之。（《槐憩集》）

申涵光（字鳧盟，直隸廣平人）寓居永慶寺，先生有《柬申鳧盟永慶僧舍》柬之，盛稱其詩。（《八家詩選》卷二；《槐憩集》）

八月十七日，先生招同門楊永寧、李昌祚、余恂、楊兆魯、李來泰（字仲章，號石臺，江西臨川人）、田緒宗（字仿文，一字文起，山東德州人）、杨梦鲤（字南叟，福建莆田人）小集寓舍，有詩。（《槐憩集》）

同館張溍請假歸，先生送之以詩。（《槐憩集》）

胡貞開（字循蜚，號瑟庵，浙江錢塘人）自湖南衡州推官任上，左遷爲河南商丘縣丞，過京師，先生有詩送之。（《八家詩選》卷二；《乾隆衡州府誌》卷二一；《槐憩集》）

韓詩（字聖秋，陝西三原人）過訪先生，先生有詩奉柬，並懷東蔭商（字雲雛，陝西華陰人）、劉汝霖（字潤生，江南懷寧人）。（《槐憩集》）

同館龔必第請假還泉州，先生賦詩送之。田緒宗赴任浙江麗水縣令，先生有詩送之。（《八家詩選》卷二；《民國麗水縣誌》卷七；《槐憩集》）

十月，先生賦《初冬旅懷》二首、《即事》。（《槐憩集》）

鍾鼎（字梅城，浙江石門人）將赴任陝西鄜州，先生有詩送之。（《槐憩集》）

先生是月有《玉堂寒夕呈同館諸子》、《寒日燕邸漫興》。（《槐憩集》）

清廷有詔求賢，直指杜果以先生父曹勳薦，旋有詔趣行。（《曹勳墓銘》）

十一月初二日，順治帝駕臨南郊，先生有詩紀之。（《八家詩選》卷二；《槐憩集》）

宋琬之官陝西鞏秦階分巡道，將離京，先生有詩二首送之。（《百名家詩選》卷一六；《槐憩集》；汪超宏《宋琬年譜》）

先生招同申涵光、紀映鍾（字伯紫，江南上元人）、魏元襲、孫子任、申涵煜（字觀仲，直隸廣平人）夜話，有詩。（《槐憩集》）

二十五日，先生偕李昌祚、余恂、李來泰過訪楊兆魯，晚集觀燈，先生即席限「燈」韻賦詩，李昌祚亦有詩。〔一四〕（《槐憩集》）

先生賦有《冬夜旅感》二首。同年顧大申外放江南蘆政提督，先生有詩送之。笪重光（字在辛，號江上外史，江南丹徒人）於酒間舉紀映鍾贈先生詩，先生賦詩謝之。先生遊遼后梳妝樓遺址，有詩。（《槐憩集》）

曹溶受詔赴京補官，秋杪至京。嗣後不久，先生嘗招之飲，並限韻贈詩一首，曹溶有詩三首紀之。（《槐憩集》；《静惕堂詩集》）

先生有詩懷李來泰。（《槐憩集》）

十二月八日，方猶招同余恂、金鉉、王緦午集，並抱子見客，先生即席賦詩贈之。（《槐憩集》）

二十二日，同館陳彩、崔之英、郭棻、韓庭芑、楊士烒過先生小飲，白乃貞未至，先生和郭棻韻，有詩紀之。（《槐憩集》）

三十日，除夕，先生於京邸用吴穎、韓詩韻賦詩感懷。（《槐憩集》）

是冬，先生購得丁耀亢京師舊居陸舫，費資三百緡。其時耀亢方鋪演先生與名妓宋娟事成《西湖扇》傳奇，得資並有詩紀之。陸舫在京師宣武門外南横街，地鄰聖安寺，先生自是常居之。〔一五〕（《南溪文略》；

《陸舫詩草》卷五；《北京宣南歷史地圖集》）

是年，先生在庶吉士館中，有《槐憩集》，詩作已見前編，其自爲小引謂：「《槐憩集》者，癸巳年肄業館中之作也。館中高槐夾立，天日蔽虧。每清晨羸馬入署，與同學兄弟盤礴其間。少選，聞呵殿聲由登瀛門入，則教習師儼然臨之，傳衆庶常齊集堂下，堂吏以典籤進於中，命兩人背誦所讀古文，拱揖而退；餘各號書標某日，亦拱揖而退，無異於塾師蒙童也。號畢，仍攜平日所丹黄之書，就槐陰而少憩焉。是時初入仕版，猶是書生呫嗶，鳳池而螢窗者也。所與之人，大約自同館外，非蘭譜即故交也。誌其地，則惟在浄緑濃陰之下，時聽鶯啼而蟬噪耳。凡寫懷贈友之什，是歲約得二百餘篇，今偶存其十之二三，皆於憩槐時成之者。落落古署，槐之閲人多矣，當置我於何等哉？西浙曹爾堪自識。」

清世祖順治十一年（一六五四）甲午　三十八歲

二月，先生父曹勳北上京師，别親交曰：「我就養，非就官也。」且賦詩名志：「誰爲買賦思司馬，翻笑烹蓴送季鷹。」弟曹爾埏侍父同行。田茂遇（字髴淵，江南青浦人）有詩二首送行。（《曹勳墓銘》；《紅鶴軒詩草》）

是春，吴偉業應徵至京。嗣後，先生與偉業受詔同注唐詩，書成稱旨，時被褒獎，中外驚傳其語。〔一六〕偉業亦嘗評先生詞，謂「有渭南之蕭散，無後村之粗豪，南宋當家之技」。（《吴梅村年譜》；《曹爾堪墓銘》；沈雄《古今詞話·詞評》卷下）

春，丁耀亢有詩自題《西湖扇》傳奇。（《椒丘詩》卷一）

曹溶招先生並李昌祚、王宛蘿、彦遠、照千等宴集，適吴偉業有《藏墨詩》，諸人分韻屬和。李昌祚有詩紀之。（李昌祚《真山人後集》詩卷下）

春夏間，丁耀亢過陸舫，有詩二首贈先生。（《椒丘詩》卷一）

四月，先生父曹勳抵潞河驛，以紆道徐行，大違部限，奉旨先十日報罷。勳意大愜，適先生迎養至，遂就養於先生京師邸舍。（《曹勳墓銘》）

同年李昌祚亦官翰林，聞先生父至，急趨謁見，並賦詩紀之。（李昌祚《真山人後集》詩卷下）

夏秋間，先生侍父在京。曹溶嘗招先生父勳、曹本榮（字木欣，號厚庵，湖北黄岡人）及先生小聚，酒罷，曹溶爲賦詩二首。（《静惕堂詩集》卷三二）

七月十五日，壬辰科庶吉士散館，先生列上卷。（談遷《北游録》）

秋初，先生父曹勳自京師歸鄉，時先生方受館選爲編修。丁耀亢有詩贈别曹勳，先是，曹勳攜詩訪耀亢，耀亢亦有詩。（《椒丘詩》卷一）

先生招丁耀亢、黄傳祖（字心甫，江南無錫人）、彭雲谷、沈世奕（字韓倬，江南吴縣人）、劉逸民夜集於陸舫，耀亢有詩紀之。（《椒丘詩》卷一）

九月初七日，先生二弟曹爾坊以病卒於里第。身後遺數歲孤兒鑑倫，先生手鞠撫育，教之成人。（《曹勳墓銘》；《曹爾堪墓銘》；《族譜》卷七）

甲午科鄉試後，先生招丁耀亢飲於陸舫，耀亢有詩。（《椒丘詩》卷一）

秋杪，先生父曹勳自先生京師第返鄉，抵里第。（《曹勳墓銘》）

約是年或明年，先生父曹勳於其曾祖曹銑（字子良，號景坡）所築小蘭亭舉詩社，與者凡十六人，除先生外，尚有曹谿（字谽仙，號空谷）、曹焞（字煙客）、曹炯（字澹兮）、曹詩、曹燕（字子翼）、曹爾垣、曹爾埏（字彦博，號博庵）、曹元曦（字御扶，號裴則）、曹爾埴、曹偉謨、曹埍（字贊可）、曹重（字十經）、曹埈（一作曹埈，字上衡）、曹侍（字子畏）。單恂（字質生，江南華亭人）睹其盛况，題壁有「四十一賢輸一姓，古今應數鄴中才」之句。一時唱酬，不減曹魏黄初、東晉永和之盛，後輯有《小蘭亭倡酬集》。（《干巷誌》卷三；《族譜》卷

四、五）[一七]

清世祖順治十二年（一六五五）乙未　　三十九歲

二月，清廷行乙未科會試，先生充詩二房分校官，所得門下士凡二十二人。嗣後，先生輯刻二十二人硃卷，並附副榜二人硃卷，爲序冠之。（《曹勳墓銘》；《南溪文略》；法式善《清秘述聞》卷一三）

春，梁羽明出京，先生與之别。（《南溪文略》）

春暮，蔣薰將出都，有詩留别先生，並追憶昔年詩酒唱酬之樂。（《留素堂詩删·廓吟》）

九月二十一日，清廷以庶吉士散館充内翰林各院編修、檢討，或分發各部任給事中、御史等職。先生與汪煉南、陳彩、金鋐等四人爲内翰林秘書院編修，楊紹先爲内翰林國史院編修，范承謨、張應桂等二人爲内翰林弘文院編修，丁思孔等五人爲内翰林秘書院檢討，張瑞徵等五人爲内翰林國史院檢討，陳子達等七人爲内翰林弘文院檢討，饒宇栻等五人爲給事中，楊士烒等四人爲御史。（《世祖章皇帝實録》卷八六）

冬，先生訪田茂遇，賞其詩，茂遇賦詩二首答謝。（《水西近詠》）

十二月二十四日，先生父曹勳卒，壽六十七。（《曹勳墓銘》）

李文煌哀詩古文成集，先生序之。（《南溪文略》）

冬，彭而述出京，有詩别先生。（《讀史亭詩文集·詩集》卷一一）

楊兆魯赴任江西學政，將行，先生有七律一首送之。（張照《石渠寶笈》卷三）

本年前後，吴懋謙（字六益，江南華亭人）、王澐（字勝時，江南華亭人）、柴紹炳（字虎臣，浙江仁和人）集於先生園亭，懋謙有詩紀之。（《苧庵二集》卷二）

清世祖順治十三年（一六五六）丙申　　四十歲

正月初四日，上諭内三院，欲廣集諸家所纂史籍，仿《資治通鑑》例，删繁考異，訂爲一編，名曰《通鑑全書》。特命巴哈納等四人爲總裁官，張長庚等八人爲副總裁官，岳蘇等二十一人爲纂修官，白希圖等十八人爲謄録官，朱臣等四人爲收掌官。先生得充纂修官。（《世祖章皇帝實録》卷九七）

二月，父訃至京，先生設苫受吊，輦下諸公多有哭祭者，胡世安且爲作《祭曹峨雪文》。（《秀巖集》卷三一）

先生丁外艱歸里。旋以其父行狀，請銘於姚思孝。思孝爲作《禮部右侍郎兼翰林院侍讀學士進階正治卿中奉大夫峨雪曹公暨配二品夫人徐氏合葬墓志銘》。（《曹勳墓銘》）

清世祖順治十四年（一六五七）丁酉　四十一歲

秋，於西湖逢朱一是，一是賦《湖上逢曹公爾堪》。（《爲可堂初集》卷一三）

是秋鄉試後，沈九如（字宣子，錢塘人）、虞汝翼（字異羽，仁和人）、郎星（字友月，仁和人）、葉大緯（字緯如，錢塘人）大會浙西杭州、嘉興、湖州三府士子於杭州西湖，爲三郡茹吉合集。先生當亦與此會。嗣後，是會所得詩文詞成集，懷應聘序之。（《冰齋文集》卷一）

十二月初四日，先生與諸弟扶父之柩，與母徐氏合葬於松江府華亭縣一保重字圩之新阡。（姚思孝《曹勳墓銘》）

是年，吴亮中卒於京邸。（《柳洲詞選》）

清世祖順治十五年（一六五八）戊戌　四十二歲

四月二十五日，順治帝諭告處理丁酉順天科場案細節。郁之章因牽連入此案，被判流徙尚陽堡。（《世祖章皇帝實録》卷一一六）

六月初二日，先生同諸友集孫籀園亭，聽諸女郎度曲，有《洞仙歌》紀事。（《南溪詞》）

初六日，先生與友人孫籀晚集於藻玉軒，時有芮較書度曲，先生爲賦《隔浦蓮》紀之。（《南溪詞》）

八月十五日，中秋，先生時客居揚州，嘗次歐陽修韻作《木蘭花令》。（《南溪詞》）

十月，嘉善陳增新、李炳（字燭崑）、李煒（字赤茂）、魏允枚、毛蕃（字稺賓）、蔣璪（字禹書，原名玉章）、魏允枏（字交讓）及先生長子鑑平等謀刊刻嘉善詩集，「商榷周祥，始得成書」，至明年三月，是書編成。（《柳洲詩集·凡例》）

《柳洲詞選》約刊行於本年。〔一八〕

先生外艱服闋入都補官。

清世祖順治十六年（一六五九）己亥　四十三歲

正月初一日，先生賦詩二首志感，時先生已在京邸。（《曹學士近詩》）

先生賦《寒夜啖鮮葡萄頻婆諸果》。（《曹學士近詩》）

十一日，韓詩以紗燈二贈先生，先生於陸舫獨酌，有詩答之，並慰其病臂。（《曹學士近詩》）

十二日，立春，先生賦詩紀之。略稍後，先生並有《江南曲》、《長安燈市》諸詩。（《曹學士近詩》）

同館陳彩赴任湖廣布政副使，先生有詩送之。（《曹學士近詩》）

十五日夜，先生約同韓詩、紀映鍾、張宸（字青琱，江南華亭人）夜飲於陸舫，有詩紀之。（《曹學士近詩》）

十六日，楊雍建約同人夜集其宅，先生有詩賦贈。（《曹學士近詩》）

翰林同館陳念蓼分守武昌，先生賦詩送之；郁之章赴尚陽堡戍所，先生賦《河梁行》送之；同館薛澐（字弱園，福建福清人）赴任廣西布政副使，先生有詩送之。（《曹學士近詩》；《八家詩選》卷二）

二月十五日，花朝，先生有《花朝漫興二首》志景寫懷。韓詩有《花朝社集》詩二首，先生和之。（《八家詩選》卷二）

二十二日夜，先生同沈荃、王紀（號泊園，山西沁水人）、張溍集翰林學士范承謨（字覲公，漢軍鑲黄旗人）宅中賞雪，先生有詩紀之。（《曹學士近詩》）

雪中，先生同諸同鄉集何元英（字蕤音，浙江秀水人）客邸，先生有詩；李昌祚赴任河南懷慶參議，先生有詩送之。江西龍虎山張真人入覲還山，先生有詩送之。（《曹學士近詩》）

三月，季開生（字天中，號冠月，江南泰興人）卒於遼東尚陽堡戍所，先生聞之，有詩弔之。先是，順治十二年秋，開生以諫阻選秀女而謫戍。（《吴詩集覽》卷一三下；《曹學士近詩》）

門生薛奮生（字大武，號衛公，河南孟州人）赴淮安管倉，先生有詩送之；紀映鍾赴福建入巡撫徐永禎（漢軍正紅旗人）幕府，先生有詩送之；胡世安亦有詩送紀映鍾入閩，先生於席上和其韻復作詩；趙而忭（字友沂，湖廣長沙人）將還長沙，出張風所繪畫册索題，先生有詩送之。（《曹學士近詩》；《八家詩選》卷二）

是月，陳增新等輯《柳洲詩集》成，魏學渠序之。（《柳洲詩集》）

曹良野將遊山西，先生送之以詩；初夏，先生遊右安門外諸勝，於葑臺見居人多賣花爲業，有詩二首；過草橋邊中頂寺，賦詩二首；過祖家莊，復賦詩二首。馬之腆（字元敏，直隸東光人）赴任陝西學政，先生賦詩送之。（《曹學士近詩》）

五月初五日，先生賦《己亥長安午日》。（《曹學士近詩》）

初十日，先生補翰林院編修原官。（《世祖章皇帝實録》卷一二六）

夏，先生有《夏日陸舫即事》四首。孫籀赴福建督糧，先生有詩送之。（《曹學士近詩》）

七月十八日，先生升任翰林院侍讀。（《世祖章皇帝實録》卷一二七）

先生有詩爲梁清遠（字葵石，直隸正定人）題《泠然堂圖》；郁之章自遼東寄書來，先生答詩三章；陳祺芳（字子壽，江南常熟人）將還常熟，先赴河南幕府，先生有《拂水行》送之；先生有《秋日旅懷》二首紀事；許宗渾（字箕山，號岱雲，浙江嘉興人）赴任江南松江府推官，先生送之以詩；程封（字伯建，湖廣江夏人）寓居蛾眉庵，經冬歷春，有詩來寄，先生和詩二章。（《曹學士近詩》；《八家詩選》卷二）

八月初八日，裴希度（字晉卿，山西陽曲人）招飲，先生有詩紀之，時朱國壽（字生生，直隸宛平籍，江南丹陽人）、楊璥（字執玉，直隸宛平人）、張申（字永叔，直隸鉅鹿人）、趙瑾（字懿侯，山西太原人）在座。許作梅（字傅巖，河南新鄉人）請假歸鄉省覲，先生有詩送之。王澤弘（字涓來，號昊廬，湖廣黄岡人）過先生陸舫，有詩，先生依韻答之。（《曹學士近詩》）

十五日，中秋，先生在京邸，有《木蘭花令》憶及去年中秋揚州之遊。（《南溪詞》）

十七日，先生宿南苑海慧寺禪房，同翰林前輩黄機（字次辰，浙江錢塘人）、張士甄（字繡紫，直隸通州人）賦詩二首；次晨趨南苑待漏，順治帝招九卿、翰林、科道至南苑觀兵，先生與之，有長律十二韻紀之。（《曹學士近詩》）

余允光（字論山，江西奉新人）、蔣杲（字昇公，號瞿舫，湖北黄梅人）會試報罷，先生有詩慰之。曹石閭下第南歸，先生有詩送之。（《曹學士近詩》）

九月初九日，重陽節，先生與王士禛（字貽上，號阮亭、漁洋山人，改名士禎、士正，山東新城人）、魏學渠、彭孫遹（字駿孫，號羨門，浙江海鹽人）、于覺世（字子先，號赤山，山東新城人）等於京師黑窯廠登高賦詩，以「重陽登高」爲韻。先生有詩四首，王士禛、彭孫遹亦各有詩多首。（《曹學士近詩》；《八家詩選》卷二；《阮亭詩選》卷九；《松桂堂全集》卷六；蔣寅《王漁洋事跡征略》）

先生小憩華嚴庵，有詩懷南還諸子；並賦《秋懷》四首。（《曹學士近詩》）

十六日，先生升任翰林院侍講學士。先生在翰林，兩遇院試，皆冠儕輩。順治帝每優詔顧問，先生時被褒獎。故事，翰林官皆積歲待遷，先生一歲三遷，殊遇也。先生感帝知遇之恩，益勤厥職。（《世祖章皇帝實録》卷一二八；《曹爾堪墓銘》）

先生小憩於華嚴庵，有懷南還友人，賦《華嚴庵小憩有懷南還諸子》。另有《秋懷四首》志感。表弟顧耿臣（字翊文，嘉善人）赴任陝西鄜州知州，先生有詩送之；程封、張汝士將赴雲南任通判，先生有《南征篇》送之。（《八家詩選》卷二）

秋暮，先生有《木蘭花令・秋暮旅懷》詞，再次本年中秋韻。（《南溪詞》）

先生遊金魚池賦詞，並作詞寄徐崧（字松之），凡兩用本年中秋韻作《木蘭花令》。（《南溪詞》）

朱紹鳳（號蒿庵，江南上海人）謫爲福建建寧司獄，先生有詩送之。沈燕（字止岳，號香山，嘉善人）自廣東肇慶至都，先生有詩贈之。袁懋功（字九敘，直隸香河人）外放雲南巡撫，行前，先生賦詩贈行。張純熙（字晦先，直隸正定人）赴任龍安僉事，先生有詩送之。（《曹學士近詩》；《八家詩選》卷二）

十二月二十九日，先生陪祀祫祭，有詩二首紀之。（《曹學士近詩》）

三十日，除夕，先生有詩志感。（《曹學士近詩》）

清世祖順治十七年（一六六〇）庚子　四十四歲

六月初二日，上諭翰林院分班直宿景運門内直房，以備顧問。（《世祖章皇帝實録》卷一三六）

初九日，翰林院掌院學士折庫訥、王熙上疏，遵上諭分翰林官爲三班：先生與侍讀學士左敬祖、侍讀熊伯龍、侍講綦汝楫、編修富鴻業、張貞生、檢討莊朝生、崔蔚林等八員爲一班；侍讀學士曹本榮、侍講學士楊永寧、侍讀田逢吉、侍講田種玉、編修馬晉允、檢討范廷魁、鄒度珙、熊賜履等八員爲一班；侍讀學士張士甄、侍講學士劉芳躅、侍讀馮源濟、侍講黨以讓、編修蕭惟豫、檢討宋之繩、譚篆、熊賜璵等八員爲一班。三班依次直宿，周而復始。掌院學士折庫訥、王熙等二員亦分班直宿。（《世祖章皇帝實録》卷一

三六）

魏學渠赴官成都推官，王士禄等有詩送之。（《十笏草堂詩選》卷七）

九月初九日，重陽節，先生與王士禄、董文驥（字玉虬，江南武進人）、張應桂等於京師黑窰廠登高賦詩，詩中曾憶及王士禛，其時士禛方任揚州府推官。康熙五年十月，先生於揚州憶及本年此會及去年重陽之會，嘗曰："僕居京華者數年，唯與瑯琊兄弟兩度登高賦詩，爲生平快事。"是會，諸人多賦詩，王士禄亦有詩二首。（《廣陵倡和詞》；《十笏草堂詩選》卷七）

鄢翼明（字任公，號廷輔，漢軍正白旗人）簡放湖廣辰州知府，先生有詩送之。（《八家詩選》卷二；《乾隆辰州府誌》卷二一）

冬，董含（字閬石，江南華亭人）、董俞（字蒼水）兄弟入京赴明春會試，歡晤先生於邸舍，不減故鄉之樂。（董俞《玉鳧詞》）

約本年，先生有《陸舫秋曉》三首自題居所，並有《點绛唇・陸舫春思》。本年，王士禄（字子底，號西樵，山東新城人）過訪，有詩二首題之。約本年前後，施閏章（字尚白，號愚山，江南宣城人）亦曾過此，各有詩。（《八家詩選》卷二；《十笏草堂詩選》卷七；《學餘堂集》詩集卷二五；《百名家詩鈔》卷七九；《南溪詞》）

清世祖順治十八年（一六六一）辛丑　四十五歲

正月初七日，順治帝崩。初九日，康熙帝即位，依例覃恩追贈先生祖、父官。先生以侍從説詩，數受順治帝恩眷。攀髯未及，餘痛常結胸臆。每聽猿嘯鵑啼，便欲愴然霣涕。（《曹爾堪墓銘》；《今世説》卷六）

約此時或稍後不久，先生感順治帝知遇之恩，有《滿江紅》詠之。（《倚聲初集》）

四月初七日，江寧巡撫朱國治題報奏銷順治十七年分江寧撫屬完欠錢糧總額，並參奏順治十七年分

松江、蘇州、常州、鎮江四府及江寧府溧陽縣未完錢糧文武紳衿共計一萬三千五百一十七名。震動朝野之「奏銷案」由是起。〔一九〕

五月五日，先生有京邸感懷《鷓鴣天》詞，慨懷世祖知遇之恩，並抒攀髯無及之痛。（《南溪詞》）

五月中，清廷據朱國治奏銷疏，並參照此前歷年所定之奏銷處分則例，各定處分。先生亦掛名彈章，因係現任官，本當降二級留用。適以族子之逋賦所累，遂奪級罷官而南歸。〔二〇〕（《曹爾堪墓銘》）

先生罷官，有詩柬同年吳雯清（字方漣，號魚山，浙江仁和人）。（《八家詩選》卷二）

秋，先生南歸，至山東德州，遇程可則（字周量，廣東南海人），有詩二首贈之。（《八家詩選》卷二）

雨夜舟宿揚州，有詩柬胡文學（字道南，浙江鄞縣人）、王士禛。（《八家詩選》卷二）

於瓜步渡江，有詩吊友人王光魯（字漢恭，江南江都人）、饒幼遴。（《八家詩選》卷二）

同汪琬登無錫惠山，先生有詩紀之，時琬亦罹奏銷案南歸。（《八家詩選》卷二）

先生至蘇州，時翰林同館程邑謫爲蘇州府學教授，先生即客其署中，有詩紀事，並懷俞鐸、吳宏安。（《八家詩選》卷二；《同治蘇州府誌》卷七三）

有詩別梅磊（字杓司，江南宣城人），並寄施閏章。（《八家詩選》卷二）

冬，抵家。某夜同徐致遠、董黃（字得仲，一字律始，江南青浦人）、張彦之（字洮侯，江南華亭人）、田茂遇、杜登春（字九高，江南青浦人）同集張又李宅，先生步田茂遇韻作詩。（《八家詩選》卷二）

〔一〕據曹鑑咸《干溪曹氏族譜》（乾隆三十年刻本，爲省文，後徑稱「《族譜》」）卷一，族繁不及備載，僅列曹爾堪直系世譜並其弟，餘從略。

〔二〕即《翰林院侍講學士曹公顧庵墓志銘》，載施閏章《學餘堂集·文集》卷一九。爲省文，以下徑用簡稱。

〔三〕《全清詞・順康卷》據《衆香詞》録蔡翥詞四首，小傳且謂：「字雛文，江蘇吴縣人。曹爾堪側室。善畫蘭竹，能詩詞。有《寶硯齋詞》。」（中華書局二〇〇〇版，第一三六六頁）案蔡詞載《衆香詞・射集》（徐樹敏、錢岳輯，康熙二十九年錦樹堂刻本），小傳且稱其爲「江都詞伯卓爾堪妾」，《全清詞・順康卷》所記當屬偶誤。又，世傳丁耀亢《西湖扇》傳奇乃演繹曹爾堪與西湖名妓宋娟娟、宋湘仙悲歡離合故事，然其事詩飾，衆言分歧，恐不足據，詳參劉洪强《丁耀亢〈西湖扇〉中宋娟真僞考》，《中國典籍與文化》二〇一四年一期，第五一—五六頁。劉文論述綦詳，兹不贅述，特補一旁證：《干溪曹氏族譜》每於傳下詳載妻並妾，曹爾堪條下僅録妻吴氏，未載妾。

〔四〕載曹勳《曹宗伯全集》卷一〇，順治間刻本。

〔五〕即《亡妻徐氏孺人墓志銘》，載曹勳《曹宗伯全集》卷一一。爲省文，以下徑用簡稱。

〔六〕即姚思孝《禮部右侍郎兼翰林院侍讀學士進階正治卿中奉大夫峨雪曹公暨配二品夫人徐氏合葬墓志銘》，曹勳《曹宗伯全集》附。爲省文，以下徑用簡稱。

〔七〕本譜所引明、清、近、今著述，爲避冗文，除極稀見者及必要者外，一般不注作者、版本、頁碼等信息。

〔八〕魏學渠《青城詞・自序》：「予十四五歲時，從先大夫於曹氏塾，與顧庵兄弟同學。舉業之暇，先大夫教之爲詩，間讀《花間》、《草堂》諸體。」魏學渠生年原未詳，陸勇强據田同之《魏洲來詩序》（《田間文集》卷一四）考訂之當生於萬曆四十五年，與先生同庚，詳見陸勇强《讀〈全清詞・順康卷〉獻疑》，《學術研究》二〇〇四年六期，第一三二頁。

〔九〕《未有居詞箋》五卷，明崇禎刻本，署「嘉善曹堪子顧著」，《全明詞》（中華書局二〇〇四版）據以録詞。曹堪即曹爾堪，詳參張仲謀《明詞别集敘録》，《閲江學刊》二〇一四年三期，第一〇一頁。

〔一〇〕曹葆宸、曹炳章輯《干溪曹氏家集》二十四卷，民國二十六年（一九三七）北平鉛印本。以下簡稱「《家集》」。

〔一一〕據《光緒重修嘉善縣誌》卷一四，李陳玉於崇禎七年任嘉善縣令，崇禎十四年卸任。又該書卷一五李陳玉傳：「柳洲八子，名動燕吴，皆其所賞鑒焉。」八子聚會，集中在崇禎十一年、十二年，故係此序於此。

〔一二〕先生此番赴南京，疑爲赴南都鄉試。案據《武塘野史》（康熙間鈔本），先生於崇禎十七年蒙弘光帝登極恩例拔爲選貢，其時已爲副舉人。惟方志、《族譜》皆未載其爲副舉人事，暫係於此，待考。同門郭文儀君於國家圖書館代爲鈔輯《武塘野史》資料，謹此致謝。

〔一三〕本科庶吉士所與之館課、閣試尚有存者，與先生同科之耿介《敬恕堂文集紀年》卷一載之，臚次於後：《遣官賑貸天下水旱饑民詔》（閣試）、《擬上於孟秋躬祀太廟以功臣配享應制》（閣試，七律）、《聖駕臨雍應制》（閣試，七律）、《擬恭進太宗文皇帝實録表》（館試）、《西山霽雪》（館試，七律）、《擬以房玄齡杜如晦爲僕射以魏徵守秘書監參預朝政制》（閣試）、《擬漢文帝親耕藉田詔》（閣試）、《賦得龍池柳色雨中深》(閣試，七律，以上順治九年)、《甘泉房中芝産九莖頌並序》(閣試)、《賦得東風已緑瀛洲草》(閣試，七律)、《賦得夏雲多奇峰》(館試，七絶)、《春日言懷》(館試，七律)、《士君子立身行己法度論》(館試)、《二月八日扈從聖駕慶賀皇太后萬壽有述》(館試，以上順治十年)《重建翰林院先師祠》(館試，五律)、《重陽雨》(館試，七絶)、《圜丘陪祀》(館試，五言八韻)、《晏朝鮮貢使于禮部》(館試，七律)、《讀二十一史論斷》(館試)、《賦得山河念禹功》(館試，五律)、《治河通漕議》(館試)、《詠史》(館試，五言十韻)、《金臺懷古賦》(館試)、《初雪》(館試，五言六韻)、《重建翰林院先師祠記》(館試)、《雀鷹》(五律)、《歷代備荒良法考》(閣試，以上順治十一年)。

〔一四〕李昌祚《真山人後集》詩卷上亦載此次唱和之詩，惟記作時在本年十二月初一日。

〔一五〕陸舫康熙中歸先生姪曹鑑倫，曹偉謨嘗過之，賦《下榻蓼懷齋即顧庵兄之陸舫》(詩載《南陔詩稿》)。

〔一六〕先生與吴偉業所註唐詩爲何？諸書未載。考偉業以順治十一年春入京，順治十三年十月乞假南歸，迄後即未北返。則先生同偉業註唐詩之舉，當在順治十一年至十三年之間，因係於此。

〔一七〕曹勳曾於萬曆四十一年與其兄曹燕舉蘭亭社，詳見其《蘭亭社記》(載《曹宗伯全集》卷九)，然此社集當非小蘭亭詩社。考《正治卿中奉大夫禮部右侍郎兼翰林院侍讀學士峨雪公神道碑》：「新朝兵渡江，公得超然自全。退而與耕夫野老遯跡村煙社樹間。閒糾其群從結小蘭亭會，一觴一詠，上下千秋。孤雲逸鶴，見者不復知爲貴客矣。」(《族譜》卷七)是則小蘭亭詩社之舉當在鼎革後。又考曹堉生於崇禎十七年十二月二十二日，曹恃生於崇禎十七年正月二十七日，順治初二人皆幼；且與者十六人，而曹爾坊未及與，可知已卒，又曹勳卒於明年，則小蘭亭詩社之舉，至早在今年，至遲在明年，故暫係於此。又，《干巷誌》卷四載曹勳七律《抵家六日群從嗣舉芝秀堂小蘭亭集》。

〔一八〕李康化《明清之際江南詞學思想研究》，巴蜀書社二〇〇一版，第一五三頁。

〔一九〕有關該案的最新研究成果，可參拙作《論順治十七年分江寧撫屬奏銷案》，《中華文史論叢》二〇一九年一期，第七一—一一八頁。

〔二〇〕徐乃昌《晚晴簃詩滙》(民國間退耕堂刻本)卷二六：「顧庵聰察開朗，有經世之志，景陵深賞之，許爲學問最優。坐是見嫉，中蜚語罷歸。」

(作者單位：蘇州大學文學院)

張履恒《詞律補案綴言》

王　静　趙友永　校録

張履恒，字月如，江蘇吴縣（今屬蘇州）人，著有《詞律補案》、《草木總考》[一]。後書今未見，前書著録於潘景鄭《著硯樓書跋》中。據著録可知，其人爲同、光間吴地宿儒，「潛修學行，蟄居閭閻，家素封，因得優遊圖史，露鈔雪纂，垂老不倦，尤致力倚聲之學，此書殆其平生精邃遺著」[二]。其生平大略如此。

嘉道以來，吴中詞派精研詞律，有徐本立、戈載、杜文瀾等校補《詞律》，著作如林，風聞海内，然亦有湮而不彰者，張履恒《詞律補案》即是其一。潘景鄭先生雅好詞律，有意繼踵鄉賢事業，故每留心收集前人《詞律》批校本。逡巡歲月，所獲頗豐，然「各家校註，多中肯綮，惜皆一鱗半爪，未綜全業」[三]，後無意間訪得同邑張履恒《詞律補案》稿本二十卷，甚爲珍視，以爲「其爲紅友之諍臣，差當無愧」[四]。

今《詞律補案》稿本二種皆收藏於上海圖書館，一爲初稿本，一爲再稿本。初稿本十册二十卷，半頁十二行，行二十一字，中縫書詞調名、頁碼；再稿本十一册二十卷，較初稿本多出一册，除原《詞律序》、《發凡》、《目次》外，更添張氏所作《詞律補案自敍》、《綴言》兩篇，且字跡更爲清晰，正文二十卷所用紙箋爲張氏自製，四周單邊緑絲欄，半頁七行，行二十一字，中縫上有「詞律補案」緑色字樣，中書卷數、詞調名、頁碼，且四角分别印有「月」、「皎」、「波」、「清」、「河」、「澄」、「雪」、「曉」字樣。

張氏之補註《詞律》，迥異時人，非止於校補。是書之所以稱爲「補案」，乃是依《詞律》原本重寫，每調下補註按語。其《綴言》云：「惟註語太繁重者，或本詞脱、誤、衍，文已更正而註語不合者，量加删節。又註語有錯誤，或註意未盡，別有引伸者，則加『𫎇案』以別之。」萬氏《詞律》偶有文字錯訛之處，張氏更加校勘，「悉心擇其可據之本，始敢量爲更改，亦多註明，其有不盡註者」。張氏憑一己之力補註《詞律》，非止「補案」而已，不僅校勘、斠律之處創獲良多，其於詞調析分、備補調體、論韻、論宫調之處亦有心得。概而論之，大略有四：其一，於詞體析分更見精審。因「衍文」、「多字」，小有異處誤而歧出者删併，曲牌相混、寓名相渾各歸其所，長調、短調之體分離，名與實乖者改正，大同小異者類列一處，或改入註中。其二，補調補體，嚴辨詩詞曲之分界。詩詞曲相沿相承，「既爲詞譜，宜有經界限制」。故類詩之詞調悉數删削，未收録者概不補入。其餘徘體俚俗，異體殘缺，僞體贋作，皆不予收録，「不能奉爲格律」。至於極熟之調，固有各家共用之格律，其造句選韻，但當恪守各家成法即可。其三，詞韻乃是界於詩曲韻之間，宜摒棄方音、古音押韻之説。張氏以爲，詞則大半本於詩韻，而多可通用，古今音已不同，今人考訂宋詞格律，每藉「古韻」、「方音」説張本，甚或以爲「失叶」、「借叶」，故張氏以爲「此等皆不可爲訓」，「竟視爲通用韻即可」。其四，音律不明已久，宜捨宫調而徑研四聲陰陽。音律之理，久而不明，無從深考，即各家有註宫調者，亦概不載入。音律雖不可明，「然名家各詞，平仄四聲，典型具在，崖略尚可揣而得之」。四聲之外，並須究其清濁、陰陽，恪守名家繩尺。

張氏邃於詞律，學有根柢，尤其再稿本《綴言》一篇，持論新穎精審，「尤多精切之語」[五]。述其要者，乃有二端：其一，論上聲代平之理。萬樹《詞律》每重視上去結合，尤强調去聲爲獨異，此則特揭櫫上聲迥異處。「製曲之時，「四聲惟上聲一音最别」，歌唱則較他音獨低，賓白又較他音獨高；填詞之時，一句之中若連用數仄數平字，須以上聲字間之，則似可以代平，拗而不覺其拗。其二，辨正戈載《詞林正韻》之誤。張氏痛斥戈氏韻書，列舉其「不可信者」三處，一言蔽之，「罪過在於藉宋人之名，擅併不類之韻，妄爲併析，補非類之字，杜撰反切，蔑古妄作，是則謬之甚者」。凡此之論，「自非寢饋有素，難道隻字」[六]，皆可爲今人研究詞律者參考之用。

前人論著提及此書者，推許備至，而不及整理其遺著，考辨其學説，誠爲憾事。此書既有助於精研詞律，而精要之論，盡在《綴言》一篇，故特爲董理刊佈，以公諸同好。

是編《凡例》悉照原書，在右者曰「韻」、「叶」、「句」、「豆」；在左者曰「可平」、「可仄」、「作平，某聲」；其更韻萬氏皆曰「换某」，今同部者定曰「某通叶」，不同部者仍曰「换某叶」。惟註語太繁重者，或本詞脱、誤、衍，文已更正而註語不合者，量加删節。又註語有錯誤，或註意未盡，别有引伸者，則加「犖案」以别之。校閲各本，或字句互異，或多字少字，皆悉心擇其可據之本，始敢量爲更改，亦多註明。其有不盡註者，自來刻書，勘校偶疏，輒有無心之誤，故可略者略之，不欲瑣瑣也。其補入之詞，則加補註字以清界限。惟原敘原註，紅友每自鳴得意之處，連行密圈。著書自行圈點，本無此體裁，然亦恐人誤分句、豆，錯會註意，故悉改爲單圈。其有體與本詞稍異，而不列又一體，但詳於註中者，則别加雙圈於句下，以醒眉目。

詞之訛誤，易於詩賦；詞之校勘，難於詩賦。蓋賦有四六可尋，詩以五言七言分句，且皆用官韻，不難一望而知。詞則韻有通借，句有參差，即作者照譜對填，或則添註塗改，未經刊盡，或則語句平仄，稍可挪移，一率略即不免同于别風淮雨。且多有句、豆雖分，文氣相貫者，多字少字，付通人閲之，亦一時難悟。即如《角招》第二句，虚齋作「苔枝上、剪成萬點冰蕚」九字，而此調創於白石，實作「何堪更繞西湖，盡是垂柳」十字，并有旁譜，虚齋亦自註用白石《角招》賦梅，何以竟少一字？及細究旁譜，則第一行亦少一譜字，押韻處悉係「[illegible]」字，而次句「[illegible]」字適在「垂」字之旁，是必「西」字誤衍也。無「西」字，則平仄、句豆悉合矣。又蜕岩以《丹鳳吟》賦幺鳳，實即孤鸞之寓名，前結作「月下人歸，淒涼夢醒，悵别多歡少」，十三字，而别家皆上六、下五，十一字。細究其故，則此詞通首賦鳳，不應雜入「人歸」二字，必衍文也。此等必係傳鈔之誤，且字句通順，幾於無瑕可摘。近見時流賦此兩调，以爲照名家而填，必無差誤，不知仍有差誤者，皆失於考訂也。又白石第八句「渺」字，即與上「瘦」、「柳」通叶，而學者竟以爲此句可不叶，亦誤。大抵詞體縱有異同，細詳其文義、語氣，自可得其要領。棠于補體，特加詳慎，不敢以濫爲羅列者，妄矜淹博。至若王嵎《夜行船》後四句，本作「小窗人静」四字；碧山《掃花遊》後八句，原作「極目長亭路杳」六字，又《醉蓬萊》後九句，原作「更一聲秋雁」五字；竹屋《玲瓏四犯》前七句，原作「漫問着小桃無語」七字，與萬氏所收，毫無異同。徐氏乃獨據誤衍、誤脱之本，以爲異體，搪塞卷帙，豈不可笑？蓋各書刊非一人，校非一手，鮮有不誤者，特多少之間耳。倘粗心讀過，則以《滴滴金》爲《燕歸梁》，以《漁父家風》爲《阮郎歸》，以《踏莎行》爲《鵲橋仙》，以《甘州》爲《水調歌頭》，亦將不問是否，俱列入補體耶？至於無心之誤，如原書中「鶯」作「營」，「洛」作「路」，「霖」作「零」，「雲」作「雪」之類，此等不過校對之偶疏，故多爲隨手改正，有不别加案語者，亦不欲以此矜明察也。

原詞有删去者，有改正者，有移併及附註者：《東坡引》本兩體，因佚句而分四體；《霓裳中序第一》止一體，因衍文而分三體；《夏初臨》本一體，因多字而分兩體。此等可删去者也。《青杏兒》，萬氏嫌與曲牌相混，標爲《促〔七〕拍醜奴兒》，實與《醜奴兒》不涉。《烏夜啼》，萬氏嫌與《相見懽》寓名相渾，標爲《錦堂春》，又不便以宋人之寓名加諸創始之人，轉使李後主詞無所附。《番搶子》亦名《春草碧》，與万俟《春草碧》不涉，今各歸主名；而《錦堂春》慢詞，《春草碧》正調，則依字數另編。又子野《感皇恩》即《小重山》，山谷《留春令》即《怨王孫》，謂爲又體，名與實乖，此等當改正者也。至若《朝天子》之與《天門謠》，《伊川令》之與《一落索》，《青門引》之與《梁州令》，《桂華明》之與《四犯令》，《越江吟》之與《瑶池燕》，《謝池春》之與《風中柳》，《轆轤金井》之與《四犯剪梅花》，《八寶妝》之與《八犯玉交枝》，亦多大同小異。照萬氏例，類列一處，或改入註中，以便查考。所補諸詞，有似此者，或收爲合調，或歸併註中，皆用此例。雅不欲驟見一名，輒立一調，紛紜繁複，徒亂人意，此等則移併及附註者也。至若《拾遺》，謂《荆州亭》即《清平樂》，《月中行》即《月宫春》，《玉闌干》即《遍地花》，《月下笛》即《瑣窗寒》，細查各調中，用韻、平仄，確有不同處，並非一調。徐氏但拾人牙慧，未經參考，爲此讕語耳。

又有可删未删，可補未補者。詞承於詩，沿而爲曲，既爲詞譜，宜有經界限制。編中五言如《羅嗊曲》、《踏歌》等，六言如《塞姑》、《回波》、《舞馬》、《三臺》等，七言如《楊柳枝》、《阿那曲》、《欸乃曲》、《清平調》等，雜言如《閑中好》、《梧桐影》、《一點春》、《章臺柳》等，皆詩也。《竹枝詞》，作者極多，亦皆入詩集，即《樓心月》、《謫仙怨》，本可不補，姑照舊例，綴入卷中。苕溪漁隱有云「七言八句，與七言四句，見諸歌曲，今止《小秦王》、《瑞鷓鴣》耳。《瑞鷓鴣》猶依字易歌，《小秦王》必雜以虚聲，乃可歌也」云云。審是則以上各調，原不應援以入詞，況唐人集中如薛逢《河滿子》、李義山《楊柳枝》、無名氏《醉公子》、張繼仄韻《長相思》、令狐楚平韻《長相思》、張祜《穆護砂》、聶夷中《烏夜啼》、無名氏《長命西河女》，皆係五絶，李後主亦有《三臺令》五絶。又如岑參《六州歌頭》、王維《伊州歌》、王之渙《梁州歌》、符載《甘州歌》、張祜《氐州第一》、劉禹錫《江南春》、陳羽《步虚詞》、李夢符《漁歌子》、滕潛《鳳歸雲》、江采蘋《一斛珠》、杜秋娘《金縷曲》，皆係七絶，即《離别難》、《水調歌》、《雨淋鈴》、《白苧》等，亦有七絶。此類正多，論詞者不妨探委溯源，訂譜者自當分流别派，何必以詩混入詞集？第因萬氏已經收録，未便更張，悉行删削。至若顧況《漁父引》，無名氏《一片子》、《柘枝引》，柳州仄韻《欸乃曲》，妖女《北邙月》，李後主《嵇康曲》，蘇庠《清江曲》兩首皆七言八句，前平後仄，似《調笑令》前八句，女鬼《倚西樓》，此等類多好事者强名爲詞，别本雖有載之者，此集概不補入。其餘可删者，如《品令》、《鼓笛令》等俳體，頗疑此本非詞。按唐人曲調，皆有詞、有聲，而大曲又有艷、有趨、有亂。詞者，其歌也；聲者，若「羊吾夷」、「伊那何」之類也。艷在曲之前，趨與亂在曲之後，亦猶吴聲，前有和、後有送也。宋詞《調笑》、《蝶戀花》、《九張機》等，亦前有口號，後有遺隊，猶今之説書有開篇，戲劇有引子，恐即此類，故用俳體，否則黄九等何俚俗至此？幾如北道《打棗兒》、粵地《浪花歌》也，然亦未敢竟删也。外此有異體而不補者，如李宴、王庭筠之《菩薩蠻》，僅二十二字；無名氏《西江月》，僅前闋；朱雍《十二時》，僅前兩叠；周紫芝《雨中花令》，前段少三句，後段少四句。此等或係回文，或係佚文，亦不能奉爲格律。朱淑真《醜奴兒》，乃後人贋作，故亦僅附載註中。仄韻《清平樂》，或以爲太白詞，亦係宋人贋作，别家並無仄韻，雖以大字書之，亦不必效法也。

訂譜之例，惟期備體，填詞之人，要宜擇調。譜中不可用者，不獨俳體、僞體也，固有罕見之體，或字句之可疑，常用之體，或面目之迴異，若不訂入譜中，閲者必嗤其挂漏，然究亦徒費筆墨，鮮裨〔八〕實用。至極熟之調，有各家共用之格律，尤不宜矜奇炫異。如《西江月》有後起七字者，《定風波》有後段少二字者，《江城梅花引》有兩結皆五字者，《水龍吟》有後次句、後結各多兩字者，有於後四五句各多兩字者，林正大《沁園春》前後第六句各作五字，杜衍《滿江紅》前次句作兩四字，此等安知非誤筆，作者苟厭故而喜新，將求工而反拙。即原集所載各另體，亦每有不可用者，僅可備觀覽耳。至於韻脚，古人所叶之韻，固不容失韻，即同體而有多叶之韻，亦自當用韻。若其似韻非韻，不必韻而偶合於韻，悉欲收爲一體，奉爲程式，亦殊不必。如坡公《八聲甘州》「有情風萬里卷潮來」一首，下全用五微韻，何以起句攙一灰韻「來」字？雖晁無咎和數首，俱用「來」字，此句本不必叶，恐亦誤會。張蘆川《滿江紅》「春水連天」一首，前五句用「若」字，後七句用「却」字，萬氏以爲多叶兩韻，另備一體。然「却」字一本作「了」字，恐「若」字亦是偶合。且此等各家不叶之句，驟然叶韻，讀之轉覺不順，如《鵲橋仙》起二句有叶者，《西江月》起句有叶者。余謂此種熟調，造句選韻，但當恪守各家成法，轉不在多叶數韻爲奇，故雖有補體，亦不欲隨手掇拾，熒惑後賢也。

詞韻與詩韻異，與曲韻亦異。詩用官韻，無可假借，惟古詩間有通用。曲則有南北之分，其音切亦或不同，故庚蒸韻有派入東冬者，尤韻有派入魚虞者。北曲并以入派入三聲，而無入聲專部。南曲雖有入聲部，亦與詩韻不合。惟詞則大半本於詩韻，而多可通用，如東冬可爲一部，江陽可爲一部是已。然亦宜有限制，不得取前人之泛濫者，援以自文也。昔人詞，有真文通庚青蒸侵者，有支微通魚虞者，有屋陌並用者，有屋覺藥合葉洽並用者，有用土音，如林外之瑣、老，夢窗之泠、向通叶者。至十三元韻，古原分元痕魂三韻，元可通寒删，痕魂當通真文，今人亦知之。而楊季和《長相思》園、渾、門、裙同叶，鄭覺齋《念奴嬌》粉、本、滿、眼同叶，此等皆古人誤處。至白石《角招》，以渺叶柳，永叔《定風波》以好叶有，雙溪《沁園春》以喉叶條，惜香《水龍吟》以晝叶峭，此雖本於古韻，《三百篇·小星》、《江漢》、《南山有臺》諸什，《天問》、《九章》、《橘頌》等作中多有之，段氏所謂「古合韻」。第自沈約分四聲以來，古音與今音已不同，不意宋詞中猶時復不免，或以爲失叶，或以爲借叶，皆非也，蓋竟視爲通用韻耳。而《日湖集》中爲最多，其仄韻《晝錦堂》柳、斗、手、首、瘦、否韻，竟與沼、鳥、少、好、草並用，格格幾不可讀。《拾遺》註爲換韻，從來無參差錯落，此種換韻之理。且其《探春》、《寶鼎現》、《南歌子》、《長相思》諸詞，莫不然，徐氏蓋懵然也。或是句章土音，讀兩韻聲相近，故用之不疑乎？此等皆不可爲訓。詞韻已極寬，萬不可再取古人之紕繆疏闊者，以爲藉口。

玉田《詞源》云：「十二律吕各有五音，演而爲宫爲調，律吕之名總八十四，分月律而屬之。」今雅俗祇〔九〕行七宫十二調，而角不與。自大晟府命美成諸人討論古音，審定古調，由此八十四調之聲稍傳。而美成諸人，又復增慢曲、引、近，或移宫换羽，爲三犯、四犯之曲，按月律爲之。有法曲，如《望瀛》、《獻仙音》也；有大曲，如《降黄龍》、《花十六》也；又有慢曲，慢曲之次，引、近輔之。一曲有一曲之譜，一均有一均之拍。仇山村云：「世謂詞者詩之餘，然詞尤難於詩，詞失腔猶詩落韻，詩不過四、五、七言，詞有四聲、五音、均拍、重輕、清濁之别，若言順律舛，律協言謬，俱非本色。又怪陋邦腐儒，窮鄉村叟，每酒邊興豪，即引紙揮筆，動以東坡、稼軒、龍洲自況。極其至四字《沁園春》，五字《水調》，七字《鷓鴣天》、《步蟾宫》，附几擊缶，同聲附和，如梵唄，如步虛，不知宫調爲何物，令老伶俊倡，面稱好而皆竊笑，是豈足言詞哉？」觀二公所云云，則詞之當按宫調，無異於曲。曲本承於詞，自金元入中國，音樂嘈雜，淒緊緩急，詞不能按，乃更爲新聲媚之也。今曲譜有《九宫》外又有道宫、高平、般涉三調，分宫立調，是製曲家第一入手處。富貴纏綿用黄鐘，感嘆悲戚用南吕，一隅三反，諸可類推。按《曲譜》：仙吕清新綿邈，中吕高下閃賺，正宫惆悵雄壯，道宫飄逸清幽，合之黄鐘，南吕爲六宫，其十一調，大石風流醖藉，小石旖旎嫵媚，高平條物滉漾，般涉拾掇坑塹，歇指急併虛歇，商角悲傷宛轉，雙調健捷激裊，商調悽愴怨慕，角調嗚咽悠揚，宫調典雅沉重，越調陶寫冷笑。不辨乎此，則指冰説炭，縱審音不舛，而對景全非，製曲者之大病也。考原律十七宫，後所傳者，亦止黄鐘、正宫、大石、小石、仙吕、中吕、南吕、雙調、越調、商調、角調、般涉十有二矣。詞中宫調，各集中註者，不過十之二三，而耆卿《傾盃》分屬仙吕、大石、雙調、黄鐘、林鐘商，子野《天仙子》分屬中吕、仙吕，《醉桃源》分屬仙吕、大石，《醉落魄》屬之林鍾商，又屬高平，用上、去韻，易名《怨春風》，此豈即白石所謂「鬲指」，遂可更名？抑同一仄韻，上、去與入中有區別耶？音律之理久不明，後學無從深考，即各家有註宫調者，兹亦概不載入。然名家各詞，平仄四聲，典型具在，崖略尚可揣而得之。有如製曲，不但四聲，並須究其清濁、陰陽，用陰字處易陽字，即不發調。北曲以入派入三聲，平去聲讀亦多異，尤重在去聲。南曲法在揭高，北曲透足字面，專取結實，皆宜揣聲應律，未可混填，拗折天下人嗓子。同一東鍾韻，東字聲長，終字聲短，風字聲扁，宫字聲圓；同一江陽韻，江字聲闊，臧字聲狹，堂字聲粗，將字聲細。練準口訣，擇其宜而施之，斯製曲之技神矣。詞與曲理本相通，玉田嘗論寄閒賦《惜花春起早》云：「瑣窗深，深字不協，改幽字又不協，改明字始協。」三字皆平聲，胡爲若是？蓋五音有脣齒喉舌鼻，斯有輕清重濁之分，故某宫用某字結聲，亦有一定，不可轉入別宫。沈存中《補筆談》亦載燕樂二十八調殺聲，其説皆與製曲相近。清濁即陰陽也，今詞即不付歌板，亦稍宜參究其理，恪守名家繩尺，否則音韻平仄，任意濫填，其與蠟板曲子何異，不徒供識者掩耳耶？

萬氏謂平仄不可移易，又謂上、入可作平，其説似乎假借。蒙斐軒刻本，載有入作三聲，則入亦不能專作平。車邪部載有也、蠱、者、赭四字，以上作平，即謂餘有缺佚，未應隨意可作平。其説似甚附會，然入之作平不必論，論上之所以代平。字分四聲，平居其一，仄居其三，上之爲仄，雖與去、入無異，雜之去、入之中，實有涇渭之分。且若去平聲未遠者，古人審音，使居平仄之介，明明是一過文，由平至仄，自此始也。譬如方音，到處各别，吴有吴音，越有越音，相去天淵，而一至接壤處，則吴、越之音各半，吴人聽之不覺其異，越人聽之亦不覺其異，此即聲音之過文，可悟作詞之理。凡遇一句中，當連用數仄字者，須以上聲字間之，則似可以代平，拗而不覺其拗矣。若連用數平者，雖不可以代平，亦於此仄聲字内，用一上聲字間之，即與純用去、入者有别，亦似可以代平。最忌連用數去聲，或數入聲，併去入亦不相間，則讀之無異期期艾艾矣。蓋上之代平，初不比入之代平，惟深諳曲理者，不妨偶然借用，舒喉按拍，依然句洽聲諧，否則輕易效顰，將至畫虎類狗，全乖音節矣。製曲家有言，四聲惟上聲一音最别，用之詞曲，較他音獨低；用之賓白，又較他音獨高。填曲者每用此聲，最宜斟酌。此聲利於幽静之曲，不利於發揚之曲，即幽静之曲，亦宜偶用、間用，切忌一句連用二、三、四字。蓋曲到上聲，不求低而自低，不低則此字唱不出口，如十數字高，而忽有一字之低，亦覺抑揚有致。若重複數字皆低，則不特無音，且無曲矣。至於發揚之曲，每到喫緊關頭，即當用陰字，而易以陽字，尚不發調，況爲上聲之極細者乎？物有雌雄，字亦有雌雄。平、去、入三聲，以及陰字，乃字與聲之雄飛者也；上聲及陽字，乃字與聲之雌伏者也。此理不明，難於製曲。初學填曲者，每犯抑揚倒置之病，其故何居？正爲上聲字入即低，而入白反高耳。詞人之度曲者，大抵口内吟哦，皆同説話，每逢此字即作高聲，且上聲字出口最亮，入耳極清，因其高而且清，清而且亮，自然得意疾書。孰知唱曲之道，與此相反，念來高者，唱出反低，此文人妙曲，利於案頭，而不利於場上之通病也。惟作賓白者，欲求其聲韻鏗鏘，有時連用數仄，連用數平，限於情事，欲改平爲仄，改仄爲平，無字可代者，即當用上聲字調劑之。如兩句、三句皆平，或皆仄，求可代之字而不得，即用一上聲字介乎其間，以之代平可，以之代去、入亦可。如兩句、三句皆平，間一上聲字，其爲仄聲，不必言矣。即兩句、三句皆去、入聲，而間一上聲字，則其聲明明是仄，而却似平，令人聽之，不覺其爲連用數仄者，此理可解而不可解也。此節雖係論曲，而論上聲一音頗微妙。詞付歌喉，與曲未必不同，否則上可代平，何以名詞筋節處，每每重在去聲？即如《絳都春》、《花心動》等調中，仄仄仄平句第三字；《應天長》、《石州慢》、《望海潮》、《風流子》等調中，平仄仄平句第三字；《采緑吟》前結上一字；平韻《聲聲慢》後結上一字；此等處，似皆應用可以代平之字，而名家詞多用去聲。蓋上聲峭厲而飄忽，去聲紆徐而沉着，上聲之所以唱出反低也。故《三姝媚》、《一枝春》、《花犯》、《綺羅香》、《齊天樂》等用上叶韻，用上結韻者，上一字亦多用去聲，始抑揚有致。以此知上雖有作平之理，非深識曲理者，仍不宜率意輕用也。

詞韻竟無定本，宋朱希真擬《應制詞韻》十六條，而外列入聲韻四部。其後張輯釋之，馮取洽增之，其書已佚不可考。江都秦氏刻有《詞林韻釋》，爲阮氏所藏宋菉斐軒本，標目與他韻書大異。中分支時、齊微爲兩部，寒閒、鸞端、先元爲三部，嘉華、車邪爲兩部，南山、占炎爲兩部，合之東紅、邦陽、車夫、皆來、真文、蕭韶、和何、清明、幽游、金音共十九部，有入作三聲而無入聲專部。且鑛、横、黌讀紅，肱讀公，泓讀翁，萌、寍讀懞，轟、洶讀烘，朋、彭、膨、堋、棚、掤、鵬讀蓬，從讀撞，逄讀傍，觲、蚌、侔、鍪、蝥、謀讀謨，浮讀符。此等字，皆列入東紅、邦陽、車夫，與詩韻迥異。秦氏疑爲北曲而設，亦非詞韻，所見良是。近時通行，有戈氏《詞林正韻》一書，議論似甚明通，考據似甚精核，然頗喜自作聰明，亦不可盡信。其書全襲《集韻》標目，今之四支，本支脂之三韻；今之十灰，本灰咍兩韻；今之十三元，本元魂痕三韻；今之十賄十一隊，本賄海隊代廢五韻。析元并於寒刪，析魂痕并於真文，析佳卦字入於麻禡，此其合者也。至若析灰附支微，賄附紙尾，隊及泰卦之半附寘未，自謂參酌審定，悉本於古人名詞。以予歷考宋詞，説殊不合。名家韻多以支微齊爲部，佳灰爲部，即如《薄媚》大曲，自排遍至煞、衮，支微齊三聲通叶，共計一百十餘韻，僅一廢字，不在本韻，其用十灰者多獨用，或與佳通用，並無判於灰哈。其用支微齊偶有濫及者，亦無判於灰哈，絶無灰應析出併入支微之證。惟《菉斐軒韻》梅、煤、媒、枚等，與眉、湄爲類；魁、盔、恢、詼等，與窺、奎爲類，故多併入微齊，然亦間及哈韻字，且與支時分部。曲與詞自當别論，其所析併賄隊及泰卦之半，用紙寘等韻。古人固有濫及者，而專用蟹海泰卦者，亦未嘗不用。自當以支微齊、紙尾、薺寘、未霽爲一部，佳灰、蟹賄、泰卦、隊爲一部，隊本合代廢爲一韻。《廣韻》隊、代同用，廢獨用，《集韻》則隊、代、廢通用。愚謂惟廢字一韻，獨可附入寘未耳。要之詞韻與詩韻不甚懸殊，歷觀古人，每有用一韻到底者，多即是今之平水韻。詞中用韻，亦屬有限，寬韻即不更求他韻，亦復何難。高疏寮《鶯啼敘》共二十餘韻，亦統用四紙，僅一叠韻在五尾，況於支微齊之通用，已覺繁雜。而灰哈之合用，相承已久，作平水韻者，不過并去其舊題，是以見者無異詞。否則《洪武正韻》，煌煌乎一代功令，且不能强天下之人心，而劉淵一無名下士，何以貿然改併，轉能使相沿至今，承用勿替也？戈氏既以《菉斐軒》爲曲韻不足據，實仍欲陰襲曲韻立説以自異。既宗曲韻，自當以灰入微，齊别爲部，與支時分析。如論古韻，則應脂之微皆灰爲部，支齊别爲一部，而又拘於十九部之名，欲其暗合古人。因既增入入聲五部，不便更析出支時一部，襲其皮貌，已爲可笑。又泥於泰卦半通之説，以爲題義應有盡有，意爲分析，以不類爲類，至擅改反切，强古人以從我，駁雜不倫，進退失據。名爲效法宋詞，實則背戾於宋詞。此其不可信者一也。其增補各字，噳遇韻負字，出《魯靈光殿賦》，叶房遇切；又否字出陳琳《大荒賦》，叶方矩切，音虎；又婦字出陳琳《飲馬長城窟行》，婦叶住；又畝字出《西都賦》，畎畝叶規矩，莫補切，模上聲；又某字，《正韻》有莫補切，音姥，義同莫後切；又副字，《韻會》有芳遇切，音赴，義同敷救切；馬韻耍字，《篇海》沙下切，音灑，本無别音，諸韻書失收；又打字，《韻會》、《正韻》有都瓦切，按：應讀德馬切，答上聲爲正。藥韻陌字，《史記·龜策傳》陌叶郭；《楚辭·九思》陌叶硌；魏文《陌上桑》陌叶窄索，窄，古音作也。陌皆莫各切，此數字有據者也。至屋韻國字，惟常州土音作古六切；沃韻北字，亦惟吴人土音作逋沃切，然清真、白石用之。白石精究六書，或別有所據，尚可借用。若虞韻浮字，《楚辭》以叶疑、馳，符非切，別無房逋切。噳韻母字，《内則》亦音模，莫胡切，《詩》音敉，鄭風「畏我父母」，叶杞里切〔一〇〕；魯頌母叶喜，別無忙補切；遇韻富字，《詩》作渠記切，魯頌「俾爾壽而富」，叶熾試，別無方佈切；又阜字，按《唐韻》四十四，有之半與篠、小、巧、皓通，《詩·叔於田》，阜叶鴇；小雅「田車」，阜叶好；「吉日惟戊」，阜叶禱；《魏都賦》，阜叶寶。《韻會小補》，於紙韻、遇韻皆云叶音，昔人已詳論其非矣，亦不應作方佈切。此等究是曲韻。又若馬部那字，註奴打切，《菉斐軒》但見於禡部、遇部缶字，註方古切，並《菉斐軒》所無。以上各字，惟否、負、打、要數字，詞家取叶者甚多，本有來歷，婦、畝、某、副、陌等字，究因詩韻不收噳遇等部，不過偶有用者，國北字亦然，浮、母、富、阜、那、缶等字，並不見於他書，僅可施之於曲，並曲韻亦無此音，不知所據何典，擅爲補入。且詞韻與曲韻，其音之不同者，正復無限，即古音與今音不同，其叶入別音者，亦復無限，補亦不勝其補，況古人用此種字，或係借押，或因土音而濫及，在讀者亦明知其誤，本自無妨，今乃公然收列，杜撰切音，不勘明其誤，反欲後人之效法其誤。審是則林外《洞仙歌》以過、鎖叶老、曉，夢窗《法曲獻仙音》以冷叶向、唱，張榘《水龍吟》以露叶過、涴，此等亦何不可補入者，訛以傳訛，其弊伊於胡底？開後世亂韻之階，戈氏將爲罪魁，自詡通解韻學，師心妄作，莫知其蔽，此其不可信者二也。柳耆卿、晁補之《黄鶯兒》第二、三句本皆四字，谷字、竹字均在句中，初非韵脚，且竹字別本作篁不作竹，輒謂谷、竹皆以入叶去上，爲造反切，是句豆亦未辨明。黄涪翁《惜餘歡》，本是閤、合同叶，字形小訛，致閤爲閣，輒謂用江西人土音，閣、合同韻，輕肆譏評，是點畫亦未考訂，此其不可信者三也。況又但有反切，不詳釋義，凡一韻叠見之字，數韻并收之字，亦令閲者茫然，有補載無用之字，轉有失收。今韻中有用之字，蓋亦未經詳校，又以東鍾、江陽、真文、寒刪、庚青、侵尋、覃鹽七部無入聲，欲派屋沃、燭覺、藥鐸等韻爲之入聲，尤屬無根之説。其論議亦覺娓娓可聽，謂《學宋齋詞韻》等駢駁不堪，貽誤來兹，乃自所撰著，亦復駢駁至此，所謂目不見睫也。近日都中、杭州、上海皆已有翻刻本，書頗風行，想多因見其敘説，未加深考，遂深信而不疑，蓋爲其瞞過久矣。予亦恐貽誤來兹，略加辨正，非好爲訾議也。

《詞韻略》一書，予未之見，萬氏謂沈氏去矜所輯，可謂當行，無煩更變，戈氏則謂其以東董、江講、支紙等標目，平領上去，而止列平上，似未該括，入聲則連兩字，曰屋沃，曰覺藥，又似紛雜。且用陰氏韻目，刪併失當，分合之界，模糊不清，字復不歸一類，其音更不明晰云云。予謂韻以兩字標題，沈氏蓋取其易記，至用陰氏韻目，則詞韻既併合各韻爲韻，本無須羅列古韻。與其高談古韻，轇轕而不適於用，何似遵依今韻，會通而各劑其平。況今詩韻，尚不復問古韻，奚論於詞？即用陰氏韻目，亦復何害？字之不歸一類，正與今詩韻同，用韻者本不爭此類不類，音之不明晰，與有音無釋者亦何軒輊？此皆小節不足論，初不似借宋人之名，擅併不類之韻，補非類之字，杜撰反切，蔑古妄作，是則繆之甚者。萬氏每論及外字，不應叶入支微，或是借韻，疑即本沈氏之説，則其書必不似戈氏之妄爲併析也。恐戈氏恃其巧辯，知非矯同立異，專以壓倒前人，而欺飾天下耳目，壹意力攻衆説，强作解人。其尋瑕索垢，殆藉排擊以自標榜耶？更當覓沈氏書閱之，以證孰得孰失也。

原書凡爲調六百六十，爲體千一百七十，補輯者爲調一百三十，爲體二百七十，共爲詞一千四百五十有奇。訛舛挂漏，恐仍不免，閲者惠而教之。幸甚！

〔一〕江澄波《吴門販書叢談》下册，北京聯合出版公司二〇一九年版，第四八四頁。

〔二〕〔三〕〔四〕〔五〕〔六〕潘景鄭《著硯樓書跋》，古典文學出版社一九五七年版，第三三八—三三九頁。

〔七〕原文此處「促」誤作「捉」字，現改之。

〔八〕原文此處「裨」誤作「禆」字，現改之。

〔九〕原文此處「祇」誤作「衹」字，現改之。

〔十〕原文此處漏「切」字，現補之。

（作者單位：復旦大學中文系；阜陽師範大學文學院）

上海圖書館藏陳夔稿本《慮尊室詞話》

陳夔 撰 劉亞楠 整理

陳夔，字子韶，號伯瓠，浙江諸暨店口人，諸生。一門兄弟六人皆南社中人。爲學冥心希古，詩文潔浄精微。輯有《宋元詞類鈔》，録詞五六百闋，校字多寡之數，聲之平仄之差，於詞律詞格之誤，一一加以糾正。馬一浮先生謂其詞勝於詩，遂專心致力於詞，生前未梓集，傳世《慮尊詞》，爲其門人刊録。又有《然脂詞》一卷（一九二二年鉛印本）。陳夔長調、小令俱工，受常州詞派影響明顯，或是遵從周濟家法，多效夢窗、清真而不廢稼軒路數〔一〕。陳夔還著有《慮尊室續詞旨》、《慮尊室詞話》等，均为稿本，现藏上海圖書館。《慮尊室詞話》專論詞調，凡收五十餘則。主要校訂詞調的平仄格律、明其音韻、辨其句法異同。歷來研究南社詞學、近現代詞話以及詞體声律學者，未能注意。現將其《慮尊室詞話》整理，以利於詞體聲律學的研究。

雪獅兒

《詞律》《雪獅兒》收程正伯垓八十九字十一匀一首，又張伯雨雨九十二字十匀一首。緣前後闋兩四字句，程俱叶，張則前叶後不叶。萬氏謂張詞「不如圖畫」，當作「不如畫幅」或「畫軸」之誤。杜校謂《詞谱》正作「畫幅」，當據改。余考張詞，蓋和仇山村《探梅》而作，仇作亦前叶後不叶，何緣張詞得有「畫幅」之誤。詞中四字句，前後或叶或不叶，不勝屈指。但後人填詞，何妨俱叶，正不煩追求古人耳。且仇作祇九十一字，較程、張又俱不同，實皆詞中襯字多少可不拘者。《詞譜》既改「圖畫」为「畫幅」，余且爲删去三字，以與程詞畫一，想無不可者。

法曲獻仙音

余録《法曲獻仙音》清真、白石、夢窗、草窗、中仙、玉田及樓君亮采，凡七首。其詞皆精審絶倫。夢窗、玉田兩首用勻，不遂戈氏之説。故《七家詞選》不録。起首兩四字句，皆作平仄平平、仄平平仄。唯夢窗第一字用「落」字，當是以入作平。其後亦多四聲俱叶者寧謹，千里和周，絲絲入扣。始信古人守律之嚴，其參差者多非行家耳。

八六子

《八六子》一調字數、用勻，每參差不齊。唯中仙一首與少游合，元李演作用勻小異，大致相同。少游「怎奈向、歡娱漸隨流水」句，《詞譜》作「奈回首、歡娱漸隨流水」。不特詞句較順，且與王、李兩作悉合。近彊村刊《淮海詞》云：「是殘宋本，仍作『怎奈向』。」知此三字，貽誤已久。抑《詞譜》又妄作者耶？

尾犯

柳耆卿《尾犯·夜雨滴空階》一首九十四字。夢窗兩作，一九十四字，一九十五字。杜校《詞律》云：「毛斧季校夢窗詞，其九十四者，實落一『爲』字。又爲柳作增一『自』字。」仇山村此作，亦祇九十四字，亦爲妄增一「束」字。襯字多少，於文字原無出入。即歌喉亦不分拗順，不必云「援據古本」也。

惜紅衣

白石《惜紅衣》「日」字、「陌」字、「國」字，夢窗與李萊老皆用勻，玉田不叶。戈順卿則謂「日」字、「陌」字斷非勻，謹以《白石歌曲》旁註。其説甚辯。而鄭叔問又謂斷然是句。戈、鄭皆以知音自許，其是非不用如此。余録此調不遺，玉田亦不敢必以戈説爲非也。

夢窗《惜紅衣》「前度劉郎，尋流花蹤跡」。朱校謂按白石、玉田、李萊老詞，是句第三字皆用仄聲。劉疑阮誤，竊謂朱校是也。然阮字大不如劉字，詞中每拘於聲律不收，而系其次。不知者謂爲讹字，率意改定，不自知其舛誤也。

露華

草窗《蘋洲漁笛譜》《露華》題註云：「次張岙雲勻。」今《門南詞》有附玉田《山中白雲詞》。前者仁和許氏刻也。有附《南湖詩餘》後，歸安朱氏刻也。然皆無此二闋，則《門南詞》逸者尚多也。

淒涼犯

白石《淒涼犯》據萬氏《詞律》則十一勻，夢窗亦十一勻，而玉田作只九勻。徐誠齋按《白石歌曲》旁註謂「巷陌」「陌」字、「部曲」「曲」字，皆非勻，實只九勻。然又爲彊村諸人所不許也。

四犯翦梅花

劉改之「翠眉重拂」一首，題作《轆轤金井》。「水殿風涼」一首，題作《四犯翦梅花》。又「翠眉」一首，後起第一句「高陽醉、玉山未倒」句誤，落一「玉」字。萬氏《詞律》遂以九十二字者爲《轆轤金井》，九十三字者爲《四犯翦梅花》。徐校據《詞譜》謂「山未倒」，上當增一「玉」字。又謂與《四犯翦梅花》句法全同，唯後起少一字。於《四犯翦梅花》調後復云：與《轆轤金井》句法全同，惟後起少一字。夫補一「玉」字，兩詞悉合，何處更少一字。校勘之學，略不細心，今人失笈如是。徐氏將杜氏《校勘記》附於各條之後矣。徐氏所增者又略無分別。今尚有杜氏原書可檢，異日必弄爲一，復無從分析矣。

滿庭芳

徐校之最可失笈者，莫如《滿庭芳》。程正伯「南月驚烏」一首下注云。按「重見吾盧」句，《山中白雲詞》作「料理護花鈴」五字又失叶，疑是「符」字之訛。玉田此詞較程多一字，凡九十六字，律不收。九十六字體，注之是也。然玉田詞自用「青庚」韻，且「禛侵」匀誤，匀爲玉田詞句耳。故戈順卿《七家詞選》不收此詞。何以可用「符」字，方不出匀。蓋一念之差，不勝自檢，如此校勘殊易言哉。《夢窗集》中有「江南好」一闋，較《滿庭芳》少一字，蓋前半結句脱一字耳。校云：按此調即《滿庭芳》，殆以東坡有「江南好」句别易是名。《詞律》於《水頭歌調》註云：夢窗名《江南好》。《詞律拾遺》謂與《鳳凰臺上憶吹簫》相近，均誤。竊謂校詞，具此等見解方爲有價，若儘比較同異，略無是正，亦何貴校勘。

一枝春

草窗《一枝春》兩首自和韻，第三句皆用「數」字叶。余昔日作此調，意草窗是前叶後不叶者，故不敢不叶。今檢楊守齋亦有此調，却不用匀。草窗服膺紫霞翁，可謂至盡，則此句亦偶尔兩合耳。《一枝春》結句「還怕裏、簾外籠鶯，笑人醉語」。「怕裏」二字，殊不可解。《詞律》改作「還只怕、簾外籠鶯」。然按草窗《掃花游》一首中有句云：「怕裏流芳，暗水啼煙細雨。」仍用「怕裏」，字亮必有所本，今人不知故耳。

惜秋華

夢窗《惜秋華》五首，皆九十三字。「思渺西風」一首，後起第二句「慣東籬深把，露黄偷翦」。汲古刻於「深把」中間誤衍「處」字。《心日齋詞選》謂「把」字，蓋俗手所增，去之恰得夢窗真面目。徐誠齋嗤爲可怪，皆不知「處」字衍耳。今朱彊村校刻《夢窗詞集》。此彊村堅守半塘翁五例，必不妄作，以欺人也。

天香

《天香》或九勺或十勺，以其第八、十字或叶或不叶故也。萬氏謂不必叶韻。余檢宋詞叶者得十之八，似不可不叶也。

夢窗《天香・賦臘梅》一闋第六句汲古刻作「北枝瘦，南枝小」。戈選七家詞，則作「枝北枝南開小」，案此句原未有作兩三字句耳。然亦無第三字用平聲者。每檢宋詞句法或不妨參差平仄，多不容出入。戈氏所改似未曲當，至如毛刻第二字用平，其誤尤不待言。意此句本作「枝北瘦，枝南小」耳。然此無徵不信何。

玉漏遲

草窗《玉漏遲》，毛刻落兩字，戈選爲補之。「錦鯨仙去」句，補「仙」字，「載酒倦游處」句，補「何」字。按《絶妙好詞》附刻草窗詞，此闋在焉。「仙」字著，「何」字實爲「幾」字。此字宜仄，順卿何昧昧也。古詞捝譌，苟能多檢舊刻，庶幾遇之。若憑臆妄作，未始不十中八九。然此一二字，必大不如原作。依者自然，改者勉强故也。

雙雙燕

夢窗《雙雙燕》末一句作「還過短墻，誰會萬千言語」。較梅谿一首「愁損翠黛雙蛾」句少兩字。《詞譜》補作「還憐又過短墻」，然「憐」字平，「短」字仄，試調其音節均不合也。蓋「短墻」二字長吟之，即不妨与「翠黛雙蛾」四字相合。如欲補是，當作「還過短回圍墻」方合。昔日《欽定詞譜》、《御選歷代詩餘》膺其任者，殊不稱曉。若得戈順卿、杜小舫其人所得，當不止若是。

检《絶妙好詞》見梅谿《雙雙燕》末兩句作「愁損玉人，日日畫闌獨憑」箋注所輯詞旨警句同，則與夢窗「還過短墻」句脗合矣。徐誠齋《詞律》勘語謂，然不知夢窗詞落兩字。《絶妙好詞》絶改以用之耳，可謂臆説，大抵改竄。昔人詞句必訂正《詞譜》者，方有此舉，彼輯詞者，未必有。曉以史吴相校，改之何爲？且考朱校明鈔本《夢窗集》，仍作「還過短墻」，則此調必當以九十六字爲定。梅谿一首必當以《絶妙好詞》爲定。其作九十八字者，實誤刻耳。

漢宫春

稼軒《漢宫春》「無端風雨，未肯收盡餘寒」。「風雨」兩字，各家皆作仄平或仄仄。作平仄，殊爲失律。元人彭元遜於此處亦用「風雨」二字，則由稼軒詞較訛者。稼軒因豪放，然聲律稍嚴，所以有青兕之稱。意此兩字必當作「雨風」，實誤倒耳。凡古人詞中如此類者，不一而是，惜不得起九原而徵之。

帝臺春

李甲《帝臺春》前半結句「天涯行客」。徐誠齋據《詞譜》作「倦客」謂，此字宜去聲，應遂改。按詞調用仄勻者，上一字勻多用平聲。唯結句每用仄仄，亦有前後半闋結句皆用仄仄者，然未有後半用平仄，前半反用仄仄之理。此詞後結用「消息」，何以前結應用「倦客」，殊不可解。自紅友拈出去聲獨用，不得與三聲相混。於是順卿、誠齋之徒見一去聲字。如獲異寶，遂不曉一究其情理，此亦賢者之過也。

孤鸞

《孤鸞》一調，作者不甚多。就余所見者，朱希真、馬莊父、趙虛齋、張蜕岩各一首，張芸窗兩首。朱於前半第三、第四兩句云：「淡泞新妝，淺點壽陽宮額。」後半第三、第四兩句云：「試問丹青手，是怎生描得。」前後段不同，然觀遍檢各家，無不遂此句法。馬前半與朱同，後半云：「陌上叫聲，好是賣花行院。」萬氏於「聲」字斷句誤也。當於「好」字斷句耳。趙後半與朱同，前半云：「自照疏星冷，衹許春風到。」與朱異矣。近江劍霞標刻《宋名家詞》內有《虛齋樂府》，則作「衹東風許到」已微不同。又據芸窗詞一首係和虛齋者，題下附註。趙詞則作「幾點疏星細，萬里春風到」則更不同矣。竊謂芸窗既和虛齋，不应与虛齋異同，或虛齋此詞當是訛處耳。乃萬氏《詞律》謂，此兩句或一，四；一，六；或兩五字句，當前後相同。蓋萬氏未知前有希真，後有蜕巖。又誤讀馬詞，反疑芸窗詞訛，是過拘前後段必當相同之故。試檢《詞律》全以此被人指摘者，不一而足矣。（按詞調中斷句處，每不當過泥。唯此詞各家皆同，而趙詞復舛誤，若是則敢斷其有訛。）

二郎神

柳耆卿《二郎神》首句「炎光謝」，「光」字下落一字。《詞綜》補一「初」字。歷觀各家，此調首句皆作仄平仄仄。耆卿不容獨異。按楊補之《逃禪詞》亦有此調一首。首句「炎光欲謝」，正是用柳原句耳。《二郎神》一調，耆卿作前後整齊，意舊時本宜如是。自徐幹臣弄巧，後段句法與前段異，後之作者翕然從之。與柳合者，唯聖未一闋耳。於此可見，句法、長短無損入律，如夢窗《憶舊游》之類，特無人總述。遂成孤調，不必目爲異體也。

《二郎神》耆卿作，前段第三、第四、第五、第六句，與後段第四、第五、第六、第七句，前段第三後段第四兩句，前一領字句外，皆作七字句相合。徐幹臣前段第五、第六兩句，仍舊解皆作四字兩句，六字一句。後之作者翕然從之，幾不知有柳作矣。蓋字数既同，絶句固無妨參差耳。今録柳作於後。

又徐作「動是愁端如何向」，「愁端如何」四平聲，各家皆同。柳作「應是星娥嗟久阻」，六字仄，固不同也。蓋唯「何」字，可以作平，故「漫試著春衫，遠思纖手」，「雁足不來，馬蹄難駐」等句，「思」字、「蹄」字可以用平，無疑耶。此徐作「爐冷」作「未醒」，「爐」字、「未」字仄，而柳作「遥掛」、「相亞」，「遥」字、「相」字平。徐作「多病」作「芳景」，而柳作「欲駕」、「影下」。「多」、「芳」字平，「欲」、「影」字仄，則又何也。柳作前後精嚴，而徐作則效者甚衆也。

玲瓏四犯

周草窗《玲瓏四犯》後段「尋芳較晚，東風約、還約劉郎歸後」。戈順卿以清真、千里、梅谿諸作「還約」句止五字，改爲「還在劉郎後」，不知竹屋此詞。此句作「煙草喚愁如許」，亦正六字。然「喚愁」兩字，似在可解、不可解之間。余録竹屋此詞，亦爲妄去「唤」字，以歸畫一，當爲順卿、誠齋諸之所許也。

燕山亭

《燕山亭》一調，《詞律》收曾海野「玉立明光」一首爲式。其結句「朱顔緑鬢」，萬氏於「緑」字旁註作平，殊不可解。按此字唯樵隱一首作「千片」是平聲。觀徽宗作「不做」，伯雨作「染指」，海野别作作「曉漏」。從其多者，亦當作仄説。樵隱此詞原少一字，且多訛誤。何獨取以爲式乎。又此調前半第六句，「紫綬幾垂金印」，後半第六句「榮華等閑一瞬」。「綬」字仄，「華」字平，前後不同。萬氏於「紫綬」旁註可平。觀徽宗前作「羞殺」，後作「知他」。伯雨前作「脈脈」，後作「浮沉」。海野别作前作「光掩」，後作「風流」，皆前第二字仄，後第二字平。「綬」字亦不应註可仄。唯樵隱前作「亭亭」，然樵隱詞於此正當讹缺之處，更不足为據。萬氏特拘於前後相同之故耳。

迷神引

《詞譜》晁無咎《迷神引》調註云：參校柳耆卿詞「回向烟波路」句，多一「回」字。「怪竹枝歌，聲聲怨」句，多一「聲」字。如删去二字，則與柳悉合。按「怪竹枝」句，誠衍一字，《詞譜》不删「怪」字，而删「聲」字，可謂有誤。玉田「向烟波路」句，郝意則謂，晁詞尚落一字，柳則落二字耳。補之與後段「一千里傷平楚」句相合，此非過泥。前後段必當相同，使玩詞意，亦當如是。近來宋人詞爲昔日所不得見者日益出版。冀庶幾一遇，以徵吾言之不謬也。

無悶

《詞譜》將吴夢窗《催雪》一首罗列於《無悶》調下，註云：《詞律》以此詞與《催雪》類編，《催雪》前結四字三句，已自不同。後段句讀、押匀，尤爲迥别，特爲分别云云。按《詞譜》此註殊是《叢笈》所云迥别者。特據程正伯俳體一首爲言耳。中仙所作與夢窗《催雪》，不特句法僾同，而且四聲悉合。《詞譜》不將中仙所作移歸《催雪》，而妄分兩調，目光僅尺有咫而已。

三姝媚

夢窗《三姝媚·酣春青鏡裏》一首，結句「付與嬌鶯，金衣清曉，花深未起」，較他家多二字。《詞律》收爲又一體。杜小舫、徐誠齋，亦無勘語。竊謂「嬌鶯」即是金衣，何煩重用，明衍二字耳。近朱刻明抄本，無「嬌鶯」字，先得我心矣。

角招

《角招》係白石自度腔。前見錢塘許邁孫刻本，其第二句作「何堪更繞西湖，盡是垂柳」。計十字，而趙虚齋此調止九字。今得朱刻《白石歌曲》，後附彊村勘語云：按宋趙以夫、元邵亨貞俱有是調，是句俱作九字，此缺一。旁譜「西」字疑衍。可謂讀書得問者矣。（又結句許刻作「花落」，後朱刻作「亂落」。友論文義，亦以友字爲長。）

瑣窗寒

玉田《瑣窗寒》二首，其結句如《齊天樂》句法作仄平平仄仄，與各家均異。萬氏既不一言及之，葉譜亦不羅列。至徐誠齋《詞律拾遺》，凡有一字不同，無不旁收，即有明知其脱讹者，亦搜羅無遺，獨不及玉田《瑣窗寒》，寧視若無睹也。

念奴嬌

平匀《念奴嬌》，《詞律》陳君衡「凝雲沍曉」一首，註云：麓川、石林皆有此體，乃徐誠齋校勘語云。按宋人明於音律，多自度腔。陳西麓則無仄匀，改平聲。如此詞及《绛都春》、《永遇樂》，皆其創格乎。按麓川、石林行聲皆在陳先，何以知必爲西麓創格也。

渡江雲

誠齋《渡江雲》勘語云：按平聲匀，中間叶一仄匀，如《晝錦堂》、《大聖樂》皆是定格。按《大聖樂》用平匀，只竹山兩首，起韵一用「破」字，一用「過」字，以「破」字準「過」字。「過」字或是仄聲，謂爲定格，較之可也。《詞律》夢窗一首《晝錦堂》。竹山一首，則於换頭處用「上」字是仄聲。萬氏遂强派清真，「厭」字亦是仄聲。誠齋或以萬氏之誤爲可信乎。乃檢《晝錦堂》調下徐亦有勘語云：按换頭「湖上」之上間叶仄匀。考清真「雨洗桃花」一首，用鹽咸匀。此二字作「多厭」。萬氏謂作仄匀，而南宋孫季蕃「薄袖禁寒」一首，用寒先句。此二字作「嬋娟」，則專用平叶矣。作者宜從夢窗用平叶爲是。徐氏此条謹引殊確，然實無解。於《渡江雲》下定格之一言何矛盾至是也。

《渡江雲》一調，《詞律》以玉田「山空天入海」一首爲式。按此詞文采甚郝，韵致甚婉，然平仄多與各家出入。前段「想如今、緑到西湖」，後段「甚近來、翻考無書」。「今」字、「來」字各家多用仄聲，唯夢窗後段用「湖」字。夢窗最精嚴，然有誤也。又前結「猶記得、當年深隱」句，萬氏於「得」字旁註「作平」，是矣。各家未有用仄聲者，然玉田別作之。唯只有以彼準此，「得」字未必作平。玉田詞音律之疏，每每如此，未可以爲式也。

絳都春

《絳都春》一調，《詞律》以夢窗「情黏舞線」一首爲式。註云：又東堂一首，於「恨三月」句只有六字，後段「竟落去」，此句七字，乃誤刻。非有此體，而後段誠落去一句。至前段六字，則非誤也。芸窗一首，前後段此句均六字，陳君衡平勻亦止六字，可知夢窗「恨」字乃襯字耳。後人多從夢窗、竹山作百字，不復知本有九十八字，反以作平勻者爲較，仄勻應少兩字矣。

霓裳中序第一

白石《霓裳中序第一》一首，毛刻無之。《詞律》收此調三首：姜个翁百字，周草窗百二字，羅志仁百三字。萬氏註云：尹焕一首，前段與周草窗詞「又雁影」句同五字，後段與姜个翁詞「羞捻」句同四字，參差不齊，必無此理，故不收百一字體云云。不知梅津正確，遂白石原作也。

余觀宋人如柳耆卿、周清真、姜白石諸人，皆深於音律。故字之多少，聲之平仄皆可隨意，其次則如千里、夢窗斤斤於四聲之辨。又其次則以多自語，以用自諉者矣。即以《霓裳中序第一》一調論之。前段「多病却無氣力」與後段「沈思年少浪跡」合，則「思」字應是仄聲。「年少」應作「少年」。「笛裏關山」兩句較前段「況紈扇漸疏」兩句，少一領句字。此則各家亦有多一領句字者。前段「流光過隙」，後段「墜紅無信息」又多一字。「歎杏梁雙燕如客」與「漫暗水涓涓溜碧」雖同是七字，句法亦相似，然平仄全反，實細審此調，前後段必當相同，而白石參差若是。蓋於音律無疑也。後人斤斤墨守，必爲古人齒冷。然在今日舍確守前哲矩矱，又別無是處。如一意自放，反不若首首自度較爲不厭於古耳。

憶舊遊

《憶舊遊》末句七字，唯玉田一首「清聲謾憶，何處鶯簫」作八字，與前結「還將樂事，輕趁冰消」聲節悉合。初疑「鶯」字衍，即戈選亦去「鶯」字。檢草窗詞此調三首，其一作「空江冷月，魂斷隨潮」亦八字，且「鶯」字可去，「隨」字去之，則不詞矣。每檢詞調前後段字句相同者，其結句後段較前段少一二字。因憶唐人論《霓裳羽衣曲》謂，凡曲調尾聲必加促。惟《霓裳羽衣曲》終反緩。可見尾聲必促，爲聲律常例。故詞調後段結句，必少數字耳。如不明此理，將此調結句改作仄平平仄仄平平，如《圖譜》所云：則謬矣。然《圖譜》之謬，固不待言。萬氏斤斤守古，然亦未審，加多一字，前後段本相同耳。

玉燭新

《玉燭新》一調，楊逃禪較各家多兩句，最整適宜。從然案此調前後段四字句各兩句，上闋仄平仄仄，下闋平平仄仄，後段同。各家皆然。惟楊澤民「濛濛雨歇」，「濛」字用平恐誤。而逃禪作「蘭枯蕙死」，「蘭」字宜仄。「可堪紅紫」，「紅」字宜仄，「可」字宜平。「此時胸次」，「胸」字宜仄，是其小疵。每檢《宋名家詞》用勻或可通融，平仄斷雖出入，蓋歌喉抑揚，此事尤重也。

瑞鶴仙

周美成《瑞鶴仙》第二句「客去車塵漠漠」句,「客去」兩字,各名家皆作仄聲。方千里和周四聲悉合。獨此兩字亦用平聲,意周詞必誤。不然方何審有舛差也。又末句「猶喜洞天自樂」,用「猶喜」二字。《詞苑叢談》作「歸來」,各家亦多作平聲。千里亦作「雲階」,皆平聲字,亦疑用詞本誤。又按《片玉詞》周別作,於「客去」兩字,作「千絲」亦用平,而「猶喜」兩字,作「深處」,「處」字仍仄或此字當可通融。然周別作,他處當多誤,此處非誤也。今人於《清真詞》本爲金科玉律,其實異較他家輕密。若稍有誤處,必且待訛。舊刻與千里、澤民兩家合爲《三英集》。倘能再據陳元平諸家和周詞合爲一編。校亦用矣,則《片玉詞》之誤,可十得八九矣。

齊天樂

清真《齊天樂·綠蕪凋盡》一首,後段「離思何限」四字,千里和詞作「關山又隔無限」六字。按此調此句平仄平仄,各名家皆然,間有作平平仄平或仄平平仄者,皆非行家。故千里此句不能作「關山無限」,而必作「關山又陽無限」者,以「關山」二字抵「離」字。「又陽」二字,抵「思」字。特「山」字,「陽」字不當差,即「關山」「關」字作仄,或「又陽」「又」字作平,便爲失律。須知多兩字却不妨,必不當哉。作「關山無限」使「山」字作平也。此等處知者不必言,不知者又不皆信。此詞之所以多誤刊也。予録此調,終刪千里一首,然俗無疑之也。又按徐誠齋《詞律拾遺》銜元卿此調亦百四字,其此句作「連娟黛眉顰」,「眉」字平失律。是放西子之顰,而不知其思者。

西平樂

《西平樂》清真一首,多區區二字,萬氏之説是也。徐誠齋反據《詞譜》爲千里和詞,落「他鄉」兩字,則夢窗與楊澤民和詞，何以亦止百三十五字也。總之周詞多兩字，原不妨。《詞譜》據周詞爲方詞補二字，不如據方、楊、吴三家删本。周詞二字，且方、楊和周，於此句加多二字。其事甚易，而兩家相同，則知周詞必原作百三十五字耳。

氐州第一

周美成《氐州第一》第三句「遥看數點帆小」，萬氏於「看」字旁註：「作平是也。」徐誠齋勘語云：「遥看」别刻作「遥見」，此字宜去聲，萬氏似誤。按千里、澤民和詞，此字皆平聲字。徐氏何所據謂宜去聲乎。且以工愓調之，此字亦不當用仄。吾謂徐氏見一去聲如獲異寶，非礐言也。

還京樂

美成《還京樂》第六句，「望箭波無際」「際」字似叶匀。千里、澤民此句亦用匀，而不叶「際」字。千里作「記夜闌沈醉」。徐誠齋《詞律》勘語謂《詞譜》「沈醉」作「深際」叶，清真、美成原匀，應還改。萬氏蓋以澤民，此句作「算枕前盟誓」不叶，「際」字故未深考耳。按夢窗此調此句并不用匀，可知此字原可不叶。宋人和匀，凡换頭用匀及句中短匀，每不用原匀。蓋皆可叶，不可叶者。此句亦然。故方、楊皆不用原匀。《詞譜》以臆改者居其泰半，未必果有所本也。

寶鼎現

康伯可《寶鼎現》百五十五字。史鄮峰浩有和韻一闋，字數正同。即趙長卿《惜香樂府》亦止百五十五字。曾慥《樂府雅詞》於第三段起句「宴閣多才」上增「來傳」二字。又於「恐看看、丹謂催奉，宸遊燕侍」句，註「催奉」二字一本作「歸春」，屬上句讀。後《欽定詞譜》遂之，此與劉須溪辰翁一闋百八十八字者相合。然劉詞「等多時春不歸來，到春時欲睡」。此句共十二字，今須以「歸春」二字屬上句，当須有一「奉」字，作「恐看看、丹謂歸春，宸遊燕侍」，兩詞方合。如無「奉」字，仍止百八十七字，終少一字耳。按劉詞字數與張元幹一闋合。張詞此作「岸幘綸巾歸去，深户相迷翠幙」，與劉句法異，與康詞原本不過上句多一字。「深户」句與「催奉」句平仄悉合。竊疑張詞衍一「幘」字，「幘」即綸巾。後人以「岸幘」二字相連，故誤衍耳。劉詞亦當作「等春時歸否來，到春時欲睡」，則諸家悉合矣。望文臆改，自知武斷，此頗謂劉詞必有誤也。

雨霖鈴

《陽春白雪》有杜龍沙平聲《雨霖鈴》，間叶仄勾，較柳作少二字。徐氏《拾遺》獨不補此體，何也。

金盞子百三

《金盞子》夢窗兩首皆百三字，竹山百二字，梅谿百二字，虛齋、碧山皆百一字。換頭五字句，有第二字叶者，有第五字叶者，有第二、第五兩字俱叶者。後段第十九字，有叶有不叶者，多平聲字。然竹山不叶，亦用仄聲。至其他處，平仄尤多參差。今録以上六首，竹山作準。萬紅友説補，但字解悉，以空格補足百三字。吴文英，又史達祖、蔣捷、趙以夫、王沂孫。

眉嫵百三

《眉嫵》前後段四字句叶勾：去平去上。

龍山會 百三

《龍山會》虚齋三首，首句皆叶，夢窗不叶。首句用匀，原不妨出入。《詞譜》改叶匀字，姑從之。其前後段五字句用匀，汲古刻誤，失叶。朱校宋寫本，原不誤，皆叶，唯末句與汲古本同。今亦姑從《詞譜》。

曲遊春 百三

《曲遊春》草窗作末句十字，較梅川原作少一字。戈校以謂誤改。從施檢元人趙晚山功可作，末句亦十字。可見襯字出入，草窗不誤也。今録趙作亦妄增一字。

湘江静 百三

《湘江静》梅谿外罕見。《陽春白雪》無名氏一首題作「瀟湘静」。首句「微卷畫簾香風逗」，誤作「畫簾微卷」。此必淺人以音節不協臆乙者，又梅谿「滄波蕩晚，菰蒲弄秋」兩句。故作「風臺歌短，銅壺漏永」，「秋」平，「永」仄，不合。按此調前後段四字句凡八句，皆作平平仄仄，疑梅谿「秋」字訛。然彼作「歌」字，亦未妥。獨作第三、第四兩句「金盤露冷，玉爐篆煙」，「煙」本作「消」，註一本作「煙」，凡此皆淺人所爲耳。

還京樂 百三

《還京樂》美成一首第六句「望箭波無際」似用匀。千里作「記夜闌沈醉」，澤民作「算枕前盟誓」皆用匀，而不和原匀，此正宋元詞人和匀慣例。凡可用可不用者，每不用原字，故夢窗此句竟不用匀，可證《詞譜》改千里「沈醉」作「深際」，未必果有所本也。

雨霖鈴 百三

《雨霖鈴》耆卿作，句法半山與之相合。黄裳作雖平仄不差，句法多舛，亦歌喉宛轉，於絶句無甚關系耳。萬氏之論每嚴於句法，亦其未達一問者也。

绮寮怨 百四

《绮寮怨》作者不多，美成外，有王竹澗學文、石正倫瑶林兩首。此較周作，王作大段不差，石作尤精。唯周作末句「歌聲未盡處、先淚零」。萬氏於「聲」字不注叶，而近人多認爲用勻。檢王、石兩作俱不叶。又按徐誠齋《詞律》勘語謂有趙文儀一首，則未之見。

澡蘭香 百四

夢窗《澡蘭香》各本皆百三字。前段「炊黍光陰漸老」句，《詞譜》「黍」字下補「夢」字，與後段「但悵望一屨新蟾」句雖平仄不同，而字數畫一，今姑從之。

春從天上來 百四

《春從天上來》吴彦高一首，列入大曲，風行一時。其第五句「金屋銀屏」未知用勻與否，而後之原和者無不叶。按玉田一首較吴作多兩字，第五句不叶，且句中平仄亦多相反。然張作固甚整齊也。以後人唯以吴作爲式，今故録張作於後。

花心動百四

《花心動》前後段第四、第五兩句，仄仄仄平、仄仄平平，各名家多守之勿移。間有作平仄仄平、仄仄平平者。李弥遜作前後第五句作「襟裾初試」「幽歡難駐」，必是誤倒。即朱校刻史鄮峰浩作，前段第四句作「玉鐙繡韉」亦是誤倒。後段原作「桂楫撥雲」也。唯謝無逸逸「風裏楊花，輕薄性」一首，句法、平仄與各家均異，以其詞爲人所傳誦，故録於後以用一格。

綺羅香百四

《綺羅香》玉田「候館深燈」一首，後段第二句六字句，落一領句字，作「對熏爐象尺」。徐氏《拾遺》謂梅谿「還被春潮晚急」句，本無「晚」字，可據張以徵史。按《梅谿詞》落與不落，誠不敢妄斷。若以玉田此句例之，則大不可。「象尺」二字，正與「晚急」音律相同，何得但論字數。

秋霽百五

《秋霽》清真一首，「念上國」，「國」字用匀，各家皆此。唯陳西麓作「素鷗」，「鷗」字必係「鷁」字之讹。盧蒲江作「向艷歌偏愛，賦情多處寄衷曲」。余謂「歌」字亦「曲」字之讹。「歌曲」「曲」字與「衷曲」「曲」字，故不妨兩用也。意或以「曲」字重句，且以西麓誤字爲據，妄改耳。

《南浦》程正伯一首共十匀，餘皆八匀。程「碧雲欲暮」，「可堪杜宇」前後「暮」「宇」多兩匀。梅谿惟不用匀，尚以仄聲爲句。碧山兩作已連下三字作七言詩句，然第四字當用仄聲。至玉田作「回首池塘青欲遍」，「前度劉郎歸去後」第三、第四字竟用平。後人翕然從之，亦以拗句難填故也。

《解連環》前段第十句仄仄仄平，後段第九句下四字仄平仄仄，如美成前段「盡是舊時」後段「對花對酒」是也。亦有前段第十句作仄仄平平者。至玉田《孤雁》一首。前段「殘氈擁雪」，後段「雙燕歸來」。此與各家平仄相反，而别作「句章城郭」又與美成合，殊不易解。

《夜飛鵲》美成一首，《片玉詞》於第六句作「相將散離會處」衍一「處」字。此《樂府雅詞》收盧蒲江一首，亦作「牽衣揾强彈淚粉」，自註云《蒲江集》無「粉」字，蓋因片玉之誤，增一字以求合者。至劉須溪一首，此句「作何堪更嗟遲暮」，增一「嗟」字，則音節且不合矣。校詞宜細勘，此種因果如倒，果爲因則謬，雅流傳無已時矣。

《歷代詩餘》後附詞人姓氏及詞話。其自計云：自十六字至二百四十字，共一千五百四十調。詞九千零九首。自唐迄明共詞人九百五十七人。詞話七百六十三則。辛酉二月初二日

《一絡索》即《洛陽春》，万氏《詞律》已爲證明。乃《歷代詩餘》復兩收之，且於《一絡索》調下註：「亦名《洛陽春》。」若認爲兩調者，乃細檢其所收各調聲勻格律不差，累黍同。取一卷之中，何疏忽至此。二月初五日

《憶少年》一名《十二時》，或四十六字，或四十七字。祇後起七字句或加换頭作八字耳。曲肖换頭。

〔一〕陳國安《南社舊體文學著述敘録初編》，上海古籍出版社二〇一六年版，第一三頁。

（整理者單位：上海大學文學院）

唐圭璋《夢桐室詞話》補遺

和希林 輯校

唐圭璋（一九〇一—一九九〇），字季特，江蘇南京人。中國當代著名詞學家、教育家。一九二八年畢業於國立東南大學，曾任教於中央大學、金陵大學、南京大學、東北師範大學、南京師範大學等。曾擔任中國韻文學會會長。編著有《詞話叢編》、《全宋詞》、《全金元詞》等，著有《夢桐詞》、《詞學論叢》、《夢桐室詞話》。朱崇才將唐氏論詞文字合編爲《夢桐詞話》，其中第四卷乃據《中國文學》一九四四年第一卷第二期之《夢桐室詞話》，共八十三則，别題爲「辨證」，收録於《詞話叢編續編》（人民文學出版社二〇一〇年版）。一九三五年六月二十五日，唐圭璋在寄給龍榆生的信件中，曾附有所撰寫的《夢桐室詞話》三則，此爲唐氏撰寫《夢桐室詞話》的最早記載。倪春軍曾將其整理刊發於《新宋學》第五輯（復旦大學出版社二〇一六年版）。《中央日報》從一九三六年八月二十四日至一九三七年八月十日連載署名「圭璋」之論詞文字，共計八十六則。其中部分條目，亦曾發表於《大中時報》、《益世報》、《豫北日報》、《瓊崖民國日報》等。唐圭璋從《中央日報》中選擇了七十九則，删除了七則，重新撰寫了四則，共計八十三則，重新發表於《中國文學》一九四四年第一卷第二期，此爲較大規模地集中呈現《夢桐室詞話》之面貌。《中央日報》一九四七年八月

本文係河南省哲學社會科學規劃項目「孫人和詞學文獻整理與研究」（項目編號：2021BWX005）、「明代戲曲文體文法範疇術語考釋研究」（項目編號：2018CWX030）階段性成果。

十三日至一九四八年五月二十九日連載重新撰寫之《夢桐室詞話》三十八則。其中有九則，亦曾刊載於《中央日報》(永安)。唐圭璋在近十幾年的時間裏陸續撰寫《夢桐室詞話》，由此可以看出，該詞話應該是唐圭璋非常看重的一部著作。建國後，唐圭璋曾將部分内容以《讀詞札記》、《讀詞續記》等發表，後收録於《詞學論叢》(上海古籍出版社一九八六年版)。今年適逢唐圭璋誕辰一百二十周年，特輯録唐氏《夢桐室詞話》未刊部分，凡四十五則。以發表時間爲序，重新排列，以饗詞學愛好者。

一　李笠翁詞見不高〔一〕

笠翁作曲論曲，皆精警無匹。獨作詞論詞，皆卑卑不足道。其論詞之作，有《窺詞管見》。嘗論「紅杏枝頭春意鬧」一句，令人有固哉之歎。夫此詞蜚聲千載，並無異議。而笠翁則極屏之，觀其言曰：「紅杏之在枝頭，忽然加一鬧字，此語殊難著解。争鬥有聲之謂鬧，桃柳争春則有之，紅杏鬧春，予實未之見也。鬧字可用，則吵字、打字、鬥字，皆可用矣。宋子京當日以此噪名，人不呼其姓氏，意以此作尚書美號，豈由尚書二字起見耶？予謂鬧字極粗極俗，且聽不入耳。非但不可加於此句，並不當見之詩詞，近日詞中争尚此字者，子京一人之流毒也。」此則論鬧字，無一是處，殊堪發噱。且謂世人之讚美，由於尚書二字，亦不免狂妄凌人。準斯以談，若白石之「冷香飛上詩句」，笠翁必曰：「凡有羽翼始可飛，若冷香能飛，予實未之見也。」笠翁固聰明絶頂人物，而論詞則淺陋如是，信乎人有别才，不可强致也。

(以上《中央日報》一九三六十一月十八日)

二　記百琲明珠

《百琲明珠》，明楊升庵所選之宋元詞集也。升庵著述極富，詞之著述，則有《詞品》、《詞林萬選》、《評選草堂詩餘》諸書，數百年來，風行不替。顧其集目所著之《百琲明珠》一種，絶鮮流傳。有清以來，即無人稱道，而諸家書目亦未著録，蓋隱晦已久矣。前年予得斐雲郵寄一帙，展視之，赫然景明刊本《百琲明珠》也。書共五卷。半葉十行，行二十字。題作嘉靖朝蜀楊慎選集，萬曆朝楚杜祝進訂補。有昌齡、曹楝亭、韓季卿、汪退思諸家藏書印。據祝進序云，是集留於新都，刻於萬曆癸丑冬，意當時流傳不廣，故後世知者亦少。今三百年來，得重見升庵之原編，豈徒個人之眼福不淺，亦薄海之所同珍也。叔雍方刻《全明詞》，亟以此付之，稱快不置。

（以上《中央日報》一九三七年四月六日）

三　東堂詞補闕

宋毛滂嘗知武康縣，改盡心堂爲東堂，簿書獄訟之暇，輒觴詠自娱。所爲詞集，名《東堂詞》，見賞於東坡。今汲古閣刻本及《彊村叢書》刻本，皆有訛脱，然亦無從訂補。惟《調笑·張好好》一首，缺十四字，可據《詞譜》訂補。原文云：「半天高閣倚晴江。使君燕客羅紈香。一聲離鳳破凝碧，洞房十三春未央。佩瑶棄置洛城東，風流雲散空相望。」「洞房十三春未央」句下缺兩句十四字，吴甘遁寫本及明鈔本皆然。檢《欽定詞譜》卷四十，竟得全文云：「沙暖鴛鴦隄下上，煙輕楊柳絲飄蕩。」此亦大可驚異，想館臣所見本必爲舊藏善本，惜不得見其底本，不然可校訂今本訛脱者，必不止此。《東堂詞》有二百二首之富，雖非卓然宗工，然情韻特甚，亦當時一作手也。

（以上《中央日報》一九三七年四月十八日）

四　邵公序贈岳武穆詞〔二〕

岳武穆駐鄂州時，軍令森嚴，秋毫無犯，萬民愛戴，如父如天。有邵公序者，作《滿庭芳》贈之云：「落日旌旗，清霜劍戟，塞角聲喚嚴更。論兵慷慨，齒頰帶風生。坐擁貔貅十萬，啣枚勇雲槊交横。笑談頃，匈奴授首，千里静欃槍。　荆襄，人安堵，提壺勸酒，布穀催耕。芝夫蕘子，歌舞威名。好是輕裘緩帶，驅營陣，絶漠横行。功誰紀，風神宛轉，麟閣畫丹青。」詞紀實況，而流傳絶少。邵公序不詳何許人，李彌遜《竹溪集》有《送邵公序還鄉序》，序中言邵生名緝，他不能參詳也。

（以上《中央日報》一九三七年五月二十日）

五　吴江三高祠題詞

明正統刊本、萬曆刊本《白玉蟾集》，皆有吴江三高祠題詞云：「挽住風前柳。問鴟夷當日扁舟，近曾來否。月落潮生無限事，零落茶煙未久。漫留得蓴鱸依舊。可是功名從來誤，撫荒祠誰繼風流後。今古恨，一搔首。　江涵雁影梅花瘦。四無塵雪飛雲起，夜窗如晝。萬里乾坤清絶處，付與漁翁釣叟。又恰是題詩時候。猛拍闌干呼鷗鷺，道他年我亦垂綸手。飛過我，共尊酒。」案此首絶非白玉蟾詞，乃盧祖皋詞。觀詞序云：「彭傳師於吴江三高堂之前，作釣雪亭，蓋擅漁人之窟宅，以供詩境也。趙子野約余賦之。」考白玉蟾生於光宗紹熙五年，而彭傳師作亭則在寧宗嘉泰二年，時白玉蟾方九歲，安得作此詞？泳先輯《宋詞鉤沉》，方以此詞補《白玉蟾集》，故力辨其非。明正統刊本，爲明寧獻王朱權所編，雜糅諸書，不加抉擇，其誤也固在意中，何可盡信？

（以上《中央日報》一九三七年六月一日）

六　柳耆卿家世〔三〕

柳耆卿，北宋大家，宋人至比之爲詩中之杜甫，惜《宋史》無傳，遂致身世仕履，都不可考。近人若馮夢華、陳伯弢，盛稱其詞，顧於其家世，亦無表白。間閲地志，得悉其梗概，兹志之。耆卿名三變，後改名永，閩崇安五夫里人。乃河東後裔，先世自河東徙閩，遂爲崇安人。祖父名崇，五代高士，閩王延政召補沙縣丞，不就。崇子六：宜、宣、寘、宏、寀、察。耆卿，宜之長子也。宜次子三復，天禧三年進士。宜三子三接，景祐元年進士。弟兄三人，並有文名，號柳氏三絶。耆卿有子曰涚〔四〕，與翁肅同榜登第。三接有子曰洪，官至太常博士。耆卿既以詞忤仁廟，終身淪落。世人卑其詞且鄙其人，不知地志稱述耆卿，不入《文苑傳》，即入《名宦傳》也。《大德昌國州圖誌》，言耆卿曾爲定海曉峰鹽官，體恤民艱，區畫有方。《志》中尚載耆卿《鬻海歌》一首，爲耆卿僅見之詩篇。且於其詩中，頗可窺見憂國憂民之至意焉。

（以上《中央日報》一九三七年六月二十五日）

七　胡邦衡直斥奸佞

南宋權相秦檜，力主和議。胡邦衡剛正直言，上疏請斬檜首，以謝天下。冒死不顧，可謂血性男子。囊觀《揮麈後録》，亦載其《好事近》云：「富貴本無心，何事故鄉輕别。空使猿驚鶴怨，誤薜羅風月。囊錐剛要出頭來，不道甚時節。欲駕巾車歸去，有豺狼當轍。」直斥秦檜爲豺狼當轍，千載而下，令人起敬。然卒因此爲檜黨張棣所陷，謫吉陽軍編管。邦衡與其骨肉，徒步以涉瘴癘，路人莫不憐之。此詞不見胡公《澹庵詞》，但見高登詞，王半塘遂以此爲高登之作。其實非也。王明清《揮麈後録》所録，乃據胡公之子言采入，自可確信無疑。且《宋名臣言行録》及《梅磵詩話》，皆云此胡公事。王氏不察此詞誤入高集，反援高集以疑胡公，亦賢者之過也。

（以上《中央日報》一九三七年八月十日）

八　李西涯輯南詞

南昌彭文勤家，舊藏李西涯輯《南詞》一部。内五代一家，宋十八家，元四家，總集二種。所謂五代一家，爲《南唐二主詞》。所謂宋十八家，爲陳人傑《龜峰詞》、夏元鼎《蓬萊鼓吹》、潘閬《逍遥詞》、王達《耐軒詞》、王安石《半山詞》、張繼先《虚靖真君詞》、謝薖《竹友詞》、廖行之《省齋詞》、陳與義《簡齋詞》、朱敦儒《樵歌》、沈瀛《竹齋詞》、京鏜《松坡詞》、李處全《晦庵詞》、管鑒《養拙堂詞》、吴潛《履齋先生詞》、陳德武《白雪詞》、張輯《東澤綺語》、李祺《僑庵詞》。所謂元四家爲虞集《鳴鶴遺音》、張翥《蜕巖詞》、沈禧《竹窗詞》、張雨《貞居詞》。所謂總集二種，爲《樂府補題》及《草堂詩餘》。案彭氏所稱宋十八家中，王達及李祺二家爲明人。李氏誤收，彭氏失考。王半塘於《陽春集》後，附録彭氏書目，亦未辨此。又《鳴鶴餘音》，乃彭致中所輯道士詞，亦非虞氏個人專集。

九　兩吴淑姬

宋黄昇花庵選《唐宋諸賢絶妙詞選》十卷，皆唐五代及北宋人詞。選《中興以來絶妙詞選》十卷，皆南宋人詞。吴淑姬詞三首，見《唐宋詞選》卷十《閨秀詞》。可知淑姬乃北宋人。花庵註云：「淑姬，女流中黠慧者。有詞五卷名《陽春白雪》，佳處不減李易安也。」是其人或與李易安同時。惟洪邁《夷堅支誌》又載有吴淑姬《長相〔五〕思》詞云：「煙霏霏。雪〔六〕霏霏。雪向〔七〕梅花枝上堆。春從何處回。　醉眼開。睡眼開。疏影横斜安在哉。從教塞管催〔八〕。」此詞不見黄選。洪氏謂淑姬在獄中作，其太守爲王十朋。是洪氏所述吴淑姬爲南宋人，與花庵所録，當非一人。

一〇　陳鳳儀非元人〔九〕

《歷代詩餘·元詞話》中，有引《古今詞話》云：「陳鳳儀、劉燕哥，皆樂妓也。陳有送别《一絡索》詞云：『海棠也似别君難，一點點啼紅雨。』劉有餞劉參議《太常引》云：『明月小樓間，第一夜相思淚彈。』皆傳唱一時。」案：劉燕哥元人不誤，其《太常引》見元楊朝英《陽春白雪》。若陳鳳儀乃北宋人，其送别《一絡索》詞，見宋黄昇《唐宋諸賢絶妙詞選》卷十。實不當與劉燕哥相提並論也。《歷代詩餘》既誤引《古今詞話》，《詞林紀事》又誤引《歷代詩餘》，以訛傳訛，誤人非淺。最奇者，朱竹垞《詞綜》，亦將鳳儀列入元詞，次劉燕哥後。《聽秋聲館詞話》卷八云：「元時閨秀寥寥，《詞綜》祇采管道昇與妓女劉燕哥、陳鳳儀之詞。」是又沿《詞綜》之誤，而失考於眉睫矣。至《歷代詩餘》所引《古今詞話》，則不知何人所撰。北宋間有楊湜《古今詞話》，今不傳。今傳者有清初沈雄《古今詞話》，《詩餘》所引此條，亦不見載其中。是《詩餘》所據，當别有本。第觀其徵引有誤，知亦非善本也。

一一　美奴卜算子

《唐宋諸賢絶妙詞選》卷十，録陸氏侍兒《如夢令》一闋云：「日暮馬嘶人去。船逐清波東註。後夜最高樓，還肯思量人否。無緒。無緒。生怕黄昏疏雨。」案此闋又見《苕溪漁隱叢話》，爲花庵所本。惟《叢話》尚載侍兒《卜算子》詞云：「送我出東門，乍别長安道。兩岸垂楊鎖暮煙，正是秋光老。一曲古陽關，莫惜金尊倒。君向瀟湘我向秦，魚雁何時到。」脱口自然，至可玩味。花庵未選，幸《叢話》猶存其遺文。《叢話》並謂侍兒别有《虞美人》、《玉樓春》，自賦閨情，惜均不傳。又花庵選《如夢令》，僅云陸氏侍兒，何名何時，均不能詳，亦賴《叢話》得以知其概略。《叢話》謂侍兒爲陸敦禮侍兒，名美奴。敦禮名藻，北宋人。余檢《宋史・陸藴傳》，更知藴、藻爲昆弟。藴字敦信，福州侯官人，徽宗朝官至御史中丞，後以龍圖閣待制知福州。《花庵詞選》嘗録其《感皇恩》詞。弟藻字敦禮，由列曹侍郎，出知泉州，過藴合樂燕款，閩人以爲盛事。今敦信及敦禮侍兒，皆有詞流傳。獨惜敦禮無詞流傳。

一二　花庵詞選錯簡

《四部叢刊》本花庵《中興以來絶妙詞選》，係借無錫孫氏小緑天藏明翻宋本景印。其卷一録曾公衮《菩薩蠻》云：「山光冷浸清溪底。溪光直到柴門裏。卧對白蘋洲。欹眠數釣，靈光巋然存。悵明月清風，更無玄度。」案「數釣」以下乃曾氏前首《洞仙歌》末段文字，至《菩薩蠻》原文已脱。所幸《樂府雅詞》卷下，亦録曾氏此闋。「數釣」下係「舟」字，葉韻。是爲上半闋。下闋云：「溪山無限好。恨不相逢早。老病獨醒多。如此夜良何。」《花庵詞選》錯簡，賴此可以訂正。至李蕭遠詞，《雅詞》及花庵兩選，並選及之。《雅詞》所録李氏《阮郎歸》，亦缺下半闋。《花庵詞選》未録此闋，原缺竟無從補正，是亦有幸有不幸也。

（以上《中央日報》一九四七年八月十三日）

一三　黑漆弩乃北宋曲調〔一〇〕

元楊朝英《太平樂府》，載馮子振《鸚鵡曲》。馮氏題云：「白無咎有《鸚鵡曲》云：『儂家鸚鵡洲邊住，是個不識字漁父。浪花中一葉扁舟，睡煞江南煙雨。覺來時滿眼青山，抖擻緑蓑歸去。算從前錯怨天公，甚也有安排我處。』余壬寅歲留上京，有北京伶婦御園秀之麗，相從風雪中，恨此曲無屬之者。且謂前後多親炙士大夫，拘於韻度，如一個『父』字，便難下語。又『甚也有安排我處』，『甚』字必須去聲字，『我』字必須上聲字，音律始諧。不然不可歌，此一節又難下語。諸公舉語，索余和之。以汴京、上都、天京風景，試續之。」觀馮氏題記，似白無咎原作《鸚鵡曲》，而馮子振和之。實則原作，並非始於白無咎，而原名亦非《鸚鵡曲》。據元盧摯《黑漆弩》題云：「晚泊采石磯，歌田不伐《黑漆弩》，因次其韻。」其曲云：「湘南長憶嵩南住。只怕失約了巢父。艤歸舟喚醒湖光，聽我篷窗春雨。故人傾倒襟期，我亦載愁東去。記朝來黯别江濱，又彌棹娥眉晚處。」是此曲原名《黑漆弩》，原唱乃田不伐曲。不伐名爲，崇寧中充大晟府制撰，有《哔嘔集》，見白樸《天籟集》引。趙斐雲輯不伐《哔嘔集》，共得詞六首。惜不伐《黑漆弩》不傳。詞調無《黑漆弩》，想爲當時流行之俗曲。白樸引其集，盧摯和其曲，可見田氏詞曲流傳一時之盛。無咎和其曲，起句云「儂家鸚鵡洲邊住」，故名《鸚鵡曲》。無咎曾官學士，故又名《學士吟》。使非盧氏和曲有題，則其起原不可知。使非《永樂大典》載盧氏和曲，則其起原亦不可知。事有幸中之幸者，此類是已。又馮氏和作共三十九首，劉敏中亦有二首名《黑漆弩》，皆用此韻。元人作曲，始終僅步一韻者，自此曲調外，可見他調。

一四 獨自莫憑欄〔一二〕

李後主《浪淘沙令》云：「簾外雨潺潺。春意闌珊。羅衾不耐五更寒。夢裏不知身是客，一晌貪歡。獨自莫憑欄。無限關山。别時容易見時難。流水落花春去也，天上人間。」近人胡適《詞選》，以爲此詞换頭，「莫」乃古「暮」字。案此解甚奇。不獨後主作詞，未必用古字。即就詞情言，亦决非「暮」字。「暮」字平直，「莫」則極顯淒惋幽怨之情。且「莫憑闌」與下句「無限關山」，正相呼應。若作「暮」字，則不呼應。宋范希文詞云：「明月樓高休獨倚，酒入愁腸，化作相思淚。」歐陽永叔詞云：「寸寸柔腸，盈盈粉淚，樓高莫近危闌倚。平蕪盡處是春山，行人更在春山外。」辛稼軒詞云：「休去危倚闌，斜陽正在煙柳斷腸處。」皆可爲後主詞「莫」字作註脚。後主原詞之不作「暮」，當愈明矣。

一五　花間不載馮李詞〔一二〕

王静安《人間詞話》云：「馮正中詞，雖不失五代風格，而堂廡特大，開北宋一代風氣，與中後二主皆在《花間》範圍之外。」夏瞿禪撰《馮正中年譜》，則以爲王説失考。其意以爲《花間集》結集於昇元四年庚子。此時正中未顯，後主才四歲，與《花間》時代不相及，非詞派不同。予謂後主時代固與《花間》時代不相及，然馮正中時年三十八，南唐中主時年二十五，則非時代不相及也。故王氏就詞派言，夏氏就時間言，似俱未當。《花間》所以不收馮正中詞及南唐中主詞，當由於地域關係。選《花間集》者爲蜀人趙崇祚，序《花間集》者爲蜀人歐陽炯，而所選者，又多爲蜀人，或曾仕宦於蜀者。此蓋由於偏於一隅，僅就耳目所及者選之耳。故《花間集》實爲一地方詞選。五代大亂，天下分裂。西蜀與南唐，一西一東，相距千里。聲氣鮮通，流傳不及，蜀人不録南唐人詞，非地理使然歟。

（以上《中央日報》一九四七年八月十五日）

一六　名宦柳永〔一三〕

世皆知永爲無行詞人，而不知其嘗爲名宦也。永，《宋史》無傳，故其事跡不詳。宋人筆記如《避暑録話》、《後山詩話》、《澠水燕談》、《苕溪漁隱叢話》、《能改齋漫録》諸書，所載永事，亦甚簡略。其宦跡尤鮮著録。吾人所知，僅永嘗爲睦州推官，終至屯田員外郎而已。然觀宋祝穆《方輿勝覽》卷六，明載名宦柳耆卿。並註云：「監定海曉峰鹽場，有題詠。」是永又嘗爲定海鹽官也。顧祝氏所謂題詠，則未録出。尋檢元人馮福京等所撰《大德昌國州圖誌》，見書中卷六《名宦》類，亦載永嘗爲曉峰鹽場官，並有《鬻海歌》云：「鬻海之民何所營，婦無蠶織夫無耕。衣食之原有寥落，牢盆鬻就汝輸征。年年春夏潮盈浦，潮退刮泥成島嶼。風乾日暴鹽味加，始灌潮波塯成鹵。鹵濃鹽淡未得閒，采樵深入無窮山。豹蹤虎跡不敢避，朝陽出去夕陽還。船載肩擎未皇歇，投入巨竈炎炎爇。晨燒暮爍堆積高，才得波濤變成雪。自從瀦鹵至飛霜，無非假貸充餱糧。没入官中得微直，一緡往往十緡償。周而復始無休息，官租未了私租逼。驅妻逐子課工程，雖作人形俱菜色。鬻海之民何苦辛，安得母富子不貧。本朝一物不失所，願廣皇仁到海濱。甲兵浄洗征輪輟，君有餘財罷鹽鐵。太平相業何惟鹽，化作夏商周時節。」此歌爲海濱小民，申述苦痛。亦猶白香山秦中之吟。而願廣皇仁之心跡，尤足稱道，誠不愧爲名宦也。

一七　清真懷遠堂詩〔一四〕

予昔輯周邦彦《清真先生文集》，得賦一、表一、記二、詩二十九、斷句三、帖一。其間《睦州建德縣清理堂記》，得自《永樂大典》卷七千二百四十一「堂」字韻。詩七首，得自《大典》卷八百五十九「詩」字韻。又詩六首，見《大典》卷二千二百七十四「湖」字韻。又詩一首，見《大典》卷一萬九千六百三十七「目」字韻。其後予復見《大典》卷七千二百三十九「堂」字韻，得清真《懷隱堂》詩一首，因亟録之。詩云：「昔賢抱奇識，閲世猶鼠肝。深鞶畏軒冕，自謂山林寬。至今仰高躅，凜若冰雪寒。我侯坐少孤，久著聚鷸冠。辛勤取微鷸，屢費黄金丸。歸來長太息，依舊一瓢簞。偶逢隱者谷，愛此高巑岏。結廬面絶壁，所幸一枝安。侯今未全老，每據伏波鞍。曷不持長纓，取虜報縣官。功名事不磨，未可樂丘蟠。嗟我如鷦鷯，盡室寄葦萑。謀居轉幽邃，欲把嚴陵竿。歸乏環堵室，始覺生理難。因侯有華構，彌起百憂端。」《大典》所引爲《清真集》，想即《宋史・藝文誌》所著録之《清真集》。安得多見《大典》，所得詩文，當更多云。

一八　補全唐詩吕洞賓詞〔一五〕

相傳吕巖，字洞賓，關右人。咸通中，舉進士不第，攜家隱終南。《全唐詩》卷三十二，載其詞三十首，大率宋元人所僞託。其間《卜算子》「心空道亦空」一首，乃徐俯詞，見《樂府雅詞》。《大典》本李吕《澹軒集》亦載此首，是一誤再誤矣。又末一首詞云：「暫遊大庾。白鶴飛來誰共語。嶺畔人家。曾見寒梅幾度花。　春來春去。人在落花流水處。花滿前蹊。藏盡神仙人不知。」《全唐詩》註云：「調名無考。」案此乃《減字木蘭花》詞，不知何以云無考也。又《鳴鶴餘音》中吕詞尚有《解紅》「洞天深處」一首、《吴音子》「欲要神仙」一首、《無愁可解》「返照人間」一首、《無俗念》「全真大道」一首、《鶯啼序》「三峯路險」一首、《江神子》「人生七十」一首、《沁園春》「世事紛紛」一首、「不喜輕裘」一首、「大道無名」一首、「瑞雪翻雲」一首、「黄鶴樓前」一首、「切勸學人」一首、「昨夜南京」一首、「打破疑團」一首、「瑞雪長空」一首、「自古興衰」一首、「絶品龍團」一首、「自古神仙」一首、「好無來由」一首、「真一長存」一首、「要做神仙」一首、「大智閒閒」一首，共二十二首。此外尚有《水仙子》「醉魂别後」一首，乃曲調，則明爲元人所假託。

一九　宋金元道士詞紀〔一六〕

宋自真宗、徽宗信道，於是士大夫信道者亦多。而道士亦藉當時之詞體，盛傳其道。金元道士，傳道皆有宗派。而以詞傳道之風愈盛。計宋道士詞，有張伯端《紫陽真人詞》，共二十五首。張繼仙《虚靖真君詞》，共五十首。葛長庚《玉蟾先生〔一七〕詩餘》，共一百三十六首。夏元鼎《蓬萊鼓吹》，共三十首。此皆見諸《彊村叢書》者。此外薛式有詞九首，陳楠有詞十首，蕭廷之有詞二十四首，宋先生有詞二十二首，柳棨有詞三十七首，彭耜有詞三首，徐衡淵有詞一首，張韞有詞一首，龔大明有詞六首，于真人有詞十六首，蔡真人有詞一首，此皆見諸《道藏》及他書者。金道士馬鈺有詞七百九首，王喆有詞六百六十二首，王處玄有詞九十三首，孫不二有詞十三首，此亦皆見諸《道藏》。元道士丘處機有《磻溪詞》一百四十九首，李道純有《清庵先生詞》五十八首，並見《彊村叢書》。姬志真有《雲山集》，詞六十三首，見《雙照樓詞刊》。此外元道士譚處端有詞一百五十五首，尹志平有詞一百七十首，王先生有詞一百四十九首，王吉昌有詞一百七十六首，劉志淵有詞五十六首，宋德方有詞二十首，林轅有詞六首，馮尊師有詞二十四首，郝大通有詞一首，莫月鼎有詞一首，長筌子有詞七十六首，盤山真人詞二首，皇甫真人詞一首，牛真人詞二首，吴真人詞一首，桓真人詞一首，辛天君詞三首，劉鐵冠詞四首，陳益之詞一首。皆見《道藏》及《鳴鶴餘音》。綜計宋道士十五人，詞二百七十一首；金道士四人，詞一千四百七十七首；元道士十四人，詞一千一百十九首。三朝道士共三十三人，詞共二千八百六十七首。此皆道家文獻，安得有力者彙刻爲一集，以廣流傳。

（以上《中央日報》一九四七年八月二十四日）

二〇　蘇子由詞

東坡樂府，名滿天下，世無不知者。獨子由詞以從來選本皆未著録，故知者甚少。予曩輯宋詞，既從《東坡樂府》中，得子由《水調歌頭》一首；又從《欒城遺言》中，得子由《漁家傲》一首。抗戰期間，復檢《欒城詩集》第十三卷，得子由效韋蘇州《調嘯詞》二首。其一云：「漁父。漁父。水上微風細雨。青簑黄篛裳衣。紅酒白魚暮歸。暮歸暮歸歸暮。長笛一聲何處。」其二云：「歸雁。歸雁。飲啄江南南岸。將飛却下盤桓。塞北春來苦寒。苦寒苦寒寒苦。藻荇欲生且住。」當時子由所作，必不止此，惜今俱不傳矣。《彊村叢書》所刻宋劉子翬《屏山詞》、熊禾《勿軒長短句》、遊九言《默齋詞》、張舜民《畫墁詞》、徐經孫《矩山集》、沈與求《龜溪長短句》、汪藻《浮溪集》，皆四首。而所刻蔡戡《定齋詩餘》、陳耆卿《篔窗詞》，皆僅三首。依此例，則子由《欒城詞》四首，亦可刻爲一卷也。斐雲、泳先，一再輯宋詞，俱未采及，則知古人遺珠尚多，要當隨時隨地，注意搜檢云。

二一　韋應物調嘯令〔一八〕

《四部備要》刊明翻宋本《韋蘇州集》有《調嘯令》二首，其一云：「胡馬。胡馬。遠放燕支山下。跑沙跑雪獨嘶。東望西望路迷。路迷路迷迷路。邊草無窮日暮。」其二云：「河漢。河漢。曉掛秋城漫漫。愁人起望相思。塞北江南别離。别離别離離别。河漢雖同路絶。」案此韋詞原體如此，蘇子由和韋詞叠法亦如此，足爲韋詞作三叠之明證。《尊前集》將韋詞，一作「迷路迷路」，一作「離别離别」，皆作兩叠。此或因涉王建兩叠體而誤改。後之選本，選韋詞此調者，無不作兩叠。以訛傳訛，莫聞是正。萬紅友《詞律》，既未録此體，杜〔一九〕小舫、徐誠庵，亦未能校補。徐戟門《詞律校箋》，詳考詞調，而於此體，亦未采及。皆由未檢蘇州原集，只就選集如《尊前集》、《詞綜》、《全唐詩》諸書爲據，以爲唐人只此兩叠一體，並無三叠之體。使非欒城有和作，幾何不疑蘇州原集有誤，而反以《尊前》諸書所載爲可信耶。

二二　晏小山詞之誤

《小山詞》今無善本，《苕溪漁隱叢話》所謂《小山樂府補亡集》，久已失傳。《直齋書録解題》所載《小山詞》一卷，今亦不見。傳世者有毛氏汲古閣本《小山詞》一卷，誤字頗多。朱〔二〇〕氏《彊村叢書》所刻《小山詞》，係用趙氏星鳳閣藏明鈔本，較毛刻爲優。然許氏鑒止水齋所藏明鈔本，分作二卷，且目次與毛刻亦不同。故宋本面目，究竟如何，殊難臆斷。朱氏《小山詞》刻中，《蝶戀花》「卷絮風頭」一首，「欲減羅衣」一首，據《樂府雅詞》，知皆爲趙德麟之作。《生查子》「關山魂夢長」一首，據《花庵唐宋詞選》，知爲王觀之作。尚有《行香子》一首云：「晚緑寒紅。芳意匆匆。惜年華今與誰同。碧雲零落，數字征鴻。看渚蓮凋，宮扇舊，怨秋風。　流波墜葉，佳期何在，想天教離恨無窮。試將前事，閑倚梧桐。有消魂處，明月夜，粉屏空。」自來校《小山詞》者，俱不知此詞非小山詞也。書城作《二晏及其詞》，亦未知之。此乃汪正夫詞，見《花〔二一〕庵唐宋詞選》卷五。正夫名輔之，宣州人。熙寧中登第，爲職方郎中，廣南轉運使，降知虔州卒，有集三十〔二二〕卷。詞僅傳此一首，不知何以誤入《小山詞》中也。

二三　田中行搗練子

宋田中行，不詳何人。秦本《陽春〔二三〕白雪》五引康伯可《風入松》云：「一宵風雨送〔二四〕春歸，緑暗紅稀。畫樓整日無人到，與誰同撚花枝。門外薔薇開也，枝頭梅子酸時。　玉人應是數歸期。翠斂愁眉。塞鴻不到雙魚遠，歎樓前流水難西。新恨欲題紅葉，東風滿院花飛。」並註云：「又附《田中行集》。」是中行有集，集中有此一首也。斐雲輯伯可《順庵樂府》，未引此註，是抹殺中行矣。又石孝友《金谷遺音》中，載《浣溪沙》集句一首云：「宿醉離愁慢髻鬟（韓偓）。緑殘紅豆憶前歡（叔原）。錦江春水寄書難（叔原）。　紅袖時籠金鴨暖（少游）。小樓吹徹玉笙寒（李璟）。爲誰和淚倚闌干（中行）。」觀末句可知中行又有《搗練子》，即「雲鬟亂，晚妝殘」一首。而或以爲李後主詞，實不足信也。《南詞》本《南唐二主詞》，原無《搗練子》，明吕遠本始從楊升庵《詞林萬選》補入。升庵更因此而虛造《鷓鴣天》，尤非事實。

（以上《中央日報》一九四七年九月一日）

二四　唐莊宗憶仙姿〔二五〕

《尊前集》載後唐莊宗《憶仙姿》云：「曾宴桃源深洞。一曲清歌舞鳳。長記欲別時，和淚出門相送。

如夢。如夢。殘月落花煙重。」東坡言，《如夢令》曲名本唐莊宗製，名《憶仙姿》，嫌其不雅，改云《如夢》。莊宗作此詞卒章云：「如夢。如夢。和淚出門相送。」取以爲之名。宋楊湜《古今詞話》言，此詞乃唐莊宗修内苑，掘得斷碑上所載。予謂東坡之言是也。《詞話》所言，苕溪漁隱已駁其非。蓋莊宗原製名《憶仙姿》，以有「如夢」句，遂改已《如夢令》。惟改之者，疑未必爲莊宗自改，或後人以其有「如夢」句而改之耳。且此調又名《宴桃源》，疑亦因莊宗此詞首句「曾宴桃源深洞」而名之。前此並無《如夢令》與《宴桃源》之名也。《尊前》載白居易《宴桃源》三首，《全唐詩》又載白居易《如夢令》三首，詞同名異，皆不可信。《宴桃源》與《如夢令》之名，至後唐莊宗以後始有，中唐白居易時，安得預有此名。《白氏長慶集》卷七十一後，白氏自記云：「若集内無，而假名流傳者，皆謬爲耳。」若此三首，不見於《長慶集》内，其爲他人謬託可知。

二五　詞林紀事體例不善〔二六〕

清張宗橚編《詞林紀事》一書，以人爲主，而繫以詞。書共二十二卷，自唐五代十國以及宋金元詞人，悉依時代先後排比，最爲整齊。較之《詞苑叢談》，分類蕪雜，不註出處者勝矣。然其失處，亦有三端。其一，任意增删原文，致失本來面目。吾人就其所引者，以尋宋人書籍原文，雖大意不差，而文字出入頗大。若據原書以校，誠有校不勝校之歎。近人嘗有《詞林紀事補正》，實則未補正者仍多。頗惜張氏當時既編此書，何以不將原文一字不易，引入本書，而必以己意，自由更動。其二，徵引本事，不直取宋人載籍，而僅據明清人詞書入録，有數典忘祖之憾。明人詞書，如《詞統》，如《花草粹編》，皆間注本事，其實皆本之宋人載籍。而清人詞書，如《詞苑叢談》，又往往本諸《詞統》及《花草粹編》，今此書更有引《詞苑叢談》者。近人言詞人之事，甚至即引此書，展轉稗販，來歷茫然。其三，書名《紀事》，而書中多有漫録前人一二評語，以充篇幅者。書中所載，宋人如黄昇、張磐、黄公紹、洪瑹、李芸子、李演、周端臣、鄧剡，元人如薩都拉、張翥、張埜、吴鎮、倪雲林、陶宗儀、邵亨貞、黄澄、邱長春等，皆無本事可紀，頗違輯書之本旨。使直取宋元人載籍，而又汰其無本事者，重編一書，當更有益有學者。

二六　金陵石刻詞

昔朱述之先生，嘗擬編《金陵金石志》，自校官碑以至明初墓碑。有原石者，則悉心拓之。無原石者，則就原拓鉤勒。並原拓亦無者，則録其原文。宋人詞勝，故石刻多有刻詞者。金陵石刻之詞，以東坡白鷺洲《漁家傲》一首爲最早。詞云：「千古龍蟠並虎踞。從公一弔興亡處。渺渺斜風吹細雨。芳草渡。江南父老留公住。　公駕風車淩彩霧。紅鸞驂乘青鸞馭。却訝此洲名白鷺。非吾侶。翩然欲下還飛去。」南宋則有吴琚遊青溪《浪淘沙》一首，詞云：「岸柳可藏鴉。路轉溪斜。忘機鷗鷺立汀沙。咫尺鍾山迷望眼，一半雲遮。　臨水整烏紗。兩鬢蒼華。故鄉心事在天涯。幾日不來春便老，開盡桃花。」又王埜有《六州歌頭》一首云：「龍蟠虎踞，今古帝王州。水如淮，山似洛，鳳來遊。五雲浮。宇宙無終極，千載恨，六朝事，同一夢休。更莫問閒愁。風景悠悠。得似青溪曲，著我扁舟。對殘煙衰草，滿目是清秋。白鷺汀洲。夕陽收。　黄旗紫蓋，中興運，鍾王氣，護金甌。駐游蹕，開行殿，夾朱〔二七〕樓。送華輈。萬里長江險，集鴻雁，列貔貅。掃關河，清海岱，志應酬。機會何常，鶴唳風聲處，天意人謀。臣今雖老，未遺壯心休。擊楫中流。」此三首並見《景定建康志》，以後之志書並文字而亦無之矣。今存之石刻宋詞，有如愚居士之《滿庭芳》云：「吾乃當塗，棄儒奉道，遵行聖誨多年。已逾三紀，截滅六塵緣。因習業，自謍度日，未嘗謁見豪賢。般若力，掀翻煩惱，坦蕩獨翛然。　來斯，十四載，裝鑾佛像，塔宇盡光鮮。造遮暘石道，直至水礶邊。都係束修已鏹，捨爲助道安禪。知慚愧，了無所得，本覺性明圓。」此詞正書在牛首山辟支塔右，下署淳祐四年十月，拓本高一尺七寸，廣一尺四寸。共九行，行字不等，字逕一寸許。世有承述之先生之志而擬編《金陵金石志》者，此亦不可少之資料也。

二七 白玉蟾改少游詞

《能改齋漫録》曾記琴操改少游《滿庭芳》詞，爲東坡所賞。予見白玉蟾詩餘中，亦有改少游《八六子》詞，頗有韻致。少游原詞云：「倚危亭。恨如芳草，萋萋剗盡還生。念柳外青驄別後，水邊紅袂分時，愴然暗驚。無端天與娉婷。夜月一簾幽夢，春風十里柔情。怎奈向歡娛漸隨流水，素絃聲斷，翠綃香減，那堪片片飛花弄晚，濛濛殘雨籠晴。正銷凝。黄鸝又啼數聲。」白玉蟾改詞云：「倚危亭。恨如芳草，萋萋剗盡還生。念柳外青鸞去後，洞中白鶴歸來，怳然暗驚。吾家渺在瑶京。夜月一簾花影，春風十里松鳴。奈昨夢前塵漸隨流水，鳳簫歌杳，水長天遠，那堪片片飛霞弄晚，絲絲細雨籠晴。正消凝，子規又啼數聲。」中間微易數字，而氣象大不相同。一則濃情繾綣，一則瀟灑出塵。「夜月一簾幽夢，春風十里柔情」，與「夜月一簾花影，春風十里松鳴」，可謂各極其勝。

（以上《中央日報》一九四七年九月八日）

二八 春字詞

《玉台新詠》卷七，曾載梁簡文帝《春日詩》，每句皆有春字。詩云：「春還春節美，春日春風過。春心日月異，春情處處多。處處春芳動，日日春禽變。春意春已繁，春人春不見。不見懷春人，徒望春光新。春愁春自結，春結誰能申。欲道春園趣，復憶春時人。春人竟何在，空爽上春期。獨念春花落，還以昔春時。」《尊前集》載歐陽炯《清平樂》詞，亦每句有春字。詞云：「春來階砌。春雨如絲細。春地滿飄紅杏蒂。春燕舞隨風勢。　春幡細縷春繒。春閨一點春燈。自是春心撩亂，非干春夢無憑。」一詩一詞，無獨有偶。詞有叶韻處，同用一字者，號獨木橋體。此則句中同用一春字，亦獨木橋之變體。

二九　方言叶韻

稼軒《一剪梅》云：「憶對中秋丹桂叢。花在杯中。月在杯中。今宵樓上一尊同。雲濕紗窗。雨濕紗窗。　渾欲乘風問化工。路也難通。信也難通。滿堂惟有燭花紅。杯且從容。歌且從容。」以「窗」與「同」叶者，此稼軒用方言也。《四朝聞見録》丙集載晉江林外，題《洞仙歌》於垂虹，其間「林屋洞内無鎖」句，與「唯有江山不老」句叶。孝宗以「鎖」與「老」叶，知爲閩音，並知作者爲福州秀才。此林外用方言也。因思《雲謡集》中有《柳青娘》云：「素絲髻綰臉邊芳。淡紅衫子掩酥胸。出門斜撚同心弄。意徊惶。故使横波認玉郎。　叵耐不知何處去。教人幾度掛羅裳。待得歸來須共語。情轉傷。斷却妝樓伴小娘。」此詞「胸」與「芳」叶，與稼軒之「窗」與「同」叶相反。《詩經》「將仲子兮」一章，「兄」與「墻」、「桑」叶，則與此詞同。

三〇　小晏用翁宏詩

晏幾道《臨江仙》云：「夢後樓台高鎖，酒醒簾幕低垂。去年春恨却來時。落花人獨立，微雨燕雙飛。　記得小蘋初見，兩重心字羅衣。琵琶絃上説相思。當時明月在，曾照彩雲歸。」此詞盛傳人口，康南海以爲起句純是華嚴境界。「落花」二句，譚復堂以爲千古名句。不知此二句，乃截取唐人翁宏詩。宏字大舉，桂州人。《全唐詩》卷二十八載其詩三首。其一《送廖融處士南遊詩》，其二《春殘詩》，其三《秋殘詩》。此二句見《春殘詩》，原詩云：「又是春殘也，如何出翠幃。落花人獨立，微雨燕雙飛。寓目魂將斷，經年夢亦非。那堪向愁夕，蕭颯暮蟬輝。」翁詩並不聞名，而晏詞人皆傳誦。豈不以其拈來現成，恰到好處耶。

「去年春恨却來時」一句，承上疏下，關鍵所在。方回《臨江仙》云：「舊遊夢掛碧雲邊，人歸落雁後，思發在花前。」「人歸」兩句，本薛道衡詩。「舊遊」句亦承上疏下，方回整取入詞，自然拍合。與小晏整取翁詩，可謂異曲同工。

三一　王安石乃野狐精

東坡極稱荆公詩詞，曾兩度謂爲野狐精。其一，元祐間，東坡奉詞西太一宫。見荆公舊詩云：「楊柳鳴蜩緑暗，荷花落日紅酣。三十六陂春水，白頭想見江南。」注目久之，曰：「此老野狐精也。」此見《苕溪漁隱叢話・前集》卷三十五。其二，荆公爲《桂枝香》云：「登臨送目。正故國晚秋，天氣初肅。千里澄江似練，翠峰如簇。征帆去棹斜陽裏，背西風酒旗斜矗。彩舟雲淡，星河鷺起，畫圖難足。　念自昔豪華競逐。歎門外樓頭，悲恨相續。千古憑高，對此謾嗟榮辱。六朝舊事如流水，但寒煙衰草凝緑。至今商女，時時猶唱，後庭遺曲。」此爲金陵懷古詞，當時寄調於《桂枝香》者三十餘家，獨荆公爲絶唱。東坡見之歎曰：「此老乃野狐精也。」此見《古今詞話》。東坡羨服如此，始知李易安之論荆公，乃逞才使氣之語，非公論也。

三二　千秋歲和詞

少游在衡陽作《千秋歲》詞，一時和者，有孔平仲、東坡、山谷及惠洪諸家。山谷追和，已在少游死後，語尤沉著。兹録五詞，以見諸公與少游之深情。少游原詞云：「水邊沙外。城郭春寒退。花影亂，鶯聲碎。飄零疏酒盞，離别寬衣帶。人不見，碧雲暮合空相對。　憶昔西池會。鵷鷺同飛蓋。攜手處，今誰在。日邊清夢斷，鏡裏朱顔改。春去也，飛紅萬點愁如海。」孔平仲和云：「春風湖外。紅杏花初退。孤館静，愁腸碎。淚餘痕在枕，别久香銷帶。新睡起。小園戲蝶飛成對。　惆悵人誰會。隨處聊傾蓋。情暫遣，心何在。錦書消息斷，玉漏花陰改。遲日暮，仙山杳杳空雲海。」東坡時在儋耳，和云：「島邊天外。未老身先退。珠淚濺，丹衷碎。聲摇蒼玉佩，色重黄金帶。一萬里。斜陽正與長安對。　道遠誰云會。罪大天能蓋。君命重，臣節在。新恩猶可覬。舊學終難改。吾已矣。乘桴且恁浮於海。」山谷竄宜州，道過衡陽，覽少游遺墨和云：「苑邊花外。記得同朝退。飛騎軋，鳴珂碎。齊歌雲繞扇，趙舞風回帶。嚴鼓斷，杯盤狼藉猶相對。　灑淚誰能會。醉卧藤陰蓋。人已去，詞空在。兔園高宴悄，虎觀英遊改。重感慨，波濤萬頃珠沉海。」此三首和詞，見《能改齋漫録》。《冷齋夜話》又載惠洪和云：「半身屏外。睡覺脣紅退。春思亂，芳心碎。空餘簪髻玉，不見流蘇帶。試與問，今人秀整誰宜對。　湘浦曾同會。手搴輕羅蓋。疑是夢，今猶在。十分春易盡，一點情難改。多少事，却隨恨遠連雲海。」惠洪云：「少游小詞奇麗，詠歌之，想見其神清在绛闕道山之間。」其傾倒之深可知。

（以上《中央日報》一九四七年九月十四日）

三三　小樓吹徹玉笙寒

南唐中主詞「細雨夢回雞塞遠，小樓吹徹玉笙寒」，下句往往爲人所誤解。以爲小樓高曠，吹笙既久，自感寒意。閲方成培《詞麈》，乃知其非。《詞麈》論笙一則云：「平時以青囊衣之，勿令灰蟲入管，入管則吹不應律。吹多則簧有氣水，亦不應律，須以微火烘之。陸龜蒙詩『妾思正如簧，時時望君暖』，中主詞『細雨夢回雞塞遠，小樓吹徹玉笙寒』，正用龜蒙詩，故妙絶。後人只看作吹徹玉笙、小樓中寒耳，便全無意味，且與上句不對。」此論笙寒最明。「遠」承「雞塞」言，「寒」亦自承「玉笙」言。且少游詞云「指冷玉笙寒，吹徹小梅春透」，正用中主詞，可當笙寒作證。自來以爲小樓寒者，皆不明吹笙之理耳。

三四　宋江蘇詞人

京市昔屬江蘇江寧府，宋詞人有上元周端臣。端臣字彦良，號葵窗，詞集曰《葵窗詞稿》，趙斐雲自輯本，詞共五首。予復自《永樂大典》輯得四首，合之趙輯，共詞九首。此外江寧章文虎妻劉彤有《文美詞稿》，但詞僅傳一首，見《苕溪漁隱叢話》。至蘇州則有范仲淹《范文正公詩餘》、葉夢得《石林詞》、范成大《石湖詞》、陳三聘《和石湖詞》。葉詞見毛刻《六十家詞》，餘皆見《彊村叢書》。又《中吴紀聞》載有吴感、范周詞，《花庵詞選》載有丁謂、葉清臣詞，《絶妙詞選》載有施岳詞，《洞霄圖志》載有徐衝淵詞，《范文正公詩餘》後又附有范純仁詞。揚州則有仲並《浮山詩餘》，見《大典·浮山集》本。又《青箱雜記》載有陳亞詞，《花庵詞選》載有孫洙及王昂詞，《拙軒集》載有張侃詞，《絶妙好詞》載有莫崙詞，《陽春白雪》載有陳偕詞，《洞霄圖志》載有張輼詞。高郵則有秦觀《淮海詞》，觀弟覯，覯子湛，皆有詞流傳。又王觀有《冠柳詞》，陳造有《江湖長翁詞》，並見趙輯本。丹陽則有葛勝仲《丹陽集》，葛立方《歸愚集》，並見毛刻本。又陳東有詞見《少陽集》，蘇庠、祖可有詞並見《花庵詞選》。丹徒則有張榘《芸窗詞》，見毛刻本。又施樞有詞見《陽春白雪》，張紹文有詞見《江湖後集》，蔣元龍有詞見《花庵詞選》。松江則有姚述堯《簫臺公餘詞》，衛宗武《秋聲詩餘》，並見《彊村叢書》。又《樂府雅詞》有李甲詞，《絶妙詞選》有儲泳詞，《洞霄圖志》有陳若晦詞。宜興則有蔣捷《竹山詞》及王諶詞。常州則有胡世將詞見《陝西通志》，鄒浩詞見《冷齋夜話》，張友仁詞見《金石萃編》。無錫則有尤袤詞，見《萬柳溪邊舊話》。徐州則有陳師道《後山詞》，見毛刻本。又有鄭僅詞，見《樂府雅詞》。海州則有胡松年詞，見《雲麓漫鈔》。淮安則有徐積《節孝集》，淮陰則有張耒《柯山集》，江陰則有丘崈《文定公詞》，金壇則有張綱《華陽長短句》。丘、張詞並見《彊村叢書》。金壇又有陳從古《洮湖詞》，見《直齋書録解題》。惜原集不傳，今《全芳備祖》載其詞一首。宋江蘇詞人，略考如上。輯詞徵者，或考文獻者，庶有取焉。

三五　胡應麟誤解菩薩蠻

明胡應麟《少室山房筆叢》，既引《杜陽雜編》，以證太白之世，尚未有《菩薩蠻》調，有之自大中初始。又引《北夢瑣言》云：「宣宗愛唱《菩薩蠻》詞，令狐丞相假飛卿新撰，密進之。戒以勿洩，而遽言於人，由是疏之。按大中即宣宗年號，此詞新播，故人喜歌之。予屢疑近飛卿，至是釋然，自信具隻眼也。」予謂胡氏言太白之世，尚無《菩薩蠻》調，是失考《教坊記》。謂爲飛卿嫁名太白，是誤解《北夢瑣言》。飛卿撰《菩薩蠻》，與太白了不相涉。《北夢瑣言》既未言飛卿新撰「平林漠漠煙如織」一首《菩薩蠻》，又未言飛卿嫁名太白，何得牽强附會？且胡氏以爲此詞及《憶秦娥》詞雖工麗，而氣衰颯，於太白超然之致，不啻霄壤。詳其意調，絶類温方城輩。予謂此二詞，氣象宏闊，蒼涼悲壯，與太白超然之致，正復相合。而温方城濃金麼繡，深美閎約，爲《花間》冠冕，與太白之意調，絶不相類。誠不知胡氏何所見而云然。太白是否作此二詞，雖成問題。然謂爲飛卿嫁名，則自逞臆説，羌無實據。

（以上《中央日報》一九四七年九月二十八日）

三六　于湖詞宫調

詞之宫調，今存者，有子野、清真、耆卿、白石、夢窗諸家。《金奩集》、《尊前集》，亦間附宫調。劍丞先生撰《詞調溯源》，論二十八調詞牌名，即取諸集爲證。然不知《于湖詞》，亦有宫調，足資參證。毛刻《于湖詞》初據《花庵詞選》二十四首入録，後得于湖詞集，又删其與前刻重者另編二卷，故次序凌亂，未爲善本。晚清雙照樓景印宋本于湖文集樂府，涉園景印宋本《于湖居士長短句》，兩宋本一時並出，良大幸事。而涉園本並附宫調，尤爲可貴。計其中入大石調之詞牌，有《六州歌頭》、《念奴嬌》、《水調歌頭》、《鷓鴣天》、《醜奴兒》、《望江南》。入商調之詞牌，有《定風波》、《訴衷情》、《蝶戀花》。入變調之詞牌，有《雨中花》及《南鄉子》。入中吕調〔二八〕之詞牌，有《多麗》、《眼兒媚》、《踏莎行》、《生查子》、《柳梢青》、《西江月》。入正宫之詞牌，有《虞美人》及《清平樂》。入林鍾商之詞牌，有《二郎神》。入黄鍾宫之詞牌，有《浣溪沙》及《憶秦娥》。入仙吕調之詞牌，有《减字木蘭花》、《醉落魄》、《鵲橋仙》、《滿江紅》、《點绛唇》、《臨江仙》。入高平調之詞牌，有《木蘭花慢》、《卜算子》、《歸自謡》。入越調之詞牌，有《水龍吟》及《霜天曉角》。入正平調之詞牌，有《菩薩蠻》及《青玉案》。入般涉調之詞牌，有《瑞鷓鴣》。轉調之詞牌，有《南歌子》。宋張炎《詞源》謂當時雅俗通行宫調，祗七宫十二調。考《于湖詞》之宫調，皆與之合。研究詞樂者，得此資料，諒不無小補。昔凌廷堪作《燕樂考源》，歷引諸家詞集之附宫調者，亦惜其未引《于湖詞》，蓋當時宋本未出，未由引證。以是知書之顯晦，遲早有時。而人之遭遇，亦有幸有不幸云。

三七　胡震亨誤解憶秦娥

明胡震亨《唐音癸籤》云：「文宗宫人阿翹善歌，出宫嫁金吾衛長史秦誠。誠出使新羅，翹思念，撰小詞爲《憶秦郎》。誠亦於是夜，夢傳其曲拍，歸日合之無異。後有《憶秦娥》，或即出此。」或謂《憶秦娥》一調，至文宗時始有，太白安得預填此詞。不知胡氏所謂「後有《憶秦娥》，或即出此」語，明爲胡氏臆説，不足憑信。且詞名《憶秦郎》，亦非《憶秦娥》。豈秦郎、秦娥，可隨意定名耶？宋邵博《聞見後録》云：「『簫聲咽。秦娥夢斷秦樓月。秦樓月。灞陵柳色，年年傷别。　樂遊原上清秋節。咸陽古道音塵絶。音塵絶。西風殘照，漢家陵闕。』李太白詞也。予嘗秋日，餞客咸陽寳釵樓上，漢諸陵在晚照中，有歌此詞者，一坐淒然而罷。」此正言《憶秦娥》爲太白之作。觀詞中所謂「秦娥」、「秦樓」、「灞陵」、「樂遊原」、「咸陽古道」、

「漢家闕陵」，皆秦中故事。此蓋太白秦中懷古之作。起句「簫聲咽，秦娥夢斷秦樓月」，自用秦蕭史弄玉事。此詞即非太白作，而詞旨爲秦中懷古，當可無疑。乃胡氏不解詞旨，又附會秦誠之事，亦可哂矣。而近人獨不信宋邵博之言，顧信明胡震亨之言，尤可異矣。

三八　南歌子七變

《雲溪友議》記裴諴與温飛卿爲友，好作歌曲。其《南歌子》云：「不是廚中丳〔二九〕，争知炙裏心。井邊銀釧落，展轉恨還深。」此《南歌子》最初形式，與五言絶無異。温飛卿變化其詞云：「似帶如絲柳，團酥握雪花。簾卷玉鉤斜。九衢塵欲暮，逐香車。」首二句全未變，末句多出三字。迨張泌又自温詞變化，詞云：「柳色遮樓暗，桐花落砌香。畫堂開處遠風涼。高捲水晶簾額，襯斜陽。」所變者，第三句多二字，第四句多一字。至依泌詞演爲雙叠者，則有毛熙震之詞云：「惹恨還添恨，牽腸即斷腸。凝情不語一枝芳。獨映畫簾閒坐繡衣香。暗想爲雲女，應憐傅粉郎。晚來輕步出閨房。髻慢釵横無力縱猖狂。」敦煌發見之詞中，亦有雙叠《南歌子》，視毛詞上下叠僅多二字。詞云：「悔嫁風流婿，風流無憑準。攀花折柳得人憎。夜夜歸來沉醉，千聲喚不應。回覰簾前月，鴛鴦帳裏燈。分明照見負心人。問道些須心事，摇頭道不曾。」宋周邦彦雙叠《南歌子》，上下叠末句獨作四字。詞云：「膩頸凝酥白，輕衫淡粉紅。碧油涼氣透簾櫳。指點庭花低映雲母屏風。恨逐瑶琴寫，書勞玉指封。等閒贏得瘦儀容。何事不教雲雨略下巫峰。」宋石孝友又變作仄韻，詞云：「春淺梅紅小，山寒嵐翠薄。斜風吹雨入簾幕。夢覺南樓嗚咽數聲角。歌酒工夫懶，别離情緒惡。舞衫寬盡不堪著。若比那回相見更消削。」歷觀各詞，其演變之跡，至爲分明。詞之形成，原因不一。然由詩變，亦其一因。固不可謂詞之與詩，絶無關係也。

（以上《中央日報》一九四七年十月八日）

三九　東坡樂府箋補〔三〇〕

榆生曩箋《東坡樂府》，創獲頗多，有功詞苑不淺。偶閲宋胡仔《苕溪漁隱叢話》，見其中所紀坡詞，猶有可補者，因志於下：《前集》卷三云：「東坡云，余舊好誦陶潛《歸去來》，嘗患其不入音律，近輒微加增損，作般涉調《哨遍》。雖微改其詞，而不改其意。請以《文選》及本傳考之，方知字字皆非創入也。」《前集》卷三十九云：「『揀盡寒枝不肯棲』之句，或云鴻雁未嘗棲宿樹枝，惟在田野葦叢間。此亦語病也。此詞本詠夜景，至換頭但只説鴻。正如《賀新郎》『乳燕飛華屋』，本詠夏景，至換頭但只説榴花。蓋其文章之妙，語意到處即爲之，不可限以繩墨也。」《前集》卷四十一云：「《王直方詩話》載晁以道云：『説之初見東坡梅詞，便知道此老須過海。只爲古今人，不曾道到此，須罰教去。』此言鄙俚，近於忌人之長，幸人之禍。直方無識，載之《詩話》，寧不畏人之譏誚乎。」《後集》卷二十三云：「《藝苑雌黄》云：送劉貢父守維揚，作長短句云：『平山闌檻倚晴空，山色有無中。』平山堂望江左諸山甚近，或以爲永叔短視，故云『山色有無中』。東坡笑之，因賦快哉亭道其事云：『長記平山堂上，攲枕江南煙雨，杳杳没孤鴻。認取醉翁語，山色有無中。』蓋『山色有無中』，非煙雨不能然也。」度他書所載，正復不少也。

四〇　端木子疇與近代詞壇〔三一〕

近世海内詞家，推臨桂王半塘、萍鄉文芸閣、歸安朱古微、高密鄭叔問、臨桂況夔笙五家。王氏年輩較長，影響最大。文、鄭二氏俱與王氏有往還，唱酬極得。而朱氏與王氏遊，始從學爲詞。王刻《四印齋叢書》，朱刻《彊村叢書》，後先比美，厥功尤偉。至況氏則與王氏同在薇省，受王氏之奬掖誘導亦多。故述文、鄭、朱、況四家之詞，不可忘王氏。吾鄉端木子疇先生，年輩又長於王氏，而其所以教王氏者，亦是止庵一脈。止庵教人學詞，自碧山入手。先生之詞曰《碧瀣詞》，即篤嗜碧山者。王氏之詞，亦導源於碧山。先生嘗手書《宋詞賞心録》，以貽王氏。先生有作，王氏見即懷之，可見王氏傾倒先生之深。先生所論碧山《齊天樂》詠蟬詞，爲世所稱。幸王氏《碧山詞跋》引之。跋云：「年丈端木子疇先生釋碧山《齊天樂》詠蟬云，詳味詞意，殆亦黍離之感。『宫魂』字點出命意。『乍咽還移』，慨播遷也。『西窗』三句，傷敵騎暫退，燕安如故。『鏡暗』二句，殘破滿眼，而修容飾貌，側媚依然，衰世臣主，全無心肝，千古一轍也。『銅仙』三句，宗器重寶，均被遷敓，澤不下究也。『病翼』二句，更是痛哭流涕，大聲疾呼，言海島棲流，斷不能久也。『餘音』三句，遺臣孤憤，哀怨難論也。『漫想』二句，責諸臣到此，尚安危利災，視若全盛也。」惜先生遺文散佚，不能多見其他詞論。即此釋若非王氏所引，吾人亦不得知之，良可慨也。故述王氏之詞者，尤不可忘先生也。況氏《蕙風詞話》云：「憶二十歲時，作《綺羅香》過拍云『東風吹盡柳綿矣』，端木子疇前輩見之，甚不謂然，申誡至再。余詞至今，不復敢叶虚字。」觀此一事，可見先生指導況氏之嚴正。況氏後刻《薇省詞鈔》，復引先生詞序云：「古人明於音律，故所爲不稍苟。亦有自製曲調者。今人既不知樂，當師古人意而慎守之。未可求自便，陽奉而陰違也。」況氏爲詞，守律綦嚴，亦未嘗非受教於先生也。

（以上《中央日報》一九四八年五月二十四日）

四一　花間詞人著作記

《花間集》所收詞人，共十八人。可知其有著作者十人，因記之。温庭筠著《採茶録》〔三二〕一卷，《乾𦠆子》三卷，《漢南真稿》十卷，《握蘭集》三卷，《金荃集》十卷，詩集五卷，《漢上題襟集》十卷，《學海》三十卷，《記室備要》三卷。韋莊著《箋表》一卷，《諫草》二卷，《敦煌新録》一卷，《蜀程紀》一卷，《峽程記》一卷，韋集二十卷，《浣花集》五卷，《又元集》九卷。皇甫松著《醉鄉日月》三卷。牛嶠著《歌詩》三卷，集三十卷。牛希濟著《理源》二卷。歐陽炯著《諷諭詩》五十首，《武信軍衙記》、《花間集序》。和凝著《演綸》、《遊藝》、《孝悌》、《紅葉》、《籯金》、《香奩》六集〔三三〕，共百卷。又《疑獄集》三卷，《賦格》一卷。又序雕板《道德經》。孫光憲著《續通曆》十卷，《筆傭》十卷，《太元金闕三洞八景陰陽仙班朝會圖》五卷，《蠶書》三卷，《荆台集》四十卷，《紀遇詩》十卷，《鞏湖編玩》三卷，《橘齋集》二卷，《北夢瑣言》三十卷，《貽子録》一卷。毛文錫著《前蜀記事》二卷，《茶譜》一卷。李珣著《瓊瑶集》一卷。

四二　胡恢南唐書

考南唐二主事跡，多據《南唐書》。《南唐書》有三本，一馬令《南唐書》三十卷，二胡恢《南唐書》十卷，三陸遊《南唐書》十八卷。今惟馬、陸兩書通行，而恢書不傳。清康熙三十四年，周雪客據陸書箋註，積十六年之力，參校諸書，精詳之至。顧亦未見恢書也。近人劉翰怡刻《嘉業堂叢書》，收刻周書，並增補註，功亦不淺，然恢書終未見也。昔王漁洋《池北偶談》謂江陰赤峰李氏有恢書。李即忠毅公應昇之叔，忘其名矣。其《香祖筆記》，又謂恢書李忠毅應昇家有藏本，曾屬陸雲士、楊賓實求之，俱未得。據此是清初江陰李氏得月樓藏有恢書也。恢，金陵人，博聞强記，工篆隸。嘗有上韓忠憲公詩云：「建業關山千里遠，長安風雪一人寒。」公深憐之。使篆太學石經，嘗任華州推官。蘇魏公集中，有與胡恢推官，論《南唐書》事，並載公卿表及李氏詔令。陸書成於南宋，馬書成於崇寧間，恢既爲金陵人，又時代較早，故其所作，必有可觀。惟至今尚未見流傳，其顯晦殆有時歟。咸同間，吾鄉朱述之先生藏書極富，所著亦精博。既藏有南唐陳致雍《曲台奏議》十卷，復得宋詔令一百卷，及平江南諸詔令，皆足驚人。其跋周雪客《南唐書註》，又謂曹寳書先生，曾見胡恢《南唐書》十卷，後爲有力者所購去。此亦言恢書之重要線索。寳書名森，殉洪楊之難者。時代甚近，恢書尚在。第不知今又流落誰家？復不知已遭燬否？更不知有重見之一日否？記此以當訪求。

（以上《中央日報》一九四八年五月二十六日）

四三　胡民表本淮海詞

番禺葉氏，曾以故宫所藏，及吴氏所藏兩宋本《淮海詞》，合併影印。並取所見《淮海詞》十三種彙校，編爲四表。一淮海版本系〔三四〕統表，二淮海詞經見各本概要表，三淮海詞經見各本字句異同表，四現存淮海詞兩宋本比較表，可謂貫串精密，淮海之功臣。獨惜其所舉明嘉靖乙巳胡民表高郵本，尚未見也。戰後余幸見此本，是書原爲梁清標藏書，不知何以散出，頗疑爲爰居閣舊物。是本在明嘉靖己亥，張綖鄂州本後六年重刻，而較明萬曆戊午李之藻高郵刻本，早七十三年。此本有嘉靖乙巳江都盛儀序，各本附載。惟張綖弟繪有一跋，記胡本繼綖本重刻緣起甚明。此跋各本未載。跋謂先兄綖倅鄂時，刻之郡齋，藏板别墅。歲甲辰，燬於火，適龍山胡侯來視州事，因校正而翻刻云。盛序但言鄂板不久燬於火，而此跋則云嘉靖甲辰燬於火，是更有時代可考也。胡本每頁十二行，行廿一字，與綖本同。他如不提行、有題，亦與綖本同。所刻文字，多依綖本，且不盡完善。如《鵲橋仙》作「飛星傅恨」、《減蘭》作「困猗危樓」之類，皆誤字也。聞崇正間尚有仁和鍾仁傑刻本《淮海詞》，又有徐青藤評註《淮海詞》，今並未得寓目也。

四四　東坡卜算子詞

明人龍輔《女紅餘志》，謂東坡《卜算子》「缺月掛疏桐」一詞，乃爲惠州温都監女作，此小説家之言，所謂以俗情附會，不足信也。毛晉鹵莽不考，據以題坡詞，誣昔賢，誤來學，失之甚矣。山谷云，此詞東坡道人在黄州時作，語意高妙，似非喫煙火食人語，非胸中有萬卷書，筆下無一點塵俗氣，孰能至此。又宋吴虎臣《能改齋漫録》亦云，東坡謫居黄州作《卜算子》此詞。又宋註本此詞題云《黄州定惠院寓居作》。王氏四印齋翻刻元延祐本《東坡樂府》亦題作《黄州定慧院寓居作》，朱氏《彊村叢書》編年本《東坡樂府》亦題作《黄州定慧院作》。毛氏抹殺宋元本舊題，而據《女紅餘志》妄改，亦可哂矣。鄭叔問云，此詞亦有所感觸，不必附會温都監女故事，自成馨逸。此語實獲我心。至「誰見」一作「時見」，各本不一，此乃異文，非有誤。宋註本、延祐本及朱刻本俱作「誰見」。他如「静」一作「定」，「往來」一作「往還」，「誰見」一作「唯有」，「寂寞沙洲」一作「楓落吴江」，亦皆異文。此在校詞者，即須排比各本，一一校出。至偶釋一詞，則取其較勝之字即可。

四五　朱淑真斷腸詞

《直齋書録解題》載李清照《漱玉詞》、朱淑真《斷腸詞》俱一卷，世並無傳本。今二家詞傳者，僅有明毛晉《詩詞雜俎》本，及毛氏汲古閣刊本。況夔笙、許鶴巢二氏，俱言二家詞，毛氏汲古閣無刊本。其實予見龍蟠里圖書館所藏汲古閣詞，有二家詞刻本，其款式與《六一十家詞》全同。據毛氏云，二家詞俱洪武間鈔本，不知何人雜輯而成。王氏四印齋據毛鈔本校補二家詞，仍其訛誤，非善本也。王刻《漱玉詞》計五十八首，萬里删爲定本四十三首，廓清之功，實越前賢。獨惜《斷腸》一家，未一併删定耳。王氏校刻《斷腸詞》，共三十一首。實則其中《柳梢青》「玉骨冰肌」一首、「凍合疏籬」一首、「雪舞霜飛」一首，皆見宋楊無咎《逃禪詞》，可知此三首，決非朱氏詞。又《菩薩蠻》「濕雲不度」一首，據宋陳景沂《全芳備祖》，乃東坡詞。《浣溪沙》「玉體金釵」一首，據宋人所編《尊前集》，乃韓偓詞。亦皆非朱氏之詞。況夔笙氏據《花草粹編》補《绛都春》「寒陰漸曉」一首，譏毛氏疏於校勘。而不知況氏自亦疏於校勘。此首至正本《草堂詩餘》，不註撰人。《花草粹編》誤以爲朱氏也。昔《花草粹編》未流行，王、況二氏，偶得是書，驚爲秘籍，於是每據之以補詞。實則此書訛誤甚多，不可盡信。至《菩薩蠻》「秋聲乍起」一首，據《南唐書》，乃南唐耿玉真詞，文字微異，亦不知何人羼改。若《生查子》「月上柳梢頭」一首，乃歐陽修詞，既見宋本歐公《近體樂府》，又見宋曾慥所編《樂府雅詞》。曾氏特尊歐公，所選歐詞亦特慎。《雅詞》引言謂當時或作艷曲，謬爲公詞，今悉删除，而此首適在選中，則爲歐詞甚明。且曾書成於宋高宗紹興十六年丙寅，成書甚早，詞之流行已久矣。明人楊升庵不考，好爲讕言，不知據何人雜輯之本，而以爲淑真詞。毛子晉據之刻入《詩詞雜俎》及《汲古閣詞》，且稱爲白璧微瑕，以訛稱訛，平添此一首僞作。清初朱竹垞輯《詞綜》，徐虹亭輯《詞苑叢談》，俱不補正之，良可太息。迨《四庫提要》，始明辨楊、毛之訛，《蕙風詞話》復申辨於後。朱氏白璧微瑕之誣，亦可昭然大白。乃近人猶有不信宋人本集，及宋人選集，反信明人之説，亦可怪也。

（以上《中央日報》一九四八年五月二十九日）

〔一〕此則又見北京《益世報》一九三六年十一月二十三日。

〔二〕此則又見北京《益世報》一九三七年五月二十六日，又刊於《讀詞札記》（《南京師範學院學報（社會科學版）》一九八〇年第一期），後收錄於《詞學論叢》（上海古籍出版社一九八六年版）。

〔三〕此則又載《大中時報》一九三七年六月二十八日，題目作《詞人柳耆卿家世》。

〔四〕「涗」，《大中時報》一九三七年六月二十八日作『大』，誤。

〔五〕「相」，原作「想」，據唐圭璋《全宋詞》（中華書局一九六五年版）第一三五四頁改。

〔六〕「雪」，原作「雨」，據唐圭璋《全宋詞》（中華書局一九六五年版）第一三五四頁改。

〔七〕「向」，原作「白」，據唐圭璋《全宋詞》（中華書局一九六五年版）第一三五四頁改。

〔八〕「催」，原作「塞」，據唐圭璋《全宋詞》（中華書局一九六五年版）第一三五四頁改。

〔九〕此則又刊於《讀詞續記》（《文學遺産》一九八一年第二期），後收錄於《詞學論叢》（上海古籍出版社一九八六年版）。

〔一〇〕此則又見《中央日報》（永安）一九四七年九月十二日，此則又刊於《讀詞續記》（《文學遺産》一九八一年第二期），後收錄於《詞學論叢》（上海古籍出版社一九八六年版）。

〔一一〕此則又見《中央日報》（永安）一九四七年九月十二日，此則又刊於《讀詞續記》（《文學遺産》一九八一年第二期），後收録於《詞學論叢》（上海古籍出版社一九八六年版）。

〔一二〕此則又見《中央日報》（永安）一九四七年九月十二日。

〔一三〕此則又見《中央日報》（永安）一九四七年九月十六日。

〔一四〕此則又見《中央日報》（永安）一九四七年九月十六日。

〔一五〕此則又見《中央日報》（永安）一九四七年九月十六日。

〔一六〕此則又見《中央日報》（永安）一九四七年九月十六日。

〔一七〕「生」，原作「在」。

〔一八〕又刊於《讀詞五記》（《古籍整理簡報》一九八三年第一一五期），後收録於《詞學論叢》（上海古籍出版社一九八六年版）。

〔一九〕「杜」，原作「林」。

〔二〇〕「朱」，原作「宋」。

〔二一〕「花」，原作「范」。

〔二二〕「十」，原作「千」。

〔二三〕「春」，原作「者」。

〔二四〕「送」，原闕，據唐圭璋《全宋詞》（中華書局一九六五年版）第一三〇六頁補。

〔二五〕此則又見《中央日報》（永安）一九四七年九月二十六日。

〔二六〕此則又見《中央日報》（永安）一九四七年九月二十六日。

〔二七〕「朱」，原闕，據唐圭璋《全宋詞》（中華書局一九六五年版）第二七一五頁補。

〔二八〕「調」，原作「詞」。

〔二九〕「弗」，原作「串」，據曾昭岷等《全唐五代詞》（中華書局一九九九年版）第一三三頁改。

〔三〇〕此則又刊於《詞學論叢》（上海古籍出版社一九八六年版）。

〔三一〕此則又刊於《詞學論叢》（上海古籍出版社一九八六年版）。

〔三二〕「採茶錄」，原作「著采錄」。

〔三三〕「集」，原作「卷」。

〔三四〕「系」，原作「集」。

（輯校者單位：河南大學文學院）

唐圭璋致葛渭君信札三十二通

袁曉聰　輯録

唐圭璋先生生前與詞界學人有不少論學書札。今年適逢唐老誕辰一百二十周年，於此我們整理出唐老致葛渭君先生信札三十二通。葛渭君先生（一九三七—二〇一八）爲當代著名的詞學家和收藏家，曾收藏明毛晉汲古閣刊本《花間詞》、清高亮功手批宋張炎《山中白雲詞》等詞籍善本，整理編纂《陽春白雪》《詞話叢編補編》等著作。在整理的過程中，爲便於排版，兹將原信行文格式略作調整，字句仍舊，信末敬語及落款、日期等則統一合併爲一行，置於信札末尾。唐老信札多以逗號表示停頓，兹依新式標點要求來重新標示。原信札字體爲簡體，現統一爲繁體，按時間先後排序。唐老回覆葛氏信札，多只具月日，而不著年份，兹依去信及來信内容考訂繫年。

一九八一年八月十五日〔一〕

渭君同志：

您七月七日來函，我早收到了。因病未即復，望原諒。

夏敬觀是吷庵，我見過。他的筆跡我也有過。如果《彊村叢書》是他原批，不是過録，那也可貴。老輩中他逝世最晚，不知此書爲何買數百元之巨，這情況望您告我。是否因爲夏批之故。

揚州木板尚在也要數百元。這裏只有賣給外國人。國内以前不過廿元，是書不知爲何散失，公家圖書館爲何未收。如果是夏老原書，您藏之也很好。不敢遠勞存問，是否您掛號寄第一册，我看一看，我再談談我的意見。

您們平湖作詩的近人很多。已故陸維釗、胡宛春都是平湖人。上海師大徐聲越（震堮）也是平湖。他們的詞都作得很好。我們都是吴梅先生門人。　匆頌　近安　唐圭璋復　八月十五日

一九八一年十月四日

渭君同志：

得十月二日手書。得悉不來南京，如寄《彊村叢書》來，無憾。即寄舍間可也。因我身體不好不到校。但務望掛號寄來，以免遺失。　此頌　近安　唐圭璋　十月四日

一九八一年十月十八日

渭君同志：

收到《彊村叢書》一册。經我細閲，原書的確是夏敬觀（號吷庵）的。不過輾轉過程尚不清楚。

①封面字不是夏敬觀寫的。不知是何人寫的？

②新線裝訂，不知何時重裝。

③内中除夏老眉批外，有兩外汪東眉批。可見此本汪東看過。

④龍沐勳《唐宋名家詞選》引夏批不實，存割裂處。看來夏書先是龍沐勳閲過。借閲時間當在抗戰前，不會在汪僞時。

汪東何時何處借得，則不得而知。可能夏死後，從別人看到此書。如果是向夏老借閲的書。他不會

加眉批的。汪死後是否又被賣出，此中曲折就不得而知了。您從何處購得，而且購價如此之昂，令人吃驚。在老成凋謝之後，保存此書，自爾可貴。不知存批的共有幾册。是否將有批的掛號寄我一閲。若不能寄，可否將批抄寄我亦可。因爲我有《彊村叢村》。您將批寄我。我過録一下亦可啓發我，使我得到益處。汪批夏老斷句有誤。確是不錯。寄我一册。我録後即掛號寄還。此書有兩印章，不知何人？但決非夏老印章。當系得夏老此書者之印章。匆此即頌　近安　唐圭璋　十八日

一九八一年十一月四日

渭君同志：

十月二十九日來函閲悉。今日掛號寄還第三册《彊村叢書》收到後，望賜示。輯録與否，由您自酌，我不能過問。

夏敬觀我見過，吕貞白我亦熟人。原書望珍藏。恕我不能寫題記。但我決不讓吕貞白知道！

我早無《詞學季刊》了。龍先生肯定看過、録過，不然，怎麼會引進他的《唐宋名家詞選》呢？匆復。並問　近好　唐圭璋　十一月四日

一九八一年十二月十八日

渭君同志：

得二十六日手書，無任欣感。

我三函吕貞白先生都無得復。不知何故，我想總有原因。便中希望您以重價購夏批《彊村叢書》經過，告我。俾我略知底細。匆頌　近佳　唐圭璋十二月十八日

一九八一年十二月二十三日

渭君同志：

我三次寫信給上海呂貞白先生，徵求他發表夏批的意見。他都無回信。可見他以爲獨傳之秘不欲示人。我也不擬再與他信，致討没趣。好在書爲您所藏，也不必説明來由。

您問起我的《詞話叢編》。現交與中華書局印。標點、校對，很費事。書局初步校完。今年先發排一部分。不知明年能出書否？估計尚無把握。原收六十種，後增二十五種。夏吷庵《忍古樓詞話》，我已增入。如果《吷庵詞論》（即夏批見於《彊村叢書》者）能補收，亦大佳事）。不知您可同意鈔賜。我不提呂貞白一字，只在總目上注一句「葛渭君藏本」，不知以爲如何。校記我全不要，只要評語。題跋也不要。我本等呂先生有回信現復您。可是他一直無復。只好不徵求他的意見。復您幾句。　匆此　即詢　近安

唐圭璋奉書　十二月二三日

一九八二年二月一日

渭君同志：

承寄夏批（元月三日寄）。至爲欣感。另外，蘇、黄、秦、周、辛未見，印本龍印好了。我已招博士研究生。擬研究詞律。自己身體不行，不能多用腦。怕腦血栓，只好令研究生自學成才。擬分四步進行：

1. 補調；2. 補體；3. 考例；4. 正誤。您有高見，並請提供我參考。

影印書太貴，我看可就圖書館查閲。不爲私人買了，自然如夏批必只有一部，縱貴也可買的。　匆寄　即頌　專祺　唐圭璋二月一日

一九八二年二月十日

渭君同志：

收到你本月九日來信。均悉。

我不招碩士研究生，我招的是博士研究生。照理要碩士研究生三年畢業以後，才帶博士研究生。當然有同等程序一項，恐不當考。此不由我個人決定。我是在考取以後才進行指導的。　　匆復　並頌

近好　唐圭璋　二月十日

(附)我照前人例，不用明清詞訂律。

一九八二年三月二十五日

渭君同志：

三月十七日函承示《梅花道人家譜》。我未見過。我看您不必抄寫費事煩神。您可否掛號寄給我。我請學校複製一份。然後掛號還您。您看如何中？

看您抄的有錯字。如柳毗陵作柳昆陵、尤邃奇門作尤蘧奇門。吴潛是德清人，不知後來梅花道人怎麽結轉到嘉興的。《至元嘉禾志》有吴鎮，也未提過他是吴潛的子孫。

姜亮夫《歷代名人年里碑傳綜表》有吴鎮生平。説他活到七十五歲。根據是王元焕《吴松厓年譜》，這個年譜我也未見過。

如果私人家藏家譜，不能出借，那説請您代抄吧！

一般詞選從朱彝尊《詞綜》開始都選到金元爲止，不選明清人詞。明清人自製，不足爲法。詞以唐宋

爲主，金元爲輔。明清不合規格。晚清詞學叢書也一概不收明詞。《花草粹編》是明人陳耀文編的。他也不收明詞。

《詞學季刊》香港有影印本，上海不知能影印否？北京開了一周古籍整理會，規模很大。可惜我不能應邀前往。匆此，即頌

近安　唐圭璋拜　三月廿五日

（附）我住的是南京師範學院宿舍，您只寄到南京寧海路南師一間即行。

一九八二年七月二日

渭君同志：

六月二十五日來函。讀悉。承問空調，至爲感謝。一時無新産品，可皆作罷。開閉窗受冷。亦不宜於病人。我因此也不敢試用了。王[運]輝曾注淮海詞本，現不在我手邊。只待還來，定寄示一閲。梅花道人年譜，您前示我概略，就不必照相了。現在公家複印很方便。如無影印機會就費事了。一般説吴潛、吴淵是德清或宣城。平湖想是又一支了。氣力衰微，亦無法深究學術。只是苟延殘喘而已。匆復　即頌　進步　唐圭璋　七月二日

一九八二年十月十五日〔二〕

渭君同志：

收到您九月廿八日信。久未復。望諒！

您做的兩件事，我告訴您一些情況，供參考。

①滙輯零星宋人詞話。以前汪僞時期，龍榆生辨過《同聲》雜誌。其中收過夏敬觀彙輯的宋人詞話。現在台灣也把它影印出了。張宗橚《詞林紀事》收過唐宋金元詞話。不過名曰「詞林紀事」，實際事多，詞話並不多。我的《詞話叢編》是整部的。零碎的我都不收。最近（可能陰歷年底）我的舊稿《宋詞紀事》要出書。主要是以宋證宋。不用明清人資料。明清人記宋人事最不可靠。因爲明清人往往是第二手、第三手資料。明清人詞評假托的多。其價值不高。不知有多少《草堂詩餘》商人牟利，假托名人、巧立名目，語多庸陋。陳眉公、湯顯祖、楊昇庵都未必是他們的評語。

②淮海詞。龍榆生有過《蘇門四學士詞》。其中淮海詞也有各種附録。我知道過去也有人注過印過。以前北京有王運輝注過。現在也有人作爲科研工作。

有人問過我「合數松兒」，我亦不知出處。我不能出門，不能閱書，不能多用腦，形同廢人。你們精力充沛，可以多閱書。找出實證，尤在逢源。自有創獲，自能成材。我無研究，亦不能有發言權。多可幫助。

匆復　近好　唐圭璋　十月十五日

一九八二年十一月二十八日

渭君同志：

二十六日函收到。即復。

印唐姓蕭，四川人。現在退休在成都老家。他是沈祖棻的金陵大學同學。

此頌　近好　唐圭璋　二十八日

一九八三年一月五日

渭君同志：

二號來函，閲悉。

即書一簽。在寄。六十種、四十種，講的是《全宋詞·跋尾》，我曾發表過。　匆復　即問　近好　唐圭璋　一月五日

一九八三年二月十一日〔三〕

渭君同志：

承您賜寄清茶，無任感謝！

《詞話叢編》進行很慢，幾個月才送一批校樣來，我亦無法促進。我建議收夏批。他們説原來分量太多，不能再加。我亦不好勉强。吴灊有記德清的，有記宣城的。平湖家譜又提到他。其間世代播遷還不能詳知。我精力太差，又不能查書考證。這又不止一人一事。好多問題只有待今天中青人努力研究。我帶研究生也是有心無力。靠他們自學成材。南京天氣很不正常，忽冷忽熱。我抵抗力不强。又怕冷又怕熱。去年八月遷居來此。一個冬天算過去。今年暑伏此間不知如何。甚以爲慮。聽説上海有家庭小型空調，比較價廉。如果能購到，也可以分憂。進口空調既不能買，又恐冷度過强。我不能受。您天熱也不宜過勞。自然如有出差機會。順便略談也好。外出旅飯難找。學校招待所人多，經常不能安排。故天熱出門我覺也是苦事。現在書報很多。我只好東圖書不覯。愈看愈學得知識貧乏。經常覺得昏頭暈腦。書也是很難買。只見書目不見書。滙款去也不見書來。我滙了二．一〇元買一本《我的前半生》，就不見

書來。龍榆生多與老輩接觸，故見到一些前人手稿。龍過世後都散失了。　匆此　瑣談。並謝寄茶。

抽印《詞學》一份寄我（附：我在南京也未買到）。即轉寄您請指正。並頌　近好　唐圭璋

一九八三年四月二十八日

渭君同志：

收到新茶。無任感謝。

您謄印十册夏批書。出資不少。我打出款寄上。手批夢窗、白石亦擬寄款賜閲。決不能不寄書資。其實我亦不能研究，只做爲時時翻閲而已。

吴漫公不知何人。空調不敢用。由於體弱，熱不能抵抗，冷亦受不住。秦觀詞「合數松兒」可能是唐人一種遊戲，但找不出證據來。匆此　即頌　近安　唐圭璋　四月廿八日

一九八三年六月十一日

渭君同志：

你们三位惠吟，不胜荣幸之至。承您远道带來食品，尤为感谢。

烦抄一稿，太累您了。如果香港买到《淮海词》定寄与您。

姓吴的搞词，只有双照楼主人吴昌绶。不知他有漫公之别号否？还有吴眉孙亦不知有漫公之号否。

匆復　即祝　进步　唐圭璋拜　六月十一日

一九八三年七月十六日

渭君同志：

來函閱悉。

解放後，除應酬作詩外，我很少作詞，即作了我也不留。謝謝厚意。外面藏有人造幾首。那就由它等了。不想再印了。

上次您説作索引，我想了總可作。《唐宋金元詞索引》即以調名分。調下注第一句及作者。註明新版頁數，便於查閲。唐詩可依全唐詩，敦煌不搞，明詩不搞。宋金元都可用我的。宋金元詞加上全宋詞補即可。您們如有興趣可做做看。可能滙成一册。如能出版也好。

我偶然會血壓高。不能行，不能多用腦。特感困頓。

平湖應有故字，應有名勝古蹟。應有文化館、博物館。匆復　並問好　唐圭璋　七月十六日

（附）吴潛、吴淵乃皖籍。吴鎮乃浙江嘉興，不知爲何遷移的。譜的可靠性如何？

一九八三年八月二十二日

渭君同志：

來函閱悉。上次來函我還未復。望諒。

誠如您所説，南京今年特别熱。三十八度持續一周。日夜不能睡。我真受不了。進過空調室一小時不能待。驟冷降低血壓，阻礙血液繞行。只得仍回家。迄今骨軟神疲，未能多寫。祝您們好　唐圭璋拜

八月廿二日

（附）聽説上海古籍出版社即出淮海詞小册子。不知誰作的。聽説《詞學》第二期要出了。

一九八三年九月十七日

渭君同志：

十五號來函今天收到。即復。

上次您來來信我未即復。第一，身體不好，坐股不寧；第二，雜事繁瑣，整理不清。凡事因之作作歇歇，函件往往繁複。望諒。

文研所擬繼近三百年名家之詞，入選當代詞。當代作此日少。如我一輩所作大都幼稚，遠非前輩可比。即如夏敬觀雖過世很晚，但也只能作爲晚清詞人了。至於王鄭朱況等人也不能作爲近代了。此事要與全清詞負責劃分。

郭則澐《清詞玉屑》我看過。但未收入《詞話叢編》。三十八元太貴。有看就在圖書館看看。不必收購了。匆復 即頌 近好 唐圭璋拜 九月十七日

（後附）上海古籍聽説即出淮海詞箋注稿。不知何人所編。

一九八三年十月二十六日

渭君同志：

我雜務太多，一時應付不了。有時血壓一高，我就全部停下。故多處信來未能即復。

解放後我很少作詞。以前也陳舊。應酬東西我也不想存。謝謝您厚意。暫停再説吧。各處也發我一些，還不知情況如何。也有錯字、標點錯，種種情況。

唐宋金元詞索引，不妨作出來。如有出版社肯印也可印。

十一月份上海師大開詞學研究會，我不能去。也不擬多謂人知。我介紹過，他們都謝絶了。匆復

問好

小萬卷樓，我不知何人。〔四〕唐圭璋　十月廿六

一九八四年一月三日〔五〕

渭君同志：

來信讀悉。鍾振振注賀詞，極多創見。

手批賀詞除夏吷庵外，我都不知。

淮海詞「合數松兒」，一種游戲。見唐人詩。但不知何人。這種遊戲《事物紀原》也没有。不知他書有記録否？不知《淵鑒類函》、《圖書集成》中可有記載？今年冬天我兩手都凍傷。這是從來没有過的。

日本刻本《全芳備祖》這元刊殘本。然宋刊本，只有後十四卷。前十三，國内有鈔本。刻本、抄本互有謬誤。現考正有人用二十幾中善本校刊。將來校刊本出來才有用。

向仲堅名，迪琮。四川雙流人。有《柳溪長短句》。近代詞家。

（此信後有葛氏收到信後所書「圭老手患凍瘡，未結具。八四．一．四」等字）

一九八四年一月二十五日

渭君同志：

廿三來函讀悉。凡例也看了。我已無精力查檢索引，還請李、趙兩同志鑒諒。索引頗費事。作爲自

已查閲原可。如需出版，還望與出版社聯繫。

年老體弱，功能衰退。百病叢生，凍瘡因困頓，皮炎不愈，睡眠不好。牙齦萎縮，咀嚼困難。唯望您等自學成材。我無力幫助。十分感謝您。謝謝您關懷。今年大雪，外面寒氣大，不敢出門。終日在家。爐火不强，生活不正常。頗以爲苦。匆此　奉復　即頌　新歲愉快。　唐圭璋拜　一月廿五日

一九八四年三月二十一日

渭君同志：

來函敬悉。

我手邊已無《淮海詞·跋》了。大概反對一些僞作。看《全宋詞》可知。

年來體弱，不能用腦。此亦自然規律。　匆復　祝　近好　唐圭璋拜　三月廿一日

一九八四年五月三日

渭君同志：

來函敬悉。

舊本《詞苑英華》如不印出，恐購不到。這里可在圖書館中查閲。趙吴舊鈔不知爲何缺失。好在《全金元詞》我已收過。不要也就算了。不過夏承燾爲此輯寫過一序。不知此序有無。我許也没有了。

這日有人以爲秦少游《千秋歲》是在衡陽作的，而不是在秦瀛所記在處州作的。但我已無力閲書，無法考證了。「合數松兒」，至今已找得什麼玩藝。至少在他以前社會已有這樣的社會風氣。可能唐人已有。但找不出證據，也就不能亂説了。東西要了，謝謝。不必寄了。匆復　即問　近好　圭璋拜　五月

三日

一九八四年五月十五日〔六〕

渭君同志：

十四(日)函悉。

我校有空調。我受不了。不能用。謝謝您，萬勿爲製。

趙吴兩家詞鈔，我不知指何人。我不記得了。《能改齋漫録》也説《千秋歲》在衡陽作，不可信。今人發在廣西《學術論壇》第二期上，不可信。處州鶯花亭有范成大詩序可證。

我身體不好。兩脚浮腫。千萬勿勞駕光臨。有事可來信一樣。此頌　近好　唐圭璋拜　六月十六日

一九八四年八月十四日〔七〕

渭君同志：

來函敬悉。

我認不得姜先生，未見過一面，未通過一信。不好冒昧推薦。是否打聽與姜先生有交的人推薦。我也不知道誰與他熟識。徐震堮在過杭大，不知與姜熟否？施蟄存不知與他熟否？其他的人也只有打聽請他推薦。曹先生見過您，也可以請他向姜進言。

我很希望有成，但我無能爲力。此頌　近好　唐圭璋拜　八月十四日

一九八四年八月二十七日

渭君同志：

一夏多病，來信未復。請諒。

我的碩士研究生楊海明專研張炎。發表論文很多。如您處有批張炎語不多，請抄示爲感。《廣西學術論壇》喻志丹論少游《千秋歲》在衡陽作，不可靠。范成大明明有詩序記在處州作的。　此問　近好

圭璋拜　八月廿七日

一九八四年九月三日

渭君同志：

八月卅一函悉。一九八四年《學術論壇》第一期喻志丹《秦觀千秋歲詞考辨》，我以前借過學校的看到。……其實他那高文也就站不住脚。范成大詩序足以破他的謬論。

我身體還是虚弱異常，生活不正常。　此問　近好　唐圭璋　九月三日

一九八四年十月二日

渭君同志：

來函敬悉。

北京文研所也編近代詞。他們搜集材料多。公家不比私人，私人太吃力了。我看您可就所看到的看看。不必費事輯了。實在，如我來説，也説不上作詞，因此作的也不是比類前賢。

淮海詞宋本之要不過七十七首。而且在年譜，故實少，注的也不多。有人問過我「合數松兒」，是聽説唐人詩在，是一種遊戲，猜拳行令之類。究竟誰的詩也不知道。

我不能出門，又不能看書用腦。形同廢人。用腦多就會血壓高。自己不知自己病，時刻總怕防不勝防。痛苦倒没有。就是腿軟無力，電視、報紙都怕看。　匆復　即頌

近好　唐圭璋拜　十月二日

一九八四年十一月三十日

渭君同志：

來函悉。即復。

千頭萬緒，精力不濟，難以應付。故收到玉田評未即復。望諒！囑我寫字亦未能寫。

《全宋詞》黄、晁兩收。黄序的時間、地點較可信。見有能改齋云「其宣和也」可證。少游在處州作《千秋歲》。到衡陽出示孔毅甫，並就到衡陽始作。范成大序可證。能改齋、獨醒皆誤解。

喻志丹未考范序、原譜、後村，自露高才可哂。　匆頌

近好　圭璋拜　十一月卅日

一九八七年四月二十八日

渭君同志：

四月廿日大札敬悉。謝謝黄先生對《全宋詞簡編》勘誤。我查《全宋詞》無一有誤。《簡編》未經認真校對。以致有誤。

《全宋詞》中東坡詞部分系據中華影印元延祐本。四印齋臆改，面目全非。惟劉過《龍洲詞》中《六州

歌頭》一首，多一「郁」字（……鬱綢繆），不知何據，請示。

厲鶚有《絶妙好詞箋》，《陽春白雪》也應該箋。

匆此 復謝。 並頌 安好及夫人康復 圭璋拜 一九八七年四月十八日

一九八七年九月二十八日

渭君同志：

體弱未復。 望諒。

茲寄《全宋詞簡編》，請指正。

《陽春白雪箋注》好多人在作。多作多得可也。淮海也還可作。問題在於質量。

上海古籍根據龍榆生錯編了淮海二十六首。以訛傳訛。不看趙萬里的書，以致如此。

匆復 並問 近好 唐圭璋拜 九月廿八日

（附）我已成廢人。寸步難行。不能看書用腦矣。

（整理者單位：運城學院中文系）

新見宛敏灝與施蟄存往來書信十五通考釋

胡傳志 考釋

近日，承宛敏灝先生親屬楊修蘭老師的信任，授權本人整理宛先生手稿、書信等遺物，從中發現宛先生與施蟄存先生往來書信十五通。這些書信寫於一九八〇年一月至一九八一年九月間，主要討論《詞學》創刊以及《張孝祥年譜》等事宜，頗具学术信息和史料价值。原信中書名有的未加書名號，有的用引號，現統一用書名號。需略作考釋者，在篇末附以案語。

一

敏灝同志史席：

常讀大著，素有心儀，以未獲一會爲恨。

舍近來忽發奇想，不自量力，欲賡續龍榆生之《詞學季刊》。爲謀復刊，曾商之夏、唐二公，均極贊成，允爲支援。因擬着手試編一二期，同時聯繫出版社，然京滬出版社均以八〇年任務已滿爲辭，省出版社有一二處正在聯繫中，未有消息。緣此不敢張揚，僅在友好中徵詢有無著作，可助其成。足下當然爲求助之對象，大名已列入擬議中之顧問或編委名單，特以時機未成熟，故未以此舉奉聞。前日冒叔子有函致此間陳兼與丈，謂已代向足下徵文，足下亦既俞允，願以近著《張孝祥年譜》惠付云云，聞之無任欣忭。此事舍亦未告叔子，叔子從陳丈處知之，遽爾鼎力玉成，殊爲感激，今特專誠馳出書，請足下踐約，惠以宏著，附呈徵稿規約一紙，以供參考。足下倘有其他有關詞學之著作，並希望不吝檢付，舍於此舉正在草創之際，各欄文字，皆無「庫存」，故多多益善也。

上海師大正在籌設出版社，可望成立，果爾則「詞季」有希望由師大中文系在古典文學研究室刊行，此刻雖未可肯定，然亦不無把握，敬以附聞。

手此即請　著安

施舍（蟄存）頓首

上海愚園路一〇一八號（二〇〇〇五〇）

八〇年一月十二日

案：夏、唐二公：指夏承燾、唐圭璋先生。冒叔子：冒效魯（一九〇九—一九八八），字景璠，又名孝魯，别號叔子，江蘇如皋人。冒鶴亭之子。陳兼與（一八九七—一九八七），原名聲聰，後以字行，字兼與，號壺因、荷堂，福建閩侯人。以書法名重一時，曾任上海文史研究館館員。上海師大：指華東師範大學。

二

敏灝先生閣下：

獲二十六日手書，承許以尊著《張孝祥年譜》新稿付「詞季」，甚感，師大出版社已成立，「詞季」發刊亦無問題，惟因屬期刊，須付出版領導批准，此事恐有遲滯，故弟擬先集稿以待，尊作如能于三月中旬惠付，大致可以及時。

閣下篋中想不止此一稿，甚望能同時更賜一二詞學宏著爲儲備糧食，何如？

又弟希望在第一期中有一文概述解放以來詞學研究情況，爲三十年詞學作一結裹，此文擬求閣下撰述，能俞允否？

手此即頌

春釐！

施蟄存頓首

一九八〇·二·八

三

敏灝先生：

上月杪獲手教，知「詞學研究三十年概論」一文足下謙遜，未能俞允，甚是憾事，然亦不敢强也。弟亦無暇執筆，且容别作區處。

「詞季」事猶有阻力，主要爲師大出版社未得批准成立，上海各出版社期刊已不勝負荷，莫肯承受，目下正在另闢蹊徑，即使如願，亦非秋間不能成事。然弟决定不放棄此計畫，仍在集稿中。惟時間可以從容。閣下大作，既許惠付，請徐徐定稿，不急急矣。

弟有張孝祥書《妙光禪師碑》拓本，今抄奉其題銜，閣下或有可以採用處。

手此即請　撰安

施蟄存頓首

三·十八

案：妙光禪師碑：指《宋故宏智禪師妙光塔銘》，周葵撰，張孝祥書，立於紹興二十九年（一一五九年），位於浙江省鄞縣天童寺内。

四

敏灝先生：

詞刊已一致決定由師大出版社争取明春創刊，現在第一集稿已有十之六七，大作已編入，亟盼早日惠付，十一月底必須以全稿付出版社，由社中同志再作技術上加工編排，十二月底發印刷廠。名稱及編輯體例均有改變，今寄奉新印件一紙，内中各欄均求大力支援，圖版，瑣記，尤祈物色。《詞學》擬請閣下列名「顧問」，求俞允。匆匆即請

撰安。

施蟄存頓首

一九八〇．十．十六

案：新印件一紙：指《〈詞學〉的任務及編輯體例》，現存。

五

蟄存先生：

十．十六日手示敬悉。

詞刊新改名稱比原擬的好。拙稿《張孝祥年譜》承擬編入第一集，下月内一定趕寫，呈教不誤。關於圖片，本集可否配合年譜，影印一幅張孝祥的字。文物出版社曩曾出版《南宋張孝祥行書二帖》，帖後説明原件系紙本（所稱孝祥生卒年有誤，各遲一年），印本列爲「上海博物院藏歷代法書之七」。其中

《涇川帖》頗完整(《紫溝帖》有殘缺),似可採用(上海博物院或尚藏有他帖,記故宫博物院出版社刊物中亦曾載有孝祥書法)。如何請酌!

編輯體例説「僅用三種標點符號」,不知是否專指新寫詞作及文中所引例詞? 如包括論述文字,似多不便之處。究應如何理解,尚希便中見示! 以便照辦。

承示擬收賤名列入顧問,至深慚悚! 詞學專刊只此一家,當然應盡棉薄,但恐力不從心,以此希預列,萬一認爲創刊之初有點綴必要,只好勉聽尊便也。

匆此並頌

撰安　　弟宛敏灝上

八〇.十.十九日

揚州丁寧女士已在合肥病逝,上月二十五日曾接安徽省文史館電告於是日下午舉行追悼會。

案:丁寧(一九〇二—一九八〇)字懷楓,號曇影,又號還軒。著名女詞人。生於江蘇鎮江,隨父親遷居揚州,曾任職南京中央圖書館,一九五二年後,任職安徽省圖書館。一九八〇年九月十五日病逝於合肥。著有《還軒詞》。

六

敏灝先生:

惠復敬承,所謂「三種標點」,弟意主要在「詞選」及「文獻」欄内所刊全闋,論文中引用者,如爲全闋,另行排,則亦視此例。如只引數句,則不必標韻。

插圖事容考慮,文物出版社所印二帖,弟未嘗見,當覓取一閱,如製版方便,則據以翻印,弟意或者即用《宏智禪師碑》，此本未見印傳，另外配以涉園景印之《于湖詞》書影，可得二頁。陳邇冬惠寄朱古微致王半塘箋二幅，亦擬印之。

大作仍用繁體字，因目下正在聯繫能排繁體字之印刷廠，如能成事，則擬不用簡字。如果原稿寫繁體，即使要改爲簡體，亦較以簡改繁爲方便。

丁懷楓下世，弟去一唁電，並托孝魯致一花圈，本擬《詞學》上刊其《還軒詞》，聞皖中亦欲印單行本，則此事不談了。

匆復即請　撰安

施蟄存頓首

一九八〇．十．二十一

案：《宏智禪師碑》：即《宋故宏智禪師妙光塔銘》。涉園景印之《于湖詞》：指《武進陶氏涉園續景刊宋金元明本詞》二十三種，内含《景宋本于湖先生長短句》五卷《拾遺》一卷。陳邇冬（一九一三—一九九〇），廣西桂林人。一九三七年畢業于廣西大學，早年從事文學創作，新中國成立後，致力於學術研究，後任職人民文學出版社，有《蘇軾詩選》《蘇軾詞選》《韓愈詩選》《十步廊韻語》等。《還軒詞》：丁寧去世後次年一月，安徽圖書館編印《還軒詞》；一九八五年，安徽文藝出版社正式出版《還軒詞》；二〇一二年黄山書社將之列入《安徽近百年詩詞名家叢書》第二輯。朱古微（一八五七—一九三一），一名孝臧，一名祖謀，字藿生，號彊村。編有《彊村叢書》等。任中敏（一八九七—一九九一）名訥，字中敏，後以字行。别號二北、半塘。揚州人，歷任上海大學、復旦大學、四川大學、揚州師範學院教授。著有《唐戲弄》、《教坊記箋訂》、《優語集》、《唐聲詩》、《敦煌歌辭總編》、《隋唐五代燕樂雜言歌辭集》等。

七

蟄存先生：

十·二十一手示早奉悉，稽復爲歉！插圖擬用尊藏《宏智禪師碑》，極好！前次臨書倉促，付郵後始想到何必捨近求遠，旋奉惠復，竊喜不謀而合。

昨有藝術系同事來商量其所作山水畫題詞，詢及傳聞將有《詞學》刊行，不知從何預定。因告以創刊定在來年第一季度。出示「編輯體例」，在共同閱讀時，發現其中有「本刊以通用簡體字直行排版」等，除囑仍用繁體外，不知是否要由右向左直行？横行稿紙改直用，亦無甚困難也，擬請明示，以便照辦。

《于湖年譜》剛誊清，已暫停業。

匆此，並請

著安！

宛敏灝上

案：此信底稿無日期，據施先生以下復信可知，寫於一九八〇年十一月十三日。

八

敏灝同志：

十一/十三手教敬承，爲《詞學》排印版式事，近來大傷腦筋，弟本意直行繁體字排，後來印刷廠説無法全用繁體字，不得已，改由簡體字，但弟以爲有許多字易混淆，故主張一部分用繁體，在上次繕印「體例」

時已如此決定。最近，出版社同志説直行排要比横行排貴不少，要求改爲横行。弟因此刊文獻部分將印出幾種舊籍，擬界烏絲闌格照原版式排印，故非直行不可。此一事尚未能作最後決定。

排字工人的要求是：如要繁體，必須原稿亦寫繁體，如寫簡體，他們不會改繁體。反之，如用繁體字，亦然。但弟現在所得稿件，有繁有簡，看形勢，非順從簡體不可，如是則又必須將繁體字逐一改爲簡體，此所謂發稿前之「技術加工」，工作量甚繁劇。

又工人要求來稿必須用文格紙（每紙五百或四百字），一格寫一字，不寫清楚，不合此規格者，他們不排，要退回重抄後付排。此事亦使弟甚窘，緣來稿中有不少不按格子寫，且有直行，有横行，如果重抄，大費時日。

現在，弟擬堅持直行，可用簡字，但閣下寫稿，請仍用格子横行寫，用簡字，有易混淆之字，則徑寫繁體，暫請自己斟酌，弟將來要歸納出一個表來，逐步一致。（如「籍」不作「借」之類）

横行稿改直排較易，直行稿改横行排，青年工人看不慣，現在能用繁體字横行排者，只有北京中華書局一家，嗚呼！

又《詞學》開本亦恐有變更，説不定要改爲十六開大本，每本字數約束在十五萬字以下，現在手頭所有稿皆二萬字長文，編排亦殊困難，貴處如有青年中年同志能寫幾篇四五千字的文章來，助我不淺。

手此即請　撰安

施蟄存頓首

一九八〇．十一．十五

九

敏灝同志：

鵠候大著付印，能在二十日之前寄到否？恕其敦促，不勝屏營之至。此請撰安！

施舍頓首

一九八〇．十二．七

案：此爲明信片。屏營：惶恐。

十

蟄存同志：

上月十五日復示及本月七日明信片均敬悉。

承囑代約四五千字的短稿，已請祖保泉同志寫了一篇《漫談王國維的詞》，寄奉審處！（祖系此間中文系副教授兼副主任，寫有《司空圖詩品解説》等，對詞也有興趣）

拙稿正遵命趕寫中，請釋注！

匆復不盡，即請

撰安

弟宛敏灝上

十二．十一日

案：祖保泉（一九二一—二〇一三），安徽巢湖人，一九四七年畢業于四川大學。曾任安徽師範大學中文系教授、主任。著有《文心雕龍解説》、《司空圖詩品解説》、《司空圖詩文研究》、《王國維詞解説》等。《漫談王國維的詞》後刊於《詞學(第一輯)》,題作《試論王國維的詞》。

十一

敏灝先生:

大作《張孝祥年譜》收到多日,尚未得暇通讀,事冗,亦未爲復,均甚歉疚,大稿十足四萬字。擬分二期刊畢,但説不定還要刊三期,乞諒。

如果分兩期用,不知以何處中斷爲宜,如果依文稿字數區分,在兩萬字處截斷,恐亦有失當。

又希望閣下草一小引,略述《年譜》重訂經過,所增損者重點在何處,二三百字已足,當排在文前。

附呈目録一份,即教之。

手此便頌

春釐!

施蟄存頓首

一九八一·一·三十

貴恙想已康復,念念

案:目録一份:指「《詞學》一九八一年第一集内容」,現存。

十二

蟄存先生：

兩奉手教，敬悉一一。拙稿承採用，擬請分兩期刊完。可略依其出處中斷，前期在朝時多，並參贊抗金軍事，其後即接連出守外郡。如此前半將止於隆興二年（一一六四），後半起自乾道元年（一一六五）。或按高、孝兩朝截斷（即在一一六二與一一六三間分割）亦可。倘連載三期，似較難分段，且有一期没頭没尾，恐非所宜，一切請酌！

「小引」遵囑草奉，如不合用請删改。又擬引用《吴郡志》一條，另紙録附，乞按説明賜代補入。手寫稿手邊未曾留底，關於分截及擬增之處，只能約略言之。瀆神感悚！

弟于春節前出院，半月後「房顫」又發，治療主要靠「乙胺碘呋碉片劑」，此藥進口已脱銷，而國産試樣兩次尚不合格，青黄不接，眼看房顫即將由陣發性轉爲永久性，只得聽天由命矣。承注附聞並致謝。

匆復不盡，即請

著安！

弟宛敏灝上

二月廿三日

另紙附「小引」

本譜初稿成於抗戰時期，一九五九年曾在《安徽史學通訊》第四、五期發表。卒年誤從《文集》附録《譜傳》，僅於第六期《補正》中提出疑問。嗣撰《張孝祥和他的于湖詞》一文，載《合肥師範學院學報》一九六二年第一期，始證《譜傳》所稱卒年爲錯誤。十年動亂，舊稿及累積資料盡失，已無意再爲「無益之事」。唐圭璋先生屢次督促，遂復從事《于湖詞編年箋注》，並重寫年譜。新稿增改處主要有五：①重新確定孝祥卒年。②肯定張同之爲其長子，並推論孝祥與李氏分合情況。③推斷張祁出處，按年補入。④增列孝祥親屬並附説明。⑤增寫可與其行實互證的作品篇目。劫後老病侵尋，兩稿每難稱意，至祈讀者不吝賜教（請寄蕪湖安徽師範大學），糾其疏謬爲幸！

案：本信寫於一九八一年。《張孝祥年譜》刊於《詞學》第二輯第三輯，無此小引。

十三

蟄存先生：

本月廿三日前奉復一函，並附寄「小引」稿，諒當先達。頃因復于北山同志信，提及于湖與放翁交往，文集中僅見《題陸務觀多景樓長短句》一則。忽憶拙稿《于湖年譜》似漏列此條，又張邵起知池州，原注據《宋史》本傳，不如改爲《齊東野語》，史傳並未明言是何年也。附稿一紙，擬請酌改。倘有未便，亦即任之。一再勞神，不勝感悚之至！

順請

著安

弟宛敏灝匆上

二月廿六日

《題陸務觀多景樓長短句》

跋見《文集》卷二十八，略謂：「桐廬方公尹京口……樓成，陸務觀賦《水調》歌之，張安國書而刻之崖石」。據陸游于慶元五年（一一九九年）《跋張安國家問》云：「某自浮玉別紫微，三十六年之間，摧頹抵此……」由慶元五年上溯三十六年，應在隆興二年（一一六四年），陸詞有「露霑草，風落木，歲方秋」句，時間與張詞符合。按《癸辛雜識》曾載：「張于湖知京口，王宣子代之，多景樓落成，于湖爲大書樓扁。」孝祥未嘗知京口，可能即因此次聚會誤傳。

案：于北山（一九一七—一九八七），河北霸縣人。淮陰師範專科學校教授，著有《陸游年譜》、《范成大年譜》、《楊萬里年譜》等。一九八〇年十一月二十六日，于北山致信宛敏灝，請教張孝祥生卒年之事，信件現存。一九八一年一月三日，宛敏灝復于北山信，復信見于北山《陸游年譜》附録七。

十四

蟄存先生：

秋涼，維台候勝常爲頌。

前函《詞學》創刊號將於國慶日出版，不知確否？拙作《于湖年譜》去年病中未及通覽，即倉卒寄奉，如第二期暫時尚未發排，可否擲還校閱一過，至多一星期即可寄上。倘有未便，則要求在打清樣後給我一次自校機會。如何請酌。

弟秋來精神稍好，承注附及。

順請

著安！

弟宛敏灝匆上

八一·九·九

十五

敏灝先生：

惠教敬承，《詞學》第一輯稿二月六日編成，交師大出版社，至四月方承新華印刷廠接受，七月送來初校樣，弟即以一星期内校畢送去，八月底方送來二校樣，至今未得三校樣，看來最快要十月底方可印出。現在才知道組稿不難，編輯也不難，難的是出版，原意今年印出四輯，現在則只希望能出二輯。新華印刷廠只允排印一輯，第二輯在何處排印，尚未定局。此刻正在作付印加工，擬待第一輯付印時，再去求情，請該廠慨允繼續排印，如不蒙開恩，則又須求神拜佛，向别的廟裏去燒香了。

尊著分二期刊出，第二輯刊一—四十六頁，正待加工，而足下函至，今將全稿郵奉，請先審核一—四十六頁，儘早寄來，弟已加工了二頁，請依此式改定，因全書出直行排，符號也要改，又原想用繁體字，無廠肯承接，故只好用簡體字。第一輯的文稿，先是將簡體字改爲繁體字，後來又改回來，費了不少時間。尊作審核時請將繁體字改易（但可保留幾個字）。如果重抄，則改作直行寫，印刷廠排字工人都是小青年，不識字，真無奈何。

足下近來健安否？常在念中。弟則手指拘攣，寫字甚不能執制矣。

手此即請

撰安

施蟄存頓首

一九八一·九·十一

收到乞先復一郵片

（作者單位：安徽師範大學中國詩學研究中心）

詞苑

臨江仙　悼念唐圭璋教授

宛敏灝

楚尾吴頭遥望，十年契闊關情。那堪一夕竟星沉。霜凝詞苑冷，木落學林驚。長憶渝州西子，相逢頻接殷勤。劫餘重晤快平生。只今江月白，不見晚峰青。

去冬電唁唐老逝世時，率成小詞未寄，頃承凡人同志詢及，録呈教正。一九九一年春於蕪湖安徽師大。

貂裘换酒　香港珠海學院舉辦「古典體詩教學、創作與研究國際學術研討會」

施議對

又泊黄金岸。好樓臺、星輝歷歷，悠悠河漢。畢竟珠崖風情異，六月荷花香滿。佳客至、筵開閬苑。昔日盟鷗今何處，與傳杯、消息尋都遍。憑一脈，總難斷。　南來我亦飄零慣。算多番、成王敗寇，城頭旗换。潮落潮生人間世，眼底江天高遠。負北郭、芳園路轉。紅葉漫題新詩有，共征鴻、閒看雲舒卷。無孔子，並墳典。

喝火令　庚子腊八入大寒

段曉華

歲晚敲詩過，梅幽撣雪看。粥鐺蒜碟祛深寒。今夜幾家燈影，紅待遠人還。　雜籟交如轂，驚濤起似煙。撿香燒盡篆纏綿。越是祈晴，越是凍雲摶。越是惜花心緒，越怕訴花前。

喝火令　小薌所攝草坪微距雪花圖

前　人

不比南方艷，偏生北國嬌。痴情一動百愁消。頻拂沾襟素羽，纖魄最難描。　剪水揚花屑，無聲下碧霄。更誰魔鏡攝飄飄。賺我空拈，賺我夢春潮。賺我夢春潮裏，打槳碎瓊瑶。

浣溪沙

前　人

己亥臘月二十四祭竈，江南俗稱小年，間陰間雨，終未能作雪。收束經年零葉，都爲一集，可效浪仙之祭，可謀司命之醉，聊題曰《可可吟》，即用東坡韻調寄。

過了今宵數大寒。江波遞響荻花灘。欲收零雨轉瀰漫。　批抹無題多棄句，筍魚兼味小拼盤。燈明竈暖亦清歡。

臨江仙 題項王廟

龐堅

息戰爲神終不死，能仁若婦何妨。童心衣錦説還鄉。雲横搴舉鼎，騅逸幻浮江。須信破秦名自重，漫嗤天意能彰。香魂萬祀與彷徨。翁山情惻惻，漱玉句堂堂。

屈大均詞：「烏江不渡爲紅顔，忍使香魂無主獨東還。」李清照詩：「生當作人傑，死亦爲鬼雄。至今思項羽，不肯過江東。」

浣溪沙 與瀓廬談悟空，作此示之

前人

一萬光年百萬星。塵埃枯到本無形。微波漲處養空靈。九點青煙窺道隱，半分素月入禪輕。非仙非佛笑盈盈。

鷓鴣天 辛丑七夕次舊作小詞原韻

前人

一掬銀潢有淚酸。引波終惘兩情難。電還成笑吹星雨，光亦迴辰駕意船。存此夕，到他年。西津南浦舊橋邊。人間照影風荷畔，乞巧何如乞獨憐。

柳梢青 送春唤夢詞社社課

魏新河

是是非非。來來往往，看取薔薇。花縱長開，春如長在，知屬他誰。人間本自相違。算不送、何曾不歸。天本無情，緣常無份，休怨荼蘼。

法曲獻仙音　蛙聲依白石體　前　人

纖月初暝，小池幽碧，乍放母音清脆。暈續疏鐘，響聯群玉，圈圈串串相綴。聽一兩三聲後，平潮泛空際。

算何事。向人間、百般分訴，曾費了、多少晚來歌吹。也不到瑶台，更依然、風雨如晦。鼓腹江湖，一生生、又一輩輩。勸荷衣高卧，試看明朝晴未。

菩薩蠻　端午後四日擕樂軒訪黄葉村　前　人

來尋青埂峰前夢。世間若個多情種。分得一絲痕。再生還淚人。

向來無處訴。唯有相思苦。長坐接離魂。晚煙横小村。

賀新郎　杜伊諸第七歌選譯二章　鍾　錦

還作嚶鳴否？悵韶華、隨春歸去，那堪求友。縱使輕揚同節令，終向長天辜負。心漫與、愁形為偶。也解相呼如啼鳥，甚多情、暖得幽魂透。拼妾薄，報君厚。

東風消息仍飛奏。起青蘋、回堦舞殿，似泉傾漏。首夏清和俱在眼，萬木森成明晝。仰帝力、虔誠稽首。山外夕陽林外雨，散無數、午夜群星斗。休忘在，黯然後。

喚出非惟汝。有憧憧、一行處子，出於幽墓。無奈我聲吞不得，沈者長尋后土。歸掌握、何須幾度？休説少年頗疏略，算命途、總逐虛無去。翻使入，自由處。莫哀淪落憂貧窶。任荒街、潛成瘡痏，見為枯腐。但有生時彈指頃，血脈生機都聚。輕忘了、鄰人笑語。福樂願將相指示，便從爾、非證仍非妒。能識是，為心取。

減字木蘭花

李舜華

辛丑春南下，又值清明，中夜忽聞相洲先生病逝，夢雨相侵，晨起拈韻悼之。

吴歌誰絶。廿載半塘空見月。簷鐵相和。芳草汀洲失碧螺。樂學不墮。無問蒼茫無問我。行盡天涯。桃李春光到海崖。

霜天曉角

前人

立夏後二日，瓶供紫芍藥，妖嬈馥鬱，轉瞬即萎，賦此送春，用前韻答沚齋先生。

流光成謔。焚指看春灼。千仞孤城攀絶，紫蕊下、天星爍。將愕。鏡已昨。四厢花影蕎。向曉桑田歷歷，野鸝動、炊煙薄。

注一：「四厢花影」，清龔自珍《夢中作四截句》有「四厢花影怒如潮」。

注二：「向曉桑田歷歷」，憶得《林蘭香》有記燕夢卿入夢，見幽蘭都萎，末了，霹靂一聲，萬境皆轉，惟余春田歷歷種種。

鷓鴣天　西湖三臺山謁于謙墓

張青雲

翁仲無聲馬鬣封。三臺雲水瘞英雄。丹忱已表貞珉上，清白長留竹帛中。　欽卓節，仰高風。更從板蕩識精忠。岳墳北去無多路，心迹昭昭許共通。

鵲橋仙　己亥七夕

石任之

蛛絲浪擲，星橋漫築，騃女癡牛已老。何愁能耐百回縩，但裁剪、新詞鬥巧。　東風發願，西風薦恨，未必離多會少。人間無處隔天河，只相隔、此心微渺。

石州慢　蜀中紅葉李、滬上玉蘭已放，帝鄉亦日煖，而揚州地氣江梅猶在

前　人

淺夢非真，娥綠未顰，樓外誰折。薄寒比玉堪磨，一尾魚銜香没。當時京洛，銀錠橋側微瀾，嫣嫣幾豆能生蝀。初學製新詞，是何年三月。　人曰。隔江清泚，開到辛夷，送梅仙闕。冷淡東風，慢耦揚州丘垤。測花昨夜，花深乍破三氂，已添愁海飛紅孽。未嘔緒吴蠶，食春陰如葉。

虞美人

前　人

平山堂下平秋水。天氣彈窗紙。江南二字足魂消。況有芙蓉十萬種虹橋。　披襟深坐西風淺。

巷子紅菱芡。再無一事可低眉。但把心幡認作偶然吹。

天仙子 登武當山

王希顏

為有遥情清且壯。安得買山先買杖。晴巖一削楚天開，雲堪掌。歌堪放。仙闕如鷩應暫諒。

又

前　人

看盡雲天歸翠尾。歷到堅冰填海水。惜春何不為春籌，風欲起。香縈砌。好約如山移得未。

甘州

鄭易焜

甲午歲冬，予過雲中，遊恒山懸空寺，寺依絶壁，北眺蕭然，亂峯環堵。雲中古兵家必争，若國脈傾卵，信非能恃險。然亦有拱手出讓，未遘兵燹者，此雲中之幸耶，不幸耶？　嶺外隱雪難霽，百年有餘也。

掛蒼崖蜃影，舉高風石徑汎雲寒。瞰塵空鏡海，光銷霧翠，圖入何年。壁剥苔斑繡老，險夢上霜天。應有仙軿隱，忽幻闌干。　千古吹笙人去，認虹梁歌歇，雪棟窠殘。賸醒陽獨此，掇送好河山。倚危亭、北望輕命，誤亂峰、去鶴恐難還。松楸舞、捲簷鈴地，强理孤歡。

渡江雲　前人

漢城湖，原漢漕運河也。辛卯年過此，荒草池漲。甲午年復過此，遊人行春，不能勝計，思及三年，恍若蝶夢，登高書感。

湖山耽酒地，柳吹細雪，碧岫繫紅雲。盛妍猶暈眼，棹隔殘潮，老盡木蘭身。高欄佇久，羨鷗侶、來去誰馴。銷百感、蘇亭終古，斜日沍清氛。　飄塵。江蘋摇影，岸竹黏霜，漸歡悰難認。應幾番、簾深花噀，繡滿吴門。愁鱗更送遊船遠，付笑語、偏在風昏。漫檢點，冰绡梦濇春痕。

國香慢　蘭花　趙王玮

第一香焚。是耆然禪破，淡裊成春。可憐素襟重展，翠黛新匀。霧隔空山輕步，想無言、猶泫雲根。援琴聆深見，舊畹停車，紉珮芳塵。　涉江人去遠，甚恩恩夢散，也種前因。西風多少，又送岸芷洲蘋。不道流年矜顧，抱清寒、自吐幽芬。關情小牕下，衹作當時，聽雨閒身。

霜花腴　前人

本意用海綃九日獨游西郭廢園韻

夢邊艷魄，正捲簾，青娥自點嚴妝。鴻警風高，蝶馱香厚，前程託與斜陽。倩誰引商。戀舊籬、凝徹穠涼。待遲開、暫宿秋塵，又飄鸞影下回塘。　還插素襟輕礡，記戔戔一握，氣噀流觴。難釋冰心，何妨星鬢，登臨瘦骨猶强。按歌繞梁。衹醉時、忘在殊鄉。費蟾宫、恨杵相思，滿天飛夜霜。

百字令　博浪沙弔古

劉孟奇

草荒古道，認苔花蝕處，依稀碑字。愁眼風沙吹不斷，遥溯飛椎遺事。滄海求賢，黄金換鐵，霹靂訇然起。一褫龍魄，至今長仰英氣。　何懼大索咸陽，無功此擊，逐鹿猶堪伺。還嘆早諳秦網密，漢網亦非兒戲。紫柏雲深，赤松跡遠，夢老煙霞際。濁河斜日，映殘平野幽思。

高陽臺　辛丑中元賦燐

前　人

拜月狐歸，啼林鵩散，無根火附山精。夜半潛燃，草多偏劇流螢。白楊風助參差起，渺秋郊、逐隊分明。野窗幽，鬼語吹虀，冷逼燈青。　雨邊不怪光難滅，怪人蹤斷處，尚燭妖星。萬劫魂荒，如何賸此熒熒。獨憐往者虛岑寂，共誰探、終古微情。曉叢深，未見焦痕，露濇煙清。

玉漏遲　夜

前　人

訴風蛩語細。階空檻冷，露濃煙霽。夢穩千家，耽寂總成無寐。賴有偎窗片月，共消領、獨清滋味。閒料理。駭魂如縷，暗飛天尾。　一晌占斷明河，任犯斗心期，與秋遊戲。萬籟聲沈，坐到殘星將墜。翻恐亂鴉噪曉，日華轉、香街塵沸。情逝水。來宵又生何際。

浣溪沙

張近微

數點煙紅墮鬟青。山眉水目兩盈盈。簸錢歸去正晴明。　撲面春風紗樣薄，裁裙羅帶柳般輕。問人聯句問花名。

菩薩蠻 拟《金荃》作

前人

金屏炯冷霜華薄。粉黄點額雙鬟約。密坐捲簾帷。牡丹微雨時。　語殘雙淚熱。一霎鶯聲歇。門外草如薰。春風吹斷雲。

兩宋之際姚述堯、姚進道、姚㲄考辨

徐佩鋒　許建中

《全宋詞》在第二册、第三册列有二位均稱姚述堯、字進道的詞人，究竟是否爲同一人，一直辨厘不清。其一見第二册：「述堯字進道，華亭（今江蘇松江）人。號何山道人。卒於北宋。」〔一〕其二見第三册：「述堯字進道，錢塘（今浙江省杭州市）人。登紹興二十四年（一一五四）進士。乾道四年（一一六八），知樂清縣事。乾道九年（一一七三），權發遣處州。淳熙九年（一一八二），知鄂州，放罷。十五年（一一八八），被命知信州，旋改主管亳州明道宫。有《簫臺公餘詞》一卷。」〔二〕但唐圭璋先生《兩宋詞人占籍考》僅列華亭姚述堯，置於江蘇省；其《兩宋詞人時代先後考》又僅列紹興二十四年進士姚述堯，缺華亭姚述堯。關於姚述堯與姚進道是否爲同一人，史無定論，遂成疑案。

一　紹興二十四年進士姚述堯考

紹興二十四年進士之姚述堯，因史料所存尚多，其生平較易考訂。王兆鵬《宋詞大辭典》中對其生平仕曆作過較爲詳盡的考證，然有兩處與《全宋詞》小傳略有抵牾：一是「權發遣處州」的時間。據查《宋會要輯稿》職官四三之一六八，應爲乾道九年（一一七三）。二是淳熙十五年是「知處州」還是「被命知信州」。查《宋會要輯稿》職官七二之四九，「（十月）二十六日，新知信州姚述堯主管亳州明道宫，以言者謂其貪有實跡乞行寢罷故也」〔三〕，可知應爲「知信州」，後改主管亳州明道宫。故仍以《全宋詞》小傳爲是。

因宋人施德操《北窗炙輠録》記載了同時期另一人姚進道爲華亭人，後人誤將姚進道並作了姚述堯，故産生了姚述堯籍貫問題的疑惑。陸心源又首倡姚述堯「華亭人，以錢塘籍登紹興二十四年進士」一説，以彌合二個姚述堯不同籍貫的矛盾；唐圭璋先生《兩宋詞人時代先後考》亦採納此説，此後姚述堯「華亭人，以錢塘籍登紹興二十四年進士」之説似成定論。華亭人姚進道與錢塘人姚述堯爲二人，姚述堯之籍貫當爲錢塘無疑。

二　華亭人姚進道考

華亭人姚進道，《全宋詞》詞人小傳載其「號何山道人」，「卒於北宋」，乃依據同時期吕渭老的記述。吕渭老作有《水調歌頭》八首，乃姚進道《水調歌頭》的和韻之作。其一序云：「十月初十日，同周元發謁姚氏昆季，多不遇。因與説道小飲，出其兄進道作《水調歌頭》一韻，幾二十首，讀之，殆不勝情。次其韻作一篇，懷其人，亦以贈元發、説道。」〔四〕其五爲「哭進道」，當作於姚進道卒後。此八首和韻詞按時間先後存録於《聖求詞》，其中有兩首爲紀年之作，時間爲壬寅九月和十月。壬寅即宣和四年（一一二二），「哭進道」悼詞緊隨其後，則進道卒年當在此年或稍後。

宋人施德操《北窗炙輠録》記載了多條關於華亭人姚進道的瑣聞軼事，如「姚進道在學士日，每夜必市兩蒸餠」，「進道嘗渡揚子江，遭大風浪」，「進道説，張安道年德俱高」，「進道嘗酒酣，書乘流則行，遇坎則止」等事例〔五〕，然每提及姚進道本名處均闕字。張九成《横浦集》也有論及姚進道的作品。其卷二《和施彦執懷姚進道葉先覺韻》詩云：「環顧天地間，四海惟三友。兩老雖未死，二妙已先蹈。」〔六〕卷二十《祭彦執文云：「余素寡交，生平朋友不過四人，姚、葉先亡，公繼已去，予形單影隻，有唱無和，有言無聽，有酒無徒，有花無玩，余之悲苦當如何耶？」〔七〕由此可知，姚進道與張九成（字子韶）、施德操（字彦執）、葉先覺（名不詳）四人爲一生摯友。姚進道與葉先覺二人英年早逝在先，故張九成、施德操二人各有懷念故友之作。

華亭人姚進道與姚述堯相混淆始於朱彝尊《書北窗炙輠後》，朱彝尊誤補《北窗炙輠》中姚進道之闕名，將其與姚述堯相混同，並認定姚述堯與張九成、施德操等有交遊，後人遂多承此誤而不覺。據張守《毗陵集》之《姚進道文集序》，姚進道本名應爲姚穀。《姚進道文集序》云：「余頃客京師，與姚致道遊，因識其弟進道。與之語，詞氣翛然，絶出塵垢之外，若世之利害毁譽無足以動其心者，余固已奇之矣……未幾卒于京師，年纔三十。悲夫！下世之後，文字散落，致道訪親舊間，篇摎句掇，得古律詩、長短句與夫雜書，僅成兩編，特平生之十一……進道名穀，秀之華亭人。」〔八〕張守在序文中盛讚進道的爲人與才華，將其比作英年早逝的李賀，才華横溢却不顯於世，深表惋惜。張守卒於紹興十五年（一一四五），姚述堯爲紹興二十四年（一一五四）進士，故此姚進道名穀，與名述堯字進道者絶非一人。綜合分析吕渭老、張九成、施德操、張守等人的文獻記載，他們筆下所言的姚進道當是姚穀字進道者，絶非紹興二十四年進士之姚述堯。從時間上考察，姚穀與吕渭老、張守有交往，與張九成、施德操爲好友。吕渭老得其《水調歌頭》二十首，唱和而作八首，始云：「十月初十日，同周元發謁姚氏昆季，多不遇。」則此時進道尚在；而後有「哭進道」，則此時進道當卒；中間兩首的紀年爲壬寅九月和十月，即宣和四年（一一二二），則進道之卒當在此年或後之不久。按卒時「年纔三十」計，則其生年當是哲宗元祐七年（一〇九二），此亦張九成之生年。張九成詩云：「環顧天地間，四海惟三友。兩老雖未死，二妙已先踣」，説明姚進道與葉先覺離世較早，又值盛年，故云「二妙」，這正與「先亡」的姚穀相合。如此，施德操之生年亦當與張九成、姚穀相同或相近，卒年則晚於姚穀而早於九成。張守於姚穀，生年略早而卒年又晚，且是由於「與姚致道遊，因識其弟進道」，故二人相識交遊，時間亦合。

此華亭人姚進道史料記載較少，故可據此梳理如下：姚穀，字進道，華亭人，號何山道人，生活在北宋後期，其兄致道、其弟説道，均以字行。吕渭老與其有和詞，張九成、施德操等與其相友好。雖入太學，然功名未顯，即卒於京師，年才三十，時在宣和四年稍後。卒後詩詞文章散落大半，其兄致道於親舊間搜集之，成《姚進道文集》二編，張守爲之序。惜此集已佚，不傳於世。

三　政和五年進士德清人姚穀考

華亭人姚進道本名爲姚穀，而問題又隨之而來，《宋人傳記資料索引》「姚穀」條載：「字進道，秀州華亭人。政和五年進士，知龍泉縣，未幾卒，年才三十。」〔九〕此處《宋人傳記資料索引》是將二人的資料歸併於一人，有誤。清同治《湖州府志》卷七一《人物傳・政績一》有載：「姚穀，德清人。政和五年進士，靖康初知龍泉縣。蔣家舊有堰，歲久頹壞，穀乃斥舊址，積石障溪爲陡門，以時啓閉之，鑿雲水渠播爲北流，至於李山阪，溉田數十頃，民賴之。」〔一〇〕此姚穀爲政和五年（一一一五）進士，靖康初知龍泉縣，並有「鑿渠惠農」之德政記載於方志。又《全宋文》卷三八〇五載其文一篇，名曰《東嶽行宫記》，文末紀年爲「紹興四年甲寅（一一三四）春三月甲子記」〔一一〕，顯然已入南宋。從政和五年中進士至紹興四年作《東嶽行宫記》，時間跨度已近二十年，則《宋人傳記資料索引》所言「未幾卒，年才三十」，當指北宋已卒之姚穀，絶不可能是政和五年進士之姚穀。因此，政和五年進士德清人姚穀與華亭人何山道人字進道之姚穀絶非同一人，不應混淆。二人同姓、同名、同時代，純屬巧合。

〔一〕〔二〕〔四〕　唐圭璋編《全宋詞》，中華書局一九六五年版，第一一二二頁，第一五四八頁，第一一二一頁。

〔三〕　徐松輯《宋會要輯稿》第四册，中華書局一九五七年版，第四〇一二頁。

〔五〕　施德操《北窗炙輠録》，見《宋元筆記小説大觀》第三册，上海古籍出版社二〇〇一年版，第三三〇二頁，第三三三三—三三三四頁。

此本以《四庫》本爲底本整理而成，《四庫》本中進道名亦闕。

〔六〕〔七〕 張九成《横浦集》，《景印文淵閣四庫全書》第一一三八册，臺灣商務印書館一九八六年版，第三〇四頁，第四三五頁。

〔八〕 張守《毗陵集》卷十，《景印文淵閣四庫全書》第一一二七册，第七八三頁。

〔九〕 昌彼得、王德毅等編《宋人傳記資料索引》第二册，中華書局一九八八年版，第一七一五頁。

〔一〇〕《湖州府志》卷七一，清同治十三年刻本。

〔一一〕 曾棗莊、劉琳主編《全宋文》第一七四册，上海辭書出版社、安徽教育出版社二〇〇六年版，第二二〇—二二二頁。

（作者單位：揚州大學文學院）

《欽定詞譜》分體小議

劉子聞

關於「又一體」的標準，《欽定詞譜》並無明確交代，後世普遍以《四庫全書〈欽定詞譜〉提要》所總結作爲依據，認爲：「今之詞譜，皆取唐宋舊詞，以調名相同者互校，以求其句法字數；以句法字數相同者互校，以求其平仄；其句法字數有異同者，則據而注爲又一體。」[一]事實上，除了字數、句法，《欽定詞譜》最常用的分體標準還有韻脚。就此三者而言，字數標準較爲客觀，多無異議，而句法、韻叶則需要在特殊案例與普遍規律之間斟酌取捨，更能反映製譜理念，也更易引起争論。《欽定詞譜》由於官修背景、文獻體量等因素，分體較明清其他詞譜更加細緻乃至瑣碎，這種風貌背後是一套規則明確、判斷保守的詞調分體體系。

一　韻脚「偶合」而分體

《欽定詞譜》對於唐宋詞叶韻規律有着較爲進步的認識，在具體判斷韻字的過程中，引入了方音校韻、古音校韻等方法，使得其判斷依據更爲充分合理。如《小重山》無名氏體，該詞前段尾字爲「浮」字，屬「尤」部，而該詞全篇押「虞」部字，理論上二者並不能相押。《欽定詞譜》據方音對此作了解釋：「前段結句『浮』字本十一尤韻，按《中原雅音》，『浮』字付無切，又吴越間方言『浮』讀作『無』，故可借押。」西平樂》晁補之體、《慶春澤》張先體等詞體均採用了這種解釋思路。

同時，《欽定詞譜》還引入了古音校韻的方法。如《洞仙歌》林外體，該詞全篇押「皓」韻，而该词韵脚字

「我」「鎖」字屬「哿」韻，「過」字屬「個」韻，用韻較雜，《欽定詞譜》注道：「蓋古以魚、虞、蕭、肴、豪、歌、麻、尤八韻爲角聲，皆可通轉，故《淮南招隱士》首章：『山氣巃嵸兮、石嵯峨，猿狖群笑兮、虎豹嗥，』四豪與五歌同叶。則知此詞『我』字、『過』字、『鎖』字亦以十九皓與二十哿叶，雖曰方言，實古韻也。」《欽定詞譜》使用古韻通轉理論，並列舉古例。《風流子》孫光憲體、《西江月》蘇軾體、《淡黄柳》王沂孫體等詞體用到了這種方法。

然而需要明確的是，這些學説的應用，大多是爲必押之韻提供理論依據，一旦涉及因韻脚參差而分體的特殊個案，判斷標準便極其審慎，甚至趨向保守。如《聒龍謡》，《欽定詞譜》列朱敦儒兩體，其中第二體注道：「此與前詞同，惟前起第二句用韻異。」即第二體第二句「溯空秉羽」，「羽」字叶全詞韻部。就《欽定詞譜》所見文獻而言，《聒龍謡》存宋詞四首，首段第二句叶韻者僅此一首，其他三首該處均不叶。後世詞律理論認爲，不當用韻而偶合押韻，屬偶然現象，陳匪石稱之爲「撞韻」，如其在《聲執》中所説：「凡詞中無韻之處忽填同韻之詞，則跡近多以節拍，謂之『犯韻』，亦曰『撞韻』。」〔二〕詞譜當標「句」不當標「韻」。《欽定詞譜》的處理方式是將此詞另立一體，即不認爲或不足以判定此處用韻爲「偶合」。這樣處理是招致後世詞家抱怨的主要原因之一。

又如《茶瓶兒》調下注：「《詞律》以後結『絮』字非韻，不知前句不押韻後句押韻者詞中盡多，若在換頭後結更多。蓋詞以韻爲拍，過變曲終，不妨多加拍也。」此説爲這種不避繁瑣的分體方式補充了理由。多出的韻字，既有可能是「撞韻」，也有可能是「加拍」，在宋調無可考而今之學説互斥的情況下，《欽定詞譜》以另立一體的方式將特殊情況獨立出來，只依字面反映爲准，盡可能避免潛在的誤判。

此類因「多」押一韻而另列一體現象在《欽定詞譜》中極爲常見，如《應天長》，《欽定詞譜》所列無名氏體，依據爲：「此亦柳詞體，惟前段第八句亦押韻異。」又如《菊花新》，《欽定詞譜》列杜安世體，其依據爲：「此與張詞同，惟前段第三句押韻異」，皆不加細辨，標準化處理。當然，亦有反例，如《醉鄉春》一調唯列秦觀一體，全詞押蕭肴部上去韻，前段第三句「瘴雨過」不叶，後段第三句「覺顛倒」叶韻。《欽定詞譜》便判定「倒」字非韻，其依據爲：「按《廣韻》上聲三十小部有舀字，以沼切，正與悄字押。若覺顛倒句，與前瘴雨過句同，其倒字非韻」。説明在這種創調即孤調（另存唐均得一首《欽定词谱》未參校）情況下，不需調和普遍與特殊的矛盾，制譜者便稍去轄束，甚至採納「上下片對校」這種没有明確依據的校律法。其實，此詞倘若細究用韻，上片第三句「過」字並非必然不叶，唐宋閩蜀等地「歌豪」通押頗常見，《欽定詞譜・洞仙歌》調下注亦雲「四豪與五歌同叶……難曰方言，實古韻也」，可知製譜者亦明此理，最終却選擇依據字面保守判斷爲非韻，和前文所舉諸例，表象相反，理路則同。

在此標準下，詞調分體雖然繁瑣，却很難出現詞、譜乖悖的硬傷，這正貼合群體官修的編撰方式。只是在具體細節上，難免有僵硬之處，如《天香》一調，《欽定詞譜》以賀鑄「煙絡横林」詞作爲「正體」，該詞全篇押魚虞上去聲韻，前段第七句爲「不眠思婦」。《欽定詞譜》將此句標韻，並在以下各體分析中，將該句是否叶韻作爲重要依據，如王觀體注：「此與賀詞同，惟前段第七句、後段第五句俱不押韻異。」毛滂體注：「此與賀詞同，惟前段第七句不押韻，後段第三句四字、第四句六字異。」吴文英體注：「此與賀詞同，惟前段第七句不押韻異。」其實《天香》存宋詞二十一首，除賀鑄這首，其餘二十首無一首此處用韻，包括賀鑄另一首平韻詞。比例懸殊，雖不足以確認賀鑄此句爲「撞韻」，但將特殊個案列爲「正體」，並以之參校諸體，實不甚妥。

二　句讀參差而分體

《欽定詞譜》對詞之句法有着很强的關注，其在《凡例》説道：

詞中句讀不可不辨，有四字句而上一下一中兩字相連者，有五字句而上一下四者，有六字句而上三下三者，有七字句而上三下四者，有八字句而上一下七或上五下三、上三下五者，有九字句而上四下五或上六下三、上三下六者，此等句法，不可枚舉。〔三〕

通常來講，上面提到的四字句、五字句、六字句、七字句、八字句的内部句式區分較爲明顯，大衆在具體句讀的時候基本能够趨於一致，但是，對於九字句，如果按照語義來講，起碼有上四下五、上五下四、上三下六、上六下三等四種常用句式，而《欽定詞譜》在具體列舉的時候通常根據編者主觀句讀斷句，並採用「枚舉法」列體，這就造成了不少「又一體」依據過於簡單，而顯得冗餘。

如《金明池》，《欽定詞譜》共列兩體，其中，秦觀體爲正體，僧揮體爲「又一體」，其列體依據爲「此與秦詞同，惟前段第七句作五字一句、四字一句異」，秦觀前段第七句爲「似悵望、芳草王孫何處」，僧揮前段第七句爲「旋占得餘芳，已成幽恨」從語義上來看，二者並無顯著差别，所異僅在於語氣的停頓，若將僧揮體斷作「旋占得、餘芳已成幽恨」，則與秦觀體完全一樣，别無二致，也就是説，這種差異並不能構成顯著的分體依據。據統計，僅根據九字句的上五下四、上三下六，《欽定詞譜》所列「又一體」有十幾處之多。

實際上，萬樹在《詞律》中已經發現這種現象，並多次强調，如在《風流子》調下注道：「語氣或作上三下六，或作上五下四，不拘」，又如《竹馬兒》調下注道：「但寒松九字，柳雲『指神京非霧非煙深處』，應作上三下六，而此篇該上五下四，二處想皆不拘。」萬樹一般在注語中對這種句式結構進行説明，便不再進行單獨羅列「又一體」，這樣的好處在於既能控制「又一體」總體數量，又能够清楚表達這種句法現象，後來的《詞繫》在相關問題上正是採用了萬樹的做法。

這種因主觀句讀不同而列「又一體」的情況在《欽定詞譜》並不少見，也並不局限於上述九字句，且句讀變化與韻脚偶合有時複雜交織在一起。如《秋霽》，《欽定詞譜》列四體，史達祖體爲正體，而在吴文英體中,《欽定詞譜》注:「此與史詞同,惟前結作四字一句、五字一句,後段第五句押韻異。」據《欽定詞譜》的斷句,史達祖前結作:「誰是、膾鱸江漢未歸客」,吴文英前結作:「空際醉來,風露跨黄鵠」,單就格律來看,「膾鱸江漢未歸客」爲「仄平平仄仄平仄」,「醉來風露跨黄鵠」爲「仄平平仄仄平仄」,二者完全一致。若依《欽定詞譜》斷句,這種句式的一致性即被淹没了,很顯然《欽定詞譜》斷句絶非至善,仍待商榷。

還有另一種常見的簡單句法爲十字句上四下六或上六下四,這也是《欽定詞譜》根據簡單句式變化列體的又一依據。如《看花回》周邦彦體,《欽定詞譜》注:「此與黄詞同,惟前段起句六字,第二句四字異。」又如《新荷葉》體,《欽定詞譜》注:「此亦黄詞體,惟後段第三句六字,第四句四字異。」從語義上看,《欽定詞譜》斷句是没有問題的,但是,上四下六句式與上六下四句式的變化實際上是宋詞句式變化的一個重要現象,萬樹《詞律》已經指出二種句式是「可不拘」的,如《錦堂春慢》調下注道:「彩筆十字上四下六,今日十字上六下四,總是語氣一貫,分處不拘耳」,《撥棹子》調下注:「或十字一氣不拘」,《詞律》已經意識到這種句式存在兩斷的可能,萬樹頗爲通達認爲「不拘」,也就不將這種簡單句式變化作爲「又一體」依據。實際上,《欽定詞譜》完全可以採用《詞律》的思路,採用注語的方式進行説明,進而減少不必要的。

三　誤認「同名異調」而分體

當同一調名包含小令、長調時,《欽定詞譜》有兩種處理方法。第一種是小令與長調名稱略有不同,編者嚴格尊重原始文獻,完全按原始文獻的名稱進行詞調羅列,保證每個詞調名稱都有來源,避免了舊譜亂用「令」「慢」的現象。如《臨江仙》,除了最常見的五十四字體及相近體式,《樂章集》又有七十四字一體,九十三字一體,而汲古閣本俱刻作《臨江仙》,《欽定詞譜》已經意識到了這三種體式有着較爲明顯的差别,編者依照《花草粹編》校定,一作《臨江仙》,一作《臨江仙引》,一作《臨江仙慢》。通過客觀文獻中名稱的不同，很好地將三調作了區分。類似的處理還有《菩薩蠻》、《菩薩蠻慢》等詞調，這樣的處理方式符合歷史實際，比較合理。

第二種是小令與長調名稱完全相同，也没有其他文獻注明「引」「慢」，《欽定詞譜》編者就完全遵照文獻，將兩個並不相同的調式作爲同調異體處理。如《喜遷鶯》，《欽定詞譜》在解題中注道「《喜遷鶯》此調有小令、長調兩體，小令起於唐人」，「長調起於宋人」。觀其用語，是將小令、長調作爲兩種體式處理的。編者先列小令六體，後列長調十體，每一體都注明「又一體」。如此列體，自然符合原文獻，但長短淆亂、不便使用，反而削弱了詞譜作爲填詞工具書的功用。實際上，《欽定詞譜》也意識到這個問題，《抛球樂》解題云：「與唐詞小令體制迥然各别。以同一調名，故類列之。」

這種小令、慢詞的混列在《欽定詞譜》中並不是孤例，據統計，共有《抛球樂》、《醉公子》、《喜遷鶯》、《望遠行》、《應天長》、《芳草渡》、《瑞鷓鴣》、《秋蕊香》、《望遠行》、《玉蝴蝶》、《女冠子》、《鵲橋仙》、《看花回》、《憶王孫》、《更漏子》、《慶春澤》、《卓牌子》等調。面對同樣的問題，《詞律》只是作了「類列」，《詞繫》則分列處理，如《抛球樂》，《詞繫》在卷一劉禹錫目録下列小令，又在卷十柳永目録下列長調，並注道：「此與《抛球樂》小令全異，故另列。」再如《醉公子》，《詞繫》在卷二無名氏目録下列小令，又在卷二十二史達祖目録下列長調，注道：「此與《醉公子》小令不同。」《玉蝴蝶》，《詞繫》卷一列小令，卷八列長調，注道：「此與《玉蝴蝶》小令全異，當另列。」《更漏子》卷二列小令，注道：「與杜安世之長調無涉，宜分列」，又在卷十六列長調，注道：「此與温庭筠小令迥别，當另列。」《詞繫》通過詞調的體制長短不同，將同名小令、長調分列作兩調處理，是一種不錯的嘗試，相較於《欽定詞譜》的混列，有着不小的進步性。

〔一〕《四庫全書總目》卷一九九《欽定詞譜提要》，中華書局一九八三年版，第一八二七頁。

〔二〕陳匪石《聲執》卷上，見鍾振振點校《宋詞舉（外三種）》，江蘇古籍出版社二〇〇二年版，第一七六頁。

〔三〕王奕清等《欽定詞譜》卷首，康熙五十四年内府刻朱墨套印本。

（作者單位：華東師範大學中文系）

編輯後記

今年是唐圭璋先生誕辰一百二十周年，本期特刊載和希林輯校《唐圭璋〈夢桐室詞話〉補遺》、袁曉聰輯録《唐圭璋致葛渭君信札三十二通》和高峰主持、王兆鵬等對談《家國・傳道・治學——唐圭璋先生學術精神大家談》三篇文章，以資紀念。尤其是後者，唐先生的五位高足楊海明、王筱芸、鍾振振、肖鵬、王兆鵬通過對唐先生治學與爲人的往事講述，進一步宣傳與弘揚了唐先生的學術品格、治學風範和人格魅力。

今年同時也是《詞學》創刊四十周年，本刊特刊出胡傳志《新見宛敏灝與施蟄存往來書信十五通考釋》一文，通過施蟄存與宛敏灝兩先生的往來書札，揭示了施先生在籌辦《詞學》雜誌過程中關於刊物定名、體例等的思考和在刊物約稿、出版中的諸多努力與不易，以珍貴的史料豐富了《詞學》創刊的記憶。

詞的美感特質，易感而不易精確詮釋，因此雖歷來學人多有關注，然無定論。葉嘉瑩先生是詞學名家，多年來亦關注此議題，已有數篇大作對詞的美感特質進行多角度探討。本期所刊葉先生《西方文論與詞的美感特質》一文則綜合運用女性主義、結構主義、接受美學等西方理論予以進一步闡釋，提供了又一個新的視角，相信定能裨益學林。

另，《詞學（第四十五輯）》陶文鵬先生一文，文末作者單位標署有誤，應爲「中國社會科學院文學研究所」，特此更正。

編者　二〇二一年九月八日

稿約

本刊各欄歡迎惠稿，并請參照如下體例排版：

一、來稿要求格式規範，專案齊全。按順序包括：文題、作者姓名、工作單位、内容摘要、關鍵詞、社科基金號（如有）、正文、附注。

二、作者姓名：署真名，多位作者之間用空格分隔。在篇尾處加作者簡介，按順序包括：姓名（出生年月），性别，籍貫，工作單位，職稱，學位。

三、内容摘要、關鍵詞：用五號仿宋體；關鍵詞之間用空格分隔。

四、正文繁體横排（正式刊印時由出版社統一改爲直排），用五號宋體。文中小標題用四號黑體。如在正文中引用其他文獻的段落或句群，且需另起一段列出者，該段請用五號仿宋字體打印，並請首尾各收縮兩格。

五、標點：詞調名、書名、篇名用書名號。全文録詞只用三種標點：無韻句用「，」點斷；韻句用「。」點斷；逗處用「、」點斷。

六、附注：本刊注釋一律採用尾注形式，以中文數位順序編碼，用方括號標引。譯著須標明原著者國别，並在國别外加方括號。要求按順序準確標明：作者，書（篇）名，出版社，出版時間及頁碼，如是刻本須標出版本與卷數。

中文注釋格式示例如下：

［一］王昶編《明詞綜》卷四，遼寧教育出版社一九九七年版，第五六頁。

［二］鄒祗謨、王士禛合選《倚聲初集》二十卷前編四卷，清初大冶堂刻本。

［三］［日］村上哲見《〈楊柳枝〉詞考》，載王水照、保苅佳昭編選《日本學者中國詞學論集》，上海古籍出版社一九九一年版。

［四］謝桃坊《張炎詞論略》，《文學遺産》一九八三年第四期，第八三頁。

［五］楊義《詩魂的祭奠》，《中華讀書報》二〇〇一年十一月二十八日，第三版。

如有不同注釋引自同一出處，請如下示例標注：

［六］［一一］［三五］胡适《〈詞選〉自序》，《胡适古典文學研究集》，上海古籍出版社一九八八年版，第一〇頁，第一三頁，第一九—二〇頁。

來稿請務必附上作者聯繫地址及郵政編號、作者電話、手機和電子信箱，以方便聯繫。

本刊審稿期限爲三個月，收到投稿後，我們會安排初審、復審、終審，最終形成「同意發表」「修改後發表」「不發表」三種意見。若爲「同意發表」或「修改後發表」，則會有編輯與您進一步溝通；若爲「不發表」，則回復《退稿通知》。本刊不允許一稿多投，故在接到本刊《退稿通知》前，請不要另投他刊。

本刊不收取版面費。來稿如被録用，發表後敬致薄酬，聊表謝意。

來稿請寄：上海市閔行區東川路 500 號華東師範大學中文系《詞學》編輯部，郵編 200241；同時將電子稿發至：cixue1981@126.com